Fred
VARGAS

Jenseits des Grabes

Alle unabhängig voneinander lesbaren Bände der Kommissar-Adamsberg-Reihe:

Es geht noch ein Zug von der Gare du Nord
Bei Einbruch der Nacht
Fliehe weit und schnell
Der vierzehnte Stein
Die dritte Jungfrau
Der verbotene Ort
Die Nacht des Zorns
Das barmherzige Fallbeil
Der Zorn der Einsiedlerin
Jenseits des Grabes

Fred
VARGAS

Jenseits des Grabes

KRIMINALROMAN

Aus dem Französischen
von Claudia Marquardt

LIMES

Die Originalausgabe erschien 2023
unter dem Titel »Sur la dalle« bei Flammarion, Paris.

FSC
www.fsc.org
MIX
Papier | Fördert gute Waldnutzung
FSC® C014496

Penguin Random House Verlagsgruppe FSC® N001967

1. Auflage

Übersetzung: Claudia Marquardt
Redaktion: Michaela Kolodziejcok
Umschlaggestaltung und -motiv: www.buerosued.de
KW · Herstellung: DiMo
Satz: satz-bau Leingärtner, Nabburg
Druck und Bindung: GGP Media GmbH, Pößneck
Printed in Germany
ISBN 978-3-8090-2782-9

www.limes-verlag.de

I

Gardon, der Rezeptionist des Kommissariats im 13. Pariser Arrondissement, gewissenhaft bis hin zur Pedanterie, bezog Punkt 7.30 Uhr seinen Posten. Er beugte den Kopf zu dem Ventilator auf seinem Schreibtisch vor, um sich wie gewohnt die Haare zu trocknen, was ihm erlaubte, Kommissar Adamsberg schon von Weitem mit sehr langsamen Schritten herannahen zu sehen. Auf den ausgestreckten Unterarmen, die Handflächen zum Himmel gerichtet, transportierte der Kommissar ein nicht zu identifizierendes Objekt, so behutsam, als handelte es sich um eine Kristallvase. Gardon – dieser wie auf sein Amt zugeschnittene Name hatte ihm schon eine Menge Witze eingebracht – war nicht unbedingt für seine schnelle Auffassungsgabe bekannt, kam seiner Mission jedoch mit geradezu übertriebenem Eifer nach. Diese bestand darin, jeden Anflug einer Seltsamkeit sofort zu erkennen und das Kommissariat davor zu schützen. Eine Aufgabe, die er dank seines durch lange Dienstjahre geschulten Blicks und der überraschenden Geschwindigkeit seiner Reflexe meisterhaft erfüllte. Nicht jeder, der wollte, durfte in das Allerheiligste, die Brigade criminelle, vordringen, man musste schon eine schneeweiße Pfote vorweisen, um den Zerberus dieses Ortes – nicht eben eine imposante Erscheinung – dazu zu bringen, das Schutzgitter vorm Eingang zu heben. Trotzdem wäre niemand auf die Idee gekommen, Gardons obsessiven Argwohn zu kritisieren, denn mehr als einmal hatte er die kaum sichtbaren Ausbuchtungen unter der Kleidung eines Besuchers als eine versteckte Waffe erkannt oder einem allzu geschmeidigen Auftreten misstraut und damit finsteren Absichten Einhalt geboten. Meistens wollten die Eindringlinge jemanden aus der Untersuchungshaft befreien, manchmal aber ging es auch um nicht weniger, als Adamsberg zur Strecke zu bringen. Zwei Versuche in fünfundzwanzig Monaten. Mit den Jahren und Ermittlungserfolgen des Kommissars in den abstrusesten Fällen hatte sich sein Ruf gefestigt und zugleich hatten die Morddrohungen gegen ihn zugenommen.

Adamsberg scherte sich nicht um die Gefahr, er ging weiterhin zu Fuß zur Brigade, beseelt von einer natürlichen Gemütsruhe, die oft mit Nachlässigkeit, wenn nicht sogar Gleichgültigkeit verwechselt wurde. Dieser Wesenszug an ihm verunsicherte die Mitglieder seines Teams, er trieb sie mitunter auch zur Verzweiflung, obwohl sie nicht zimperlich waren. Auch erschienen viele der Erfolge des Kommissars dadurch rätselhaft, Erfolge, die er mit undurchsichtigen Methoden erzielt hatte – sofern man bei Adamsberg überhaupt von »Methode« sprechen konnte – und auf Umwegen, die sich nur wenigen Menschen erschlossen. Doch ganz gleich, ob er das Ziel aus den Augen zu verlieren schien, man folgte ihm wohl oder übel in die unbegreiflichen Verästelungen seiner Ermittlungen. Wenn seine Leute – allen voran Commandant Danglard – ihm vorwarfen, sie im Nebel stochern zu lassen, breitete er die Arme in einer Geste der Hilflosigkeit aus, denn meistens konnte er sich sein Vorgehen selbst nicht erklären. Adamsberg gehorchte einem völlig eigenen Kompass.

Als sein Chef nur noch wenige Meter von der Treppe des alten Gebäudes entfernt war, öffnete Gardon sein Fenster und beobachtete, wie Adamsberg einen kurzen Gruß an die beiden Damen richtete, die zwanzig Schritte hinter ihm gingen, zwei eilige Geschäftsfrauen, konnte man meinen, tatsächlich waren es zwei Scharfschützinnen, die den Kommissar auf Schritt und Tritt begleiteten. Adamsberg lächelte. Er wusste, dass er diese jüngste Maßnahme der aufmerksamen Fürsorge des Commandant verdankte, ebenso wie das Auto, das nachts vor dem kleinen Garten, der sein Haus umgab, Wache hielt.

»Gardon«, sagte er, ohne Anstalten zu machen, das Gebäude zu betreten, und mit immer noch ausgestreckten Armen, »ich komme heute ein wenig später, ich habe noch etwas zu erledigen. Geben Sie das bitte weiter, falls jemand nach mir fragt. Was mich allerdings wundern würde, momentan ist niemand in krimineller Laune, wir schlagen uns mit lauter amateurhaften Einbrüchen herum.«

»Das liegt am Klima, Kommissar, an dieser anormalen Hitze mitten im April. Sie zerstört nicht nur den Planeten, sie trocknet auch den Mördern das Hirn aus.«

»Wenn Sie es sagen, Gardon.«

»Was tragen Sie da mit sich herum?«, fragte der Rezeptionist und starrte auf die rote Kugel auf Adamsbergs Armen.

»Ein Opfer, Gardon, und es ist mein Job, mich darum zu kümmern.«

»Wie weit haben Sie es denn noch? Ich möchte Sie darauf hinweisen, dass Sie mit nacktem Oberkörper herumlaufen, Kommissar.«

»Das ist mir bewusst, Brigadier. Ich habe höchstens zehn Minuten Fußweg vor mir. Keine Sorge.«

Wie immer, dachte Gardon mit großer Nachsicht gegenüber seinem Vorgesetzten, als er das Fenster wieder schloss. Die Leute werden sich das Maul über ihn zerreißen und ihm ist das total egal. Er, Gardon, hätte sich so etwas nie getraut, aber er war schließlich auch bleich und trug einen dicken Bauch vor sich her, während der Kommissar bei all seiner Schlankheit einen kräftigen Oberkörper und starke Muskeln hatte, vor denen man sich besser in Acht nahm.

Tatsächlich lag die eigentliche Hitzeperiode noch in weiter Ferne, doch seit einer Woche brach das Thermometer Rekorde, die nichts Gutes für die Zukunft verhießen. Nach und nach tröpfelten die Beamten mit hochgekrempelten Hemdsärmeln in der Brigade ein, zeigten sich zwar besorgt wegen des Klimas, genossen aber dennoch die ungewöhnlich milde Luft.

Zurück von seinem morgendlichen Einsatz, hatte der Kommissar mit nacktem Oberkörper das Großraumbüro durchquert, seinen Mitarbeitern, die ihm verblüfft nachsahen, einen Gruß zugeworfen und sich aus dem Schrank in seinem Büro eines seiner ewigen schwarzen T-Shirts genommen. Seine Kleidung variierte nie, er fand es einfacher, immer das Gleiche zu tragen, ganz im Gegensatz zu Commandant Danglard, der auf die Eleganz der englischen Mode setzte, wahrscheinlich um von seiner ansonsten recht reizlosen Erscheinung abzulenken.

Adamsberg saß auf seinem Schreibtisch vor einer aufgeschlagenen Zeitung und wandte nicht einmal den Kopf, als sein Stellvertreter das Büro betrat, er war vollauf damit beschäftigt, sich die Hände und Arme mit einer beißend riechenden Flüssigkeit einzureiben.

»Neues Eau de Toilette?«, fragte der Commandant.

»Nein, ein vorbeugendes Mittel gegen Krätze und Ringelflechte. Er war davon befallen, ist ein ziemlich weitverbreitetes Phänomen. Und da ich das wusste, habe ich ihn vorsichtshalber mit meinem T-Shirt aufgehoben, aber die Tierärztin hat mir trotzdem eine Desinfektion verordnet.«

»Wer denn ›er‹?«, hakte Danglard nach, obwohl man annehmen sollte, dass der Gewöhnungseffekt ihn allmählich gegen die Sonderbarkeiten des Kommissars abstumpfen ließ.

»Na, der Igel. Irgendein Schweinehund hat ihn überfahren, ich habe es aus der Ferne beobachtet, und glauben Sie, der Typ hätte angehalten? Natürlich nicht. Aber wenn es nicht so viele Schurken auf der Welt gäbe, säßen wir nicht hier. Ich bin sofort zum Tatort …«

»Tatort?«

»Ganz genau. Der Igel ist eine geschützte Tierart, das muss ich Ihnen ja wohl nicht erklären. Lässt Sie das etwa kalt?«

»Keineswegs«, erwiderte der Commandant. Aufmerksam wie kein anderer verfolgte er jede die Umwelt betreffende Nachricht, was seine angeborene Angst nur noch verstärkte. »Und dann?«

»Dann habe ich den Kleinen vom Asphalt aufgelesen, er war in einer miserablen Verfassung, die Stacheln hingen herunter, er konnte sich nicht mehr verteidigen.«

»Vielleicht war ihm klar, dass er einen neuen Freund gefunden hatte«, bemerkte der Commandant mit einem leichten Lächeln.

»Warum nicht, Danglard. Jetzt, wo Sie es sagen, bin ich mir sogar sicher, dass er es spürte. Sein Herz hat noch geschlagen, aber an einer Seite war er wirklich übel zugerichtet und blutete. Deshalb habe ich ihn zu der Tierärztin an der Hauptstraße getragen. Ein absolut liebenswertes Geschöpf.«

»Der Igel?«

»Nein, die Tierärztin. Sie hat den Igel eingehend untersucht und sagte, sie hoffe, ihn wieder auf die Beine bringen zu können. Glücklicherweise ist es ein Männchen, es warten also keine Jungen auf ihn, die gesäugt werden wollen.

Wenn er erst mal wieder fit ist, bringe ich ihn in das Wäldchen zurück, das so tapfer unseren Sünden standhält. Falls ich übrigens nachher nicht da sein sollte, Danglard, könnten Sie dann für mich einspringen?«

»Wieso sollten Sie nicht da sein?«

Adamsberg tippte auf die vor ihm ausgebreitete Zeitung.

»Deswegen«, sagte er.

»Mir ist nichts Besonderes in der Presse aufgefallen.«

»Doch«, sagte Adamsberg und deutete mit dem Finger auf eine Kurzmeldung. »Schauen Sie, hier.« Er schob die Zeitung zu seinem Stellvertreter hinüber.

Während Danglard ratlos die Meldung studierte, rief der Kommissar Lieutenant Froissy an.

»Gerade frei, Froissy?«

»Nie, worum geht's?«

»Könnten Sie mir ein Exemplar von *Frankreich im Westen* besorgen? Ich glaube, die gibt es unten am Kiosk.«

»Schon unterwegs. Ich bringe Ihnen ein Croissant mit, Sie haben bestimmt noch nichts gegessen.«

Sie würde mindestens vier mitbringen, dachte Adamsberg, als er auflegte. Andere zu verpflegen, zählte zu Froissys zwanghaften Befriedigungen, sie lebte in der ständigen Furcht, es könnte ihr oder anderen »an etwas fehlen«. Tatsächlich stand sie eine Viertelstunde später mit einem prall gefüllten Beutel in der Tür, setzte Kaffee auf und servierte ihren beiden Kollegen ein komplettes Frühstück.

»Aber inwiefern betrifft uns die Angelegenheit?«, fragte Danglard, nachdem er die Zeitung zusammengefaltet hatte, und brach sich fein säuberlich ein Stück Croissant ab.

»Eben weil sie uns so gar nicht betrifft, Commandant. Ah, *Frankreich im Westen* berichtet etwas ausführlicher über den Vorfall. Danke, Froissy.«

Adamsberg las den Artikel langsam und mit leiser Stimme vor, Danglard musste dicht an ihn herantreten, um überhaupt etwas zu verstehen.

»Sehen Sie«, schloss Adamsberg und trank in hastigen Zügen seinen Kaffee aus.

»Sie werden sie ins Elend stürzen, wenn Sie nicht wenigstens ein Croissant essen.«

»Sie haben völlig recht. Froissy ist ohnehin schon so ein Nervenbündel, da will ich ihr nicht noch zusätzlichen Stress bereiten.«

»Ich sehe lediglich, dass in einem bretonischen Dorf ein Mord geschehen ist.«

»In Louviec, Danglard, in Louviec, vorgestern Abend, am 18. April. Das ist neun Kilometer von Combourg entfernt, ich habe dort in einem alten Gasthof zu Abend gegessen. Im selben wie das Opfer, Gaël Leven. Er war der Wildhüter, ein Kerl, so robust wie ein bretonischer Felsen und breit wie ein Schrank.«

»Und Sie haben ihn bei der Gelegenheit kennengelernt?«

»Nein, gar nicht. Er saß in einer Gruppe an einem anderen Tisch, ich habe mit halbem Ohr gelauscht, worüber sie sich unterhielten, das Gespräch drehte sich um das Gespenst im Schloss Combourg. Ich nehme an, Sie wissen, wovon ich rede?«

»Von Malo-Auguste de Coëtquen, Graf von Combourg, genannt ›der Hinkende‹, da er 1709, in der Schlacht von Malplaquet, ein Bein einbüßte, das anschließend durch eine Holzprothese ersetzt wurde«, betete Danglard herunter, als handelte es sich um das kleine Einmaleins. »Das Schicksal will es, dass dieses Holzbein bis heute in Begleitung einer schwarzen Katze im Schloss Combourg herumspukt.«

»Wusste ich's doch«, sagte Adamsberg und fragte sich, ob

sein Stellvertreter nicht mit drei geschickt verborgenen Zusatzgehirnen ausgestattet war.

Danglards Gelehrsamkeit war in der Tat kolossal, sie reichte von den Geisteswissenschaften bis zu den Künsten, von den Künsten bis zur Geschichte, von der Geschichte bis zur Architektur und so weiter, einzig die Mathematik und die Physik setzten ihr Grenzen. Dass der Commandant über einen unermesslichen Wissensschatz und ein phänomenales Gedächtnis verfügte, auf das auch er schon etliche Male zurückgegriffen hatte, war für den Kommissar nichts Neues. Dennoch gelang es Danglard immer wieder, ihn zu überraschen. Denn wer außerhalb von Combourg hatte jemals den Namen Malo-Auguste de Coëtquen gehört? Einen Namen, den Adamsberg, kaum gehört, gleich wieder vergessen hatte. Er war als eines von vielen Geschwistern in ärmlichen Verhältnissen in einem abgelegenen pyrenäischen Dorf aufgewachsen und hatte von zu Hause nur eine eingeschränkte Bildung mit auf den Weg bekommen. Dass er außerdem im Unterricht mehr gezeichnet als zugehört hatte, machte die Sache nicht besser. Als er die Schule mit sechzehn verließ und seine Ausbildung zum Polizisten begann, verfügte er über höchstens rudimentäre Kenntnisse. Aber es störte ihn nicht, dass Danglards Wissen tausendmal umfassender war als sein eigenes. Im Gegenteil, er gab seine Unwissenheit ohne Scham zu, staunte und bewunderte.

»Ja, Danglard, über genau diesen Hinkenden unterhielten sie sich. Der nachts im Schloss Combourg die Treppen rauf- und runterläuft und sich gelegentlich zur Sommerfrische nach Louviec begibt. Und nun stellen Sie sich vor, seit einigen Wochen hält er sich wieder dort auf, nach vierzehnjähriger Abwesenheit hört man in der Nacht wieder sein Holzbein auf die Pflastersteine schlagen.«

»Und was hat er vor vierzehn Jahren angerichtet, außer allen einen Schrecken einzujagen?«

»Ein Verbrechen, Danglard, angeblich die Tat eines Herumtreibers. Aber viele waren damals überzeugt, dass der Hinkende dahintersteckte, dass er nach Louviec gekommen war, um zu morden. Weshalb man in den letzten Wochen fürchtete, seine Rückkehr könne einen neuen Mord ankündigen. Und nun ist es passiert.« Adamsbergs Finger trommelten auf der Zeitung. »Der Artikel greift die Legende auf, um darüber zu spotten, aber ich gehe jede Wette ein, dass in Louviec die Nerven blank liegen. Es ist so leicht, nicht wahr, aus der Ferne zu lachen. Aber diesmal ist es kein Verbrechen eines Herumtreibers. Gaël Leven, der stärkste Mann im Dorf, kam gerade aus dem Gasthof, als jemand ihn mit zwei Messerstichen in die Brust niederstreckte. Das war kein Raubüberfall, Commandant, sein Geld hatte der Tote noch bei sich.«

Danglard nickte, er dachte kurz nach.

»Ich gehe davon aus, dass jemand die Gelegenheit der Rückkehr des Hinkenden nutzte, um eine persönliche Rechnung mit diesem Gaël zu begleichen. Ich begreife trotzdem nicht, wieso diese Geschichte Sie dermaßen fasziniert.«

»Ich weiß es nicht, Danglard«, brachte Adamsberg es auf seine ewige Formel.

»Dann werde ich es Ihnen verraten: weil Sie vor einem Monat in Combourg und Louviec waren, und das reicht, damit Sie sich ohne jeden Grund angesprochen fühlen.«

Wie so oft schwang in Danglards Stimme Missbilligung mit.

»Ohne jeden Grund, Danglard, ganz genau.«

II

In der Tat hatte Kommissar Adamsberg einen Monat zuvor seine Befugnisse auf Danglard übertragen und morgens um acht in aller Eile seine Tasche gepackt, um nach Combourg in die Bretagne zu fahren, eine Gegend, die er kaum kannte. Ein paar Kollegen beneideten ihn um das unvergleichliche, sich in jedem Sandkorn brechende Licht, das ihn an der Küste erwartete. Der eine empfahl ihm einen Abstecher nach Saint-Malo, der nächste Spaziergänge an den noch wilden Stränden. Danglard hingegen wusste, dass dieser kurze Aufenthalt für den Kommissar alles andere als ein Fest war. Die Besprechung, zu der er fuhr, markierte das Ende einer monatelangen kräftezehrenden Jagd auf einen wahnsinnigen Mörder, der fünf sechzehnjährige Mädchen vergewaltigt und grausam ermordet hatte. Der Fall zog jede Menge Papierkram nach sich, und den verabscheute Adamsberg. Teilnehmen würden auch die vier anderen Kommissare, die unter seiner Leitung die Verfolgungsjagd organisiert und ihn hinter vorgehaltener Hand als zu langsam oder sogar träge bezeichnet hatten. Doch am Ende mussten sie zugeben: Er war es gewesen, der in den ungleichen Schnittwunden der Leichname ein Muster erkannt und darüber die Verbindung zwischen den fünf Opfern hergestellt hatte, die sich über den gesamten Nordwesten des Landes verteilten, was die Suche auf einen einzigen Mörder eingrenzte. Er hatte die einsamen Waldgebiete um Angers, Le Mans, Tours, Evreux und Combourg durchkämmt und rund um die Fundorte jeden

Stein umgedreht. Er hatte aus einer sehr feinen Blutspur, die nicht zu den Schnittwunden passte, geschlossen, dass der Handschuh des Mörders an einer Stelle eingerissen sein musste, und um einen genetischen Abgleich gebeten. Das Ergebnis: keine Übereinstimmung in der Datenbank. Anschließend hatte er eine vollständige Liste aller Unternehmen der Region Nord-West verlangt, die Handelsvertreter und Fernfahrer beschäftigten, egal ob sie Bücher oder Teller verkauften. Und er hatte dafür gesorgt, dass das Personal in den Gendarmerien und Kommissariaten vor Ort aufgestockt wurde, damit allen männlichen Angestellten im Außendienst eine DNA-Probe entnommen werden konnte. Siebenhundertdreiundvierzig Proben waren bereits analysiert worden, als Adamsbergs Partner ihn drängten, die mühselige und aussichtslose Suche abzubrechen. Zwei Tage später lag das erhoffte Resultat auf dem Tisch und versetzte in seiner Unwahrscheinlichkeit das gesamte Ermittlerteam in Erstaunen. Man hatte den Kerl in seiner Wohnung in Fougères verhaftet – deshalb sollte die abschließende Konferenz im nahe gelegenen Combourg stattfinden. Der Mann entpuppte sich als durch und durch gewöhnlich, man musste schon zehnmal hingucken, um ihn auf der Straße wiederzuerkennen: ein dicklicher Familienvater von dreiundfünfzig Jahren mit Glatze, roten Wangen und einem völlig nichtssagenden Gesicht, das Vertrauen einflößte. Bestimmt hatten diese fünf Mädchen, so unvorsichtig es war, dass sie per Anhalter reisten, einen Blick auf den Fahrer geworfen, ehe sie eingestiegen waren. Und was wirkt harmloser als ein dicker, allem Anschein nach gutmütiger und väterlicher Glatzkopf?

Und die Erinnerung an den Anblick der jungen, verzerrten Gesichter der Mädchen und ihrer aufgeschlitzten Körper ließ

Adamsberg bei seinem Aufbruch nach Combourg nicht los. Sie würden den gemeinsamen Abschlussbericht in Anwesenheit des Präfekten des Departements Ille-et-Vilaine erarbeiten, der ihm dann auch noch feierlich irgendeinen Verdienstorden verleihen wollte. Im Unterschied zu seinen Kollegen ahnte Danglard, dass es passendere Momente als diesen gab, um dem sonst für Schönheit so empfänglichen Kommissar den im Sonnenlicht glitzernden bretonischen Quarzsand anzupreisen – nichts interessierte Adamsberg in dem Augenblick weniger als dieser Sand. Deshalb zügelte der Commandant, was ihn einige Mühe kostete, seine sagenhafte Gelehrsamkeit und ersparte dem Kommissar Ausführungen zur Geschichte von Combourg, zu der beeindruckenden mittelalterlichen Festung und dem Mann, der dort seine Jugend verbracht hatte: dem Schriftsteller François-René de Chateaubriand, der noch hundertfünfundsiebzig Jahre nach seinem Tod den Ruhm der zur »Wiege der Romantik« erklärten Stadt sicherstellte. Tapfer beschränkte er sich darauf, Adamsberg die einhundertzwanzig Seiten Bericht zu überreichen, die er in seinem Namen zu Papier gebracht hatte. In den vielen Jahren ihrer Zusammenarbeit hatten sie sich stillschweigend darauf geeinigt, dass das Verfassen von Dokumenten dieser Art in Danglards Kompetenzbereich fiel. Der Kommissar besaß in diesen Dingen keinerlei Talent, während der Commandant für die Literatur und das geschriebene Wort leidenschaftlich glühte – Danglard konnte sich für das erlesenste Werk über die Buchmalerei ebenso begeistern wie für einen schlichten Verwaltungsbericht. Und er war mit einem bemerkenswerten Stil gesegnet, den er glaubwürdig an die unbeholfene Bürokratensprache anzupassen verstand, die man von einem Polizisten und speziell von Adamsberg erwartete. Vor allem aber brachte er die Daten und Fakten in eine thematische und logische Reihenfolge, wozu der Kommissar beim besten Willen nicht imstande war.

Als Adamsberg ohne Eile über die Autobahn Richtung Rennes fuhr – nur wenige Menschen hatten ihn je in Eile oder ungeduldig erlebt –, dachte er, dass er sich allein auf das Wiedersehen mit Franck Matthieu freute, dem Kommissar von Combourg, mit dem er tagelang das Waldgebiet um den Fundort der jungen Lucile erkundet hatte, der letzten Toten in dieser schrecklichen Serie, auf deren Körper sich die kleine, alles entscheidende Blutspur fand. Er und Matthieu hatten sich, so unterschiedlich sie waren, nahezu auf Anhieb gut verstanden, während der Kommissar von Angers die ganze Zeit in trotziger Distanz verharrte. Matthieu war Adamsberg, den man ihnen aus Paris geschickt und vor die Nase gesetzt hatte, ohne Vorbehalte oder eifersüchtige Verachtung begegnet. Auch nicht mit übertrieben guter Laune, sondern mit einer natürlichen, unaufdringlichen Offenheit. Es ging kein Funken Herablassung von ihm aus, dabei tat man Adamsberg in den Provinzkommissariaten gern als überschätzten Träumer oder Faulpelz ab. Ein kanadischer Kollege hatte ihn einmal als »Wolkenschaufler« bezeichnet und damit einen Spitznamen geschaffen, den man in der Pariser Brigade zwar sparsam, aber je nach Sachlage durchaus aufgriff. Matthieu hatte Adamsbergs Effizienz nie angezweifelt, ebenso wenig wäre es Adamsberg in den Sinn gekommen, Matthieus Qualitäten zu hinterfragen. Sicher, der Kommissar aus Combourg – eigentlich aus Rennes, aber Combourg unterlag seiner Zuständigkeit – war gelegentlich Zeuge der schweigsamen und zerstreuten Abschweifungen seines Pariser Kollegen gewesen, auch hatte er Bemerkungen aufgeschnappt, die in keinem offenkundigen Zusammenhang mit den Ermittlungen standen. Zugleich aber hatte Adamsberg ihn mit seiner Aufmerksamkeit für Details und seinem sensationellen visuellen Gedächtnis überrascht. Es hatte beispielsweise keiner Fotos bedurft, damit er sich an die Anordnung der zahlreichen Schnittwunden auf den Leichen erinnerte.

Es fiel Adamsberg auch jetzt nicht schwer, sich Matthieus Gesicht und Mimik zu vergegenwärtigen, er sah dessen runden Bretonenschädel mit den blonden Haaren und den kleinen blauen Augen präzise vor sich – typische Keltenvisage, hätte Danglard gesagt. Matthieu strahlte etwas Wohlwollendes aus, an das Adamsberg sich immer wieder klammerte, um die makabren Ereignisse der letzten Wochen, die ihm ebenfalls sehr deutlich, viel zu deutlich vor Augen standen, zu verdrängen.

Zehn Minuten vor Sitzungsbeginn lenkte er seinen Wagen auf den Parkplatz der Gendarmerie von Combourg. Das einschläfernde, rein administrative Treffen zog sich wie befürchtet über zwei Stunden hin. Am Ende wurde ihm erwartungsgemäß die Aufgabe zuteil, sämtliche Einzelberichte in einen Kollektivbericht zu verwandeln. Stoisch nahm er die Akten seiner vier Kollegen entgegen und ließ sie, zusammen mit der glänzenden Medaille, die ihm der Präfekt überreicht hatte, in seiner Tasche verschwinden. Als er ins Freie trat, war er zu betäubt, um die herrliche bretonische Luft zu genießen. Er sah sich nach Matthieu um, der nicht minder ermattet auf ihn zukam.

»Dieser ganze bürokratische Scheiß«, stöhnte Matthieu.

»Und der elende Papierkram«, ergänzte Adamsberg, hob seine schwerer gewordene Tasche hoch und lobpreiste Danglard, der sich der lästigen Pflicht annehmen würde. »Vierhundertdreißig Seiten, die neu gegliedert und gebündelt werden müssen. Wir sollten uns vorher unbedingt noch eine schöne Ablenkung gönnen. Ich weiß, du wohnst in Rennes, aber du kennst doch bestimmt dieses Schloss in Combourg?«

»Klar«, sagte Matthieu nach einem kurzen verblüfften Innehalten. »Welcher Bretone kennt es nicht? Hast du es dir nicht angesehen, als wir zusammen in Brissac gearbeitet haben? Du hättest nur sieben Kilometer weiter gemusst.«

Adamsberg zuckte mit den Schultern.

»Hab ich wohl verpasst. Und jetzt hängen mir meine Kollegen seit Tagen damit in den Ohren. Mein zweiter Auftrag für heute lautet: Schlossbesichtigung in Combourg. Anscheinend ist das ein Muss, keine Ahnung, warum.«

»Komm«, Matthieu packte ihn am Arm, »du wirst es sofort kapieren. Wir schauen es uns an und dann gehen wir einen trinken.«

»Gute Idee«, sagte Adamsberg und hängte sich die Tasche über die Schulter.

Matthieu setzte ihn in der Straße gegenüber dem Schloss ab. »Ich bin in zehn Minuten wieder da«, sagte er und verschwand zu Fuß in Richtung Stadtzentrum.

Als Kommissar Matthieu zwölf Minuten später zurückkehrte, stand Adamsberg wie angewurzelt an derselben Stelle und ließ seinen Blick über die Zinnen der mächtigen mittelalterlichen Festung schweifen, die hoch über der von Wäldern umgebenen Stadt thronte. Vielleicht beobachtete er aber auch die Wolken, die langsam an den Dächern der Türme vorüberzogen. Matthieu postierte sich neben ihn, in der Hand hielt er ein kleines Buch.

»Ich verstehe, warum die Kollegen so insistiert haben«,

raunte Adamsberg ihm zu, als geböte die eindrucksvolle, düstere Strenge des alten Gemäuers, die Stimme zu senken. »Und nun stell dir den armen Jungen vor, der von seinem niederträchtigen Vater gezwungen wurde, sich allein in dem am weitesten entfernten Turm schlafen zu legen. Abend für Abend schlotterten ihm die Knie, wenn er ohne Begleitung, nur mit einer Kerze in der Hand, den schmalen Korridor entlanglief, um zu seinem Zimmer am anderen Ende des Schlosses zu gelangen. Er schrieb später, dass der despotische und grausame Vater ihn manchmal vor dem Zubettgehen fragte: ›Der Chevalier hat doch nicht etwa Angst?‹ Und fügte hinzu: ›Wie er das zu mir sagte, hätte ich mich auch neben einen Toten gelegt.‹ Da war er acht Jahre alt. Armer Junge.«

»Von welchem Jungen redest du?«

Matthieu zögerte kurz.

»Du weißt nicht, wer hier aufgewachsen ist?«

»Welchen Verdienstorden kriegt man, wenn man es nicht weiß?«, fragte Adamsberg lächelnd.

Das seltsam schiefe, ebenso charmante wie unbeabsichtigte Lächeln des Kommissars, mit dem er in seinen Verhören schon so manchen Verdächtigen gefügig gemacht hatte, wischte Matthieus ungewohnte Ernsthaftigkeit beiseite.

»Den hier.« Matthieu hielt ihm das Buch hin. »Eine unschlagbare Waffe gegen alle Fragen.«

Adamsberg blätterte es rasch durch. Matthieu hatte einen schmalen Band mit wenig Text und vielen Illustrationen ausgewählt. Sein Blick blieb an dem Porträt des Vicomte François-René de Chateaubriand hängen. Den Namen hatte er schon mal gehört.

»Du wirst es nicht glauben«, sagte Matthieu. »Selbst von meinen Leuten weiß nur jeder Zehnte, wer der berühmte Bewohner der Festung war. Und nicht einer von tausend Bullen, ich eingeschlossen, hätte den Mörder dieser jungen Mädchen erwischt. Du ahnst womöglich, was uns mehr schlechte Laune bereitet?«

»Diese Mädchen.«

»So ist es. Ich schlage vor, wir setzen uns mit einem Gläschen auf die Terrasse da drüben, und dann erzähle ich dir, was es mit dem berühmten Schlossbewohner auf sich hat, von dem ich übrigens keine Zeile gelesen habe. Ich kann dir gerade mal drei Titel aus seinem Gesamtwerk nennen. Komm.«

Auf dem kurzen Weg zum Café verschickte Adamsberg eine einfache Frage von seinem Handy aus, ohne seinen ein wenig tänzelnden Gang zu unterbrechen. Wenn es einer wissen würde, dann Danglard. Adamsberg überflog die endlosen Textnachrichten, mit denen sein Stellvertreter ihm antwortete, und ließ es dabei bewenden. Jetzt wusste er zumindest in groben Zügen Bescheid.

»Dein berühmter Vicomte François-René de Chateaubriand«, sagte er, als sie vor einer Schale Cidre saßen, »ist einer der größten französischen Schriftsteller, Wegbereiter der Romantik und weltweit bekannt.«

Adamsberg stockte und blickte zu einem Schwarm Möwen.

»Sag nichts.« Mit erhobener Hand gebot er Matthieu Schweigen. »Ich hab's gleich. Sein monumentales Hauptwerk sind die *Erinnerungen von jenseits des Grabes.*«

»Heimlich gegoogelt, was? Du klaust mir meine kleine Geschichte.«

»Von wegen gegoogelt. Ich habe einen der wenigen Männer meiner Brigade gefragt, die mir so etwas beantworten können.«

»Deinen Commandant Danglard?«

»Genau den«, sagte Adamsberg, während er rasch etwas

in sein Notizbuch kritzelte. »Ich musste ihn mal wieder bremsen, sein kultureller Datenstrom ist so reißend, dass er ihn nicht eingedämmt bekommt.«

»Dann weißt du also noch nicht alles«, freute sich Matthieu. »Du weißt noch nichts von dem Hinkenden und der schwarzen Katze.«

»Wer sind die beiden?«

»Gespenster. Kannst du dir das Schloss von Combourg auch nur eine Minute ohne Gespenster vorstellen? Das wäre völlig witzlos. Möchtest du noch einen Cidre?«

»Wie viel Uhr ist es?«

»Gleich sieben. Zu spät, um nach einem solchen Tag die Strecke in der Dunkelheit zurückzufahren. Ich schlage dir alternativ ein kurzweiliges Bildungsprogramm vor.«

Matthieu hob die Hand, um nachzubestellen.

»Deine Spukgeschichte?«

»Zum Beispiel. Aber ich dachte vor allem an eine Begegnung, bei der es selbst deinem Commandant die Sprache verschlagen würde.«

»Begegnung mit wem?«

»Mit Chateaubriand.«

»Mit dem hier?« Adamsberg deutete auf eine Seite in seinem Notizbuch. »Willst du mich verarschen, ich habe gerade gelesen, dass er 1848 gestorben ist.«

Matthieu betrachtete voller Bewunderung das elegante Porträt von Chateaubriand, das Adamsberg mit feinem Strich aufs Papier geworfen hatte und das dem Dichter aufs Haar glich.

»Wie hast du das hingekriegt?«

»Es gibt ein Bild von ihm in deinem Buch.«

»Und das hat dir gereicht? Dafür hätte der Präfekt dir gleich den nächsten Orden verleihen können. Ich kann leider überhaupt nicht zeichnen.«

»Blättere mal um.«

Auf der nächsten Seite blickte Matthieu seinem eigenen Konterfei ins Gesicht. Adamsberg hatte sich bemüht, die harmonischen Züge besonders zur Geltung zu bringen, und es mit einer Lebhaftigkeit geschmückt, die vergessen machte, dass er kein wirklich schöner Mann war.

»Scheiße«, entfuhr es Matthieu mit heruntergeklappter Kinnlade. »Kannst du mir das signieren? Und mir schenken?«

Während Adamsberg der Bitte nachkam, war Matthieu aufgestanden, hatte bezahlt und klimperte nun mit seinen Autoschlüsseln.

»Beeil dich, sonst verpassen wir ihn.«

»Ich kann mich nicht beeilen.«

»Es ist genau seine Uhrzeit.«

»Verarsch mich nur«, wiederholte Adamsberg und verstaute sorgsam das Notizheft in seiner Tasche.

Matthieu ließ den Motor an und hielt in forschem Tempo Kurs auf Louviec.

»Er isst oft gegen acht im Gasthof Zu den zwei Schilden zu Abend, einem der besten Lokale weit und breit. Wo du auch ein hervorragendes Zimmer finden und mit reichlich Klatsch und Tratsch versorgt werden wirst. Davon abgesehen ist Louviec ein echtes bretonisches Dorf, praktisch unberührt, überall grüner Granit, Gassen mit rutschigen Pflastersteinen, mittelalterliche Säulen und Gewölbe, also genau das, was man sich wünscht, um Paris oder Rennes für ein paar Stunden zu vergessen. Ich empfehle das Huhn mit Pilzen und Gratin.«

»Klingt gut«, sagte Adamsberg und folgte seinem Kollegen in den bereits gut gefüllten Gasthof, der betont mittelalterlich eingerichtet war. Reproduktionen alter Tapisserien an den Wänden, Schwerter, Rüstungen, Holztische.

»Am besten setzen wir uns hier hin«, meinte Matthieu, »dann habe ich die Tür im Blick und kann dir ein Zeichen geben, wenn er hereinkommt. Und da er normalerweise an dem langen Tisch dort speist, hören wir auch, was geredet wird.«

»Du siehst, es war gar nicht nötig, dass wir uns beeilen, wir sind zwanzig Minuten zu früh.«

»Was mir die Zeit gibt, dir die Geschichte vom Hinkenden zu erzählen.« Matthieu verzog das Gesicht, als hielte ihn auf einmal etwas davon ab. »Aber wundere dich nicht, wenn ich mir das linke Auge reibe oder es mit der Hand bedecke.«

»Hast du Schmerzen?«

»Noch nicht. Aber sobald ich über das Gespenst rede, fängt es an. Ich habe das noch nie jemandem gesagt, behalte es bitte für dich.«

»Glaubst du an den Hinkenden?«

»Im Leben nicht. Trotzdem habe ich jedes Mal, wenn ich von ihm erzähle, das Gefühl, jemand drückt mir sehr fest auf mein linkes Auge. Wenn die Geschichte zu Ende ist, lässt der Druck nach.«

»Hast du das häufiger?«

»Nur wenn es um den Hinkenden geht. Jetzt wirst du denken, dass ich übergeschnappt bin. Hast du auch so eine Macke?«

»Ich zähle meine Macken schon gar nicht mehr. Also, schieß los.«

Matthieu grinste und hielt sich schützend eine Hand vors Auge, für alle Fälle.

»Ich bin ganz Ohr«, sagte Adamsberg, während eine Kellnerin Besteck und Teller vor ihnen auslegte.

»Es handelt sich um einen sehr alten Geist, er ging schon um, lange bevor Chateaubriands Vater das Schloss erwarb.

Er war der Graf von Combourg und hieß Malo de Coëtquen. Bretonischer geht's nicht. Bei einer Schlacht im Jahr 1709 verlor er ein Bein, das durch eine Holzprothese ersetzt wurde. Und dieses Holzbein hört man manchmal noch heute bei Nacht auf dem Steinboden im Schloss Combourg klopfen. Warte«, Matthieu tippte etwas in sein Smartphone, »hier, das schreibt Chateaubriand dazu: ›Es hieß, dass ein gewisser Graf von Combourg, der drei Jahrhunderte zuvor verstorben war‹ – in Wirklichkeit 1721 – ›sich zu bestimmten Zeiten zeigte und mit seinem Holzbein auf der Treppe des Geschützturms vernehmen ließ. Bisweilen spazierte sein Holzbein auch allein herum, in Begleitung einer schwarzen Katze …‹ Anderen Stimmen zufolge miaute auch der Geist der Katze hin und wieder. Chateaubriands Vater glaubte fest an diesen Spuk und hatte es nicht versäumt, seinen Kindern davon zu erzählen. Eine schöne Gutenachtgeschichte, nicht wahr? Reich mir doch bitte mal das Wasser herüber, damit ich mein Auge abtupfen kann.«

Matthieu feuchtete seine Serviette an und strich damit über sein Augenlid, das Adamsberg tatsächlich etwas gerötet vorkam.

»Achtung«, sagte er plötzlich, »da ist er, Josselin de Chateaubriand, der aktuelle. Auch der Vicomte von Combourg genannt. Guck ihn dir an, bitte möglichst diskret, er ist ein freundlicher und bescheidener Mann, trotz seiner etwas ungewöhnlichen Kleidung, aber das muss man verstehen, sein unglaubliches Schicksal lastet schwer auf seinen Schultern.«

Adamsberg drehte sich unauffällig zur Seite und sah, während er einen Schluck Cidre trank, zu seiner großen Überraschung den Mann hereinkommen, dessen Gesicht er eben erst in sein Notizbuch skizziert hatte. Der schlanke Körper, die glatten Gesichtszüge, das spitze Kinn, der melancholische Blick, die wohlgeformten Lippen – er war das vollkommene Ebenbild des Schriftstellers. Adamsberg hatte die »Begegnung«, die Matthieu ihm angepriesen hatte, für einen Scherz gehalten. Ungläubig starrte er den Mann an, der von Tisch zu Tisch ging, jeden und jede schlicht begrüßte, sich mit Leichtigkeit durch den Raum bewegte, gut, aber dezent gekleidet. Obwohl seine Kleidungsstücke einzeln betrachtet zeitlos waren – eng geschnittene Hose, weißes Hemd, Weste, langes schwarzes Jackett –, vermittelte das Gesamtbild etwas spürbar Neunzehntesjahrhunderthaftes. Verstärkt wurde dieser Eindruck durch einen weißen Schal und einen hochgestellten Hemdkragen, was ihm jedoch niemand verdenken konnte, denn es war bekannt, dass er einen empfindlichen Hals hatte. Einige erwiderten seinen Gruß mit »Guten Abend, Vicomte«, andere mit »Guten Abend, Chateaubriand« oder einfach »Guten Abend, Josselin«.

»Sieh ihn nicht so an«, zischte Matthieu. »Dreh dich wieder zu mir um. Mist, er kommt direkt auf uns zu. Stell dich dumm und tu so, als würdest du ihn nicht erkennen, damit wirst du ihm eine echte Freude bereiten.«

»Er macht aber schon ein bisschen auf neunzehntes Jahrhundert, oder täusche ich mich?«

»Weil der Bürgermeister höchstpersönlich ihn darum gebeten hat. Aus Marketinggründen, die Touristen wären enttäuscht, wenn sie Chateaubriand in Pullover und Stiefeln antreffen würden. Für den Einzelhandel in Louviec ist dieses Theater eine Goldgrube, glaub mir. Für Josselin selbst ein Fluch, er will mit Combourg und diesem lästigen Vorfahren nichts zu tun haben.«

»Und warum spielt er das Spiel dann mit?«

»Im Gegenzug erhält er vom Bürgermeister eine Pension

und eine kostenlose Unterkunft. Ein Zubrot verdient er sich mit Privatunterricht in Geschichte, Literatur, Mathematik, Naturwissenschaften, Kunst, Philosophie und so weiter. Seine Kenntnisse sind wahrscheinlich nicht so bemerkenswert wie die von deinem Danglard, aber sie können sich sehen lassen. Seine Schüler machen jedenfalls rasche Fortschritte, er ist sehr gefragt.«

»In Naturwissenschaften ist Danglard eine Null … Was er anhat, ist also gewissermaßen seine Arbeitskleidung?«

»Ganz genau. Und trotzdem glaube ich, dass diese Kluft ihm nicht wirklich missfällt. Wahrscheinlich hält sein Vorfahr ihn doch noch an einem Jackenzipfel fest. Ohne dass er sich dessen bewusst ist. Eine Macke, wenn du so willst.«

Josselin de Chateaubriand trat zu den beiden Polizisten an den Tisch und streckte Matthieu, der Anstalten machte, sich zu erheben, seine Hand entgegen.

»Bleiben Sie sitzen, Matthieu«, sagte Chateaubriand mit einer sanften, beinah musikalischen Stimme. »Wir hatten schon mehrfach das Vergnügen miteinander, in Combourg oder Louviec, etwa, als damals diese einfältigen Touristen mein Haus stürmten, um Fotos zu schießen, und nicht zuletzt, als wiederum andere Eindringlinge jedes einzelne meiner Zimmer auf den Kopf stellten, weil sie hofften, auf wer weiß welche bislang unentdeckten Dokumente des berühmten Schriftstellers zu stoßen. In beiden Fällen hatten die Gendarmen von Combourg Sie zu Hilfe gerufen.«

»Vor fünf oder sechs Jahren, ja. Das war ein geradezu fanatisches Paar. Verurteilt wegen Einbruch und Hausfriedensbruch. Und entdeckt hatten sie im Übrigen nichts.«

»Außer mein Privatleben«, sagte Chateaubriand, »aber daran bin ich gewöhnt. Und Sie selbst hatten in der Sache äußerstes Fingerspitzengefühl gezeigt.«

»Danke für Ihre freundlichen Worte, Monsieur«, sagte Matthieu.

»Bitte nennen Sie mich Josselin, wie alle hier.«

Der Mann wandte sich nun höflich Adamsberg zu.

»Was Sie betrifft, wenn ich mich nicht täusche, war gestern im Lokalteil ein Foto von Ihnen. Sie sind der Kommissar, der den fürchterlichen Auswüchsen dieses Mörders ein Ende bereitet hat, und es ist mir eine Ehre, Ihnen dazu zu gratulieren. Allerdings wurde keine genauere Auskunft gegeben, wie Sie ihm auf die Schliche kamen. Ich nehme an, das ist beabsichtigt?«

»Der Fall interessiert Sie? Josselin?« Es war Matthieu unangenehm, ihn beim Vornamen zu nennen, aber da er wusste, dass Chateaubriand großen Wert auf diese zwanglose Anrede legte, tat er es.

»Nun, man fragt sich unweigerlich, wie der Kommissar aus diesem Labyrinth herausfinden konnte.«

»Möchten Sie einen Cidre mit uns trinken?« Matthieu bot ihm einen Stuhl an. »Ich glaube nicht, dass mein Kollege ein Geheimniskrämer ist.«

Josselin bedankte sich mit einem Nicken und nahm Platz, wobei er darauf achtete, die Schöße seines Jacketts auseinanderzuziehen.

»Fünf Opfer, alle mit Schnittwunden«, sagte Adamsberg, »aber das wissen Sie ja. Insgesamt hundertsechzig Schnitte, und jeder anders. Deutlich anders. Zu deutlich, hatte ich den Eindruck.«

»›Alles, was übertrieben ist, ist bedeutungslos‹, behauptete Talleyrand, doch in Ihrem Fall scheint es sich umgekehrt zu verhalten.«

»Das ist richtig, und als ich die Wunden genauer untersuchte, habe ich Ähnlichkeiten entdeckt, die nicht sehr auffällig, aber doch erkennbar waren und einem System folgten. Es lag auf der Hand, dass wir es mit einem Einzeltäter zu tun hatten, der im gesamten Nordwesten des Landes sein Unwesen trieb. Wir mussten über siebenhundert DNA-Tests durchführen, um den Mann zu identifizieren.«

»Sie haben DNA gefunden?«

»In einer feinen Blutspur, die breiter war als die Wunden. Er hatte seinen Handschuh durchbohrt.«

»Über siebenhundert DNA-Analysen …«, sagte Josselin nachdenklich. »Aber von wem denn eigentlich?«

»Von zahlreichen Handelsvertretern und Fernfahrern, die im Nordwesten unterwegs sind. Ich will nicht verheimlichen«, sagte Adamsberg lächelnd, »dass zwei meiner Mitarbeiter diese letzte Etappe nicht so toll fanden, und diejenigen, die sich dem Test unterziehen mussten, natürlich auch nicht.«

»Also, ich, Kommissar Adamsberg, hätte bei der Suche der Nadel im Heuhaufen bis zum bitteren Ende an Ihrer Seite gestanden und ich möchte Ihnen noch einmal mein Kompliment aussprechen. Aber da kommt Ihr Essen«, sagte er und stand auf, »ich will Ihre Mahlzeit nicht weiter stören. Huhn mit Pilzen, eine ausgezeichnete Wahl.«

Er verabschiedete sich mit einer Verbeugung, dabei fiel Adamsberg der kleine weiße Schal vor die Füße. Der Kommissar hob ihn auf und reichte ihn Chateaubriand.

»Tut mir leid, er versucht andauernd, mir zu entkommen. Ich sollte mir einen längeren besorgen, aber ich würde zu altmodisch damit wirken und das will ich auf keinen Fall.« Er legte sich den Schal mit einem Augenzwinkern wieder um den Hals.

Als Chateaubriand sich entfernt hatte und sich mit dem Wirt des Gasthofs unterhielt – einem kräftigen Mann in den besten Jahren, hochgewachsen, eine beeindruckende Erscheinung –, brummte Matthieu zufrieden.

»Perfekt«, sagte er, »du hast mit ihm gesprochen wie mit irgendeinem Typen von der Straße.«

»Womit du sagen willst, dass ich mich wie irgendein Typ von der Straße angehört habe?«

»Und wenn schon? Schämst du dich, dass du dich wie ein Bulle anhörst? Nichts anderes wollte er doch von dir, oder?«

»Man fragt sich, warum er an so vielen Details interessiert war. Ich hoffe, ich konnte seine Neugier stillen.«

»Du hast doch nicht etwa Angst, einen Chateaubriand enttäuscht zu haben? Du? Entspann dich, es ist ja nicht *der* Chateaubriand. Du hast dich durch seine gewählte Sprache und sein Äußeres verunsichern lassen.«

»Und wie erklärst du dir, dass er ihm wie aus dem Gesicht geschnitten ist?«

»Iss, bevor es kalt wird«, sagte Matthieu und füllte ihre Gläser wieder mit Cidre. »Du kannst dir denken, dass zu diesem Thema schon viel Tinte geflossen ist. Moment, hör mal, was da an dem großen Tisch geredet wird, könnte lustig werden.«

Es war eine Runde aus neun Leuten und mittendrin Chateaubriand, an seinem Stammplatz.

»Na, Vicomte«, rief ein Typ, der nur aus Muskeln gebaut zu sein schien, »was sagst du denn zu dem Ganzen?«

»Das ist Gaël, der Wildhüter«, flüsterte Matthieu Adamsberg zu. »Ein Provokateur und Streithammel. Josselin ist eine seiner Lieblingszielscheiben.«

»Hör endlich auf, mich ›Vicomte‹ zu nennen!«, erregte sich Chateaubriand. »Ich bin nicht mehr ›Vicomte‹ als jeder andere an diesem Tisch, wie oft soll ich das wiederholen …

Was sage ich wozu?«, schob er hinterher, während er sein Omelette in Empfang nahm.

»Du weißt genau, was ich meine. Der Hinkende von Combourg, er läuft seit bald drei Wochen wieder nachts mit seinem Holzbein durch die Straßen.«

»Stimmt«, bestätigte eine dicke Frau, »ich habe ihn erst gestern unter meinem Fenster gehört, sein Holzbein hämmerte auf das Pflaster, dass mir angst und bange wurde.«

»Ich auch«, sagte ein Mann eifrig nickend. »Ich bin sofort zum Fenster gestürzt, aber es war nichts zu sehen. So ist das mit Gespenstern. Besonders mit diesem, von dem sieht man immer nur das Holzbein.«

»Das war gerade der Bucklige, wie du vielleicht erkennen kannst.« Matthieu deutete auf einen Mann, der mit dem Rücken zur Wand am Tresen saß. »Maël Yvig. Viele fassen ihm im Vorbeigehen an seinen Höcker, bringt angeblich Glück. Ihn macht das rasend, verständlicherweise. Josselin tut es übrigens nie.«

»Und wieso betrifft mich das mehr als andere?«, fragte Chateaubriand den Wildhüter.

»Tu jetzt bloß nicht so, Vicomte. Der Hinkende ist schließlich im Schloss Combourg zu Hause.«

»Wohne ich etwa auch dort? Ihr wisst alle, dass ich dieses Schloss noch nie von innen gesehen habe und nicht beabsichtige, es je nachzuholen. Ich stamme aus Louviec, nicht aus Combourg.«

»Trotzdem«, beharrte der Wildhüter, »der Hinkende ist irgendwie ein Chateaubriand.«

»Und was glaubst du, Gaël?«, rief Chateaubriand aufgebracht. »Dass ich das Gespenst aus dem Schloss geholt habe, um hier für Unterhaltung zu sorgen?«

»Wahrscheinlich irgendein Spaßvogel oder ein Kind, das

mit einem Stock auf die Erde schlägt«, schaltete sich ein gut aussehender Mann mit dichtem weißem Haar ein, um Spannungsabbau bemüht.

»Der Arzt«, erklärte Matthieu. »Loig Jaffré.«

»Klar«, sagte der Bucklige. »Im Übrigen kenne ich niemanden, der respektvoller im Umgang ist als Josselin, er sucht nie Streit. Daran könntet ihr anderen euch ein Beispiel nehmen, ganz besonders du, Gaël. Der Erste, der ihm an den Kragen will, bekommt es mit mir zu tun.«

»Es ist immerhin vierzehn Jahre her, dass der Hinkende einen Fuß, oder besser, eine Stelze nach Louviec gesetzt hat«, rief die Dicke dazwischen. »Wisst ihr noch?«

»Ja, zwei oder drei Monate lang hörte man Nacht für Nacht sein Gehämmer. Und was ist dann passiert?«

»Man hat Armez in seinem Bett eine Kugel in den Kopf gejagt und sein ganzes Erspartes war futsch.«

Adamsberg sah mit hochgezogener Augenbraue zu Matthieu.

»Der einzige Mord, den Louviec je erlebt hat«, bestätigte Matthieu, »das hat die Leute nachhaltig beeindruckt. Hier ist es so ruhig, dass es keinem einfallen würde, seine Haustür abzuschließen. Armez hatte sein ganzes Geld törichterweise unter die Matratze gestopft. Von wegen gutes Versteck. Da waren völlige Dilettanten am Werk, skrupellose Idioten, hieß es. Deshalb wurde überall nach jungen Leuten gefahndet, die plötzlich mit Geld um sich warfen, ohne Ergebnis. Danach, und das ist der Punkt, an dem sich die Gemüter erregen, war der Hinkende aus Louviec verschwunden. Bis vor Kurzem.«

»Und jetzt, wo er zurück ist«, sagte ein schmächtiger Bursche, »was glaubt ihr, wird geschehen?«

»Ich frage mich, wo ihr euren Verstand gelassen gehabt«,

sagte Chateaubriand, während er sein Glas gegen das Licht hielt und die Farbe seines Weins betrachtete, eine Geste, die sich in ihrer Anmut deutlich vom übrigen Gebaren am Tisch unterschied. »Erstens: Es gibt keine Gespenster, nur zur Erinnerung. Ihr seid Bretonen, ihr steht fest mit beiden Beinen auf der Erde. Zweitens: Ein Gespenst verlässt niemals seine Bleibe. Drittens: Das Gespenst von Combourg hat meines Wissens noch nie jemanden angegriffen. Viertens: Vor vierzehn Jahren war ich noch nicht nach Louviec zurückgekehrt. So weit seid ihr einverstanden? Jetzt hat einer von euch ein Hämmern gehört oder davon geträumt. Seither hört ihr es alle. Oder vielmehr, ihr bildet euch ein, es zu hören. Eine kollektive Halluzination. Nichts weiter als ein Hirngespinst, und je eher ihr die Sache wieder vergesst, desto schneller verschwindet euer Hinkender.«

Chateaubriands Vortrag und das Eintreffen dreier weiterer Flaschen setzten der Diskussion ein Ende, sie verlor sich in einem allgemeinen Stimmengewirr.

»Glauben die Leute wirklich daran?«, fragte Adamsberg.

»Ich fürchte, ja, die meisten. Die einen mehr, die anderen weniger.«

»Und sie denken, Chateaubriands Anwesenheit ist schuld, dass der Hinkende sich in Louviec herumtreibt?«

»So ungefähr, obwohl, du hast es ja selbst gehört, dass Chateaubriand sich vor vierzehn Jahren gar nicht in Louviec aufhielt. Aber in solchen Fällen spielt Logik keine Rolle. Hier im Dorf sind ja auch viele felsenfest davon überzeugt, dass deine Seele Schaden nimmt, wenn jemand auf deinen Schatten tritt, besonders auf den deines Kopfes, und dass dies früher oder später zum Tod führt. Viele andere, die Mehrheit, lachen darüber und laufen mit Vergnügen über jeden Schatten, der ihren Weg kreuzt. Vor allem Kinder spielen liebend gern Schattentrampeln, bis ihnen irgendwer ein paar hinter die Löffel gibt und sie verscheucht.«

»Das kenne ich aus meinem Dorf in den Pyrenäen. Wir mussten immer an der Hand meiner Großmutter laufen, und sobald jemand die Straße überquerte, hielt sie abrupt an. Um unsere Schatten zu schützen.«

»Dieser Aberglaube ist so alt wie die Welt und kein Volk ist ihm je entkommen«, sagte Matthieu und nahm endlich die Hand von seinem Auge. »Aber du hast mich vorhin nach dieser verblüffenden Ähnlichkeit gefragt. Es gibt dazu drei Hypothesen. Es ist extrem selten, dass man einen Doppelgänger hat, deshalb drängt sich zunächst der Verdacht der Hochstapelei auf. Opfer meiner Neugier, habe ich Nachforschungen angestellt und das Geburtenregister der Gemeinde und des Rathauses buchstäblich unter die Lupe genommen – nichts.« Matthieu schüttelte den Kopf. »Das Papier weist weder Kratz- noch Radierspuren auf, die Handschrift des Pfarrers und des Gemeindebeamten sind einwandfrei zu entziffern. Josselin wurde vor dreiundfünfzig Jahren als Sohn eines Vaters namens Auguste-Félix de Chateaubriand in Louviec geboren. Er hat die Ähnlichkeit mit dem Schriftsteller also nicht ausgenutzt, um unter falscher Flagge zu segeln. Außerdem würde ein Betrüger doch versuchen, daraus einen Vorteil zu ziehen, oder? Ihm brachte die Ähnlichkeit aber nur Ärger ein. Er wechselte von einer Stelle zur nächsten, jedes Mal rollte man wegen seines Aussehens und seines Namens den roten Teppich für ihn aus, nie verlangte man ein Diplom. Er hat keinerlei Ausbildung durchlaufen, beispielsweise zum Literaturlehrer, folglich scheiterte er krachend an seinen Aufgaben, die Lehrpläne und Verpflichtungen waren ihm ein Graus. Ein Leben voller Misserfolge und Talfahrten, das ihn eines Tages demütig nach Louviec zurückführte.«

»Deine zweite Hypothese?«

»Sein Vater, auch er gebürtig aus Louviec, war so stolz auf seinen Namen und seinen Sprössling, dass er Jahre damit zubrachte, sämtliche Archive zu durchforsten, um den umfangreichen Stammbaum der Familie zu rekonstruieren. Er findet sich in den Aktenbeständen des Rathauses, doch Josselin zeigt kein Interesse daran. Das Dokument misst gut einen auf zwei Meter, ist mit großer Akribie erstellt, es fehlt kein Name und kein Datum – der Vater war Notar und notorisch gewissenhaft –, ich habe es stundenlang studiert. Es gibt tatsächlich eine entfernte Verwandtschaftslinie, in der ein Josselin-Arnaud de Chateaubriand auftaucht, der Erste seines über Generationen weitervererbten Namens. Unser Josselin wäre in diesem Fall ein Cousin vierten Grades. Ganz schön weit entfernt, oder? Für eine solche Ähnlichkeit?«

»Zu weit.«

»Bleibt die Bastardthese, mein Favorit. Chateaubriand, der andere, der echte, wenn ich so sagen darf, war ein Frauenheld. Unwahrscheinlich, dass aus diesen zahlreichen Verbindungen, ob kurz oder lang, nicht auch eine Schar Nachkommen hervorgegangen ist, die er jedoch nicht anerkannt hat. Aber angenommen, eine dieser Frauen hätte genug Macht über ihn gehabt und ihn genötigt, dem Kind seinen Namen zu geben. Dann wäre unser Josselin ein direkter Nachkomme und trüge rechtmäßig seinen Namen.«

»Das hieße, es lägen zwei Jahrhunderte zwischen den beiden, immer noch eine lange Zeit für eine solche Ähnlichkeit.«

»Du darfst nicht vergessen, in diesen Kreisen waren Ehen oder Affären unter Blutsverwandten gang und gäbe. Was die genetische Möglichkeit einer solchen Anomalie erhöht. Ich sehe keine andere Erklärung, auch wenn sie unbefriedigend ist. Nimmst du noch ein letztes Glas, bevor wir gehen?«

»Ich weiß nicht«, sagte Adamsberg mit einer Geste, die sich im Unbestimmten verlor.

»Mach, was du willst, ich zwinge dich zu nichts.«

»Das meinte ich gar nicht«, stellte Adamsberg entschuldigend richtig. »›Ich weiß nicht‹ rutscht mir oft einfach so raus.«

»Und warum?«

»Ich weiß nicht«, sagte der Kommissar lächelnd. »Lass uns noch einen trinken, Matthieu.«

III

Am nächsten Morgen um 9 Uhr trat Adamsberg den Rückweg nach Paris an, den Kopf voller Geschichten über den Hinkenden, die Schattentrampler und den eleganten Josselin de Chateaubriand.

Und einen Monat später traf Danglard ihn morgens in seinem Büro an, vertieft in die Lektüre jenes Artikels über den Mord in Louviec, der ihn ohne ersichtlichen Grund völlig in Beschlag nahm. Gaël Leven war ein aggressiver Mann gewesen, Adamsberg erinnerte sich an sein Wortgefecht mit Chateaubriand in dem Gasthof. Beinahe hätte er Matthieu angerufen, um Einzelheiten in Erfahrung zu bringen, aber Danglard hatte recht, es ging ihn nichts an. Das wusste auch Matthieu, der Hunderte Kilometer entfernt an Adamsberg dachte und seine Meinung hören wollte. Nach einer Stunde des Zögerns schloss er die Tür seines Büros und griff zum Telefon.

»Adamsberg? Matthieu hier. Die Dinge laufen nicht gut bei uns, bist du im Bilde?«

»Ja, Gaël Leven. Wo?«

»In der dunklen Gasse, die zu seinem Haus führt. Er kam aus dem Gasthof, ziemlich betrunken, zumindest so betrunken, dass er einigen Leuten schwer auf die Nerven gegangen war. Unter anderem Josselin. Im Hinsetzen hatte Gaël, angeblich aus Versehen, aber das kaufte ihm niemand ab, Wein über Josselins graue Weste verschüttet. Du musst wissen – Gaël machte keinen Hehl daraus –, dass ihn an Josselin einfach alles aufregte: sein adliger Name, seine ›weibische‹ Kleidung, seine langen Locken. In der Regel hütete er aber seine Zunge, denn nur wenige teilten seine Ansichten in diesem Punkt. Zumal allen klar ist, dass der Bürgermeister von Chateaubriand erwartet, sein vornehmes, etwas angestaubtes Äußeres zu kultivieren. Aber sobald Gaël einen über den Durst trinkt, eskaliert die Situation. Der Wirt hat ihn am Kragen gepackt und rausgeworfen.«

»Wie reagierte Josselin? Wegen des verschütteten Weins, meine ich.«

»Er trocknete sich mit einer Serviette die Weste ab. Sehr gelassen.«

»Und dann?«

»Dann kommt der Arzt ins Spiel, der Typ mit der weißen Haarpracht, erinnerst du dich?«

»Ja, er hatte damals versucht, die Wogen zu glätten.«

»Er verließ den Gasthof zehn Minuten später und nahm denselben Weg wie Gaël. Und auf einmal sah er ihn da in seinem Blut liegen, vor Schmerzen wimmernd. Zwei Messerstiche in die Brust. Mit dem einen wurde die Lunge durchbohrt, mit dem anderen eine Rippe gebrochen und das Herz verletzt. Der Arzt rief einen Rettungswagen aus Combourg herbei und blieb bei dem Verletzten. Der geredet hat.«

Am Klang von Matthieus Stimme hörte Adamsberg, dass etwas nicht in Ordnung war.

»Was hat er gesagt?«

»Warte, damit du die Zusammenhänge verstehst, muss ich dir noch kurz eine Szene schildern, die sich am Abend vor dem Mord bei einem Empfang im Rathaus abspielte. Man hatte zur Vernissage eines örtlichen Malers eingeladen, es waren etwa sechzig Leute anwesend, darunter ein verbitterter, übellauniger Journalist, der beim *Combourger Tageblatt* und bei *Sieben Tage in Louviec* für das Vermischte zuständig ist. Josselin hatte nicht mitbekommen, dass der Mann auch da war, und ließ sich über die allgemeine Respektlosigkeit und den Spott der Journalisten aus, unter denen er sehr zu leiden habe, weil man, wie er ganz objektiv darlegte, an ihn tausendmal mehr Erwartungen stelle als an einen gewöhnlichen Menschen, der er aber sei. Daraufhin geht dieser Lokalreporter, Villing, auf ihn zu und rüttelt ihn heftig an der Schulter. Josselin mag ein Mann wie du und ich sein, trotzdem ist noch nie jemand handgreiflich gegen ihn, den Vicomte de Chateaubriand, geworden. Warum auch? Villing war in Rage – wie Gaël hatte er ordentlich getankt, er schnaufte wie ein Stier – und verteidigte seine Zunft. Er bezeichnete Josselin als Nichtskönner, als Versager, als jämmerlichen Lehrer, es sei schon eine Leistung, es mit der Visage und dem Namen zu nichts zu bringen. Und er werde die Wahrheit über Josselins Unfähigkeit in der Zeitung von Louviec enthüllen, jeder solle davon erfahren. Die Zeugen des Vorfalls waren sprachlos und schockiert, genauso wie der Bürgermeister.«

»Was hat Josselin getan?«

»Den Kopf geschüttelt und mit den Schultern gezuckt, und als der Kellner vorbeikam, hat er sich ein Glas Champagner genommen. Aber es war sonnenklar, dass diese Flut öffentlicher Beschimpfungen – die nicht alle aus der Luft gegriffen waren – ihn erschüttert hatte. Er streitet seine beruflichen Fehlschläge nicht ab, aber stell dir einmal vor, dieser Mistkerl von Villing würde Josselin de Chateaubriand in der Lokalzeitung als Nullnummer vorführen, binnen kürzester Zeit wäre das ganze Land auf dem Laufenden und der ehrwürdige Name Chateaubriand hätte einen ganz schönen

Schlag weg. Plötzlich war es denn auch vorbei mit Josselins gewohnter Ruhe. Während der Bürgermeister versuchte, Villing ohne viel Aufhebens hinauszukomplimentieren, stieß Josselin ihn mit einem Kinnhaken zu Boden, was auf allgemeine Zustimmung traf. Nichts Schlimmes, aber demütigend.«

»Ausgezeichnet. Ich hätte wahrscheinlich dasselbe getan.«

»Und ich erst.«

»Womit dieser Villing einen weiteren Grund hat, seine Gemeinheiten zu veröffentlichen.«

»Dazu wird er keine Gelegenheit mehr haben, denn die Chefs vom *Combourger Tageblatt* und von *Sieben Tage in Louviec* haben ihn vor lauter Empörung sofort gefeuert. Das war am Abend des Mordes allerdings noch nicht bekannt. Villings Schmährede machte in Louviec schnell die Runde. Die meisten Einwohner bedauern den Zwischenfall, aber es gibt auch den ein oder anderen, der neidisch ist auf das Ansehen, das der ›aristokratische Schnösel‹, ›dieser Hochstapler‹ im Ort genießt, und sich heimlich ins Fäustchen lacht. Nur dass in Louviec eben nichts heimlich geschieht. Wenn du am Dorfeingang gegen einen Baum pinkelst, weiß in der nächsten Minute jeder am Dorfausgang darüber Bescheid.«

»Und was hat das mit dem Mord zu tun?«

»Das wirst du gleich verstehen. Aber behalte es für dich.«

»Selbstverständlich.«

»Hast du ein Blatt Papier zum Mitschreiben?«

»Liegt vor mir.«

»Die letzten Worte des Verletzten, die der Arzt aufschnappen konnte … Bist du so weit?«

»Lass hören.«

»Ich diktiere sie dir mit Pausen. Gaël brachte keinen zusammenhängenden Satz mehr über die Lippen, seine Worte waren abgehackt. Schreib auf, ich bin gespannt, was du davon hältst: ›Vic… bou… illing… ge… hau… to… ist…‹ Nach kurzer Unterbrechung fügte er hinzu: ›Dies… hat…‹ Das war's. Die Aussage belastet eindeutig Chateaubriand, Adamsberg, es ist eine Katastrophe. Ich bin entsetzt.«

»Lass mich darüber nachdenken, ich rufe dich zurück. Du solltest keine voreiligen Schlüsse ziehen, vergiss nicht, der Mann war betrunken und lag im Sterben. Das wirkt sich nicht unbedingt vorteilhaft auf das Sprechen aus, und auf das Denken auch nicht.«

Adamsberg hatte sofort begriffen, was seinen Kollegen so schockierte. Er betrachtete das Blatt Papier und bemühte sich, Gaëls Gestammel mit Matthieus Augen zu lesen. »Vic… bou…« bedeutete demnach »Vicomte von Combourg«. Und bekanntlich versucht das Opfer als Erstes, den Namen des Mörders mitzuteilen. Hatte Gaël Leven Josselin »Vicomte« genannt? Ja, er erinnerte sich, dass Gaël ihn spöttisch so angesprochen hatte. Das Folgende lag auf der Hand: »Villing gehauen«, dann war vom Tod die Rede und das Ende blieb rätselhaft. Im zweiten Anlauf überdachte Adamsberg Gaëls Worte möglichst unvoreingenommen, dann rief er den Kommissar aus Combourg zurück.

»Und?«, fragte Matthieu gereizt. »Aus der Nummer kommt er nicht mehr raus, oder? Ich versuche, das Ganze hinauszuzögern, bis der Autopsiebericht vorliegt, aber danach bleibt mir keine Wahl. Dann heißt's Verhör und Untersuchungshaft.«

»Die Anschuldigung wirkt auf den ersten Blick erdrückend, das will ich nicht bestreiten. Aber es gibt Dinge, die nicht zusammenpassen, zu viele Dinge. War Gaël dabei, als Villing Josselin im Rathaus beleidigte?«

»Ja, und er hat natürlich gelacht. Er hat sich ganz offensichtlich köstlich amüsiert.«

»Aber warum hätte Gaël auf diese Szene anspielen sollen?«

»Um Josselins Wut auf ihn zu erklären.«

»Josselin hätte doch zuerst Villing getötet, nicht Gaël, es wusste ja noch keiner, dass der Journalist rausfliegen würde. Gaël hatte gelacht, gut, aber daraus folgt noch lange kein Motiv. Gaël provozierte Josselin im Gasthof schon seit einer Weile, ohne dass dies je etwas zur Folge gehabt hätte. War es das erste Mal, dass Gaël ihn mit Wein übergoss?«

»Mindestens das fünfte Mal. Soweit ich weiß. Ich bin ja nicht tagtäglich in Louviec.«

»Siehst du, und Gaël wurde sicher nicht deswegen umgebracht. Josselin hat kein Motiv.«

»Mag sein, aber diese Worte sind nun mal in der Welt.«

»Und es gibt mindestens eines, das einer näheren Betrachtung nicht standhält. ›Villing gehauen‹. *Gehauen*, Matthieu? Das ist Kindersprache. Oder hörst du Gaël wie auf dem Schulhof rufen: ›Er hat Villing gehauen?‹ Verprügelt, geschlagen, fertiggemacht, was immer du willst, aber doch nicht gehauen. Nein, das funktioniert nicht. Zu kindisch für Gaël.«

»Ich verstehe, was du meinst, aber der Sinn seiner Worte bleibt bestehen.«

»Er bleibt es, was ›Vicomte von Combourg‹ betrifft, aber danach ist der Satz völlig schief und ergibt überhaupt keinen Sinn. Ganz zu schweigen von seinem unverständlichen Ende: ›tot ist‹. Wer ist denn tot, Matthieu? Und was sagt dir das ›Dies… hat…‹?«

»Nicht mehr als dir.«

»Du merkst selbst, nichts außer Josselins Titel ist stimmig. Mit viel gutem Willen könnte man Gaëls Worte so verstehen: ›Der Vicomte von Combourg hat Villing gehauen.‹ Das würde ich nicht zwingend eine Mordbezichtigung nennen.«

»Nein. Aber der Divisionnaire ist total fixiert auf diesen Namen: Chateaubriand. Und setzt mich unter Druck. Eine so spektakuläre Festnahme wäre ganz nach seinem Geschmack. Wie schätzt du die Lage ein?«

»Du hast mir noch nicht verraten, ob Gaël, so betrunken und aggressiv, wie er war, sich an dem Abend im Gasthof Ärger eingehandelt hatte?«

»Keinen handfesten. Die Leute kennen die Ausbrüche ihres Wildhüters, wenn er gesoffen hat. Sie hören nur mit einem Ohr hin, sein Gezeter perlt an ihnen ab wie Regen an einem Schieferdach, sie unterhalten sich einfach weiter, früher oder später schmeißt der Wirt Gaël raus, damit wieder Ruhe einkehrt … Warte, doch, einen Zwischenfall gab es. Eine Frau kam irgendwann hereingestürmt, schnurstracks auf Gaël zu, um ihm mit erhobener Faust zu drohen: ›Willst du mich umbringen, oder was, Gaël Leven? Wenn du mich nicht in Frieden lässt, garantiere ich dir, dass du es nicht ins Paradies schaffst.‹ Und zack, war sie wieder weg. Die Frau führt das Kurzwarengeschäft in Louviec, sie glaubt fest an die Geschichten mit den Schatten. Und als Chef-Schattentramplerin fürchtet und hasst sie Gaël gleichermaßen. Keine Sorge, ich habe meinen Job gemacht: Die Frau wurde als Erste verhört.«

»Noch vor Josselin?«

»Doktor Jaffré musste wegen einer notfallmäßigen Entbindung aufbrechen, kurz bevor der Krankenwagen kam. Unglücklicherweise ließ er in der Eile sein Telefon am Tatort liegen und hatte am nächsten Tag durchgehend Sprechstunde. Wir haben von Gaëls letzten Worten erst gestern Abend erfahren, als Jaffré uns endlich von zu Hause aus zurückrief. Heute Morgen war Josselin unterwegs, zunächst auf seinem üblichen Spaziergang im Wald, dann zum Einkaufen in Combourg. Das Wetter ist schön, soll er sich noch ein Weilchen dort vergnügen. Ich werde meine Männer nicht wie auf einer Treibjagd durch den Wald hetzen.«

»Zurück zu dieser Frau. Kaliber?«

»Kräftig. Aus dem Vollen geschnitzt, Arme wie Keulen. Am Nachmittag war Gaël ihr mindestens fünfmal hintereinander auf den Kopf gesprungen, na ja, auf den Schatten ihres Kopfes. Als sie ihn in der Herberge sitzen sah, konnte sie nicht widerstehen, sie ist rein, um ihm ›die Meinung zu geigen‹. Danach sei sie aber direkt nach Hause gegangen, Zeugen dafür gibt es nicht.«

»Sie hätte durchaus mit einem Messer in der Hand in der Gasse auf ihn warten können.«

»Aber ihm offen zu drohen und ihn anschließend umzubringen, hieße ja, sich selbst die Schlinge um den Hals zu legen.«

»Vielleicht ist sie ein bisschen dumm und hat gehandelt, ohne nachzudenken.«

»Sie ist zweifellos ein bisschen dumm. Sie zerreißt sich mit Leidenschaft das Maul über alle, selbst über Kinder. Sie heißt Marie Serpentin, aber die meisten nennen sie nur ›Die Schlange‹ oder ›Die Viper‹.«

»In Louviec geht's ja lustig zu.«

»Sie langweilen sich einfach sehr.«

»Die Viper?«, wiederholte Adamsberg. »›Vi‹ wie in ›Vic‹.«

»Nur ohne ›bou‹. Ich denke, sie tickt nicht ganz richtig. Sie träumte von einer Bilderbuchfamilie mit sieben Kindern, war aber weder schön noch schlau genug, um einen einzigen Kerl an Land zu ziehen. Sie blieb allein mit ihrem Kurzwarenladen, und wie du weißt, redet man immer schlecht über andere, wenn es einem selbst nicht gut geht. Und sich fanatisch in irgendwelche Schattengeschichten hineinzusteigern, rührt bestimmt auch daher. So was gibt einem ein Ziel. Aber deshalb gleich ein Messer zu zücken, das erscheint mir wie ein zu großer Schritt.«

»Wohl wahr. Aber zumindest hast du mit ihr eine weitere Verdächtige. Mit ihr und allen, die Gaël provozierte, indem er auf ihren Schatten herumtrampelte. Gibt es Fußabdrücke?«

»Ja, und zwar sehr seltsame. Man könnte meinen, der Mörder sei in dem Blut ausgerutscht. Es sind glatte Abdrücke mit unregelmäßigen Aufwerfungen.«

»Der Mörder muss sich Plastiktüten um die Schuhe gebunden haben. Ich nehme an, ihr habt sämtliche Mülltonnen in der Umgebung durchsucht. Irgendwas Verdächtiges gefunden, Tüten oder Handschuhe?«

»Wir waren schon im Morgengrauen unterwegs. Keine Spur, weder von Handschuhen noch von Tüten.«

»Was ist mit Josselin? Wann hat er den Gasthof verlassen?«

»Er ist vor den anderen gegangen. Vor Gaël. Vierundzwanzig Zeugen. Auch er hätte in der Gasse auf Gaël warten können. Nicht gut, gar nicht gut. Deshalb frage ich dich noch einmal: Wie schätzt du die Lage ein?«

»Gib mir einen Moment zum Nachdenken. Einen langen Moment, bitte, ich denke so langsam nach, wie ich gehe und schreibe. Und schon gar nicht denke ich strukturiert nach.«

Matthieu wusste das, aber er legte großen Wert auf Adamsbergs Meinung, und damit war er nicht allein. Er zündete sich eine Zigarette an, und es verstrichen mehr als fünf Minuten, ehe sich der Kommissar wieder in der Leitung meldete.

»An deiner Stelle, mein Freund, würde ich nichts überstürzen.«

»Weil du nie etwas überstürzt.«

»Glaube nicht, dass mir so was nicht auch passiert. In deinen Augen sind die letzten Worte Gaëls ein erdrückender Beweis. Ja, man kann dem Gestammel ›Vicomte von Combourg‹

entnehmen, schlimm genug, aber es handelt sich nur um Bruchstücke von Wörtern. Alles Übrige ist keineswegs glasklar. Wenn du Josselin verhaftest, wird einem Chateaubriands Gesicht von allen Titelseiten entgegenblicken, und die Öffentlichkeit wird sich bis zum Prozess darüber ereifern. Aber bei diesem Prozess, Matthieu, wird selbst der trotteligste Anwalt den einzigen ›Beweis‹, den es gibt, diesen fragwürdigen Satz, im Handumdrehen zerpflücken: keine eindeutige Beschuldigung, kein Motiv, keine materiellen Beweise, keine Logik, nur lauter Ungereimtheiten, und obendrein war das Opfer betrunken Man wird auf die anderen Verdächtigen verweisen, das aufbrausende Temperament des Opfers betonen und es dem ruhigen, hilfsbereiten Wesen Josselins entgegensetzen. Sein Verhalten gegenüber Villing steht auf einem anderen Blatt, denn der war handgreiflich geworden. Wer an Josselins Stelle hätte sich nicht gewehrt? Am Ende, Matthieu, dafür lege ich meine Hand ins Feuer, wird Josselin freigesprochen, dank der großen Bewunderung für seinen schriftstellernden Vorfahren, die immer noch auf ihn, den bemerkenswerten Nachfahren, abfärbt. Aber vorher sitzt er monatelang in Untersuchungshaft, für die du letztlich die Verantwortung übernehmen musst. Das könnte heikel für dich werden. Inkompetenz? Vorschnelles Handeln? Du wirst dir einiges anhören müssen und als Sündenbock herhalten. Du stehst bei dieser Sache auf wackligem Boden. Und am schlimmsten ist, dass du riskierst, einen Unschuldigen hinter Gitter zu stecken.«

Nun war es an Matthieu zu schweigen und Adamsberg zündete sich eine Zigarette an. Er hatte sich das Rauchen wieder angewöhnt, seit sein ältester Sohn bei ihm gewohnt und überall seine Schachteln herumliegen lassen hatte. Er mochte diesen Tabak nicht, trotzdem hatte er sich von Zeit zu Zeit abends eine angesteckt, wenn er mit seinem Sohn zusammensaß. Inzwischen war sein Sohn fort, die Gewohnheit aber hatte er beibehalten. Er kaufte die gleiche Marke immer wieder nach, so konnte er sich sagen, dass er nicht wieder angefangen hatte zu rauchen, sondern sich lediglich an den Zigaretten seines Sohnes bediente, was ein großer Unterschied war.

Matthieu holte ihn aus der Warteschleife zurück.

»Du hast recht«, sagte er mit gefestigter Stimme. »Ich war schockiert, als ich dieses ›Vic… bou…‹ las, und habe keinen kühlen Kopf bewahrt. Ich werde versuchen, meinen Divisionnaire zu bremsen, ich habe mir deine Einwände notiert. Sollte Josselin verhaftet und anschließend freigesprochen werden, sitzt auch er mit im Boot.«

»Und wird untergehen. Das Ganze geht mich zwar überhaupt nichts an, aber wenn du das Verhör mit Josselin bis 14 Uhr hinauszögern könntest, dürfte ich dann eventuell daran teilnehmen? Ich würde ihn sehr gern sehen.«

»Ihn sehen? Wozu sollte das gut sein?«

»Ich würde seinen Tonfall, seinen Gesichtsausdruck, seine Gesten, seine Reaktionen erleben.«

»Warum nicht? Aber halte dich zurück. Wenn du bei der Gendarmerie in Combourg ankommst, nimm den Hintereingang, spar dir den Aufzug und geh die Treppe in die dritte Etage hoch, erste Tür links. Dort habe ich vorübergehend mein Büro eingerichtet. Falls jemand fragt, sag, dass du einen Termin mit mir hast.«

»Danke, Matthieu. Ich mache mich sofort auf den Weg zum Bahnhof.«

Adamsberg durchquerte den großen Saal der Brigade zur allgemeinen Verwunderung fast im Laufschritt und rief Danglard ein paar Anweisungen für den Tag zu. Der Commandant eilte ihm auf seinen langen, schlaksigen Beinen hinterher.

»Wo zum Teufel wollen Sie hin?«, fragte er, als er Adamsberg eingeholt hatte.

»Nach Combourg, hin und zurück. Ich will dem Verhör von Chateaubriand beiwohnen, der Mann ist in Gefahr.«

»Der Fall geht uns nicht nur nichts an, es ist auch völlig illegal, was Sie vorhaben. Sie verlieren den Verstand, Kommissar.«

»Die Sache bleibt unter uns.«

»Verdammt, haben Sie die Sitzung um 11 Uhr vergessen? Die Frau mit Pelz und Diamanten, die gestern Abend in ihrem Auto ausgeraubt und ermordet wurde? Wir haben keinerlei Anhaltspunkte. Abgesehen von dem Zeugen, der beobachtet hat, wie sich ein Mann mit einem Kanister in der Hand zur Fahrertür des stehenden Autos hinabbeugte und um Benzin bettelte. Sagt Ihnen das vielleicht noch etwas? Wir haben keine einzige Spur, keinen Fingerabdruck. Eine Frau mit einer ellenlangen Liste an Beziehungen, die an Ort und Stelle abgeknallt wurde, und Sie machen sich einfach aus dem Staub?«

»Es sagt mir zumindest so viel, Danglard, dass ich heute Morgen bei Sonnenaufgang den Tatort aufgesucht und das Dickicht unterhalb der Stelle, an der das Auto stand, inspiziert habe.«

»Wir hatten den abgesperrten Bereich bereits gestern mit fünfundzwanzig Mann und achtzehn Scheinwerfern durchkämmt. Eine wahre Müllhalde. Ergebnis gleich null.«

»Wir hatten aber keinen Spürhund dabei. Und ein Kanister stinkt. Der Kanister war dunkelgrün und steckte tief in einer Eibe, wir sind daran vorbeigelaufen.«

»Der Mörder trug Handschuhe.«

»Während der Tat, natürlich. Aber da es sein Kanister ist, werden sich alte Fingerabdrücke von ihm darauf finden. Man findet ihn nicht immer, aber es ist selten, dass diesen Schurken nicht ein Fehler unterläuft. Ich habe Lambert um 7 Uhr geweckt, und eine Stunde später lag das Ergebnis vor: Simon Reboulier, genannt Sim der Aal, der einem immerzu entgleitet. Zwei Jahre Knast vor zwanzig Jahren, danach hat er sich mit Diebstählen, bewaffneten Überfällen, im Zweifelsfall auch Mord, hochgearbeitet und wurde nie geschnappt. Der Typ ist stark wie ein Bär, wechselt Namen, Adresse und Aussehen wie seine Hemden. Jahrelang schlüpfte der Aal uns durch die Finger, aber der feinen Nase eines Hundes konnte er nicht entwischen. Der Kanister steht versiegelt in meinem Büro und Lamberts Bericht liegt auf meinem Tisch. Jetzt müssen wir den Mann nur noch kriegen. Dass man ihn jahrelang nicht schnappen konnte und das zunehmende Alter haben ihn unvorsichtiger werden lassen. Anscheinend treibt er sich in letzter Zeit oft in Angelos Spielhalle Der Glückswürfel herum. Sein Versteck muss also irgendwo in der Nähe sein. Besorgen Sie sich jeder ein Foto von ihm und klappern sämtliche Cafés der Gegend ab, die kleinen Hotels und möblierten Apartments. Ansonsten Routine, die Hehler im Auge behalten.«

»Warum haben Sie mir kein Wort gesagt?«, empörte sich Danglard, während Adamsberg sich eilig zum Bahnhof Montparnasse entfernte.

»Ich wollte es Ihnen gerade ausführlich schreiben«, sagte Adamsberg und wedelte mit seinem Telefon. »Sie haben jetzt alles, was Sie für die 11-Uhr-Sitzung brauchen.«

»Abgesehen von Ihnen«, brummte Danglard. Wie immer war er, was Adamsberg betraf, hin- und hergerissen zwischen Missbilligung und Bewunderung.

Einerseits brachte die Art und Weise, wie der Kommissar handelte, arbeitete und vor allem dachte, den äußerst rationalen Danglard zur Verzweiflung, andererseits konnte der Commandant nicht anders, als der unvorhersehbaren Richtung zu folgen, die Adamsbergs seltsamer Kompass anzeigte. Denn so verwirrt und verwirrend dieser Kompass auch sein mochte – bisweilen waren Zweifel erlaubt, ob er überhaupt funktionierte –, Danglard brauchte ihn, um seine Angst zu überwinden. Er war, bei aller Normabweichung, der Lichtblick, den Danglard nie aus den Augen verlor.

Adamsberg erhielt eine SMS von Danglard, während er im Zug vor sich hin dämmerte.

»Warum hat der Mann seinen Kanister weggeworfen, anstatt ihn mitzunehmen? Darüber stolpern wir.«

»Damit der Geruch nicht auf den Schmuck übergreift. Der Geruch ist flüchtig und kann sehr hartnäckig sein. Ein Hehler mag es nicht, wenn der Plunder nach Benzin riecht. Die Spur lässt sich dann zu gut nachverfolgen und die Ware schwer weiterverkaufen.«

IV

Eine Viertelstunde vor der verabredeten Zeit schlich sich Adamsberg in Matthieus Büro. Die beiden Männer begrüßten sich mit einer festen Umarmung, dann sah Matthieu seinen Kollegen prüfend an.

»Du hast nicht viel geschlafen.«

»Ich musste am frühen Morgen noch eine Sache klären, aber ich habe mich im Zug ein bisschen ausgeruht.«

»Ich mache dir einen Kaffee.«

»Sehr gern. Hast du Josselin angerufen?«

»Ja, ich wollte ihn nicht per SMS über den Mord an Gaël informieren. Ich habe ihn gebeten, so schnell wie möglich nach Combourg in die Gendarmerie zu kommen, weil ich seine Hilfe benötigte, aber er hat seine Mailbox erst um halb eins abgehört.«

»Seine Antwort?«, fragte Adamsberg, während er den Kaffee hinunterstürzte. »Habe ich noch Zeit, eine zu rauchen?«

»Wir haben neun Minuten«, sagte Matthieu und hielt seinem Kollegen, der vergeblich in seinen Taschen nach einem Feuerzeug suchte, ein Streichholz hin. »Sehr freundliche, neutrale Antwort. Er werde seine restlichen Einkäufe in Combourg erledigen und zur erbetenen Uhrzeit da sein. Wir sind uns einig, dass du keinerlei Fragen stellst, das wäre vorschriftswidrig.«

»Versteht sich von selbst, Matthieu.«

Punkt 14 Uhr klopfte Josselin dreimal sacht an und öffnete die Tür.

»Kommen Sie herein, Josselin, nehmen Sie Platz«, rief Matthieu und schüttelte ihm die Hand.

»Schau an«, sagte Josselin lächelnd, »Adamsberg. Sie können wohl gar nicht genug von uns kriegen, wie?«

»Es gibt letzte Details zu klären. Ich habe einen Abstecher nach Louviec gemacht und wollte dem Kommissar Guten Tag sagen.«

»Aber dass Sie einen Abstecher nach Louviec gemacht haben, bedeutet, dass etwas vorgefallen ist.«

Josselin strich über den unteren Teil seiner dicken Leinenhose, um sie von der Erde aus dem Wald zu befreien. In den Wald ging er nie in seiner Vicomte-Kluft.

»Verzeihung«, sagte er plötzlich und richtete sich auf. »Ich mache Ihr Büro ganz dreckig, bitte entschuldigen Sie, ich benehme mich wie ein Grobian. Ein Reflex, heute Morgen war es feucht im Unterholz, aber die Ernte war gut«, fügte er hinzu und deutete auf einen kleinen Korb. »Ich habe fünf Morcheln ergattert, das ist selten um diese Zeit. Catherine wird sich freuen.«

»Catherine ist seine Haushälterin«, erklärte Matthieu an Adamsberg gewandt, der diese Gesprächseröffnung seitens Josselins als vollkommen natürlich empfand und es für sehr unwahrscheinlich hielt, dass der Vicomte etwas über Gaëls Tod wusste oder ihn gar getötet hatte.

»Monsieur de Chateaubriand, bitte setzen Sie sich. Haben Sie etwas dagegen, wenn ich unser Gespräch aufzeichne?«

Josselin kniff seine melancholisch blickenden Augen zusammen.

»Monsieur de Chateaubriand? Gespräch aufzeichnen? Es handelt sich also um ein Verhör, Matthieu?«

»Keine Sorge, Sie sind weder der Erste, noch werden Sie der Letzte sein, der sich meinen Fragen unterziehen muss. Sieben der Gäste, die sich vorgestern in der Herberge in Louviec aufhielten, habe ich bereits verhört, und ich bin noch lange nicht fertig.«

»Verhört – in welcher Sache? Was geht hier vor sich, Kommissar?«

»Gaël Leven wurde vorgestern Abend ermordet.«

»Was?«, rief Josselin und stützte seine Hände auf den Armlehnen des Holzstuhls ab, als wollte er sich erheben.

»Ermordet. Wie kommt es, dass Sie nichts davon wissen? Die Presse konnte gestern noch nicht darüber berichten, dafür war es zu früh, aber in Louviec ging die Nachricht doch schon herum.«

»Gestern habe ich einen Jugendfreund in Dol besucht. Fragen Sie bei ihm nach, wenn es von Interesse sein sollte. Aber Gaël? Was ist passiert? Ist der Streit im Gasthof vorgestern Abend noch so aus dem Ruder gelaufen? Zugegebenermaßen war Gaël ziemlich betrunken und warf mit Beleidigungen um sich, als wollte er Getreide aussäen. Hat er seine Provokationen zu weit getrieben? Hat ihm jemand eine Flasche über den Schädel gezogen?«

»Warum denken Sie an eine Flasche?«

»Weil es schon einmal geschehen ist, vor fünf oder sechs Jahren. Gaël hatte Kemener eine ›Schleimschnecke‹ genannt, woraufhin Kemener sich auf ihn stürzte, in der Hand eine Flasche, die er auf seinem Schädel zerschmetterte.«

Matthieu sah zu Adamsberg hinüber. »Kemener ist der Schulleiter.«

»Und es stimmt, er neigt dazu, viel Speichel abzusondern«, fügte Josselin hinzu. »Jedenfalls hat er Gaël nur eine Platzwunde zugefügt. Johan, der Gastwirt und einzige Mann im Dorf, der stark genug ist, um es mit dem Wildhüter aufzunehmen, konnte die beiden Streithähne trennen und rief die Gendarmerie an.«

»Also, Monsieur de Chateaubriand …«

»Verhör oder nicht, können Sie mir wenigstens dieses ›Monsieur de Chateaubriand‹ ersparen? Jeder hier nennt mich Josselin oder Chateau, meinetwegen Chateaubriand.«

Matthieu schaltete das Aufnahmegerät ab.

»Es tut mir sehr leid, Josselin, aber die Vorschrift verlangt, dass ich Sie während der Aufzeichnung der Vernehmung mit Ihrem vollständigen Namen anspreche. Man könnte mich sonst der Gefälligkeit bezichtigen.«

»Verstehe«, sagte Josselin. »Dann fahren Sie fort. Erlaubt Ihnen das Protokoll, mir zu sagen, was mit Gaël passiert ist? Ich begreife es nicht. Er mag ein Provokateur, ein Sarkast, ja ein Rüpel gewesen sein, wenn er zu viel getrunken hatte, aber tief in seinem Inneren war er, wie es so schön heißt, ein feiner Kerl.«

»Ein feiner Kerl? Das sagen ausgerechnet Sie, über den er ständig hergezogen ist, den er erst vorgestern mit Wein übergossen hat?«

»Es ist nicht ausgemacht, dass er den Wein absichtlich verschüttet hat, denn er schwankte ja. Und seinen Spott verteilte er ziemlich wahllos, seine Ausbrüche trafen jeden einmal, mich eingeschlossen. Meistens kaprizierte er sich auf körperliche Defekte oder jemandes Aussehen, Nase, Haare, Zähne, Ohren, viel weiter ging es nicht, zumal Gaël selbst kein schöner Mann und sich dessen bewusst war. Er verhöhnte Dünne genauso wie Angsthasen. Nichts daran ist sympathisch, aber es ist auch nicht wirklich schlimm.«

»Und das nennen Sie einen ›feinen Kerl‹?«

»Ich meine damit, dass er keinen Hass in sich trug. Kummer,

ja, seit dem Tod seiner Mutter, Wut auch, und die wurde immer größer. Man schluckte seine Beleidigungen nur zähneknirschend, aber ihn deswegen töten, nein. Wir sollten ihn nicht zu verzerrt darstellen: Er war trotz allem ein offener, herzlicher Mensch, immer ein freundliches Wort auf der Lippe, natürlich nur im nüchternen Zustand. Auch für mich, wenn wir uns im Wald begegneten. Diese Frau hingegen, die Schlange, die plötzlich im Gasthof auftauchte und ihm drohte, hasste ihn zutiefst. Und nicht etwa, weil er ihren Schatten mit Füßen trat, nein. Sie ist die Schwester von Villing. Man muss nicht lange raten, woher dieser Schnüffler seine Informationen bezieht. Villing ist ein durch und durch hasserfüllter Mensch, in diesem Punkt steht er seiner Schwester in nichts nach. Da haben sich zwei gesucht und gefunden.« Josselin hielt plötzlich inne. »Entschuldigen Sie, Kommissar, ich habe nicht das Recht, einen solchen Verdacht zu äußern. Ich nehme meine Worte zurück.«

Matthieu zog eine Schublade auf und holte einen großen blutbefleckten Plastikbeutel hervor.

»Und das, Monsieur de Chateaubriand«, er deutete auf den Inhalt des Beutels, »sagt Ihnen das etwas? Diese Frage stelle ich jedem.«

»Sieht aus wie mein Messer ... Es ist mein Messer!«, Josselin sprang auf. »Darf ich?« Er streckte eine Hand nach dem Beutel aus.

»Sicher, aber nehmen Sie es bitte nicht heraus.«

»Schauen Sie!«, fuhr Josselin mit ungewohnter Erregung in der Stimme fort. »Da, neben dem Markennamen auf dem Griff – ein Ferrand-Messer, bessere gibt es nicht –, ist ein Kratzer. Es ist ohne Zweifel meins!«

Plötzlich ließ Josselin das Messer auf den Tisch fallen, schob es weit von sich.

»Damit wurde er ermordet, nicht wahr?«

»Ja.«

»Gestern konnte Catherine es nicht mehr finden. Dabei hatte sie es vorgestern noch zur Vorbereitung des Mittagessens benutzt. Sie kommt ohne dieses Messer in der Küche nicht aus – es ist wirklich von höchster Qualität – und war so verärgert, dass sie mich in Dol anrief, um zu fragen, ob ich es eingesteckt hätte. Nein, natürlich nicht, und deshalb habe ich heute Morgen in Combourg ein neues derselben Marke besorgt. Es ist in meinem Einkaufskorb, falls Sie es zu sehen wünschen.«

»Nicht nötig.«

»Dieses Messer belastet mich, nehme ich an?«

»Sagen wir mal so«, erwiderte Matthieu gedehnt, »es ist nie von Vorteil, Besitzer der Tatwaffe zu sein.«

»Das leuchtet ein. Aber man muss schon ziemlich dumm sein, um jemanden mit dem eigenen Messer zu töten. Und noch dümmer, anschließend spontan zuzugeben, dass es einem gehört. Na ja, Catherine kennt dieses Messer so gut, sie hätte es sofort identifiziert. Und zwangsläufig werden Sie meine Fingerabdrücke darauf finden. Ebenso wie ihre.«

»Das ist richtig, allerdings sind sie verwischt. Der Mörder könnte im Affekt gehandelt haben, andererseits hatte er nicht vergessen, sich vorher Handschuhe überzustreifen. Ich nehme an, Sie tragen welche bei Ihren Waldspaziergängen?«

»Selbstverständlich. Der Wald ist voller Brombeersträucher und Brennnesseln.«

»Würden Sie sie mir bitte zeigen?«

Josselin verzog kurz säuerlich das Gesicht, als er seine Lederhandschuhe aus dem Korb nahm. Unsanft legte er sie auf den Tisch.

»Ich weiß, es ist unangenehm«, sagte Matthieu. »Aber ...«

»… reine Routine«, fiel Josselin ihm ins Wort. »So lautet die Vorschrift.«

Adamsberg war froh, dass Josselin ein wenig seine Beherrschung verlor. Verdächtige, die sich durch nichts aus der Ruhe bringen ließen, hatten sich ihre Antworten lange im Vorfeld zurechtgelegt.

»Ich nehme an, Sie werden sie auf Blutspuren untersuchen, alles reine Routine. Aber selbst in diesem Fall wäre ich doch ein ziemlicher Idiot, wenn ich mich der schmutzigen Handschuhe nicht entledigt hätte. Villing mag mich als Versager beschimpfen, aber ein Idiot bin ich nicht.«

»Villings Beleidigungen waren unerträglich für Sie, nicht wahr?«, fragte Matthieu und verstaute die Handschuhe in einem frischen Plastikbeutel.

»Sie wären für jeden unerträglich gewesen … Ich habe nie einen Hehl aus meiner beruflichen Inkompetenz gemacht. Aber das war nicht der Grund, warum ich ihm einen Kinnhaken verpasste. Den hatte er sich mit der Androhung verdient, seine Schmähungen in *Sieben Tage in Louviec* und dem *Combourger Tageblatt* zu veröffentlichen. Es ist mir egal, ob man das Zeug hier im Dorf liest, die Leute kennen mich. Aber es würde keine zwei Tage dauern, bis ein solcher kränkender Artikel, illustriert mit einem schönen Foto des Gesichts, das ich geerbt habe, in Combourg die Runde machte, zum landesweiten Gesprächsthema würde und dank des Internets auch darüber hinaus. Bei dem Gedanken an eine derartig schändliche Kampagne ging meine Faust wie von allein los. Man bat ihn, die Veranstaltung zu verlassen, er war außer sich vor Wut. Wenn ich je die Absicht gehabt hätte, jemanden zu töten, dann wäre meine Wahl auf ein Reptil wie Villing gefallen und nicht auf einen Menschen wie Gaël.«

»Es scheint jedoch einen Zusammenhang zwischen beiden Ereignissen zu geben«, sagte Matthieu mit gedämpfter Stimme und tippte sich mit dem Radiergummi seines Bleistifts an die Lippe. »Und ausgerechnet Gaël hat diese Verbindung hergestellt.«

»Gaël? Er hat kein Wort über Villing an dem berüchtigten Abend im Gasthof verloren, das werden Ihnen alle Zeugen bestätigen. Es sei denn, nachdem ich gegangen war.«

»Ja, es war danach. Nämlich als der Arzt ihn sterbend in der Gasse vorfand. Gaël stammelte noch ein paar Worte, bevor er starb. Und zwar diese hier.« Matthieu reichte Josselin einen Zettel.

Kreidebleich gab Josselin dem Kommissar das Papier zurück.

»Jetzt verstehe ich, Kommissar«, brachte er gepresst hervor. »Sie denken, dass ich Gaël getötet habe. ›Vic… bou…‹, sprich ›Vicomte von Combourg‹, natürlich, damit beschuldigt er mich. Er nannte mich ständig Vicomte, obwohl er wusste, dass ich das nicht mochte. Ich verstehe, dass Ihnen nun wohl nichts anderes übrig bleibt, als mich in Gewahrsam zu nehmen, Kommissar.«

Josselin nahm den Zettel wieder zur Hand und las ihn leise durch, so ruhig und konzentriert, als müsste er die Arbeit eines seiner Schüler korrigieren. Seit er mit kaum merklichem Zittern in der Stimme das Wort »Gewahrsam« ausgesprochen hat, dachte Adamsberg, arbeitet es in ihm.

»Und deshalb«, schloss Josselin und richtete sich auf seinem Stuhl auf, »stehe ich Ihnen zur Verfügung.«

»Ein wichtiger Punkt, immerhin«, Matthieu schien den letzten Satz nicht gehört zu haben. »Wir müssen auch in Betracht ziehen, dass Ihnen das Messer gestohlen wurde.«

»Zu welchem Zweck?«

»Um Sie zu belasten.«

»Ich habe keine Feinde in Louviec.«

»Außer Villing, der Sie mehr denn je hasst. Und natürlich weiß Villing, dass Gaël sich so gut wie jeden Abend im Gasthof aufhält. Er weiß leider über alles Bescheid, das ist sein schmutziger Job. Er weiß auch, um welche Uhrzeit Catherine bei Ihnen ist.«

»Von 11 Uhr bis 14 Uhr. Sie serviert mir mein Mittagessen und bereitet das Abendessen vor. Ich kann nicht kochen.«

»Und Sie, Monsieur de Chateaubriand, wann sind Sie außer Haus?«

»Zur Pilzsaison fast jeden Vormittag. Ich gehe früh los, zwischen 9 und 11 Uhr ist also niemand im Haus. Nach dem Essen bin ich von 14.30 bis 16 Uhr bei dem kleinen Germain und bei Victor, beide sind behindert, besuchen keine Schule.«

»Gehen Sie jeden Tag zur selben Zeit zu ihnen?«

»Ich versäume diesen Termin niemals, nur am Wochenende findet er nicht statt.«

»Worüber jeder in Louviec Bescheid weiß.«

»Natürlich. Abgesehen davon unterrichte ich bei mir zu Hause zwischen 17 und 18.30 Uhr.«

»Und jeder in Louviec weiß, dass Sie Ihre Haustür tagsüber nie zuschließen.«

»Wozu sollte das gut sein? Ich vergesse es sogar oft auch am Abend. Und wenn ich nach dem Unterricht, am frühen Abend, noch mal aufs Rad steige, um Brot oder Milch für den nächsten Tag einzukaufen, steht das Haus für eine weitere gute Stunde offen. Lächerliche Details, Kommissar, aber ich nenne sie für den Fall, dass Sie sie in den einzelnen Geschäften überprüfen wollen.«

»Es wäre also ein Kinderspiel, in den Besitz Ihres Messers zu gelangen. Zum Beispiel am vergangenen Dienstagnachmittag, dem Tag des Mordes, als Sie den behinderten Kindern Unterricht gaben.«

»Nichts leichter als das. Aber ich glaube nicht, dass Villing mein Messer entwendet und Gaël damit getötet hat, nur um mir einen Mord anzuhängen.«

»Und warum nicht?«

»Weil er zwar ein Feigling und arglistig ist, aber kein Mann, der zur Tat schreitet.«

»Das verstehe ich nicht. Ich serviere Ihnen einen Verdächtigen auf dem Silbertablett und Sie verteidigen ihn noch.«

»Nicht eine Sekunde. Ich sage Ihnen bloß, was ich von dem Kerl halte, das gebietet der Anstand. Mag sein, dass ihn Mordgelüste umtreiben. Deren Umsetzung aber steht auf einem völlig anderen Blatt, dazu ist er, nach meiner Meinung, nicht in der Lage.«

»Ich danke Ihnen für Ihre Hilfe, Monsieur de Chateaubriand«, sagte Matthieu und erhob sich. »Sie können jetzt gehen.«

»Sie lassen mich laufen? Obwohl Gaël mich beschuldigt?«

»So ist es.«

V

Adamsberg traf Matthieu um 19 Uhr im Gasthof. Er fühlte sich dank einer Siesta wiederhergestellt, während der Kommissar aus Rennes erschöpft wirkte.

»Eine Vernehmung nach der anderen, ich bin fix und fertig.« Matthieu steuerte auf seinen Stammplatz zu. »Was hältst du von Josselin?«

»Auf den ersten Blick hat er nichts zu verbergen. Er schien ehrlich erstaunt, sogar schockiert zu sein, als er von dem Mord an Gaël erfuhr. Seine Reaktion hatte nichts Verstelltes. Und es war so einfach, an sein Messer zu kommen. Du hast die Schlange doch noch mal verhört?«

»Ich habe mir zuerst der Reihe nach die Klatschweiber vorgenommen, die sie ständig belagern. Vier von ihnen haben vorgestern, also am Dienstagnachmittag, zwischen 14.15 und 15.30 Uhr bei ihr geklingelt – ihr Laden ist in dieser Zeit geschlossen.«

Matthieu blätterte in seinem Notizbuch. Seine Finger zitterten leicht vor Müdigkeit.

»Du solltest etwas zu trinken bestellen«, sagte Adamsberg. »Ich genehmige mir auch ein Gläschen. Und auch eine Kleinigkeit zu essen, such du uns etwas aus. Wir haben genug Zeit, bis der letzte Zug geht.«

Auf ein Zeichen von Matthieu kam Johan, der blonde, immer noch ziemlich attraktive Koloss, an ihren Tisch, um die Bestellung aufzunehmen.

»Trotz der Umstände«, sagte er mit einer Verbeugung an

Adamsberg gewandt, »ist es mir eine Ehre, Sie wieder bei uns zu wissen, zumal in diesem Gasthaus.«

Adamsberg lächelte und unter diesem Lächeln entspannte sich die professionelle Steifheit des Riesen.

»Nennen Sie mich Johan, Kommissar«, sagte der Wirt, ehe er sich entfernte.

»Du hast ihm auf Anhieb gefallen«, stellte Matthieu fest.

»Also, was ist mit deinen Klatschweibern?«

»Sie haben geklingelt, eine nach der anderen. Du kannst dir ja vorstellen, Josselins Attacke gegen Villing, das war ein Ereignis, da gab es eine Menge zu bereden. Die Erste fand sich um Viertel nach zwei, die Zweite um fünf vor drei, die Dritte um zehn vor drei und die Letzte um drei Uhr dort ein. Keiner da.«

»Wie viel Zeit braucht man, um vom Haus der Schlange zu Josselin zu gelangen?«

»Nicht lange, wenn sie mit dem Rad unterwegs war, aber … zu riskante Nummer. Ihr Rad ist knallrot, jeder kennt es. Sie fällt eben gerne auf. Ich an ihrer Stelle, hätte ich unbemerkt zu Josselin gewollt, wäre in unauffälliger Kleidung zu Fuß gegangen, und zwar durch die kleinen Straßen, die um das Dorf herumführen. Das dauert zwar länger, aber man begegnet fast niemandem auf dieser Strecke. Und zu Fuß braucht man vielleicht zwanzig Minuten. Ich war gestern um 15.30 Uhr bei ihr und habe sie befragt. Sie schwor bei Gott, dass sie sich tags zuvor nicht aus ihrem Haus bewegt habe. Ich verwies auf ihre vier Freundinnen, die sie am Dienstag nicht angetroffen hätten. ›Da muss meine Waschmaschine gerade im Schleudergang gewesen sein‹, sagte sie. ›Die macht einen schrecklichen Lärm, da hört man sein eigenes Wort nicht.‹ Ich wollte die trocknende Wäsche sehen, aber es gab keine. Sie kam in Bedrängnis, war verwirrt und wütend – sie hat nicht die Widerstandskraft eines Josselin. Sie keifte, wenn ich es genau wissen wolle, ja, sie sei zu Hause gewesen, aber vor ihrem Fernseher eingeschlafen. Das habe sie nicht gleich gesagt, weil man sonst denken könnte, sie läge den ganzen Tag auf der faulen Haut. Sie bat mich inständig, es für mich zu behalten, sie würde sonst großen Schaden nehmen.«

»Warum?«

»Sie hat den Ruf, ein unermüdliches Energiebündel zu sein. Eine Siesta am helllichten Tag würde ihr Image zerstören.«

»Klingt logisch«, sagte Adamsberg.

»Klingt logisch«, wiederholte Matthieu.

Unerwartet schnell erschien Johan mit einem beladenen Tablett und stellte zwei angerichtete Teller sowie Getränke auf den Tisch. Matthieu nickte zum Dank, stürzte die Hälfte seines Glases hinunter und begann zu essen. Adamsberg tat es ihm gleich.

»Aber man darf nicht vergessen«, fuhr Matthieu zwischen zwei Bissen fort, »dass sie eine erwiesene Lügnerin ist und noch dazu eine Aufschneiderin. Die einzige Schwäche, die sie eingesteht, sogar für sich in Anspruch nimmt, ist ihre Angst davor, dass jemand auf ihren Schatten tritt. Sie hätte also ein Motiv, Gaël zu töten.«

»Was einfach ist, wenn man bedenkt, dass der Mann sich nur noch schwankend und mit halb geschlossenen Augen auf den Beinen hielt. Und mit diesem Messer kann sie Josselin die Tat in die Schuhe schieben.«

»Ich kann mir trotzdem nur schwer vorstellen, wie sie die Klinge in ihn hineinstößt. Selbst wenn sie ihn so sehr hasst, wie Josselin behauptet.«

»Sieh mal, er hat seinen Korb mit den Pilzen auf Johans Tresen vergessen.«

»Er hat ihn nicht vergessen, er isst seine Pilze nie. Er verschenkt sie. An Catherine, an Johan, an wen auch immer.«

»Geht er denn oft welche sammeln?«

»Fast jeden Tag. Acht Monate lang, während der ganzen Saison.«

Adamsberg legte die Gabel auf den Tellerrand und warf einen Blick auf den Korb, den er nun mit neuen Augen sah.

»Du willst mir also erzählen, dass er jeden Morgen in den Wald geht, um seinen Korb mit Pilzen zu füllen, obwohl er keine Pilze mag?«

»So ist es«, sagte Matthieu und trank einen Schluck. »Er mag auch den Wald nicht. Wenn die Saison vorbei ist, setzt er keinen Fuß mehr dort hinein.«

»Und wie erklärt er das?«

»Er erklärt es nicht. Wenn jemand danach fragt, zuckt er mit den Schultern, und nichts weiter. Niemand kann es erklären.«

»Aber das ergibt keinen Sinn. Es handelt sich um eine zeitintensive Beschäftigung, die einiges Wissen verlangt.«

»Sagen wir, es ist ein bisschen schräg, ja. Jeder hier hat seine eigene Deutung. Die einen vermuten ein Gelübde dahinter, andere ein Versprechen oder ein Ritual … Ich behaupte, es ist einfach nur schräg. Vielleicht mag er es auch, ziellos umherzuwandern, und die Pilze sind ein willkommener Vorwand. Das hätte etwas von der Romantik seines Vorfahren.«

»Oder er streift umher, um zu träumen. So ergeht es mir oft«, sagte Adamsberg und wandte sich wieder seinem Essen zu.

»Ach ja? Zu festen Zeiten?«

»Wie denn sonst? Während der Arbeit? Nein, immer, sobald sich die Gelegenheit bietet. Manchmal verlasse ich sogar die Brigade, was Danglard, gewissenhaft, wie er ist, auf die Palme bringt. Aber ich kann genauso gut umherschweifen, wenn ich auf meinem Stuhl vor dem Kamin sitze.«

»Und wovon träumst du?«

»Ich weiß nicht.«

»Da ist es wieder, dein ›Ich weiß nicht‹.«

»Diesmal trifft es aber sogar zu.«

Die Glocke der nahe gelegenen Kirche schlug acht und allmählich füllte sich die Herberge mit ihren Stammgästen und einigen Touristen.

»Die reden sich sicher gleich die Köpfe heiß«, kommentierte Matthieu.

»Hier einzukehren, ist keine billige Angelegenheit. Wie können es sich die Leute leisten, so oft herzukommen? Sie machen keinen besonders wohlhabenden Eindruck.«

»Das sind sie auch nicht.« Matthieu senkte die Stimme. »Es gibt hier zwei Tarife. Einen für die Einheimischen und einen für Fremde. Johan vertritt die Ansicht, dass ein leeres Restaurant nicht einladend wirkt. Die einheimischen Mittagsgäste dienen gewissermaßen als Köder, insbesondere Josselin. Wenn du wüsstest, wie viele Menschen nach Louviec kommen, um ihn zu sehen oder sich mit ihm fotografieren zu lassen – unglaublich. Der arme Josselin ist, ich sagte es bereits, die beste Werbung für das Dorf. In der Touristensaison sorgt er allein für den doppelten Umsatz.«

»Und wahrscheinlich darf er ohne Anweisung seine langen braunen Locken, so gut sie ihm auch stehen, um keinen Zentimeter kürzen. Im Grunde ist er ein Sklave.«

»Mehr oder weniger. Aber er ist beliebt und wird gut behandelt.«

»Außer von der Person, die ihm einen Mord auf die Schultern laden will.«

Adamsberg hielt abrupt inne.

»Was hast du?«

Adamsberg saß da wie erstarrt, seine Gabel hing in der Luft, sein Blick verlor sich in der Ferne.

»Du siehst aus, als wärst du nicht mehr ganz bei der Sache.« Matthieu war noch nie Zeuge einer der berüchtigten Absencen seines Kollegen gewesen und glaubte, dessen Pupillen im Braun seiner Iris ertrinken zu sehen. Er rüttelte ihn am Arm, woraufhin Adamsberg sich wieder in Bewegung setzte, als hätte jemand einen Schalter umgelegt.

»Alles in Ordnung«, sagte Adamsberg. »Es ist nur eine Idee, die ich habe, aber nicht finde.«

»Wenn du sie hast, solltest du sie auch finden können.«

»Nein, Matthieu, es ist eine dieser Ideen, die sich wie kleine Tierchen tief im Schlamm eines Sees verstecken. Ich weiß, dass sie da ist, aber ich kann sie nicht benennen. Und ich weiß, dass sie irgendwie mit dem Wort ›Schultern‹ zusammenhängen muss, das ich eben ausgesprochen habe.« Er beendete das Zerlegen seines Fleisches. »Vielleicht ein belangloses Detail.«

»Ich hatte noch nie mir unbekannte Ideen, die im Schlamm vergraben waren.«

»Mir passiert das oft. Es ist ärgerlich. Aber ich lasse sie gewähren.«

Natürlich drehte sich die Diskussion an dem langen, inzwischen voll besetzten Tisch um den Mord, und jeder hatte seine Meinung, was den Mörder betraf. Einer warf in die Runde, dass der Arzt der Schuldige sei, er habe Gaël sterben lassen, unter dem Vorwand, dringend eine Frau entbinden zu müssen. Schließlich hätten Gaël und Doktor Jaffré wegen des Alkohols in einem Dauerzwist gelegen und keiner sei dem anderen auch nur einen Zentimeter entgegengekommen.

Außerdem, warum hatte sich der Arzt noch vor Eintreffen des Krankenwagens aus dem Staub gemacht? Und warum hatte er sich nicht bei Matthieu gemeldet, um ihn über Gaëls letzte Worte zu informieren?

»Er hat nicht ganz unrecht«, sagte Matthieu. »Mit dem Verhalten des Arztes stimmt etwas nicht. Dass er sein Handy am Tatort hatte liegen lassen, ziehe ich nicht in Zweifel. Aber dass er sich am nächsten Tag keines geborgt hat, um mich anzurufen, wundert mich doch.«

»Vielleicht hat er das unzusammenhängende Gestammel in dem Moment als nicht so wichtig eingeschätzt, Gaël war schließlich sturzbesoffen und lag im Sterben. Jaffré ist Arzt und auf diese Rolle wird er sich konzentriert haben.«

Johan, besorgt wegen der Touristen, trat an den Tisch und bat die Runde, sich leiser zu unterhalten. Aber die Touristen nahmen nur ein undeutliches Stimmengewirr wahr, sie hatten einzig und allein Augen für Josselin de Chateaubriand. Es war jedoch verboten, ihn im Gasthof Zu den zwei Schilden zu fotografieren – eine Tafel an der Fassade wies darauf hin –, und Johan verteidigte Josselins Zufluchtsort nach Kräften.

»Deine Meinung, Vicomte?«, fragte der Lehrer.

»Keine«, erwiderte Josselin. »Ich sehe nicht, wer einen Grund gehabt haben könnte, Gaël aus dem Weg zu räumen.«

»Was du nicht sagst«, bemerkte der stellvertretende Bürgermeister, »dabei war er doch eine Nervensäge vor dem Herrn.«

»Er hat sich mit seiner Art, ständig ins Blaue hinein herumzubrüllen, durchaus Feinde gemacht.«

»Ständig kam es nicht vor«, korrigierte Josselin. »Und er musste wirklich betrunken sein, bevor er die Grenze überschritt.«

»Stimmt, er redete oft unsinniges Zeug daher.«

»Und deshalb ließ es alle mehr oder weniger kalt.«

»Genau dieses ›mehr oder weniger‹ lässt mich aufhorchen«, nahm der stellvertretende Bürgermeister seinen Faden wieder auf.

»Jedenfalls werden wir das Holzbein des Hinkenden nicht mehr hören. Jetzt, wo er seine Leiche hat«, meinte der Lehrer.

»Weiß der Henker.«

»So wird es den ganzen Abend weitergehen«, sagte Matthieu. »Manchmal fällt bei ihrem Gerede sogar etwas Aufschlussreiches ab. Im Unterschied zu dem Bericht des Gerichtsmediziners, dem zu entnehmen ist, dass Gaël an zwei Messerstichen starb, einem in die Lunge, einem ins Herz. Da sind wir verblüfft, nicht wahr? Und dass er Flohbisse hatte. Was interessiert uns das? Rein gar nichts. Diese Ärzte …«

»Sag mal«, unterbrach ihn Adamsberg, ohne den Blick von dem Barhocker abzuwenden, auf dem ein hochgewachsener, stämmiger Mann mit einem Glas Cidre saß und sich den letzten Bissen eines Sandwiches schmecken ließ, »ist das nicht der Bucklige?«

»Nicht so laut, um Himmels willen. Ja, das ist er, aber er hat keinen Buckel mehr.«

»Wieso, was ist geschehen? Ein Wunder, Matthieu? Hat er im Wasser des Brunnens von Louviec gebadet?«

In dem fraglichen Brunnen plätscherte ein feines, klares Rinnsal, dem man, wie es in vielen Dörfern zum guten Ton gehört, heilende und Fruchtbarkeit verleihende Kräfte zuschrieb.

»Es ist viel prosaischer, wobei ich nicht in der Lage bin, es dir genau zu erklären. Er hatte starkes Fieber, eine Entzündung im Schultergelenk, an seinem nicht richtig sitzenden Schulterblatt, das sich nach hinten verschoben und ihm den Rücken gewölbt hatte. So weit das, was wir ihm entlocken konnten, das heißt kaum fünf Worte. Der Arzt ließ ihn zwangsweise in die Klinik nach Rennes bringen, er begleitete ihn sogar, weil Maël nichts von einem Krankenhaus wissen wollte. Und dann kehrte er so wieder heim, operiert von einem Spezialisten für Gelenkfehlstellungen, wie der Arzt widerwillig preisgab.«

»Er ist an die Schweigepflicht gebunden.«

»Klar. Ein Ratschlag, Adamsberg, kein falsches Wort dazu. Es sind knapp drei Wochen seit der Operation vergangen, und der Bucklige – Pardon, Maël – hat unmissverständliche Anweisungen gegeben: Nie wieder eine Bemerkung zu seiner Missbildung, man solle ihn damit in Ruhe lassen und ihn bei seinem Vornamen nennen, Maël. Als wollte er seine Vergangenheit auslöschen. Er musste als Kind viel durchmachen, wurde ständig gehänselt, verprügelt, ausgegrenzt. Allerdings war er immer der Klassenbeste, das machte einiges wett, man brauchte ihn für die Hausaufgaben. Aber wie du siehst, gesellt er sich beim Abendessen nach wie vor nicht zu den anderen. Die Macht der Gewohnheit. Ich denke, das gibt sich noch. Außerdem genießt er dort auf seinem Hocker den unerschütterlichen Schutz des Hausherrn, des großen Johan.«

»Soweit ich es beurteilen kann, begegnen ihm die Leute dennoch wohlwollend.«

»Ja, und zwar aus gutem Grund. Der Mann ist nämlich hilfsbereit, fast ein bisschen übereifrig, weil er stets fürchtet anzuecken. Der Arzt sagt, das sei Ausdruck seiner verzweifelten Suche nach Liebe, wie früher als Kind. Aber insgeheim meiden einige ihn wie der Teufel das Weihwasser.

Bucklige hatten schon immer das Pech, dass sie nicht nur missgebildet waren, sondern auch als Diener des Leibhaftigen galten. Und hier, du hast es selbst gesehen, geizen sie nicht gerade mit Aberglauben.«

»Und warum hat er eine Schiene und einen Gipsverband am linken Arm?«

»Damit er ihn nicht belastet, bis alles komplett verheilt ist. So was braucht gute sechs Wochen.«

Plötzlich wurde die Tür aufgerissen und eine völlig verstörte Frau stürmte in die Wirtsstube.

»Der Hinkende! Herveline sagt, dass er unter ihrem Fenster vorbeigelaufen ist. Sie traut sich keinen Schritt mehr vor die Tür.«

»Verdammt«, sagte Matthieu und leerte sein Glas in einem Zug.

»Und warum hat sie nicht ihren Mann geschickt?«, fragte Maël.

»Weil Erwann meint, dass das alles Unfug ist. Er hat ihn nicht gehört, den Hinkenden, behauptet er. Rausgegangen ist er trotzdem, hat aber nichts gesehen.«

Maël stieg langsam von seinem Hocker herab – er schien immer noch Schmerzen zu haben –, aber er verrenkte sich nicht mehr wie zuvor und näherte sich dem Tisch.

»Erwann hat recht. Wenn ihr einen Funken Verstand habt, hört auf, an diesen Quatsch zu glauben, dann wird derjenige, der sich diesen Spaß erlaubt, es bald auch wieder leid sein.«

»Ich sehe es genauso wie Maël«, sagte der Gastwirt. »Der Kerl fühlt sich doch nur ermutigt, wenn wir uns unter dem Bett verkriechen, sobald wir ihn hören. Erwann ist ein schlauer Bursche und hat den nötigen Schneid. Aber allein wird es ihm nicht gelingen, der Nervensäge das Handwerk zu legen. Er braucht Hilfe.«

»Ich schlage vor«, sagte Maël, »dass wir jeden Abend in der unmittelbaren Nachbarschaft Jagd auf ihn machen. Gebt das an eure Nachbarn weiter. Wer ist dafür?«

Alle hoben die Hand, Maëls Plan wurde einstimmig angenommen, woraufhin Johan den Männern, plötzlich sehr stolz ob ihrer ungeahnten Kühnheit, eine Runde spendierte.

VI

Als Adamsberg im Zug saß, verkündete ihm Danglard, dass sie Sim den Aal in einem billigen Hotel, nur ein paar Schritte vom Glückswürfel entfernt, festgenommen hätten. Die Entdeckung des neuen Verstecks verdankten sie Estalère. Sie hatten Simon in Gesellschaft von fünf bewaffneten Männern angetroffen, waren selbst jedoch nur zu dritt im Einsatz gewesen und hatten überlegt, Verstärkung anzufordern.

Lieutenant Retancourt, die Adamsberg als Universalgöttin der Brigade betrachtete, weil sie über eine atemberaubende Kraft verfügte, die sie, je nach Situation, in vielfältige Kompetenzen umzuwandeln wusste – außer in Feingefühl und Anmut –, hatte sich der Option »Verstärkung anfordern« jedoch strikt widersetzt. Wenn sie zu lange warteten, liefen sie Gefahr, dass man sie entdeckte und ihnen die Beute durch die Lappen ging. Retancourt hatte also lautlos mit ihrem Dietrich das Schloss geöffnet und den Raum als Erste betreten – solche Typen hatten keine Angst vor Frauen, egal, wie imposant deren Statur war –, und in ihrem Schatten waren Brigadier Noël und Lieutenant Veyrenc gefolgt. Ehe sie die geringste Erklärung oder Antwort auf Fragen gab, hatte sie bereits drei der Männer niedergerungen, darunter Sim. Als das Feld also weitgehend geräumt war, hielt sie Sim mit vorgehaltener Waffe in Schach, damit Noël und Veyrenc einen vierten Komparsen ausschalten konnten. Zwei Männer waren entkommen. Wie er den Lauf der Pistole in seinem Nacken spürte, dämmerte es Sim, dass er es nicht mit einem gewöhnlichen Gegner zu tun hatte, und verriet den Ort, an dem die Ware versteckt war.

Adamsberg lächelte, er hatte die Szene genau vor Augen. In der Zwischenzeit hatte er eine Nachricht von Matthieu erhalten, der ihm mitteilte, dass weitere Untersuchungen des Gerichtsmediziners unmissverständlich darauf hindeuteten, dass das Messer von einem Linkshänder geführt worden war. Die tiefen Schnitte zeigten in ihrem Verlauf eine leichte Abweichung nach rechts. Das ändere alles, verkündete Matthieu, er müsse jetzt nur noch eine Liste der Linkshänder erstellen. Adamsberg verließ das Abteil, um seinen Kollegen anzurufen.

»Wie viele Einwohner hat Louviec?«, fragte er.

»Tausendzweihundertdreiundzwanzig.«

»Wenn du davon die unter Fünfzehnjährigen abziehst, bleiben etwa tausend«, rechnete Adamsberg, während er auf seinem Smartphone die Altersdiagramme aufrief.

»Und die Alten.«

»Matthieu, es gibt verdammt robuste Fünfundsiebzigjährige. Aber gut, lassen wir auch die über Fünfundsiebzigjährigen beiseite, dann kommen wir auf ungefähr achthundertsiebzig. Wenn du nur die Linkshänder berücksichtigst, umfasst deine Liste immer noch hundertdreißig Personen.«

»Das grenzt die Ermittlungen trotzdem ungeheuer ein.«

»Nein, es fokussiert sie. Ist dir nichts aufgefallen, während der Vernehmung von Josselin?«

»Was?«

»Josselin hält seine Zigarette in der linken Hand.«

»Bist du sicher?«, rief Matthieu ein wenig schrill.

»Ganz sicher. Und wenn du die Information durchsickern lässt, werden wir deinen Divisionnaire nicht mehr im Zaum halten können, dann landet Josselin im Knast. Außerdem,

Matthieu, ist jeder Rechtshänder in der Lage, mit der Linken anzugreifen, um von sich abzulenken. Ein alter Trick, du kennst ihn genauso gut wie ich. Aber in dem Fall fehlt dem Arm meist die Kraft, um die Klinge mit dem ersten Ausholen bis zum Heft in den Körper zu rammen, das Messer verrutscht ein wenig, ehe es mit einem zweiten Stoß vollständig hineingetrieben wird. Wie gut ist dein Gerichtsmediziner?«

»Sehr kompetent und mit Leidenschaft bei der Arbeit.«

»Bitte ihn dringend darum, die Verletzungen anhand einer Kernspintomografie ganz genau in ihrem Verlauf zu untersuchen. Kannst du mich zurückrufen, sobald das Ergebnis vorliegt? Erzähl vorläufig niemandem davon. Ich frage mich, warum jemand versucht, Josselin zu belasten: das Messer und jetzt die linke Hand. Ganz zu schweigen davon, dass das neuerliche Auftauchen des Hinkenden die Blicke auf einen Chateaubriand lenkt. Fällt dir wirklich niemand ein, der ihm Böses will?«

»Nicht ein Einziger, aber ich kenne ja nicht alle tausend Erwachsenen, die in Louviec leben.«

»Nicht ein Einziger außer Villing und seine Schwester, die Schlange. Horch dich in dieser Richtung ein wenig um, und setz ein, zwei Männer darauf an, wenn du Zeit hast. Wer hat etwas gegen Josselin? Und wer teilt diese Meinung?«

»Das werde ich tun. Dass ein Mörder versucht, einem anderen den Schwarzen Peter zuzuschieben, ist ein Klassiker. Aber hast du jemals erlebt, dass einer nur tötet, um einen anderen hinter Gitter zu bringen?«

»Sehr selten, aber ist schon vorgekommen. Und dein Fall birgt etwas Besonderes, Bemerkenswertes. Das solltest du dir immer vor Augen halten.«

»Bemerkenswert? Ein Wildhüter wird auf der Straße erstochen, nachdem er einen Haufen Beleidigungen vom Stapel gelassen hat. Das passiert überall. In Louviec wie anderswo. Ich sehe nicht, was den Fall bemerkenswert macht.«

»Und ich sehe Josselin-Arnaud de Chateaubriand. Den Doppelgänger eines der berühmtesten Schriftsteller Frankreichs, in gewisser Weise die Inkarnation eines seiner größten Genies. Und als wäre das nicht genug, ist der Mann auch noch gebildet, kultiviert, elegant, berühmt und gut aussehend. Womit er, nur widerwillig und ohne sich darauf etwas einzubilden, allen übrigen Einwohnern von Louviec haushoch überlegen ist. Glaub mir, es gibt sicher viele Frauen, die dafür sehr empfänglich sind. Was unweigerlich dazu führt, dass es ebenso viele verbitterte und eifersüchtige Ehemänner gibt, die den Helden nicht in ihrem Herzen tragen. Es wäre sicher nicht ihr Schlimmstes, ihn ins Gefängnis wandern zu sehen. Und einer unter ihnen würde vielleicht sogar töten, um ihm die Schuld dafür in die Schuhe zu schieben.«

Nachdem er aufgelegt hatte, verspürte Matthieu das Bedürfnis, allein zu sein, und ging einen Kaffee trinken. Er, der unabhängige, erfolgreiche Kommissar hatte auf einmal das Gefühl, sich zu sehr von Adamsberg das Wasser abgraben zu lassen. Bei der geringsten Neuigkeit rief er ihn an, hörte sich seine Meinung dazu nicht nur an, sondern fügte sich ihr auch. Wie ein Insekt, das beständig zum Licht zurückflattert, suchte er seinen Rat in einem Fall, den er auch selbstständig lösen könnte und der Adamsberg nichts anging. Er kannte den Ruf, in dem sein Pariser Kollege stand, die Vorwürfe, die man ihm machte, die Bewunderung, mit der man ihm begegnete, seine verworrene Logik, die verschlungenen, seltsamen Pfade, denen er folgte, seine rätselhaften Gedankengänge, den Respekt bis hin zur Verehrung, die er erfuhr, andererseits die Antipathie und Ablehnung, auf die er stieß.

Man konnte ihn ebenso gut einen Faulpelz wie ein Genie nennen. Sein einzigartiges Gesicht spiegelte ein wenig von all dem wider. Kantig, dunkel, in der Mitte eine Habichtsnase, ein sanfter, verschwommener Blick, der ganz plötzlich scharf werden konnte, ein verführerisches, schiefes Lächeln, mit dem er schon viele betört hatte, und dazu seine leicht singende Stimme. Doch es war nicht dieses Lächeln, so charmant es auch sein mochte, das Matthieu gegen seinen Willen zu Adamsberg trieb. Nein, es war genau diese unorthodoxe Sicht auf die Dinge, es waren seine Sonderbarkeiten, dass ihm der Sinn für alles Konventionelle völlig abging. Sehr gut, schloss Matthieu und trank seine zweite Tasse Kaffee aus, er musste sich von dem, was er als unerhörte Schwäche seinerseits betrachtete, lossagen. Dieser Fall war sein eigener und er würde ihn ohne die Hilfe des schlingernden Kommissars zu Ende bringen.

Dennoch rief er ihn zurück, sobald die Antwort des Gerichtsmediziners eingegangen war. Er musste zugeben, dass Adamsberg sich nicht geirrt hatte.

»Du hattest recht. Die Klinge ist minimal von ihrem Kurs abgewichen und nicht ganz gerade bis zum Heft hineingestoßen worden.«

»Dann hast du es also tatsächlich mit einem vorgeblichen Linkshänder zu tun. Was Josselin ausschließt und die Zahl deiner Verdächtigen erhöht.«

VII

Mit Adamsbergs Rückkehr nach Paris hielt die Routine wieder Einzug in der Brigade, es gab keinen »bemerkenswerten« Fall, der die Aufmerksamkeit des Kommissars erregt hätte. Aus Sicht eines Polizisten stellte diese seltene Entschleunigung des Geschäfts einen Glücksfall dar, den es beim Schopf zu packen galt. Viele ließen es in dieser Zeit etwas langsamer angehen, holten Dinge nach, dehnten ihre Mittagspausen, widmeten sich anderen Aufgaben, wie Danglard, der heraldische Forschungen betrieb – seine aktuelle Lieblingsbeschäftigung–, oder Voisenet mit seiner Leidenschaft für Fische, insbesondere Süßwasserfische. Das Sterben dieser Tiere infolge von Erderwärmung und Umweltverschmutzung traf ihn so hart, als wäre er selbst ein Fisch. Andere, etwa die Informatikgenies Mercadet und Froissy, sehnten sich nach einer langwierigen und komplexen Recherche, die sich jedoch nicht abzeichnete. Retancourt, eine Frau, deren Temperament sie stets zur Aktion drängte, unternahm ausgiebige Spaziergänge im Schnellschritt, um ihre überschüssige Energie loszuwerden. Was Adamsberg betraf, so waren sein hinter seiner Trägheit brodelnder tiefer Hass auf das Morden, seine Empörung über Mörder, die verstohlen und verschleiert seinen Weg kreuzten, ohne dass er ihre Konturen auch nur erahnen konnte, plötzlich ihres Ventils und ihrer Befriedigung beraubt, und er durchschritt noch langsamer als sonst die alten Büroräume. Er langweilte sich, und zwar sehr offensichtlich, was seine Kollegen aber nicht beunruhigte, denn sie wussten inzwischen, dass der Kommissar durchaus in der Lage war, Langeweile als etwas zu erleben, das ihn nicht langweilte. Und dass seine Gedanken aus einem völlig unverständlichen Grund, auch für Adamsberg selbst, immer noch in Louviec herumschwirrten. Nach seiner Rückkehr hatte er die Onlineversion der Zeitung *Sieben Tage in Louviec* und des *Combourger Tageblatt* abonniert. Dort las er, dass der Hinkende immer noch zu hören war, dass man bei den von Maël organisierten Verfolgungsjagden lediglich einen Landstreicher ohne Stock erwischt hatte, den man mit etwas Geld in der Tasche weiterziehen ließ, und dass sich seine berüchtigte Kohorte wieder aufgelöst hatte.

Die Ruhephase währte nicht lange. Acht Tage nach dem Mord an Gaël Leven wurde Anaëlle Briand, eine junge Frau um die dreißig, die mit ihrer Cousine den örtlichen Laden für Haushaltsgeräte führte, mit zwei Messerstichen getötet und nur wenige Meter von ihrem Geschäft entfernt aufgefunden. Wie *Sieben Tage in Louviec* um 10 Uhr in einer Onlinesonderausgabe berichtete, wusste jeder im Dorf, dass die Cousinen nach Ladenschluss bis spät in die Nacht damit beschäftigt waren, zu putzen, die Buchführung auf den aktuellen Stand zu bringen, den Papierkram zu erledigen und Bestellungen aufzugeben. In dem Artikel hieß es, dass Anaëlle Briands Cousine gegen 21 Uhr mit dem Fahrrad nach Hause gefahren sei, Anaëlle selbst wahrscheinlich eine halbe Stunde später, wie sie es meistens tat. Sie hatte ihr Rad in einer Sackgasse gleich um die Ecke abgestellt und dort wurde sie erstochen. Ihre Cousine, die sie nicht heimkommen sah – die beiden wohnten in unmittelbarer Nachbarschaft –, war aus Sorge zum Laden zurückgefahren und hatte sie entdeckt. Es gab keine Zeugen, keine Spuren, kein Motiv. Laut Polizei stehen die Morde an Gaël Leven und Anaëlle Briand in keinem Zusammenhang und es existiert auch keine Verbindung zwischen den beiden Opfern. Zwar hatte Anaëlle Briand samstags immer im Gasthof zu Abend gegessen, dort für jeden ein Lächeln und ein paar nette Worte übrig gehabt, abgesehen von einem freundlichen Gruß jedoch hatte man die junge Frau nie in einem längeren Gespräch mit Gaël Leven beobachtet.

Ein Foto begleitete den umrahmten Text unter der Überschrift »Anaëlle Briand wurde von allen geliebt«: »Dieser schreckliche Mord sorgt in ganz Louviec für Entsetzen. Niemand kann sich vorstellen, wer der jungen Frau hätte übelwollen können. Die beiden Cousinen waren die Liebenswürdigkeit in Person, stets warmherzig und freundlich im Umgang mit ihren Kunden. Anaëlles grauenhafter Tod ist allen ein absolutes Rätsel.«

Adamsberg hielt das Datum und die wenigen Fakten in seinem Notizbuch fest. Gleichzeitig behielt er sein Telefon im Blick. Der Mord war am Abend zuvor um 22 Uhr entdeckt worden. Matthieu hatte vermutlich kaum geschlafen, ebenso wenig wie der Gerichtsmediziner. Und seit heute Morgen ging es für ihn wahrscheinlich von Verhör zu Verhör. Dennoch war es nicht Matthieus Art, ihn nicht wenigstens kurz per SMS zu informieren. Vielleicht hatte er sich von seinem Divisionnaire anhören müssen, dass Adamsberg sich in Angelegenheiten einmischte, in die er sich nicht einzumischen hatte.

Froissy klebte an ihrem Bildschirm, sie hatte offenbar endlich eine unmögliche Rechercheaufgabe gefunden, fieberhaft tüftelte sie an einem Foto, auf dem nichts zu erkennen war, als Adamsberg hinüber in Danglards Büro ging. Der Commandant schrieb gerade an dem Bericht zu dem bewaffneten

Überfall auf einen kleinen Juwelierladen zwei Tage zuvor, bei dem der Kassierer schwer verletzt worden war und die beiden Täter mit leeren Händen entkommen konnten. Die Polizei hatte kaum Hinweise auf ihre Identität, außer dass es, so der Geschäftsinhaber, »junge Männer« gewesen seien, vielleicht zwanzig Jahre alt, dass der »Chef« ein wenig keuchend geatmet und zwischen den Maschen seiner Maske ein paar rote Haare hervorgelugt hätten. Ehe er auf seinem Motorroller davongebraust war, hatte er die Maske in seiner Jackentasche verstauen wollen, dabei war sie heruntergefallen. Ein Anfängerfehler, der es ermöglichte, die DNA des jungen Mannes in seinen Speichelspuren nachzuweisen. Jedoch war die DNA dem System nicht bekannt. Froissy hatte die Maske fasziniert in den Händen gehalten: Es handelte sich nicht etwa um einen eng gerippten oder einen Fleecestoff, sondern um eine handgestrickte Vermummung, grobmaschig, um dem Träger das Atmen zu erleichtern.

»Was interessiert Sie so sehr an dieser Maske, Lieutenant?«, hatte Adamsberg sie gefragt.

»Ach, bloß so ein verrückter Gedanke.«

»Raus damit, ich mag verrückte Gedanken.«

»Gab es nicht einen Passanten, der den Mann, als er aus dem Laden stürzte, aus der Nähe fotografiert hat?«

»Ja, aber das hilft uns nicht weiter, Froissy, er hatte die ganze Zeit diese verdammte Maske auf.«

»Eine selbst gestrickte Maske, mit weiten Maschen. Sehen Sie nur, ich kann sogar meinen Finger durch die Löcher stecken. Vielleicht ein Geschenk der Großmutter an ihren Enkel, damit er Skifahren gehen kann, ohne unter seinem Asthma zu leiden. Vergessen Sie den keuchenden Atem nicht.«

»Und weiter?«

»Und weiter habe ich mich gefragt, ob man, wenn man das

Foto vergrößert, hinter den weiten Maschen nicht zumindest die Gesichtskonturen des Mannes erkennen könnte, zum Beispiel, wie dick seine Nase ist oder wie groß sein Mund, solche Dinge. Wahrscheinlich ergibt die Vergrößerung nur ein unbrauchbares Grau in Grau. Idiotische Idee. Aber ich sitze mit Mercadet daran, er ist unschlagbar in der Bildbearbeitung.«

»Versuchen Sie es trotzdem, Froissy.«

»Wie geht es dem Kassierer?«, erkundigte sich Adamsberg, ohne dass Danglard von seinem Computer aufsah.

»Ein bisschen besser. Ist noch mal gut gegangen.«

»Wir werden ihn finden. Froissy ist dabei, sein Gesicht zu enthüllen.«

»Ach ja, und zwar wie?« Danglard unterbrach seine Arbeit.

»Sie vergrößert die Maschen seiner Maske.«

Danglard wischte den Einfall mit einer Handbewegung als albern beiseite.

»Das Morden in Louviec geht also weiter?«, bemerkte der Commandant. »Die arme Frau.«

»Woher wissen Sie das?«

»Wenn Ihnen etwas wichtig ist, informiere ich mich entsprechend.«

»Ich wollte gerade mit Ihnen darüber sprechen. Der Divisionnaire von Rennes, Combourg und den umliegenden Gemeinden, was für ein Typ ist das?«

In solchen wie in vielen anderen Belangen konnte Danglard mit absoluter Sicherheit Auskunft geben. Er kannte die Führungsebene der Nationalpolizei so gut wie andere das Alphabet.

»Le Floch? Ein Arschloch«, entfuhr es Danglard. »Ein fantasieloses Arschloch, ein regelversessener, konformistischer Streber, der nie über seinen Tellerrand hinausblickt.«

»Wie ist er an einen solchen Posten gekommen?«

»Nun, das ist seine andere Seite. Er hat nur zwei, so viel zur Tiefgründigkeit dieses Mannes. Er ist aalglatt, ein Trickser, ein Dieb. Er schafft es immer wieder, die Arbeit anderer, das heißt deren Erfolge, als seine zu verkaufen. Er horcht alle aus, um seine Mitarbeiter in der Hand zu haben. Wirklich, ein mieser Typ, aber mit besten Beziehungen in die wichtigen Kreise. Mixen Sie das Ganze zusammen, und es kommt ein verlogener, von Ehrgeiz zerfressener Dummkopf heraus, der zum Divisionnaire aufgestiegen ist.«

»Nach dem ersten Mord wollte Le Floch Chateaubriand hinter Gitter bringen. Ich konnte Matthieu überzeugen, seinem Chef das Ausmaß eines solchen Fehlers begreiflich zu machen.«

»Gab es stichhaltige Beweise?«

»Das Gefasel eines im Sterben liegenden Betrunkenen. Der allerdings mit Chateaubriands Messer niedergestochen wurde.«

»Wo hat man es gefunden?«

»Es steckte in der Wunde.«

Danglard schüttelte verächtlich den Kopf.

»Wer mit derartig kindischen Manövern arbeitet, muss einen echten Groll gegen diesen unglücklichen Chateaubriand-Nachkommen hegen, der schon mit seinem Vorfahren ein so schweres Kreuz zu tragen hat. Aber der Mörder wird alle Hände voll zu tun haben. Denn es ist ein weiter Weg, ehe jemand dort oben, dort ganz oben«, Danglard deutete mit dem Finger zur Decke, als befände sich das Ministerium über dem Dachboden, »grünes Licht gibt, gegen einen Chateaubriand vorzugehen, zumal gegen Josselin, der die Reinkarnation des großen Vicomte zu sein scheint, vom Talent einmal abgesehen.«

»Weil?«

»Weil Chateaubriand, der bahnbrechende Erneuerer, Vorläufer der Romantik und grandioser Stilist, eine Institution ist, und zwar weltweit«, schwärmte Danglard, »von Kanada bis Japan, von Brasilien bis Russland. Wer seinen Nachkommen Josselin, der ihm aufs Haar gleicht, des Mordes bezichtigt, dem weht, in einem unmittelbaren Rückkopplungseffekt, der Staub der Schande entgegen. Und dieser Staub wird sich trotz der inzwischen vergangenen Jahrhunderte auf die Schultern des ehrwürdigen Vorfahren legen und ihn beschmutzen. Sofern keine handfesten Beweise vorliegen, wird man jede Anstrengung unternehmen, um dies zu verhindern. Hat der zweite Mord weitere Indizien geliefert?«

»Matthieu hat mich nicht informiert.«

»Dabei hatte ich den Eindruck, Sie beide wären unzertrennlich. Sie sollten zusehen, dass Sie an diese Informationen kommen, bevor der Divisionnaire Matthieu in seinen Sumpf lockt.«

Adamsberg rief seinen Kollegen an, kaum hatte er Danglards Büro verlassen. Matthieu wirkte angespannt, als er das Gespräch annahm.

»Hat dein Divisionnaire dir die Leviten gelesen? Er will mich draußen halten?«

»So ähnlich.«

»Aber dich beschäftigt noch etwas?«

»Ein wenig.«

»Wohl mehr als nur ein wenig. Was den Mord an Anaëlle betrifft. Etwas bringt dich so sehr in Verlegenheit, dass du nicht mit mir darüber reden willst.«

»Ganz genau.«

»Weil ihr weitere Hinweise habt, die Josselin belasten. Täusche ich mich?«

»Nein.«

»Und weil dein Idiot von Divisionnaire sich darauf stürzt, um sich seine Lorbeeren zu sichern. Es sind keine Lorbeeren, die er ernten wird, Matthieu. Er wird Staub fressen. Hatte die junge Frau noch Zeit, ihrer Cousine etwas zu sagen?«

»Nein.«

»Und das Messer. Steckte es in der Wunde?«

»Ja.«

»Es ist wirklich das erste Mal, dass ich von einem Mörder höre, der seine Tatwaffe nicht verschwinden lässt. Was steht im Bericht des Gerichtsmediziners?«

»Du wirst staunen: Sie ist an ihren Verletzungen gestorben, den gleichen wie Gaël. Und nicht an ihren Flohbissen.«

»Auch sie hatte Flohbisse?«

»Ja, auch sie«, erwiderte Matthieu aufgebracht, denn an der Vibration in Adamsbergs Stimme bemerkte er dessen wachsende Aufmerksamkeit. »Jetzt sag mir nicht, dass dich dieses Detail interessiert. Sie hatte einen Hund, und damit basta.«

»Du gehst etwas zu schnell darüber hinweg, Matthieu. Denn Gaël hatte schließlich keinen Hund.«

»Was zum Teufel kümmern dich diese Flöhe?«

»Eine ganze Menge. Frag den Gerichtsmediziner, ob es sich um frische Bisse handelte und ob Anaëlle Spuren von alten Bissen trug. Und auch wie es bei Gaël war, falls er sich daran erinnern kann.«

»Damit ich mich zum Gespött dieses Mannes mache?«

»Und wenn schon? Wichtig ist, dass wir Bescheid wissen.«

»Wir? Das hier sind meine Ermittlungen, Adamsberg, also bring sie mir nicht mit deinen Hirngespinsten durcheinander. Mich interessieren diese Flohbisse nicht die Bohne.«

»Kein Grund zur Aufregung, ich werde mich nicht weiter engagieren. Ich bitte dich um einen einfachen Gefallen, der dich nur wenige Minuten in Anspruch nehmen wird.«

»Und wozu das Ganze?«

»Es wird mir helfen, meine Gedanken zu ordnen.«

»Seit wann ordnest du deine Gedanken?«

»Du bist äußerst gereizt«, wich Adamsberg in einem phlegmatischen Ton aus. »Eine letzte Frage noch, dann lasse ich dich in Ruhe.«

»Da wir nun sowieso schon dabei sind …«, seufzte Matthieu. »Schieß los.«

»Danke. Die Tatwaffe, wieder ein nagelneues Ferrand-Messer?«

»Ja, aber diesmal keines von Josselin. Das Messer, das er in Combourg nachgekauft hatte, ist noch in seinem Besitz.«

»Es dürfte nicht allzu schwer sein, sich in den Eisenwarengeschäften von Rennes das gleiche Messer zu besorgen. Oder sogar mehrere.«

»Mehrere? Wieso sagst du das? Glaubst du, es wird weitere Morde geben?«

»Ich weiß es nicht, Matthieu.«

Da war sie wieder, Adamsbergs ewige Formel, hinter der sich, davon war Matthieu überzeugt, andere Gedanken verbargen. Undeutliche vielleicht, aber immerhin Gedanken. Und da er während ihrer vorherigen Ermittlungen diese Sorte verborgene Gedanken bereits hatte keimen und aufblühen sehen, merkte er auf. Er spürte, wie sein innerer Widerstand, sein Vorsatz, ohne Adamsberg auszukommen, dahinschmolz. Umgekehrt war Adamsbergs Interesse an den Geschehnissen in Louviec ungebrochen.

»Wenn das Messer kein Indiz liefert, warum sitzt dir dein Divisionnaire dann im Nacken?«

Wieder einmal schweiften Adamsbergs Gedanken plötzlich ab, zu schlickigen Ufern, sodass er die Antwort seines Kollegen verpasste.

»Ich habe dich nicht gehört«, entschuldigte er sich.

»Weil ich nichts gesagt habe.«

Adamsberg wiederholte im Stillen seine letzte Frage, fand jedoch nichts, was sein unvermitteltes Abschweifen rechtfertigte.

»Ist die Lage so schlimm?«, fuhr er fort.

»Du wolltest eine zweite Frage stellen. Keine dritte.«

»Ich bitte dich lediglich um deine Meinung.«

»Nun ja, es sieht nicht gut aus. Josselin wird noch vor heute Abend hinter Gittern sitzen.«

»Lass mich nachdenken.«

Und Matthieu, statt zu protestieren, legte sein Handy beiseite und wartete ab. Adamsberg, unfähig zu wirklicher Konzentration, ließ sämtliche Bilder – es waren zahlreiche –, die er sich von Josselin eingeprägt hatte, Revue passieren, auf der Suche nach einem typischen Detail, das sich leicht gegen ihn verwenden ließ. Seine Gedanken verfingen sich beim Gasthof Zu den zwei Schilden, genauer, bei dem Moment, als er Josselin den kleinen weißen Seidenschal reichte, der sich immer wieder löste.

»Lass mich raten«, sagte Adamsberg, »auf der Leiche habt ihr Josselins Schal gefunden, blutbefleckt. Und ihr glaubt, dass er ihm vom Hals rutschte, als er sich zu seinem Opfer hinabbeugte, um zuzustechen. Habe ich recht? Irritierend, sehr belastend.«

Matthieu antwortete nicht, woraus Adamsberg schloss, dass er ins Schwarze getroffen hatte.

»Und ich nehme an, der Mörder hat mit der Linken zugestochen, wie bei Gaël?«

»So ist es.«

»Was ist mit den Messerstichen? Unterbrochen und nach rechts abdriftend?«

»Ja.«

»Dein Mörder ist ein vorgetäuschter Linkshänder, so viel steht fest.«

»Aber der Schal, verdammt!«, entfuhr es Matthieu, der nun auf jede Zurückhaltung verzichtete. »Was mache ich mit dem Schal?«

»Er ist ein Gegenindiz, Matthieu. Erst findet ihr Josselins Messer, dann ist der Mörder angeblich ein Linkshänder, nun dieser Schal, an den man sehr leicht herankommt, denn Josselin verliert ihn ständig, im Gasthof oder auf der Straße oder sogar bei sich zu Hause, wo jeder ein und aus gehen kann, wie es ihm beliebt, und wo sich wahrscheinlich eine ganze Sammlung davon befindet. Hingegen scheint dein Mörder sich nicht sonderlich um seine Opfer zu scheren, als ob er sie wahllos aussuchte.«

»Womit wir wieder am Anfang wären. Weil er Josselin hinter Gittern sehen will?«

»Oder genau umgekehrt, Matthieu.«

»Ich verstehe nicht, was du meinst.«

»Wer so offensichtliche Fährten legt, legt falsche Fährten, Matthieu. Glaubst du, du kannst deinen dämlichen Divisionnaire bremsen? Du weißt, dass er dafür bekannt ist, ein Idiot zu sein, der sich noch dazu gern mit fremden Federn schmückt?«

»Nein, diesmal werde ich ihn nicht bremsen können. Er sieht mit der Verhaftung des berühmten Josselin de Chateaubriand seine Sternstunde gekommen, glaubt, dass sein Name dann in allen Zeitungen steht, und so weiter.«

»Bist du gerade in der Polizeistation in Rennes? Wenn ja,

klapper mit allen verfügbaren Mitarbeitern die großen Supermärkte und verschiedenen Werkzeugläden der Stadt ab, um herauszufinden, ob ein Mann – oder eine Frau – kürzlich ein oder mehrere Ferrand-Messer gekauft hat. Vergiss nicht, es ist ein Kinderspiel, sich zu verstellen. Deshalb würde ich auch sämtliche Geschäfte durchkämmen, die Verkleidungen, falsche Bärte, Perücken, Färbemittel, Brillen und solchen Kram im Sortiment haben.«

»Ich leite die Operation sofort ein. Aber Josselin ist erledigt, oder?«

»Nicht wenn dein bescheuerter Divisionnaire nicht seine Finger im Spiel hat. Wenn er mitmischt, sehe ich schwarz. Warte, eine Sekunde noch. Waren auf dem ersten Messer, dem von Josselin, das der Mörder in der Wunde stecken ließ, die Nieten am Griff gold- oder silberfarben?«

»Ist das wichtig?«

»Ich habe mir in einem Eisenwarengeschäft Ferrand-Messer angesehen. Der Inhaber zeigte mir zwei Modelle, eines mit goldenen und eines mit silbernen Nieten. Das mit den goldenen Nieten ist deutlich teurer und das Holz höherwertig.«

»Im Fall von Gaël waren es drei goldene Nieten«, sagte Matthieu, nachdem er sich die Fotos auf seinem Rechner angesehen hatte.

»Gut. Möglicherweise hat sich der Mörder dieses Detail nicht gemerkt und das billigere mit den silbernen Nieten gekauft. Was siehst du auf den anderen Fotos?«

»Es sind silberne Nieten.«

»Du kannst mit Sicherheit, mit absoluter Sicherheit davon ausgehen, dass Josselin, der an seinem Messer hing, sich genau das gleiche Modell, das mit den goldenen Nieten, wiederbeschafft hat. Es muss jemand anders gewesen sein, der das zweite Messer besorgt hat. Führe das ebenfalls bei deinem Le Floch als Argument ins Feld. Und vergiss die Flöhe nicht.«

»Keine Sorge«, sagte Matthieu, und diesmal lag ein Lächeln in seiner Stimme.

Zwei Stunden später ging Adamsberg immer noch in seinem Büro auf und ab, von einer Wand zur anderen, stieg über das auf dem Boden liegende Hirschgeweih – ein Andenken an eine frühere Ermittlung – und notierte sich gelegentlich ein Wort. Er hielt inne, um »herzlich, warm, Schultern, Rücken, Nacken« aufzuschreiben, dann gesellte er sich zu Froissy und Mercadet, die über einen Bildschirm gebeugt saßen.

»Wie sieht es aus?«

Mercadet rief ein Dokument auf, das sich aus lauter kleinen Quadraten in verschiedenen Grautönen zusammensetzte.

»Nicht gerade ein Phantombild.«

»Moment, Kommissar, noch haben wir die Pixel nicht optimiert, die schwarzen Bereiche nicht gelöscht, die Verknüpfungen nicht vorgenommen und auch noch nichts eingefärbt. Es besteht weiterhin eine kleine Hoffnung.«

»Sehr gut, dann optimieren Sie mal«, sagte Adamsberg, der keine Ahnung hatte, wovon die Rede war, und in Gedanken bereits die Schlagzeilen des nächsten Tages vor sich sah: »Verhaftung von Josselin-Arnaud de Chateaubriand, dem brutalen Mörder von Louviec.«

VIII

Danglard stürzte mit wedelndem Arm aus seinem Büro, um dem Kommissar mit großen, stummen Gesten zu verstehen zu geben, dass er sofort zu ihm kommen musste.

»Der Attaché und Generalsekretär des Innenministeriums ist in der Leitung«, raunte er Adamsberg zu. »Es ist dringend, beeilen Sie sich.«

»Haben wir irgendeinen Mist gebaut?«, fragte Adamsberg flüsternd zurück.

Danglard schob ihn in sein Büro, ließ ihn auf seinem Stuhl Platz nehmen und drückte ihm den Hörer in die Hand. Adamsberg grüßte mit der gebotenen Ehrerbietung, der Generalsekretär hingegen sparte sich jede Vorrede und kam gleich zur Sache.

»Der Fall Louviec, Kommissar Adamsberg. Vergeuden wir keine Zeit, ich kenne die Einzelheiten. Ich habe nie an die Qualitäten des Divisionnaire Le Floch geglaubt, aber mit der Verhaftung von Josselin de Chateaubriand hat er die Grenzen der Dummheit und Gedankenlosigkeit überschritten. Der Minister musste ihm Einhalt gebieten, Le Floch wird bis auf Weiteres durch Ihren Divisionnaire ersetzt. Das heißt, Sie übernehmen die Ermittlungen, unverzüglich und mit oberster Priorität, so hat es der Minister entschieden, egal, wie widersprüchlich Ihr Ruf ist. Ziehen Sie alle Leute hinzu, die Sie brauchen, zögern Sie nicht, Verstärkung anzufordern, Sie haben freie Hand, aber halten Sie diesen Mörder auf, der es über seine abscheulichen Taten hinaus darauf abgesehen hat, Josselin de Chateaubriand in den Schmutz zu ziehen. Der Minister ist außer sich vor Wut.«

Der Generalsekretär machte eine Pause, die keine Antwort erforderte, und fuhr in ruhigerem Tonfall fort.

»Ich habe Ihnen den Inhalt der Äußerungen des Ministers und seine Laune übermittelt. Mir ist bekannt, dass Sie bereits zweimal in Louviec waren, dort mit Ihrem Kollegen Matthieu, einem ausgezeichneten Kriminalbeamten, äußerst kollegial zusammengearbeitet haben und die erste katastrophale Initiative seines Divisionnaire zu verhindern wussten. Wie ist Ihnen das gelungen?«

»Keine stichfesten Beweise, Unstimmigkeiten und, wie die jüngsten Ereignisse bestätigen, ein Übermaß an Indizien, das eines Idioten würdig wäre. Der Josselin de Chateaubriand nicht ist.«

»Gewiss nicht.«

»Aber der Fall wird nicht einfach aufzuklären sein, Herr Generalsekretär. Es hat den Anschein, dass der Mörder wahllos zuschlägt, aber auch das glaube ich nicht.«

»Warum?«

»Ich weiß nicht, Herr Generalsekretär, ist so ein vages Gefühl.«

»Die Mitglieder Ihrer Brigade mögen sich in schützendes Schweigen hüllen, doch von Ihren vagen Gefühlen hat man schon Wind bekommen«, bemerkte der Generalsekretär kühl. »Versuchen Sie, sich diesmal nicht davon leiten zu lassen, seien Sie präzise, effizient und schnell. Holen Sie Chateaubriand da raus, das ist alles, was wir von Ihnen verlangen.«

Die Verbindung wurde unterbrochen, ohne einen Gruß zum Abschied.

»Wir hängen jetzt mit drin, Danglard. Louviec ist unser Fall.«

»Das habe ich verstanden.«

»Bereiten Sie eine Versammlung im Konzilsaal vor, damit alle informiert sind, ich rufe Matthieu an.«

Der »Konzilsaal«, wie Danglard ihn hochtrabend nannte, war der größere der beiden Versammlungsräume, im Unterschied zum »Kapitelsaal«, in dem kleinere Gruppen tagten. Bei einem Konzil setzte sich jeder an seinen angestammten Platz, nicht um ein Ritual einzuhalten, sondern automatisch. Niemandem wäre es eingefallen, am oberen Ende des langen Holztisches Platz zu nehmen, wo die beiden Commandants Danglard und Mordent, formal Adamsbergs Vorgesetzte, präsidierten. Das Wissen und das immense Gedächtnis des einen ebenso wie der Scharfsinn und der Instinkt des anderen trugen zum Erfolg der Ermittlungen bei, insbesondere derjenigen, die Adamsberg wenig interessierten.

Der Kommissar saß stets auf dem Stuhl gegenüber den beiden großen Fenstertüren, die auf den alten, gepflasterten Hof hinausgingen. Von dort beobachtete er die Veränderungen in der Vegetation und das Treiben der Vögel, für die Froissy – aus Angst, es könnte ihnen an etwas fehlen – Futternetze mit nahrhaften Samen in die Bäume hängte und Wasserschalen arrangierte.

Während Brigadier Estalère die Kaffeetassen auf den Tisch stellte – eine Aufgabe, die er mit Stolz und unübertroffen verrichtete –, rief Adamsberg Kommissar Matthieu an. Sein Kollege ließ ihm kaum Zeit, drei Worte zu sagen.

»Es ist ein Wunder geschehen, Adamsberg«, seine Stimme überschlug sich fast. »Der Divisionnaire hat mir soeben ohne die geringste Erklärung mitgeteilt, dass wir uns nicht weiter um Josselin kümmern. Danach ist er wutschnaubend und türknallend abgezogen.«

»Nein, kein Wunder, Matthieu. Der Befehl erreichte hier bei uns Commandant Danglard, er kam direkt vom Innenminister. Ich habe dir ja gesagt, an Chateaubriand darf nicht gerührt werden, es sei denn, es gibt unzweifelhafte Beweise.«

»Ausgezeichnet. Josselins Haut ist vorläufig gerettet und mir verschafft es ein wenig Zeit.«

»Es wäre untertrieben zu behaupten, dass dein Divisionnaire in diesen erlauchten Kreisen augenblicklich keinen guten Ruf genießt.«

»Perfekt, das kommt mir sehr gelegen.«

»Der Rest wird dir wahrscheinlich weniger gelegen kommen.«

Adamsberg suchte nach Worten. Matthieu mitzuteilen, dass ihm das Kommando über den Fall entzogen wurde, war alles andere als angenehm.

»Angesichts der Riesendummheit, die er vorhatte, ist dein Divisionnaire aufs Abstellgleis geschoben worden: Er darf in diesem Fall nicht mehr mitreden, so lautet die Order des Ministers. Er wird also, was Louviec betrifft, vorläufig ersetzt werden.«

»Auch das finde ich in Ordnung. Und welcher Divisionnaire übernimmt?«

»Meiner, Matthieu. Und ich versichere dir, dass ich nichts damit zu tun habe, er und ich, wir sind nicht gut aufeinander zu sprechen.«

»Mach's nicht so spannend«, sagte Matthieu ärgerlich. »Wo ein neuer Divisionnaire, da ein neuer Kommissar, richtig? Und dieser neue Kommissar bist du?«

»Reine Verwaltungslogik.«

»Natürlich«, erwiderte Matthieu matt. »Le Floch ist raus, und da ich nicht in der Lage war, ihn zu überzeugen und im

Zaum zu halten, lassen sie mich gleich mit über die Klinge springen.«

»Wie kommst du darauf, dass man dich über die Klinge springen lassen will? Dort oben schätzt man dich, ich zitiere, als ›ausgezeichneten Mitarbeiter‹, was auf mich nicht zutrifft, und ich bin dringend angehalten, mit dir zusammenzuarbeiten.«

»Aber du hast den Hut auf.«

»Verwaltungstechnisch gesehen, ja. Aber darüber hinaus nicht. Man lässt mir freie Hand beim Zusammenstellen des Teams, ich brauche dich und ich zähle auf dich. Vorausgesetzt, du bist bereit, dich uns anzuschließen.«

»Mir bleibt keine andere Wahl, oder? Alles andere wäre Befehlsverweigerung.«

»Ich verstehe nicht, wie dich ein banales bürokratisches Detail so sehr kränken kann. Ich betrachte es als reine Formsache, mir ist völlig egal, wer von uns das Team leitet, und ich überlasse dir gern die Verantwortung vor Ort. Hörst du?«

»Ja«, sagte Matthieu, er hatte wieder zu seinem gewohnten Tonfall zurückgefunden.

Ein kleiner Kratzer an seinem Stolz, sagte sich Adamsberg, das geht vorüber. Dennoch verblüffte ihn die Reaktion, da ihm selbst ein solcher Stolz fremd war.

»Letztendlich werden wir uns immer abstimmen, es wird nur gemeinsame Aktionen geben, und noch einmal, ich brauche dich und deine Leute. Ich kann schließlich nicht die ganze Brigade aus Paris nach Louviec verlegen. Verdammt«, fügte Adamsberg leicht gereizt hinzu, »es ist weder deine noch meine Schuld! Das Wichtigste ist, dass Josselin weiterhin frei ist. Ansonsten ändert sich nichts. Der Idiot von Le Floch steht auf der Abschussliste, was hat das mit dir zu tun?«

»Nichts«, räumte Matthieu ein. »Tut mir leid. Wann willst du kommen?«

»Schon heute Nachmittag. Kannst du eine Unterkunft im Dorf für uns organisieren? Ich denke, wir werden zu fünft anreisen, und es wird eine Frau dabei sein.«

»Ich werde das Bürgermeisteramt von Louviec kontaktieren und alles in die Wege leiten.«

»Und was Anaëlle betrifft …«

»Sie sind frisch«, unterbrach ihn Matthieu, »die Flohbisse, meine ich. Keine Spur von alten. Gleiches gilt für Gaël. Ich habe sogar Anaëlles Hund kontrollieren lassen. Nichts. Bist du nun zufrieden?«

»Sehr zufrieden.«

»Verrätst du mir auch, warum?«

»Weil es bedeutet, dass der Mörder Flöhe hat. Und als er mit seinen Opfern in Berührung kam, hat er ihnen jeweils mindestens einen untergejubelt.«

Matthieu ließ eine grüblerische Pause verstreichen. Ein wichtiges Indiz, und er war darüber hinweggegangen.

»Noch eine andere Frage zu Anaëlle«, schob Adamsberg eilig hinterher, damit sein Kollege nicht in Selbstkasteiung verfiel, »irgendwelche stürmischen Liebschaften?«

»Ihre Cousine ist am Boden zerstört, es wäre unpassend, sie im Augenblick dazu zu befragen. Sie ist kaum in der Lage, zu sprechen. Du musst wissen, Anaëlle und sie sind zusammen aufgewachsen. Aber soweit ich weiß, und auch nach Aussage der Nachbarn, gab es keine emotionalen Verwerfungen. Bloß einen unter ihren vielen Freunden, den sie bevorzugte, aber kein Rivale in Sicht. Ich habe mit dem Mann gesprochen, sanft wie ein Schaf und von Kummer überwältigt. In diesem Punkt ist nichts zu holen.«

»Und Gaël Leven, hatte der ein Faible für Anaëlle?«

»Nein, ich habe mich bei seinen besten Freunden noch einmal umgehört. Er war verheiratet und hatte außerdem eine Affäre – eine geschiedene Frau aus Louviec, deren Name mir nicht bekannt ist –, damit war er offenbar mehr als ausgelastet. Vergiss das Beziehungsmotiv, es gibt keins.«

»Vielleicht ein finanzielles?«

»Auch nicht. Man könnte meinen, unser Mann zieht durch die Straßen und schlägt blindlings zu. Ach ja, eine Sache noch zu Anaëlle. Ihr abendlicher Heimweg führte sie am Fenster des infernalischen Villing-Schlange-Duos vorbei. Man munkelt – aber du weißt selbst, was von einem solchen ›man‹ zu halten ist –, dass die beiden keine normale Geschwisterbeziehung hätten. Selbst ich habe mir diese Frage manchmal gestellt. Aber angenommen, das Gerücht entspräche der Wahrheit und Anaëlle hätte die beiden, kurz bevor sie umgebracht wurde, in einer intimen Situation beobachtet?«

»In dem Fall hätte Anaëlle ihrer Cousine davon erzählt, was die Cousine – wie heißt sie gleich?«

»Gwenaëlle.«

»… in äußerste Gefahr brächte. Sobald sie wieder fit ist, frag sie, ob Anaëlle ihr von einem Inzest bei den Villings erzählt hat. Wenn ja, muss sie sofort unter Polizeischutz gestellt werden. Was Gaël angeht: Man kann sich nur allzu gut vorstellen, dass er Villing und die Schlange nicht mit provokativen Bemerkungen verschont hat. Er hatte bestimmt einen Heidenspaß daran, der Schlange die Hölle heißzumachen. Was Gaël nicht bewusst war, ist, dass er mit solchem Maulheldentum womöglich sein Todesurteil unterschrieb. Hat Villing ein Alibi?«

»Ja und nein, er hat eins von seiner Schwester, das im Grunde nichts wert ist. Sie versichert, dass er gegen 20 Uhr aus Combourg zurückgekommen sei und sie den Abend gemeinsam zu Hause verbracht hätten. Und zwar wie? Sie haben angeblich zu Abend gegessen und Tarotkarten gezogen, um anhand von Fotos und Pendeln in die Zukunft zu blicken. Wenn Villing der Mörder ist, ergibt das Beharren auf der Schuld Josselins Sinn. Andererseits vernebelt es Gaëls letzte Worte noch mehr. ›Vic… bou… Villing… gehauen.‹«

»Es hakt immer wieder bei diesem ›Vic… bou…‹. Dabei ist es dieses ›Vic… bou…‹, das uns den richtigen Weg weist. Wir beißen uns im Moment noch die Zähne daran aus, weil wir es von der falschen Seite betrachten.«

»Woher weißt du das?«

»Ich weiß es nicht, Matthieu.«

Während der Vollversammlung der Brigade im Konzilsaal nahm sich Adamsberg Zeit, den Fall von Louviec bis ins kleinste Detail zu schildern, vom klopfenden Holzbein des Hinkenden bis zu der Zwietracht, die das Schattentrampeln säte, und den Indizien, die den Nachfahren Chateaubriands schwer belasteten. Danglard nutzte die Gelegenheit, um ausführlich auf Leben und Werk François-René de Chateaubriands einzugehen, wobei der Kommissar mit einer gewissen Genugtuung feststellte, dass viele seiner Kollegen den Schriftsteller nur dem Namen nach kannten, andere weder von ihm noch vom Schloss Combourg je gehört hatten. Das Heft, in dem Adamsberg Gaël Levens letzte Worte notiert hatte, ging von Hand zu Hand, und alle schüttelten ratlos den Kopf. Adamsberg erläuterte, wie man diese Worte zunächst interpretiert hatte, und nannte die Gründe, warum er diese Deutung für widersprüchlich hielt.

»Du hast recht«, sagte Veyrenc. »›Gehauen‹ sagen nur Kinder, und nach deiner Charakterisierung Gaël Levens kann man sich kaum vorstellen, dass er dieses Wort benutzt oder die Szene, die im Rathaus stattfand, nacherzählt hat, als er sterbend dalag. Zumal der Zwischenfall für ihn nichts Außergewöhnliches gehabt haben dürfte. Aber nun ist dieses ›Villing gehauen‹ in der Welt, und wir müssen herausfinden, was dahintersteckt.«

»Das Ganze ist ziemlich verworren«, fasste Adamsberg zusammen. »Letzte Worte ohne erkennbaren Sinn, Schatten, auf die man unter gar keinen Umständen treten darf, finstere Androhungen, das Gespenst von Combourg, das mit seinem klopfenden Holzbein angeblich einen Mord ankündigt, ein Doppelgänger Chateaubriands, auf den sehr offensichtlich alle Indizien hindeuten, das Fehlen jeglichen Motivs – außer bei Villing, aber auch das ist fragwürdig – und jeder Verbindung zwischen den beiden Opfern, wahrlich, ich beneide diejenigen nicht, die sich um diesen Fall kümmern müssen. Also uns. Sprich Sie, Retancourt, Veyrenc, Noël und Mercadet. Wir können die Brigade nicht blankziehen und wir bekommen Unterstützung durch Kommissar Matthieu und seine Leute. Noël, Sie werden sich bitte zügeln und freundlich zu den Kollegen sein. Ein wichtiger Punkt: In Louviec kleidet man sich nicht wie in Paris oder Rennes. Keine Anzüge, lockere Hosen, weite Hemden, gern kariert, abgetragene Pullover, Sweatshirts, nichts Enges, nichts, was besonders modisch wäre, das tragen dort nur junge Leute, deren Eltern entsprechend viel Geld haben.«

»Alles in Ordnung also«, sagte Danglard mit einem unmissverständlichen Lächeln, »Sie selbst müssen an Ihrer Garderobe gar nichts ändern, Kommissar. Genauso wenig wie Retancourt oder Mercadet, der ohnehin immer so gekleidet ist, dass er es im Sitzen ebenso bequem hat wie im Liegen. Lediglich Noël sollte in Hinblick auf seine glänzenden

Motorradjacken ein wenig zurückstecken und Veyrenc etwas mehr das Schlichte seiner Eleganz betonen. Aber warum diese Maßnahme? Haben Sie Angst, wir könnten die Einwohner beleidigen? Man dürfte doch unterstellen, dass sie den Umgang mit Touristen gewöhnt sind.«

»Aber nicht mit Polizisten, die man aus der Hauptstadt zu ihnen schickt, Danglard. Ich möchte nicht, dass man die ›Pariser‹ von Anfang an auf Distanz hält. Wir müssen Vertrauen aufbauen, Verhöre durchführen.«

Adamsberg schien sich wieder auf die Skizze zu konzentrieren, die seinen in das Wäldchen zurückgekehrten Igel darstellte. Er erkundigte sich ständig nach dem Zustand des Tiers, der leider nichts Gutes verhieß. Die Wunde hatte sich entzündet und vor zwei Tagen war eine Sepsis ausgebrochen. Aber die Tierärztin kämpfte hartnäckig weiter um sein Leben. Gegenwärtig schlief der Igel, was Adamsbergs Gedanken zu den Beamten zurückführte, die er mit nach Louviec nehmen wollte. Die Entscheidung für Mercadet war keine leichte. Der Lieutenant hatte ein übergroßes Schlafbedürfnis und arbeitete in drei- bis vierstündigen Wach- und Schlafzyklen, was die Ermittlungen vor Ort, die mühsam zu werden drohten, nicht einfacher machte. Adamsberg hatte die Chefetage über dieses Handicap nie informiert, sie hätten den Lieutenant sofort des Polizeidienstes entbunden. Die Mitglieder der Brigade stellten sich ausnahmslos schützend vor Mercadet. Für seine Ruhepausen nutzte er den kleinen Raum mit dem Getränkeautomaten im ersten Stock, wo ihn ein Stapel Kissen neben dem Futternapf des Brigadekaters auf dem Boden erwartete. Andererseits war Mercadet ein hervorragender Informatiker und Adamsberg wollte ihn unbedingt in seinem Team haben. Er musste lediglich dafür sorgen, dass das turnusmäßige Verschwinden seines schlafbedürftigen Mitarbeiters nicht auffiel. Retancourt und Noël sollten mitkommen, um ihre Verteidigung zu gewährleisten und Stärke zu demonstrieren, Veyrenc, weil er effizient, geschickt und hochgeschätzt war, er würde ihn zur Not während seiner gedanklichen Abschweifungen vertreten können.

Alle reisten mit leichtem Gepäck, keiner plante einen längeren Aufenthalt in Louviec, nur Adamsberg hatte zusätzlich zu seinem Rucksack ein langes, offensichtlich schweres Paket dabei.

»Was schleppst du da mit dir herum?«, erkundigte sich Veyrenc, als sie den Bahnsteig entlanggingen. »Eine Reserve an schwerer Artillerie?«

»Nein, meine Angelausrüstung. Genauer gesagt die von Voisenet, er hat sie mir geliehen. Ich habe auf der Karte einen kleinen Fluss nördlich des Dorfes entdeckt, der den schönen Namen Violette trägt und von Karpfen, Ukeleien, Hechten, Atlantiklachsen und was weiß ich noch alles nur so wimmeln soll.«

»Du gehst also seit Neuestem angeln?«, fragte Veyrenc und blieb stehen.

»Aber nein. Ich habe nicht einmal Köder oder Haken dabei, nur ein kleines Blei, um die Schnur im Wasser zu versenken, falls mich jemand sieht. Ich will glaubwürdig erscheinen.«

»Was hecken Sie da aus, Kommissar?«, wollte nun auch Mercadet wissen, der die Unterhaltung mitverfolgt hatte.

»Die eine oder andere Abschweifung, Lieutenant. In einem kleinen Dorf wie Louviec zieht man sich nicht einfach zurück. Man sagt, dass man angeln geht, dann weiß jeder, dass Sie Ruhe brauchen, und lässt Sie auch in Ruhe.«

Adamsbergs Bedürfnis, spazieren zu gehen und sich auf der Suche nach Gedanken, die ihn zufällig streiften, zu isolieren, war für niemanden eine Neuigkeit.

»Guter Trick«, meinte Retancourt, als sie in den Zug stieg. »Aber was machen Sie am Ende mit Ihren Fischen?«

»Es wird keine Fische geben, Retancourt.«

»Und wie erklären Sie das?«

»Indem ich behaupte, ich hätte sie wieder freigelassen.«

»Sie werden komisch rüberkommen«, sagte Noël.

»Ich komme sowieso komisch rüber, Lieutenant. Aber das wird die Leute nicht mehr wundern als das, was Josselin de Chateaubriand treibt.«

»Das wäre?«, fragte Veyrenc.

»Josselin geht fast jeden Morgen in den Wald, um Pilze zu sammeln, die er anschließend verschenkt, weil er selbst keine mag.«

»Ist der bekloppt?«, entfuhr es Retancourt, die in psychologischen Dingen nie übertrieben differenzierte.

»Keineswegs. Vielleicht exzentrisch, aber ich würde ihn eher als Flaneur, Träumer, Ausreißer oder alles drei zusammen beschreiben. Den ganzen Vormittag Pilze zu sammeln, ist eine Art, der Welt zu entfliehen. Den Rest des Tages ist dieser – übrigens sehr charmante – Mann nämlich gezwungen, sich den Massen von Touristen auszusetzen, die sogar aus dem Ausland anreisen, um ihn zu sehen und sich mit ihm ablichten zu lassen. Er hat verständlicherweise das Bedürfnis, sich diesem Druck, der ihm ziemlich zu schaffen macht, zu entziehen.«

»Ist die Ähnlichkeit zwischen ihm und seinem Vorfahren wirklich so verblüffend?«, fragte Mercadet.

»Nicht nur verblüffend, Lieutenant, sie ist überwältigend. Ein völliges Rätsel. Ich wollte während der Vollversammlung nicht zu lange darauf herumreiten, weil es für die anderen Kollegen nicht relevant ist. Aber schauen Sie«, sagte Adamsberg und ließ das Büchlein herumgehen, das Matthieu ihm geschenkt hatte, »das hier ist das Porträt des berühmten Schriftstellers aus dem Jahr 1809. Er dürfte damals ungefähr vierzig gewesen sein.«

»Attraktiver Mann«, kommentierte Retancourt.

»Und hier ein Foto von Josselin, das mir Kommissar Matthieu übermittelt hat, etwa im gleichen Alter.«

Veyrenc betrachtete die beiden Porträts, sein Blick wanderte hin und her vom einen zum anderen, er war ebenso perplex wie seine Kollegen, denen es vor Erstaunen die Sprache verschlagen hatte.

»Sein perfekter Doppelgänger«, sagte Adamsberg. »Josselin ist mit Sicherheit ein Nachfahre des großen François-René, trotzdem ist eine solche Ähnlichkeit faszinierend, wenn man bedenkt, dass Jahrhunderte zwischen beiden Männern liegen und wie sehr Josselin sich bemüht, sie zu vertuschen. Deshalb gilt die klare Anweisung: Wenn Sie ihm im Gasthof Zu den zwei Schilden begegnen, wo er zu Abend isst, – Fotografieren ist dort verboten – lassen Sie sich bitte nicht anmerken, dass Sie ihn wiedererkennen. Nichts ist ihm lieber, als nicht beachtet und wie jeder andere Mensch behandelt zu werden.«

»Kann man verstehen«, murmelte Veyrenc, den Blick noch auf die beiden Porträts geheftet.

»Ich gehe davon aus, dass der Wirt, ein blonder Riese und für Josselin eine Vertrauensperson, ihn darüber informiert hat, dass wir im Anmarsch sind und in dem Fall ermitteln, in den er verstrickt ist. Er wird wahrscheinlich auf uns zukommen und sich vorstellen. Geben Sie sich keinesfalls überrascht und starren Sie ihn vor allem nicht an.«

»Geht klar«, sagte Noël. »Wir werden es versuchen.«

»Sie haben sich das Porträt des Schriftstellers kaum angesehen«, bemerkte Adamsberg.

»Weil ich es auswendig kenne«, erwiderte Noël mit einem sarkastischen Lächeln. »*Erinnerungen von jenseits des Grabes* war das Lieblingsbuch meines Patenonkels, ich habe es geerbt. In der Ausgabe war genau dieses Porträt abgebildet. Ich habe das Buch zweimal gelesen und gleich danach *René* und *Atala*. Da bleibt Ihnen die Spucke weg, was? Nur weil ich so eine direkte Art habe, mich nicht immer fein ausdrücke und oft heftig reagiere, halten mich alle – außer Retancourt – für einen Vollidioten, der gerade mal dazu taugt, Verbrechern auf die Fresse zu geben. Aber ich bin kein Idiot.«

»Niemand denkt das, Noël«, sagte Adamsberg und hüllte den Lieutenant mit seiner weichen Stimme ein. »Wenn es hier einen Idioten gibt, dann bin ich es. Bevor ich nach Combourg kam, kannte ich Chateaubriand nur dem Namen nach.«

»Bei mir klingelte irgendwas, als ich Combourg hörte«, sagte Retancourt.

»Bei mir auch, mehr aber nicht«, fügte Mercadet hinzu.

»Gerade Sie, Noël«, fuhr Adamsberg fort, »der Sie dieses Gesicht kennen, und auch Veyrenc, nehme ich an, müssen sich also zusammennehmen, wenn der Nachkomme Ihnen heute Abend gegenübertritt.«

IX

Kommissar Matthieu empfing sie am Bahnhof. Der Bürgermeister von Louviec hatte alles bestens organisiert, und schnell. Er stellte ihnen das Gemeindehaus zur Verfügung, das früher der Unterbringung pflegebedürftiger älterer Menschen gedient hatte. Ein weitläufiger Saal mit Blick auf eine Wiese, eine Küche, zehn Zimmer im Obergeschoss, jeweils ausgestattet mit einem erhöhten Klosett und einer bodengleichen Duschkabine mit Haltegriffen. Selbstverständlich hatten die Betten ein Seitengitter, damit keiner herausfiel. Alles war sauber, nahezu steril. Es war fast 20 Uhr, als das Team sich in den Räumlichkeiten einrichtete.

»Haben die Nachforschungen in den Werkzeugläden in Rennes etwas ergeben?«, fragte Adamsberg, während er seine Sachen wegräumte.

»Und zwar gar nicht mal so wenig«, sagte Matthieu lächelnd. »Du hattest recht: vier Messer, gekauft in vier verschiedenen Geschäften. Alle mit silbernen Nieten. Vier! Der Typ war jedes Mal gleich verkleidet und fiel auch auf, weil so selten jemand ein Ferrand-Messer haben will, es ist das teuerste auf dem Markt.«

»Vier … Dann plant er noch drei weitere Verbrechen! Allein, dass ein und derselbe Mann seine Einkäufe auf verschiedene Läden verteilt, zeigt, dass er auf der Hut ist und böse Absichten verfolgt. Deshalb musste er sich notgedrungen tarnen. Wie sah er aus?«

»Die Zeugenaussagen sind vage, aber immerhin, ein paar

Details geben sie her. Mittelgroß, mittleren Alters, ziemlich markante Visage.«

»Wie immer, wenn man sein wahres Gesicht verbergen will. Er hatte nicht zufällig rote Haare?«

»Nein, graue. Aber, in der Tat, roter Schnauzbart, rote Augenbrauen und roter Kinnbart. Ansonsten Schmerbauch, feiste Wangen, gerötete Haut, Warze auf dem Nasenflügel. Unscheinbare Klamotten, dunkel und abgetragen, ein Matrosenhemd, dazu eine alte Seemannskappe. In Louviec läuft niemand wie ein Seemann herum, es ist kein Fischerdorf. Die zerschlissene Kleidung ist den Verkäufern aufgefallen, weil sie nicht zu diesem Messer passte, das über vierzig Euro kostet.«

»Perfekt, das alles lässt sich besorgen, Matthieu. Der dicke Bauch, die aufgeblähten, geröteten Wangen, Asche für die Haare, ein wasserlösliches Färbemittel für Augenbrauen und Schnurrbart, selbst die Warze ist im Nu mit einem Klebstoffbällchen hergestellt. Das Färbemittel wird er in einem Supermarkt gekauft haben. Und im Anschluss an seine Besorgungen suchte er zum Entfärben und Umziehen ein größeres Café auf. Was voraussetzt, dass er eine Tasche dabeihatte.«

»Das vergaß ich zu erwähnen. Er trug einen Seesack über der Schulter.«

»Darin hat er das ganze Zeug verstaut, den Bauch, die Matrosenkluft, die Warze, und als er wieder normal aussah, machte er sich auf den Heimweg. Allerdings ist es nicht so einfach, am helllichten Tag einen vollgepackten Seesack loszuwerden.«

»Zwischen den Dörfchen Saint-Germain und Saint-Médard kommst du ans Ufer der Ille. Wenn der Kerl seine Tasche mit Steinen beschwert hat, musste er nur einen kleinen Umweg machen und sie hineinwerfen.«

»Ich frage mich, wo er die alte Matrosenkluft wohl aufgetrieben hat.«

»In Saint-Malo gibt es Trödler, die so was verkaufen. Neu oder alt. Sehr touristisch. Jedenfalls, niemand in Louviec kennt jemanden, auf den diese Personenbeschreibung zutrifft. Vier Messer, herrje.«

»Extrem gut vorbereitete Aktion«, sagte Noël. »Der Typ hat was drin, hier oben.« Er tippte sich an die Stirn.

»Sobald ihr fertig seid, treffen wir uns im Gasthof Zu den zwei Schilden.« Matthieu wandte sich zum Gehen. »Johan hat einen großen Tisch für uns reserviert und sagte mir, dass für euch die gleichen Preise gelten wie für die Einheimischen.«

»Gut«, sagte Adamsberg, seine Stimme klang plötzlich wie von fern.

Er stand wie angewurzelt in seinem Zimmer. Eine dieser vagen Ideen. Aber was zum Teufel war passiert? Nichts, absolut nichts. Noël hatte behauptet, der Mörder sei ein Schlaumeier, und sich dabei an die Stirn getippt. Kein Grund für vage Ideen. Die ihm der Minister im Übrigen verboten hatte. Er schüttelte sich, hielt das Minimalereignis in seinem Notizheft fest, fuhr sich mit den Fingern durch die Haare, um sich zu frisieren, und brach zum Gasthof auf, der nur sechs Gehminuten entfernt war. Matthieu hatte zwei Mitarbeiter im Schlepptau, einen kleinen Mann, an dem alles, von der Nase bis zu den Fingerspitzen, kugelrund war, inklusive seines Verstandes, und einen schlaksigen Blonden, dessen Haar durch sein breites Lächeln, das leuchtend weiße Zähne offenbarte, noch heller wirkte. Matthieu hatte ihnen die beiden zuvor steckbriefartig vorgestellt: Der lockere und leutselige kleine Berrond machte zunächst einen nicht eben blitzgescheiten und produktiven Eindruck, dabei war er ein

Ausbund an Energie, unermüdlich und feinsinnig. Verdun, hinter dessen strahlendem Gesicht man einen unternehmungslustigen, zupackenden Mann vermutete, war das genaue Gegenteil, besonnen, diskret und zurückhaltend. Beide zeigten sich nicht ansatzweise verärgert über die Ankunft des Pariser Teams, der Austausch zwischen den Kollegen verlief ohne jede Anstrengung. Matthieu hatte bei der Überlegung, wen er in sein Team berufen sollte, die parisophoben Beamten von Anfang an ausgeschlossen, egal, wie kompetent sie waren.

Johan kam mit einem Notizblock in der Hand zu ihnen, hieß sie mit seiner hellen und lauten Stimme willkommen und präsentierte ihnen dann, beinahe flüsternd, in allen Einzelheiten die Speisen, die er zu servieren gedachte, und die begleitenden Weine, die er ausgesucht hatte. Sollte ihnen etwas nicht schmecken, gebe es eine Alternative, die er sogleich mit derselben diskreten und leidenschaftlichen Gründlichkeit beschrieb. Angesichts der üppigen Portionen, die links und rechts von ihnen aufgetafelt wurden, entschieden sich alle für das Tagesmenü, ohne Vorspeise. Ein wenig gekränkt entfernte sich Johan mit der Bestellung.

»Warum flüstert er denn?«

Matthieu grinste und flüsterte nun ebenfalls.

»Eine Art Beschützerinstinkt. Er hängt mit einer gewissen Nervosität an der Qualität und den Besonderheiten seiner Küche. Er spricht immer nur mit gedämpfter Stimme darüber, als fürchte er, ein Spion könne ihm seine Staatsgeheimnisse ablauschen. Seine Rezepte sind nirgendwo dokumentiert, außer in seinem Kopf. Ein Tipp: Unterbrechen Sie ihn nicht, wenn er seine Gerichte so ausführlich vorstellt, es würde ihn verletzen.«

»Hat er keine Angst, dass ein Gast sie sich merken könnte?«

»Nein, zu kompliziert, zumal er absichtlich entscheidende Details weglässt und falsche hinzufügt – das weiß ich von seinem Chefkoch. Wie bei einer verschlüsselten Nachricht. Seine Zubereitungen sind daher unmöglich nachzuahmen.«

»Hier hat anscheinend jeder eine Macke«, bemerkte Retancourt.

»Und manchmal muss man ziemlich nah heranrücken, um sie zu erkennen.«

Matthieu registrierte eine Bewegung am Stammtisch.

»Halten Sie sich bereit«, sagte er. »Jetzt, da Johan die Bestellung aufgenommen hat, wird Chateaubriand sicher gleich zu uns kommen. Vergessen Sie nicht: Sie haben ihn noch nie gesehen. Sprechen Sie ihn einfach mit ›Monsieur‹ an.«

Wenige Minuten später stand Josselin an ihrem Tisch, und Johan beeilte sich, ihm einen Stuhl herbeizutragen.

»Danke, Johan, aber ich habe nicht vor, lange zu stören«, sagte er und setzte sich trotzdem.

»Sie stören uns nicht im Geringsten«, erwiderte Matthieu, »Sie sind herzlich willkommen. Kommissar Adamsberg kennen Sie ja bereits, er ist diesmal in Begleitung von vier Mitgliedern seiner Brigade angereist. Darf ich vorstellen: die Lieutenants Veyrenc, Noël, Retancourt und Mercadet.«

Es kam zu einem Austausch freundlicher Begrüßungsfloskeln und verschiedentlichen »Guten Abend, Monsieur«, die sehr natürlich klangen.

»Das ist also Ihr neues Team, Kommissar Matthieu«, sagte Josselin, wobei sein neugieriger Blick an Retancourt und ihrer ungewöhnlichen Statur hängen blieb.

»Nun ja, es ist in erster Linie das Team von Adamsberg, dessen Divisionnaire inzwischen für den Fall Louviec zuständig ist und ihm die Verantwortung dafür übertragen hat.«

»Ich hörte davon«, sagte Josselin und wandte sich an Adamsberg. »Ich wäre um ein Haar hinter Gitter gewandert und bin Ihnen zutiefst dankbar, denn Ihr Beharren auf meiner Unschuld hat dazu geführt, dass der örtliche Divisionnaire seiner Funktionen enthoben wurde und an Sie übergeben musste.«

»Wie haben Sie davon erfahren?«

»Durch Matthieu, der dank Ihrer Argumente hart mit dem Divisionnaire ins Gericht ging und ihn eindringlich bat, diese Spur nicht weiterzuverfolgen. Reine Zeitvergeudung. Gestern dann geriet Le Floch in Rage und beschuldigte Sie, Ihrem Vorgesetzten einen Hinweis gegeben zu haben, der wiederum das Ministerium alarmiert haben soll.«

»Was stimmt«, sagte Adamsberg. »Obwohl es zu der Zeit nicht mein Fall war, hielt ich es für richtig, dass er informiert war, denn er hat in der Tat einen sehr langen Arm. Fairerweise muss ich einräumen, es war das Ministerium, das die Hetze von Le Floch gegen Sie nicht tolerierte, genau wie ich es erwartet hatte.«

»Und um der Gerechtigkeit noch mehr Genüge zu tun«, fügte Chateaubriand mit einem Lächeln hinzu, »es ist keineswegs meine unbedeutende Person, die das Ministerium schützen wollte, sondern IHN, den Urvater.«

»Da sind wir uns alle einig.« Adamsberg lächelte nun ebenfalls.

»Aber, Pardon.« Chateaubriand erhob sich. »Ich bin wahrhaft ungehobelt, ich habe mich Ihren Mitarbeitern nicht einmal vorgestellt. Meine Herren, meine Dame, ich danke Ihnen für Ihre Unterstützung. Mein Name ist Josselin de Chateaubriand, ich lebe in Louviec, und ich bin derjenige, dem die beiden Verbrechen zur Last gelegt wurden.«

»Ich glaube, das war ihnen klar«, sagte Adamsberg. »Ich

hatte sie vor unserer Abreise in die Details des Falls eingeweiht.«

»Nun gut«, sagte Josselin, als das Essen kam. »Ich wünsche Ihnen einen guten Appetit und bin Ihnen für Ihre Anwesenheit hier vor Ort sehr verbunden.«

»Spricht der immer so?«, fragte Noël, kaum dass Josselin außer Hörweite war.

»Sein angeblicher Aristokratenvater hat ihn zu einem künftigen Vicomte erzogen«, erklärte Matthieu. »Auch wenn Josselin sich vehement dagegen sträubt, so was hinterlässt Spuren.«

»Und führt zu einer Macke?«, fragte Retancourt.

Adamsberg schien einen Moment lang zu überlegen, bevor er antwortete.

»Schon möglich«, sagte er.

X

Am nächsten Tag, nach einer passablen Nacht in seinem Gitterbett, teilte man Adamsberg mit, dass Gwenaëlle nun in der Lage sei zu sprechen. Sein Igel leider nicht, dachte der Kommissar insgeheim und schämte sich sogleich dafür. Kommen Sie gegen 11 Uhr, sagte der Arzt, solange brauche er, um die junge Frau zu ermuntern, sich anzuziehen und eine Kleinigkeit zu essen.

»Um elf«, sagte Adamsberg zu Matthieu. »Begleitest du mich?«

Matthieu rümpfte die Nase.

»Nicht gerade ein Job, um den ich mich reiße«, sagte er.

»Geht mir genauso.«

»Ich hole dich trotzdem um Viertel vor ab.«

»Hast du gestern Abend jemanden am Fenster der Villings postiert?«

»Sie haben Karten gelegt. Wahrscheinlich Tarot. Jedenfalls nichts Erotisches.«

»Warte kurz«, sagte Adamsberg. »Mir geht eine Kleinigkeit durch den Kopf. Und irgendwas juckt mich.«

Adamsberg hatte sich mechanisch über den Arm gerieben und den Ärmel hochgekrempelt, um den Stich zu untersuchen. Eine Mücke. Die Viecher stachen jetzt immer früher zu und hielten sich bis November oder sogar länger. Sie gehörten definitiv zu denen, die von der Erderwärmung profitierten.

»Ein Floh?«, erkundigte sich Matthieu. »Sie lassen dir keine Ruhe, oder?«

»Natürlich nicht. Sie jucken und sie stören mich. Ich muss ständig daran denken. Ich werde jemanden darauf ansetzen, ich sage dir heute Abend Bescheid.«

Mit ein wenig Verspätung nahm Adamsberg an der langen Tafel Platz, an der seine Mitarbeiter sich bereits zum Frühstück versammelt hatten. In Abwesenheit von Estalère, dem Kaffeespezialisten der Pariser Brigade, hatte sich Mercadet um die Zubereitung gekümmert, während Veyrenc Brot, Butter und Zucker besorgte. Adamsberg schenkte sich unter Mercadets ängstlichem Blick eine Tasse ein.

»Sehr gut, Lieutenant«, sagte er.

»Er ist nicht annähernd so gut wie der von Estalère«, sagte Mercadet missmutig. »Ich hoffe, er gelingt mir morgen besser.«

»Man kann nicht für alles ein Händchen haben. Was ich ab heute allerdings brauche, sind Ihre Schauspielkünste. Ich fasse die Dinge kurz zusammen, und egal, wie absurd es Ihnen erscheint, es führt kein Weg daran vorbei. Nichts verbindet unsere beiden Opfer, abgesehen von einem kleinen Detail: Beide Leichen hatten frische Flohbisse, hingegen waren keine Spuren von alten vorhanden. Da wir sonst keine Anhaltspunkte haben, müssen wir davon ausgehen, dass der Mörder seinen Opfern während der Tat einen Floh aufgehalst hat.«

»Besser einen Floh am Hals als ein Messer in der Brust«, murrte Retancourt.

»Ich sagte, egal, wie absurd es Ihnen erscheint, Retancourt.«

»Man kann daraus schließen, dass der Mörder einen Floh mit sich herumtrug«, sagte Veyrenc todernst.

»Mehr noch, Louis, der Mörder muss von Flöhen übersät sein. Mit drei Flöhen am Leib überträgt man niemandem irgendwas. Dazu braucht es mehr. Und an diesem Punkt wird es interessant für uns.«

»Und wie können wir sicher sein, dass es sich um Flöhe handelt?« Mercadet schnitt sich die vierte Scheibe Brot ab.

»Die Bisse liegen oft auf einer Linie, in der Regel sind es Dreierreihen. Sie sind sehr leicht zu erkennen. Und der Gerichtsmediziner ist schließlich kein Banause.«

»Und was bedeutet das Ganze für uns?«, schaltete sich Noël ein.

»Sie sollen die potenziellen Flohträger unter den Einwohnern von Louviec identifizieren.«

»Sie wollen, dass wir überall klingeln und die Leute fragen, ob sie Flöhe haben?«, fragte Retancourt.

»Retancourt«, seufzte Adamsberg, »Sie werden sich im Rahmen dieser Ermittlungen bitte ab sofort bemühen, Ihre Kraft in Freundlichkeit und Sanftmut umzuwandeln. Kriegen Sie das hin?«

»Kein Problem. Sie werden mich nicht wiedererkennen.«

»Sehr gut. Sie werden sich zunächst mit den offiziellen Formularen des kommunalen Gesundheitsdienstes und einem Stadtplan von Louviec ausrüsten, in den Haus für Haus, jedes nummeriert, die Namen der Einwohner eingetragen sind. Ich habe den Bürgermeister bereits informiert, er bereitet die Dokumente vor. Dann beginnen Sie mit dem Klinkenputzen. Louviec zählt ungefähr vierhundertfünfzig Haushalte. Sie sind zu sechst, das macht etwa fünfundsiebzig Besuche für jeden, hinzuzurechnen sind die zwei Männer von Matthieu und zu berücksichtigen ist Mercadets Ruhepause. Sie werden zwei Tage brauchen, aber die Fragen sind einfach und nehmen nur wenige Minuten in Anspruch. Sie leihen sich Fahrräder vom Rathaus. Mercadet, trinken Sie so viel Kaffee, wie Sie benötigen, um vier bis fünf Stunden durchzuhalten.«

»Fünf Stunden«, sagte Mercadet mit einem entschuldigenden Blick, »das schaffe ich nicht. Viereinhalb, höchstens.«

»Soweit ich weiß, stammen die Flöhe, die wir mit uns herumschleppen, von Hunden und Katzen«, sagte Noël. »Die Hälfte der Leute hier besitzt wahrscheinlich ein Haustier. Also hat die Hälfte Flöhe. Wozu der Aufwand? Damit wir am Ende Hunderte Verdächtige haben?«

»So einfach ist es nicht, Lieutenant«, stellte Adamsberg richtig. »Gehen wir meinetwegen davon aus, dass in der Hälfte der Haushalte, oder auch mehr, ein Tier lebt. Was keinesfalls bedeutet, dass die Besitzer automatisch mit Flöhen übersät sind. Wenn der Mörder aber zweimal hintereinander Flöhe auf sein Opfer übertragen hat, dann muss er ganze Kolonien davon mit sich herumtragen.«

»Sehe ich genauso«, sagte Veyrenc.

»Und warum tragen manche ganze Kolonien mit sich herum und andere nicht?«, fragte Mercadet.

Adamsberg schenkte sich eine zweite Tasse Kaffee ein und reichte die Kanne in die Runde.

»Um das zu erklären, muss ich ein wenig ausholen«, sagte er. »Nehmen wir ein Haustier, das im Haus lebt, aber rausdarf – Ihnen ist vielleicht aufgefallen, dass in Louviec etliche Katzen und Hunde frei herumlaufen. Später kehren sie mit Flöhen wieder heim. Wenn die Tiere einer Behandlung unterzogen werden, sterben die Insekten, und das war's. Aber die Leute hier sind nicht wohlhabend, Flohkuren sind teuer und die Anwendung muss mehrfach wiederholt werden. Hinzu kommt der jährliche Besuch beim Tierarzt. Wenn der Hund, die Katze nicht gegen Parasiten geschützt ist, und das wird eher die Regel als die Ausnahme sein, ist meist nicht nur das Tier befallen, sondern auch die Wohnung. Einmal satt gegessen, bleiben die Flöhe nämlich nicht auf dem Tier, sondern wandern durchs Haus. Die meisten Flöhe leben am Boden, erst der Hunger treibt sie erneut zu ihrem Wirt, und sobald sie ihn gebissen haben, verlassen sie ihn wieder. Man weiß, dass ein Floh drei Monate lang täglich zwanzig bis fünfzig Eier legen kann, aus denen sich in Rekordzeit Larven entwickeln, die nach zwei Wochen, spätestens nach einem Monat, ausgewachsen sind und ihrerseits beißen und Eier legen. Katzen und Hunde schalten zwar eine Menge von den Viechern aus, aber Sie können sich vorstellen, wie viele Tausend Flöhe es in einem Haus geben kann.«

»Oje, was für ein schönes Gewusel«, sagte Mercadet. »Und damit sind dann alle Bewohner befallen.«

»Eben nicht, sie werden manchmal gebissen, ja, aber niemals befallen. Denn der Mensch ist nicht die bevorzugte Beute von Katzen- und Hundeflöhen, er ist nur eine Notlösung, wenn Mangel herrscht. Deshalb ändert sich alles, sobald das Tier aus dem Haus verschwindet. Wenn es wegläuft, sich verirrt oder stirbt. Dann nämlich stürzen sich die hungrigen, auf dem Boden herumlungernden, ihres bevorzugten Wirtes beraubten Flöhe auf den Menschen. Das heißt, wir suchen einen Tierhalter, der sein Tier nicht gegen Flöhe schützen lassen und es verloren hat.«

»Wie kommt es«, fragte Noël, »dass Sie so gut über Flöhe Bescheid wissen?«

»Noël, Sie haben doch nicht vergessen, dass wir mal einen Fall hatten, bei dem wir uns mit der Pest auseinandersetzen mussten?«

»Sicher nicht.«

»In dem Zusammenhang habe ich mich mit dem Thema beschäftigt.«

»In der Kurzfassung«, bat Noël, »welche Fragen stellen wir?«

»Erstens, erkundigen Sie sich nach dem Namen und Alter. Zweitens, ob ein Tier im Haushalt lebt. Drittens, ob das Tier gegen Flöhe behandelt wird. Viertens, wie viele Personen der Haushalt umfasst, deren Namen und Alter. Fünftens, und das ist die entscheidende Frage, ob das Tier vor Kurzem verschwunden ist oder anderweitig betreut wurde. Dann lassen Sie die Leute das Formular unterschreiben und finden bei der Gelegenheit heraus, ob sie Links- oder Rechtshänder sind.«

»Klingt nicht sehr kompliziert«, meinte Veyrenc. »Man muss es nur geschickt anstellen.«

»Und Vorsichtsmaßnahmen treffen. Betreten Sie keines der Häuser und halten Sie einen Abstand zu der befragten Person von mindestens fünfunddreißig Zentimetern. Ein Floh kann nicht sehr weit oder hoch springen. Während Sie sich auf die Jagd begeben, sind Matthieu und ich mit Anaëlles Cousine verabredet.«

Die kurze Autofahrt zu Gwenaëlle Briand verbrachten Adamsberg und Matthieu schweigsam, dem einen wie dem anderen war es ein Graus, von Kummer überwältigte Menschen einem Verhör zu unterziehen. Tröstende Sätze halfen in solchen Situationen nicht weiter, und sie hatten die undankbare Aufgabe, ihrem Gegenüber alles aus der Nase zu ziehen.

»Das wird kein Spaß«, sagte Matthieu schließlich.

»Fängst du an?«, fragte Adamsberg. »Du kennst sie doch, oder?«

»Überhaupt nicht. Du fängst an, du hast den Hut auf, also bist du als Erster dran.«

»Du rennst weg.«

»Ganz genau. Und du würdest das auch gern tun.«

»Unbedingt.«

Der Arzt öffnete ihnen die Tür und begrüßte sie mit einer angedeuteten Verbeugung. Die junge Frau saß niedergeschlagen, mit ineinander verschränkten, gepressten Händen auf einem Stuhl und blickte ihnen mit bleichem Gesicht und leer entgegen. Sie war von Natur aus nicht eben schön und das Fehlen jeglichen Ausdrucks verstärkte diesen Eindruck noch. Die beiden Polizisten nahmen lautlos rechts und links neben ihrem Stuhl Platz.

»Es wird Sie nicht trösten«, setzte Adamsberg mit sanfter Stimme an, »aber Sie sollen wissen, dass wir mit Ihnen fühlen. Und wir werden den Täter finden.«

Wie oft schon hatte er diese schablonenhaften Sätze sagen müssen und einem Menschen gegenübergesessen, dessen Blick derweil gleichgültig in der Ferne versank?

»Der Vicomte«, sagte sie. »Es ist sein Schal.«

Erste Worte, so schnell, immerhin.

»Es ist sein Schal, aber der Vicomte ist es nicht.«

»Die Polizei findet nie etwas heraus.«

»Manchmal doch. Ihre Cousine hatte nicht zufällig einen Hund oder eine Katze?«

Diese völlig unerhebliche Frage überraschte die junge Frau, schien sie sogar ein wenig aufzuheitern. Sie sah Adamsberg nun direkt an.

»Nein, natürlich nicht. Neben dem Geschäft, wie sollte sie?«

»Und in Ihren Laden, durften die Leute da mit Tieren rein?«

»Nein, das ist aus hygienischen Gründen verboten. Im Übrigen, es ist nicht mehr mein Laden«, sagte sie entschieden, »es ist auch nicht mehr mein Dorf. Ich werde verkaufen und fortgehen. Mein Onkel hat mir Arbeit in Dinan angeboten.«

»Was für Arbeit?«

»Er ist Schieferdecker. Ich werde auf Dächern herumklettern und eines baldigen Tages herunterfallen. Ich wünsche mir nichts sehnlicher als das.«

»Verstehe«, sagte Matthieu.

Ebenso wie Adamsberg wusste er, dass jeder Einspruch an dieser Stelle sinnlos gewesen wäre, die Situation vielmehr verschärft hätte.

»Hatte Anaëlle in letzter Zeit Kontakt zu Freunden mit Haustieren?«, hakte Adamsberg nach. »Oder zu irgendwem, der welche besitzt?«

»Wir sind tagein, tagaus mit dem Laden beschäftigt, wissen Sie. Aber was soll das Gerede über Haustiere?«

»Ihre Cousine wurde von einem Floh gebissen.«

Gwenaëlle sah ihn entgeistert an. Zumindest war es ihm gelungen, ihre Gedanken in eine andere Richtung zu lenken.

»Meine Cousine wurde getötet, getötet! Und Sie kommen her, um mit mir über einen Floh zu reden! Glauben Sie ernsthaft, so den Mörder zu finden?«

»Eine letzte Frage.« Adamsberg erhob sich, als wollte er die Belanglosigkeit dessen, was folgte, demonstrieren. »Ihre Cousine kam jeden Abend an den erleuchteten Fenstern der Familie Villing vorbei. Die Straße führt bergauf, sie kann also nicht sehr schnell mit ihrem Rad gefahren sein. Hat sie Ihnen je erzählt, dass sie dort etwas, sagen wir, Ungewöhnliches oder Unerwartetes beobachtet hat?«

»Sie meinen das Gerücht, nicht wahr?«

»Richtig.«

»Nein, Anaëlle hat nie ein Wort darüber verloren, und sie erzählte mir alles.«

»Zu guter Letzt: Wissen Sie, ob Anaëlle auf Schatten trat?«

Gwenaëlle zuckte schwach mit den Schultern.

»Sie sprechen von den Einfaltspinseln, die glauben, man verletze ihre Seele, sobald man einen Fuß auf ihren Schatten setzt? Anaëlle und ich hielten diese Leute immer für dumm und zurückgeblieben«, Gwenaëlle rieb sich ihre geschwollenen Augen. »Aber es stimmt, dass sie ihr Spielchen damit trieb. Sie hatte etwas Rebellisches, Schelmisches an sich, und wenn sich eine Gelegenheit bot, konnte sie nicht widerstehen, dann trat sie auf den Schatten. Ab und zu sagte ich ihr, sie solle diese Trottel in Ruhe lassen. Anaëlle hatte mir darauf einmal ernsthaft geantwortet, dass sie die Leute auf diese Weise von ihrer Angst heilte: Wenn sie auf ihre Schatten trat und ihnen nichts passierte, würden sie irgendwann von ihrem Irrglauben ablassen. Warum fragen Sie mich das?«

»Weil Gaël Leven ein dorfbekannter Schattentrampler war und ihm mit dem Tod gedroht wurde.«

»Von wem?«

»Marie Serpentin.«

»Ah«, sagte die junge Frau, »die Giftschlange. Aber ich kann mir nicht vorstellen, dass … Sie werden sehen, dass diejenigen, die ihren Schatten schützen, nicht so zerbrechlich sind, wie man gemeinhin annehmen könnte.«

Der Arzt hatte ihr eine Tasse Kaffee gebracht – versetzt mit einem Medikament, wie er ihnen durch Zeichen zu verstehen gab –, der ihr gutzutun schien.

»Und auch nicht so harmlos«, fuhr sie fort. »Sie glauben, ihr Leben sei in Gefahr, also reagieren sie. Sie nennen sich untereinander ›Schattenschützer‹ und treffen sich zweimal im Monat, um ›die Verteidigung zu organisieren‹. Was für ein Quatsch. Aber sie haben tatsächlich eine ganze Liste von ›Angreifern‹ zusammengestellt, die sie ›Schattenschmutzer‹ nennen – solche Formen nimmt das inzwischen an. Es klingt lächerlich, aber jetzt, da wir darüber sprechen, denke ich, dass Sie vielleicht gar nicht so falschliegen.«

»Woher wissen Sie das alles?«

Gwenaëlle putzte sich zum zehnten Mal die Nase.

»Von einer Freundin, Laure Célestin. Sie wollte aus Spaß an einem dieser Treffen teilnehmen. Als sie nach Hause kam, war ihr allerdings nicht mehr nach Lachen zumute. Zwei oder drei Kerle hatten angeboten, den Schattenschmutzern ›mal richtig einzuheizen‹.«

»Was hatten sie damit gemeint?«

»Laure wusste es nicht. Vielleicht, sie zu verprügeln. Oder sie …«

Die junge Frau brach erneut in Tränen aus, Adamsberg stand auf und legte ihr eine Hand auf die Schulter.

»Danke, Gwenaëlle«, sagte er leise.

Als sie draußen waren, atmete Adamsberg tief durch.

»Erschütternd«, sagte er. »Normalerweise schicke ich Lieutenant Froissy zu solchen Terminen. Sie ist eine sehr ängstliche Frau, aber so was hält sie besser aus als ich.«

»Ich fühle mich, als käme ich von einer Beerdigung«, sagte Matthieu und schüttelte sein blondes Haar. »Ich werde jetzt einen trinken gehen.«

»Um diese Zeit?«

»Um diese Zeit. Komm.«

»Das war's dann wohl mit der heißen Villing-Inzest-Spur. Musstest du ihr unbedingt von deinen Flöhen erzählen?«, fragte Matthieu, als sie bei einem Cognac im Café Chez Joss saßen, fünfhundert Meter vom Gasthof Zu den zwei Schilden entfernt.

»Chez Joss«, wiederholte Adamsberg mit Blick auf die Namenstafel.

»Bevor sie mit dir durchgehen, es handelt sich bloß um den Namen des Urgroßvaters, der das Café eröffnet hat. Es hat nichts mit Josselin zu tun. Zurück zu deinen Flöhen. Wolltest du sie einfach wachrütteln oder war das ernst gemeint?«

»Es war ernst gemeint, Matthieu. Die Viecher interessieren mich, das sagte ich dir doch. In diesem Augenblick klopfen unsere beiden Teams im Auftrag des kommunalen Gesundheitsdienstes an die Türen der Bürgerinnen und Bürger von Louviec, um jeden aufzuspüren, der von Flöhen befallen sein könnte.«

»Du glaubst also wirklich daran?«

»Daran, dass der Mörder seinen Opfern einen Floh mitgegeben hat? Ja, das halte ich für ziemlich wahrscheinlich.«

»Und es ist Grund genug für dich, um an jeder Tür im Dorf zu klingeln? Das kann dauern, mein Lieber, denn die Hälfte der Leute hier besitzt ein Haustier.«

»Es gibt solche und solche Flöhe.«

»Und was machst du dann?«

»Eine Liste der befallenen Personen erstellen.«

»Und dann?«

»Ihre Alibis prüfen. Wir können nicht das ganze Dorf verhören.«

»Es ist doch immer das Gleiche mit den Alibis, das weißt du selbst: ›Wir saßen zu Hause vor dem Fernseher‹, ›Wir lagen schon im Bett‹ … Selten kommt etwas dabei heraus. Und der Ehemann oder die Ehefrau bestätigt die Aussage grundsätzlich.«

»Ich werde nachsehen, welche Filme am Mittwochabend zur Mordzeit auf den klassischen Kanälen liefen. Aber zuerst die Flöhe.«

»Und warum hast du mit ihr über die Schatten geredet?«

»Ich versuche, Gaëls Gestammel zu begreifen. ›Dies… hat…‹. Ich habe mich gefragt, ob er irgendwas mit ›die Schatten …‹ sagen wollte.«

»Aber das passt überhaupt nicht zum Anfang.«

»Ganz und gar nicht. Aber erinnere dich an die Drohung der Schlange im Gasthof. Keine blöde Idee, sich in ihre Gruppe einzuschleusen. Dir ist nicht zufällig etwas von einem Katzenmörder zu Ohren gekommen?«

Matthieu setzte sein leeres Glas fassungslos auf dem Tisch ab.

»Worauf willst du jetzt schon wieder hinaus, Kollege?«

»Sagte ich doch, auf einen Katzenmörder oder jemanden, der kleine Hunde tötet.«

»Du bringst mich völlig aus dem Konzept, Adamsberg, ehrlich.«

»Und du fragst dich«, fügte der Kommissar grinsend hinzu, »wieso der Minister ausgerechnet mich auf diesen Fall angesetzt hat?«

»Stimmt«, gestand Matthieu.

»Stell dir vor, ich frage mich das auch. Also, kennst du nun einen Katzenmörder? Deinem Gesichtsausdruck entnehme ich, dass da bei dir etwas klingelt.«

»Es ist kein Mörder, an den ich denke, sondern eine Bande von Rotzgören, die sich einen Spaß daraus machen. Sie zu erwürgen. Es ist abscheulich. Der Bürgermeister würde sie zu gern in die Finger bekommen, denn Kinder, die sich mit solchen ›Spielchen‹ die Zeit vertreiben, verheißen nichts Gutes.«

»Wie kommt es, dass sie nie erwischt wurden?«

»Weil sie gerissen sind. Mittwochs und samstags lockt einer die Katze mit einer Pastete an, fängt sie ein, steckt sie in eine Tasche und trifft sich mit seinen Kameraden in einer verlassenen Ecke von Louviec. Dort findet die Erdrosselungsorgie statt. Ekelerregend. Irgendwann findet jemand den Leichnam der Katze. Manchmal setzen sie noch einen drauf und legen einen ausgeweideten Frosch daneben oder einen Spatz mit abgerissenen Flügeln. Ein künftiger Sadistentrupp, ich sag's dir.«

»Wie lange beobachtet ihr dieses nette Freizeitvergnügen schon?«

»Ungefähr seit einem Jahr.«

»Und wie viele Tiere, glaubst du, haben sie in diesem Jahr schon getötet?«

»Entdeckt haben wir achtundzwanzig oder neunundzwanzig Kadaver. Aber wenn es ihnen gelingt, zweimal pro Woche zuzuschlagen, sind wir, die Ferien nicht miteingerechnet, bei an die sechzig. Das ist eine Menge.«

»In Louviec geht's ja wirklich lustig zu«, sagte Adamsberg. »Gibt es ein Internat im Dorf?«

»Ja, oben im Norden. Und dort vermuten wir sie auch.«

»Über wie viele Kinder reden wir?«

»Etwa fünfzig. Mehr Eltern, als man denkt, geben bei der Erziehung ihres Kindes irgendwann auf und stecken es ins Internat. Sonntags dürfen die Kinder raus, wenn sie wollen. Aber einige weigern sich, nach Hause zu gehen. Da weißt du dann auch Bescheid.«

»Wie alt sind die Kinder?«

»Zwischen acht und zwölf Jahren. Danach werden sie wieder zurückgeschickt.«

»Und wie kommen sie mittwochs und samstags raus?«

»Es gibt einen großen Park, der von Dornenhecken umgeben ist. Aber die Kinder wissen sich zu helfen. Ein Loch im Gestrüpp, und schon sind sie weg.«

»Werden sie denn normalerweise mittwoch- und samstagnachmittags nicht beaufsichtigt?«

»Sie sollen auf ihren Zimmern Hausaufgaben machen. Es sind Sechserzimmer. Und wenn sich einer davonschleicht, herrscht Omertà, keiner wird ihn verpfeifen.«

»Ich an deiner Stelle würde, wenn du mir den Hinweis erlaubst, einen Abstecher ins Internat machen. Eine ideale Brutstätte für Kummer, Wut und später Hass und Gewalt. Du musst die Taschen durchsuchen. Die Taschen sind der Dreh- und Angelpunkt.«

»Weil?«

»Eine Katze, die gewaltsam in eine fremde Tasche gesteckt wird, wehrt sich und kratzt, soviel sie nur kann. Vielleicht pisst sie sich sogar ein vor Angst. Heißt, die Tasche ist danach beschädigt, hat Kratzer oder Risse. Wenn du alle fünfzig Taschen überprüfst, stehen die Chancen gut, deine kleinen Nachwuchskiller ausfindig zu machen.«

Matthieu nickte stumm.

»Wird gemacht«, sagte er. »Aber ich dachte, du bist hier, um dich um die Morde zu kümmern.«

»Die Katzenmörder könnten eine Rolle in dem Fall spielen. Ich glaube nicht, dass ein Kind diese Morde begangen hat, wir wissen beide, dass man nicht als Mörder geboren wird. Ich denke eher an die Eltern, vor allem an die Väter. An ein misshandeltes Kind, den Sohn eines Tyrannen und damit vielleicht eines Mörders.«

»Du kommst vom Hölzchen aufs Stöckchen. Vom Mörder zu den Flöhen, von den Flöhen zu den Katzenwürgern, von den Katzenwürgern zu deren brutalen Vätern.«

»Alles hat seine Verzweigungen, Matthieu.«

XI

Die Wirtsstube im Gasthof Zu den zwei Schilden war zwischen 20 und 21.30 Uhr ausschließlich für das Polizeiteam reserviert. Matthieu war dort mit seinen beiden Männern verabredet. Adamsberg ging wieder und wieder seine Notizen durch, um sich ihre Namen einzuprägen: Der Rundliche hieß passenderweise Antoine Berrond und der schüchterne Blonde mit dem breiten Lächeln Loïc Verdun.

»Nehmen Sie Platz, ich gebe einen trockenen Cidre aus«, empfing ihn Johan.

»Als ich am Laden der Cousinen vorbeiging«, berichtete Verdun, »hatten sich dort gut sechzig Menschen versammelt, um zu kondolieren. Es stimmt, dass Anaëlle sehr beliebt war. Man sagte ihnen, dass der Laden dauerhaft geschlossen bleiben würde, doch sie rührten sich nicht vom Fleck, als fiele es ihnen schwer, sich loszureißen.«

»Und nichts hindert den Mörder daran, sich ebenfalls unters Volk zu mischen, um Anaëlles Schicksal zu beklagen, das ist immer eine gute Tarnung«, sagte Berrond. »Wir haben also sämtliche Personalien aufgenommen, angefangen bei den Männern. Die Vernehmungen, wenn man so will, fanden auf der alten Steinbank vor dem Laden statt. Niemand versuchte, sich davonzustehlen. Alle warteten geduldig, bis sie an der Reihe waren. Wenn sie schon nicht mit Gwenaëlle sprechen konnten, wollten sie wenigstens der Polizei ihre Gefühle mitteilen. Lob, Bedauern, Erinnerungen – es war rührend, aber irgendwann konnte man es auch nicht mehr hören.«

»Ist Ihnen unter diesen Männern zufällig einer aufgefallen«, fragte Adamsberg, »der sich kratzte?«

»Der sich kratzte? Wo denn, am Kopf?«, fragte Verdun ratlos zurück.

»Nein, am Arm oder Oberschenkel, an der Schulter, irgendwo.«

»Ehrlich gesagt, darauf haben wir nicht geachtet, Kommissar.«

»Doch, doch«, rief Berrond lebhaft dazwischen. »Da war ein Typ vor mir, der sich ständig kratzte.«

»Haben Sie seinen Namen?«

Berrond blätterte eifrig in seinem akribisch geführten Notizbuch.

»Yvon Briand«, sagte er. »Vielleicht gehört der auch zur Sippe, obwohl, in der Bretagne gibt es Briands wie Sand am Meer.«

»Danke.« Adamsberg schlug nun ebenfalls seine Kladde auf, um den Namen zu notieren. Im Gegensatz zu Berronds Notizbuch war seines ein kunterbuntes Durcheinander aus Namen, Skizzen, Satzfragmenten, Daten, eine Tabelle oder eine Überschrift suchte man vergeblich.

»Aber das bin ja ich!«, sagte Berrond und hielt Adamsberg davon ab, die Seite umzuschlagen.

»Ja, das sind Sie, Lieutenant.«

»Warum haben Sie mich gezeichnet? Bin ich verdächtig, oder was?«

»Nicht doch«, beschwichtigte ihn Matthieu. »Von mir hat er auch ein Porträt angefertigt.«

»Wozu? Damit Sie nicht vergessen, wie wir aussehen?«

»Nein«, sagte Adamsberg, »aus reiner Lust am Zeichnen.«

»Darf ich es sehen?«, fragte Berrond, so aufgeregt, als würde er einen Preis bekommen.

Der Kommissar reichte ihm sein Notizbuch, und rechts und links streckten sich die Hälse, um einen Blick auf die Skizze zu werfen. Adamsberg hatte die Rundungen Berronds etwas zurückgenommen, fasziniert betrachtete der Beamte sein Abbild.

»Ich erlebe wirklich zum allerersten Mal, dass jemand auf die Idee kommt, mich zu zeichnen«, sagte er beinahe ergriffen. »Karikaturen, ja, die gab es zuhauf auf der Polizeiwache, aber ein schönes und echtes Porträt, das gab's noch nie. Würden Sie es mir schenken?«

Adamsberg löste die Seite aus seinem Notizbuch, datierte und unterschrieb sie und reichte sie Berrond.

»Danke, Kommissar, ich bin gerührt«, sagte Berrond und steckte das Blatt sorgfältig weg.

Matthieu lächelte, seine Lieutenants schienen gut in die Spur von Adamsbergs Mäandern zu finden. Kurze Zeit später stießen auch die vier Mitarbeiter des Kommissars zu ihnen und es floss eine zweite Runde Cidre. Mercadet wirkte quicklebendig nach seiner dreistündigen Siesta, schämte sich aber ein wenig, dass er nicht mit so vielen Zeugenaussagen wie seine Kollegen dienen konnte.

»Schluss für heute mit dem Flohsackhüten«, sagte Noël, erschöpft von den massenhaften Befragungen, die er für völlig überflüssig hielt. Seine Müdigkeit stand im krassen Gegensatz zu Retancourts Auftreten, sie hatte dank der Zwangsbekehrung zu Freundlichkeit und Sanftmut wieder zu ihrer gewohnten Frische zurückgefunden.

»Zu Tisch!«, befahl Adamsberg, um die Truppe in Bewegung zu setzen. »Uns bleibt nur noch eine Stunde …« Er legte seine Stirn in Falten und schien kurz nachzudenken. »… um zu einer Synthese zu gelangen«, schloss er dann. »Pardon, manchmal entfallen mir die einfachsten Wörter.«

»Ich finde nicht, dass Synthese ein einfaches Wort ist«, murmelte der runde Berrond, Adamsbergs neuer Freund und Bruder.

»Der Wirt, Johan«, sagte Adamsberg und setzte sich neben Matthieu, »kann man sich auf den verlassen?«

»Schweigt wie ein Grab«, sagte Matthieu. »Erstens weil er so ist, zweitens weil du als Gastwirt nicht ausplauderst, worüber deine Gäste sich unterhalten. Berufsgeheimnis sozusagen.«

»Das hatte ich gehofft ... Was hat der erste Tag flohtechnisch an Erkenntnissen gebracht?«

»Insgesamt haben wir zu sechst«, Mercadet holte seinen Computer hervor, »zweihundertachtunddreißig Haushalte abgeklappert.«

»Etwas mehr als die Hälfte«, sagte Adamsberg. »Das ging schnell.«

»Nein«, sagte Mercadet. »Oft ist bloß niemand da, die Leute sind bei der Arbeit, dann muss man entweder noch mal hin oder sich die Informationen von einem Nachbarn besorgen. Und das mit dem Kurzfassen ist leichter gesagt als getan, denn wenn die Leute einmal anfangen, über ihre Tiere zu reden, können sie gar nicht mehr aufhören. Aber ich denke, morgen wird es schneller gehen, und samstags trifft man auch mehr Leute zu Hause an. Ich habe, während Sie Ihren Cidre getrunken haben, alles verschlüsselt in einer Datei zusammengeführt, dann wird es übersichtlicher.«

»In dieser kurzen Zeit?« Mercadets Arbeitstempo verblüffte Adamsberg immer wieder, zumal es seine Defizite im Einsatz mehr als wettmachte.

»Einhundertzwei der genannten zweihundertachtunddreißig Hausstände halten oder hielten ein Tier. Einige Besitzer haben sich nach dem Tod ihres Haustiers gegen ein neues entschieden, weil der Kummer über den Verlust zu groß war oder weil sie letztlich zu viele Scherereien hatten. Wenn ich nur die berücksichtige, die aktuell ein Tier besitzen oder bis vor Kurzem eines besessen haben, dann bleiben vierundachtzig. Und von diesen vierundachtzig gehen mehr als die Hälfte regelmäßig zum Tierarzt, vor allem die Frauen. Macht aber immer noch zweiunddreißig Tiere, die nicht gegen Flöhe geschützt sind. Oder es nicht waren. Denn Sie hatten uns ja außerdem gebeten, Informationen zu Vermissten- oder Todesfällen einzuholen. Nun, da gab es eine ganze Menge.«

»Mich interessieren hauptsächlich die der letzten Monate. Flöhe leben nicht lange, wenn sie sich ausschließlich von menschlichem Blut ernähren.«

Mercadet ließ seinen Computer ein paar Berechnungen anstellen.

»Ich nehme die letzten zwei Monate, ja?«

»Nur zu.«

»Von den zweiunddreißig Haustieren sind in zwei Monaten elf Katzen und drei Hunde verschwunden, verunglückt oder sie haben sich verlaufen, man weiß es nicht, vier sind zu Hause gestorben. In Summe: achtzehn Tiere. Das ist viel.«

»Vor allem sind es viele Katzen«, sagte Noël.

Adamsberg sah zu Matthieu hinüber. Matthieu nickte. Er wusste, dass die Fragen seines Kollegen auf die Katzenmörder abzielten. Adamsberg war ihm zuvorgekommen.

»Sie konnten nicht zufällig in Erfahrung bringen, ob die drei vermissten Hunde groß oder klein waren?«

»Das stand nicht im Fragebogen«, sagte Retancourt. »Aber die drei Halterinnen haben mir Fotos gezeigt. Gerahmte Fotos. Es waren kleine Hunde.«

»Die haben sich ja ganz schön ausgetobt«, raunte Adamsberg Matthieu zu.

»Das kann man wohl sagen. Ich habe heute Nachmittag die Genehmigung für die Durchsuchung des Internats erhalten, was bei Minderjährigen nicht einfach ist. Ich werde mich morgen mit zwei Beamten dahinterklemmen. Fünfzig Taschen, das sollte schnell erledigt sein.«

»Insgesamt«, fasste Adamsberg zusammen, »haben wir bis jetzt also achtzehn potenziell befallene Haushalte. Wie viele alleinstehende Frauen sind in dieser Stichprobe enthalten, Mercadet?«

Der Lieutenant vertiefte sich erneut in seine Tabellen.

»Elf«, sagte er.

»Schließen wir die Frauen erst einmal aus. Damit wären wir bei sieben verdächtigen Haushalten. Wie viele Männer leben dort?«

»Zehn. Sechs davon allein oder bei ihren Söhnen, sie sind meines Erachtens zu alt, um nachts mordend durch die Straßen zu ziehen.«

»Rechtshänder? Linkshänder?«

»Allesamt Rechtshänder, soweit wir sie gesehen haben. Zwei der Väter, zweiundachtzig und neunundachtzig Jahre alt, wollten wir nicht aus ihrem Mittagsschlaf reißen.«

»Übrig bleiben vier gesunde Männer, die Flöhe haben und Rechtshänder sind.«

Zufrieden strich sich Mercadet über den Schnurrbart und zeigte dem Kommissar am Bildschirm die nach Straßen geordneten Ergebnisse und den Plan, auf dem er die Häuser mit Flohbefall rot markiert und mit den Namen der Bewohner versehen hatte. Berrond tippte auf das Haus Nummer 44.

»Ich kenne das Ehepaar, das in der 44 wohnt«, sagte er. »Sie heißen Vernon. Möglich, dass sie in Rente oder für längere

Zeit in Urlaub gegangen sind und ihr Haus vermietet haben, bei Mercadet jedenfalls steht ein anderer Name: Longevin. Ich kenne keine Longevins. Wir sollten den Bürgermeister morgen bitten, die Liste zu überprüfen. Vielleicht gibt es noch andere Unbekannte, die sich in Louviec niedergelassen haben. Die Frage wäre, seit wann, für wie lange und, nicht zuletzt, warum?«

»Ja, schon merkwürdig, nach Louviec zu ziehen, wenn man nicht hier geboren ist«, sagte Noël.

»Finde ich auch«, pflichtete Berrond ihm bei. »Wir brauchen eine Liste dieser Zugezogenen. Die 62 ist das Haus vom Buckligen. Verzeihung, von Maël. Es ist rot markiert.«

»Sein Hund wurde überfahren«, erklärte Noël.

»Wann?«, fragte Matthieu.

»Ungefähr einen Monat vor dem Mord an Gaël.«

»Als Maël aus dem Krankenhaus zurückkam, müssen die hungrigen Flöhe über ihn hergefallen sein«, schlussfolgerte Adamsberg. »Und zwar in großer Zahl. Denn ohne Nahrung vermehren sie sich noch schneller, damit möglichst viele von ihnen überleben.«

»Nicht dumm, so ein Floh«, murmelte Berrond.

»Du hast allerdings die These aufgestellt, der Mörder müsse Rechtshänder sein«, wandte Matthieu ein, »oder vielmehr ein vorgeblicher Linkshänder. Maël aber kann mit links nichts machen, du hast ja gesehen, in welchem Zustand sein Arm ist.«

»Ja, habe ich gesehen, Matthieu. Retancourt, Sie sagten, dass drei Personen Ihnen ein Foto ihres Hundes gezeigt hätten. Um sich die Bilder anzuschauen, mussten Sie doch sicher sehr nah an die Leute herantreten?«

»Nein, sie haben sie mir auf Armeslänge hingehalten, ich musste sie selbst in die Hand nehmen.«

»Sie alle nehmen, wenn Sie heute Abend nach Hause kommen, bitte vorsichtshalber als Erstes eine Dusche, waschen sich die Haare und stecken alles, wirklich alles, was Sie heute am Leib hatten, in die Waschmaschine. Mindesttemperatur sechzig Grad. Dasselbe gilt nach der zweiten Runde morgen.«

»Sechzig Grad«, sagte Veyrenc. »Gut, dass ich die Klamotten gewechselt habe, sonst wäre meine Jacke hinüber.«

Um 21.30 Uhr entriegelte Johan die Tür. Einige Gäste warteten bereits und verteilten sich über die alte Wirtsstube.

XII

Am nächsten Morgen legten Matthieu und Adamsberg dem Bürgermeister den Plan von Louviec vor, mitsamt ihrer Liste der den einzelnen Häusern zugeordneten Namen.

»Es gehört nicht zu meinen Aufgaben, das Kommen und Gehen meiner Bürger zu überwachen«, ließ der Stadtoberste sie wissen. »Es steht ihnen frei, umzuziehen und ihre Häuser zu vermieten.«

»Klar«, sagte Matthieu. »Aber im Zusammenhang mit unseren Ermittlungen wäre es hilfreich, wenn Sie uns im Fall der vier rot markierten Häuser auf Ihnen unbekannte Namen hinweisen würden.«

Der Bürgermeister nahm die Liste an sich und studierte sie einen Moment lang.

»Longevin«, sagte er, »Grundstück 44, kenne ich nicht. Das Haus gehört den Vernons.«

»Das hatten wir bereits herausgefunden. Was ist mit den anderen?«

»Grundstück Nummer 12 ist im Besitz der Jouels. In Ihrer Liste steht Desmond. Longevin und Desmond sagen mir nichts. Aber das sind die einzigen Namen, die mir auffallen.«

»Desmond, Desmond«, brummte Adamsberg auf dem Rückweg zum Auto vor sich hin.

»Kennst du jemanden, der so heißt?«

»Ich habe den Namen schon mal gehört. Eine vage Erinnerung.«

»Du müsstest den Weg zurück zu diesem Vagen finden.«

»Das ist mir noch nie gelungen, Matthieu. Wenn, dann kommt das Vage zu mir, niemals umgekehrt.«

Im Auto schickte Adamsberg eine Nachricht an Mercadet mit der Bitte, in der Datenbank nach den Namen der beiden unbekannten Bewohner zu suchen: René Longevin und Roger Desmond. Sieben Minuten später rief Mercadet nervös zurück.

»Keine Einträge zu Longevin. Anders bei Desmond. Halten Sie sich fest, Kommissar, er gehört zum Trupp von Sim. Desmond ist ein falscher Name, einer von fünfen, mit denen er bereits in Erscheinung getreten ist. Soll ich Ihnen sein Phantombild schicken?«

»Bitte. Er ist einer der beiden neuen Einwohner in Louviec. Ich vermute, Longevin ist sein Komplize. Sie entsinnen sich, bei Retancourts Razzia in Sims Versteck konnten zwei Typen entwischen.«

»Sie meinen, die sind hinter uns her?«

»Fällt Ihnen ein anderer Grund ein?«

»Nein, aber wenn es so ist, dann könnte es brenzlig werden.«

Adamsberg gab Matthieu ein kurzes Resümee der jüngsten Ereignisse in Paris.

»Fahr zu Desmond, wir müssen uns Klarheit verschaffen. Aber parke nicht direkt vorm Haus. Du klingelst bei einem Nachbarn, zeigst ihm unauffällig das Phantombild … Nein, Planänderung, der Nachbar könnte ihm von deinem Besuch erzählen. Wir halten uns an die Lebensmittelgeschäfte der unmittelbaren Umgebung. Tante-Emma-Laden oder Bäckerei. Er wird nur für das Nötigste aus dem Haus gehen. Sag, du kommst von der Stadtverwaltung. Wenn er es ist, verlange absolute Diskretion. Nimm deine Waffe mit, der Mann ist gefährlich.«

Kaum zehn Minuten später kam Matthieu zurück.

»Er ist es«, sagte er und zog die Autotür zu. »Ich habe nur in der Bäckerei nachgefragt, Volltreffer. Sie hat den Mann zu einer Fahrradtour aufbrechen sehen. Er ist erst seit erst gestern hier. Er ist euch also von Paris aus gefolgt. Und mit euch hier eingetroffen.«

»Das hat uns gerade noch gefehlt, Matthieu«, seufzte Adamsberg. »Sim, der uns seinen Schergen auf den Hals hetzt. Von wegen Fahrradtour, der brütet irgendwas aus.«

»Ein Racheakt?«

»Von Sim höchstpersönlich aus seiner Zelle in Auftrag gegeben, da kannst du dir sicher sein.«

»Wir sprechen von Sim dem Aal?«

»Du kennst ihn?«

»Zeig mir den Bullen, der noch nicht von ihm gehört hat.«

»Er sitzt mit drei Komplizen hinter Gittern. Retancourt konnte zwei seiner Männer sofort ausschalten und hielt Sim in Schach, sodass Noël und Veyrenc freie Bahn hatten, um sich den vierten zu schnappen. Zwei weitere sind flüchtig, sie konnten auf einem Motorrad entwischen.«

»Von einer Frau in Schach gehalten zu werden, was für eine Demütigung für einen wie Sim!«

»Zweifellos. Und deswegen hat er eine Kommandoaktion mitten in Louviec ausgeheckt.«

»Sollen wir ihn festnehmen, bevor er Schaden anrichtet?«

»Nein, Matthieu, er ist bestimmt nicht allein gekommen. Wir müssen uns erst vergewissern, dass sich hinter Longevin der andere flüchtige Komparse verbirgt. Was ich befürchte.«

»Nicht sehr clever, wenn du auf der Flucht bist, dich in einem von Bullen nur so wimmelnden Dorf zu postieren.«

»Keiner von uns würde sie wiedererkennen. Ich habe nur wegen des Namens, Desmond, aufgehorcht. Der andere ist nirgends aktenkundig. Wir bräuchten ein Foto, damit Mercadet weitere Recherchen durchführen kann.«

»Ihn vor seinem Haus auszuspähen und zu fotografieren, scheidet aus. Er liegt bestimmt auf der Lauer, wir würden sofort auffliegen.«

»Es gibt eine andere Lösung. Die beiden kennen mich nicht, ich klingle bei Longevin ...«

»Es gab Fotos von dir in der Presse«, unterbrach ihn Matthieu.

»Stimmt«, räumte Adamsberg ein. »Diese verfluchte Presse, deshalb sind sie überhaupt auf dem Laufenden, dass ich in Louviec bin.«

»Nimm meine Kappe, zieh sie dir tief in die Stirn und du wirst ein anderer sein. Wenn du außerdem deine immer gleiche schwarze Jacke und dein T-Shirt gegen mein hellblaues Hemd und meine Jacke tauschst, bist du perfekt getarnt.«

Sie hielten an, tauschten die eine Kluft gegen die andere. Matthieu musterte seinen Kollegen zufrieden.

»Nicht schlecht«, lobte er. »Man erkennt dich jedenfalls nicht sofort wieder. Erst nach drei Minuten. Mach so schnell wie möglich.«

»Also, ich klingle bei Longevin«, sagte Adamsberg und rückte die Schirmmütze zurecht, »frage nach den Vernons, der Typ teilt mir mit, dass sie im Urlaub sind und ihm ihr Haus vermietet haben. Dann entschuldige ich mich bei dem Mann und gehe wieder.«

»Ich weiß nicht, was du dir von der Sache versprichst.«

»Ich will danach ein Porträt von ihm anfertigen, Matthieu.«

»Dass ich darauf nicht gleich gekommen bin ...«

»Und das Porträt schicke ich dann an Mercadet. Er soll mir sagen, ob er, wenn schon nicht den Namen, vielleicht dieses Gesicht in der Datenbank findet.«

»Es bleibt riskant. Der Mann könnte dich trotz allem wiedererkennen. Mich nicht. Es wäre besser, wenn ich die Sache übernähme.«

»Das Risiko müssen wir eingehen, wir haben keine Wahl.«

»Warum?«

»Weil du nicht zeichnen kannst.«

»Stimmt, hatte ich vergessen.«

»Musst du nicht zum Internat?«

»Meine beiden Mitarbeiter haben bestimmt schon mit der Durchsuchung begonnen. Ich sage ihnen Bescheid und bleibe bei dir.«

»Danke.«

Nach seinem kurzen Auftritt bei Longevin in blauem Hemd und mit Kopfbedeckung dämmerte Adamsberg, dass sie sich ein ziemlich erbärmliches Täuschungsmanöver ausgedacht hatten. Gedrängt saß er in einer kleinen Bar beim Rathaus in Sichtweite des neuen Domizils von Longevin und skizzierte das Gesicht des Mannes. Matthieu nahm neben ihm Platz und befreite seine Waffe aus dem Holster.

»Es regt sich nichts.« Adamsberg hatte die Haustür genau im Blick, während er zeichnete.

»Wie kriegst du es hin, ihn so präzise zu zeichnen, nachdem du ihn doch nur kurz gesehen hast?«

»Ich weiß es nicht, Matthieu.«

»Natürlich.«

Adamsberg fotografierte das Porträt und schickte es an Mercadet.

Desmond runzelte die Stirn, als er die Nachricht seines Komplizen las:

Aufgeflogen. Hatte Besuch von Adamsberg.

Persönlich?

Kein Zweifel, miese Tarnung.

Und er ist nicht allein hier. Keine zehn Minuten her, dass ich die Fette auf der Route du Maillant gesichtet habe. Die Frau kann keiner übersehen. Putzt überall die Klinken, kommt mit dem Fahrrad aber nicht schnell voran.

Wie lautet die Anweisung?

Wir machen uns vom Acker, sobald sie uns auf der Spur sind. Unsere Operation ist in die Wege geleitet, wir haben einen Vorsprung. Ich sammle dich in der Querstraße auf, und dann schnappen wir sie uns, bevor wir sie aus den Augen verlieren. Halte dich bereit.

Desmond griff nach seiner Jacke und seinem Rucksack, verließ das Zimmer durch ein Hinterfenster und lenkte seinen Wagen durch die Gassen.

Niemand war so gut wie Mercadet – unterstützt von zwei Informanten, mit denen er verschlüsselte Nachrichten austauschte –, wenn es darum ging, sich durch das Labyrinth der falschen Identitäten zu schlängeln. Adamsberg saß vor seinem inzwischen kalten Kaffee und musste nicht lange auf die erhofften Auskünfte warten. Sein Porträt entsprach einem gewissen Pernot – ein weiterer Deckname René Longevins –, sechsundfünfzig Jahre alt und in der Tat Geschäftspartner von Sim dem Aal. Sims Trupp wird auch nicht jünger, dachte Adamsberg und hoffte, dass sich dies auch auf ihre Leistungsfähigkeit niederschlug.

»Sobald sie wussten, dass wir uns in Louviec aufhalten, sind sie in Stellung gegangen. Der Erste ist uns im Zug hinterhergefahren, der Zweite mit dem Auto. Verdammt, Matthieu, das hätten wir wirklich nicht gebraucht.«

»Aber wie konnten sie im Handumdrehen zwei Unterkünfte anmieten?«

»Sie haben sie nicht angemietet, sie haben die Bewohner gezwungen, ihre Häuser zu verlassen. Für ein paar Tage, das reichte ihnen vollkommen aus, um uns zu beobachten, die Lage zu sondieren und ihr Ding zu organisieren.«

»Ihr Ding?«

»Ich fürchte das Schlimmste, Matthieu.«

XIII

In aller Eile informierte Adamsberg Noël, Retancourt und Veyrenc, dass ihnen die beiden Komplizen von Sim im Nacken saßen, und zwar hier, in Louviec. Er befahl ihnen, ihre Waffen bereitzuhalten und wachsam zu sein. Matthieu warnte seine Männer ebenfalls und fügte seinen Nachrichten die Porträts der beiden Ganoven bei. Noël und Veyrenc antworteten Adamsberg sofort mit einem *Verstanden*, Retancourt hingegen reagierte nicht.

»Scheiße, verdammt, was treibt sie nur?«, ärgerte sich Adamsberg.

Matthieu erlebte zum ersten Mal, dass seinen Kollegen etwas aus der Ruhe brachte. Er schien sehr an dieser Retancourt zu hängen, die auf ihn keinen sehr einladenden Eindruck gemacht hatte.

»Bestimmt wollte irgendeine Katzenhalterin ihr wieder Fotos zeigen und sie hat sich in ein Gespräch mit ihr verstrickt.«

»Nein, Matthieu, nein. Retancourt verstrickt sich nie in irgendwas«, sagte Adamsberg, stand auf und ließ einen Geldschein auf dem Tisch liegen. »Dass Sim im Knast sitzt, werden sie mich teuer bezahlen lassen. Und es bringt auch nichts, wenn wir jetzt losstürmen, um sie zu verhaften. Wir werden sie in Louviec nicht mehr antreffen. Longevin muss mich erkannt und Alarm geschlagen haben.«

Adamsberg hielt inne, spielte in Gedanken die Möglichkeiten nach einem Ausweg durch.

»Unser gesamtes Team ist in der Flohmission unterwegs«, sagte er. »Aber zwei weitere deiner Männer sind doch ganz in der Nähe, im Internat. Wie schnell können sie hier sein?«

»Wenn sie ein bisschen auf die Tube drücken, knapp fünf Minuten.«

»Sie sollen sofort losfahren und in Erfahrung bringen, ob jemand ein Auto vor Desmonds oder Longevins Unterschlupf beobachtet hat und, wenn ja, was für eins.«

»Aber wenn sie sich doch noch dort aufhalten? Das ist immerhin möglich.«

»Unwahrscheinlich, Matthieu. Dass Retancourt sich nicht meldet, ist ein sehr schlechtes Zeichen. Sie haben die Jagd eröffnet.«

»Aber wie hätten sie Retancourt ausfindig machen sollen?«

»Sie ist ihnen ein Dorn im Auge. Sie müssen ihr heute Morgen aufgelauert haben, als sie mit ihren Fragebögen unterwegs war.« Adamsberg breitete einen zerknitterten Plan auf dem Tisch aus. »Und zwar in dem grün markierten Bereich. Kennst du dich in der Gegend aus?«

»Sehr gut sogar. Wir fahren die Strecke ab. Mittlerweile befindet sie sich wahrscheinlich schon auf der Route du Maillant. Menschenleer dort.«

»Wir haben keine Zeit, auf die anderen zu warten, jede Minute zählt. Sollten wir sie noch erwischen, wären wir nur zu zweit, um sie zu stellen, ist das okay für dich?«

Matthieu nickte entschlossen.

»Hast du alles griffbereit?«, fragte Desmond, als er auf der Route du Maillant beschleunigte.

»Ja, Roger.«

»Sobald ich der Schlampe den Weg versperrt habe, springen wir beide raus. Ich fasse noch mal zusammen: Erstens, du reißt die Alte vom Rad und knebelst sie mit dem Klebeband, zweitens, du ziehst ihr den Gewehrkolben über den Schädel, drittens, du legst ihr Handschellen an und ich fessle ihr die Füße. Viertens öffne ich die Heckklappe und wir wuchten die fette Bullette hinten in den Transporter.«

»Ruhig Blut, Mann, ich bin im Bilde«, sagte Longevin. »Da vorne ist sie!«

Der Lieferwagen überholte das Fahrrad und stellte sich quer zur Fahrbahn. Retancourt legte die Hand an ihre Waffe, im selben Augenblick aber riss ein heftiger Tritt in den Bauch sie vom Sattel. Jemand warf ihre Waffe weg und versiegelte ihr die Lippen mit einem Klebestreifen. Sie rappelte sich hoch, schleuderte ihre Füße gegen Longevins Brustkorb und sah den Mann taumelnd zu Boden sinken.

»Zieh ihr den Kolben drüber, Desmond!«

Retancourt ging zu Boden, sprang jedoch kampfbereit sogleich wieder auf.

»Jetzt du noch mal, Longevin, die Alte ist ein Monster!«

Als Retancourt wieder zu Bewusstsein kam, war sie an Händen und Füßen mit Handschellen gefesselt. Sie lag im Laderaum eines Transporters, die beiden Männer saßen vorn. Sie waren wer weiß wohin unterwegs, bogen immer wieder ab, wahrscheinlich damit ihre Spur sich verlor.

Adamsberg stürzte sich buchstäblich auf sein Telefon, als es piepste. Retancourt, endlich. Aber es war nicht Retancourt. Lediglich eine kurze Nachricht, die er zähneknirschend seinem Kollegen zeigte:

> Du wirst sehen, was für ein Spaß es ist, einen Weggefährten zu verlieren.

»Zu spät«, sagte er mit belegter Stimme und ballte die Hand zu einer Faust. »Sie haben sich aus dem Staub gemacht und sie haben Retancourt.«

»Hier«, sagte Matthieu, »der Bericht von Noblet, einem meiner Männer: Die Nachbarn haben heute Morgen ein neues Auto vor Desmonds Haus bemerkt.«

»Verdammt, sie haben Retancourt, sie haben Retancourt«, wiederholte Adamsberg heiser.

»Wir werden sie einholen«, sagte Matthieu leise. »Steig ein, wir fahren zur Route du Maillant. Was, glaubst du, haben sie vor?« Er zog die Autotür zu. »Sie als Geisel nehmen, um dich zu kriegen?«

»Nein, sie werden sie ordentlich quälen und dann töten. Um zu zeigen, wie ernst es ihnen ist. Mich werden sie sich später vorknöpfen und gegen Sim tauschen. Sie sind böse und sadistisch, keine Strategen, darauf kannst du dich verlassen. Was für ein Wagen?«

»Ein alter hellblauer Lieferwagen, Kennzeichen endet auf GA76.«

»Schick die Beschreibung an alle Gendarmerien und Polizeidienststellen in der Umgebung, plus jeweils ein Fahndungsfoto dieser Scheißkerle. Außerdem Notfallalarm.«

Adamsberg trat aufs Gaspedal, bis die Karosserie bebte.

»Gib den genauen Standort durch, von dem aus sie losgefahren sind«, sagte er.

»Ist erledigt.«

»Bitte die Kollegen in Combourg Sperren auf allen Straßen zu errichten, die aus Louviec herausführen.«

»Ist erledigt.«

Während Adamsberg und Matthieu durch das Dorf rasten, mussten Noël, Veyrenc, Mercadet, Berrond und Verdun mit einem Knoten im Magen ihre Flohmission durchziehen.

Sie wussten, dass Retancourt verschwunden war und dass diese Verbrecherbande ihr – und auch Adamsberg – nichts schenken würde. Mercadet saß auf einem Granitstein, mit düsterer Miene sortierte er seine Liste und ergänzte den Plan um ein paar rot markierte Häuser. Kaum war er damit fertig, ließ er den Kopf auf seine Arme sinken und schlief ein.

»Sollen wir die Ergebnisse des heutigen Tages zusammentragen?«, fragte Verdun unbeholfen in die bleierne Stille hinein.

»Später«, gab Berrond zurück. »Wenn sie wieder bei uns ist.«

»Falls sie je zurückkommt«, murmelte Noël und sprach aus, was allen durch den Kopf ging.

»Sie vergessen eines, Noël«, erwiderte Veyrenc energisch. »Es geht hier um Retancourt, nicht um Sie oder mich oder irgendwen sonst.«

»Sie ist trotz allem kein Übermensch«, sagte Verdun. »Geknebelt und gefesselt im Laderaum eines Lieferwagens zu liegen«, er wagte nicht, »getötet« zu sagen, »bewacht von zwei bewaffneten Mistkerlen, das könnte selbst für sie eine schwierige Nummer werden.«

Kurz vor dem Ende der Route du Maillant entdeckten die beiden Kommissare Retancourts Fahrrad am Straßenrand.

»Kein Blut«, sagte Adamsberg, »aber Spuren eines Kampfes. Hier hat sie einen der Kerle niedergestreckt. Sie hat es ihnen bestimmt nicht leicht gemacht, sie zu überwältigen und in den Wagen zu laden. Als das geschafft war, haben sie mir die Nachricht geschickt, sie haben also gut eine Viertelstunde Vorsprung. Los, wir fahren mit Vollgas hinterher.«

»Fragt sich nur, in welche Richtung«, sagte Matthieu. »Da vorn ist die Straße zu Ende und es gibt drei Abzweigungen. Wir können nur raten, welche sie genommen haben.«

»Erkundige dich, wie weit sie mit den Straßensperren sind.«

Aber die Polizei in Combourg hatte noch nichts in die Wege geleitet, zu früh, noch keine Zeit gehabt, hieß es, und so fuhren die beiden Kommissare wahllos die Straßen auf und ab, in diese oder jene Richtung und sagten kein Wort.

»Weit und breit keine Straßensperre zu sehen«, bemerkte Adamsberg düster.

»Die Kollegen haben wahrscheinlich den Vorsprung der Bande miteingerechnet und die Barrikaden weiter weg platziert.«

»Es sind so viele Straßen«, brummte Adamsberg, »sie müssen zusätzliche Kräfte aus Dol, Saint-Malo oder was weiß ich woher anfordern. Das Ganze dauert zu lange, viel zu lange.«

»Lass uns umkehren«, sagte Matthieu. »Seit einer Stunde grasen wir die Gegend völlig umsonst ab. Und vielleicht haben sie unterwegs das Auto getauscht.«

Adamsberg nickte stumm und machte in Richtung Louviec kehrt. Es war nach 14 Uhr, als Johan sie am Eingang des Gasthofs empfing und ihrem düsteren Ausdruck entnahm, dass etwas aus dem Ruder gelaufen war.

»Ein Mord?«, fragte er mit dumpfer Stimme.

»Nein, Johan«, sagte Matthieu. »Retancourt. Von zwei Schurken entführt. Oder getötet.«

»Nichts«, stöhnte Adamsberg und ließ sich auf einen Stuhl fallen, ohne von seinem Telefon aufzuschauen. »Sie haben sich in Luft aufgelöst.«

Nach einer Weile merkte Johan an, dass es schon weit nach Mittag sei und es vernünftig wäre, wenn sie allmählich etwas essen würden.

»Tut mir leid, Johan, aber ich habe keinen Hunger«, unterbrach Adamsberg die detaillierten Ausführungen zum Speiseplan, zu denen der Hausherr flüsternd ansetzte.

Die übrigen Beamten, zurück von ihrer Befragungstour durchs Dorf, nickten wortlos, auch Mercadet, obwohl die Sorge seinen Appetit eher angeregt hatte.

»Ich weiß, ich wiederhole mich«, sagte Veyrenc, stand auf und klopfte mit der flachen Hand auf den Tisch. »Aber sie haben nicht irgendein Vögelchen geschnappt, sondern Retancourt. Sie wissen nicht, was das bedeutet, und diese Unwissenheit wird ihnen zum Verhängnis werden.«

»Hoffentlich haben Sie recht«, sagte Berrond, dem in diesem Moment klar wurde, woran ihn die unsicheren, aber irgendwie imperialen Gesichtszüge von Lieutenant Veyrenc erinnerten: an eine römische Büste, die in einer Nische des Rathauses von Louviec stand.

Wie ein plötzlich gehorsames Tier klingelte Adamsbergs Handy um 14.30 Uhr, hastig nahm der Kommissar es zur Hand. Er stieß einen Freudenschrei aus und las die Nachricht laut vor:

> Geschafft. Zwei Typen liegen vor mir am Boden, unbewaffnet. Machen Sie trotzdem schnell. Landstraße Richtung Saint-Aubin-Combourg, der Ort heißt La Pierre Levée.

Schlagartig wich die zuvor herrschende Apathie einer aufgekratzten Unruhe.

»Genau, wie Sie es prophezeit haben, Lieutenant!«, rief Johan Veyrenc zu, der sich lächelnd seine Jacke überstreifte.

»Weil es einfach klar war, Johan«, gab er zurück.

»Matthieu«, sagte Adamsberg, »gib den Jungs in Combourg Bescheid, dass sie ihre Pakete zusammengeschnürt in La Pierre Levée abholen können.«

»Ist erledigt«, sagte Matthieu zum wiederholten Mal an diesem Tag, wobei seine Augen amüsiert aufblitzten, und nahm im Vorübergehen seine Schirmmütze wieder an sich.

Mit Sirenengeheul gelang es den Polizisten, sich schnell einen Weg zum Tatort zu bahnen, wo sich ihnen ein spektakulärer Anblick bot: Zwei Männer wanden sich am Boden, während eine Frau von ungewöhnlichen Proportionen lässig an einem Lieferwagen lehnte und sie mit einer Waffe in Schach hielt, vier weitere Waffen türmten sich zu ihren Füßen. Adamsberg schilderte den Beamten die Situation, der Fotograf machte Aufnahmen der Szene, die Täter wurden abgeführt, schleuderten Retancourt die schlimmsten Beleidigungen, Drohungen und Obszönitäten um die Ohren, wovon die Polizistin sich ungefähr so beeindruckt zeigte wie der Hinkelstein am Straßenrand.

Eine gute Dreiviertelstunde später traten Adamsberg und Veyrenc erneut über die Schwelle des Gasthofes, der Kommissar hielt Retancourt an der Schulter fest umklammert und strahlte über das ganze Gesicht. Das gesamte Team hatte sich erhoben und jubelte der Wiedergängerin zu. Johan bat sogar darum, ihr einen Kuss geben zu dürfen, und flüsterte ihr zu: »Wir hatten solche Angst um Sie.« Dann stob er in die Küche, um seine Anweisungen zu erteilen, diesmal widersprach niemand – es war nach 15 Uhr und auf einmal meldete sich der Hunger zurück. In Windeseile war Johan wieder zurück, denn auch er brannte darauf, zu hören, was diese Frau erlebt hatte.

»Kein Grund, so einen Zirkus zu veranstalten«, sagte Retancourt lächelnd angesichts der vielen Blicke, die auf ihr ruhten. »War kein schwerer Job.«

»Und der Überfall?«, fragte Matthieu.

»Oben, am Ende der Route du Maillant, haben sie mich vom Fahrrad gerissen und mir die Waffe weggenommen. Einer der Jungs klebte mir den Mund mit Gaffer Tape zu und verpasste mir anschließend einen auf die Zwölf mit seinem Gewehrkolben. Blieben mir noch die Füße zur Verteidigung, ich habe so oft zugetreten, dass sie es nicht schafften, mich in ihren Lieferwagen zu verfrachten. Was für Pfeifen! Sie schlugen einfach noch mal mit dem Gewehrkolben zu – und der zweite Schlag saß –, fesselten mich an Händen und Füßen, warfen mich hinten in den Laderaum, und ab die Post. Ich kam ziemlich schnell wieder zu mir, konnte sie vorne reden hören, sie machten einen auf dicke Hose und gratulierten sich zu ihrer Großtat. Um genau zu sein, redeten sie nicht, sie brüllten. Klar, die alte Karre schaukelte hin und her und veranstaltete einen Höllenlärm. Was mir sehr gelegen kam für meinen total simplen Plan. Der Fahrer hatte seine Waffe zwischen die beiden Vordersitze gesteckt. Ich stellte mich eine Weile bewusstlos, damit sie sich nicht weiter um mich kümmerten, aber ich durfte trotzdem nicht zu viel Zeit verlieren, weil sie auf ihrer Karte bereits den dreißig Kilometer entfernten Schacht ausfindig gemacht hatten, in den sie mich werfen wollten, nachdem sie mir den Schädel zertrümmert hätten. Sie überlegten, über welche Waldwege sie am besten dorthin gelangten und wie sie mögliche Straßensperren umgehen konnten. Ich zwirbelte die Kette der Handschellen um die Kette meiner Fußfesseln, zog sie fest zusammen und ruckte. Klack. Dasselbe Spiel mit den Füßen, ich klemmte die Kette unter der Fensterkurbel fest, drehte – und klack.«

»Was meinen Sie mit ›klack‹?«, fragte Lieutenant Berrond.

»Klack, die Ketten sind gerissen.«

»Aber es handelte sich schon um ganz normale Handschellen?«

»Also, Spielzeug war das garantiert nicht … Alles, was danach kam, war kein Hexenwerk: sich die Waffe des Fahrers zwischen den Sitzbänken schnappen, ihm den Lauf in den Nacken drücken, die drei anderen Waffen einsammeln, sie anhalten und aussteigen lassen, den Fahrer in den Schwitzkasten nehmen, aber so, dass er weiterhin das kalte Metall in seinem Nacken spürte. Der kam ganz schön ins Röcheln, während sein Kumpel sich die Rippen hielt. Leider zog der Typ dann eine zweite Waffe aus der Hose und ich musste schießen. Sie konnten sich selbst davon überzeugen, Kommissar, ich habe keinen allzu großen Schaden angerichtet, nur auf die Fettschicht seines Oberschenkels gezielt und die Arterie verschont. Während der Erste also zu Boden ging, wehrte sich der Zweite nach Kräften und drohte sich aus meinem Würgegriff zu befreien. Ich musste sie noch mal deutlicher in ihre Schranken verweisen – zwei Tritte gingen in den Unterleib, ich gebe es zu –, sie waren nur mit der Faust ruhig zu kriegen. Als sie beide am Boden lagen, habe ich sie mit meinen Handschellen und ihren Gürteln aneinandergefesselt und, gütig, wie ich bin, dem Verletzten aus seinem Hemd einen Druckverband gebastelt. Dann habe ich Sie angerufen. Ende der Geschichte und Ende von Sim dem Aal.« Retancourt nahm den Teller entgegen, den einer der Köche ihr reichte. »Und jetzt habe ich Hunger.«

»Ende der Geschichte … Ende der Geschichte …«, stammelte Berrond fassungslos, während Adamsbergs Leute, an Retancourts Meisterstücke gewöhnt, grinsten. »Heißt das, wenn ich fest an meinen Handschellen ziehe, reißt die Kette?«

»Sie müssen schon sehr fest, sehr, sehr fest ziehen«, stellte Adamsberg klar. »Lassen Sie am besten die Finger davon, Lieutenant, ich habe es ausprobiert, ebenso wie Noël und Veyrenc, es hat uns die Handgelenke bis aufs Blut zerfetzt, aber weiter ist nichts passiert.«

Retancourt betrachtete ihre geröteten Handgelenke.

»Der Schmerz geht vorbei«, sagte sie und ließ es sich schmecken.

»Aber Sie haben ja Blut in den Haaren!«, rief Johan.

»Das ist oberflächlich, Johan, machen Sie sich keine Sorgen. Wie läuft's mit den Flöhen? Ich hatte gerade das letzte Haus auf meiner Liste abgehakt, als mir diese beiden Mistkerle in die Quere kamen.«

»Nicht jetzt«, sagte Adamsberg. »Wir beenden erst einmal in aller Ruhe das göttliche Mahl von Meister Johan, genießen diese Gnadenfrist, gönnen uns einen Kaffee mit Cognac und schicken Mercadet schlafen, er kann nicht mehr stehen. Ohne ihn gibt es sowieso keinen neuen Stand zu den Flöhen. Um 18.30 Uhr geht es weiter. Bis dahin soll der Geist ruhen, frische Luft für alle.«

»Dann ziehe ich mich kurz zurück«, sagte Mercadet.

»Und ich gehe angeln«, sagte Adamsberg.

»Ach, Angler sind Sie also auch?«, fragte Johan interessiert.

»Ja und nein.«

»Was soll das heißen, ›ja und nein‹?« Johan sah Hilfe suchend zu Veyrenc. »Dass es davon abhängt, ob etwas anbeißt oder nicht?«

»In gewissem Sinn, ja.«

»Und worauf sind Sie aus beim Angeln? Hecht? Forelle? Ich kann Ihnen ein paar Ecken empfehlen, je nachdem, was Sie bevorzugen.«

»Ja, was angle ich eigentlich gern?«, überlegte Adamsberg launig, ohne groß nach einer Antwort zu suchen.

»Vielleicht ein paar ungenießbare Ideen, Meister Johan?«, schlug Veyrenc vor.

XIV

Mit hochgekrempelten Hosenbeinen saß Adamsberg am Flussufer und beobachtete, wie das noch kalte Wasser in kleinen Wirbeln die Steine und seine Füße umspielte. Er bewegte seine Füße hin und her, um die Strömung zu bremsen und Blasen aufsteigen zu lassen. Nachdem er zwei Stunden mit dieser ihn fesselnden, nie ermüdenden Prozedur, für die er selten Zeit fand, zugebracht hatte, fühlte er sich sowohl von dem Trubel um Retancourt erholt als auch bereit, die anstehende Arbeit im Zusammenhang mit den Flohträgern in Angriff zu nehmen. Der Kommissar sträubte sich gegen jede Aufgabe, die Inventarisierungen, Listen, Sortierungen und Selektieren beinhaltete, aber diesmal konnte er sich nicht drücken. Der Fall war wichtig und diese Etappe womöglich entscheidend. Er trocknete sich die Füße notdürftig im Gras und ging zurück zum Gasthof, wo er vor allen anderen eintraf und seine feuchten Hosenbeine zum Trocknen wieder herunterkrempelte.

»Haben Sie sich die Fische nur angesehen?«, fragte Johan ungläubig. »Ihre Rute ist ja kein bisschen nass.«

»Sie ist schon wieder trocken, ich werde sie zusammenstecken. Zumindest ich habe Wasser gesehen, viel Wasser.«

»Wie langweilig, nur aufs Wasser zu starren und sein Anglerglück nicht einmal zu versuchen.«

»Langweilig, Johan? Aber es passiert doch jede Sekunde

etwas Neues mit dem Wasser, etwas noch nie Dagewesenes, das nie wiederkommen wird.«

»Wenn es Sie denn entspannt …«

Nach und nach fanden sich die übrigen Mitglieder des Teams ein. Johan stellte Schüsseln und Flaschen bereit und brachte Mercadet, der offensichtlich nicht genug Schlaf bekommen hatte, aber tapfer seinen Computer aufbaute, ungefragt einen Kaffee.

»Los geht's«, sagte Adamsberg, nachdem er sich ausgiebig die Wangen massiert hatte.

Mercadet vertiefte sich sofort in sein Dokument.

»Kann ich Sie einen Moment sich selbst überlassen?«, fragte Johan. »Es ist noch früh und ich habe schon alles vorbereitet.«

»Natürlich, Johan«, sagte Adamsberg. »Lassen Sie uns die Schlüssel da?«

»Sperren Sie ruhig hinter mir ab«, sagte der Wirt, »ich werde an der Tür kratzen, um wieder reinzukommen.«

»Die Macht der Gewohnheit«, kommentierte Matthieu, »er hält es nicht aus, den ganzen Tag hier festzusitzen. Und auch das entspricht seiner Gewohnheit«, fügte er hinzu und legte eine Hand an sein Ohr.

Lauter Gesang drang von der Straße zu ihnen. Adamsberg öffnete ein Fenster, um ihn besser hören zu können: »Abscheuliches Monster, furchterregendes Monster. Ach, die Liebe ist noch schrecklicher als Ihr …«

»Wer singt da?«, fragte er und schloss das Fenster wieder.

»Johan, wer sonst?«, erwiderte Matthieu. »Er ist sehr stolz auf seine schmetternde Baritonstimme – er kann sogar über seine gewohnte Stimmlage hinausgehen, sowohl in der Höhe als auch in der Tiefe. Mehrmals pro Woche zieht er singend durch die Straßen. Jeder im Dorf kennt sein Repertoire auswendig, es umfasst nur seine vier Lieblingsstücke, und an die hält er sich. Manchmal begegnet man hier Leuten, die unbewusst eine Melodie aus dem siebzehnten oder achtzehnten Jahrhundert summen. Allerdings«, Matthieu senkte die Stimme, sodass nur Adamsberg das Folgende mitbekam, »wenn Johan sich so laut singend aus dem Staub macht, dann meistens, weil er seine weiße Schwalbe sucht.«

»Eine weiße Schwalbe? Ganz weiß?«

»Ja, er hat Visionen, aber das sollte nicht die Runde machen. Ich werde dir die Geschichte ein andermal erzählen.«

»Umfasst sein Repertoire nur Stücke aus der Barockzeit?«, erkundigte sich Veyrenc.

Veyrenc war der einzige Beamte in der Brigade, der sich für Musik begeisterte. Er sang selbst in einem Chor und besuchte regelmäßig Konzerte. Vergeblich hatte er versucht, Danglard auf seine Seite zu ziehen, doch diese Kunst fügte sich nicht in das Wissensspektrum des Commandant und sie entsprach auch nicht seinen Vorlieben.

»Ah«, sagte Matthieu, »das haben Sie erkannt?«

»Das war doch Rameau, oder?«

»Rameau oder Lully, die beiden sind seine Götter.«

»Er hat wirklich eine schöne, klangvolle Baritonstimme«, sagte Veyrenc, »schade nur, dass er nicht ganz richtig singt.«

»Sie haben recht, aber Rameau und Lully sind auch nicht einfach zu singen. Ich habe mich selbst mal daran versucht. Und es fällt anscheinend sonst niemandem auf, dass er den Ton nicht immer trifft. Sprechen Sie ihn aber besser nicht darauf an, er ist sich dessen nicht bewusst und es könnte ihn sehr kränken.«

»Nun«, sagte Adamsberg. »So überraschend Johans Leidenschaft auch sein mag, wir müssen uns leider jetzt trotzdem unseren Flöhen zuwenden.«

Für einen Moment bedauerte er, Johan auf seiner Suche nach der weißen Schwalbe nicht begleiten zu können. Denn seine aktuelle Suche erschien ihm weitaus weniger verlockend, aber er setzte sich hin, bemüht, seine ganze Willenskraft auf die Ermittlungsarbeit zu konzentrieren. Zumal er es gewesen war, der entschieden hatte, ganz Louviec nach Flöhen zu durchkämmen.

»Zuerst muss ich noch Ihre Daten einpflegen«, sagte Mercadet zu Retancourt.

»Nicht nötig. Kein Floh weit und breit, wo ich heute unterwegs war.«

»Sehr gut. Dann hätten wir also insgesamt, alleinstehende Frauen ausgenommen, neunzehn befallene Haushalte mit vierzehn Männern, die bei guter Gesundheit sind.«

»Wir haben ein wichtiges Detail vergessen«, warf Adamsberg ein. »Der Mann, den Matthieu in Rennes aufgespürt hat, der die vier Messer kaufte, trug ohne jeden Zweifel ein rotes Schnurrbarttoupet und einen falschen Kinnbart.«

»Ohne jeden Zweifel«, wiederholte Berrond. »Ich kenne keinen einzigen Rothaarigen in Louviec.«

»Dann müssen wir unter unseren vierzehn befallenen Männern die Bärtigen aussortieren.«

»Verdammt«, stöhnte Noël, »müssen wir jetzt wieder von vorn anfangen?«

»Warte«, sagte Lieutenant Verdun. »Ich komme aus Louviec und zwei meiner Brüder leben hier. Ich möchte behaupten, dass ich eine Menge Leute aus dem Dorf kenne. Und Berrond auch, er und seine Frau haben die letzten zehn Jahre, bis zu seiner Versetzung nach Rennes, hier verbracht. Vielleicht schaffen wir es zu zweit, Ihnen die Bartträger zu nennen.«

»Schauen Sie«, sagte Mercadet und drehte seinen Bildschirm zu den beiden Kollegen aus Rennes. Berrond und Verdun gingen die Liste der vierzehn Namen durch und berieten sich von Zeit zu Zeit.

»Nein, Yvon Briand nicht«, meinte Verdun.

»Ich versichere dir, dass doch. Ich habe ihn erst gestern in der Schlange vor Gwenaëlles Laden stehen sehen.«

»Dann hat er ihn sich gerade erst wachsen lassen. Vielleicht nach dem Kauf der Messer. Ein Drei- bis Viertagebart, kommt das hin?«

»Ja«, sagte Adamsberg.

»Also dann bleibt er auf der Liste«, sagte Verdun und schenkte eine zweite Runde Cidre aus.

»Es gibt zwei Gründe, warum ein Mann einen Bart trägt«, sagte Adamsberg. »Entweder weil es ihn stört, sich jeden Morgen zu rasieren, oder weil er die fünfzig erreicht hat und erste Falten oder ein Doppelkinn damit verbergen will. Männer, auf die Letzteres zutrifft, ändern selten ihre Meinung, sie rasieren sich den Bart höchstens ab, um ihn durch ein Toupet zu ersetzen. Wie viele Bartträger, glauben Sie, sind dabei?«

»Ich würde sagen, sechs«, schätzte Verdun. »Bleiben noch sieben Bartlose und Yvon Briand auf der Liste.«

»Können Sie mir sagen, wie alt diese acht Männer sind?«, fragte Adamsberg, während er sich ein paar Notizen machte.

»Keine jungen Leute«, versicherte Mercadet. »In der Mehrzahl reife Männer, um die fünfzig oder älter, zwei Sechzigjährige sind dabei.«

»Wir reden hier somit über acht mit Flöhen übersäte Kerle, die keinen oder einen wenige Tage alten Bart tragen, die etwas reifer sind, aber noch voll im Saft stehen. Alleinstehend? Verheiratet?«

»Fünf von ihnen leben allein. Ein Witwer, drei Geschiedene und ein eingefleischter Junggeselle.«

Sie wurden von einem viermaligen Klopfen an der Tür unterbrochen. Veyrenc erhob sich, um sie zu öffnen, er wollte Johan ein Kompliment für seinen Gesang machen.

»Rameau«, sagte er. »Aber aus welcher Oper? *Dardanus?*«

»*Dardanus,* ja«, rief Johan hocherfreut. »Wie schön, endlich auf einen Kenner zu treffen. Haben Sie mal eine Aufführung von *Dardanus* gesehen?«

»Ja. Und Sie haben diese meisterhafte Arie gesungen, in der Dardanus sich darauf vorbereitet, dem Ungeheuer gegenüberzutreten.«

»Eine umwerfende Szene.«

»Mein Kompliment, Johan, ich hoffe, ich werde Sie noch öfter hören.« Veyrenc ging zurück an seinen Platz.

»Es ist nicht mein Verdienst«, sagte Johan und schüttelte lächelnd den Kopf. »Mein Onkel war Straßenmusiker, er brachte mir ein paar Arien bei.«

»Da ist noch eine andere Sache, die wir vergessen haben«, verkündete Retancourt.

Berrond wandte sich zu Retancourt um, die er inzwischen glühend verehrte, und zwar so sehr, dass er nicht mehr nur ihre Größe und Muskelmasse im Blick hatte, sondern auch ihr rundes, von zu kurzen blonden Haaren gerahmtes Gesicht, dem er einen diskreten, aber gewissen Charme zusprach. Was der Wahrheit entsprach.

»Sie ging mir durch den Kopf, als sich die Typen im Auto unterhielten. Der eine bedauerte, dass sie keine falschen Bärte getragen hätten, woraufhin der Fahrer schimpfte, auf gar keinen Fall wolle er wieder so ein Ekzem kriegen, die Klebstoffe für diese Scheißtoupets würden einem nämlich die Haut versauen. Da hat er nicht unrecht, denn damit ein

Toupet gut hält, braucht es einen verdammt guten Kleber. Und ein verdammt guter Kleber, vor allem wenn er lange auf der Haut bleibt, verursacht was?«

»Ein Ekzem«, folgerte Matthieu.

»Oder eine Allergie, auf jeden Fall ist die Haut an der Stelle gerötet.«

»Sehr richtig«, sagte Adamsberg. »Derjenige, der die Messer gekauft hat, muss also um die Lippen oder am Kinn eine gereizte Haut haben.«

»Ich habe auch schon ein Toupet getragen«, sagte Matthieu, »bei mir war die Rötung innerhalb weniger Stunden verschwunden. Unser Mann könnte mittlerweile wieder mit einer glatten Babyhaut herumlaufen.«

»Da wir im Augenblick keine weiteren Anhaltspunkte haben, müssen wir es damit versuchen«, sagte Adamsberg.

»Wie organisieren wir uns für die Befragung der acht Typen?«, wollte Veyrenc wissen.

»Ich denke, Matthieu und seine beiden Lieutenants eignen sich am besten für diese Aufgabe. Sie kennen die Männer mehr oder weniger und mit ihnen werden sie eher reden als mit irgendeinem Bullen aus Paris.«

»Mit Sicherheit«, bestätigte Matthieu.

»Aber auch in diesem Fall gilt, halten Sie Abstand. Versuchen Sie, etwas über die Lebensgefährtinnen herauszufinden. Und achten Sie darauf, ob die untere Gesichtspartie des einen oder anderen noch Spuren einer Rötung aufweist.«

»Wenigstens können wir davon ausgehen, sie anzutreffen, denn morgen ist Sonntag.«

»Die Fragen liegen auf der Hand: Wo waren sie zum Zeitpunkt der Ermordung von Gaël und Anaëlle? Beharren Sie vor allem auf Anaëlle, die Erinnerung ist noch frischer. Wenn sie Ihnen erzählen, dass sie letzten Mittwoch vorm

Fernseher saßen, fragen Sie, welches Programm sie eingeschaltet hatten. Mercadet, bereiten Sie bitte eine Aufstellung der Filme und Sendungen vor, die an dem Abend vermutlich die Publikumsrenner waren.«

»Am Mittwochabend lief das Fußballspiel Frankreich gegen Deutschland«, sagte Verdun. »Das weiß ich, weil Noël und ich es uns zusammen angesehen haben. Deutschland hat in den letzten Minuten der Verlängerung das 1:0 geschossen. Das Spiel ging bis ungefähr 22 Uhr.«

»Ich nehme an, dass die meisten von unserer Liste vor dem Fernseher hingen«, überlegte Mercadet. »Im Schnitt verbringt ein Franzose dieses Alters etwa drei bis vier Stunden pro Tag mit Fernsehen. Bei so einem Match liegen die Einschaltquoten bestimmt noch höher.«

»Es liefen aber auch eine gute Krimiserie und ein Film über Robin Hood, der nicht schlecht war«, ergänzte Verdun. »Als das Spiel eine Weile vor sich hin plätscherte, habe ich aus Langeweile ein bisschen hin und her geschaltet.«

»Und wenn sie sich einen Film im Internet angesehen haben«, sagte Adamsberg, »fragen Sie nach Details. Figuren, Orte, Handlung und so weiter. Sollten sie sich irgendwo draußen aufgehalten haben – gibt es dafür Zeugen? Zu guter Letzt: Wie ist ihr Verhältnis zu Josselin de Chateaubriand? Wie auch immer die Antwort ausfällt – was denken sie über ihn? Schade, ich wäre zu gern dabei. Um ihre Gesichter zu sehen. Aber vorerst werde ich mich wohl mit Ihren Beschreibungen begnügen müssen. Können Sie mir schon mal ihre Namen und Berufe nennen, sofern bekannt?«

Der runde Berrond nahm die Liste wieder zur Hand, während Mercadet die Daten verschlüsselte und dabei so schnell tippte, dass man die Bewegung seiner Finger kaum mitverfolgen konnte.

»Yvon Briand«, begann Berrond. »Das ist der mit dem Drei- oder Viertagebart, der vor Gwenaëlles Laden stand und sich gekratzt hat. Er ist Schornsteinfeger. Lebt allein, ist Witwer. Ich weise auf diese Tatsache hin, weil man als verheirateter Mann abends nicht so leicht wegkommt. Dann haben wir Jestin Cozic. Was macht Cozic?«

»Holzlieferant, ein stämmiger Bursche«, antwortete Verdun. »Er ist verheiratet. Wohnt in der Rue basse.«

»Ich habe ihn vor Augen«, mischte sich Matthieu ein. »Er kreuzte eines Tages in Combourg auf, um Anzeige wegen Diebstahls von Holzbündeln zu erstatten. Kein angenehmer Mensch. Verheiratet, ja, aber wohl eher auf dem Papier. Seine Frau betreut als Nachtwache alte Menschen.«

»Genau«, bestätigte Verdun, »und sie ist sehr gefragt. Man munkelt, dass sie diesen Job gewählt hat, um ihre Nächte nicht mit Cozic zu verbringen.«

»Kristen Le Roux«, fuhr Berrond fort, »der örtliche Klempner. Verheiratet. Hervé Kerouac, Grundschullehrer. Ich meine, gehört zu haben, er sei ein eingefleischter Junggeselle. Tristan Cloarec, Elektriker.«

»Geschieden«, wusste Matthieu. »Ich kenne seine Ex-Frau, sie wohnt jetzt in Rennes.«

»Mikael Le Bihan«, las Berrond weiter. »Keine Ahnung, was der macht.«

»Er fährt den Überlandbus«, sagte Verdun. »Verheiratet.«

»Corentin Le Tallec, ihm gehört der Lebensmittelladen. Er war verheiratet, seine Frau half an der Kasse mit. Aber die beiden ließen sich scheiden, noch bevor ich aus Louviec weggezogen bin. Und der Letzte auf der Liste ist Alban Rannou, er betreibt die Werkstatt an der Hauptstraße. Ähnliche Geschichte wie bei Le Tallec, seine Frau machte die Buchhaltung für ihn, brannte dann mit einem Typ aus Combourg durch.«

»Damit hätten wir fünf alleinstehende Männer«, fasste Adamsberg zusammen, »plus Cozic, dessen Frau vom Abend bis zum Morgen arbeitet. Aufgrund ihrer Berufe müssen alle mit Chateaubriand zu tun gehabt haben.«

»Ich dachte, wir verfolgen diese Spur nicht.«

»Wir verfolgen sie, um sie dann wieder fallen zu lassen.«

»Ach so«, sagte Berrond und versuchte gar nicht erst zu verstehen. Das hatte ihm sein Kommissar in Bezug auf Adamsberg geraten:: »Versuch nicht, immer alles zu verstehen.«

»Ich knöpfe mir Cozic und Le Tallec vor, die kenne ich gut«, sagte Matthieu.

»Und ich …«, Verdun studierte die Liste, als ginge es darum, ein Gericht auf einer Speisekarte zu wählen, »ich nehme Le Bihan und Rannou. Ich kenne mich ein bisschen mit Mechanik aus.«

»Dann sind Le Roux und Kerouac für mich«, beschloss Berrond. »Bleiben noch zwei übrig. Yvon Briand, wer will?«

»Nicht sehr gesprächig, aber ich übernehme«, sagte Matthieu. »Und Cloarec?«

»Den will ich«, sagte Berrond, »wir haben uns schon eine Weile nicht mehr gesehen.«

»Die Aufteilung ist damit organisiert«, stellte Adamsberg fest. »Darüber hinaus müssen wir in Erfahrung bringen, wie weit die Pläne der Schattenschützer gegen die Schattenschmutzer gediehen sind. Wann und wo das nächste Treffen der Clique stattfindet.«

»Nichts einfacher als das«, meinte Verdun. »Einer meiner Brüder ist mit einer Schattenschützerin verheiratet.« Er entfernte sich ein paar Meter, um sie anzurufen.

»Was ist mit dem Internat?« Adamsberg sah zu Matthieu. »Hat sich da etwas ergeben?«

»Die Durchsuchung der Taschen war eine ausgezeichnete Idee. Fünf waren tatsächlich voller Kratzspuren. Und, kaum überraschend, sie gehörten den fünf Quertreibern, die in der Schule den Ton angeben. Störenfriede, Mobber, Provokateure, Schläger, die Aufzählung ließe sich beliebig fortführen. Alle zwischen elf und zwölf Jahre alt. Ich habe sie mit Erlaubnis des Schulleiters verhört. Im Kollektiv stritten sie alles ab und warfen mit wüsten Beschimpfungen um sich. Aber als ich sie mir einzeln zur Brust nahm, ein wenig Druck ausübte, zugleich Verständnis heuchelte und sie über die strafrechtlichen Konsequenzen von Tierquälerei aufklärte, knickten sie ein, selbst der Oberrabauke. Alle fünf sind Großmäuler und teilen hart aus, aber ich glaube, in erster Linie sind sie unglücklich. Ich habe jeden von ihnen gefragt, ob ihr Vater sie schlagen würde. Die Antwort war immer dieselbe: Ja.«

»Das war zu erwarten«, sagte Verdun. »Ich habe das Datum des nächsten Schattenschützer-Treffens: übermorgen, Montag, um 21.30 Uhr in der Rue du Prieuré 5. Im Haus der Schlange. Sie ist die Wortführerin.«

»Matthieu«, fragte Adamsberg, »hast du in deinen Reihen eine Polizistin, die gut schauspielern kann und geeignet wäre, diese Zusammenkunft zu infiltrieren?«

»Es kommen sogar zwei in Betracht. Und die eine hat eine Tante in Louviec. Sie ist achtundvierzig, passt das?«

»Perfekt, mach das klar. Zurück zu diesen Kindern, das Interessanteste an ihnen sind ihre Eltern«, wiederholte Adamsberg noch einmal das, was er mit Matthieu besprochen hatte. »Es ist die traurige, banale, leider übliche Verkettung: Ein Kind, das Gewalt erfährt, wird mit großer Wahrscheinlichkeit selbst Gewalt ausüben. Das heißt im konkreten Fall, dass es fünf nachweisliche Gewalttäter in Louviec gibt. Matthieu, einer der Jungs heißt nicht zufälligerweise so wie einer unserer acht Flohträger?«

»Verdammt«, sagte Matthieu mit Blick auf die Liste. »Es sind gleich zwei, Cozic und Le Roux.«

»Das muss noch nichts bedeuten.« Mercadet sah von seinem Rechner auf. »Le Roux ist in der Bretagne ein weit verbreiteter Name. Selbst in Louviec gibt es wahrscheinlich mehrere … Um genau zu sein, einen Cozic und drei Le Roux«, präzisierte der Lieutenant gleich darauf. »Zur Nachkommenschaft finde ich hier leider nichts. Dafür müsste ich den Server des Rathauses hacken.« Er sah Matthieu fragend an.

»Hinterlässt das denn keine Spuren?«

»Ich hinterlasse nie welche.«

»Dann legen Sie los.«

Es dauerte keine vier Minuten, bis Mercadet die Ergebnisse der Recherche vorlagen.

»Cozic ist verheiratet, kinderlos, nicht unser Mann. Möglich, dass der Vater von Cozic junior woanders lebt. Zwei der Le Roux haben Söhne, aber nur einer ist elf Jahre alt. Und der gehört zu Kristen Le Roux auf unserer Liste.«

»Seine Akte ist bald zentnerschwer«, murmelte Matthieu.

»Seien Sie wachsam«, betonte Adamsberg. »So freundlich die Menschen einem auch erscheinen, irgendwo in diesem Dorf läuft ein Mörder herum. Wie spät ist es?«

»Du hast zwei Uhren am Handgelenk«, sagte Matthieu, »und du weißt nicht, wie spät es ist?«

»Nein, Matthieu, sie gehen nicht.«

»Fünf nach acht«, klärte Matthieu Adamsberg milde lächelnd auf. Und Berrond wiederholte im Stillen: »Versuch nicht, immer alles zu verstehen.«

»Wir müssen los. Die Köchin des alten Gemeindehauses,

diese schöne und wohlwollende Frau, die uns liebevoll jeden Morgen ein fürstliches Frühstück zubereitet, hatte mitbekommen, dass Retancourt entführt wurde, und erwartet uns nun zu einem Wiedervereinigungsabendessen. Wir können uns nicht drücken. Matthieu, Treffpunkt morgen wieder hier, um 13 Uhr?«

»Sonntags ist der Gasthof bestimmt geschlossen«, sagte Veyrenc.

»Machen Sie Witze?«, schaltete sich Johan ein, als er eine Gruppe Neuankömmlinge an einen Tisch führte. »Der Gasthof Zu den zwei Schilden ruht nie. Und samstagabends und sonntags habe ich die besten Gerichte auf der Karte. Das Konzept der Ruhepause und ich, wir passen einfach nicht zusammen.«

»Das heißt?«, fragte Veyrenc amüsiert, obwohl er die Antwort des scheinbar unbesiegbaren, riesenhaften Gastwirtes kannte.

»Das heißt, sobald ich innehalte, falle ich in das berühmte Loch.«

»Welches Loch?«

»Na, das schwarze. Das, in dem die Traurigkeit wohnt. Also danke, nein, ich möchte lieber arbeiten. Morgen, 13 Uhr, geht in Ordnung. Ich halte Ihnen einen Tisch frei. Sie können sich bedenkenlos beratschlagen, bei dem Lärm, der sonntags hier herrscht, wird Sie niemand hören. Und wenn ich mir erlauben darf, Madame Retancourt, ich wiederhole mich, ich bin so erleichtert, dass Sie wieder bei uns sind. Und nicht nur ich. Wie Trauerklöße saßen Ihre Kollegen am Tisch. Nicht mal der Cidre konnte ihnen die Zunge lösen.«

»Danke«, sagte Retancourt und schenkte ihm ihr charmantestes Lächeln, das man nicht allzu oft zu sehen bekam.

Kein Zweifel, die beiden Hünen mochten sich.

»Eine Sache beschäftigt mich«, sagte Johan. »Wer von uns ist eigentlich größer?«

Zur großen Freude von Berrond stellte man Retancourt und Johan Rücken an Rücken, mit dem Ergebnis, dass Johan die Polizistin um mehrere Zentimeter überragte.

»Sie haben geschummelt, Johan«, schwang Berrond sich zu Retancourts Verteidigung auf. »Ihre Stiefel haben Absätze.«

»Stimmt«, gab Johan zu. Er zog sich die Schuhe aus, stellte sich erneut der Überprüfung, die ihm immer noch zwei Zentimeter Vorsprung einbrachte.

»Ja, aber sie ist eine Frau, das kann man nicht vergleichen.« Auch Johan wollte sich auf Retancourts Seite schlagen. »Außerdem wäre ich nicht in der Lage, zu zwirbeln, zu ziehen – und klack.«

»Alles eine Frage der Konzentration. Sie können mich gern beim Vornamen nennen, Johan.«

»Und wie lautet Ihr Vorname?«

»Violette.«

Violette, wie das kleine, zarte Veilchen.

XV

Als die acht Polizisten sich am nächsten Tag zur Mittagszeit im Gasthof wiedertrafen, ging es dort tatsächlich hoch her. Ihr Tisch war gedeckt, und Johan trug bereits die Vorspeise herein, eine Artischockencreme, über deren Zutaten er sie wispernd in Kenntnis setzte. Außerdem stellte er ein kleines Glas Wasser mit Veilchen, die er am Morgen gepflückt hatte, neben Retancourts Teller ab. Mercadet hatte elf Stunden geschlafen und fühlte sich voller Tatendrang.

»Ich hasse Artischocken«, brummte Noël.

»Probieren Sie erst mal«, empfahl Verdun. »Sie werden sehen, dass Johans Creme nicht nur aus Artischocken besteht.«

»Berrond, fasst du die Verhöre zusammen?«, bat Matthieu.

»Gern«, sagte der Lieutenant und zog ein Blatt Papier aus seiner Tasche, während Mercadet seinen Rechner aufklappte. »Ich habe mit Kristen Le Roux angefangen, dem Klempner, der seinen Sohn ins Internat gesteckt hat. Er war nicht gerade begeistert, an einem Sonntagmorgen einem Polizisten die Tür zu öffnen, sogar ausgesprochen übellaunig. Ein Typ, bei dem man sich ohne Weiteres vorstellen kann, dass er sein Kind wegen nichts und wieder nichts verprügelt. Das Kind war übrigens nicht da – es war mit der Mutter unterwegs. Wenn es unter den acht Kandidaten einen Mörder gibt, dann ist Le Roux in einer guten Position. Denn erstens«, er beobachtete, wie Mercadet mit einer Hand tippte, in der anderen seine Gabel hielt und aß, »sind seine Gesichtspartien um den

Mund und am Kinn leicht gerötet. Und zweitens hat er ein miserables Alibi: Am Mittwoch hatten die Le Roux ein befreundetes Paar zum Abendessen eingeladen, und er hatte angeblich um neun bereits so viel getrunken, dass er zum Ausnüchtern eine Weile an die frische Luft gegangen sei. Seine Frau war deswegen immer noch sauer auf ihn, und von ihr stammen auch die Zeitangaben: Zwischen 21.15 und 21.45 Uhr war er eine halbe Stunde unterwegs. Vom Haus der Le Roux braucht man neun Minuten zu Fuß zu Anaëlles Laden. Er hätte also ausreichend Zeit gehabt, sie beim Verlassen des Geschäfts zu beobachten, sie zu töten und seine Handschuhe loszuwerden. Außerdem spricht gegen ihn, dass beide Abendessensgäste – vor allem der Mann, ein erfahrener Säufer – mit Erstaunen zur Kenntnis nahmen, dass er in bester Verfassung zurückkehrte und sich kerzengerade hielt. Entweder kommt Le Roux extrem schnell nach einem Rausch wieder auf die Beine, oder sein Mord hat ihn vergessen lassen, weiterhin Trunkenheit vorzutäuschen.«

»Seine Meinung zu Chateaubriand?«

»Neutral. Er kenne ihn kaum und noch weniger seinen berühmten Vorfahren, der ihm am Arsch vorbeigehe, wie er wörtlich sagte.«

»Ist notiert«, sagte Mercadet. »Und rot eingerahmt.«

»Der Lehrer, Hervé Kerouac, hat ebenfalls keine guten Karten«, fuhr Berrond fort. »Es mag verwundern, aber auch seine Haut war gereizt um den Mund, das konnte man trotz der nachwachsenden Haare erkennen. Die Kinnpartie war verdeckt, er trägt einen wenige Tage alten Bart, wie Briand. Er wollte gerade zur Messe aufbrechen, das erklärt vielleicht, dass er salbungsvoll wie ein Pfarrer daherredete. Das genaue Gegenteil des Dauernörglers Cozic. Auf der Suche nach einem Motiv für blinde Wut – und das suchen wir doch, nicht wahr? – erfuhr ich durch eine Klatschbase aus der Truppe der Schlange, dass das Gerücht kursiere, Kerouac sei unfruchtbar, weswegen die Frauen Abstand zu ihm hielten. Andere behaupteten, er sei impotent, so ganz genau wisse man es nicht. Die Dame schnatterte munter weiter, dass Kerouac sich, aus Frustration über sein katastrophales Liebesleben, voll und ganz seinen Schülern und seinem Studium widme. Und raten Sie mal, womit der gute Mann sich unter anderem so intensiv auseinandersetzt?«

»Mit Chateaubriand«, sagte Adamsberg.

»So ist es. In seinem Wohnzimmer prangt ein Bild des großen Schriftstellers. Neben seiner gereizten Haut ist auch sein Alibi eine Katastrophe. Nach eigenen Angaben hat er bis 22 Uhr Klassenarbeiten korrigiert. Seine Nachbarin hingegen, die ihren Müll rausbrachte, beteuert, in seiner Wohnung sei um 21.30 Uhr alles stockfinster gewesen. Sie traf noch eine Freundin auf der Straße, die beiden hätten sich zwanzig Minuten lang unterhalten und in dieser Zeit sei Kerouac nicht nach Hause gekommen.«

»Ist sie sicher, dass sie vom selben Abend spricht?«

»Ganz sicher. Mittwochs wird die Recyclingtonne rausgestellt.«

»Notiert und rot eingerahmt«, wiederholte Mercadet.

»Was für ein Typ ist der Lehrer?«, fragte Adamsberg.

»Nervös, Halbglatze, nicht besonders gut aussehend, aber einladendes Lächeln. Anschließend war ich bei Cloarec, er hatte sich das Fußballspiel angesehen und wusste, wie es ausgegangen war.«

»Das weiß ja wohl jeder«, sagte Adamsberg. »Hätte Frankreich gewonnen, hätte man ein Hupkonzert in Louviec gehört.«

»Aber er wusste, dass das Tor in letzter Minute während der Verlängerung gefallen war. Zugegeben, diese Nachricht ist wahrscheinlich in den frühen Morgenstunden überall zu lesen gewesen.«

»Es ist ein Alibi«, pflichtete Adamsberg ihm bei, »aber ein ziemlich wackliges. Nichts leichter, als den Fernseher und die Wohnungsbeleuchtung per Zeitschaltuhr zu steuern. Absolut fragwürdig, das Ganze. Allerdings wird das bei allen der Fall sein, die sich das Spiel angesehen haben.«

»Das heißt, laut den Aufzeichnungen von Verdun und Kommissar Matthieu, bei Cozic, Briand und Le Bihan. Cozics Frau brach wie üblich um 20.40 Uhr zu ihrem Nachtdienst auf, Briand war allein zu Hause und Le Bihans Frau zum Abendessen bei ihrer Mutter.«

»Eine Gelegenheit, wie auf dem Silbertablett serviert«, bemerkte Matthieu.

»Alle vier mit einem Fragezeichen bewertet«, schloss Mercadet.

»Aber alle vier ohne Groll gegenüber Josselin«, sagte Berrond. »Zumindest ihren Aussagen zufolge.«

»Zu den Verdächtigen gesellt sich noch Corentin Le Tallec hinzu.« Matthieu streckte seine Hand nach Adamsbergs Tasche aus und bettelte stumm um eine Zigarette, die er an einer der vielen Kerzen anzündete, die Johan aufgestellt hatte, um den mittelalterlichen Ursprung seines Wirtshauses zu betonen. »Sein Fall ist heikel. Er ist ein offener Mensch, fröhlich, fast schon jovial und hält große Stücke auf Chateaubriand, auf den er obendrein sehr stolz ist. Nachdem er am Mittwochabend seinen Gehilfen mit scharfen Worten zurechtgewiesen hatte, weil ein paar verfaulte Äpfel in den Kisten lagen – keine große Sache, wie der Gehilfe versicherte –, war er nach Combourg ins Casino gefahren, wo er regelmäßig große Summen verspielte. Der Gehilfe, damit beschäftigt, die unbrauchbaren Äpfel auszusortieren, hörte ihn vor 21 Uhr davonbrausen. Da er ihn nicht vor 23 Uhr zurückerwartete, ließ er sich Zeit mit seinen Äpfeln. Aber keine Stunde später, so der Angestellte, habe Le Tallec wieder vor der Tür gestanden und er sich sputen müssen, die verdorbenen Äpfel zu entsorgen. Der sei doch höchstens eine Viertelstunde im Casino gewesen, da schaffe man nicht mal eine Runde Poker! Le Tallec sagte ihm, dass an einem Tisch ›dieser Vollidiot von Anwalt‹ gesessen habe, dem er lieber nicht über den Weg laufen wollte.«

»Was bedeuten könnte, dass er sich fünf Minuten im Casino aufhielt«, sagte Adamsberg, »um ein Alibi in der Tasche zu haben. Er hätte genug Zeit gehabt, Anaëlle auf dem Heimweg zu töten. Damit haben wir drei rot eingerahmte Namen. Wer ist der Letzte auf der Liste der Verflohten?«

»Alban Rannou«, ergriff Verdun das Wort. »Ich habe ihn nicht zu Hause angetroffen, sondern in seiner Garage, wo er sehr geschäftig an einem Auto herumschraubte und vor sich hin schimpfte. Meine Frage danach, ob er am Mittwochabend irgendwelche Termine gehabt habe, brachte ihn auf die Palme. Er frickle seit Tagen bis tief in die Nacht an dieser ›Scheißkarre‹ herum, die er morgen repariert abliefern müsse, wenn er seine Prämie einstreichen wolle. Ich versuchte, ihn zu besänftigen, erkundigte mich, was an dem Auto kaputt sei. ›Alles an dieser Karre ist kaputt, einfach alles, verdammt! Sie ist über zwanzig Jahre alt und steht immer draußen, Sie können sich vielleicht vorstellen, was das für eine Heidenarbeit ist!‹ Natürlich hätte auch er das Licht per Zeitschaltuhr steuern können, aber ehrlich gesagt erschien er mir glaubwürdig.«

»Alle ohne wasserdichtes Alibi, aber auch ohne Motiv«, sagte Matthieu. »Drei sind rot eingerahmt, vier stehen auf der Kippe, Rannou ist vielleicht aus dem Schneider.«

»Kerouac könnte ein Motiv haben«, überlegte Berrond. »Ein einsamer Typ mit einem Handicap, der sich minderwertig und gedemütigt fühlt, plötzlich aufbegehrt und durch Mord Macht und Stärke wiedererlangen will.«

»Ich werde über all das nachdenken«, sagte Adamsberg, stand auf und verstaute sein Notizbuch wieder in seiner alten schwarzen Jacke.

Wer Adamsberg kannte, dem war bewusst, dass Nachdenken keineswegs bedeutete, an einem Tisch zu sitzen und die Stirn auf einer Hand abzustützen. Adamsberg dachte nach, indem er sich seinen langsamen Schritten hingab und Gedanken aller Art – er sortierte sie nicht – im Rhythmus seines schaukelnden Ganges vorüberziehen, sich kreuzen, aufeinanderprallen, sich ansammeln und wieder zerstreuen, kurzum, sie nach Belieben schalten und walten ließ. Natürlich hatte er, wie jeder Polizist, die Fakten und Zeugenaussagen in seinem Gedächtnis abgespeichert. Manchmal reichten sie aus, um den Täter zu identifizieren, und der Fall war gelöst. Wie bei den fünf ermordeten Mädchen – auch wenn das Faktische ihnen lange verwehrt geblieben war, hatte sie am Ende ein materielles Indiz zum Täter geführt. Wenn die faktischen Elemente sich nun aber sträubten und es nicht erlaubten, diesen oder jenen Täter zu benennen, dann hatte man keine andere Wahl, als in die Welt der frei schwebenden Gedanken und im Schlamm versunkener Ideen einzutauchen, sie galt es, zur Entfaltung zu bringen, zum Leben zu erwecken. Adamsberg jedenfalls kannte keine andere Methode.

»Herzlich«, »offen«, »warmherzig« – er hatte den Eindruck, diese Worte noch nie so oft in so kurzer Zeit gehört zu haben. Was für eine überaus herzliche Geste übrigens von

Johan, dass er Retancourt Blumen schenkte. Und der Mörder, wo zum Teufel versteckte er seine Handschuhe? Und die Plastiktüten, mit denen er seine Schuhe schützte? Am Tag nach Gaëls Tod hatten Matthieus Leute die Müllabfuhr aufgehalten, bis sie die etwa fünfzig öffentlichen Mülleimer der Umgebung durchsucht hatten. Der Typ musste sie sich in die Taschen gestopft und zu Hause gewaschen haben. Und vielleicht hatte er um den Griff des Messers ein Tuch gewickelt, das er später verbrannte.

Als Adamsberg um 20.15 Uhr nach einem erfolglosen Marsch und einer langen Pause, in der er seine Füße im Fluss hin und her bewegt hatte, auf den Gasthof zuging, nahm er einen immer lauter werdenden Geräuschpegel wahr. Er blieb abrupt stehen. Er hatte völlig vergessen, dass Johan heute Abend seinen Geburtstag feierte. Ein privates Fest mit sechzig Gästen, an der Grenze des Fassungsvermögens der Wirtsstube. Nicht nur dass Adamsberg kein Geschenk dabeihatte und kaum jemanden kennen würde, normalerweise hielt er sich lieber fern von solchen Veranstaltungen, wo man dicht an dicht stand und vom Alkohol befeuerte, schon hundertfach gehörte Worte austauschte. Ohne dass er sagen konnte, warum, stimmten ihn solche tumultartigen Abende sofort melancholisch. Er wäre am liebsten weggelaufen – wie er es so oft in der Vergangenheit getan hatte –, aber das wollte er Johan nicht antun. Er würde also reingehen, den Wirt begrüßen, kurz Präsenz zeigen, sich verdrücken, weiter umherlaufen und hin und wieder vorbeikommen.

Schon auf dem Bürgersteig und auf der Straße vor dem Restaurant herrschte ein solches Gedränge, dass man sein eigenes Wort nicht verstand. Adamsberg bahnte sich einen Weg in den Gasthof, wo es nach Schweiß und Alkoholdunst roch, schaffte es, Johans Aufmerksamkeit zu erregen, und winkte ihm weit ausholend zu. Nachdem er seine Pflicht erfüllt hatte, schlich er sich an den Gästen vorbei wieder ins Freie und erreichte bald die alten Gassen, die wegen des Fests noch leerer als sonst waren. Seine Gedanken kreisten um seinen Igel, den die Tierärztin am Morgen als »über den Berg« eingestuft hatte. Er lächelte bei dem Gedanken, dass *sein* Igel in einer Woche wieder in sein gewohntes Revier zurückkehren durfte. Er bog in die Rue de l'Arbre Penché und glaubte, in der Ferne einen Körper auf dem Bürgersteig zu erkennen. Nein, sagte er sich, um diese Uhrzeit ist niemand schon so betrunken, dass er auf offener Straße zusammenbricht, und eilte dennoch zu der Stelle hin. Er kniete sich neben den auf dem Rücken liegenden Mann, fassungslos, entsetzt, und fühlte ihm den Puls. Dann rief er Matthieu, Berrond, Noël und alle anderen an, aber in der lärmenden Menge hörte natürlich keiner sein Handy klingeln, dieses verfluchte Fest.

»Der Arzt kommt, halten Sie durch«, stieß der Kommissar hervor.

Der Verletzte unternahm sichtliche Anstrengungen, etwas zu sagen, und Adamsberg drückte die Aufnahmetaste seines Telefons.

»Schweinehund, Betrüger, Lügner … Es war nicht … Es war ein … Es war … brian … Benachrichtigen Sie den Arzt … Schnell …«

»Er ist auf dem Weg«, versicherte Adamsberg und verließ den Mann, um zum Gasthof zu laufen.

Er drängelte sich durch die Wirtsstube, stieß die Gäste zur Seite, die ihn von Matthieu trennten, und packte im Vorbeigehen Doktor Jaffré an der Schulter.

»Beeilen Sie sich, Doktor«, sagte er keuchend. »Ein weiteres Opfer, in der Rue de l'Arbre Penché. Er kann noch sprechen, er fragt nach Ihnen. Matthieu, mir nach, wir müssen los. Retancourt«, rief er, »trommeln Sie unsere Leute zusammen, verriegeln Sie sofort die beiden Ausgänge des Gasthofs, informieren Sie die Kollegen von der Spurensicherung ... Wir müssen eine Liste mit den Namen aller Gäste bekommen. Veyrenc und Noël, sorgen Sie dafür, dass die Gasse abgesperrt wird, und prüfen Sie gründlich jeden Winkel.«

»Welche Gasse?«, rief Veyrenc über alle Köpfe hinweg.

»Rue de l'Arbre Penché! Machen Sie schnell!«

Der Arzt hockte bereits am Boden, als Adamsberg und Matthieu auf ihn zurannten.

»Es ist der Bürgermeister, Matthieu, der Bürgermeister!«, rief Adamsberg. »Ein Ferrand-Messer. Mit silbernen Nieten.«

»Es ist vorbei«, sagte der Arzt und stand auf. »Gütiger Gott, der Bürgermeister ... Ich kann nicht glauben, dass er den Bürgermeister getötet hat!«

»Wie spät ist es?«, fragte Adamsberg.

»20.40 Uhr«, sagte Matthieu.

»Als ich um 19.10 Uhr ankam, war er schon auf dem Fest«, fügte der Arzt hinzu. »Er hielt eine kleine Rede.«

»Haben Sie bemerkt, wann er gegangen ist?«

»Ich hatte einen Anruf um ... Augenblick, ich sehe nach ... Punkt Viertel nach acht. Ich konnte nichts hören, weil Johan einen seiner Lieblingsgesänge zum Besten gab. Ich ging raus und war etwa seit zehn Minuten am Telefon, als der Bürgermeister mir zum Abschied zuwinkte. Er muss das Fest also gegen 20.25 Uhr verlassen haben.«

»Haben Sie jemanden rauskommen sehen, der ihm folgte?«

»Nein, an der Tür hatte sich eine ganze Menschentraube gesammelt und ich bin dann wieder reingegangen.«

»Matthieu, frag unsere Leute, ob sie beobachtet haben, dass jemand gegen 20.25 Uhr das Fest verließ.«

»Eine Sekunde«, sagte der Arzt und deutete auf die Hand des Toten. »Wie seltsam, ich glaube, das ist ein Ei.«

»Wie, ein Ei?«, erwiderte Matthieu irritiert.

»Ein Ei, schon mal gehört? Das Ding, das die Henne legt? Fotografieren Sie seine Faust, dann kann ich seine Finger lösen.«

Nachdem Adamsberg mehrere Aufnahmen gemacht hatte, öffnete der Arzt behutsam die Hand des Bürgermeisters.

»Kein Zweifel«, sagte er. »Es ist ein Ei.«

»Sie meinen, der Mörder hätte dem Toten ein Ei in die Hand gelegt und es in dessen Faust zerdrückt?«

»Ganz offensichtlich. Ich glaube nicht, dass der Bürgermeister mit einem Ei auf Johans Geburtstagsfeier auftauchte, um Eierwerfen zu spielen. Tut mir leid«, schob er sogleich hinterher, »ich bin gereizt. Der Bürgermeister war ein guter Freund.«

Retancourt und Noël hatten vergeblich jeden Winkel der Gasse abgeleuchtet, der dem Mörder als Versteck hätte dienen können, und kehrten schließlich zu ihren Kollegen in die Herberge zurück, um sie bei den Vernehmungen zu unterstützen. Adamsberg und Matthieu blieben am Tatort, bis die Fotografen fertig waren und die Leiche in den Krankenwagen verladen wurde, der sie nach Combourg transportieren würde. Dann machten auch sie sich mit langsamen Schritten wieder auf den Weg zum Gasthof.

»Ein Ei«, wiederholte Matthieu. »Ein Ei. Will der uns verarschen?«

»Nein, er wird selbstbewusster. Er bestimmt, wo's langgeht, und jetzt hat er noch einen draufgesetzt. Und er gibt uns damit eine Orientierungshilfe.«

»In Richtung ›etwas im Keim ersticken‹? Vielleicht hatte der Bürgermeister etwas vertuscht?«

»Ich glaube nicht, dass es in diese Richtung geht. Der Bürgermeister sagte etwas, bevor er starb.«

»Erinnerst du dich an seine Worte?«

»Viel besser. Ich habe sie aufgenommen, mit Video. Ich zeige es dir später. Aber mach dich darauf gefasst, dass sie dir nicht gefallen werden.«

Eineinhalb Stunden später wurden die etwa sechzig Gäste nach Hause entlassen, nicht einer von ihnen hatte in dem Gedränge registriert, wer wann gegangen oder wieder gekommen war. Zwei der Verdächtigen hatten an dem Fest teilgenommen: der Klempner Le Roux und der Lehrer Kerouac. Das war alles, was sie in Erfahrung bringen konnten, also so gut wie nichts. Stumm saßen die acht Beamten um einen Tisch versammelt, während Johan ihnen äußerst niedergeschlagen einen Stärkungstrunk servierte.

»Mein Gott, Kommissar, er hat den Bürgermeister umgebracht! Er hat es gewagt, den Bürgermeister zu töten!«

»Er hat einen Gang zugelegt. Und vor nichts mehr Angst.«

»Ich glaube nicht, dass wir etwas trinken werden, Johan«, sagte Matthieu.

»Ich möchte zum Gedenken auf ihn anstoßen«, wandte der Wirt entschieden ein.

»Nun, dann lasst uns das Glas erheben, und runter damit, auf ex!«, stimmte Matthieu zu. »Adamsberg«, sagte er, als er sein leeres Glas lautstark wieder abstellte, »du hast die letzten Worte des Bürgermeisters aufgenommen.«

»Ich habe dich gewarnt.« Adamsberg legte sein Handy in die Mitte des Tisches, die Polizisten scharten sich um das Gerät. »Es wird dir nicht gefallen.«

»Nun spiel die Aufnahme schon ab!«, rief Matthieu ungeduldig.

Adamsberg drückte auf Wiedergabe, sogleich ertönte klar und deutlich die Stimme des Opfers: »Schweinehund, Betrüger, Lügner … Es war nicht … Es war ein … Es war … brian … Benachrichtigen Sie den Arzt … Schnell …«

Die Beamten zuckten zusammen, es kam Bewegung in die Runde, man raunte und rief durcheinander, bis Matthieu kreidebleich eine Hand hob und um Ruhe bat. Er bedeutete Adamsberg, die Aufnahme abermals abzuspielen. Als er sie sich dreimal mit zusammengebissenen Zähnen in bleierner Stille angehört hatte, sah er auf.

»Diesmal kommt er nicht davon«, sagte er gedehnt und mit hohler Stimme. »Chateaubriand ist erledigt, ob es dem Minister passt oder nicht. ›Es war … brian.‹ Der Bürgermeister nennt ihn unmissverständlich beim Namen. Du kannst aufhören, dich abzurackern und uns hinter deinen Flöhen herlaufen zu lassen, Adamsberg, du wirst es nicht schaffen, seine Haut zu retten.«

»Sei dir da nicht so sicher. Der Wein ist übrigens ausgezeichnet, Johan. Danke.«

»Wie kannst du jetzt nur über den Wein schwadronieren!«, ging Matthieu ihn plötzlich ungewohnt scharf an. »Du findest den Wein ausgezeichnet, obwohl unsere Ermittlungen gescheitert sind, Louviec trauert, Josselin in den Knast wandert, wir alle dran glauben müssen! Der Minister hat dich aus Paris zu uns geschickt, damit du ein Wunder vollbringst, und du hast nichts Besseres zu tun, als dich über den Wein auszulassen!«

Adamsberg holte tief Luft. Matthieus aggressive Anspannung übertrug sich auf das gesamte Team – lediglich Retancourt und Veyrenc schienen sich nicht aus der Ruhe bringen zu lassen –, und das war nicht gut, gar nicht gut. Adamsberg musterte seinen Kollegen mit kühlem Blick.

»Wenn man es mit einem Verrückten zu tun hat, kann man keine Wunder vollbringen«, sagte er leise.

»Wozu bist du dann hier?« Matthieu sprang von seinem Stuhl auf.

»Er hat manchmal solche Momente«, flüsterte Berrond, während Matthieu mit großen Schritten den Raum durchmaß. »Nehmen Sie es nicht persönlich, Kommissar, das geht vorüber.«

»Natürlich nehme ich es persönlich«, sagte Adamsberg laut und mit einem schmalen Lächeln. »Und er hat ja nicht ganz unrecht. Josselin scheint sich in einer heiklen Lage zu befinden.«

»In einer heiklen Lage?«, bellte Matthieu und kehrte zum Tisch zurück. »Das ist nicht dein Ernst. Josselin ist erledigt, am Ende! Und wir mit ihm!«

»Du vergisst das Ei«, sagte Adamsberg, zog eine zerknitterte Zigarette aus seiner Tasche und steckte sie sich seelenruhig an einer Kerzenflamme an.

»Das Ei ist mir scheißegal!«, regte Matthieu sich auf.

»Nun, mir nicht. Ich denke an nichts anderes.«

»Ich schon! Der Bürgermeister hat Chateaubriand beschuldigt – Chateaubriand, der Betrüger, der Schweinehund, der Lügner –, und aus der Nummer kommen wir nicht raus!«

»Doch, kommen wir. Wissen alle von dem Ei?«

»Alle. Und alle sind der gleichen Meinung wie ich. Keiner kann was mit deinem verdammten Ei anfangen. Außer Retancourt, wie es scheint.«

»Es ist nicht *mein* verdammtes Ei, Matthieu.« Adamsberg bewahrte seine Ruhe. »Es ist unser aller verdammtes Ei. Mach, was du willst, geh oder bleib, ich bin hier noch nicht fertig. Und wenn du mir die Zeit zugestehst, möchte ich, dass wir uns das Video noch einmal auf einer großen Leinwand ansehen. Mercadet, haben Sie getan, worum ich Sie gebeten hatte?«

»Ich bin fertig, Kommissar«, sagte Mercadet und stellte seinen Computer auf den Tisch.

»Sind die Details der Aufnahme jetzt trotz Dämmerung besser zu erkennen?«

»Sehr gut sogar, ich habe das Material insgesamt aufgehellt. Und das Gesicht rangezoomt.«

»Danke, Lieutenant. Schieben Sie Ihre Kiste doch noch ein bisschen weiter in die Mitte des Tisches«, bat er und musterte die durch Matthieus Ausbruch verunsicherten Polizisten. »Rücken Sie zusammen, sodass jeder gut sehen kann. Ich habe Mercadet gebeten, die Aufnahme zu bearbeiten, damit Sie die Lippenbewegungen des Bürgermeisters, wenn er ›brian‹ sagt, genau beobachten können. Ich habe in meinem Notizbuch ›brian/brion‹ festgehalten, weil ich nicht hundertprozentig sicher war, was ich gehört hatte. Aber zuerst …«

»Wir haben es alle genau gehört!«, unterbrach ihn Matthieu entnervt. »Er hat ›brian‹ gesagt.«

»Aber zuerst«, fuhr Adamsberg ungerührt fort, »formen Sie bitte stumm ›brian‹ und dann ›brion‹ mit den Lippen, und zwar mehrmals hintereinander. Konzentrieren Sie sich dabei auf die Bewegung Ihrer Lippen. Die ist nämlich je nachdem sehr unterschiedlich. Lassen Sie sich Zeit.« Er wartete einen Moment, bis die Beamten die Übung folgsam beendet hatten. »Sind Sie bereit?«, fragte er dann. »Perfekt. Mercadet, es kann losgehen.«

Erneut ging die Stimme des Bürgermeisters durch die Stille, alle Augen waren auf seine Lippen gerichtet. »Schweinehund, Betrüger, Lügner … Es war nicht … Es war ein … Es war … brian … Benachrichtigen Sie den Arzt … Schnell …«

»Können wir das noch mal sehen?«, fragte Berrond.

»So oft wie nötig«, sagte Adamsberg und bemerkte, dass Matthieu, zwar immer noch mit verschränkten Armen, näher gekommen war und sich zum Bildschirm hinunterbeugte. »Lieutenant, spielen Sie es bitte noch mal ab.«

Sie wiederholten das Manöver zwei weitere Male, dann hielt Mercadet das Video an.

»Nun, was denken Sie?«, fragte Adamsberg.

»Er hat ›brion‹ gesagt«, seufzte Matthieu erleichtert, und die anderen pflichteten ihm bei.

»Und nicht ›brian‹«, ergänzte Retancourt. »Eindeutig.«

»Es war von Anfang an klar«, sagte Veyrenc.

»Wegen des Eis«, bestätigte Adamsberg.

»Natürlich.«

»Aber ich wollte es mit den Lippenbewegungen abgleichen und acht Augenpaare sehen besser als eines. Wir sind uns also einig: Der Bürgermeister hat nicht den Namen Chateaubriand ausgesprochen. Außerdem sagte er: ›Es war *ein* …‹, und fuhr dann fort: ›Es war … brian.‹ Hätte er gesagt: ›Es war *ein* Chateaubriand‹? Nein, hätte er nicht.«

»Nein«, wiederholte Matthieu mit heiserer Stimme. Er wusste nicht, wie er seinen Ausbruch und die heftigen Vorwürfe, mit denen er seinen Kollegen überhäuft und vor versammelter Mannschaft in Misskredit gebracht hatte, ungeschehen machen konnte. Denn Adamsberg hatte recht gehabt.

Das Einzige, was er tun konnte, war, sich stillschweigend wieder an seinen Platz zu begeben. Er hatte alles ruiniert und fühlte sich so elend, dass er darüber sogar den Mord vergaß. Was halfen Worte? Egal, welche Entschuldigung er vorbrachte, Adamsberg würde ihm nicht verzeihen. Doch er täuschte sich. Der Kommissar kramte erneut in seiner Tasche, zog eine Zigarette hervor, die ebenso zerknittert war wie die vorherige, und nahm sich alle Zeit, sie zu glätten und wieder in Form zu bringen. Dann drehte er sich zu Matthieu um, sah ihn, was er nur selten tat, durchdringend an, reichte ihm die Zigarette und schob die Kerze zu ihm hinüber. Matthieu hielt seinem Blick stand, nickte langsam und steckte sich die Zigarette an der Flamme an. Es war alles gesagt, und Matthieu spürte, wie sich sein Körper allmählich entspannte und sein Geist zur Bewunderung neigte. Wäre er zu einer solchen Geste fähig gewesen? Er bezweifelte es.

»Ich würde jetzt gerne zu Abend essen, Johan, falls es dafür nicht zu spät ist«, sagte Adamsberg, und Johan verschwand sofort in seiner Küche.

»Aber«, sagte Berrond und legte seine Stirn in Falten, »die Sache mit dem Ei kapiere ich immer noch nicht.«

»Das Ei als solches spielt keine Rolle«, antwortete Adamsberg, »es gewinnt erst an Bedeutung, wenn man bedenkt, dass der Bürgermeister ›brion‹ sagte.«

»Er meinte ›Embryo‹!«, rief Verdun plötzlich.

»Ganz genau, Verdun.«

Johan trug Teller und Schüsseln herein, es war noch genug da, um zwanzig Personen zu verköstigen. Er hatte ein königliches Büfett vorbereitet, auf das die Polizisten sich mit Appetit stürzten. Mercadet bat um einen doppelten Espresso.

»Jetzt müssen wir also nur noch herausfinden, warum er einen Embryo in der Hand des Bürgermeisters zerquetscht hat«, sagte Noël mit vollem Mund.

»Gut möglich, dass er damit auf eine Abtreibung anspielen will«, sagte Adamsberg. »Was könnte er sonst meinen?«

»Nichts«, sagte Retancourt. »Es liegt auf der Hand, dass es um eine Abtreibung geht.«

»Damit haben wir endlich einen Hinweis auf das mögliche Motiv des Mörders«, sagte Verdun. »Eine Abtreibungsaffäre.«

»Aber was für eine Art Affäre?«, sagte Adamsberg. »Geht es um eine offizielle oder eine heimliche Abtreibung? Eine einzige oder mehrere? Oder geht es ums Prinzip? Auf jeden Fall handelt es sich um ein Thema, das dem Mörder, vorsichtig ausgedrückt, sehr nahegeht. Angenommen, er wäre von dem Verlust eines Embryos oder eines Fötus betroffen, wieso treibt seine Wut ihn dann dazu, Menschen wie Gaël, Anaëlle oder den Bürgermeister zu töten? Weil sie diesen Embryo absichtlich ›zerquetscht‹ hätten? Ginge es um einen persönlichen Verlust, den er nie verkraftet hätte, würde sich seine Wut doch wahrscheinlich auf Menschen richten, die sich freiwillig gegen ein Kind entscheiden: Männer, die ihre Frau zur Abtreibung drängen, Frauen, die selbstständig einen solchen Entschluss fassen. Ist es vorstellbar, dass sowohl Gaël als auch der Bürgermeister eine Frau geschwängert hatten und diese Schwangerschaften nie ans Licht kamen? Aber selbst dann ist es doch seltsam, dass der Bürgermeister das Wort Embryo benutzte und nicht von einem Fötus sprach. Dafür muss es einen Grund geben.«

Während er so geredet und in seinem eigenen Tempo gegessen hatte, war Adamsberg aufgefallen, dass Berronds Gesichtszüge sich zunehmend verkrampften und sein Rücken sich immer mehr krümmte. Vielleicht war er gegen Abtreibungen oder das Thema ihm unangenehm.

»So gesehen läge es nahe, dass diese Abtreibungen heimlich waren«, sagte Veyrenc.

»Richtig«, sagte Mercadet. »Stellen wir uns vor, der Bürgermeister hätte eine heimliche Affäre gehabt und seine Partnerin wäre schwanger geworden. Er wusste, dass in Louviec alles erraten oder erschnüffelt und sofort weitergetratscht wird. Ein Besuch beim Arzt oder ein Aufenthalt in einer Klinik hätte das Risiko, dass die Wahrheit auffliegt, um ein Vielfaches erhöht. Und im Fall des Bürgermeisters hätte eine offizielle Abtreibung einen Skandal ausgelöst.«

»Du hast mir doch erzählt«, sagte Adamsberg an Matthieu gewandt, »dass Gaël verheiratet ist?«

»Ja. Ich kenne seine Frau nicht, aber laut Johan ist sie sympathisch und sehr gut aussehend. Was Gaël nicht daran hinderte, eine Geliebte zu haben.«

»Und vor allem hat seine Frau auch die Kohle«, funkte Johan dazwischen. »Das Erbe ihres Vaters. Deshalb konnte Gaël es sich leisten, so oft in meinem Gasthof zu speisen und zu trinken. Und zwar nicht nur Cidre. Eine Abtreibung in aller Öffentlichkeit wäre niemals infrage gekommen. Seine Geliebte hätte das irgendwie anders regeln müssen.«

»Johan«, sagte Adamsberg, »wir sprechen völlig frei vor Ihnen, weil Matthieu uns zugesichert hat, dass Sie schweigen wie ein Grab. Können wir uns darauf verlassen? Dass nichts von der Geschichte mit dem Ei nach außen dringt?«

»Nicht der kleinste Splitter einer Eierschale.«

»Danke, Johan. Und kennen Sie denn Personen, die … so etwas arrangieren?«

»Ich hätte gern noch ein Stück von Ihrer Hasenpastete«, sagte Retancourt.

»Kommt sofort, Violette. Engelmacherinnen? Es kursieren einige Namen hier, auch in Saint-Gildas und Combourg. Aber ich gebe ungern Namen weiter, wenn ich etwas nicht sicher weiß.«

»Wir könnten damit beginnen, Gwenaëlle einen Besuch abzustatten«, schlug Veyrenc vor. »Vielleicht hatte ihre Cousine einen Schwangerschaftsabbruch vornehmen lassen, als sie jünger war und noch bei ihrer Tante lebte.«

»Aber all das erklärt nicht die ersten Worte des Bürgermeisters«, überlegte Adamsberg. »›Schweinehund, Betrüger, Lügner‹ – von wem sprach er? Von seinem Mörder, sollte man annehmen. Der ganz Louviec über Jahre hinweg täuschte. Nur, womit? Mit einem falschen Namen, um sich der Verantwortung für ein anderswo begangenes Verbrechen zu entziehen?«

»Vielleicht hat er das Mädel kaltgemacht, das sich *seinen* Fötus vom Hals geschafft hatte«, sagte Retancourt. »Danach tauchte er in der freien Wildbahn ab und in Louviec unter einem anderen Namen wieder auf.«

»Und mit einem anderen Gesicht?«, erwiderte Adamsberg skeptisch. »Ein falscher Name verleiht einem noch lange kein anderes Aussehen. Mercadet, ich weiß, das kann schwierig werden, aber recherchieren Sie doch bitte mal in unserer Datenbank, ob es hier oder in der näheren Umgebung einen Burschen gibt, auf den das zutreffen könnte. Der heute um die fünfzig ist.«

»Ich werde es versuchen«, sagte Mercadet, denn er liebte komplizierte, auf den ersten Blick unlösbare Aufgaben. »Da wir nicht einmal wissen, wo die Tat passiert sein könnte, kann ich die Daten nur nach ›Mord‹, ›Frau‹, ›Abtreibung‹, ›heimlich‹ und ›Ille-et-Vilaine‹ filtern. Keine besonders präzisen Angaben.«

»Versuchen Sie es trotzdem, Lieutenant, und wenn es sich als unmöglich erweist, lassen Sie es gut sein.«

»Apropos Engelmacherinnen«, sagte Matthieu. »Ich bin mir sicher, dass die Schlange dazu auch ein Wörtchen zu sagen hätte. Aber ob sie auspacken würde? Über solche Dinge breitet womöglich selbst sie den Mantel des Schweigens.«

Adamsberg nahm sein Telefon beim ersten Klingeln zur Hand und gab seinen Kollegen zu verstehen, dass der Gerichtsmediziner am Apparat war. Er schaltete den Lautsprecher ein.

»Man könnte meinen«, sagte der Arzt, »dass dieser Kerl nur eine einzige Art zu töten kennt. Identischer Stich in die Brust, leicht schräger Verlauf, dann wurde das Messer zurückgezogen und mit neuem Schwung bis zum Heft in den Körper gestoßen. Ein Rechtshänder, der vortäuscht, ein Linkshänder zu sein, wie gehabt.«

»Doktor, haben Sie auch das Ei untersucht?«

»Nein, ehrlich gesagt bin ich dazu noch nicht gekommen.«

»Könnten Sie sich den Dotter ansehen und mir sagen, ob das Ei befruchtet war oder nicht?«

»Moment ... Ja«, sagte er, wieder zurück in der Leitung, »da war ein Embryo.«

»Wie steht es mit Flohbissen?«

Man hörte den Arzt seufzen.

»Fünf, Kommissar, am Halsansatz. Alle frisch.«

»Möglicherweise«, sagte Adamsberg, nachdem er das Gespräch beendet hatte, »hat der Mörder das Ei durchleuchtet, bevor er es auswählte. Um kein unbefruchtetes Ei zu erwischen.«

»Nein, es funktioniert nicht«, rief Mercadet. »Mit ›Mord‹, ›Frau‹, ›Abtreibung‹, ›heimlich‹ komme ich in der Bretagne nicht weit.«

»Es gibt da noch eine letzte Sache, die mich irritiert«, ließ Adamsberg sein Team wissen. »Warum sagte der Bürgermeister: ›Benachrichtigen Sie den Arzt‹, und nicht, wie es geläufiger wäre, ›Rufen Sie den Arzt‹?«

»Kommissar«, sagte Verdun, »der Mann lag im Sterben. Ob ›benachrichtigen‹ oder ›rufen‹ macht an der Stelle doch keinen großen Unterschied.«

»Man kann davon ausgehen«, entgegnete Adamsberg, »dass der Mörder seinen Opfern vor dem zweiten, tödlichen Messerstich etwas mitteilte. Diesen Schluss erlauben die letzten Worte von Gaël. Der Bürgermeister könnte erfahren haben, dass er sterben musste, weil er in eine Affäre um einen Embryo verwickelt war, und womöglich wollte er den Arzt warnen. Ich höre bei ›Benachrichtigen Sie den Arzt‹: ›Benachrichtigen Sie den Arzt, dass er in Gefahr ist.‹ In meinen Ohren klingt das plausibel.«

»In deinen vielleicht«, sagte Veyrenc. »Ich persönlich halte das für eine gewagte These.«

»Mag sein, Louis. Viel wichtiger aber ist«, schloss er und drehte eine Runde um den Tisch, »kein Wort über dieses Ei zu irgendwem, schon gar nicht zu einem Journalisten. Wir müssen diesen Trumpf vorerst in der Hinterhand behalten.«

Einmal mehr entsann sich Berrond Matthieus Rat: »Versuch nicht, immer alles zu verstehen.«

Es war spät, als sich die acht Ermittler bei Johan bedankten und herzlich von ihm verabschiedeten.

»Du hattest keinen schönen Geburtstag«, sagte Matthieu, als die anderen fort waren.

»Doch«, erwiderte Johan, »ich durfte deine Arbeit bewundern. Und sosehr mich der Tod des Bürgermeisters bedrückt, so erleichtert bin ich für Josselin. Adamsberg ist wirklich schlau, wenn auch auf eine sehr eigene Weise. Seine Idee, dass der Bürgermeister nicht ›Chateaubriand‹ sagen wollte … Ich weiß nicht, wer sonst darauf gekommen wäre.«

»Und ich habe ihn angegriffen und angebrüllt wie ein Vollidiot, obwohl ich auf der ganzen Linie im Unrecht war.«

»Wenn ich du wäre …«

»… würde ich mich entschuldigen.«

»So was in der Art. Du musst dir einen Ruck geben. Es ist nicht immer leicht, sich zu entschuldigen, und nicht viele Leute haben den nötigen Mumm dafür in den Knochen.«

XVI

Eine düstere Stimmung der Trostlosigkeit hatte sich über Louviec ausgebreitet. Überall in den Fenstern und Türen sah man schwarze Tücher, Schals oder Pullover hängen. Da das Elektrogeschäft immer noch geschlossen war, klingelte Adamsberg bei Gwenaëlle, die ihm, blass wie ihr Morgenmantel aus Ecruseide, mit violetten Schatten unter den Augen und wirrem Haar öffnete.

»Darf ich?«, fragte der Kommissar.

»Schrecklich, die Geschichte mit dem Bürgermeister«, hauchte sie und ließ ihn herein.

»Vielleicht können Sie uns helfen.«

»Es fällt doch hoffentlich diesmal kein Verdacht auf Josselin?«

»Im Gegenteil.«

Gwenaëlle schien eine Schwäche für Josselin zu haben, zumindest fand sein Schicksal einen Platz inmitten ihrer Trauer.

»Ich würde Ihnen gerne etwas anvertrauen«, sagte Adamsberg. »Kann ich mich darauf verlassen, dass Sie es strikt für sich behalten?«

Gwenaëlle reckte ein wenig beleidigt den Kopf.

»Selbstverständlich, wenn Sie mich darum bitten. Ich habe noch nie ein Geheimnis ausgeplaudert. Sie haben es schließlich nicht mit der Schlange zu tun.«

»Ich zähle wirklich auf Sie, Gwenaëlle. Folgendes: Der Bürgermeister hatte ein zerdrücktes Ei in der Faust.«

Die junge Frau fragte nicht erstaunt: »Ein Ei?«, sondern beschränkte sich auf ein Stirnrunzeln.

»Fällt Ihnen dazu etwas ein?«

»Ja, ein Problem mit Abtreibungen.«

»Sie sind schneller als meine Kollegen, Gwenaëlle.«

Der Satz entlockte ihr ein schwaches Lächeln, genau das hatte Adamsberg beabsichtigt. Sie stand sogar auf, um einen Kaffee aufzusetzen, und stellte zwei Tassen auf den Tisch.

»Danke, Gwenaëlle, Sie haben offenbar auch gleich durchschaut, dass ich wenig geschlafen habe. Und ich bin ganz Ihrer Meinung, dieses zerdrückte Ei deutet auf eine Abtreibung hin.«

»Deswegen also.« Gwenaëlle standen die Tränen in den Augen. »Aber es ist doch so lange her, und wer sollte davon erfahren haben?«

Adamsberg tupfte der jungen Frau sanft die Augen trocken.

»Erzählen Sie es mir.«

»Anaëlle war siebzehn. Wir waren ausgegangen, in einen Club, drei Kilometer von hier entfernt. Sie hatte sich mit einem Typen eingelassen, weil sie endlich wissen wollte, ›wie es ist‹, hinterher sagte sie nur, ›es hat wehgetan, das ist alles‹. Aber das war eben doch nicht alles. Sie begann, sich regelmäßig zu übergeben, und anderthalb Monate später war klar, dass sie schwanger war. Meine Mutter durfte nichts davon erfahren, wir mussten das irgendwie allein regeln. Es war die Freundin, von der ich Ihnen im Zusammenhang mit den Schattenschützern erzählt hatte, die uns weiterhalf. Sie war damals schon zweiundzwanzig, in unseren Augen eine richtige Erwachsene, und sie fuhr uns nach Combourg. Sie parkte hundert Meter entfernt von einem gepflegten Haus, das wir durch eine Hintertür betraten. Ich erinnere mich noch, dass die Sache schnell erledigt war und unsere Freundin, Laure, den Eingriff bezahlte.«

»Wissen Sie noch, wie die Frau hieß, die ihn vornahm?«

»Ja«, sagte Gwenaëlle nach kurzem Zögern. »Sie machte daraus kein großes Geheimnis, denn sie war eine zugelassene Hebamme. Aber sie schrie natürlich auch nicht von den Dächern, dass sie jungen Mädchen in der Situation meiner Cousine half. So was spricht sich über Flüsterpropaganda herum. Sie heißt Madame Berrond.«

»Wie die Frau von …«

»… Berrond, ja.«

Adamsberg fuhr sich mit den Händen über das Gesicht und nahm einen großen Schluck Kaffee. Deshalb war der Lieutenant so angespannt gewesen, als sie über Abtreibungen diskutiert hatten.

»Und Berrond, ihr Mann«, fragte er, »missbilligt er, was sie tut?«

»Bestimmt nicht. Er hat eine Bekannte von mir einmal höchstpersönlich durch die Hintertür in die Praxis geführt. Er ist ein guter Mann, wirklich sehr anständig, Kommissar, Sie müssen ihn schützen.«

»Keine Sorge. Es wird nichts herauskommen. Nichts.«

Bei seiner Rückkehr vertraute sich Adamsberg nur seinem Freund Veyrenc an, zu zweit schritten sie die Straßen auf und ab.

»So muss es gewesen sein. Sie hatte abgetrieben und er brachte sie um. Du kannst sicher sein, dass es auf Gaëls Seite einen ähnlichen Fall gibt.«

»Es gibt einen, Jean-Baptiste. Ich habe mich mit der Schlange unterhalten. Es war kein Kunststück, sie zum Reden zu bringen – gegen Bezahlung. Laut Gerüchten, die ihr zu Ohren gekommen sind, hat ›dieser Abschaum von Gaël‹ vor gut sechs Jahren eine Frau aus Louviec geschwängert. Die Frau war wohl nicht mehr die jüngste und angeblich bestand ein Risiko für sie und das Kind. Das Ergebnis einer medizinischen Untersuchung abzuwarten, kam für Gaël nicht infrage, er zwang sie, den Fötus still und heimlich beseitigen zu lassen. Eines Abends sah man sie dann weinend aus dem Auto steigen.«

»Und, hattest du Zeit, ein wenig im Rathaus herumzuschnüffeln?«

»Das Rathaus war leer und das Portal mit einem schwarzen Tuch verhangen. Jeannette hält dort allein die Stellung, sie hat Bereitschaftsdienst, für dringende Fälle. Eine gespenstische Atmosphäre. Jeannette ist eine der beiden Sekretärinnen. Sie ist Mitte vierzig, geschieden, hat zwei Söhne im Teenageralter. Sie saß mit ziemlich verquollenen Augen da, vor ihr auf dem Tisch stand eine Taschentuchbox. Ich musste meinen ganzen Charme spielen lassen, ehe sie sich einverstanden erklärte, mit mir mittagessen zu gehen, obwohl es noch vor zwölf war. Sie stimmte schließlich zu, unter der Bedingung, dass wir nach Saint-Gildas fuhren, wo keiner sie kennt. Dann verschwand sie, um sich frisch zu machen, und kurz darauf saßen wir im Café du Vieux Pont, wo außer uns nur zwei, drei andere Gäste anwesend waren. Das Mittagsmenü war noch nicht fertig, aber der Kellner bot an, uns Sandwiches zu machen. Jeannette ließ sich dann nicht nur das Sandwich schmecken, sondern auch den Wein, du siehst, ich habe alle Register gezogen. Als ich ihr behutsam unseren Verdacht erläutern wollte, kam sie mir zuvor, plauderte ohne übertriebene Verlegenheit aus dem Nähkästchen. Natürlich hat sie mir das Versprechen abgenommen, dass unser Gespräch unter vier Augen bliebe.«

»Sie war also die Geliebte des Bürgermeisters. Wann?«

»Vor zwölf Jahren, da war sie einunddreißig.«

»Und schwanger, nehme ich an, verheiratet mit zwei kleinen Kindern, genau wie der Bürgermeister. Eine Situation, die nicht sein durfte.«

»Zumal sie sich in Scheidung befand und man ihr wahrscheinlich das Sorgerecht für die Kleinen entzogen hätte.«

»Das heißt, sie erklärte sich einverstanden.«

»Ja, schweren Herzens, denn sie war damals sehr verliebt in den Bürgermeister. Danach hat sich vieles wieder eingerenkt und vielleicht trug dieser Zwischenfall sogar dazu bei. Die Kurzfassung ist, dass der Bürgermeister, der sein Dorf wie seine Westentasche kannte, sie zu einer Hebamme schickte, die es wieder richten sollte. Es dauerte eine Weile, bis Jeanette sich von dem Eingriff erholte, sie kämpfte monatelang mit einer depressiven Grundstimmung. Interessant ist, dass sie, genau wie Gwenaëlle, keine Ahnung hat, wie irgendwer davon erfahren konnte. Dabei bleibt es der übrigen Belegschaft doch nie lange verborgen, wenn eine Kollegin etwas mit dem Chef hat. Wenn diese Kollegin dann auf einmal traurig und depressiv zur Arbeit kommt und der Chef gleichzeitig besorgt und doppelt aufmerksam um sie herumschleicht, garantiere ich dir, dass alle eins und eins zusammenzählen können. Was Anaëlle angeht, sie war sehr jung, noch in der Schule, trotzdem dürfte jeder durchschaut haben, was es mit ihrer Übelkeit auf sich hatte, die ganz plötzlich wieder aufhörte … Gaël konnte im trunkenen Zustand nicht immer die Klappe halten, eines Nachts rutschte ihm die Wahrheit vielleicht einfach raus.«

»Und im Hintergrund hält sich die Schlange mit ihren Gefolgsleuten immer bereit, um fleißig Klatsch und Tratsch zu sammeln. Klatsch und Tratsch – und Wahrheiten.«

»In Louviec bleibt nichts unterm Teppich, alles kommt ans Licht. Der Mörder muss irgendwie auf diese Geheimnisse gestoßen sein und er war sicher nicht der Einzige. Dass sein Motiv in Zusammenhang mit diesen Abtreibungsgeschichten steht, liegt praktisch auf der Hand. Aber etwas in unserem Szenario passt nicht.«

»Und zwar, dass es sich um sehr alte Geschichten handelt. Meinst du das, Louis?«

»Ja. Wieso diese Wut, diese Raserei nach zehn oder sogar dreizehn Jahren? Warum hat der Mörder die Verantwortlichen nicht einzeln abgestraft, zum Zeitpunkt des jeweiligen Ereignisses? Es gab einen Auslöser, Jean-Baptiste. Nur, welchen?«

»Unsere drei Verdächtigen sind alle um die fünfzig. Wir sollten uns bei denen umsehen, die Kinder haben. Und du solltest dich noch mal mit Jeannette unterhalten. Sie wird sich freuen, wenn du wieder deinen Charme spielen lässt.«

Veyrenc zuckte mit den Schultern. Er war sich nicht bewusst, wie verführerisch sein breites, ebenmäßiges Gesicht mit der geraden Nase, den ausgeprägten Lippen, dem leicht gelockten Haar, den vollen Wangen und dem kleinen Kinn – ein Charakteristikum römischer Statuen, hatte Danglard ihm erklärt – auf Frauen und auch Männer wirkte.

»Die Namen der Hebammen, die die Abtreibungen vorgenommen haben, spielen für uns keine Rolle. Wir sollten jetzt die nächste Etappe einläuten und unsere drei Hauptverdächtigen keinen Abend mehr aus den Augen lassen: Entweder postieren wir uns vor ihrem Haus oder beschatten sie auf ihrem Heimweg. Allerdings sind wir nur acht Leute. Sieben, wenn man Mercadet abzieht. Sechs ohne mich. Wir müssen Schichtwechsel einplanen.«

»Ohne dich?«, fragte Veyrenc.

Adamsberg verzog das Gesicht, er schien mit sich zu hadern.

»Ich möchte mich«, sagte er zögernd, »heute Nacht an Maëls Fersen heften.«

»Maël? Was hat er mit der Sache zu tun? Abgesehen davon, dass er sich, da gebe ich dir recht, andauernd kratzt. Aber sein Arm wurde noch vor Gaëls Tod eingegipst.«

»Was ihn nicht davon abhalten würde, nachts mit einem Stock herumzulaufen. Johan sagte, dass man den Hinkenden immer zwischen halb elf und Mitternacht hört. Nicht jeden Abend natürlich.«

»Es war Maël höchstpersönlich, Jean-Baptiste, der die Idee zur Hetzjagd auf den Hinkenden hatte.«

»Die aber zu nichts führte.«

Veyrenc schüttelte skeptisch den Kopf.

»Wir kommen auch zu sechst zurecht«, seufzte er. »Da du ja lieber ein Gespenst jagen willst.«

Um 19 Uhr versammelten sich die acht Polizisten wieder an ihrem üblichen Tisch im hinteren Teil des Gasthofs, wo sie die anderen Gäste, eine sehr überschaubare Anzahl, nicht störten. Nur eine Handvoll unwissender Touristen belegte den einen oder anderen Tisch. Ansonsten schien niemandem in dem Dorf, das um seinen Bürgermeister trauerte, der Sinn nach Zerstreuung zu stehen. Die Beerdigung sollte am nächsten Morgen um 10 Uhr stattfinden.

»Und?«, erkundigte sich Adamsberg bei Veyrenc. »Jeannette?«

»Jeannette ist die Gemeindesekretärin«, erklärte Matthieu.

»Die sich von Veyrenc verführen lassen hat?«, fragte Berrond grinsend. »Das wundert mich nicht.«

»Die Arme«, sagte Johan und stellte Cidre, Gläser und eine

Platte, auf der sich kleine mit Schinken gefüllte Crêpes türmten, in die Mitte des Tischs. »Sie kümmert sich um alles für den Empfang morgen nach der Beerdigung. Das ist ganz schön viel Arbeit. Ich habe sie beim Catering unterstützt, so gut ich konnte. Denn was tun die Leute nach einer Messe und einer Beerdigung? Sie essen. So eine Messe macht eben müde.«

»Also Jeannette?«, wiederholte Adamsberg.

»Vier der Verflohten auf unserer Liste haben Kinder zwischen elf und zweiundzwanzig Jahren. Insgesamt neun. Um herauszufinden, ob es in ihrem Kreis auch nur den Schatten einer Abtreibung gab, habe ich mich statt an die Eltern, die in solchen Dingen gern als Letzte informiert werden, lieber gleich an die Schlange gewandt. Sie taut mir gegenüber allmählich auf.«

»Sie auch?«, kicherte Berrond in seinen Cidre.

»Unfassbar, nicht wahr, Berrond? Wer kann schon von sich behaupten, die Viper von Louviec für sich eingenommen zu haben? … Jedenfalls ist sie, die immer als Erste informiert ist, davon überzeugt, dass Kristen Le Roux, der übellaunige Klempner mit der geröteten Mundpartie, seine achtzehnjährige Tochter zu einer heimlichen Abtreibung drängte. Angeblich hat das Mädchen danach viele Tränen vergossen.«

»Was für ein Alibi hatte er noch mal?«, wollte Noël wissen.

»Ein Abendessen mit Freunden, das er für eine halbe Stunde verließ, um auszunüchtern. Nach seinem Spaziergang kam er frisch wie der junge Morgen nach Hause. Erstaunlich für jemanden, der ordentlich einen über den Durst getrunken hatte. Und wenn das alles nur Theater war, dann sehr schlecht gespielt.«

Johan trug den nächsten Gang des Abendessens herein, füllte die Gläser wieder auf und kündigte mit leiser Stimme eine Lachspastete an, die Verdun sich beeilte anzuschneiden – was die Leidenschaft fürs Essen betraf, stand er seinem Kollegen Berrond in nichts nach.

»Allmählich«, sagte Verdun und servierte jedem ein Stück Pastete, »wird es eng für Le Roux.«

»Oder gerade nicht«, wandte Adamsberg ein. »Warum sollte er Gaël oder den Bürgermeister töten, wenn er doch im selben Boot sitzt? Es entlastet ihn eher. Übrigens, nur zur Information: Er hat einen kleinen Hühnerstall in seinem Garten. Und er ist nicht der Einzige. Tristan Cloarec, der Elektriker, und Mikael Le Bihan, der Busfahrer, haben auch einen. Aber messen wir dem mal nicht zu viel Bedeutung bei, denn wenn man eine Schachtel mit sechs Eiern im Laden kauft, ist auch immer mindestens ein befruchtetes dabei.«

Adamsberg hielt einen Moment inne, damit Berrond und Verdun, die sich eine zweite Runde Pastete gönnten, ihr Abendessen genießen konnten. Adamsberg selbst war ein bescheidener Esser.

»Fassen wir zusammen, welche Aufgaben heute Abend anstehen«, sagte er, als die beiden Polizisten satt zu sein schienen. »Gut möglich, dass wir damit noch die ganze Woche beschäftigt sind. Wir müssen mit der Überwachung der drei Hauptverdächtigen beginnen, was nicht heißt, dass die anderen fünf uns aus dem Blick geraten sollten. Denn wir wissen, perfekte Alibis sind zu schön, um wahr zu sein. Mir jedenfalls sind wacklige weitaus lieber. Aber zunächst konzentrieren wir uns auf das Spitzentrio. Noël, fragen Sie Johan, ob er Ihnen eine alte Jacke leihen kann, alle sollten schwarze oder graue Klamotten tragen. Und, Verdun, leihen Sie sich bitte eine Mütze von ihm, Ihre blonden Haare sind zu auffällig. Du auch, Matthieu. Jeder bezieht seinen Posten um acht Uhr vor dem Haus der jeweiligen Zielperson. Wählen

Sie Ihren Beobachtungsposten sorgfältig aus. Ich schlage vor, dass Retancourt sich Kristen Le Roux vorknöpft, den Brutalo. Noël, Sie übernehmen den Lebensmittelhändler Le Tallec. Matthieu, du widmest dich Kerouac. Kennt er dich?«

»Er wird mich nicht sehen.«

Als die Verteilung der Rollen abgeschlossen war, bestimmten Adamsberg und Matthieu, wer welchen Kollegen wann ablöste.

»Denken Sie daran, dass um halb zehn ein Treffen der Schattenschützer in der Rue du Prieuré stattfindet. Wenn Sie sehen, dass Ihr Mann in die Nummer 5 schleicht, lassen Sie es gut sein, dann kommen Sie für heute Abend nicht weiter.«

XVII

Während die anderen sich rasch verabschiedeten, um in Stellung zu gehen, schlug Adamsberg ohne Eile den Weg zu Maëls Haus ein, passierte zahlreiche gewölbte Toreinfahrten und massive romanische Säulen, die sich im Zweifelsfall als gute Verstecke eigneten. Als das einstöckige Granitsteinhäuschen in Sichtweite kam, verlangsamte er seinen ohnehin gemächlichen Schritt. Ein angrenzender Schuppen mit Wellblechdach verschandelte das kleine Anwesen. Durch die Vorhänge fiel Licht, aber ohne den bläulichen Schimmer, der auf einen Fernseher hindeutete. Er ging hinter einer Säule in Deckung und wartete. Das Warten machte ihm nichts aus, er war von Natur aus geduldiger als andere Menschen. Um 20.30 Uhr ging Maël oft zum Abendessen in Johans Gasthof, heute jedoch schien er wie die meisten im Dorf aus Trauer das Haus zu hüten. Eine Schwalbe steuerte im Schnellflug den Schuppen an, bestimmt hatte sie dort ihr Nest gebaut. Adamsberg musste an Johans seltsame Obsession denken, an seine Suche nach der weißen Schwalbe. Wobei, so seltsam war die Suche auch wieder nicht, er selbst hatte sich schließlich in einen Igel verliebt. Aber sein Igel existierte zumindest, während die weiße Schwalbe nur eine romantische Fantasie war. Er würde Mercadet trotzdem bitten zu prüfen, ob es Albinoschwalben gab. Immerhin hatte er als Kind mit seinem Vater einmal eine weiße Amsel beobachtet. Sogleich richtete er seine Bitte per SMS an Mercadet.

Sein für einen Augenblick in Gedanken versunkener Blick

wanderte zurück zu Maëls Fenster. Undeutlich sah er die Silhouette des Buckligen – Pardon, des einstigen Buckligen – im Raum hin und her huschen und schließlich in ein Hinterzimmer verschwinden, vermutlich die Küche. Plötzlich, gegen 22.40 Uhr, wurden alle Lichter gelöscht und die Haustür öffnete sich einen Spaltbreit. Adamsberg presste sich fest gegen seine Säule und beobachtete, wie Maël in ungewöhnlichem Aufzug – er trug einen langen grauen Umhang und sein Kopf steckte in einer weiten Kapuze – die Tür vorsichtig von außen verriegelte. Kaum fünf Minuten später erreichten sie das Zentrum, und erst an der Hauptstraße drosselte Maël sein Tempo und begann, mit einem schweren Stock in regelmäßigen Abständen auf das Pflaster zu klopfen. Er wandte immer wieder den Kopf, lauerte, drückte sich an Hauswänden entlang, hämmerte weiter. Fünfzehn Meter vor ihnen tauchte unvermittelt ein Mann auf und blieb stehen, um seinen Hund pinkeln zu lassen. Rasch duckten sowohl Maël als auch Adamsberg sich in den Schatten einer Nische. Als Mann und Hund schließlich kehrtmachten, ließ Maël gut fünf Minuten verstreichen, bevor er in eine Seitenstraße abbog und seinen Stock erneut zum Einsatz brachte. Adamsberg gewährte ihm die Genugtuung, auch die Bewohner in den benachbarten Gassen zu erschrecken, dann baute er sich wie aus dem Nichts vor ihm auf. Maël zuckte zusammen.

»Du bist es also tatsächlich, Maël«, sagte Adamsberg leise. »Steck den Stock unter deine Pelerine, und wir werden uns dort drüben, auf der Gammlerbank, ein wenig unterhalten.«

»Nein, bitte, nicht auf der Gammlerbank«, entfuhr es Maël.

»Und warum nicht?«

»Sie soll Unglück bringen.«

»Du bist doch nicht etwa abergläubisch, Maël? Du, der du im Wirtshaus lautstark gegen die Dummköpfe gewettert hast, die diesem Schwindel über den Hinkenden aufsitzen. Aber du wusstest es ja auch besser. Was würden sie wohl denken, wenn ich ihnen erzählte, dass du dich weigerst, deinen Hintern auf die Gammlerbank zu drücken?«

»Nein, sagen Sie ihnen nichts, bitte.«

»Ich will dir nichts Böses, keine Sorge«, sagte Adamsberg und nötigte Maël, sich auf die Bank zu setzen. »Du also steckst hinter dieser Maskerade«, fügte er lächelnd hinzu, »spielst den Hinkenden, um anständige Leute, die ebenso abergläubisch sind wie du, in Angst und Schrecken zu versetzen?«

»Wie sind Sie mir auf die Spur gekommen?«

»Indem ich dir von deinem Haus aus folgte, ganz einfach.«

»Und warum sind Sie mir gefolgt?«

»Weil ich einen Verdacht hatte.«

»Weshalb?«

»Wegen deines boshaften Blicks im Gasthof, als sie über den Hinkenden sprachen, du sahst aus wie jemand, der einen geschmacklosen Streich ausheckt. Es war ein kurzer Blick, nur einen Schluck Wein lang. Ich habe dieses Blitzen in deinen Augen trotzdem wahrgenommen, dieses Zucken um deine Mundwinkel. Es kam mir erst später wieder in den Sinn, als ich meine Füße im Fluss badete.«

»Clever«, murmelte Maël, »ganz schön clever. Sie haben ein gutes Auge, Kommissar, das muss man Ihnen lassen.«

»Dann bist du aufgestanden, hast den starken Mann markiert und vorgeschlagen, den Hinkenden zu jagen. Auch das ein amüsanter Einfall. Und eine gute Tarnung für den Fall, dass jemand die Silhouette des Hinkenden entdecken würde.«

»Es ist kein Spaß, Kommissar, wirklich kein Spaß.«

»Das kann ich mir denken, Maël. Wieso solltest du auch deine Zeit damit vergeuden, aller Welt auf die Nerven zu gehen. Sag mir, warum du das tust, und es wird keine Scherereien geben.«

»Was für Scherereien?«

»So was nennt man ›Störung des öffentlichen Friedens‹. Das wird teuer, Maël. Also, sag mir, warum, und ich lasse dich in Ruhe.«

»Wie Sie schon sagten, ich will die Leute ärgern.«

»Das ist mir klar, aber warum willst du die Leute ärgern?«

»Weil sie mir schon mein Leben lang übel mitspielen, mich immer nur den Buckligen oder Quasimodo nannten, mich ausgrenzten, mich wie ein Monster behandelten. Glauben Sie, seit meiner Kindheit hätte mich irgendwer nur ein einziges Mal mit meinem richtigen Namen angesprochen? Außer den Eltern und Lehrern oder dem Bürgermeister? Nein, ich war der Bucklige, ich hatte keinen anderen Namen.«

»Im Gasthof sah es so aus, als gingen die Leute eher freundschaftlich mit dir um.«

»Man geht nie freundschaftlich mit einem Buckligen um«, stellte Maël bitter fest und wirkte zugleich erleichtert, sich seinen Kummer endlich von der Seele reden und seine Last teilen zu können. »Nein, man unterhält sich mit ihm nie aufrichtig, nie ohne Hintergedanken. Man ist nett aus Mitleid, Kommissar, denn man vergisst nie, dass er ein Buckliger ist – der ›Dorfbuckel‹, so wie es den ›Dorftrottel‹ gibt. Und die Kinder zeigen mit dem Finger auf einen. Wenn sie nicht selbst abhauen, werden sie von ihren Eltern zurückgepfiffen, denn Bucklige bringen Unglück. Nein«, wiederholte er, »niemand vergisst das auch nur eine Minute. Sie haben mein Leben ruiniert, und eines Nachts habe ich beschlossen, dass sie dafür bezahlen müssen. Da kam mir die Idee, den Geist des Hinkenden von Combourg wiederzubeleben. Ich gebe zu, dass ich mir schon bei der Vorstellung ins Fäustchen lachte. Und als ich später mitkriegte, wie einer verängstigt sein Fenster schloss, musste ich sogar richtig lachen.«

»Und warum hast du vierzehn Jahre lang Ruhe gegeben?«

»Wegen des Mordes an dem alten Raffke. Ich hatte Angst, dass man mich erwischen und beschuldigen könnte. Aber dann hatte ich irgendwann wieder Lust.«

»Was machst du beruflich, Maël?«

»Wenn man einen Buckel hat, fallen einem die guten Jobs nicht gerade in den Schoß. Es passt nicht ins Bild. Sie glauben doch nicht ernsthaft, dass ein Arzt oder ein Anwalt einen Buckligen als Sekretär anstellt? Nein, ein Buckliger braucht eine Arbeit, bei der man ihn nicht sieht. Ich bin gut in Mathe, deshalb arbeite ich als Buchhalter in der Kanzlei Dressel. Mein Büro befindet sich in einem Hinterzimmer, da kann mich keiner sehen. Dressel redet ganz normal mit mir, weil wir seit Jahren zusammenarbeiten. Josselin auch, wahrscheinlich weil er, genau wie ich, tagtäglich einiges einstecken muss. Und Johan ab und zu, aber nicht weil er viel durchmachen würde, sondern weil er einen Fimmel hat.«

»Was für einen Fimmel?«

»Er hat Visionen, er sieht weiße Schwalben, hält sie für so was wie gute Feen, die ihn beschützen. Seine Schwester, die sich mit Vögeln auskennt, hat ihn schon unzählige Male auf seinen Expeditionen begleitet, um ihm zu beweisen, dass diese Schwalben nur ein Hirngespinst sind. Aber nichts zu machen, sie konnte es ihm nicht austreiben. Das hat sie selbst mir erzählt, und zwar mir allein, bestimmt, weil ich auch speziell bin. Aber, bitte, verraten Sie es niemandem, ich will auf gar keinen Fall, dass Johan deswegen Unannehmlichkeiten bekommt.«

Bei dem Gedanken zitterte seine Stimme.

»Keine Angst, Johan steht unter meinem Schutz. Ich beschütze jeden, der einen Fimmel hat, wie du es nennst.«

»Und warum?«

»Wahrscheinlich weil ich auch den ein oder anderen habe.«

»Ja, das hört man manchmal. So direkt drückt es natürlich keiner aus, aber es läuft aufs Gleiche hinaus. Ich glaube nicht daran.«

»Wieso nicht?«

»Soweit ich es beurteilen kann – und ich habe gesehen, wie Sie neulich so taten, als würden Sie angeln, und wie Sie ziellos in der Gegend herumliefen –, würde ich eher von ...«

Maël hob eine Hand und ließ sie wie eine Mühle langsam in der Nachtluft kreisen.

»... Phasen sprechen. Von Einbrüchen oder Aufbrüchen oder Übergängen, was weiß ich.«

»Du bist schlau, Maël«, stellte Adamsberg lächelnd fest. »Ich verstehe, dass dein Chef Dressel dich nicht verlieren will.«

»Wir kommen jedenfalls gut miteinander klar. Wenn ich einem Bilanzbetrug auf die Schliche komme, und das passiert nicht selten, dann gehe ich zu ihm rüber, und wir lachen darüber. Der Klient lacht weniger, wenn er seine Unterlagen für das Finanzamt wieder abholen kommt. Nebenbei vertreibe ich mir die Zeit mit Maurerarbeiten. Kleine Gefälligkeiten links und rechts. Seit meiner Operation allerdings weniger, weil ich noch zu erschöpft bin. Ich habe gehört, dass es eine Weile dauert, bis man sich wieder vollständig erholt hat.«

»Dann lasse ich dich jetzt schlafen«, sagte Adamsberg und erhob sich. »Aber wir haben uns verstanden, Maël? Ab sofort ist Schluss mit dem Spielchen. Wir haben schon genug Ärger in Louviec.«

»Verstanden, Kommissar, Sie müssen mich nicht mehr beschatten lassen, Ehrenwort.«

Maël entfernte sich, ohne seinen Stock zu schwingen, während Adamsberg noch einen Moment auf der Bank verweilte und sich nach den Neuigkeiten seiner Kollegen im Überwachungseinsatz erkundigte. Keine besonderen Vorkommnisse. Das Dorf trug Trauer, die Straßen waren menschenleer. Die Aussichten auf Beute waren gering.

Inzwischen hatte Matthieus Informantin ihm eine lange Nachricht zu der Versammlung der Schattenschützer hinterlassen:

> Es waren achtzehn Leute da, einschließlich der Schlange. Sie ist der Boss. Sie stellte mich unter meinem falschen Namen – Noémie Rannou – vor und verlangte nach meinen Papieren. Alle waren vermummt, wegen der »Neuen, von der wir nichts wussten«. Elf Frauen und sechs Männer, außer der Schlange und mir. Die Schlange eröffnete die Sitzung mit der Aufforderung, alle sollten sich auf das Seelenheil »dieses Mistkerls von Gaël Leven, dieser blöden Kuh von Anaëlle und dieses Trottels von Bürgermeister« besinnen. Kurz wurde Protest laut: Wieso für die Seelen von Schattenschmutzern beten? Die Schlange erwiderte, nichts deute darauf hin, dass der Bürgermeister selbst ein Schattenschmutzer gewesen sei, er habe diese Leute lediglich gewähren lassen, was natürlich auch nicht besser sei. Alle drei schuldig, keine Frage. Trotzdem für

alle drei beten, unbedingt. Damit würden sie zeigen, wie sehr ihnen, den Schattenschützern, das Wohl aller am Herzen liege. Dann verteilte die Schlange an jeden ein Wundermittel aus eigener Herstellung – zubereitet nach einem geheimen Rezept, abgefüllt in Flakons, die zuvor Kochsalzlösung enthielten – zur Stärkung der seelischen Widerstandskräfte. Das Einnahmeritual war absolut sektenreif, danach kaute jeder einen Kaugummi, der als Verschluss des Fläschchens diente. »Aber, Vorsicht«, mahnte die Schlange, »ich habe euch bereits mehrfach gewarnt und tue es nun noch einmal für unseren Neuankömmling. Nie mehr als zwei Tropfen pro Tag, sonst leidet die Balance zwischen Körper und Seele.« Als Nächstes kam ein strittiger Punkt zur Sprache: Die Schlange hütet einen weiteren selbst gebrauten Trank, einen Bestrafungstrank, der die Schattenschmutzer in ihre Schranken verweisen soll. Angeblich handelt es sich um ein Mittel, das nach Verabreichung zwei Stunden lang die Seele schwächt, Halluzinationen, Albträume und Unwohlsein hervorruft. Man tröpfelt es dem Schattenschmutzer ins Glas und schickt ihm am nächsten Tag eine Drohung hinterher, damit er weiß, woran er ist. Nur fünf Schattenschützer sind dagegen, weil die Gefahr eines tödlichen Unfalls bestehe, wenn die Halluzinationen beim Auto- oder Fahrradfahren auftreten oder wenn man auf einer Leiter steht. Die zwölf anderen stimmen jedoch dafür und versichern, dass sie den Trank nur einsetzen werden, wenn klar ist, dass die Zielperson sich zwei Stunden lang nicht vom Fleck bewegt. Die Schlange gibt sich neutral und verkauft munter ihre Fläschchen, und zwar teuer. Die Zusammensetzung des Produkts, und damit seine eventuelle Schädlichkeit, ist ungeklärt. So oder so lässt sich daran die Geisteshaltung dieser »Loge« (wie sie sich selbst nennen) ablesen – und die ist alles andere als harmlos. Am Ende der Sitzung klingelte die Kasse der Schlange ganz ordentlich: 15 Euro für die Teilnahme (inklusive ein Glas Honigwein), 30 Euro pro Flakon Seelenstärker (Dosis für zwei Wochen), 50 Euro die Phiole mit dem Strafelixier. Gesamteinnahmen an diesem Abend: ungefähr 1050 Euro. Abgesehen von der unheilvollen Atmosphäre, die in dieser Runde kultiviert wird, ergaunert sich die Schlange mit zwei Sitzungen pro Monat ein erkleckliches Einkommen. Man sollte über die Beschlagnahmung des Strafelixiers nachdenken und es analysieren lassen: Besteht Gefahr oder ist das Zeug bloß ein Schwindel?

XVIII

Am Dienstagmorgen um 10 Uhr herrschte dichtes Gedränge vor der Kirche in Louviec, nicht alle fünfhundert Einwohner, die an der Beerdigung des Bürgermeisters teilnehmen wollten, hatten Einlass gefunden. Viele harrten auf dem Vorplatz und in den Seitenstraßen aus, um zumindest zur Stelle zu sein, wenn der Sarg herausgetragen wurde. Die acht Polizisten schlichen durch die trauernde Menge, fingen Bemerkungen über die Qualitäten des verstorbenen Bürgermeisters auf, da und dort stellte man Spekulationen über den Mörder und die Unfähigkeit der Polizei an. Als der Leichenwagen vorfuhr, teilte sich die Menge schweigend, ließ die Träger mit dem in die Nationalflagge gehüllten Sarg vorüberziehen und warf Blumen. So viele, dass der Mittelgang der Kirche und der Vorplatz danach einem Blütenmeer glichen.

Wegen der Vielzahl der Trauernden in der kleinen Kirche und auf dem engen Friedhof zog sich die Zeremonie bis 13 Uhr hin und anschließend sah sich das Rathaus einem ähnlichen Ansturm ausgesetzt. Aufgebracht stand Johan vor der Tür.

»So ein Mist, verdammt«, fluchte er, »man hatte mich nicht um eine Massenspeisung für fünfhundert Leute gebeten.«

»Das ist nicht mehr Ihr Problem, Johan«, sagte Adamsberg. »Gehen Sie zurück in den Gasthof und ruhen Sie sich aus. Wir«, wandte er sich an sein Team, »machen ebenfalls Pause bis heute Abend. Ich werde mich wahrscheinlich morgen dem Wachtrupp anschließen.«

»Willst du Maël wieder hinterherspionieren?«, fragte Matthieu. »Warum?«

»Ich habe ein kurzes Aufflackern von Angst in seinem Blick wahrgenommen, als ich ihn ansprach.«

»Das ist alles?«

»Ja, und das reicht mir. Ich habe das Gefühl, dass Maël etwas im Schilde führt.«

»Seine Schwester ist heute zu Besuch bei ihm. Ihr ist wahrscheinlich bewusst, wie sehr der Bürgermeister immer seine schützende Hand über Maël hielt.«

»Genau. Und ich werde ihnen beim Abendessen zusehen.«

»Ihnen beim Abendessen zusehen … Was versprichst du dir davon?«

»Ich will wissen, worüber die beiden sich unterhalten. Es soll ein warmer Frühlingsabend werden, da werden sie sicher bei offenem Fenster am Tisch sitzen. Verstehen sie sich gut?«

»Sie sind ein Herz und eine Seele.«

»Perfekt. Johan, der Dolmen, von dem du mir erzählt hast, steht doch an der Straße mit der kleinen Brücke?«

»Er steht zwei Kilometer *hinter* der kleinen Brücke, ist ein ganz schönes Stück von hier. Auf der linken Seite, du kannst ihn nicht verfehlen. Ein Prachtexemplar, noch fast vollständig.«

»Wie alt ist so ein Dolmen eigentlich?«

»Uralt!«

Johan runzelte die Stirn zum besseren Nachdenken, während Adamsberg realisierte, dass Johan und er unvermittelt zum Du übergegangen waren.

»Etwa viertausend Jahre«, sagte Johan schließlich. »Unserer hier ist um die dreitausendzweihundert Jahre alt. Heißt es zumindest.«

»Die Steine sind also von Jahrhunderten durchdrungen. Genau, was ich brauche.«

»Wofür?«

»Und wozu dienten diese Dolmen?«, erkundigte sich Adamsberg, statt zu antworten.

»Es sind Denkmäler. Alte Grabstätten, wenn du so willst, die aus aufrecht stehenden Tragsteinen und einer großen Deckplatte bestehen. Ich hoffe, das stört dich nicht.«

»In keiner Weise. Ich werde mich da oben auf der Steinplatte in die Sonne legen.«

»Wieso da oben?«

»Ich weiß es nicht, Johan.«

»Sei respektvoll, es ist und bleibt eine Grabstätte.«

»Keine Sorge, ich werde nicht darauf herumtrampeln. Übrigens, Matthieu«, sagte Adamsberg und nahm seinen Kollegen beiseite, »fast hätte ich es vergessen. Hinter dem Hinkenden steckt Maël. Verrate es niemandem, ich habe mein Wort gegeben. Wenn es rauskommt, werden sie ihn steinigen.«

»Maël? Aber warum denn?«

»›Um die Leute zu ärgern‹, wie er sagte.«

Im Café de l'Arcade besorgte sich Adamsberg ein Sandwich und Cidre und machte sich damit auf den Weg zu dem Dolmen. Unwillkürlich hob er seinen Blick zum Himmel. Er hatte Antwort von Mercadet erhalten, der sich über keine Frage des Kommissars wunderte: Nein, Albinoschwalben gebe es nicht, das sei mit Sicherheit auszuschließen. Allerdings seien schon, wenn auch selten, weiße Amseln gesichtet worden. Vielleicht habe Johan eine junge weiße Taube mit einer Schwalbe verwechselt. Wobei man die Schwalbe aufgrund ihrer Flügelform und ihrer charakteristischen Flugweise – sie schneide wie eine Sichel in die Luft – eigentlich nicht mit einer Taube verwechseln könne. Adamsberg lächelte. Dass man ihn für seltsam hielt – obwohl er noch nie verstanden hatte, warum –, störte ihn nicht, andererseits stimmte es ihn froh zu wissen, dass auch andere Menschen Wunderlichkeiten an den Tag legten. Zumindest war er nicht der Einzige, der »Wolken schaufelte«, und Johans Schwalbe war wahrhaftig eine Wolke.

Am Abend trennten sich die Ermittler, wie tags zuvor, nach einem schnellen Essen im Gasthof, der weiterhin nur spärlich besucht war. Adamsberg folgte der Hauptstraße hinauf zu Maëls Haus, hin und wieder warf er einen Blick in die abzweigenden Gassen. Die Leute saßen an ihren Tischen vor geöffneten Fenstern und genossen nach diesem viel zu heißen Tag die frischere Abendluft. Morgen würden sie die schwarzen Tücher abhängen und das Leben würde allmählich wieder seinen gewohnten Lauf nehmen.

Zufrieden stellte Adamsberg fest, dass auch Maël sein Fenster offen gelassen hatte. Er beendete gerade das Abendessen mit seiner Schwester. Der Kommissar sah sie nur von hinten, sie war stattlich wie ihr Bruder, nur viel kleiner. Sie standen beide auf, um den Tisch abzuräumen, dann nahmen sie wieder Platz.

»Trink nicht so viel«, mahnte die Schwester, »du brauchst einen klaren Kopf, um mir alles zu erklären. Hörst du, Maël, alles. Denn was du von mir verlangst, ist keine Kleinigkeit. Und noch mal, ich finde überhaupt nicht gut, was du getan hast. Aber ich bin deine Schwester, ich weiß, du hast viel aushalten müssen und sehr gelitten. Ich kann nachvollziehen, dass deine Rache dir Genugtuung verschafft hat.«

»Es war geradezu befreiend, Arwenn, ich habe so viel Kraft

daraus geschöpft. Von oben auf all diese abschätzigen Menschen herabblicken zu können – das hat mich durchhalten lassen. Ich dachte: ›Wenn die wüssten‹, und ich war stolz.«

Adamsberg hatte sich inzwischen unter das Fenster gesetzt und konnte nicht sehen, wie die Schwester ihre Hand auf die ihres Bruders legte, sie schüttelte.

»Es ist vorbei, Maël«, sagte sie entschieden. »Du hast sie dir bewiesen, deine Stärke, deine Macht, deine Überlegenheit. Mit einem ziemlich gefährlichen Spiel. Du könntest im Knast dafür sitzen.«

»Schwörst du mir, dass du den Bullen nichts verrätst, schwörst du mir das?«

»Wäre ich sonst hier, Maël? Aber es sollte dir klar sein, dass du mich damit zu deiner Komplizin machst.«

»Das weiß ich, Arwenn, und ich würde dich niemals darum bitten, wenn es nicht danach aussähe, als würden sie das ganze Dorf auf den Kopf stellen.«

»Bist du dir da sicher?«

»Das tun sie immer. Sie kommen nicht weiter, also werden sie jeden Stein umdrehen, um zu finden, was sie suchen, Messer, blutverschmierte Klamotten, Schuhe und was weiß ich noch. Sie werden auf meinen Koffer stoßen. Und ich will ihn nicht verlieren, Arwenn, er ist das Einzige und Wertvollste, was ich besitze.«

»Hol ihn her, dann bringen wir es hinter uns. Ich möchte die Kinder außerdem nicht zu lange allein lassen. In diesem Alter haben sie nur Flausen im Kopf ... Ich weiß, bei dir war es anders. Du hast erst später Mist gebaut.«

Adamsberg hörte, wie Maël aufstand und kurz darauf in seinem Schuppen kramte. Dort bewahrte er bestimmt sein ganzes Maurerwerkzeug auf. Es vergingen mehr als fünf Minuten, ehe er ins Haus zurückkehrte.

»Du hattest ihn anscheinend gut versteckt.«

»Nicht gut genug für die Bullen, glaub mir.«

Der Kommissar richtete sich langsam auf, um einen Blick auf den Koffer zu erhaschen. Er war aus robustem Stahl, ziemlich klein und vorn mit einem Tresorschloss versehen.

»Du brauchst dich nicht zu wiederholen, Maël, ich werde nicht versuchen, das Schloss zu knacken. Ich werde ihn gleich morgen früh in meinem Banksafe deponieren. Ich habe eine alte Ledertasche dabei, das ist unauffälliger. Dein Koffer riecht schon auf hundert Meter nach Geld.«

»Das darf er auch. Dir kann ich ja sagen, wie viel drin ist. Hundertdreiundsechzigtausend Euro.«

»Du warst ganz schön fleißig.«

»Ich hätte viel mehr einstreichen können, aber bei den großen Fischen habe ich mich zurückgehalten. Diese Typen sind zu gefährlich. Da habe ich bloß den Chef informiert, dass sie krumme Dinger drehen. Nein, ich habe mir die bescheideneren, gefügigeren Klienten herausgepickt.«

»Wie viel Prozent hast du verlangt, um ihre Betrügereien zu kaschieren?«

»Zwanzig Prozent.«

»Über welchen Zeitraum?«

»Zweiundzwanzig Jahre. Ich bin langsam, aber stetig vorgegangen. Und, glaub mir, sie waren selbst Diebe. Ich habe nur Diebe bestohlen. Wie Robin Hood.«

»Ich will dir keine Moralpredigt halten, Maël, es hat dir immerhin geholfen, dein Leben in den Griff zu bekommen. Aber jetzt ist Schluss damit. Ich habe keine Lust, dich im Gefängnis zu besuchen, und auch nicht, wegen Besitz von Diebesgut selbst dort zu landen.«

»Ich habe nichts gestohlen. Lediglich durch Erpressung erlangt.«

»Plus Verschleierung von Steuerhinterziehung.«

»Ab morgen ist alles vorbei. Ich schwöre es bei deinem Leben und dem deiner Kinder. Und ich weiß nicht, wie ich dir für deine Hilfe danken soll.«

»Indem du mit deinen Tricksereien aufhörst. Ich muss los, Maël.«

»Fahr vorsichtig. Wäre blöd, wenn die Bullen dich erwischen würden.«

Als Adamsberg hörte, wie Arwenn sich verabschiedete, schlich er zu seinem Versteck hinter der Säule. Er beobachtete, wie sie den Koffer in ihrem Auto verstaute, ihn mit einer alten Regenjacke bedeckte und die Wagentür zuknallte. Maël sah seiner Schwester lange nach, ehe er wieder ins Haus ging und diesmal tatsächlich den Fernseher einschaltete. Am Abend zuvor hatte er wahrscheinlich das Geld aus allen Winkeln des Hauses zusammengetragen und in den Koffer gepackt, der jetzt im Wagen seiner Schwester lag.

Es war erst 21.05 Uhr, als der Kommissar langsam die Hauptstraße in Richtung des Gasthofs hinunterging. Er hatte sich also nicht getäuscht. Maël trotzte seit zweiundzwanzig Jahren der Ablehnung durch andere, indem er sich einen kleinen geheimen Schatz aufbaute, der ihn in seinen Augen weit über sie hinaushob. Der Polizist in Adamsberg rang einen Moment lang mit dem Privatmann Jean-Baptiste Adamsberg. Denn Arwenn hatte in allen Punkten recht. Maël hatte sich der Erpressung und der Aneignung veruntreuter Gelder schuldig gemacht und jedes Gericht des Landes würde ihn dafür verurteilen. Adamsberg konnte die Justizmaschinerie sofort in Gang setzen, das war seine Aufgabe und sogar seine Pflicht als Polizist. Aber das Kapitel war ja nun abgeschlossen. Außerdem hatte Maël nicht unrecht: Die Männer, die er ausnahm, waren reiche Betrüger, und genau genommen zwang er sie lediglich dazu, ihre Geldstrafe bereits im Vorfeld zu zahlen. In dem Moment, da der Kommissar die Tür des Wirtshauses aufstieß, hatte er sein Dilemma gelöst und begraben.

»Ich habe gerade eine Sache gelöst«, sagte er zu Johan und setzte sich auf einen Hocker. »Ich hätte nichts dagegen, wenn du mir einen Chouchen servieren würdest.«

»Hat es mit dem Mörder zu tun?«

»Nein, damit nicht. Komisch, man kann sich an diesen Chouchen wirklich gewöhnen.«

»Das liegt an dem Honig, der darin enthalten ist. Der geht runter wie nichts.«

Adamsberg sah auf sein Telefon. 21.13 Uhr, und keine Nachricht von den Überwachungsteams.

»Nichts, immer noch nichts.«

»Es ist vielleicht ein bisschen früh«, bemerkte Johan. »Und es soll ein Gewitter geben, nach der ganzen Hitze. Hast du den Blitz dort drüben gesehen?«

Johan unterbrach sich und öffnete Finger für Finger die ganze Hand.

»Eins, zwei, drei, vier, fünf, sechs. Sechs. Es ist jetzt zwei Kilometer von hier entfernt und kommt näher. Das hält den Mörder sicher davon ab, vor die Tür zu gehen.«

»Was hast du da abgezählt?«

»Machst du das nicht? Ich zähle die Sekunden zwischen dem Aufleuchten des Blitzes und dem Einsetzen des Donners. Sechs Sekunden entsprechen zwei Kilometern Entfernung zwischen uns und dem Gewitter. Kannst du mir folgen?«

»Wenn du es sagst.«

»Am Ende«, sagte Johan und hob die Hände in einer fatalistischen Geste, »hängt natürlich alles von der Windrichtung ab.«

XIX

Die Zeit war wie im Flug vergangen, während er dem Gewittergrollen gelauscht hatte. Er musste pünktlich sein, auf die Sekunde genau pünktlich. Hastig überprüfte er seine Ausrüstung und eilte durch die engen Gassen. Er hatte zwei Vorteile. Er konnte schneller laufen als andere, auch als der Durchschnitt der Bullen – abgesehen von der unfassbaren, unschlagbaren Dicken –, und darüber hinaus kannte er in Louviec jedes Gässchen, jede Passage, jede Abkürzung wie seine Westentasche. Auf halber Strecke hielt er abrupt inne. Das Ei, verdammt, er hatte das Ei vergessen! Er verfluchte sich selbst, machte auf dem Absatz kehrt und hetzte zurück, ständig auf der Hut, ob nicht irgendwo ein Schatten lauerte. Ein Donner brach nun ganz in der Nähe los. Er griff nach seinem bronzegrünen Regenmantel, schlug die Kapuze um und verstaute das kostbare Ei in seiner Tasche. Er würde diesem Miststück sein Ei verpassen, koste es, was es wolle. Was fiel ihr ein, sich in seine Angelegenheiten einzumischen, ihn sogar in seinem Haus aufzusuchen, um ihm eine Standpauke zu halten? Eine herrliche Aussicht, mit ihr abzurechnen. Während er wieder in die entgegengesetzte Richtung durch die Gassen rannte, dachte er an sie, hasste sie, sah, wie sie sich im Höllenfeuer wand. Als er vor ihrem Haus ankam, vergewisserte er sich, dass kein Auto in Sichtweite parkte. Niemand. Sie war noch nicht zu Hause, aber es konnte sich nur noch um Minuten handeln, fast hätte er sie verpasst. Er hatte die Örtlichkeiten seit geraumer Zeit ausgekundschaftet und drückte sich flach gegen den breiten Stamm der alten Eiche, die in neun Meter Entfernung von ihrem Haus stand. Er horchte auf das Rauschen der Autos, hielt nach ihrem Wagen Ausschau. Sie war immer pünktlich. Sie praktizierte in Combourg, zog es aber vor, in Louviec zu wohnen, wohin sie jeden Abend zwischen 21.25 und 21.30 Uhr zurückkehrte. Es war 21.23 Uhr und noch hell. Der Donner krachte immer lauter und die ersten Tropfen fielen vom Himmel, der Regen wurde von Minute zu Minute stärker. Sie würde also vom Auto zur Haustür rennen, das musste er unbedingt verhindern. Er trat aus dem Schatten des Baumes und hockte sich auf die Bordsteinkante, nur wenige Meter von ihrem Haus entfernt, ein schlechtes Versteck, aber die Regenmassen trübten die Sicht. Als er ein Motorengeräusch wahrnahm, richtete er sich vorsichtig mit gebeugtem Oberkörper auf, um sie garantiert zu erwischen, sobald die Autotür zugefallen war. In genau dem Moment würde er sie angreifen. Der Regen prasselte vom Himmel, und wie erwartet schloss die Frau ihren Wagen ab, wollte losrennen, doch vor ihrer Motorhaube packte er sie und stieß ihr das Messer gewaltsam in den Brustkorb. Er stieß ein zweites Mal zu, näher am Brustbein, mitten ins Herz. Während er zustach, sah er wieder ihren großen, lockigen Schafskopf vor sich, die widerspenstigen Borsten an ihrem Kinn, er hörte wieder ihre salbungsvolle, abscheuliche Stimme, schon damals wäre er ihr am liebsten an die Gurgel gegangen. Aber nein, dafür war er zu schlau, und auch in diesem Punkt war er den Bullen um Längen voraus. Doch als er nun die absurden, beschwichtigenden Worte dieser Frau, die sich für eine Seelenheilerin hielt, wieder im Ohr hatte, loderte Zorn in ihm auf, und er begann, ihr die Eingeweide zu durchlöchern, bis das Blut in Strömen floss, die der Regen sogleich fortspülte. Mach keinen Scheiß, hör auf, verschwinde von hier. Er holte das Ei aus seiner Tasche, legte es in ihre kleine, fette Hand, die er angewidert schloss. Geduckt schlich er sich an ihrem Auto vorbei und bog in den schmalen, dunklen Weg ein, der an das Haus grenzte. An der Kreuzung zweier Gassen hielt er an und betrachtete prüfend die Vorderseite seines Regenmantels. Zum Glück hatte der heftige Niederschlag das Blut bereits abgewaschen und auch sein Gesicht hatte er gereinigt. Das Blut war überallhin gespritzt, in Zukunft würde er darauf verzichten, seinen Opfern in den Bauch zu stechen. Er durfte sich von seiner Wut nicht so mitreißen lassen, er musste zu der Kaltblütigkeit zurückfinden, mit der er die ersten Morde begangen hatte.

Matthieu folgte Kerouac auf verschlungenen Wegen bis zum oberen Ende der Hauptstraße und dann in die Rue de l'If. Dass der Lehrer seine Spur offenbar verschleiern wollte, stimmte den Kommissar zunächst zuversichtlich. Doch das hastige Öffnen der Tür, nachdem Kerouac erst drei-, dann zweimal angeklopft hatte, und die anzügliche Kleidung der Dame, die dahinter erschien, ließen nur einen Schluss zu, nämlich dass Kerouac eine Prostituierte besuchte. Ein seltsames Ziel für einen Mann, der doch angeblich impotent war. Aber vielleicht stimulierte die Atmosphäre des Ortes ja seine Sinne. Wie lange er jetzt wohl in diesem sintflutartigen Regen ausharren musste? In dem Moment erblickte er die berühmte große Eibe von Louviec auf der anderen Straßenseite – es hieß, sie sei siebenhundert Jahre alt – und lief hinüber, um Zuflucht unter ihrem quasi undurchlässigen Blätterdach zu finden. Er zog seine Jacke aus, wrang sie aus, zog sie wieder an und lehnte sich gegen den Stamm des ehrwürdigen Baumes.

Von diesem Posten aus entdeckte er, als der Regenvorhang sich ein wenig lichtete, in etwa zwanzig Meter Entfernung eine undefinierte Masse auf der Kühlerhaube eines Autos. Ein Schuttsack oder eine Leiche? Mit schnellen Schritten näherte er sich dem Auto, warf dabei immer wieder einen Blick über die Schulter, um sich zu überzeugen, dass Kerouac das Etablissement nicht wieder verließ. Ihre Augen waren weit geöffnet und starr, sie war tot. Die Nässe hatte ihr Gesicht und ihre Hände ausgekühlt, Matthieu knöpfte ihren Mantel auf und fuhr mit einer Hand unter ihre Kleidung, um die Körpertemperatur zu überprüfen. Ihr Bauch war noch warm, der Mord konnte gerade erst geschehen sein. Es war jetzt 21.35 Uhr, er hatte ihren Mörder verpasst, während Kerouac ihm seine Zeit mit einem Bordellbesuch raubte. Er rannte zu seinem Unterschlupf unter der Eibe, um Adamsberg Bescheid zu sagen, den Arzt zu rufen, die Spurensicherung und den Gerichtsmediziner zu verständigen.

Entsetzt betrachteten Matthieu und die übrigen Polizisten den aufgeschlitzten Körper. Diesmal steckte das Messer nicht in der Brust. Es steckte bis zum Schaft in den Eingeweiden. Der Arzt kniete in Stiefeln und Regenmantel neben der Leiche.

»Verdammt, Katell!«, rief er und fühlte ihr mechanisch den Puls.

»Wer ist das, Doktor?«, fragte Adamsberg.

»Katell Menez. Eine Kollegin, ich schicke ihr Patienten, und umgekehrt.«

Berrond inspizierte das goldene Schild, das neben der Haustür des Opfers angebracht war. »Katell Menez, Psychiaterin, Psychotherapeutin«.

»Arbeitet sie hier?«

»Sie praktiziert an vier von fünf Tagen in Combourg, aber sie wohnt in Louviec. Nach ihren Sprechstunden schreibt sie meist noch ihre Notizen ins Reine und geht die Patientenakten für den nächsten Tag durch. Sie kehrt immer um 21.30 Uhr heim. Wenn nicht dieser verfluchte Regen wäre, hätte vielleicht ein Nachbar etwas mitbekommen …«

»Es hätte nichts geändert«, unterbrach Adamsberg ihn. »Der Täter überrumpelt seine Opfer und sein Angriff ist lautlos. Kommissar Matthieu war nur wenige Meter entfernt und hat nichts gehört.«

Sie traten zur Seite, um dem Technikteam und dem Gerichtsmediziner das Feld zu überlassen.

»Es muss das reinste Blutbad gewesen sein«, sagte der Forensiker, »aber der Regen hat alles sauber gewaschen. Ich erzähle Ihnen nichts Neues, wenn ich sage, dass der Mord erst gerade passiert ist. Diesmal hat der Täter ihn mit sieben Messerstichen in den Unterleib vollendet. Und wieder ein zerdrücktes Ei in der Faust des Opfer. Ich lasse die Tote in die Pathologie bringen und rufe Sie an, sobald mir die ersten Bilder der Verletzungen vorliegen.«

Das gesamte Ermittlerteam fand im Gasthof zusammen, um sich aufzuwärmen, und an ihren düsteren Mienen erkannte Johan, dass der Täter wieder zugeschlagen hatte.

»Wer?«, fragte er, als er ihre nasse Kleidung aufhängte.

»Katell Menez«, antwortete Matthieu.

»Gütiger Gott. Sie war eine sehr tüchtige Frau. Und auch kompetent, was man so hörte.«

»Wir kommen ungelegen, du hast Kundschaft.«

»Ich empfange, wen ich will. Nehmt den Tisch am Kamin, um euch aufzuwärmen. Keine Sorge, die Gäste sind Niederländer, sie verstehen kein Französisch. Ich werde euch etwas zu essen bringen, ihr habt ja seit heute Morgen nichts im Magen.«

Johan verschwand, kehrte mit einem Stapel Decken zurück und legte zwei große Holzscheite ins Feuer. Die Polizisten sammelten sich vor dem Kamin, streckten ihre Arme zum Feuer oder wärmten sich den Rücken.

»Das heißt«, sagte Noël, »wir sind den Falschen auf den Fersen.«

»Es ist zu früh, um das zu behaupten«, sagte Adamsberg. »Uns bleiben immer noch die fünf Verflohten mit den perfekten Alibis, und Sie wissen, was ich von perfekten Alibis halte. Vier von ihnen sind alleinstehend oder waren zumindest am Abend des Mordes an Anaëlle allein und haben sich das Fußballspiel angesehen. Der Fünfte, auch er war allein, werkelte in seiner Garage. Niemand kann ihre Einlassungen bestätigen.«

Adamsberg brach ab und wiederholte mehrmals stumm »ihre Einlassungen … ihre Einlassungen …« – war der Begriff an dieser Stelle korrekt? Manchmal zweifelte er an seiner Fähigkeit, sich fehlerfrei auszudrücken, mitunter verwirrten ihn bestimmte Formulierungen oder Wendungen. Dann versuchte er, sie auf ihre Richtigkeit hin zu überprüfen, oft ohne Erfolg. Er wischte die Frage mit einer Handbewegung beiseite. Er würde später darauf zurückzukommen.

»Wir beginnen morgen mit der Überwachung der fünf mit den perfekten Alibis. Matthieu, Berrond und Verdun kümmern sich darum, wie Sie sich einteilen.«

Sein Blick fiel auf Matthieu, der regungslos, mit gesenktem Kopf dasaß und seinen Teller nicht anrührte. Berrond spürte die Niedergeschlagenheit seines Chefs, griff nach einer der Flaschen, die Johan ihnen gebracht hatte, und machte es sich zur Aufgabe, jedem einzuschenken. Kraftlos hielt Matthieu ihm sein Glas hin.

»Dich trifft keine Schuld, Matthieu«, sagte Adamsberg scharf, »falls es das ist, was dir auf der Seele liegt.«

»Genau das ist es.«

»Du solltest Kerouac beschatten und der war es nicht. Wo also ist dein Fehler?«

»Aber ich stand praktisch daneben, das macht mich verrückt.«

»Nein, so nah dran, wie du dir das vorstellst, warst du nicht. Hör auf, dich damit zu quälen, trink einen Schluck und komm zurück auf den Boden der Tatsachen. Du warst über zwanzig Meter entfernt und es regnete in Strömen. Selbst wenn du jemanden gesehen hättest, wäre dir keine Zeit geblieben, um einzugreifen. Der Mörder konnte auch dich nicht sehen, sonst wäre er sofort abgehauen. Die Dunstschleier hatten alles verschluckt. Und du hattest nicht die Straße im Visier, sondern die Tür, durch die Kerouac verschwunden war.«

»Völlig richtig«, sagte Berrond lebhaft, unterstützt von Verdun, der ebenfalls energisch zustimmte.

»Nun gut«, seufzte Matthieu und hob den Kopf. »Zumindest haben wir drei Verdächtige ausgeschlossen und die Schlinge zieht sich weiter zu.«

»Katell Menez, das neue Opfer«, sagte Adamsberg, »wird keine Flohbisse aufweisen. Flöhe haben einen Horror vor Wasser, bei diesem Regen haben sie sich am Körper des Mörders bestimmt gut geschützt gefühlt.«

»Essen Sie, ich bitte Sie, so essen Sie doch«, sagte Johan, »sonst wird alles kalt.«

Der Gerichtsmediziner rief an, als sie beim Nachtisch angekommen waren.

»Derselbe Mann, dieselbe Art der Verletzung – ich spreche von den Messerstichen in den Brustkorb – mit der minimalen Abweichung nach rechts. Die war bei den Läsionen im Unterleib natürlich nicht festzustellen, da gab es ja keinen Widerstand. Trotzdem, obwohl das Gewebe leicht zu durchdringen ist, hat er an einer Stelle zweimal zugestochen. Und, ich greife Ihnen vor, Adamsberg, keine Flohbisse.«

»Das war bei diesem Wetter nicht anders zu erwarten, Doktor.«

»Ah, fast hätte ich es vergessen. Das Ei ist nicht befruchtet.«

»Das kann nicht sein.«

»Ganz sicher.«

»Das Ei ist nicht befruchtet«, sagte Adamsberg, als er auflegte.

»Ist das Embryo-Abtreibungsmotiv dann noch haltbar?«, fragte Berrond.

»Natürlich. Die Psychiaterin passt ins Bild: Wahrscheinlich hat sie einer Frau Mut zugesprochen, die abtreiben wollte oder sich dazu genötigt sah. Aber dem Mörder ist ein Fehler unterlaufen, er hat sich im Ei geirrt. Und ich bleibe dabei: Der Kerl hat Flöhe, und er täuscht vor, ein Linkshänder zu sein. Er hat an einer Stelle im Unterleib das Messer zweimal angesetzt, um das Gewebe zu durchbohren. Man muss schon sehr ungeschickt oder nervös sein, um das nicht in einem Zug zu schaffen. Dass er außerdem das falsche Ei erwischte, beweist, dass er seinen kühlen Kopf verliert. Wenn er wüsste, dass er ein unfruchtbares Ei in der Hand der Toten hinterlassen hat, würde er durchdrehen.«

»Unterm Strich sind wir also genauso schlau wie am Anfang«, sagte Retancourt. »Wir haben die Flöhe, wir wissen, dass ein Rechtshänder vorgibt, er sei Linkshänder, wir kennen sein Motiv, aber wir sind, verdammt noch mal, nicht in der Lage, den Typen zu schnappen.«

»Er hat seine Serie noch nicht vollendet, Retancourt. Ein Messer ist noch übrig. Und damit ein Mord. Wenn er uns beim nächsten Mal durch die Lappen geht, dann für immer.«

»Und wir wissen nicht, wann er wieder zuschlagen wird«, knurrte Noël.

»Genau aus diesem Grund müssen wir ihn zwingen, sich zu bewegen, Risiken einzugehen, seine Methode zu ändern. Er ist schlau, er ist vorsichtig, aber er ist ein Typ, der sich nicht lange zügeln kann. Wenn die Wut ihn packt, verliert er die Beherrschung, es kommt zur Eskalation. Wir müssen ihn dazu bringen, einen Fehler zu begehen.«

»Hast du schon eine Idee?«, fragte Matthieu.

»Wir sind zu zaghaft vorgegangen – und das ist meine Schuld –, indem wir nur drei von den Kerlen überwacht haben. Wir ändern ab jetzt die Gangart und fahren größere Geschütze auf. Wir füllen das Dorf bis zur Oberkante mit Bullen, vom frühen Abend bis spät in die Nacht. Wir treiben ihn in die Enge. Es wird ihn wahnsinnig machen, wenn wir sein Territorium abriegeln. Er ist ein Besessener, er wird rotsehen und sein Tempo noch anziehen, egal, wie hoch das Risiko ist.«

Matthieu schüttelte den Kopf.

»Louviec mag ein Dorf sein, Adamsberg, aber um wirklich jede Straße und jedes Gässchen zu kontrollieren, bräuchten wir an die fünfzig Mann.«

»Es würde sich hoffentlich nur um einen sehr kurzen Einsatz handeln.«

»Selbst für ein paar Tage könnte ich dir nur etwa zweiundzwanzig Männer aus Rennes und zwanzig aus den örtlichen Gendarmerien zur Verfügung stellen.«

»Plus uns acht«, rechnete Verdun, »macht fünfzig. Das heißt, es käme etwa ein Polizist auf vierundzwanzig Einwohner. Das sollte reichen, um Louviec zu kontrollieren.«

»Aber nicht, um auch den Umkreis des Dorfes zu sichern«, sagte Adamsberg.

»Du willst das Dorf einkesseln?«

»Für den Fall, dass das zukünftige Opfer außerhalb von Louviec wohnt.«

»Verstehe«, sagte Matthieu. »Wenn die Maßnahme zielführend sein soll, darf man diese Hypothese nicht außer Acht lassen. Aber wir sind zu wenige.«

»Das Ministerium hatte zugesagt, so viel Verstärkung wie nötig zu schicken, und darauf werde ich pochen. Nun sind seit meiner Ankunft zwei Opfer hinzugekommen, sie werden mich morgen also erst mal in der Luft zerreißen, und das wiederum könnte dafür sorgen, dass die Verstärkung uns vorenthalten bleibt.«

»Du vergisst den Vicomte«, schaltete Veyrenc sich ein. »Sag ihnen, ihm drohe nach wie vor die Verhaftung, auch wenn das nicht stimmt. Das Argument wird ziehen, sie können es sich nicht leisten, Chateaubriand aufzugeben. Sie werden dir ordentlich den Kopf waschen, klar, aber am Ende wirst du deine Verstärkung bekommen. Du wirst sie überzeugen.«

»Warum bist du dir da so sicher?«

»Jemand, der ein Kind im Stehen zum Einschlafen bringt, indem er ihm die Hand auf den Kopf legt, sollte es mit dem kleinen Finger schaffen, einen Minister zu besänftigen.«

»Du willst mich auf die Probe stellen, Louis«, sagte Adamsberg und lächelte, »aber ein Minister ist kein Kind.«

»Stimmt. Und was ist mit dem Stier?«

»Welchem Stier?«

»Erinnerst du dich nicht? Der Stier von Pater Isidore. Als wir Kinder waren.«

»Doch, ja. Ein großes, dunkles Tier mit einem weißen Fleck auf der Stirn, nicht wahr?«

»Ganz genau. Groß und kräftig. Und wir, echte Großmäuler mit unseren zwölf, dreizehn Jahren, hatten gewettet, dass wir die Abkürzung über die Wiese nehmen würden, wo dieser Stier weidete. Ein Kinderspiel, dachten wir, das Vieh graste schließlich ganz weit hinten. Kaum waren wir über den Zaun gesprungen und liefen schräg über die Wiese, hob das Tier den Kopf und trabte langsam, aber entschlossen auf uns zu. Wir hatten die Hosen voll vor Angst. Ich brüllte dir hastig zu, dass Stiere schlecht um die Kurve kommen und wir in schnellem Zickzackkurs rückwärts wieder bis zum Zaun rennen sollten. Aber nein, du bliebst einfach mit ausgestrecktem Arm stehen.«

»Jetzt erinnere ich mich.« Immer noch lächelnd kniff Adamsberg die Augen zusammen. »Aber nicht an Details.«

»Ich bin hinter deinem Rücken in Deckung gegangen, und der Stier bremste vor dir ab, warf seinen Kopf von einer Seite zur anderen und schnaubte.«

»Schlechtes Zeichen«, sagte Adamsberg.

»Du standest trotzdem eisern da, mit ausgestrecktem Arm, Handfläche nach vorn. Zweimal hob er seine Schnauze, zweimal schnaubte er dicht über dem Gras. Dann sah er dich mit seinen großen Glotzaugen an und fing an zu sabbern, mir versagten die Beine vor Schreck. Als ich mich wieder aufrichtete, schleckte der Stier …«

»Corneille!«, rief Adamsberg. »Er hieß Corneille!«

»… dir mit seiner riesigen violetten Zunge gewissenhaft die Finger ab, bis deine Hand nur so vor Speichel triefte. Wir bewegten uns ganz langsam rückwärts auf den Zaun zu …«

»… zu dem er uns höflich begleitete …«

»… und sprangen hinüber auf den Weg.«

»Bis zu dessen Ende er uns eskortierte … Louis, worauf willst du mit deiner Stiergeschichte hinaus?«

»Dass man uns die Verstärkung gewähren wird.«

»Ob der Minister nun ein Kind oder ein Stier ist, sei dahingestellt, aber gehen wir davon aus, dass er es tut. Dann müssen wir und unsere zweiundvierzig Mann Louviec in Schach halten, während hinzugekommene Kollegen einen Überwachungskordon um den Ort bilden. Und jeder, der die Stadtgrenze in die eine oder andere Richtung passieren will, muss sich ausweisen.«

»Radikales, aber effizientes System«, sagte Retancourt. »Nur müssen wir damit rechnen, dass die Leute auf die Barrikaden gehen.«

»Danglard hat mir dazu ein passendes Zitat geschickt«, erinnerte sich Adamsberg, »er schickt mir ständig welche. Ah, hier ist es: ›Die Bretagne, Land der ewigen Rebellion und der unmöglichen Unterdrückung‹.«

»Sehr schön«, sagte Veyrenc anerkennend, »schreibt er auch, von wem es stammt?«

»Man könnte meinen, du kennst Danglard nicht. Es stammt von Alexandre Dumas, und zwar aus … Moment … *Les Chroniques de la Régence*, erschienen im Jahr 1849. Hast du diese Chroniken gelesen?«

»Ich gebe zu, nein.«

»Sie täuschen sich«, warf Johan ein. »Mir kommt hier vieles zu Ohren. Die Menschen haben Angst, immer mehr Angst. Sie werden froh sein, sich beschützt fühlen zu dürfen.«

Matthieu hatte sich in seinen Taschenrechner vertieft und legte ihn zurück auf den Tisch.

»Um Louviec wirksam einzukesseln«, sagte er, »müssten wir alle hundert Meter einen Wachmann postieren, was sechzig zusätzliche Einsatzkräfte bedeuten würde. Kein Pappenstiel, Adamsberg.«

»Nichts für ungut, aber was genau erwarten Sie von diesem enormen Aufgebot?«, wollte Berrond wissen.

»Wir treiben ihn in die Enge«, erwiderte Adamsberg, »und zwar zu einem Zeitpunkt, da er noch einen Menschen töten muss, um sein Werk zu vollenden. Wir können fest mit seiner Ungeduld rechnen, denn er weiß ja nicht, wie lange die Überwachung dauern wird, wie lange er warten muss, um endlich zum letzten Akt seiner Befreiung übergehen zu können. Jede Unwägbarkeit, die einem so wichtigen Projekt plötzlich in die Quere kommt, ist schwer zu ertragen. Nein, seine Geduld wird nicht standhalten. Er muss töten, er will töten. Um diesen Drang zu stillen, wird er einen Plan B ausbrüten und dabei einen sträflichen Fehler begehen. Sollte sein nächstes Opfer im Dorf leben, steckt er in der Klemme, aber er wird trotzdem zuschlagen. Und damit ist er erledigt. Sollte das Opfer außerhalb von Louviec leben, wird er über den Sicherheitskordon stolpern. Er muss seinen Namen angeben, wenn er Louviec verlässt und später wieder heimkehrt, damit verrät er sich.«

»Was, wenn er das Risiko eingeht, in Louviec oder anderswo am helllichten Tag zu töten? Die Stadtgrenze also zu gewöhnlichen Arbeitszeiten passiert?«, fragte Berrond.

»Nein.« Johan schüttelte energisch den Kopf. »Er braucht Einsamkeit. Wir sind mitten in der Tourismussaison und die Straßen füllen sich schon am Morgen. Louviec ist ein Museumsdorf, lauter alte Steine und alles gut erhalten.«

»Der Ort ist sogar im Gespräch, unter Denkmalschutz gestellt zu werden«, bestätigte Matthieu.

»Er würde es jedenfalls verdienen«, sagte Johan, und sein Blick wanderte kennerhaft über die Gewölbe seines Gasthofs. »Die Touristen verlassen Louviec erst abends gegen sechs, halb sieben. Es ist tagsüber also immer viel los. Zu riskant für den Mörder. Und außerdem könnte man ihn von einem Fenster aus beobachten. Wenn Sie wüssten, wie viele Leute sich hier am Fenster die Zeit vertreiben. Oder auf einem Stuhl vor ihrer Haustür, in Erwartung eines Schwätzchens. Nein, nein«, Johan schüttelte wieder den Kopf, »glauben Sie mir, ein geeigneter Zeitpunkt zum Töten, um es einmal so zu formulieren, bietet sich erst, wenn alle zu Abend essen, wenn die Geschäfte geschlossen und die Touristen in ihre Hotels zurückgekehrt sind. Zwischen halb acht und neun Uhr sind die Straßen wie leer gefegt. Und der beste Moment ist natürlich noch später, wenn die Dunkelheit den Mörder schützt.«

»Das ist richtig«, sagte Matthieu. »Wir sollten die Einwohner so schnell wie möglich über den Mord an Katell Menez und die Einrichtung einer polizeilichen Schutzmaßnahme informieren. Dann werden sie umso wachsamer an ihren Fenstern sitzen. Für eine Meldung in der morgigen Ausgabe der Zeitung ist es leider zu spät.«

»Wozu brauchen Sie die Zeitung?«, fragte Johan. »Streuen Sie die Nachricht da und dort gleich morgen früh und binnen einer Stunde weiß jeder in Louviec Bescheid.«

Adamsberg ließ mit besorgter Miene einen Flaschenkorken auf dem Tisch kreiseln.

»Woran denkst du?«, wollte Veyrenc wissen.

»Ich frage mich, ob die Formulierung ›ihren Einlassungen zufolge‹ korrekt ist.«

»Auf jeden Fall. Und du denkst noch an etwas anderes.«

»Ja. An den Anruf, der morgen beim Sekretär des Ministers

ansteht. Dieses Ministers, dem ich leider nicht meine Hand auf den Kopf legen kann, Louis. Und genauso wenig kann ich ihm in seine Glupschaugen schauen, während ich ihm die Hand reiche.«

»Dabei hat er tatsächlich Glupschaugen«, überlegte Johan.

»Stimmt«, sagte Adamsberg, »aber sie haben nicht den gleichen Ausdruck wie die von Corneille.«

»Seit wann haben Rinder einen Gesichtsausdruck?«, fragte Verdun.

»Seit Anbeginn der Zeit. Er ist diskret, aber sehr klug, man muss ihn erkennen wollen. Auch den Ausdruck in ihren Bewegungen … Wie auch immer, sie werden mich morgen nass machen, und zwar nicht, weil sie mir die Finger abschlecken. Nach fünf Tagen Ermittlungen sind zwei Morde hinzugekommen, und immer noch keine Verhaftung in Sicht.«

»Hast du eine andere Taktik im Kopf«, fragte Veyrenc, »falls der Minister nicht die Finesse eines Corneille hat?«

»Ich lasse ihn seinem Ärger Luft machen und dann rede ich ohne Punkt und Komma. Ich werde ihn mit Argumenten zuschütten und ihm keine Gelegenheit geben, mich zu unterbrechen. Gemäß deiner Zickzackmethode, wenn du so willst. Ich werde ihn betäuben. Und ihm dann die Zusage für sechzig Mann Verstärkung aus den Rippen leiern. Was, wie du sagtest, Matthieu, kein Pappenstiel ist, vielleicht sogar unmöglich. Mit Überzeugungskraft und viel Glück aber könnten wir morgen am späten Nachmittag unsere Leute haben. Und morgen Abend mit der Großfahndung beginnen.«

»Das werden Sie nicht schaffen«, sagte Verdun. »Die Nummer ist zu groß. Die Typen da oben sind echte Miesepeter mit Brett vorm Kopf. Die meisten jedenfalls.«

»Ich habe den Kommissar schon die dumpfbackigsten Betonköpfe weichkochen sehen«, entgegnete Retancourt und schloss sich damit, wenngleich in weniger eleganter Form, Veyrencs Meinung an.

XX

Am Mittwochmorgen spritzte sich Adamsberg kaltes Wasser ins Gesicht, stürzte zwei Tassen Kaffee hinunter, starrte auf sein Handy, räusperte sich und wärmte seine Stimme mit einer Tonleiter auf, dann nahm er das Gerät zur Hand. Der Attaché des Ministers hatte ihm seine Durchwahl gegeben, er machte sich jedoch, da ihm der Fall offenbar ernst erschien, einen schlanken Fuß, indem er den Kommissar mit seinem Vorgesetzten verband. Retancourt hatte Adamsberg zu einem Videocall geraten, um seine Überzeugungskünste mimisch und stimmlich zur Geltung zu bringen. Retancourt glaubte daran, er nicht. Aber er hörte auf sie.

Erst einmal ließ er den Sturm vorüberziehen, fünf Tage im Einsatz und zwei zusätzliche Morde, was zum Teufel tun Sie da eigentlich in Louviec? Warten Sie darauf, dass es schneit?

Adamsberg lauerte auf eine Pause, um seinen ersten Satz zu platzieren. Kaum war dies geschehen, ließ er den Minister nicht mehr zu Wort kommen, dreizehn Minuten lang redete er ihn in Grund und Boden.

»Ihre Strategie, die Baue auszuräuchern, um die Maulwürfe herauszulocken, leuchtet mir ein«, sagte der Minister am Ende deutlich entspannter. »Aber Sie verstehen sicher, dass ich die Zustimmung der Generaldirektion der Polizei einholen muss.«

»Und Sie werden sie bekommen«, sagte Adamsberg mit seiner sanften, schmeichelnden Stimme, als ob diese Klippe für einen Mann wie den Minister ein zu vernachlässigendes Hindernis wäre.

»Zehn Hubschrauber mit sechzig Mann, Adamsberg. Sie werden über den Ort und die Zeit der Landung benachrichtigt, halten Sie entsprechend viele Wagen gegen 17 Uhr vor. Außerdem werden mit der Verstärkung Kantinen- und Ruhewagen sowie die notwendige Ausrüstung eintreffen. Die Männer werden ab heute Abend einsatzbereit sein. Ich warne Sie, Kommissar, es ist Ihre letzte Chance.«

Adamsberg schickte eine Nachricht an seine sieben Kollegen:

Sechzig Mann gegen 17.30 Uhr. Treffpunkt um neun bei Johan.

In seiner ungezügelten Freude darüber, dass Adamsberg einen von denen »da oben« in die Knie gezwungen hatte, servierte Johan den Polizisten unaufgefordert ein zweites Frühstück, Toast, Eier und Croissants. Adamsberg bediente sich reichlich, der Tag würde lang werden und die Nacht noch länger.

»Matthieu, wo, glaubst du, werden die Hubschrauber landen?«

»Auf der Grand Pré Caradec, der großen Wiese in Richtung Saint-Gildas. Sieben Minuten von hier.«

»Wir brauchen einen detaillierten Lageüberblick für Matthieus zweiundzwanzig Kollegen aus Rennes und die zwanzig Gendarmen, die als Verstärkung anrücken.«

»Ist erledigt«, sagte Matthieu. »Ich habe den Text gestern Abend verfasst und ihn gleich nach Erhalt deiner Nachricht verschickt. Die zweiundvierzig Männer sind auf dem Weg, sie werden in den nächsten zwei Stunden hier eintreffen.«

»Zur Untermauerung meines Antrags wünscht auch der Minister einen ausführlichen Situationsbericht. Könntest du deinen Text an mich weiterleiten, damit ich ihn in Kenntnis setzen kann? Schreiben ist nicht meine Stärke.«

Matthieu tippte kurz etwas in sein Telefon. »Bitte sehr, müsste in deinem Postfach liegen. Ein Knopfdruck von dir, und das Ministerium ist im Bilde.«

Adamsberg las sich das Resümee der Fakten und Gründe durch, die eine so enorme zusätzliche Verstärkung notwendig machten. Er selbst hätte es niemals so klar und prägnant formulieren können und leitete es sogleich an die oberste Stelle weiter.

»Was ist mit dem Sicherheitsperimeter?«, fragte Berrond mit vollem Mund. »Wir müssen Betonblöcke, Absperrgitter und Flatterband aus Rennes kommen lassen.«

»Das Material ist unterwegs«, antwortete Matthieu. »Rennes schickt uns alles Nötige.«

»Wo werden die zweiundvierzig Männer untergebracht sein?«, wollte Adamsberg wissen.

»In der Sporthalle von Combourg. Die Stadtverwaltung stellt Feldbetten zur Verfügung.«

»Und für ihre Verpflegung ist auch gesorgt?«

»Drei Kantinenwagen sind ebenfalls unterwegs. Die Abendmahlzeiten können sie allerdings nicht abdecken. Ein wichtiger Punkt, den wir mit Johan besprechen sollten. Vielleicht hat er eine Lösung für uns parat.«

Adamsberg nickte anerkennend, er wusste Matthieus schnelles Handeln zu schätzen.

»Ich bin gern vorausschauend«, sagte Matthieu lächelnd.

»Danke, Matthieu, sehr gut, wir haben keine Zeit zu verlieren. Zwischen Mittagessen und Ankunft der Verstärkung aus Paris sollten wir uns ausruhen. Denn wir alle sind für die Nachtwache eingeteilt. Auch Matthieu und ich, die wir vorher noch die Hubschrauber in Empfang nehmen. Abendessen um 18 Uhr. Ich schlage vor, dass wir sicherheitshalber deutlich vor der Dämmerung mit der Überwachung beginnen, um 19 Uhr, und dass wir sie beenden, wenn alles im Dorf schläft. Sagen wir großzügig geschätzt um 1 Uhr morgens. Der Mörder wird sein Opfer nicht in dessen Haus aufsuchen. Das entspricht nicht seiner Art und er würde zu viele Spuren hinterlassen. Dieselben Zeiten gelten für die Einsatzkräfte entlang des Sperrgürtels – sollte der Mörder Louviec verlassen, ist nicht davon auszugehen, dass sein Opfer in der Nähe wohnt.«

»Wer bitte kann nach dem Mittagessen denn wieder schlafen?«, maulte Noël.

»Das kann jeder«, entfuhr es Mercadet.

»Sie vielleicht, Lieutenant, aber nicht unbedingt jeder«, sagte Veyrenc.

»Stimmt.« Mercadet biss sich auf die Zunge, seine Schlafsucht machte ihm schwer zu schaffen. »Entschuldigung«, fügte er hinzu.

»Sie müssen sich nicht dafür entschuldigen.« Veyrenc drückte seinen Arm. »Ist schließlich Ihr Markenzeichen und wir mögen es.«

»Danke«, sagte Mercadet mit leicht zittriger Stimme. »Aber das hilft den Kollegen beim Einschlafen auch nicht weiter.«

»Wenn es von Nutzen ist«, schlug Johan vor, »könnte ich meine spezielle Mixtur aus Kräutern und süßem 8,5-prozentigem Alkohol anbieten. Sie benebelt nicht, schickt einen jedoch innerhalb von fünf Minuten in den Schlaf.«

»Ich nehme das Angebot an«, sagte Adamsberg. »Ich habe volles Vertrauen in deine kulinarischen Kreationen.«

Alle hoben die Hände, um ihre Zustimmung zu signalisieren, woraufhin Johan hinter seinem Tresen hervortrat.

»Dann bereite ich den Trank jetzt für Sie zu. Er muss eine Weile ziehen und dann abkühlen.«

Es war nach 10 Uhr, als Adamsberg sich erhob und das Zeichen zum Aufbruch gab.

»Beginnen wir damit, wie von Johan angeregt, die Nachricht vom Mord an Katell Menez zu streuen und das Eintreffen von einhundertzweiundzwanzig Polizisten anzukündigen, die sich über das Dorf und seinen Umkreis verteilen werden.«

»Geht ohne mich«, sagte Matthieu, »ich warte auf meinen Verstärkungstrupp und bereite die Pläne vor. Wir treffen uns um 12 Uhr wieder hier.«

»Johan«, fragte Adamsberg, »hast du eine Idee, wie wir fünfzig Leute jeden Abend um 18 Uhr satt bekommen? Eher sogar ein bisschen früher, denn ab 19 Uhr schwärmen wir aus. Ich zerbreche mir schon eine Weile den Kopf darüber.«

»Meinst du nicht, dass du dir schon genug den Kopf zerbrochen hast, um das Kunststück zu vollbringen, sechzig Bullen aus Paris zu mobilisieren? Wie hast du das eigentlich hingekriegt – nach der Kind- oder nach der Stiermethode?«

»Nach der Stiermethode, glaube ich.« Adamsberg schmunzelte. »Eine Mischung aus meiner und Veyrencs Taktik. Da das Gespräch per Video stattgefunden hat, konnte ich ihm die ganze Zeit ruhig in die Augen blicken und ihm meine offene Hand sichtbar entgegenstrecken. Gleichzeitig habe ich ihn in meinem Redefluss bald ertränkt, ihn mit Argumenten in alle Richtungen überschüttet, im Zickzack, ohne dass er die Gelegenheit gehabt hätte, etwas einzuwenden. Er war sturer als Corneille, aber irgendwann ließ seine Aggressivität nach.«

»Ausgezeichnet«, lobte Johan. »Dann lass dich nicht weiter aus dem Konzept bringen, ich versorge die zusätzlichen fünfzig Mann hier im Gasthof.«

»Hier? Undenkbar, Johan, ausgeschlossen, dass du eine solche Last auf dich nimmst. Du würdest außerdem deine Kundschaft vergraulen, du machst schließlich um 18.30 Uhr auf. Und wenn dein Gasthof auch groß ist, so viele Leute passen niemals hier rein! Nein, ich dachte eher an Proviantbeutel mit je einem Sandwich, einem Stück Obst ...«

»Sandwiches?«, unterbrach Johan ihn fast schrill und richtete sich auf. »Sandwiches? Beleidige mich nicht, Kommissar. Du fährst die großen Geschütze und deine ganze Energie auf, um Louviec von Ungeziefer zu befreien, wohl wissend, was auf dem Spiel steht, wenn du deinen glupschäugigen Minister enttäuschst und eine Bruchlandung hinlegst? Und ich soll die Hände in den Schoß legen und nichts weiter tun, als zuzusehen, wie ihr euch abmüht? Ohne zu helfen? Daran ist nicht im Traum zu denken, also lass mich lieber rechnen.«

»Johan, es geht hier nicht um eine Handvoll Männer, sondern um ein ganzes Rudel! Sei realistisch!«

»Fünfzig ...«, überlegte Johan laut, ohne Adamsbergs Einwänden Beachtung zu schenken. »Wenn ich die große Galerie umgestalte und Stühle und Tische mit robusten Böcken dort aufstelle, müsste es hinkommen. Wenn auch knapp, ihr würdet ein bisschen gedrängt sitzen.«

»Von welcher Galerie sprichst du?«

»Von der großen Galerie im Stockwerk über dem ehemaligen Kreuzgang. Ein prächtiger Ort, mit einem hochherrschaftlichen Kamin, in dem man einen ganzen Ochsen braten könnte. Dort werdet ihr zu Abend essen.«

»Du wirst dir die Laune verderben, Johan, mach dir bewusst, was du dir damit aufládst.«

»Keine Sorge, auch ich habe meine Methoden. Und ich werde endlich die Bude wieder voll haben.«

»Du verblüffst mich, Johan, ehrlich, du verblüffst mich.«

»Dafür braucht es bei dir anscheinend nicht viel. Glaubst du, ich hätte die Nummer mit dem Stier fertiggebracht?«

Adamsberg wusste nicht, wie er darauf antworten sollte.

»Siehst du«, sagte Johan, »so hat jeder sein Metier.«

»Und was ist mit dem Mittagessen heute? Wir werden fünfzig Leute sein, ausnahmsweise. Ab morgen machen sich die zweiundvierzig Mann Verstärkung mittags selbstständig, und es kommt nur noch das Kernteam, also wir acht.«

»Na, da bin ich aber froh. Ich hatte schon Sorge, du würdest mir Violette vorenthalten. Vergiss diese Lappalien und verlass dich auf mich. Ich habe mehr als genug in meinen Gefriertruhen.«

»Lappalien? Wie willst du das mit dem Essen handhaben? Du kannst so viele Lebensmittel und Aushilfen anfordern, wie du willst, ich werde alles als Spesenabrechnung an das Ministerium schicken, ich habe freie Hand.«

»Perfekt, dann gebe ich meine Bestellungen auf und kümmere mich um Aushilfen. Aber die Menüs werden einfach sein. Heute Mittag gibt es Grillwürstchen mit Käse und hausgemachtem Kartoffelpüree, da mir nicht mehr viel Zeit bleibt, und heute Abend …«

Johan sinnierte einen Moment lang über die neue Schwierigkeit, fünfzig Personen zu verköstigen, ohne Abstriche bei der Qualität zu machen, denn das hätte er nicht verkraftet.

»… Rippchen mit Brokkoligratin und Roquefortsoße«, ergänzte er flüsternd. »Und Käse und Obst natürlich.«

Die Polizisten zerstreuten sich über das Zentrum, klingelten an Türen und betraten Geschäfte: Mord an Katell Menez,

Großaufgebot an Einsatzkräften, Schutz der Einwohner in allen Straßen, Sicherheitsperimeter. Letztere Maßnahme fand weniger Anklang als die anderen, da sich einige bereits eingesperrt fühlten, als sie nur das Wort hörten.

»Es handelt sich lediglich um etwa dreißig Absperrgitter an strategischen Punkten. Ansonsten ist der Sperrgürtel durch ein einfaches rot-weißes Plastikband markiert, das kennen Sie sicher. Dort müssen Sie Ihren Ausweis vorzeigen, um durchgelassen zu werden.«

»Ah, wenn das alles ist … Man kann sich also frei bewegen?«

»Wie der Wind. Mit Ausweis.«

»Wie lange wird dieser Zirkus dauern?«

Adamsberg lächelte. Die Bretagne, Land der ewigen Rebellion und der unmöglichen Unterdrückung.

Um 12 Uhr mittags sammelten sich fünfzig Polizeibeamte auf der Galerie im ersten Stock des Gasthofs. Der lang gestreckte, große Raum war von Arkaden und schweren Säulen gesäumt und dominiert vom Geruch der Würstchen, die über dem Feuer des breiten mittelalterlichen Kamins vor sich hin brutzelten. Würstchen aller Art, stellte Adamsberg fest, Johan schaffte es nicht, die Mahlzeiten wie angekündigt ganz einfach zu halten. Der Kommissar schickte ein paar Fotos des Ortes an Danglard, der ihm postwendend zurückschrieb: »Durch und durch romanischer Baustil, wunderschön. Skulpturen an den Kapitellen ziemlich primitiv und typisch bretonisch. Ein ehemaliger Kreuzgang, nicht wahr?«

Der Wirt hatte seine Galerie so umgestaltet, dass fünfzig Männer an einer langen Tafel aus aneinandergereihten Tischen Ellbogen an Ellbogen Platz fanden. Matthieu saß in der Mitte und hatte Adamsberg den Stuhl zu seiner Rechten frei gehalten, damit jeder der Gendarmen die Wichtigkeit dieses Kommissars erkannte, die sich nicht auf den ersten und auch nicht auf den zweiten Blick erschloss. Um Adamsberg und Matthieu mischten sich die sechs anderen des Kernteams unter die Neuankömmlinge. Es herrschte ein geschäftiges Hin und Her, ein Begrüßen und Kennenlernen, während Johan mit Unterstützung von vier frisch eingestellten Hilfskräften flink die Würstchen sowie das mit Sahne und Pfeffer versetzte Püree servierte und dazu einen Wein von beachtlicher Qualität ausschenkte. Die Gendarmen waren an solche Aufmerksamkeiten nicht gewöhnt und genossen das Essen in hohem Maße.

Eine Stunde später verließen die Polizisten den Gasthof, um die vorgeschriebene Ruhezeit einzuhalten. Auf dem Tresen entdeckte Adamsberg eine kleine Flasche mit einer grünen Flüssigkeit. Ein Zaubertrank – wie der, den die Schlange verteilte. Unauffällig füllte Johan acht kleine Gläser mit seiner nach Mandeln duftenden Mixtur und empfahl ihnen, sich rasch zu ihren Autos zu begeben, ehe der Schlaf sie überwältigte. Auf dem Weg durch Louviec bis zum ehemaligen Pflegeheim sahen sie, dass sich das weiß-rote Band bereits um die Hälfte des Dorfes spannte, es in aggressiver Manier verunstaltete. In der Nacht, wenn die zweiundvierzig uniformierten Beamten und der kleine Ermittlertrupp um die beiden Kommissare durch die Straßen patrouillierten, würde Louviec den Anschein einer belagerten Stadt erwecken, die sich auf den Kampf vorbereitet.

Johans Trank zeitigte schnell seine Wirkung, die acht Polizisten schliefen sofort ein, kaum dass sie in ihren Gitterbetten lagen. Adamsberg fürchtete die Umnebelung beim Aufwachen, doch der Wirt sollte recht behalten, er fühlte sich topfit, als er Matthieu wach rüttelte.

»16.20 Uhr, Matthieu. Sie sind im Anflug. Verständige deine Leute in Rennes.«

»Ist erledigt.«

Adamsberg und Matthieu sahen zum Himmel über der Grand Pré Caradec, wo zehn Hubschrauber ihre Kreise zogen, ehe sie um 17.15 Uhr zur Landung ansetzten. Die beiden Kommissare begrüßten die Polizisten, die nacheinander aus ihren Helikoptern in die bereitstehenden Wagen aus Rennes strömten. Als Treffpunkt wurde zwanzig Minuten später der Gasthof Zu den zwei Schilden vereinbart, wo Johan mit seinen Aushilfen bereits geschäftig eindeckte und die Glut für die Rippchen anfachte. Adamsberg und Matthieu blieb ausreichend Zeit, noch einmal die Situation vor Ort zu erläutern und Anweisungen für den Abend zu geben, bevor Matthieus Zweiundvierzig-Mann-Trupp lautstark Einzug hielt.

»Und das sind Ihre Kollegen«, sagte Matthieu. »Wir sind insgesamt einhundertzehn Einsatzkräfte. Die fünfzig, die hier aus der Gegend stammen, werden für das Dorf zuständig sein, alle anderen für den Sicherheitsperimeter. Die Wache beginnt um 19 Uhr und endet um 1 Uhr morgens. Seien Sie auf der Hut, der Mann ist unauffällig, aber extrem gefährlich.«

Adamsberg verteilte einen detaillierten Plan von Louviec. Matthieu hatte sich vor dem Mittagessen die Mühe gemacht, fünfzig Sektoren rot zu kennzeichnen und sie jeweils dem Namen eines Polizisten zuzuordnen. Der Gasthof war mit einem großen grünen Punkt markiert. Nachdem jeder seinen Namen und Einsatzort herausgesucht hatte, erhoben sich die sechzig Pariser Gardisten auf ein Zeichen ihres Chefs hin und verließen mit militärischem Gruß das Wirtshaus in Richtung ihrer Kantinenwagen. Sogleich sortierten sich die fünfzig Lokalgardisten um die Tische auf der großen Galerie, und Johan ließ auftragen: Jeder bekam einen Teller mit Rippchen und einem Gratin aus gehacktem Brokkoli mit Kräutern und Roquefort. Während die Männer sich auf das Essen stürzten, entstand eine lebhafte Diskussion darüber, ob es angesichts des in Kürze beginnenden Wachdienstes wohl erlaubt sei, ein Gläschen zu trinken. Viele sprachen sich dafür aus, schließlich dürfe man laut Straßenverkehrsordnung sogar zwei trinken. Adamsberg nickte, gewährte ein Glas, und im Nu hatte Johan ihre Gläser gefüllt. Außerdem versorgte er den ganzen Trupp mit einem exquisiten Sandwich und einem Stück Kuchen als Mitternachtsimbiss. Adamsberg, wahrhaft ein Banause in kulinarischen Dingen und zufrieden damit, allabendlich mehr oder weniger das Gleiche zu essen, fragte sich, über welche Superkräfte Johan verfügen musste, um Abend für Abend fünfzig Leute im Rekordtempo so exzellent zu bewirten. Und dann noch einen Mitternachtsimbiss zu zaubern, den er zuvor mit keinem Wort erwähnt hatte.

Um Viertel vor sieben schüttelte Adamsberg seinem Gastgeber dankbar die Hand und gab das Signal zum Aufbruch. Die Dorfbewohner standen in ihren Haustüren oder an ihren Fenstern, um das Spektakel zu beobachten. Zwar waren sie informiert worden über die Polizeipräsenz, aber zu sehen, wie diese vielen bewaffneten Männer in Blau, mit Schriftzug auf dem Rücken und Wappen am Ärmel ausschwärmten, das hatte schon etwas Verstörendes. Die einen schimpften, dass ihr Dorf von Bullen überschwemmt werde, andere begrüßten das Gefühl von Sicherheit, das damit einherging, wiederum andere verfolgten die Invasion wie ein unterhaltsames Schauspiel. Viele entschlossen sich zu einem Verdauungsspaziergang oder führten ihren Hund aus und gaben ihren Senf zum Geschehen.

»Sollte der Mörder tatsächlich aus seiner Höhle hervorkriechen, wird er jedenfalls Schwierigkeiten haben, sein Opfer zu erwischen.«

»Er wird keine Chance haben, meinst du wohl. Er ist ja kein Scharfschütze, der auf einem Dach lauert, sondern einer, der sich auf der Straße herumtreibt. Und jetzt steckt er in der Klemme.«

»Aber die Bullen werden nicht monatelang hierbleiben. Wenn's hoch kommt, eine Woche.«

»Warum dann dieses ganze Theater? Der Typ wird untertauchen, bis sie das Gelände geräumt haben.«

»Sie müssen einen Plan haben. Die Bullen.«

»Man denkt immer, dass die Bullen einen Plan haben, aber in Wirklichkeit haben sie gar keinen.«

Er steckte in der Klemme. Und zwar ganz schön. Mit diesem Ansturm von Polizisten hatte er nicht gerechnet. Dass man seinetwegen so viele Einsatzkräfte mobilisiert hatte, steigerte in ihm das Gefühl der eigenen Bedeutung und der Macht. Macht zu besitzen, ist ein schönes Gefühl, doch was bringt sie, wenn man sie nicht nutzen kann? Und die Zeit drängte, ihm blieben nicht mehr viele Tage. Genau drei. Er brauchte eine Idee, eine zündende Idee, koste es, was es wolle. Er schenkte sich nach und stützte die Stirn auf seine Fäuste. Ihm musste etwas einfallen, verdammt. Erst eineinhalb Stunden später kam ihm der Geistesblitz.

XXI

Zwei Nächte waren vergangen ohne einen nennenswerten Zwischenfall. Die Polizisten hatten sämtliche Bewohner, die außerhalb von Louviec arbeiteten, bei ihrer Rückkehr ins Dorf kontrolliert. Ebenso die wenigen nächtlichen Passanten, die auf ein Gläschen und eine Würfelpartie ins Café de l'Arcade gingen oder bei Freunden zu Abend aßen, und auch die unvermeidlichen Hundespaziergänger. Sie alle hatten ihre Papiere vorgelegt, Namen von Arbeitgebern oder Freunden genannt und ihre Alibis waren überprüft worden. Die Hundeausführer wurden bis zum nächsten Posten verfolgt, wo ein Kollege übernahm, falls der Spaziergang länger dauerte. Doch wer würde seinen Hund mitnehmen, wenn er einen Mord begehen wollte? Nichtsdestotrotz erledigten die Polizisten ihre Arbeit und notierten fleißig Namen. Es waren einsame und langweilige Nächte mit einem einzigen lohnenden Höhepunkt: Johans Mitternachtsimbiss. Anschließend mussten sie ihre Berichte an die beiden Kommissare schicken, die sie rasch durchgingen und jeden Abend einhundertachtmal zu dem Ergebnis »KBV« kamen – »keine besonderen Vorkommnisse«.

»Entmutigend, oder?«, brummte Matthieu.

»Nein. Wie soll er töten, wenn es in den Straßen von Polizisten wimmelt?«

»Dann warten wir hier also auf den Sankt-Nimmerleins-Tag?«

»Auch das nicht. Ich habe dir gesagt, seine Wut wird

wachsen. Geben wir ihm die Zeit, seine Verblüffung abzuschütteln und eine neue Taktik zu entwickeln. Er wird sich etwas einfallen lassen, ganz sicher. Nicht dass ich es wirklich wüsste, gar nichts weiß ich, aber ich glaube fest daran.«

XXII

An diesem Freitagmorgen saß er an seinem Schreibtisch und las zum wiederholten Mal den Brief, den er am Morgen erhalten hatte. Der Umschlag war mit Kerzenwachs versiegelt gewesen, das Gepräge so lächerlich, dass er sich noch lange daran erinnern würde. Was für eine alberne Angewohnheit, Briefe zu versiegeln wie in alten Zeiten. Er hatte mit dem Kerl noch nie etwas anfangen können. Seine Dinger hatte er als Jugendlicher immer mit anderen gedreht und sie waren nie erwischt worden, hatten nie Spuren hinterlassen. Erst hatten sie sich an kleinen, schnellen Überfällen geübt, dann, routinierter, waren sie zu größeren Aktionen übergegangen, die ihnen im Laufe der Jahre viel Schotter eingebracht hatten. Schließlich hatten sie sich als perfekt eingespieltes Team zu noch kühneren, noch lukrativeren Operationen aufgeschwungen und sieben ihrer Opfer waren nicht mehr aufgestanden. Mit einem Teil des Geldes aus diesen Raubzügen hatte er vor vierzehn Jahren seine Firma hochgezogen, die ihm einen einwandfreien Leumund verschaffte, ihn jedoch keineswegs davon abhielt, nebenbei weiterhin seinen schändlichen, manchmal mörderischen, aber stets einträglichen Aktivitäten nachzugehen. Betrügerische Geschäfte lagen ihm im Blut, er hatte nie die Absicht gehabt, damit aufzuhören, allerdings gewisse Vorkehrungen getroffen, damit die Trennwand zwischen seinem Vorzeigeunternehmen und seinen unlauteren Machenschaften niemals durchlässig wurde.

Er las die Forderung noch ein weiteres Mal, sie traf ihn aus heiterem Himmel und brachte ihn in äußerste Verlegenheit. Denn sie enthielt einige Anspielungen auf seine Vergangenheit, hier und da eingestreut, womöglich absichtslos, vielleicht aber handelte es sich auch um eine verborgene Saat, die noch unter der Oberfläche schlummerte und irgendwann als Erpressung oder Denunziation zutage treten würde. Und das durfte man nicht auf die leichte Schulter nehmen. Er hatte lange in seinem Gedächtnis gekramt, aber es war ihm ein Rätsel, woher der Bursche verlässliche Informationen haben sollte. Dennoch sollte man ihn nicht unterschätzen, denn er war schlau. Der Typ war durchaus in der Lage, anhand von Gesprächsfetzen, einem bestimmten Verhalten oder Blicken, die er im Vorübergehen aufschnappte, auf die fehlenden Elemente zu schließen, sie weiterzudenken, sich die Wahrheit zusammenzureimen. Aber was hatte er schon zu fürchten? Einerseits waren die Andeutungen zu vage und sein eigener sozialer Status mehr als gefestigt, andererseits hatten sie sich seit fast vierzehn Jahren nicht gesehen. Er hätte also auch einfach ablehnen und die Anfrage unbeantwortet lassen können. Das war sogar sein erster Reflex gewesen, trotz des unterschwelligen Unbehagens, das ihn das Kuvert in seinen Händen drehen und wenden ließ.

Der Brief weckte die Erinnerung an ein ausgesprochen unangenehmes Erlebnis: Obwohl er kein Freund von Dankbarkeit war, vergaß er nicht, dass dieser Kerl ihm das Leben gerettet hatte. Am See von Les Verrières, wo er kurz nach seiner Rückkehr nach Louviec angeln wollte, wie früher. Er hatte niemanden begeistern können, ihn zu begleiten – die sumpfigen Ufer seien zu gefährlich geworden. Nur dieser Typ hatte sich bereit erklärt, mit ihm hinzugehen. Sie hatten sich ans Ufer gesetzt, ihre Angeln ausgeworfen und die ganze Zeit über geschwiegen, um die Fische nicht zu verschrecken, aber auch weil sie sich nichts zu sagen hatten. Plötzlich hatte er gespürt, wie sich seine Schnur spannte, und sich vorgebeugt, zu schnell. Er war die Böschung hinuntergerutscht, und je verzweifelter er versucht hatte, den glitschigen Hang wieder hinaufzuklettern, desto tiefer war er im Morast versunken. Er erinnerte sich mit Schrecken an diesen Moment. Sein Begleiter hatte sofort reagiert, einen langen Stock aufgetrieben und ihm diesen, bäuchlings an der Uferkante liegend, hinuntergereicht. Er hatte den Stock mit aller Kraft umklammert, während er sah, dass der Typ beim Hochziehen ebenfalls immer weiter abrutschte. Trotzdem war der Mann das törichte Risiko eingegangen, die Grasbüschel, an denen er sich mit einer Hand festgehalten hatte, loszulassen, um den Stock mit beiden Armen hochziehen zu können. Nach und nach war es dem Burschen gelungen, ihn aus dem Morast zu befreien und wieder auf festen Boden zu bringen. Sie waren keuchend auf die Knie gesunken, beide gleichermaßen erschöpft und wohl wissend, dass sie dem Tod nur knapp entronnen waren.

Als der Typ spürte, dass er ebenfalls abrutschte, hätte er ihn einfach fallen lassen können. Was er selbst, ohne mit der Wimper zu zucken, getan hätte. Nicht so sein Retter. Im Gegenteil, er hatte nicht aufgegeben, sogar die Grasbüschel losgelassen. Er erinnerte sich daran, wie er, nach Luft ringend, zu seinem Begleiter gesagt hatte: »Solltest du mich je für etwas brauchen, egal wofür, lass es mich wissen.« Und obwohl er nicht dafür bekannt war, sein Wort zu halten, war ihm dieses Versprechen nie entfallen. Es stand über allen anderen, jederzeit abrufbar, auch nach so langer Zeit. Wahrscheinlich weil es in dem Moment absolut ehrlich gemeint war. Im Nachhinein betrachtet war es sogar das einzige wirklich aufrichtige Versprechen, das er je gegeben hatte. Und jetzt, nach vierzehn Jahren, brauchte dieser Gefährte vom See ihn.

Abgesehen davon, durch eine Verkettung seltsamer Umstände und aus einem Grund, den nur er kannte, kam ihm die Bitte, die der Bursche an ihn richtete, gerade recht. Den in dem Brief erwähnten Mann empfand er schon seit Langem als eine heimtückische Gefahr, und nicht zum ersten Mal überlegte er, ihn aus dem Weg zu räumen. Nun musste er schnell eine Strategie entwickeln und einen Vollstrecker bestimmen, denn der Auftrag sollte noch am selben Abend ausgeführt werden. Er ging im Geiste die Reihen seiner geheimen Truppen durch: Er brauchte einen Mann ohne Moral – dieses Kriterium erfüllten all seine Soldaten –, der seine Arbeit dennoch gewissenhaft erledigte, ein gutes Gedächtnis hatte und sehr gewinnorientiert war. Denn so einfach die Mission auf den ersten Blick erschien, sie erforderte durchaus Finesse, Methode und auch Intelligenz. Seine Wahl fiel auf einen Partner, von dem er glaubte, dass er die nötigen Voraussetzungen mitbrachte: Gilles Lambert – ein falscher Name, versteht sich. Und soweit er wusste, hatte Gilles sich noch nie nach Louviec und Umgebung verirrt, ein weiterer nicht zu unterschätzender Pluspunkt. Blieb zu hoffen, dass er sofort zur Verfügung stand. Es war bereits 10 Uhr und es gab keine Zeit zu verlieren.

Er drückte seine Zigarre aus und öffnete seinen Tresor. Ganz hinten, in einem kleinen Seitenversteck, lagerten elf Handys, allesamt frisiert und nicht zu orten. Er holte eines hervor, das ihm eigens zur Kontaktaufnahme mit Gilles diente, und ging damit auf die Terrasse, die an sein Büro grenzte. Hier, im Schutz der Hecken, war er unsichtbar, und niemand konnte ihn hören.

»Gilles? Zeit heute?«

»Ja, Boss.«

»In fünfundzwanzig Minuten am Weiher von Vallon-du-Mont.«

»Ja.«

Der Boss legte Krawatte und Sakko ab und zog sich eine gewöhnliche Jacke und schlichte Schuhe an, die nicht schon auf hundert Meter Entfernung nach Geschäftsmann rochen. Über die Treppe gelangte er in den Hinterhof, wo die Dienstwagen parkten. Niemand zu sehen. Seine Mitarbeiter waren bereits alle eingetroffen, und der Wachdienst für den Tag hielt sich im vorderen Hof auf, wo die beladenen Lkw standen. Er schlich sich in die verlassene Loge des Nachtwächters, der sich bekanntermaßen zu später Stunde immer zwei Eier mit Schinken briet. Rasch öffnete er die Schachteln, durchleuchtete die Eier nacheinander unter dem kräftigen Licht der Schreibtischlampe, griff eines heraus, das er in Watte und Alufolie wickelte, und verließ die Loge wieder. Der Parkplatz war immer noch menschenleer. Kurz entschlossen stieg er in einen unauffälligen Wagen und nahm Kurs auf Vallon-du-Mont. Ein Ort, wo niemand ihn kannte, genauso wenig wie Gilles, und an den kein Tourist sich je zufällig verlaufen würde.

In Vallon-du-Mont begrüßten sich die beiden Männer mit einem kurzen Nicken und begannen, den Weiher zu umrunden.

»Fürstlich bezahlter Mord, wie klingt das?«

»Ich höre.«

Gilles' Stimme verriet keinerlei Emotion. Er sagte so wenig wie möglich und stellte keine Fragen.

»Es muss heute Abend geschehen, zwischen 21 und

21.30 Uhr, wenn der Mann mit seinem Hund die kleine Straße vor seinem Garten einmal auf und ab geht. Pünktlich.«

»Wie sieht der Typ aus?«

»Stattlich, dichtes weißes Haar, nicht zu verfehlen. Es gibt ein paar Anweisungen, die du dir einprägen musst. Hast du was zum Mitschreiben?«

»Ja«, sagte Gilles und holte sein Notizbuch hervor.

»Der Einsatz soll im Norden von Louviec stattfinden, in der Rue de la Vieille-Chaussée 2.«

»Liegt das außerhalb des Perimeters? Ich habe gehört, in Louviec wimmelt es von Bullen.«

»Das ist der Punkt. Der Mann wohnt außerhalb und sein Haus ist abgelegen.«

»Frau und Kinder?«

»Kinder im Bett, Frau vermutlich mit Hausarbeit beschäftigt.«

»Der Hund?«

»Ein großer Mischling, rotbraunes Fell. Alt, wirkt nicht aggressiv.«

»Weiß man nie.«

Der Boss streifte sich einen Handschuh über und holte ein Blatt aus seiner Tasche.

»Hier«, sagte er, »für dich. Das rote Kreuz markiert sein Haus. Du überquerst die alte Bahntrasse und kurz vor der großen Straße gehen zwei Wege nach links ab.«

»Ja.«

»Vergiss den ersten, der ist zu matschig, das sieht man hinterher an den Reifen. Nimm den zweiten, der ist gepflastert.«

»Geht klar.«

»Jetzt zum Auto. Hast du eine Garage?«

»Ja.«

»Was für ein Auto fährst du? Immer noch deine graue Limousine?«

»Ja.«

»Irgendwelche besonderen Merkmale? Beulen, kaputte Scheinwerfer?«

»Wo denkst du hin!«

»Also, du fährst rückwärts in den gepflasterten Weg rein, so weit, bis dein Auto von der Straße aus nicht mehr zu sehen ist. Verdammt!« Der Boss blieb abrupt stehen. »Wir haben dort vor Kurzem Kork angeliefert. Gut möglich, dass sich Bruchstücke davon in den Zwischenräumen deines Profils verkeilen. Schlecht, ganz schlecht. Obwohl, wie sollten sie die Spur bis zu dir zurückverfolgen?«

»Keine große Sache. Sobald ich wieder zu Hause bin, überprüfe ich das Profil, wenn irgendwo zwischen den Rillen Kork klemmt, ziehe ich ihn raus.«

»Perfekt. Nächstes Thema, Nummernschilder. Hast du noch welche?«

»Ja.«

»Tausche sie aus. Aber denk dran: keine neuen Schrauben. Immer die alten benutzen.«

»Routine«, brummte Gilles.

»Pack zwei Paar Handschuhe, eine Hose und Ölzeug ein.«

»Ich habe ein zusammenfaltbares K-Way-Set.«

»Sehr gut, das braucht weniger Platz. Du musst außerdem zwei Plastiktüten mitnehmen, um deine Schuhe zu schützen. Und eine Mülltüte. Ach ja, das hätte ich fast vergessen. Und ein Ei. Ein befruchtetes. Ich habe dir eins mitgebracht. Es ist gut verpackt, pass trotzdem auf.«

»Ein Ei?«

»Ein Ei, das du in seiner Hand zerdrücken wirst.«

»Aber wozu?«

»Um die Tat dem Mörder von Louviec in die Schuhe zu schieben. Deshalb musst du haargenau so vorgehen wie er. Das heißt erstens: Immer mit der Linken zustechen, ein Mal mitten in den Brustkorb, ein zweites Mal weiter links, ins Herz. Und zweitens: Das Ei in der Hand des Toten zerdrücken. Dieses Detail darfst du auf keinen Fall vergessen.«

»Wird nicht passieren.«

»Du lässt das Messer bis zum Schaft in der Wunde stecken. Die Sache mit dem Messer ist ein Stolperstein. Es darf nämlich nicht irgendein Messer sein. Wir brauchen ein Ferrand-Messer. Und im Moment lauern die Bullen jedem auf, der ein Ferrand-Messer kauft. Kennst du jemanden, der eins hat?«

»Ich.«

»Du besitzt ein Ferrand-Messer?«

»Das große Modell.«

»Du bist unschlagbar.«

Gilles zuckte mit den Schultern.

»Wenn man in diesem Metier unterwegs ist, braucht man die richtige Ausrüstung. Für den Nahkampf braucht man eine Klinge, die auf keinen Fall abbricht.«

»Reinige dein Messer gründlich und pack es ein.«

»Nein, ich reinige es nicht, sondern lasse es mit all meinen Fingerabdrücken in der Leiche stecken«, sagte Gilles mit seinem seltenen Grinsen, das selbst dem Boss manchmal einen Schauer über den Rücken jagte.

»Wenn der Typ erledigt ist, ziehst du Hose, Regenjacke und Handschuhe aus, entfernst die Plastiktüten von deinen Schuhen und stopfst alles in den Müllsack. Du legst dir saubere Handschuhe an und machst dich wieder auf den Weg. Nicht nach Combourg. Fahr nach Saint-Malo und entsorge den Müllsack in einer öffentlichen Tonne. Welcher

Bulle kommt schon auf die Idee, die Kluft des Mörders von Louviec in einem Mülleimer in Saint-Malo zu suchen? Zumal diese bei Tagesanbruch geleert werden.«

»Nein, nicht Saint-Malo, ich kenne dort zu viele Leute und die Stadt ist im Moment sehr voll. Ich fahre nach Fougères.«

»Fougères, sehr gut. Auf dem Rückweg …«

»… wechsle ich die Nummernschilder, säubere das Profil der Reifen und alles ist wieder picobello. Was springt bei dem Job raus?«

»Das Doppelte des üblichen Tarifs, ich will, dass die Nummer einwandfrei über die Bühne geht. Also vierzigtausend.«

»Fünfzigtausend. Nach so einem Mord werden die Bullen jede Spur verfolgen.«

»Und was sollen sie finden?«

»Abdrücke von meinen Reifen.«

»Es gibt Tausende Reifen wie deine. Und auf einem gepflasterten Weg hinterlässt du keine Abdrücke.«

»Fünfzigtausend.«

»Ich werde dir Ort und Uhrzeit der Übergabe mitteilen. Sobald wie möglich. Pass auf das Ei auf. Hast du noch welche zu Hause, falls es kaputtgeht?«

»Nein, ich esse immer auswärts.«

XXIII

Um 20.30 Uhr, als die fünfzig Polizisten durch Louviec patrouillierten und die anderen sechzig über den Sicherheitsperimeter wachten, hatte Gilles Lambert die gesamte Operation bereits mit großer Sorgfalt vorbereitet. »Stattlich«, hatte der Boss über das Opfer gesagt. Kein Umstand, der Lambert mit seinen ein Meter siebenundachtzig und seiner schweren Statur Kopfzerbrechen bereitete, zumal er den Mann überrumpeln würde. Und wenn der Hund anfing zu bellen? Ein Messerstich in die Kehle, darauf kam es dann auch nicht mehr an. Oder er würde die Leine durchtrennen, sodass der Köter abhauen konnte. Seinen Kofferraum hatte Gilles mit einer dünnen Plastikplane ausgekleidet, für den Fall, dass der Müllsack auslief. Vorsichtshalber hatte er auch den Fahrersitz mit Kunststoff überzogen und drei statt zwei Paar Handschuhe eingepackt. Die gesamte Ausrüstung lag bereits ordentlich gefaltet in dem Müllsack, und das Messer hatte er, zusammen mit dem Ei, im Handschuhfach verstaut. Die Nummernschilder waren ausgetauscht, fehlte noch die Überprüfung seiner Reifen. Links vorn entdeckte er eine Kerbe, das war ärgerlich. Er beschloss, den Reifen zu wechseln, montierte an seiner Stelle das bereits gebrauchte Reserverad. Er hatte sich den Plan, den der Boss ihm gegeben hatte, ganz genau eingeprägt und dann verbrannt – er hätte ihn im Schlaf nachzeichnen können. Abfahrt um 20.35 Uhr. Fünfzigtausend Euro, diesmal ließ der Boss sich nicht lumpen. Er durfte sich nicht den geringsten Fehler erlauben.

Spätestens um 22.45 Uhr müsste er zurück sein, den Abstecher nach Fougères eingerechnet. Unter dem Garagentor würde Licht durchscheinen, aber die Nachbarn waren es gewohnt, dass er ständig an seinem Auto herumschraubte.

Pünktlich bog er auf die Landstraße Richtung Louviec ab, niemand war unterwegs, alle saßen zu Hause bei Tisch. Um 20.45 Uhr passierte er die alten Bahngleise, dann die Abzweigung zu dem matschigen Weg und fuhr schließlich rückwärts in den gepflasterten. Er ging zu Fuß zurück, bis zu der Kreuzung, die der Boss erwähnt hatte, sein Auto war hinter den Bäumen und Blättern verschwunden. Es brannte Licht in dem nahe gelegenen Haus, der Mann war also da. Fünf Meter vom Gartentor entfernt, gleich hinter der Hecke, stand ein alter Haselnussstrauch mit tief hängenden, buschigen Ästen. Ein perfektes Versteck. Er ging zum Auto zurück, streifte die Handschuhe über, legte seine K-Way-Kluft an, umhüllte seine Schuhe mit Plastiktüten, die er fest zuknotete, steckte sich das Messer links in den Hosenbund, verstaute dann in seiner rechten Tasche vorsichtig das Ei und zu guter Letzt – eine Raffinesse seinerseits – ein Stück Fleisch für den Hund.

Es war das erste Mal, dass es ein Ei als Mordzugabe gab. Der Auftraggeber musste völlig durchgeknallt sein. Gilles machte es sich bequem hinter dem Haselnussstrauch und schätzte, dass zwischen Haustür und Gartentor etwa dreißig Meter lagen. Ihm blieb also genug Zeit, sich auf den Angriff vorzubereiten, sobald er den Mann erblickte.

Nach fünfundzwanzig Minuten Wartezeit sah er, wie sich die Haustür öffnete. Der Mann trat heraus, führte einen Hund von beeindruckender Größe an der Leine, und Gilles, hinter dem Haselnussstrauch kauernd, das Messer einsatzbereit in der linken Hand, beglückwünschte sich einmal mehr dazu, an das Fleisch gedacht zu haben. Kaum hatten Herr und Hund das Gartentor erreicht, hob das Tier seine braune Schnauze und knurrte. Es witterte eine fremde Präsenz. Gilles warf das Stück Fleisch in seine Richtung, sogleich begann der Hund im Gras herumzuschnüffeln und schon im nächsten Augenblick machte er sich über seine Beute her. Der weißhaarige Mann war neben seinem Hund stehen geblieben und sah zu ihm herab.

»Was frisst du da, Jef? Du hast doch hoffentlich kein dreckiges Aas aufgelesen? Komm schon, lass das.«

Der Mann zerrte an der Leine, aber der Hund ließ sich nicht beirren, er war ganz auf seinen unverhofften Fleischfund konzentriert. Das war der Moment. Gilles nahm Anlauf und setzte seinen ersten Stich. Der Mann ging zu Boden und der Hund zögerte eine Sekunde zwischen seinem Stück Fleisch und dem Fremden. Gilles zog das Messer aus der Wunde, durchtrennte die Leine, und das Tier sprang auf die Straße. Dann holte er zum zweiten Stich aus, stieß seinem Opfer die Klinge links neben dem Brustbein, zwischen zwei Rippen hindurch, bis zum Heft in den Körper. Er sah, wie sich die Augen des Mannes verdrehten, ihm Blut aus dem Mund sickerte. Gilles richtete sich auf, das wäre erledigt. Rasch machte er sich auf den Weg zum Auto, doch plötzlich hielt er inne. Mist, das Ei, er hatte das Ei vergessen! Er kehrte zu dem Sterbenden zurück, öffnete dessen linke Faust, befreite das Ei aus seinem Kokon aus Watte und Aluminium und schloss die Finger des Mannes darum. Als er seinen Wagen erreichte, erwartete ihn die letzte Etappe seiner Mission. Er hatte den Kofferraum zehn Zentimeter offen gelassen, gerade genug, um die Klappe mit dem Ellbogen anheben zu können, aber nicht so weit, dass sich das automatische Nachtlicht einschaltete. Der Reihe nach stopfte er

Schuhüberzieher, Jacke, Hose, die Reste der Eiverpackung und zuletzt die Handschuhe in den Müllsack. Mit sauberen Händen band er den Sack zu, so geschnürt würde er problemlos in jede öffentliche Mülltonne passen. Vorsichtshalber streifte er sich frische Handschuhe über, ehe er den Motor anließ und langsam, ohne Licht bis zur Kreuzung vorrollte. Dann erst schaltete er die Scheinwerfer ein, bog nach links ab, Richtung Fougères, wo er seine blutige Hinterlassenschaft loszuwerden gedachte. Das Ganze hatte ihn nur sechs Minuten gekostet, er hätte es auch in vier geschafft, wenn dieses Scheißei nicht gewesen wäre. Dennoch überschritt er zu keinem Zeitpunkt die zulässige Höchstgeschwindigkeit, ihm war bewusst, dass er in seinem Kofferraum ein Paket transportierte, das so explosiv war wie eine Tasche voller Sprengstoff.

In Fougères hatte er das Glück, dass die Ampel direkt neben einem Mülleimer auf Rot schaltete. Er entsorgte seine Abfälle und fuhr in aller Ruhe weiter. Der Auftrag war erfüllt, und zwar perfekt. In seiner Garage musste er nur noch die Reifenprofile inspizieren, die Originalnummernschilder wieder anbringen und das Plastik im Kofferraum und auf dem Fahrersitz entfernen. Und um 23.30 Uhr würde er die Serie weiterschauen, in der es um Polizisten und vor allem um Mörder ging, die sich aus seiner Sicht wirklich dämlich anstellten. Gilles dachte nicht: »Verdammt, ich habe einen Menschen getötet.« Dieser Gedanke streifte ihn nicht einmal flüchtig.

Der Hund hatte bald genug von seinem Fleisch und genoss eine ganze Weile seine Freiheit, ehe er ins traute Heim zurückkehrte. Er fand sein Herrchen neben dem Gartentor liegend, legte ihm seine Pfoten auf den Bauch, hämmerte auf ihn ein, leckte ihm das Gesicht ab, kauerte sich dann neben ihn und heulte um sein Leben. Die Ehefrau war eingenickt und reagierte nicht, wohl aber der Hund aus dem Nachbarhaus, der in sein Geheul einstimmte. Sehr schnell, von Hund zu Hund, verbreitete sich das düstere Geheul und hallte aus allen Winkeln des Viertels wider. Es war 21.40 Uhr, als der Nachbar beschloss, der Sache zusammen mit seinem Sohn auf den Grund zu gehen. Da der große Hund des Arztes am lautesten jaulte, ging der Nachbar mit schnellen Schritten vor zu dessen Haus. Als er sich dem Grundstück bis auf zehn Meter genähert hatte, sah er den Arzt am Boden liegen, lief zu ihm hin und fühlte seinen Puls.

»Bleib, wo du bist«, rief er seinem Sohn zu und hob zitternd eine Hand. »Es ist der Arzt, er ist tot.«

»Rufst du die Polizei?«

»Ich rufe Johan an. In Louviec laufen jede Menge Bullen rum, das geht schneller.«

Johan war nach dem Aufbruch der Polizeikohorten eine Weile mit dem Aufräumen der Galerie beschäftigt gewesen. Chateaubriand hatte gewartet, bis die Beamten fort waren, ehe er durch die streng bewachten Straßen zum Gasthof spazierte, um sich ein Gläschen zu genehmigen.

»Jedenfalls«, sagte Josselin, »lassen sie mich im Augenblick in Frieden. Seit sie wissen, dass jemand in Rennes Ferrand-Messer gekauft hat. Nur haben sie den Burschen nicht.«

»Ich weiß nicht«, sagte Johan, »was das beweisen soll. Sie hätten doch auch jemanden beauftragen können, der Ihnen die Messer in Rennes besorgt.«

»Das stimmt allerdings«, seufzte Josselin und blickte den Wirt verwundert aus seinen melancholischen Augen an. »Und das glaubst du?«

»Nicht eine Sekunde.«

»Und warum nicht?«

Johan zuckte lächelnd mit den Schultern. Er konnte eine Pause machen, die Aushilfen bedienten gerade die letzten Gäste im Erdgeschoss.

»Sie?«, fragte er. »Wie ein Verrückter morden? Ausgeschlossen. Und außerdem kann es sich ein Chateaubriand nicht leisten, ein Mörder zu sein. Das würde den Namen beschmutzen.«

Josselin lächelte zurück und hielt ihm sein leeres Glas hin.

»Und es gibt eine dritte Sache«, sagte Johan, während er zwei Gläser füllte und sich Chateaubriand gegenübersetzte. »Ich verrate damit kein Geheimnis, es stand schließlich in der Zeitung.«

»Was?«

»Die Nieten.«

»Ja?«

»Die auf Ihrem Messer waren vergoldet. Die auf den Messern, die der Kerl gekauft hat, silbern.«

»Die sind nicht so gut.« Josselin zog eine Grimasse. »Ein Chateaubriand kann sich keine silbernen Nieten leisten. Das würde den Namen beschmutzen.«

»Das können Sie wohl laut sagen.«

Ihr Lachen übertönte für einen Moment das Klingeln des Telefons.

»Dein Handy klingelt«, sagte Josselin.

»Mann, ich bin echt k. o. Fünfzig Männer neben all den anderen Gästen zu verköstigen, glauben Sie mir, das ist kein Spaß.«

Johan ging mit seinem Glas zur Bar hinunter und nahm das Gespräch an.

»Die Polizei? Die patrouillieren doch alle da draußen.«

»Lass dir etwas einfallen, beeil dich. Es geht um Doktor Jaffré, Rue de la Vieille-Chaussée 2. Er wurde ermordet. Sag dem Chefkommissar Bescheid.«

Johan kam der Aufforderung mit zitternden Fingern nach.

»Adamsberg? Hier ist Johan«, keuchte der Wirt. »Yann hat angerufen, er steht vor dem Haus des Arztes. Doktor Jaffré wurde vor seinem Gartentor ermordet. Wie die anderen. Der Arzt … stell dir vor, nun sogar der Arzt.«

»Um Himmels willen, Johan, ich schwöre dir, wir werden ihn kriegen. Wer ist dieser Yann?«

»Yann Radec. Er wohnt nicht weit vom Haus des Arztes entfernt. Auf einmal heulten alle Hunde in der Nachbarschaft, und Yann wollte wissen, was los ist.«

»Was macht er beruflich?«

»Fotografieren. Porträts, Hochzeiten, so was.«

Adamsberg benachrichtigte ihr Kernteam, den Gerichtsmediziner, die Techniker und beauftragte zehn Männer damit, die Umgebung von Louviec zu durchkämmen. Er traf als Erster am Tatort ein.

»Sind Sie Yann Radec?«, fragte er den Mann, der mit gesenktem Kopf, die Arme um den Körper geschlungen, neben der Leiche wartete.

»Ja.«

»Kommissar Adamsberg. Haben Sie etwas beobachtet?«

»Nein, sein Hund hat bloß so laut geheult. Und damit alle anderen Hunde in der Nachbarschaft angesteckt. Irgendwann ging ich nachsehen, was da los war.«

»Um wie viel Uhr?«

»Gegen zwanzig vor zehn, glaube ich. Aber da heulte er schon seit einer ganzen Weile. Unser Hund hat ihn gehört, nicht wir. Ich kapiere es nicht, ganz Louviec wird überwacht, und es gibt einen streng kontrollierten Sicherheitsperimeter … Wie hat er das nur gemacht, Kommissar, wie?«

Inzwischen war das Kernteam vollständig am Tatort eingetroffen, mit Ausnahme von Mercadet, der schlief.

»Es wäre besser, wenn Sie nach Hause gehen würden, Monsieur Radec«, sagte Adamsberg. »Wir müssen die Gegend abriegeln. Kümmert sich jemand um seinen Hund?«

»Ich rufe seine Frau an. Sie sollten ihr diesen Anblick ersparen … Das wird ein furchtbarer Schock für sie sein.«

Es wurde allmählich dunkel und die Polizisten richteten ihre Taschenlampen auf die Leiche. Zwei Stichwunden im Brustkorb, aus einer ragte der Griff eines Ferrand-Messers, und aus der geballten Faust des Toten tropfte eine gelbe Flüssigkeit.

»Kein Zweifel«, sagte Retancourt.

»Wer von Ihnen sagte noch mal, dass wir unsere Zeit verschwenden?«, fragte Adamsberg. »Dass der Mörder einfach warten würde, bis die Polizei das Feld räumt, damit er wieder zuschlagen kann? Ich entsinne mich, darauf geantwortet zu haben, dass seine Wut steigen und er sich nicht gedulden würde, dass die Abriegelung der Stadt ihn verrückt machen und er versuchen würde, sie zu umgehen.«

»Aber wir hatten gehofft, ihn in Louviec festsetzen zu können«, sagte Veyrenc. »Stattdessen haben wir jetzt einen Mord mehr.«

»Das wird Stress geben«, sagte Noël düster. »Vom Divisionnaire aufwärts werden sie uns zusammenstauchen. Hundertzehn Männer mobilisieren und dann das, die Jungs werden uns auslachen. Und recht haben sie.«

»Das wird sich erst zeigen, wenn wir es herausgefunden haben«, sagte Adamsberg ruhig.

»Was herausgefunden haben?«

»Wie der Mörder es fertiggebracht hat, die Kontrollen zu umgehen. Er hat zwangsläufig Spuren hinterlassen. Und darin liegt der Fehler. Der Fehler, auf den wir gewartet haben.«

Der Lastwagen mit dem technischen Team aus Combourg traf ein. Vier Scheinwerfer leuchteten den Toten grell an, der Fotograf knipste die Szene aus allen Perspektiven, dann gab er das Feld frei. Der Gerichtsmediziner kniete sich neben die Leiche.

»Er muss zwischen 21.15 und 21.30 Uhr gestorben sein. Gleiche Taktik. Zwei Messerstiche in den Brustkorb, wahrscheinlich mit der linken Hand, einer davon traf ins Herz, und ein zerquetschtes Ei in der Faust des Opfers.«

»Und die gleichen glatten Fußabdrücke im Blut«, fügte einer der Techniker hinzu.

»Es sind mehr als sonst«, stellte Adamsberg fest. »Diesmal hat er seine Plastiküberzieher nicht sofort entfernt. Könnte der Lastwagen kurz mit eingeschalteten Scheinwerfern neben uns herfahren?«

In Begleitung eines Fotografen folgten Adamsberg und Matthieu auf etwa zehn Metern den immer schwächer werdenden Blutspuren, sie reichten fast bis zu der Abzweigung des gepflasterten Wegs.

»Er muss sein Auto in dieser kleinen Straße versteckt haben«, sagte Adamsberg, »da er es ja schlecht auf dem Seitenstreifen stehen lassen konnte. Der Mann hatte die Gegend gut ausgekundschaftet.«

Die Kommissare gingen den Weg langsam hinauf und entdeckten zwei Reifenspuren.

»Er ist rückwärts in den Weg reingefahren, logischerweise, und daher nicht sehr gerade. Und auf den zwei großen Pflastersteinen scheint er ins Rutschen gekommen zu sein«, sagte Matthieu.

Während der Fotograf Aufnahmen machte, las Adamsberg ein Dutzend kleine Korkstücke auf.

»Und wo kommt das her?«, fragte er.

»Von einer Korkplatte«, sagte Matthieu.

»Und wo kommt die Korkplatte her? Du meinst solche, die man zur Dämmung von Häusern verwendet?«

»Zum Beispiel. Manchmal stoßen die Kanten irgendwo an, dann brechen Stücke heraus. Wahrscheinlich hatte der Arzt Kork bestellt und beim Entladen sind die Splitter vom Lkw runtergefallen.«

Adamsberg leuchtete mit seiner Taschenlampe die Umgebung ab.

»Ja«, sagte er, »dort ist eine kleine Tür, die zum Garten des Arztes führt. Deshalb hat der Lastwagen hier auf dem Weg geparkt, dann mussten sie beim Entladen nicht die Straße blockieren.«

»Vielleicht ist etwas Kork im Profil der Reifen des Autos stecken geblieben.«

Adamsberg bedeutete Matthieu anzuhalten.

»Hier«, sagte er, »an dieser Stelle muss der Mörder sein Auto geparkt und sich umgezogen haben, sowohl auf dem Hin- als auch auf dem Rückweg. Sieh dir die kleinen, parallel laufenden Blutspuren an.« Er ging in die Hocke. »Sie stammen vermutlich von dem Plastik, das er sich um die Schuhe geknotet hat. Was sagt uns das? Nichts.«

»Die gleiche Technik, das gleiche Messer, zwei Stiche in die Brust, ein zerdrücktes Ei in der Faust, es kann sich nur um unseren Mann handeln. Was aber unmöglich ist, denn wie hätte er die Absperrungen passieren sollen, ohne dass wir darüber informiert wären? In allen Berichten hieß es immer nur ›KBV‹.«

»Und weißt du, warum es unmöglich ist?«

»Du wirst es mir bestimmt gleich verraten.«

»Ganz einfach, weil er nicht ›unser Mann‹ ist.« Adamsberg richtete sich wieder auf. »Er hat unseren Mann nachgeahmt. Und zwar nicht in Eigenregie. Denn gewisse Informationen – den linken Arm, das Ei – hatten wir nicht nach außen gegeben, die konnte er nur von unserem Mann haben. Der Auftrag muss also vom Mörder von Louviec gekommen sein, der sich zu einer solchen ›externen Lösung‹ gezwungen sah, weil sein eigener Aktionsradius durch den Sicherheitskordon beschränkt war. Aber wie hat er diesen Auftrag erteilt? Bestimmt nicht per Telefon, viel zu riskant. Er musste befürchten, dass wir die Telefone in Louviec und Umgebung überwachen, dass wir seine Nummer auf dem Handy des Auftragskillers finden und zu ihm zurückverfolgen können. Welche sicheren Kommunikationswege bleiben einem in der heutigen Zeit, in der die Informatik als Meister und Meisterpolizist über alles herrscht? Mir fällt nur ein Medium ein, in das die Polizei ihre Nase nicht reinsteckt, weil es ausstirbt und kaum noch genutzt wird – außer für Rechnungen, Schecks und andere unverfängliche Vorgänge, die nicht per Scan und elektronischer Überweisung abgewickelt werden können …«

»Die Post!«, rief Matthieu.

»Ganz genau, die Post. Ein klaffendes Loch in unserer Sicherheitsstrategie, wir haben darauf verzichtet, den Postverkehr aus Louviec zu überprüfen. Der Minister hatte sich diesbezüglich sehr klar ausgedrückt: keine Kontrolle von Postsendungen, Verletzung der Privatsphäre. Aber ich würde Stein und Bein schwören, dass es unserem Mörder auf diesem Weg gelungen ist, uns auszutricksen. Mit einem einfachen Brief, in dem er den Empfänger bittet, den Mord an seiner Stelle zu begehen. Der Empfänger muss vertrauenswürdig und dem Mörder treu ergeben sein. Denn dass sich jemand bereit erklärt, einen wildfremden Menschen aus reiner Gefälligkeit zu töten, habe ich noch nie gehört. Unser Mörder muss ihn mit irgendwas in der Hand haben, ihm gedroht haben, dass er auffliegt, falls seine Forderung nicht erfüllt wird.«

»Er muss also in enger Beziehung zu einem Ganoven stehen, über dessen krumme Touren er im Bilde ist. Zu einem Typ, der auch vor Mord nicht zurückschreckt. Und der so viel Dreck am Stecken hat, dass er keinen Einspruch erhebt.«

»Es kann sich um krumme Touren von heute oder aus der Vergangenheit handeln«, sagte Adamsberg. »Selbst wenn du reinen Tisch gemacht hast, so was kann dein Leben lang wie ein Damoklesschwert über dir hängen.«

Einer nach dem anderen kehrten die zehn Gendarmen von ihrer Suche an den Rändern des Dorfes zurück – mit leeren Händen.

»Kurzum«, fasste ihr Wortführer zusammen, »die Umgebung ist wie leer gefegt. Wir sind einem jungen Motorradfahrer begegnet, der seinen neunjährigen Sohn hintendrauf sitzen hatte, und zwei Autofahrerinnen. Wir haben trotzdem von allen die Personalien aufgenommen, für den Fall der Fälle.«

»Zwecklos.« Matthieu schüttelte den Kopf. »Unser Mann ist schon über alle Berge.«

Die beiden Kommissare stiegen schweigend wieder in ihren Wagen, enttäuscht, dass die Untersuchung des Geländes nichts ergeben hatte, und in Gedanken um ihr Scheitern kreisend, als der Gerichtsmediziner anrief.

»Es wird Sie überraschen«, sagte der Arzt, »aber es war nicht unser Mann, der diesmal zugeschlagen hat. Die Verletzungen, die der Mörder dem Opfer zugefügt hat, stammen eindeutig von einem Linkshänder, einem echten Linkshänder. Es deutet nichts darauf hin, dass der Mörder zögernd oder mit Unterbrechung zugestochen hat. Was das Ei betrifft, es ist befruchtet. Und kein einziger Flohbiss.«

»Nun haben wir die Bestätigung«, sagte Adamsberg zu Matthieu. »Diesmal war ein echter Linkshänder am Werk. Und er hatte keine Flöhe. Ich frage mich nur, warum der Mörder von Louviec so schnell gehandelt hat. Er war ungeduldig, gewiss, aber so ungeduldig?«

»Weil der Arzt morgen ins Wochenende fahren wollte«, überlegte Matthieu. »Seinen Vater in Saint-Malo besuchen.«

»Woher weißt du das?«

»Von einem der Dorfbewohner, die ich auf meinem Rundgang über die Sicherheitsmaßnahmen informiert habe. Er beschwerte sich darüber. Normalerweise hat Jaffré am Samstagmorgen Sprechstunde.«

»Deswegen also hatte unser Mann es so eilig. Kommt ein in Louviec abgeschickter Brief am nächsten Tag in Combourg an?«

»Definitiv.«

»Am Mittwochabend wurde ihm klar, dass das Dorf und die Umgebung abgeriegelt waren. Daraufhin hat er seinen Brief verfasst, ihn am Donnerstag abgeschickt, sodass der Empfänger ihn heute Morgen erhielt. Während du morgen den Abzug der Verstärkungstruppen organisierst, werde ich mir den Postboten von Combourg vornehmen. Um wie viel Uhr werden die Briefkästen in Louviec geleert?«

»Um zehn Uhr dreißig.«

XXIV

Mercadet hatte es geschafft, den Namen und die persönliche Telefonnummer des Postdirektors von Combourg herauszufinden. Angesichts der Dringlichkeit der Situation und obwohl es Samstag war, gab ihm der überaus »herzliche« Mann die Kontaktdaten des für den Bezirk Louviec zuständigen Postboten. Adamsberg hatte ein echtes Problem mit diesem »herzlich«, das in ihm einen zweiten vagen Gedanken auslöste, den er ebenso wenig zu fassen bekam wie den ersten. Der Postbote jedenfalls zeigte sich ausgesprochen gutwillig und hilfsbereit.

»Die Post vom Donnerstag?«, fragte er mit seiner jugendlichen Stimme. »Das liegt für mich schon so weit zurück, weil ich pausenlos durch die Dörfer fahre. Aber an dem Tag war der Kasten in Louviec tatsächlich nicht sehr voll, ich müsste mich also erinnern. Viele Briefe sind es ja sowieso nicht mehr, die in den Kästen auf uns warten, die Leute schreiben sich E-Mails und SMS, selbst Dokumente und Fotos werden per Handy verschickt, die Post ist dem Untergang geweiht, Kommissar, glauben Sie mir. Also … Donnerstag, sagten Sie? Ach ja, an dem Tag war es ganz schön windig, es hatte mir die wenigen Briefe tatsächlich aus den Händen geweht, ich musste sie samt und sonders wieder von der Straße aufsammeln.«

Der Postbote hielt inne, er schien sich zu konzentrieren.

»Ja, jetzt sehe ich sie wieder vor mir«, fuhr er fort, »wie ich sie aufhebe. Es waren zwei Rechnungszahlungen dabei,

Sie wissen schon, diese Kuverts mit dem vorgedruckten ›Porto zahlt Empfänger‹, und … ach ja, ein halbformatiger Kraftpapierumschlag, der an einen Notar in Paris adressiert war, ein anderer für die Finanzverwaltung in Rennes – ich nehme an, eine Geldstrafe – und noch ein Brief für die alte Adène Briand, sie ist die Mutter des Schornsteinfegers in Dol, und ich glaube …«

»Ist das alles? Sie erinnern sich an nichts Ungewöhnliches, kein Detail, das Sie aufmerken ließ?«

»Ah, aber ja!«, rief der junge Mann in seiner ebenfalls sehr herzlichen Art. »Zwei Briefe klebten aneinander und das kommt wirklich nicht alle Tage vor. Wahrscheinlich wegen der Nachtfeuchte. Ein weißer Umschlag pappte an dem Kraftpapierumschlag fest. Ich vermute, weil die Tinte auf dem weißen Umschlag – über diesen Umschlag muss ich noch mit Ihnen reden – dick und klebrig war, wie echte alte Tinte eben, wenn sie eingetrocknet ist.«

»Und was war mit dem Umschlag?«

»Nun, man konnte fühlen, dass ein zweiter drinsteckte. Manche Leute tun das, um ihre Post zu schützen. Und da war noch etwas anderes.«

»Sie haben ein gutes Gedächtnis«, ermunterte Adamsberg ihn.

»Nicht unbedingt, es ist nur so, dass ich jeden Brief abstempeln muss. Dabei sieht man die Post zwangsläufig.«

»Verstehe. Und was war also noch in diesem Umschlag?«

»Man spürte unter den Fingern, dass der Umschlag im Umschlag mit einem kleinen Relief versehen war. Ein ovaler oder runder Kreis, ein bisschen wie die Wachssiegel, die man früher verwendete. Es ist ja nichts Neues, dass selbstklebende Umschläge leicht zu öffnen sind. Deshalb kleben viele sie zusätzlich mit Tesafilm zu. Und der Absender dieses Briefes – oder die Absenderin – hatte den Brief eben versiegelt.«

»Erinnern Sie sich zufällig an die Adresse auf dem mit Tinte beschrifteten Kuvert?«

»Oh ja, die Schrift war ziemlich groß. Der Brief ging an die Firma Ihr Zuhause von A bis Z, im Industriegebiet von Combourg. Eine riesige Firma, die machen alles, Möbel, Böden, Dämmelemente, Haushaltsgeräte, Lampen, einfach alles. Ich persönlich gehe da nicht hin, der Laden ist viel zu groß, ich finde da nichts und bin schnell genervt.«

Adamsberg rief Matthieu an, der dabei war, den Verstärkungstrupp neu zu organisieren.

»Gib den Jungs an der Absperrung Bescheid, dass sie sich auf ihren Aufbruch am späten Nachmittag vorbereiten sollen. Und schick deine Leute zurück an ihre Standorte. Auch wenn das letzte Messer nicht ihm gehörte, hat unser Mann seine geplanten fünf Morde durchgeführt, ich denke, er ist durch mit seiner Liste.«

»Am besten rufst du jetzt gleich beim Ministerium an«, Matthieu klang nervös, »es ist Samstag, könnte schwierig werden, zehn Hubschrauber für den Rückflug zu bekommen.«

»Wir werden sie bekommen, und ich hoffe, dass wir anschließend nicht gleich wieder quitt sind. Matthieu, wir haben uns nicht geirrt: Unser Mann hat sich per Post an eine Firma im Industriegebiet von Combourg gewendet, Ihr Zuhause von A bis Z.«

»Die kenne ich. Ein riesiger Kasten. Ich gehe da nie hin, man ist rasend schnell genervt. Wen hat er angeschrieben?«

»Unbekannt, in dem Umschlag steckte ein zweiter Umschlag, mit Sicherheit an den Empfänger persönlich adressiert. Und versiegelt. Ja, versiegelt wie in alten Zeiten.«

»Und wie hast du das erfahren?«

»Durch den Postboten, ich erzähle es dir später. Ich werde mich mit der Sekretärin des Chefs der Firma in Verbindung setzen. Ich glaube nicht, dass ich mir eine Abfuhr abhole, jeder versteht den Ernst der Lage in Louviec.«

Adamsberg bat Mercadet, ihm die Rufnummer des Chefsekretariats der Firma Ihr Zuhause von A bis Z in Combourg herauszusuchen. Dann entfernte er sich, um »dort oben« anzurufen, wo der Attaché des Ministers ihm mit eisiger Stimme unmissverständlich mitteilte, dass man in Erwägung ziehe, ihn von dem Fall abzuziehen. Er solle sich darauf vorbereiten.

»Jetzt ist nicht der richtige Zeitpunkt«, entgegnete Adamsberg gefasst. »Unserem Mörder ist es zwar gelungen, die Absperrung zu passieren, aber dabei hat er den Fehler gemacht, auf den ich gehofft hatte.«

»Der da wäre?«

»Er hat einen Brief geschrieben. Und wir wissen, an welche Adresse. Es muss einen Komplizen in Combourg geben. Über diese Querverbindung ist es ihm geglückt, uns durchs Netz zu gehen, wir sind dran. Um wie viel Uhr dürfen wir mit den Hubschraubern rechnen, um die Truppen wieder nach Hause zu schicken?«

»Sie halten sie für nicht mehr zweckdienlich?«

»Nein. Der Mörder hatte den Tod von fünf Menschen geplant, das ist ihm gelungen.«

»Sehr zum Pech für Sie, Adamsberg!«, wetterte der Generalsekretär. »Das ist Ihre letzte Chance, kapiert? Die letzte! Habe ich mich klar ausgedrückt?«

»Vollkommen.«

»Die Hubschrauber treffen gegen 18 Uhr ein«, fügte der Sekretär hinzu, ehe er abrupt auflegte.

»Kommissar«, sagte Mercadet entschuldigend. »Ich kann mir vorstellen, dass jetzt nicht der richtige Moment dafür ist. Aber Froissy hat mir ein unscharfes, trotzdem recht aussagekräftiges Bild des Mannes geschickt, der das Juweliergeschäft überfallen hat, Sie erinnern sich? Der Typ mit der grobmaschigen Maske. Ich leite es an Sie weiter, damit Sie entscheiden können, ob wir es in Umlauf bringen.«

Mercadet schickte Adamsberg das Foto, auf dem das Gesicht des jungen Mannes nachgebildet war – auf Grundlage dessen, was man durch die Maschen erkennen konnte. Das Resultat war nicht spektakulär, aber viel weniger unscharf als erwartet, und Froissy hatte das Bild so eingefärbt, dass die roten Haare gut zur Geltung kamen.

»Okay«, sagte er zu Mercadet, »geben Sie das Bild weiter.«

»Ich habe Ihnen gerade die Kontaktdaten der Chefsekretärin von Ihr Zuhause von A bis Z geschickt. Sie heißt Estelle Braz.«

»Apropos, Lieutenant, ich brauche auch den Namen des Chefs der Firma und alles, was Sie über ihn in Erfahrung bringen können.«

»Geht klar.«

Adamsberg suchte Matthieu bei den Verstärkungstruppen auf und informierte ihn über das Donnerwetter, das der Attaché des Ministers über ihn hatte niedergehen lassen.

»Die Hubschrauber sind um 18 Uhr da. Und was unser Schicksal betrifft, mein Freund, es hängt am seidenen Faden.«

»Dass wir überhaupt noch daran hängen, ist ein Wunder. Ich stelle die Fahrzeuge zusammen und sage den Männern Bescheid, dass sie sich zum Abflug bereithalten. Es ist schon fast halb zwölf.«

»Mach das, wir sehen uns mit unseren Leuten später bei Johan.«

Trotz des stärker werdenden Nieselregens ging Adamsberg langsam zum Gasthof und rief sich Doktor Jaffré in Erinnerung. Warum ausgerechnet er?

Mercadet saß mit halb geschlossenen Augen auf einer Tischecke.

»Ich mache Ihnen einen doppelten, extra starken Kaffee«, entschied Johan.

»Da kommt der Kommissar.« Mercadet richtete sich auf. »Ich erkenne ihn an seinem Schritt.«

Der Wirt öffnete die Tür und überhäufte Adamsberg zur Begrüßung mit Fragen.

»Meine Güte!«, rief er mit seiner kräftigen Stimme. »Wer hätte das gedacht? Wie konnte der Mörder die Absperrung passieren?«

»Mit dem einfachsten Mittel der Welt: der Post. Die zu kontrollieren mir das Ministerium verboten hatte. Der Kerl schickte einen Brief nach Combourg, und ein anderer hat es übernommen, den Arzt aus dem Weg zu räumen. In der Manier des Mörders von Louviec. Das bleibt unter uns, wie immer, Johan.«

»Im Ernst? Aber es tötet doch keiner, um jemand anderem aus der Klemme zu helfen.« Johan stellte die Gläser und den Chouchen auf den Tisch. »Trink das, um dich aufzuwärmen, deine Haare sind ganz nass. Weiß man, wem er geschrieben hat?«

»Ein großer Glücksfall, sein Brief klebte an einem anderen fest«, sagte Adamsberg. »An dieses Detail konnte sich der Postbote sehr gut erinnern.«

»Und wie erklärt sich das?«

»Der Kerl hatte den Umschlag mit alter, klebriger Tinte beschriftet, und die Briefe sind feucht geworden, als sie im Kasten lagen. Die alte Tinte hat er bestimmt längst entsorgt.«

»Und an wen ging der Brief?«

»An Ihr Zuhause von A bis Z. Ohne Namen. In dem Kuvert steckte ein zweites Kuvert.«

Mercadet hatte seinen Kaffee hinuntergestürzt und saß bereits wieder an seinem Computer.

»Ihr Zuhause von A bis Z?« Johan stellte jäh sein Glas ab. »Du meinst dieses riesige Lagerhaus im Industriegebiet von Combourg?«

»Ja, das meint er«, sagte Mercadet hinter seinem Bildschirm.

»Also, das ändert natürlich vieles«, sagte Johan aufgeregt. »Denn über den Chef kursieren einige Gerüchte.«

»Wir wissen noch nicht, wer der Chef ist.«

»Pierre Robic.« Mercadet tippte eifrig auf seiner Tastatur.

»Er ist einfach schneller als ich!«, rief Johan. »Pierre Robic, genau. Und diese Gerüchte ... Also, ich behaupte nicht, dass sie zutreffen, nur dass man sich gewisse Dinge über ihn erzählt. Oder sie laut denkt.«

»Immer mit der Ruhe, es gibt keine Beweise, dass der Brief an Robic gerichtet war, aber ich halte es für am wahrscheinlichsten. Welche Gerüchte kursieren denn über ihn?« Adamsberg zückte sein Notizbuch. »Mercadet, da Sie wieder fit sind, tragen Sie doch bitte alles Interessante zusammen, was Sie über ihn finden.«

»Robic ist in Louviec geboren«, begann Johan, »und hat dieses ›Kaff der Nulpen‹ – so seine Worte – nach dem Abitur verlassen, zack, weg war er. Du musst wissen, er hatte bereits mit dreizehn an der Schule den Ruf, ein Schurke zu sein, und leider war er nicht der Einzige. Aber er war der ›Boss‹. Der ›Boss‹, mit dreizehn! Für wen hält der Kerl sich eigentlich? Ein mieses kleines Arschloch war er, mehr nicht.«

»Boss von wem? Weißt du das?«

»Von einer Bande Nervensägen, frag nicht nach Sonnenschein. Er hatte sogar einen ›Unterboss‹, der ihm wie ein Schatten folgte, seinen Freund Pierre Le Guillou. Die beiden Pierres, so nannte man sie. Le Guillou hat Louviec ebenfalls verlassen. Seine Eltern hatte es in den Süden gezogen, ans Meer, man hörte nie wieder etwas von ihm. Robic schrieb ab und zu an seine Mutter, angeblich arbeitete er als Handelsvertreter im Süden, dann als Chauffeur, dann als Fensterputzer. Und eines Tages, vor vierzehn Jahren, tauchte er plötzlich wieder hier auf, direkt aus Amerika und mit einem Haufen Geld. Millionen, hieß es. Da zuckt man zusammen, ein ganz schöner Batzen für einen Handelsvertreter. Seine alte Mutter erklärte jedem, der es hören wollte, dass der entfernte Cousin eines Cousins, ein gebürtiger Amerikaner, ihrem Sohn sein ganzes Geld vererbt habe. Ein gewisser Donald, behauptete sie. Sie kannte ihn nicht einmal, diesen Cousin, die arme Frau. Im Dorf glaubte niemand so recht daran. Denn die Geschichte vom Onkel aus Amerika ist ein alter Zopf, nicht wahr? Wenn unser armer Doktor noch lebte, der könnte dir Dinge erzählen.«

»Jaffré? Was für Dinge, Johan?«, fragte Adamsberg neugierig nach, den Bleistift noch immer in der Hand.

»Dass das Testament des Amerikaners ein abgekartetes Spiel war.«

»Und woher wollte er das wissen?«

»Er hatte sich mit dem Amerikaner angefreundet.«

»Was meinst du mit ›angefreundet‹?«

»Sie waren dicke Freunde, unzertrennlich. Der Amerikaner war mit einem Freund nach Frankreich gekommen. Alte Denkmäler, alte Steine, so was lieben die Amis. Weil sie selbst keine haben. Die kennen nur ihre Hochhäuser – mir müsste man was zahlen, bevor ich bereit wäre, darin zu wohnen. Du kannst dir also vorstellen, dass unsere amerikanischen Freunde das Schloss Combourg nicht verpassen wollten. Aber, wie der Doktor erklärte, sein Freund, der noch nicht sein Freund war … Kannst du mir folgen?«

»Absolut. Erzähl weiter«, sagte Adamsberg, während er sich Notizen machte, »es interessiert mich.«

»Er fiel bei Tisch in Ohnmacht und sein Begleiter brachte ihn in die nächstgelegene Praxis. Zu Jaffré. ›Vasovagale Synkope‹, meinte der Arzt, nichts Ernsthaftes – ich persönlich glaube ja, es war zu viel Chouchen. Jedenfalls war Donald bald wieder auf den Beinen und schloss Jaffré voll Dankbarkeit sofort in sein Herz. Als hätte er ihm das Leben gerettet. Und du weißt ja, wie die Amerikaner sind. Sie haben vielleicht nicht so gute Manieren wie wir, aber sie schließen in null Komma nichts Freundschaften, sie sind ungeheuer herzlich, sie wollten Jaffré und seine Frau unbedingt noch am selben Abend zum Essen einladen. Und weißt du, wohin der Arzt ihn gelotst hat?«

»Hierher?«, riet Adamsberg lächelnd.

»Exakt«, erinnerte Johan sich stolz. »Der Arzt rief mich an mit der Bitte, ihm den besten Tisch zu reservieren, und ich legte mich richtig ins Zeug. Ich wollte Donald und seinem Freund nur das Feinste vom Feinen der französischen Küche servieren, und keine Hotdogs, das glaubst du wohl.«

»Sofort, ja.«

»Mir ist wirklich ein herrliches Menü gelungen. Langustinen mit Trüffel und so. Sie redeten und redeten, als würden sie sich schon ewig kennen, der Ami nannte Jaffré beim Vornamen und Jaffré ihn bei jeder sich bietenden Gelegenheit ›Donald‹. Ich weiß nicht, worüber sie sich unterhalten haben, sie sprachen ja nur Englisch, aber danach führte der Arzt sie drei Tage lang an die schönsten Stätten der Region.

Das muss an einem Brückenwochenende gewesen sein, im Mai. Als die Amerikaner danach ihre Tour durch Frankreich fortsetzen, war Jaffré ganz betrübt. Einmal ist er Donald und seinem Freund sogar hinterhergefahren, mit seiner Frau, für mindestens drei Wochen.«

»Aber warum sollte dieser Donald zufällig der Donald aus dem Testament sein?«

»Nichts da zufällig. Donald hatte Jaffré erzählt, wieso es ihn in das kleine, abgelegene Dorf Louviec verschlagen hatte. Vor seiner Abreise nach Frankreich hatte er ein paar Bekannte gefragt, welche Orte er unbedingt aufsuchen sollte. Einer dieser Bekannten war sein Jaguarverkäufer, ein Franzose. Der hatte ihm gesagt, er dürfe auf keinen Fall Combourg und Louviec, seinen Geburtsort, verpassen. Und wer war dieser Autoverkäufer?«

»Robic.«

»Du sagst es.«

»Erzähl weiter, Johan.«

»Nun, Jaffré hatte die Geschichte vom Gespenst von Combourg zum Besten gegeben. Und zu seiner Überraschung hatte Donald sich gegruselt, denn er war sehr abergläubisch. Er glaubte fest an schlechte Omen, du weißt schon, die berühmte schwarze Katze von links, Reisen an einem Freitag, dem Dreizehnten, oder eben, dass man stirbt, wenn man sein Testament verfasst. Niemals würde er, Donald, obschon millionenschwer, so was tun, niemals, hatte er zu Jaffré gesagt.«

»Niemals was tun? An einem Freitag, dem Dreizehnten, reisen?«

»Nein, ein Testament verfassen. Deshalb war Jaffré der Meinung, dass es sich dabei nur um einen Schwindel handeln konnte.«

»Und der Arzt wusste, dass Donald gestorben war?«

»Natürlich, sie schrieben sich, telefonierten miteinander. Und der amerikanische Freund, der mit nach Frankreich gereist war, erzählte Jaffré, dass Gangster Donald ermordet hätten. Das machte den Arzt stutzig und er verfolgte die Ermittlungen der Polizei in den USA. Als er schließlich erfuhr, dass Donald seine Millionen einem gewissen Pierre Robic vermacht hatte, explodierte er. Wie er mir sagte: ›Ich konnte mich nicht zurückhalten, Johan.‹«

»Wovon?«

»Robic ein paar Takte zu erzählen. Als sie sich nach Robics Rückkehr in Combourg begegneten, gab Jaffré ihm zu verstehen, dass er Donald sehr gut gekannt habe, und er gratulierte ihm zu seinem Geldsegen, ganz nebenbei. Allerdings hätte ihn die Angelegenheit sehr überrascht, da Donald doch geschworen habe, niemals ein Testament zu verfassen. ›Und wie es scheint, Robic‹, sagte Jaffré, ›hat es ihm in der Tat kein Glück gebracht.‹ Damit ließ er Robic stehen. ›Du hättest ihn sehen sollen, Johan, er war ganz grün im Gesicht.‹ So sind sie, die Ärzte, geben einem mit kleinen, heimtückischen Sätzen zu verstehen, wie die Dinge liegen. Immerhin sah Robic sich nach dieser Begegnung und durch den Argwohn, der ihm in Louviec entgegenschlug, dazu genötigt, den Stier bei den Hörnern zu packen. Er legte die offizielle Urkunde aus den USA dem Notar in Combourg vor, der sie für zulässig erklärte, was Robic anschließend überall kundtat, sogar im *Combourger Tageblatt*. Jaffré überzeugte die Sache nicht eine Sekunde lang.«

»Jameson«, unterbrach Mercadet. »Donald Jack Jameson.«

»Das ist er!«, rief Johan.

»Ermordet, kurz nachdem er sein Testament an den Notar abgeschickt hatte«, fuhr Mercadet fort. »Ein abscheuliches Verbrechen, sämtliche Wertgegenstände und all sein Geld wurden in der Nacht gestohlen.«

»Zu welchem Ergebnis kamen die amerikanischen Kollegen?« Adamsberg wandte sich an seinen Lieutenant wie an ein Orakel, voller Gewissheit, dass er Auskunft geben konnte.

»Die Ermittlungen verliefen im Sande. Die Täter wurden nie gefasst. Ziemlich haarsträubende Geschichte. Der Mann vermacht Robic sein Vermögen und wird noch in derselben Nacht ermordet. Was für ein Riesenpech.«

Adamsberg kritzelte weiterhin sein Notizbuch voll.

»Ich glaube Jaffré«, sagte Johan. »Zwar weiß niemand sonst in Louviec, wie abergläubisch der Cousin des Cousins war und dass er ermordet wurde. Aber wenn in einem Dorf wie unserem einmal Argwohn aufkommt, könnte nicht einmal eine Ansprache des Präsidenten ihn vertreiben. Robic hat mit diesem zum Himmel stinkenden Geld sein Geschäft in Combourg hochgezogen. Und er fing nicht etwa mit einer kleinen Boutique an, nein. Er ging gleich in die Vollen, setzte sich so einen Kasten hin, wo er Haushaltsgeräte aus den Staaten anbot. Amerikanische Geräte, versteht sich, das gefiel den Leuten. Sein Laden wuchs von Jahr zu Jahr und heute ist es ein Riesenunternehmen.«

Johan machte eine Pause, leerte sein Glas, schüttelte den Kopf und verzog den Mund.

»Nein«, bekräftigte er, »ich habe auch nie an dieses Märchen geglaubt. Vor allem nicht aus dem Munde eines Burschen wie Robic. Oh, ihr werdet ihn ja bestimmt kennenlernen, den makellosen Big Boss. Luxusanzüge, angeblich in den USA geschneidert, bunte Krawatten, goldene Kettchen und Zigarren, um Eindruck zu schinden. In Louviec mag man so was nicht, und in Combourg auch nicht. Ah, und ich vergaß: seine Zähne. Früher standen sie alle schief und waren nicht weiß. Aber so läuft es in den Staaten: Du gehst hässlich hin, kehrst schön zurück. Wobei schön es bei Robic nicht trifft, aber schöne Zähne gleichen vieles aus.«

»Was für ein Mensch ist Robic?«

»Ich habe ihn nur dreimal gesehen, immer in Rennes, immer in einem schicken Restaurant, in das man mich als Vorkoster eingeladen hatte. Ein ziemlich von sich eingenommener Typ, so viel steht fest. Ungenießbar. Hatte an jedem Gericht etwas auszusetzen, kommandierte die Leute herum, ich fand ihn kühl und schroff, aber die Gefahr, dass er sich in meinen Gasthof verirrt, ist praktisch null.«

»Besucht er seine Mutter gelegentlich in Louviec?«, fragte Matthieu, der sich inzwischen zu ihnen gesellt hatte.

»Von wegen! Nein, es ist seine Mutter, die einmal im Monat den Bus nimmt, um mit ihm zu Mittag zu essen. Ich glaube, er zahlt ihr immerhin eine kleine Rente.«

»Fällt dir irgendwer in Louviec ein, der ihn gut kennen könnte? Ein Vertrauter von Robic?«

»Kein Einziger. Ich sagte ja schon, seit dem Abitur hat der Kerl nie wieder einen Fuß ins Dorf gesetzt.«

»Kurz gefasst«, sagte Adamsberg, »du würdest Robic nicht die Hand reichen?«

»Nicht mal den kleinen Finger. Aber jetzt habe ich noch andere Dinge zu erledigen, ich muss euer Mittagessen vorbereiten und habe heute Abend viele weitere Männer zu versorgen. Ich lasse euch also unter vier Augen weiter über diesen Mistkerl sinnieren.«

»Die vielen Männer, Johan, sind heute Abend schon wieder weg!«, rief Adamsberg ihm hinterher, doch seine Worte gingen unter in dem lauten Gesang, zu dem Johan in der Küche angesetzt hatte.

»Das ist von Lully«, sagte Veyrenc, der gerade hereinkam, gefolgt von den übrigen hungrigen Lieutenants.

Alle nahmen am Tisch Platz, während Adamsberg die recht spärlichen, aber aufschlussreichen Informationen notierte, die Mercadet über Robic gesammelt hatte. Der Geschäftsverkehr und die Buchführung von Robics Firma waren unverdächtig, die Vergangenheit ihres Chefs hingegen trübte dieses Bild ein wenig. Nach seinem Verschwinden aus Louviec hatte er in Sète bei Montpellier ein kleines Casino betrieben, das die Aufmerksamkeit der Behörden erregte, weil es nicht zu dem verschwenderischen Lebensstil passte, den er pflegte. Es wurden Ermittlungen eingeleitet, die jedoch zu keinem eindeutigen Ergebnis führten, außer dass zwei seiner Angestellten wegen Drogenhandels verhaftet wurden. Robic hatte versichert, nichts davon gewusst zu haben, aber in seiner Akte tauchte der Vermerk »verdächtig« auf, ohne zusätzliche Erläuterung. Gleiches Spiel in Los Angeles, wohin es ihn nach seinem Intermezzo in Sète verschlagen hatte: Er gründete eine Firma, die Luxuswagen vertrieb. Eine Zeit lang mutmaßte die Polizei, dass er mit gestohlenen Autos handelte, doch die Untersuchungen wurden bald aus Mangel an Beweisen eingestellt.

»Sollte Robic nebenbei Autos geschoben haben, weiß er seine Spuren jedenfalls gut zu verwischen«, sagte Matthieu, nachdem Mercadet geendet hatte. »Bleibt die Frage, wer in Louviec einen Mann dieses Kalibers dazu bringen könnte, auf Befehl einen Mord zu begehen. Und warum traf es den Arzt?«

»Weil sein Verschwinden für Robic von Vorteil ist«, erklärte Adamsberg. »Er konnte bei der Gelegenheit endlich die dunkle Wolke, die wie eine latente Bedrohung immer über ihm schwebte, aus der Welt schaffen und die Verantwortung dafür einem anderen zuschieben.«

»Welche Bedrohung?«, fragte Berrond.

Sein Notizbuch in der Hand, fasste Adamsberg für die Kollegen zusammen, was er von Johan über Robic erfahren hatte. Dass Robic als reicher Mann aus den USA zurückgekehrt war dank des Vermächtnisses eines Amerikaners namens Donald Jack Jameson – bestätigt von Mercadet –, der gleich nach Verfassen seines Testaments ermordet wurde – ebenfalls bestätigt von Mercadet. Dass sich zwischen Doktor Jaffré und dem Millionär aus den Staaten eine Freundschaft entwickelt und dass der Arzt sich eine Weile in Los Angeles aufgehalten hatte – bestätigt von Johan. Dass Jameson davon überzeugt war, es bringe Unglück, seinen Letzten Willen festzuhalten, und er sich deswegen dagegen sträubte – was er seinem Freund Jaffré offenbart hatte. Und schließlich, dass der Arzt Robic sehr unmissverständlich mitgeteilt hatte, wie sehr ihn die Existenz eines Testaments seines guten Freundes Donald überrascht habe.

»Grün im Gesicht ist Robic daraufhin geworden«, sagte Johan auf dem Weg von der Küche zum Tresen, »›grün‹, so hat es mir der Doktor beschrieben.«

»Unter diesen Umständen«, sagte Veyrenc stirnrunzelnd, »versteht man schon besser, wieso die Bitte, den Arzt umzubringen, eine Verlockung für Robic dargestellt haben könnte.«

»Wurde das Testament denn nicht überprüft?«, fragte Matthieu skeptisch.

»Natürlich wurde es geprüft. Robic war der Polizei in Los Angeles nicht unbekannt, und Jameson war Opfer eines tödlichen Überfalls geworden, und zwar in der Nacht, nachdem er das Testament zu Robics Gunsten an seinen Notar geschickt hatte. Es gilt das Datum des Poststempels. Die Bullen in den USA sind nicht dümmer als wir, sie haben eins und eins zusammengezählt. Aber nein, das Testament wurde als gültig anerkannt.«

»Dennoch«, beharrte Matthieu, »wenn der Arzt und Jameson so eng verbunden waren, ist doch vorstellbar, dass Jaffré versuchte, seinen Freund zur Vernunft zu bringen und ihn von der Notwendigkeit eines Testaments zu überzeugen.«

»Ganz sicher sogar«, bestätigte Johan. »Für Aberglauben war der Doktor nämlich nicht empfänglich.«

»Vielleicht«, fuhr Matthieu fort, »hat Donald aufgrund dessen oder auch im Laufe der Zeit von sich aus seine Meinung geändert und letztlich doch ein Testament verfasst. In diesem Fall wäre Robics Motiv nicht stichhaltig und diese Testamentsgeschichte von keinerlei Interesse.«

»Aber sie ist von Interesse!«, rief Johan von der Küchenschwelle aus. »Wenn der Arzt seinen Freund hätte überzeugen können, hätte er nie behauptet, das Testament sei ein einziger Schwindel! Und überhaupt, warum sollte Donald sein Geld dem ›Cousin eines Cousins‹ vermachen und nicht zum Beispiel einer gemeinnützigen Organisation?«

»Bevor wir uns wegen Robic streiten«, sagte Adamsberg, »werde ich seiner Sekretärin einen Besuch abstatten. Wir wissen ja nicht einmal, ob der Brief überhaupt an ihn adressiert war.«

»Genau«, sagte Matthieu mit Bestimmtheit.

XXV

Adamsberg hatte Estelle Braz am Apparat und stellte sich vor. Ihre Stimme klang jung und ausgesprochen »herzlich«. Adamsberg sagte dieses Wort unablässig vor sich hin, in der Hoffnung, dass die Idee, die er damit verband – und die womöglich keinen Pfifferling wert war –, wiederauftauchen würde. Doch die Idee blieb schmollend am Grund seines Sees verankert.

»Im Gegenteil, Herr Kommissar, wenn ich Ihnen in diesem Fall von Louviec behilflich sein kann, sehr gern. Worum geht es denn?«

»Kümmern Sie sich um die Post bei Ihr Zuhause von A bis Z?«

»Ja sicher«, sagte sie überrascht. »Allerdings bin ich nicht die Einzige. Wir sind zu viert für die elektronische Post zuständig, und ich verwalte zusätzlich noch die Briefpost, aber da kommt inzwischen nicht mehr viel.«

»Erinnern Sie sich daran, am Freitag einen etwas ungewöhnlichen Umschlag erhalten zu haben? Weiß, ziemlich groß und mit dicker Tinte beschriftet, er enthielt …«

»… einen weiteren Umschlag? Entschuldigen Sie bitte, Kommissar, ich habe Sie unterbrochen. Ja, ich erinnere mich sehr gut.«

»Können Sie mir sagen, wie der zweite Brief aussah?«

»Das Kuvert war ebenfalls weiß, mit derselben großen Schrift beschrieben und, das fand ich ziemlich ausgefallen: Es war mit Kerzenwachs versiegelt.«

»Trug das Siegel irgendein Zeichen?«

»Ein sehr einfaches, es bestand aus sechs sich kreuzenden Strichen. Ein bisschen wie ein Stern.«

»Waren diese Striche mit der Hand gezogen?«

»Ja, wahrscheinlich mit einem Lineal oder sogar einem Streichholz. Wirklich sehr rudimentär.«

»Und können Sie sich an den Namen des Empfängers erinnern?«

»Er war an den Chef, Monsieur Pierre Robic, adressiert.«

»Öffnen Sie die Post Ihres Chefs?«

»Natürlich, er kann sich schließlich nicht um den ganzen Papierkram kümmern. Aber auf diesem zweiten Umschlag stand oben links, dick unterstrichen, ›persönlich‹ und ›vertraulich‹.«

»Kommt so was häufiger vor?«

»Eher selten. Die Leute, die ihm persönlich schreiben wollen, schicken ihren Brief gleich zu ihm nach Hause. Aber nur wenige kennen seine Postanschrift und würden in dem Fall wohl an seine private E-Mail-Adresse schreiben.«

»Das heißt …«

»… ich habe das zweite Kuvert nicht geöffnet, sondern ihm gleich bringen lassen.«

»Verstehe. Und den ersten weißen Umschlag haben Sie weggeworfen?«

»Ja, der war schließlich nicht weiter interessant.«

»Und wissen Sie vielleicht, wo er jetzt ist?«

»In der Papiertonne, nehme ich an. Denn die Putzfrau hat sich gestern mit einer Angina krankgemeldet, kein Wunder bei diesem ständig wechselnden Wetter, und heute hat sie Urlaub. Also wird der Umschlag wohl immer noch dort sein.«

»Könnten wir ihn abholen kommen?«

»Natürlich, aber es ist wie gesagt nur der äußere Umschlag. Na ja, Sie werden Ihre Gründe haben. Wenn es Ihnen wichtig ist, werde ich meinen Müll durchsuchen.«

»Vielen Dank, Madame Braz. Um wie viel Uhr kann ich vorbeikommen?«

»Sagen wir um 15 Uhr? Mein Büro befindet sich im 8. Stock, linker Flur, Zimmer 837.«

»Dürfte ich Sie bitten, bis zu meiner Ankunft niemandem davon zu erzählen?«

»Ja sicher«, sagte die Sekretärin ein wenig erstaunt. »Sie werden Ihre Gründe haben«, wiederholte sie.

Adamsberg kehrte in den Raum zurück, wo das Team gerade fertig mit Essen war.

»Der Mann hat tatsächlich an Pierre Robic persönlich geschrieben«, teilte er seinen Kollegen mit.

»Und warum nicht an seine Privatadresse?«

»Vielleicht um kein Risiko einzugehen. Falls ein anderer Hausbewohner die Post in die Hände kriegen sollte. Oder aus dem einfachen Grund, dass er die Anschrift nicht hatte. Laut der Sekretärin kennen nur wenige Leute sie. Ich mache mich jetzt auf den Weg zu ihr. Wir sehen uns gleich wieder hier.«

Die junge Estelle Braz empfing den Kommissar, mit dem Umschlag wedelnd, in ihrem Büro.

»Hier ist er!«, rief sie lächelnd. »Ich habe ihn in eine Plastikhülle gesteckt. So machen Sie das doch bei der Polizei, oder?«

»Danke, Estelle, perfekt – ich darf Sie doch Estelle nennen? Sagen Sie, hat Ihr Chef eigentlich einen Chauffeur?«

»Natürlich, er ist ständig unterwegs, und man weiß nie, wohin. Wobei, Chauffeur … Bodyguard würde es wohl eher treffen.«

»Warum?«

»Weil er bewaffnet ist. Aber ich rede zu viel, ich möchte niemanden in Schwierigkeiten bringen, Kommissar. Mir ist bloß nicht ganz klar, wieso der Chef eines Einrichtungshauses eine Waffe benötigt.«

»Mir auch nicht, ehrlich gesagt. Kann man diesen Chauffeur erreichen, ist er gesprächig?«

»Sein Vorgänger war sehr gesprächig, wahrscheinlich zu gesprächig für den Geschmack des Chefs, er wurde gefeuert. Und aus dem Neuen werden Sie nichts herausbekommen. Er ist stumm.«

»Einen Versuch wäre es wert.«

»Wir haben uns missverstanden. Mit ›stumm‹ meine ich wirklich stumm, im physischen Sinn. Wenn der Chef ihn aus Freundlichkeit eingestellt hätte, würde ich es ja verstehen, aber genau das ist nicht seine hervorstechendste Eigenschaft. Deshalb würde ich auch gern den Job wechseln.«

»Sie verstehen sich nicht mit dem Chef?«

»Es ist ein offenes Geheimnis, dass niemand hier mit ihm auskommt. Er ist sehr hart, sehr schroff im Umgang. Aber das Schlimmste ist, dass er sich in meinen Augen nicht gut um die Firma kümmert. Er prüft die Bestellungen und die Lieferungen nicht sorgfältig, oft genug stehen wir mit schlechtem Material da. Ich erhalte ziemlich viele Beschwerden. Man könnte meinen, seit er ein gemachter Mann ist, interessiert ihn das Alltagsgeschäft nicht mehr. Und seine Angestellten müssen es ausbaden.«

Als Adamsberg von seinem Besuch bei Estelle Braz zurückkehrte, saßen seine sieben Kollegen noch vergnügt am Tisch. Ihre Gespräche verstummten abrupt und mit erwartungsvollen Blicken sahen sie ihm entgegen.

»Guter Fang«, sagte Adamsberg. »Ich habe den äußeren Umschlag sichergestellt, wir haben also seine Handschrift. Mercadet, gibt es einen Grafologen in der Nähe?«

»Nur in Rennes«, sagte der Lieutenant und sah von seinem Rechner auf. »Nun, vielleicht kann ich weiterhelfen? Immerhin habe ich ein Jahr Grafologie studiert, bevor ich zur Polizei gegangen bin, das Fach hat mich schon immer fasziniert.«

Adamsberg reichte ihm sogleich den Umschlag. Mercadet beugte sich konzentriert über die Adresse und machte sich Notizen, während seine Kollegen aufmerksam schwiegen.

»Ich denke«, sagte er nach einer Weile, »dass es sich um einen Mann der Tat handelt, der stark auf seine Vergangenheit und wenig auf die Zukunft ausgerichtet ist. Die Schrift ist noch geprägt von seiner Schulzeit, manche Buchstaben formt er so, wie man sie ihm beigebracht hat. Er hat ihnen bisher nicht den eigenständigen Charakter eines Erwachsenen verliehen. Deshalb ist er aber noch lange kein braves Kind: Die spitzen Enden seines M oder Z und auch der Balken seines T, der wie eine Harpune aussieht, lassen auf ein hohes Aggressionspotenzial schließen. Kein Typ, mit dem man Ärger haben will. Nicht zuletzt deutet die Größe seiner Schrift auf seinen Drang hin, sich zu behaupten, und zweifellos auch auf seine Kühnheit. Die auffällige Form seines I – das auf sein ›Ich‹ verweist – legt nahe, dass er sehr mit der eigenen Person beschäftigt ist. Gleichzeitig möchte ich warnen: All diese Aspekte treten so deutlich, so übertrieben zutage, dass ich annehme, es handelt sich um eine sehr geschickt verstellte Handschrift.«

»Die Probe bringt uns also nicht weiter.«

»Doch, ein bisschen schon. Selbst eine verstellte Handschrift birgt Spuren der Persönlichkeit ihres Autors. Er hat das Schriftbild vergrößert, die Buchstaben nach links geneigt, aber sein harpunenartiges T konnte er nicht bändigen.«

»Die Sekretärin hat mir anvertraut, dass sie den Betrieb verlassen will. Der Chef lässt sich abends von einem bewaffneten, stummen Chauffeur herumkutschieren, außerdem achtet er nur mäßig auf die Qualität der Produkte. Aus ihrer Sicht lässt seine Führung des Unternehmens zu wünschen übrig. Und er ist offenbar so unangenehm, dass keiner seiner Mitarbeiter eine hohe Meinung von ihm hat.«

»Wir werden also unseren Spaß kriegen, wenn wir ihn am Montag besuchen.«

»Wieso am Montag? Wir statten ihm noch heute einen Besuch ab, Matthieu.«

Es waren vier dumpfe Schläge an der schweren Tür zu hören.

»Das ist Maël«, sagte Johan, »er kündigt sich immer so an.«

Maël grüßte *herzlich* in die Runde und nahm auf seinem üblichen Hocker am Tresen Platz.

»Ich habe nichts Vernünftiges mehr zu essen zu Hause«, sagte er zu Johan. »Kannst du mir trotz der späten Uhrzeit noch etwas machen? Ein Sandwich würde mir reichen.«

»Ich serviere nicht gerne Sandwiches, aber mehr kann ich gerade tatsächlich nicht anbieten, dabei würde ich für dich immer eine Ausnahme machen. Die Polizei ist über den Gasthof hergefallen wie eine Herde Heuschrecken.«

»Sag mal, Maël«, fragte Adamsberg, »Pierre Robic, kennst du den?«

Maël schüttelte den Kopf von rechts nach links und griff nach seinem Sandwich, noch bevor Johan den Teller abgestellt hatte.

»Mehr oder weniger, aber ich will auch nicht näher mit ihm zu tun haben. Damals, als er gerade nach Louviec zurückgekehrt war, habe ich ein paar Maurerarbeiten in seinem neuen Haus übernommen. Aber glauben Sie nicht, dass er einen Arbeiter auch nur anguckt, geschweige denn sich mit ihm unterhält. Manchmal sehe ich ihn in Combourg aus seinem Auto steigen … Der geht natürlich keine drei Meter zu Fuß wie jeder normale Mensch. Und er hat falsche Zähne, eine Visage wie eine Puppe.«

»Warum willst du nicht näher mit ihm zu tun haben?«

»In der Schule war er einer der Schlimmsten von allen. Er und Pierre Le Guillou. Die beiden waren schon damals kleine Gangster, sie hetzten die anderen gegen mich auf. Weil er mich zum Hausaufgabenabschreiben brauchte, konnte er es sich aber nicht direkt mit mir verderben, er musste auf zwei Sätteln reiten. Sie verstehen also vielleicht, Kommissar, wieso ich keine Lust habe, mich mit ihm abzugeben.«

»Warum sagst du, dass er *schon damals* ein kleiner Gangster war?«

»Weil er meiner Meinung nach immer noch ein Gangster ist. Zu viel Geld, um es ehrlich verdient zu haben, denke ich. Und ich bin nicht der Einzige in Louviec und anderswo, der so denkt. Klar, er hat eine große Firma, die einiges einbringt, aber eben nicht genug, um sich vier Luxusvillen und eine Jacht zu leisten und alle fünf Minuten in ein Flugzeug zu steigen.«

»Woher weißt du das alles?«

»Durch Estelle, sie ist seine Sekretärin.«

»Estelle Braz.«

»Genau die. Sie ist eine Bekannte, wir verstehen uns gut. Nettes Mädchen, nicht so scheinheilig wie andere. Wir plaudern ab und zu. So habe ich das mit den Villen, den Pools, dem Boot, den Flugreisen und so weiter erfahren.«

»Und dass seine Firma nicht genug Geld für seinen Lebenswandel einbringt, woher weißt du das?«

Maël lächelte spöttisch.

»Er hat meinen Chef mit der Verwaltung seiner Buchhaltung beauftragt. Lustig, nicht wahr? Und kein leichter Job. Ich weiß, wovon ich spreche, denn ich bin es schließlich, der im Hinterzimmer über seinen Büchern brütet. Einwandfrei, nichts zu bemängeln. Sehr hohe Einkünfte, keine Frage. Aber wie gesagt, für die Villen, die Jacht und den ganzen Rest reicht es nicht. Deshalb sage ich, er war und ist ein Gangster. Das große Geld muss er woanders verdienen, unter der Hand, ohne dass jemand es mitkriegt. Sie geben doch kein Wort weiter von dem, was Sie gerade gehört haben, Kommissar? Denn wenn er Wind davon bekommt, geht es mir an den Kragen. Obwohl ich nicht der Einzige bin, der den Braten riecht. Sie können jeden hier in Louviec fragen.«

Maël seufzte, aß sein Sandwich auf und verließ den Gasthof.

Adamsberg gab dem Team ein Zeichen, enger am Tisch zusammenzurücken. Sie hatten nun Gewissheit, dass Robic der Empfänger der Nachricht des Mörders war, und damit änderte sich die Lage.

»Wenn Maël und Johan sich nicht täuschen«, sagte Matthieu, »geht Pierre Robic einer äußerst lukrativen Tätigkeit im Untergrund nach. Er ist also womöglich Kopf einer Bande, aus deren Reihen er einen Erfüllungsgehilfen für die Ermordung des Arztes rekrutieren konnte.«

»Die Fakten legen das nahe«, sagte Berrond. »Und tatsächlich hat der Mörder Robic kontaktiert. Aber es ist so schwer vorstellbar, dass irgendwer aus Louviec es wagen würde, jemanden wie Robic anzusprechen.«

»Villing?«, schlug Noël vor. »Der fiese Schnüffler könnte sich doch ein bisschen umgetan haben, was Robic so treibt? Maël und Johan sagten ja, alle vermuten, dass bei Robic etwas nicht ganz koscher ist. Es würde mich wundern, wenn Villing seine Nase da nicht hineingesteckt hätte.«

»Und Robic mit Erpressung drohte?«, fragte Adamsberg. »Wir kennen den Mann noch nicht, aber ihn zu erpressen, klingt eher nach einer sicheren Methode, umgelegt zu werden, als nach der Aussicht, seinen Willen zu erreichen.«

»Man müsste herausfinden, was aus seinem Komplizen geworden ist, diesem Pierre Le Guillou«, überlegte Veyrenc. »Und vielleicht in dieser Richtung weitergraben.«

»Ich schaue gleich mal nach«, bot Mercadet an, noch ehe er gefragt wurde.

»Sehr gut«, sagte Adamsberg und stand auf.

»Gehst du zu Robic?«, fragte Matthieu.

»Ich gehe zuerst zum Rathaus, um das Register einzusehen. Nur so eine Idee.«

»Eine dieser vagen?«

»Ziemlich vage, aber nicht auf dem Grund des Sees. Johan«, rief er, als der Wirt an ihm vorbeiging, »du weißt nicht zufälligerweise, an welchem Tag Robic vor vierzehn Jahren nach Louviec zurückgekehrt ist?«

»Am 1. April. Wundern Sie sich nicht, ich weiß es, weil er ohne Vorwarnung auf der Geburtstagsfeier seiner Mutter auftauchte, die hier stattfand. Und den 1. April kann man sich leicht merken.«

Der stellvertretende Bürgermeister begleitete Adamsberg in die Registratur und tippte den Zugangscode ein.

»Sie erinnern sich doch bestimmt an den Namen des Mannes, der hier, in Louviec, getötet und ausgeraubt wurde, kurz nachdem das Holzbein des Hinkenden wieder anfing herumzuspuken.«

»Oh, das ist lange her, sag ich mal.«

»Vierzehn Jahre.«

»Stimmt. Sein Name war Jean Armez.«

»Hatte Armez Louviec nach der Schule verlassen?«

»Mit neunzehn. Und einundzwanzig Jahre später kehrte er zurück.«

»Wissen Sie, was er in dieser Zeit getrieben hatte?«

»Er war, sag ich mal, was das betraf, nicht sehr auskunftsfreudig. Er erzählte immer, er sei über alle Weltmeere geschippert. Mit der Handelsmarine. Mal auf diesem, mal auf jenem Schiff und in jedem Hafen ein Mädchen. Mehr war ihm nicht zu entlocken. Im Dorf hieß er seitdem nur noch ›Der Vagabund‹.«

»Kehrte er reich zurück?«

»Zumindest wohlhabend genug, um sich ein Haus zu kaufen, es komfortabel einzurichten und sich eine Putzfrau und eine Köchin zu leisten. Immerhin. Ein Leben auf See sei nicht kostspielig, deshalb habe er ›seine Schäfchen ins Trockene gebracht‹. Keine Ahnung, was das genau bedeutete. Er musste nichts entbehren, lebte aber, sag ich mal, auch nicht gerade auf großem Fuß. Er meinte, in seinem Alter müsse man seine Schäfchen gut zusammenhalten. Der arme Kerl, er hatte keine Zeit, sein Haus zu genießen. Fünf Monate nach seiner Rückkehr wurde er umgelegt.«

»Fünf Monate, sind Sie sicher?«

»Also, er muss irgendwann im November wiedergekommen sein, denn Weihnachten hatte er mit der Familie gefeiert.«

»Was ist mit dem Einbruch?«

»Die Polizei behauptete damals, es handele sich um einen Einbruch, weil die Matratze angehoben worden war. Aber ganz ehrlich, Geld unter seiner Matratze zu verstecken, das ist ja wohl ein Witz, sag ich mal. Genauso gut könnte man es für alle sichtbar auf dem Tisch liegen lassen. Glauben Sie etwa daran? An dieses Geld unter der Matratze?«

»Ganz und gar nicht«, sagte Adamsberg und suchte den Namen Jean Armez auf dem Bildschirm. »Gestorben an einem 11. April. Weiß man, wie er getötet wurde?«

»Auf die harte Tour. Man hat ihm eine Kugel in die Schläfe gejagt, mit Schalldämpfer. Eine echte Gangsternummer, sag ich mal. Die Polizei hatte anschließend ganze Tage damit verbracht, nach dieser Waffe zu suchen und die Schuhe aller Männer aus Louviec zu überprüfen, weil es Spuren im Schlafzimmer gab. Ein kompletter Fehlschlag.«

Jean Armez taucht also im November wieder in Louviec auf, dachte Adamsberg, während er im Nieselregen zum Gasthof schlenderte, Robic kommt am 1. April, und zehn Tage später wird der Vagabund mit einer echten Gangsternummer kaltgemacht. Gut möglich, dass Robic und der Vagabund eine Zeit lang Partner waren und dass Robic nach seiner Rückkehr mit Armez abrechnete, um ihn am Reden zu hindern. Aber auch hier: keine Beweise, man rannte gegen eine Mauer.

Mercadet empfing ihn schläfrig, aber mit einigen Erkenntnissen zu Pierre Le Guillou. Er war Teilhaber des Casinos in Sète und des Autohauses, das Robic in Los Angeles hochgezogen hatte.

»Wenn Sie hier mit mir fertig sind«, sagte Mercadet, »würde ich mich gern einen Moment ausruhen.«

»Tun Sie das, Lieutenant. Derweil werden Matthieu und

ich Robic grillen. Was ihm so viel anhaben wird wie einer Statue aus Stein, aber es ist höchste Zeit, ihn ein wenig zu triezen. Wir nehmen ihn ins Kreuzfeuer, Matthieu. Du, ich, du, ich und so weiter. Alte Methode.«

»Aber wirkungsvoll.«

XXVI

Da Robic die Firma wegen eines Empfangs auf seinem Anwesen bereits verlassen hatte, fanden sich die beiden Kommissare gegen 18 Uhr vor dem luxuriösen Portal einer Neubauvilla wieder, die, zwei Kilometer von Combourg entfernt, in einem riesigen Park lag.

»Wie hässlich«, sagte Matthieu.

»Sehr hässlich. Jede Anmaßung ist hässlich.«

»Von wem ist das?«

»Was?«

»Dein Spruch. Über die Anmaßung.«

»Von mir natürlich, Matthieu. Ich wäre gar nicht in der Lage, wie Danglard ständig Autoren zu zitieren.«

Ein Bediensteter öffnete ihnen die Tür und konnte ihnen, da sie ihre Polizeimarken vorzeigten, den Zugang nicht verwehren. Sie folgten ihm zu einer durch ein Gitter geschützten Bleiglastür, wo er sie warten ließ. Die Geräuschkulisse einer ausgelassenen Feier drang bis zu ihnen am Eingang, und Adamsberg war froh, dass er sich nicht selbst durch das laute Getümmel der lokalen Hautevolee zu Robic vorarbeiten musste. Der Firmenchef ließ sie zwanzig Minuten warten – reine Machtdemonstration – und begrüßte sie verärgert und mit abweisender Miene.

»Sie klingeln an einem Samstag bei mir zu Hause, reißen mich ohne Vorwarnung aus dem Kreis meiner Gäste, das ist ein Amtsmissbrauch, wie ich ihn nur schwer dulden kann.

Kommen Sie am Dienstag wieder, und zwar in mein Büro, und seien Sie so höflich, vorher einen Termin mit meiner Sekretärin zu vereinbaren.«

»Wenn fünf Menschen ermordet wurden, Monsieur Robic, spielt Höflichkeit keine Rolle mehr«, sagte Matthieu.

»Falls Sie eine Bestätigung wünschen, ich kann selbst den Attaché des Innenministers an einem Samstag erreichen«, fügte Adamsberg hinzu, »und zwar ohne das geringste Problem. Warum sollte das bei Ihnen anders sein, Monsieur Robic?«

Darauf hatte Robic keine Antwort. Von der ersten Minute an verabscheute Adamsberg diesen Mann, der alle Privilegien für sich in Anspruch nahm und sich aufspielte, bloß weil er reich war. Schon sein Gesicht gefiel ihm nicht. Johan hatte recht. Ein harter, arroganter Typ, schlank und hochgewachsen, der sie über seine goldumrandeten Brillengläser hinweg scharf musterte. Und seine Zähne verliehen ihm in der Tat etwas unangenehm Maskenhaftes.

»Folgen Sie mir, ich habe nur ein paar Minuten Zeit für Sie.«

»Aber wir«, sagte Adamsberg und blieb stehen, »wir brauchen mehr als ein paar Minuten, um mit Ihnen zu sprechen.«

»Worüber?«, fragte Robic mit erhobener Stimme.

»Erweisen Sie uns die Ehre, uns irgendwo zu empfangen, wo wir ungestört sind, und Sie werden es erfahren. Es ist nicht nötig, einen Anwalt hinzuzubitten, es handelt sich nicht um ein Verhör, sondern um ein informelles Gespräch.«

Robic gab ein wütendes Knurren von sich. Wenn er sich ein solches Verhalten gegenüber zwei Polizeikommissaren herausnahm, konnte Adamsberg sich gut vorstellen, was seine Angestellten durchmachen mussten. Robic ließ sie auf zwei kleinen Stühlen in seinem luxuriösen Arbeitszimmer Platz nehmen, während er selbst sich auf einen breiten, hohen Sessel setzte. Eine weitere kindische Art, Überlegenheit zu vermitteln.

»Kommen wir zur Sache«, sagte er schroff.

»Wir wissen, dass Sie Louviec als junger Mann verlassen haben«, begann Adamsberg, »und in Sète verschiedenen Tätigkeiten nachgingen. Sie arbeiteten als kleiner Angestellter, Fahrer und Fensterputzer, bevor Sie schließlich ein kleines Casino eröffneten.«

»Dieses Casino expandierte und brachte Ihnen genug ein, um eine Reise in die Vereinigten Staaten zu finanzieren«, sagte Matthieu. »Ist das korrekt?«

Die beiden Kommissare hielten sich an ihre Strategie, Robic abwechselnd unter Dauerbeschuss zu setzen, eine Frage von links, eine Frage von rechts, was ihrem Gegenüber sichtlich unangenehm war.

»Korrekt. Sie sehen, dass ich es durch harte Arbeit von ganz unten nach ganz oben geschafft habe.«

»Die Polizei in Sète sah das ein wenig anders«, sagte Adamsberg, »sie war der Meinung, dass Ihr Lebensstandard deutlich über Ihren Einkünften aus dem Casino lag.«

»Sie leitete daher Ermittlungen ein.«

»Die im Sande verliefen, wie Sie wissen, meine Herren.«

»Abgesehen von der Verhaftung zweier Ihrer Mitarbeiter wegen Drogenhandels.«

»Ohne jegliche Verbindung zu mir. Die Ermittlungen wurden eingestellt.«

»Doch es blieben Zweifel«, sagte Adamsberg.

»Sie gehen also in die Vereinigten Staaten. Allein oder in Begleitung? Eines Freundes, meine ich.«

»Allein. Ich brauche keinen Anstandswauwau.«

»Sie lügen, Monsieur Robic«, sagte Adamsberg. »Pierre Le Guillou, Ihr unzertrennlicher Begleiter, war nicht nur Ihr Geschäftspartner in Sète, er tritt auch als Teilhaber Ihres Autohandels in Los Angeles in Erscheinung. Der ebenfalls expandiert. In den Akten der örtlichen Polizei werden Sie als ›verdächtig‹ geführt.«

»Wenn Sie in Los Angeles gelebt hätten, wüssten Sie, dass fast jeder dort als ›verdächtig‹ geführt wird.«

»Sie kamen vor vierzehn Jahren nach Louviec zurück«, fuhr Adamsberg unbeirrt fort, »sehr wohlhabend. Laut Ihrer Mutter hatte ein mysteriöser Cousin eines Cousins Ihnen sein Vermögen vermacht …«

»Nichts daran ist mysteriös«, fiel Robic ihm ins Wort. »Sein Name ist Donald Jack Jameson, wir sind über die dritte Frau eines Großonkels verwandt, und er hat keine Nachkommen. Er kaufte seine Autos bei mir und mit der Zeit wurden wir sehr gute Freunde. Durch eine Verkettung unglücklicher Umstände wurde er in der Nacht, nachdem er sein Testament aufgesetzt hatte, ausgeraubt und ermordet.«

»Hübsch, Ihre Formulierung ›durch eine Verkettung unglücklicher Umstände‹«, bemerkte Matthieu mit einem eisigen Lächeln. »›Sehr glückliche Umstände‹ würde es besser treffen.«

»Ihre Ironie gefällt mir nicht, Kommissar. Vergessen Sie nicht, dass Sie nur aufgrund meines guten Willens hier sitzen und ich jedes Recht habe, Sie wieder rauszuwerfen. Kommen Sie zur Sache, meine Herren. Seit über einer Viertelstunde stellen Sie mir Fragen, die nichts mit den Morden in Louviec zu tun haben, für die Sie zuständig sind.«

»Dann möchte ich Ihnen abschließend raten, vorsichtiger

aufzutreten, Monsieur Robic«, sagte Matthieu. »Hier wie auch in Sète und Los Angeles übersteigt Ihr Lebensstandard Ihre Mittel. Früher oder später wird man in Combourg oder andernorts Ermittlungen gegen Sie einleiten.«

»Sie vergessen mein Erbe.«

»Wir vergessen es keineswegs«, sagte Adamsberg. »Der gute alte Cousin aus Amerika. Das Testament ist in Ihrem Besitz, nehme ich an?«

»Das versteht sich von selbst. Es ist ordnungsgemäß beglaubigt, falls es Sie interessiert, und ein Duplikat davon liegt bei meinem Notar.«

»Genau genommen interessiert es mich nicht«, sagte Adamsberg, »Sie würden ja niemanden reinlegen, Monsieur Robic. Am vergangenen Freitag haben Sie einen besonderen Brief erhalten.«

»Besonders in welcher Hinsicht?«

»Ein versiegelter Umschlag, der in einen anderen gesteckt wurde, um sicherzugehen, dass er bei Ihnen persönlich ankommt. Weiß, mit einem Siegel aus Kerzenwachs. So etwas vergisst man nicht.«

»In der Tat«, sagte Robic. »Man könnte meinen, Sie säßen mir ständig im Nacken. Wie der hässliche Buckel von Maël«, fügte er mit einem bösen Lächeln hinzu.

»Sie beleidigen ihn?«, sagte Adamsberg mit angespannter Stimme. »Sie haben ihn als Anführer Ihrer kleinen Gangsterbande schon in der Schule gedemütigt, und Sie beleidigen ihn immer noch?«

»Lassen Sie meine Kindheit ruhen. Was den Brief betrifft, der war von irgendeinem Kunden.«

Der Geschäftsmann putzte seine Brille, als versuchte er, den Blicken der beiden Polizisten für einen Moment zu entkommen.

»Aha, ›irgendein Kunde‹ also, der vorsichtshalber zwei Umschläge verwendet und einen davon versiegelt?«

»So ist es, was kann ich dafür, wenn der Mann ein Spinner ist?«

»Ein Spinner, der Ihnen was genau schreibt?«

»Üble Anschuldigungen, nichts, was es wert wäre, gelesen zu werden. Ein Verrückter, der sich ungeheuer viel Mühe gibt mit einem Brief, der niemanden interessiert. Ein armes Schwein.«

Robic stand auf und ging in seinem großen Arbeitszimmer auf und ab, er schien eine kleine Verschnaufpause zu benötigen.

»Geht es etwas präziser, Monsieur Robic?«

»Er beschuldigte mich, ihm fünf Säcke totgebrannten Gips geliefert zu haben. Er wagte es zu behaupten, mein Unternehmen verkaufe schlechte Produkte und bestehle seine Kunden, und verlangte eine Rückerstattung. Das ist natürlich alles Quatsch, aber ich werde die Rückerstattung sowie eine neue Lieferung beantragen.«

»Haben Sie den Brief aufbewahrt?«

»Nein, ich war verärgert und habe ihn in den Holzofen geworfen.«

»Ist das Ihre übliche Art, mit Briefen umzugehen, die Sie verärgern?«

»Eher ein Automatismus.«

»Ja, Feuer ist da ideal«, sagte Adamsberg. »Aber gestern war es schön warm, und trotzdem brannte Ihr Ofen?«

»Ich bin kälteempfindlich, was geht Sie das an?«

»Nun, heute nieselt es, es ist kühl, und ich nehme zur Kenntnis, dass der Ofen aus ist.« Adamsberg stand auf, um sich zu verabschieden.

Robic streckte mechanisch die Hand aus, doch Adamsberg ignorierte diese Geste.

»Sie haben den Gipfel des Reichtums erreicht, Monsieur Robic«, sagte er, »und Sie haben eine sehr hohe Meinung von sich selbst, dabei sind Sie niederträchtig bis ins Mark, Sie sind kein guter Mensch. Weit davon entfernt.«

Dann verließ der Kommissar ohne Eile den Raum, Seite an Seite mit Matthieu, und atmete tief durch, als sie wieder im Freien standen.

»Du hast kräftig ausgeteilt«, sagte Matthieu.

»Soll das heißen, ich habe meine Kompetenzen überschritten? Der Typ ist hassenswert, und ich bin überzeugt, dass niemand es je gewagt hat, ihm das mal zu sagen.«

»Jetzt ist es geschehen.«

Adamsberg setzte sich ans Steuer und lenkte den Wagen aus dem großen, prätentiösen, nach Versailler Art angelegten und gestutzten Park hinaus.

»Es war nicht umsonst«, sagte er. »Wir konnten uns ein Bild von diesem knallharten Kerl machen. Der den Brief eines angeblichen Kunden in seinem Ofen verbrennt … Ja, er hat den Brief verbrannt, aber ohne seinen Ofen anzuzünden. Mitten im Mai, das passt überhaupt nicht zusammen. Und der Mann könnte weder nachweisen, womit er in Sète und anschließend in Los Angeles das viele Geld verdient hat, noch, wieso er so vermögend nach Louviec zurückgekehrt ist. Als einzige Erklärung dient ihm diese erbärmliche Erbschaftsgeschichte.«

»Was den Mord betrifft, angenommen, dass er vom Tod des Arztes profitiert …«

»Das ist keine Annahme, Matthieu, sondern eine Gewissheit.«

»Es ist *deine* Gewissheit. Ich sehe immer noch nicht, wer aus Louviec wagen würde, ihn zu erpressen.«

»Nein, so einen selbstgerechten, mächtigen Typ wie Robic

erpresst man nicht. Oder man stirbt daran. Wie Jean Armez, der Vagabund. Einundzwanzig Jahre lang abwesend, Matrose in der Handelsmarine. Eines Tages ankert sein Schiff in Sète und er trifft dort Pierre Robic. Vielleicht zufällig in diesem Casino, das er eines Abends aufsucht, in der Hoffnung, dass, wo gespielt wird, sich reizende Gespielinnen finden. Die beiden Männer sehen sich danach wieder. Der Vagabund gibt das Herumschippern auf dem Meer auf und zieht zusammen mit Robic durch die Landen. Am 1. April vor vierzehn Jahren kehrt Robic zurück nach Louviec. Und Jean Armez, schon seit einigen Monaten wieder im Dorf, fordert seinen Anteil an dem Erbschaftsbetrug ein. Robic hat die USA nach diesem großen Coup bestimmt sehr schnell verlassen und sich nicht die Mühe gemacht, seine Komplizen ausreichend abzufinden. Darunter den wichtigsten: den Jameson-Mörder, den Vagabunden.«

»Warum ausgerechnet er?«

»Weil der Mörder in diesen Kreisen normalerweise das Doppelte bekommt, wie du weißt. Robic hatte ihm den Job anvertraut. Aber nicht das Doppelte bezahlt. Deshalb verlangte Armez Geld von ihm. Also muss er es gewesen sein, der Jameson erledigt hat.«

»Woher weißt du das alles?«

»Ich weiß es nicht, ich fantasiere.«

»Aha, du fantasierst«, sagte Matthieu, während Adamsberg in der Nähe des Gasthofs parkte.

»So ist es. Denn Jean Armez wurde unmittelbar nach Robics Rückkehr getötet, am 11. April. ›Eine echte Gangsternummer‹, wie es der stellvertretende Bürgermeister nannte. Pistole mit Schalldämpfer. Findest du das nicht verblüffend?«

»Doch«, gab Matthieu zu.

»Ich glaube, dass der Mord an Armez auf Robics Konto geht.«

»Wir waren aber gerade bei der Ermordung des Arztes, Adamsberg.«

»Du stimmst mir zu, dass man einen Robic nicht erpresst. Also ist der einzige Grund, warum Robic auf die Forderung des Mörders eingeht – das habe ich im Wirtshaus bereits gesagt und wiederhole es jetzt noch einmal für dich –, der dumpfe Wunsch, den Arzt loszuwerden. Weil der etwas über das Testament weiß und Robic keine Ahnung hat, wie gefährlich ihm dieses ›etwas‹ einmal werden könnte. Seit Jahren belastet ihn diese Ungewissheit. Die Aufforderung, ein Verbrechen zu begehen, das die Handschrift des Mörders von Louviec trägt, ist für ihn die einmalige Gelegenheit, Jaffré loszuwerden, also beauftragt er einen seiner Gefolgsmänner mit der Ausführung. Sicher ist, dass er nicht aus eigenen Stücken entschieden hat, den Arzt aus dem Weg zu räumen. Denn er konnte die Details der Inszenierung eines Verbrechens ›à la Louviec‹ nicht kennen. Er erfuhr sie erst durch den Brief.«

»Das Ei.«

»Das Ei. Und die linke Hand.«

»Laut Gerichtsmediziner wurde auch diesmal wieder mit der Linken zugestochen, allerdings stieß der Mörder die Klinge vollkommen gerade in die Brust.«

»Ein von Robic nicht beachtetes Detail: Der von ihm ausgewählte Scherge war ein echter Linkshänder, der kräftiger zustechen konnte als unser Mann aus Louviec. Und dass auf Jaffrés Leiche keine Flohbisse zu finden sind, beweist ebenfalls, dass unser Dorfmörder diesmal nicht am Werk war. Er ahnt nichts von diesem bedeutungsvollen Merkmal, das seine Opfer kennzeichnet, und hat es daher in seinem

Brief nicht erwähnt. Hast du unsere Truppen in den Gasthof einberufen?«

»Sie warten schon auf uns.«

XXVII

Die beiden Kommissare liefen durch den Regen zum Gasthof und bestellten einen heißen Kaffee bei Johan. Der Wirt stand hinter dem Tresen, damit beschäftigt, Gläser zu polieren und sie prüfend gegen das Licht zu halten, um sicherzustellen, dass sie sauber waren.

»Ist angerichtet«, sagte Johan.

Die sechs Lieutenants wärmten sich tatsächlich bereits an einem Kaffee und zwei unbenutzte Tassen warteten auf die Nachzügler.

Adamsberg bat das Team, an den hintersten Tisch im Raum umzuziehen.

»Willst du deine Ruhe haben?«, fragte Johan.

»Wenn möglich, ja.«

»Für wie lange?«

»Kannst du mir eine Stunde geben?«

Der Wirt hängte ein Schild draußen an seine Tür und drehte den Schlüssel im Schloss.

»So«, sagte er, »der Gasthof gehört dir.«

»Danke, Johan«, sagte Adamsberg und nahm Platz.

»Dann fantasiere mal weiter, wir sind ganz Ohr.« Matthieu schenkte sich eine Tasse Kaffee ein.

»Was heißt hier ›fantasieren‹?« Retancourt schaltete sofort auf Abwehr.

»Er hat es mir selbst gesagt: ›Ich weiß es nicht, ich fantasiere.‹«

»Ich knüpfe an die Sache mit der erfundenen Erbschaft an«,

begann Adamsberg und überging Matthieus leise Ironie, die ihn in keiner Weise störte.

»Die Erbschaft kann durchaus echt sein«, widersprach Matthieu.

»In meiner Vorstellung«, fuhr Adamsberg fort, ohne sich mit der Unterbrechung durch seinen Kollegen aufzuhalten, »ist, in groben Zügen, Folgendes passiert. Mit seinen Schiebereien und kriminellen Aktivitäten verdient Robic zwar viel Geld, für seinen Geschmack aber nicht genug. Die Polizei in Los Angeles beginnt, um sein Autohaus herumzuschleichen, er spürt, dass die amerikanische Luft für ihn dünner wird. Er muss fortgehen. Doch er will die USA nicht einfach im Wohlstand verlassen, sondern als reicher, sehr reicher Mann. Und so fädelt Robic das herrliche Geschäft mit der Erbschaft ein. Er denkt schon seit einiger Zeit über einen solchen Coup nach. Durch seinen Handel mit Luxusautos, Jaguar, Porsche, Mercedes, hat er den Kreis der Privilegierten genau im Visier. Dank der spontanen, kommunikativen Art der Amerikaner, die schon nach einem Tag bereitwillig Freundschaft schließen, wie das Beispiel von Doktor Jaffré und Donald Jameson belegt, ist es Robic gelungen, sehr persönliche Beziehungen zu seinen Kunden zu etablieren. Auf diese Weise infiltriert er die High Society von Los Angeles, bewegt sich an Orten, wo Frauen jede Menge Schmuck zur Schau stellen und die potenzielle Fundgruben für Robics Bande darstellen. Denn in den USA versteckt man seinen Reichtum nicht, anders als in Frankreich, wo es als vulgär gilt, ihn aller Welt zu präsentieren und hinauszuschreien.«

»Wenn deine Vermutung zutrifft«, spann Veyrenc den Faden weiter, »hatte Robic einen weiteren wichtigen Trumpf in der Hand: Er war Franzose. Die Amerikaner lieben Frankreich, das populärste Reiseland der Welt. Sie lieben es wegen seiner Geschichte, seiner Denkmäler, seiner Schlösser, seiner Gastronomie, seiner Weine, und diese Begeisterung erstreckt sich auch auf seine Einwohner. Sie glauben, dass alle Franzosen höflich sind, gute Manieren und einen guten Geschmack haben, ob es sich um antike Möbel, Gemälde oder Mode handelt. Das Klischee der ›französischen Eleganz‹ herrscht dort immer noch vor. Und dieser zauberhafte französische Akzent! … All das dürfte Robic in die Hände gespielt haben, und es ist davon auszugehen, dass Le Guillou ihn auf die vornehmen Empfänge begleitete, zu denen er eingeladen war.«

»Wie kommst du auf Le Guillou?«

»Weil er gut aussah, Jean-Baptiste. Er scharte die Frauen um sich, brachte sie zum Plaudern.«

»Stimmt, gute Überlegung. Robic kultiviert in Amerika seine ›französische Eleganz‹, lässt sich seine Kleidung aus Paris kommen. Er startet also seine Operation Erbe, und Le Guillou, ebenso geschickt darin wie er selbst, die nötigen Informationen zu sammeln, unterstützt ihn dabei. Ihre Zielgruppe muss gewisse Kriterien erfüllen: ledig, Einzelkind, Eltern verstorben, keine Verwandten, die als Erben infrage kommen. Robic hat bereits jemanden im Sinn, er beginnt, sich intensiver mit Donald Jameson zu befassen, gibt dem Mann Tipps für seine Reise nach Frankreich, wie wir von Johan wissen. Als Jameson aus Frankreich zurückkehrt, noch ganz hingerissen vom Mont Saint-Michel, von Paris, dem Eiffelturm, Notre-Dame, den Loire-Schlössern und vielem mehr, bedankt er sich überschwänglich bei Robic für dessen Empfehlungen. Das Schloss von Combourg, das alte Dorf Louviec, Saint-Malo – er war begeistert. Die Verbindung zwischen den beiden Männern wird immer enger, Jameson lädt den neuen ›französischen Freund‹ mehrmals zum

Abendessen in sein Haus ein. Dort stellt Robic fest, dass Jameson allein lebt mit seinen Bediensteten. Diese Details erfinde ich gerade …«

»Das merkt man«, sagte Matthieu.

»… aber sie sind nicht weit von der Wahrheit entfernt. Robic fixiert sich auf Jameson, weil er einen Brief von ihm besitzt.«

»Soso«, sagte Matthieu.

»Ja, ich glaube schon. Denn eine Schriftprobe des zukünftigen Opfers ist für Robics Plan unerlässlich. Jameson wird ihm aus Frankreich geschrieben haben, um sich schon einmal vorab für die Idee dieses Abstechers in die Bretagne zu bedanken, ihm ein wenig von seiner spannenden Reise zu berichten. Jameson ist ein mitteilsamer, unterhaltsamer Mensch, wie Johan bei dem Abendessen in seiner Herberge erleben durfte. Le Guillou besitzt vielleicht ein paar Briefe von reichen, einsamen Witwen, die in ihn verliebt sind und im Zweifelsfall auch geeignet wären. Aber da Robic und Le Guillou über Jameson deutlich mehr in Erfahrung bringen können, entscheiden sie sich für ihn. Zumal Jameson fast jeden Abend ausgeht und erst spät in der Nacht heimkehrt. Aber dazu später.«

»Ein richtiger Thriller, den du da zusammenfantasierst«, sagte Matthieu.

»Er ist realistisch. Und ich möchte, dass du ihn dir bis zum Ende ansiehst. Nachdem die Entscheidung gefallen ist, übt Robic – oder ein anderer aus der Clique mit mehr Talent in diesen Dingen –, Jamesons Handschrift zu imitieren. Er weiß, dass Jameson unfassbar abergläubisch ist und um keinen Preis ein Testament aufsetzen will. Es ist anzunehmen, dass unser Amerikaner, da er sogar Doktor Jaffré davon erzählt hat, auch gegenüber seinen Freunden kein Geheimnis daraus macht.«

»Immerhin, es ist anzunehmen«, bemerkte Matthieu, dessen plötzlich so spöttische Einlassungen sich keinem der Beamten erschließen wollten.

»Es ist also von entscheidender Bedeutung«, fuhr Adamsberg ruhig fort, »diese Barriere zu durchbrechen. Was Robic tut, indem er ein glaubwürdiges Testament abfasst, das dieses unerwartete und verfrühte Vermächtnis nachvollziehbar macht.«

»Ach, den Text des Testaments kennst du auch?«

»Nahezu, und ich werde ihn dir verraten.«

»Großartig, ich folge deinem Film sehr aufmerksam.« Matthieu bat Johan um einen weiteren Kaffee. »Einer aus der Clique setzt sich hin und schreibt …«

»… mit Handschuhen.«

»Und schreibt mit Handschuhen in Jamesons Schrift, was Robic ihm diktiert.«

»Ganz genau. Unerlässlich ist, dass dieses Testament *vor* seinem Tod und *vor* der letzten Briefkastenleerung abgeschickt wird. Um wie viel Uhr ist die, Mercadet?«

Es folgten Minuten des Schweigens, in denen jeder das Szenario wiederkäute, das ihnen von Adamsberg vorgetragen wurde.

»18.30 Uhr«, sagte Mercadet. »Heute wie vor fünfzehn Jahren.«

Adamsberg nickte seinem Lieutenant zu.

»Am Tag des Mordes steckt das datierte und unterschriebene Testament in einem Umschlag mit der Adresse von Jamesons Notar, die sie sich besorgt haben. Der Text beginnt in etwa so: ›Meine Handleserin, deren Vorhersagen sich stets als unfehlbar erwiesen haben, warnte mich heute vor einer unmittelbar bevorstehenden tödlichen Gefahr, einem Überfall, wie sie glaubt, und trug mir auf, mich umgehend unter den ständigen Schutz von vier Leibwächtern zu stellen. Vier war die Zahl, die immer wieder auftauchte. Ab morgen früh werden diese Männer für mich bereitstehen. Ihre Sorge um meine Sicherheit war so greifbar, dass ich für den unglücklichen Fall, dass diese Maßnahme nicht ausreichen sollte, um die von ihr befürchtete Gefahr abzuwenden, nun meinen Letzten Willen niederschreibe. Ich vermache mein gesamtes Bankvermögen – Einlagenkonten, Lebensversicherungen und Sparguthaben – meinem sehr treuen, vermutlich einzigen loyalen und selbstlosen Freund Pierre Eiffel, mit bürgerlichem Namen Pierre Robic, geboren am …, wohnhaft in …‹«

»Man fragt sich, wo du das alles aufgestöbert hast«, sagte Matthieu.

»Im Gesetz der Wahrscheinlichkeit, unter Berücksichtigung der Fakten, die uns zur Verfügung stehen.«

Adamsberg machte eine kurze Pause, in der er der Frage nachging, ob die Formulierung »unter Berücksichtigung« an dieser Stelle korrekt war, entschied, dass ja, und nahm seinen Faden wieder auf.

»Robic legt keinen Wert darauf, sich mit Immobilien und Mobiliar zu belasten. Er lässt Jameson daher seine drei Villen, seine Autos und seine Jacht einem guten Zweck zuführen.«

»Richtig ist«, verkündete Mercadet, »dass der Mann den amtlichen Dokumenten zufolge, die ich einsehen konnte, ledig, Einzelkind, unverheiratet und kinderlos ist.«

»Danke, Lieutenant. Aber es fehlt etwas Grundlegendes, nämlich Jamesons Fingerabdrücke auf dem Testament und dem Umschlag. Nehmen wir an …«

»Ja, nehmen wir immer wieder aufs Neue an«, fiel Matthieu ihm zum wiederholten Mal ins Wort.

»Nehmen wir an, denn es gibt auch andere Möglichkeiten, dass Robic seinen ›Freund‹ gegen 17 Uhr in sein Autohaus lockt. Jameson kommt wie immer wohlgesinnt und wie immer allein, ohne Chauffeur, zum Treffpunkt.«

»Reiche Leute fahren ihren Jaguar oft gern selbst«, sagte Veyrenc. »Macht, Kraft, ein wiederkehrendes Motiv. Aber ich wollte dich nicht unterbrechen, Jean-Baptiste.«

»Robic und Le Guillou begrüßen Jameson, der betritt das Geschäft, ohne sich etwas Böses zu denken. Doch kaum ist er drin, fallen Robics Jungs über ihn her, knebeln ihn, schleppen ihn ein Stockwerk höher, Robic schließt die Tür ab. Einer der Laufburschen fährt den Jaguar auf das Firmengelände. Die anderen kümmern sich darum, dass sich Jamesons Fingerabdrücke auf dem Testament und dem Umschlag befinden. Sobald die Sache erledigt ist, jagt einer los, um die wertvolle Post einzuwerfen, und zwar in einen Briefkasten in der Wohngegend des Opfers. *Vor* seinem Tod. Robic und seine Truppe müssen noch ein paar Stunden ausharren, bevor sie Jameson den Gnadenstoß geben, damit sein Tod auf einen nächtlichen Überfall zurückgeführt werden kann. Durchschaust du das Spielchen jetzt, Matthieu?«

»Klar, ich habe schon viele Filme gesehen.«

»Offenbar«, sagte Adamsberg energischer, »überzeugen dich Doktor Jaffrés Äußerungen zur Veruntreuung des Jameson-Erbes nicht.«

»Jameson hatte ihm anvertraut, dass er glaube, es bringe Unglück, wenn man sein Testament aufsetzt, einverstanden, aber das ist auch schon alles. Und es ist lange her. Der Mann könnte wie gesagt seine Meinung geändert haben. Es könnte auch sein, dass Jaffré diesem Geständnis im wissenschaftlichen Überschwang mehr Bedeutung beimaß, als es eigentlich hatte. Außerdem wurde das Testament in den USA für gültig erklärt.«

»Ich kann dir nicht folgen, Matthieu. Der Arzt war ebenso für seine fachliche Kompetenz bekannt wie für seine Fähigkeit, das Wesen seiner Patienten zu begreifen und darauf Rücksicht zu nehmen. Wenn er Jamesons Worten so viel Bedeutung beimaß, dass er sogar die amerikanischen Ermittlungen verfolgte, dann sicher deshalb, weil sie eben nicht leichtfertig dahingesagt worden waren. Und weil es ihm nicht gelungen war, die fixe Idee aus dem Kopf seines Freundes zu verbannen.«

»Klingt nach gesundem Menschenverstand«, sagte Veyrenc.

»Mach einfach weiter mit deinem Film«, sagte Matthieu, ohne auf Adamsbergs Erwiderung einzugehen.

»Genau das habe ich vor. Sie nehmen Jameson den Siegelring, die Goldkette, die Manschettenknöpfe, die diamantenbesetzte Krawattennadel ab und leeren seine Brieftasche bis auf seine Papiere. Damit man ihn später identifizieren kann. Klassischerweise lassen sie auch die Uhr zurück, die bei dem angeblichen Überfall zu Bruch gegangen ist – trivial, aber tausendfach bewährt. Oft zahlt Banalität sich mehr aus als zu viel Raffinesse, aber das Bessere ist auch der Feind des Guten, und so weckt dieses Detail später den Argwohn der Polizisten. Aber so weit sind wir noch nicht. Zunächst wartet die Truppe bis 1 Uhr nachts – eine angenommene Zeit, Matthieu –, dann beginnt die Inszenierung. Sie nehmen eine üppige Mahlzeit zu sich und zwingen auch Jameson zu essen, damit der Gerichtsmediziner den Zeitpunkt seines Todes bestimmen kann. Um 2 Uhr morgens schlagen sie ihn zusammen, um Spuren von Blutergüssen zu hinterlassen und den von der Handleserin befürchteten Angriff zu simulieren, der ein böses Ende nimmt: Um 2.30 Uhr jagt ihm der Vagabund eine Kugel in den Kopf. Anschließend zerschlagen sie die Uhr.«

»Warum nicht 2.32 Uhr, das wäre mein Vorschlag.« Matthieu lächelte höhnisch.

»Spotte nur, Matthieu, spotte nur. Aber ich garantiere dir, dass ich mich sehr dicht an der Wahrheit entlangbewege. Es ist stockfinster, die Straßen sind leer, sie laden Jameson in seinen eigenen Jaguar. Alle tragen Handschuhe. Kommst du mit, Matthieu?«

»Ich sehe mir den Film an.«

Adamsberg verzichtete darauf, die anderen Mitglieder des Teams zu befragen, denn ihrem Schweigen und ihren gebannten Blicken entnahm er, dass sie mehr taten, als nur einen Film zu schauen. Sie dachten mit, wollten wissen, wie es weiterging.

»Sie werfen die Leiche auf den Seitenstreifen einer Landstraße, die zu ihm nach Hause führt, nicht weit von einem Casino, das er regelmäßig besucht. Jetzt müssen sie nur noch den Schlaf der Gerechten schlafen. Am Morgen wird die Leiche des Millionärs gefunden und die Polizei von Los Angeles identifiziert Donald Jack Jameson. Sein Tod wird auf einen heimtückischen Überfall zurückgeführt. Und am Tag darauf erhält der Notar den Letzten Willen des Opfers, datiert vor seinem Tod, es liegen nur etwa acht Stunden dazwischen.«

»Gute Geschichte«, sagte Matthieu, »aber reine Spekulation, und das weißt du.«

»Ich weiß es, aber ich behaupte, sie ist belastbar.«

»Ich finde die Geschichte sehr gut«, sagte Johan, der sich schon vor einer Weile zu ihnen gesellt hatte.

»Warte, der Film ist noch nicht zu Ende.«

In diesem Moment klopfte Josselin an der Tür des Gasthofs, er brauchte Brot für sein Abendessen. Catherine hatte vergessen, welches zu kaufen.

»Es ist Josselin«, sagte Johan. »Soll ich aufmachen?«

Adamsberg nickte.

»Störe ich?«, fragte Josselin mit seiner kräftigen Stimme.

»Das müssen Sie mit den Polizisten klären.« Johan deutete auf den Tisch hinten im Lokal. »Der Kommissar erzählt uns gerade eine Geschichte.«

»Die wovon handelt?«

»Von diesem Scheißkerl Robic.«

»Die Geschichte ist nicht geheim, da ich sie zum Teil erfinde«, sagte Adamsberg. »Nehmen Sie Platz, Josselin.«

Johan servierte eine Runde Chouchen, und Berrond erkundigte sich, ob er vielleicht ein bisschen Wurst als kleine Unterlage hätte. Es war bereits 19.20 Uhr, er verhungerte bald. Johan verschwand und trug zehn Minuten später eine große Platte mit Mini-Crêpes herein, eine seiner Spezialitäten. Berronds Augen leuchteten.

»Ich werde gleich Ihr Abendessen zubereiten«, sagte der Wirt. »Lassen Sie mich aber das Ende des Films noch ansehen.«

»Bis zu welcher Stelle in dem Robic-Schmierenstück sind Sie gekommen?«, fragte Josselin.

»Adamsberg hat uns ein Robic-Biopic nacherzählt«, lästerte Matthieu. »Bisher haben wir Robics Abenteuer in den USA mitverfolgen dürfen, den detaillierten Ablauf seines Testament-Coups eingeschlossen, als hätte der Kommissar Minute um Minute danebengesessen. Nun warten wir auf die Fortsetzung.«

Adamsberg schluckte mit einem vagen Lächeln einen Crêpe hinunter.

»Stell mich nicht als Märchenonkel hin«, sagte er, unbeeindruckt von den Pfeilen, die sein Kollege auf ihn abschoss.

Er warf ihm einen kurzen Blick zu und zuckte mit den Achseln. Er hatte den Verdacht, dass es unbewusst an Matthieu nagte, dass er, Adamsberg, die Ermittlungen leitete. Seine Sticheleien gaben ihm die Möglichkeit, die Oberhand zurückzugewinnen und die Fähigkeiten des Pariser Kommissars herabzusetzen.

»Ich fantasiere, aber ich orientiere mich an den Fakten, ich wähle aus, ich sortiere. Ich rekonstruiere.«

»Und nehmen Sie Adamsbergs ›Filme‹ nicht auf die leichte Schulter«, sagte Veyrenc plötzlich, ohne ein Lächeln auch nur anzudeuten. »Wir anderen haben schon viele gesehen, die sich als absolut zutreffend erwiesen haben.«

»Er hat den Millionär umgebracht, nicht wahr?«, fragte Josselin. »Nachdem er dessen Testament gefälscht und zur Post gebracht hatte.«

»So ist es, Josselin«, sagte Adamsberg. »Und wenige Tage später bestellt der Notar Robic in seine Kanzlei ein. Er zeigt sich überrascht, dass Jameson so kurz vor seinem Tod ein Testament verfasst hat. Was für ein merkwürdiger Zufall, nicht wahr? ›Er war extrem abergläubisch‹, erklärt ihm Robic, ›er rief mich gleich nach dem Treffen mit seiner Wahrsagerin an, er war in Panik.‹ Der Notar, auch er ein zwielichtiger alter Fuchs, erkundigt sich nach Robics Beziehung zu Jameson. Robic übertreibt in der Darstellung ihrer Freundschaft, denkt sich aber, dass der alte Sack von Notar keine Nachforschungen anstellen, sondern einfach nur seinen Job machen soll. Und das tut er schließlich auch. Nach und nach, aber das erfordert Formalitäten und Zeit, wird das gesamte Kapital, das Jameson auf der Bank liegen hatte, auf Robics Konto in Frankreich überwiesen. Er bezahlt den korrupten

Notar im Voraus und sehr großzügig, um sich dessen Schweigen zu sichern. Auch seine Komplizen entlohnt er, jedoch unter ihren Erwartungen – als Schöpfer und Organisator des Projekts streicht Robic fünfzig Prozent der Beute für sich ein, wie wir wissen, ein üblicher Prozentsatz für Bandenchefs. ›Ist das alles?‹, sagt einer, ›mehr hatte der Typ nicht auf der hohen Kante?‹ Robic erinnert den fraglichen Komplizen daran, dass viel Vermögen in den Villen, den Autos, in der Jacht steckten, Vermögen, das sie nicht angetastet hätten. ›Ihr seid sechs, das macht‹ – nur mal angenommen – ›anderthalb Millionen für jeden. Habt ihr in all den Jahren unserer Zusammenarbeit je eine solche Summe kassiert?‹ Einige der Männer pflichten ihm bei, aber nicht alle, der Mörder wird sogar richtig wütend. Er hat getötet, er will das Doppelte, so ist die Regel. ›Kommt nicht infrage‹, sagt Robic, ›wir sind gleichberechtigt, du hast nirgends Fingerabdrücke hinterlassen, du riskierst nicht mehr als die anderen.‹ – ›Gleichberechtigt, dass ich nicht lache, den Löwenanteil reißt du dir unter den Nagel.‹ Robic tippt sich mit dem Finger an die Stirn und sagt: ›Logisch, denn keiner von euch wäre in der Lage, so ein Ding zu drehen. Ohne meine Ideen wärt ihr nur ein paar kleine, mickrige Straßenräuber.‹ – ›Und ohne uns könntest du keine deiner Ideen umsetzen.‹ – ›Oh doch, das könnte ich. Typen wie euch gibt es wie Sand am Meer.‹ So oder so ähnlich, denke ich, wird es sich abgespielt haben. Robic plant natürlich, sich mit seinen loyalen Gefolgsleuten nach Frankreich abzusetzen, sobald der Geldtransfer abgeschlossen ist, und sich der Querulanten zu entledigen. Der Vagabund riecht Lunte und steigt aus, sobald er sein Geld in der Tasche hat. Drei Monate nach dem Besuch beim Notar hat Robic alles in trockenen Tüchern, seine Komplizen sind bezahlt und seine Firma ist verkauft. Doch dann erfährt der

Notar aus der Presse, dass die Polizei in Los Angeles über ein Detail stolpert. Über die Tatsache nämlich, dass die Täter ihr Opfer restlos geplündert, nur die goldene Uhr ›vergessen‹ haben, passenderweise zertrümmert, als hätte man die Ermittler mit der Nase auf die Tatzeit stoßen wollen. Eine Vorsichtsmaßnahme zu viel, eigentlich ein Patzer, denn, nicht wahr, Josselin, alles Übertriebene ist bedeutungslos. Dennoch wird der Todeszeitpunkt im Bericht des Gerichtsmediziners ungefähr mit der auf der Uhr angezeigten – uns unbekannten – Zeit übereinstimmen und der Fall irgendwann zu den Akten gelegt. Sollte unser Notar, mit diesem Detail im Hinterkopf, versuchen, Robic zu erpressen, ist sein Schicksal besiegelt. Ein bedauerlicher Unfall, an Bord seines Privatjets oder auf seiner Jacht, vielleicht auch woanders. Ich tippe auf den Jet. Mercadet wird es für uns herausfinden: ob er gestorben ist und, wenn ja, wann und wie. Sodann begibt sich Robic mit einem Teil seiner Bande und der wertvollen notariell beglaubigten Urkunde nach Frankreich, mit Ziel Louviec. Dort stößt er auf den Mörder Jean Armez, genannt der Vagabund, der seit mehreren Monaten im Dorf auf ihn wartet und auf seiner Forderung nach mehr Geld beharrt. Die Situation spitzt sich zu. Und löst sich bald auf die Ihnen bekannte Art und Weise.«

»Hat der Schurke ihn liquidiert?«, fragte Johan.

»Vergiss nicht, dass Armez auch ein Schurke war. Er hat Jameson erschossen.«

»In deinem Film«, korrigierte Matthieu. »Ich habe dich bereits vor vielen Stunden gefragt, was Robic davon hätte, den Arzt töten zu lassen, indem er die Technik des Mörders von Louviec nachahmt.«

»Und ich gebe dir nun zum dritten Mal die einzig mögliche Erklärung dafür, auch wenn du sie nicht hören willst:

Robic fürchtete den Argwohn des Arztes, er empfand ihn als Bedrohung. Johans Enthüllungen lassen daran keinen Zweifel. Der Mord an dem Arzt kam Robic sehr gelegen, zumal er auf das Konto eines anderen gehen würde. Ich werde es nicht noch einmal wiederholen, ich glaube, jeder hat es begriffen.«

»Entschuldigung«, schaltete sich Mercadet ein, »es wurde tatsächlich vor einundzwanzig Jahren ein Einreisevisum nach Frankreich für Donald Jack Jameson in Frankreich erteilt.«

»Was Johans Erzählungen untermauert«, sagte Adamsberg. »Wahrscheinlich wäre Mercadet sogar in der Lage, uns die Uhrzeit zu nennen, zu der Donald kollabiert ist.«

»Genau wie du«, sagte Matthieu.

»Vielleicht könnten Sie einfach in Betracht ziehen«, Veyrenc sah Matthieu scharf an, »dass Adamsbergs ›Filme‹ äußerst aufschlussreich sind.«

»Ich behaupte ja nur«, schritt Adamsberg friedlich ein, da er spürte, dass sich ein Streit zwischen Veyrenc und Matthieu anbahnte, »dass meine Ausmalungen keine Hirngespinste sind. Laut Johan kommt es einige Jahre später zu einem ergreifenden Wiedersehen zwischen dem Arzt und Jameson in Los Angeles. In Jamesons Haus.«

»Der Arzt reiste etwa zwei Jahre und vier Monate nach Jamesons Aufenthalt in Frankreich für drei Wochen und drei Tage nach L. A.«, bestätigte Mercadet.

»In dem knappen Monat, den sie unter einem Dach verbringen, werden die beiden Männer zu engen Freunden. Und an dieser Stelle kommt Robic wieder ins Spiel.«

»Himmel noch mal«, entfuhr es Matthieu. »Wir sind Polizisten, wir brauchen keine Geschichte, sondern Fakten und Beweise.«

»Oder schwerwiegende Verdachtsmomente«, ergänzte

Adamsberg. »Ein Millionär, der zwar kein Testament aufsetzen will, aber sein ganzes Geld einem Schurken hinterlässt. Der ein paar Stunden nach Aufsetzen des entsprechenden Schriftstückes stirbt. Ein Erbe, der nichts Eiligeres zu tun hat, als sich aus dem Staub zu machen. Ein womöglich korrupter Notar, der die Urkunde geprüft hat …«

»Pardon«, unterbrach Mercadet erneut und sah von seinem Bildschirm auf, »der Notar in L. A., der Jamesons Nachlass geregelt hat, ein gewisser Richard Martin Cartney, starb bei einem Flugzeugunglück kurz vor Robics Abreise nach Frankreich. Der kleine Privatjet explodierte in der Luft und stürzte ab wie eine brennende Fackel, die Blackbox war unbrauchbar.«

»Danke, Mercadet«, sagte Adamsberg, während Veyrenc gebieterisch zu Matthieu hinübersah. »Ich füge meiner Aufzählung noch ein weiteres Element zu: Einer von Robics Erfüllungsgehilfen, genannt der Vagabund, wird, zehn Tage nachdem Robic wieder in Louviec aufkreuzt, ermordet. Sind das keine schwerwiegenden Verdachtsmomente?«

»Überwältigend«, staunte Johan.

»Nach seiner Rückkehr in die Bretagne«, fuhr Adamsberg fort, »braucht Robic etwas Zeit, um sein Netzwerk aus alten und neuen Geschäftspartnern zu aktivieren und sich vorzubereiten. Er will, wie er es gewohnt ist, zur Tarnung eine neue Firma ins Leben rufen und unter diesem Deckmantel seine kriminellen Machenschaften ankurbeln. In Louviec muss er jedoch drei Klippen nehmen: das allgemeine Misstrauen angesichts seiner wundersamen Erbschaft …«

»Die für rechtsgültig erklärt wurde!«, fiel Matthieu ihm hartnäckig ins Wort.

»Hören Sie auf damit, verdammt!«, platzte es aus Veyrenc heraus, und für einen Moment wich die übliche römische

Ungerührtheit aus seinem Gesicht. »Natürlich wirkte alles legal, denn sie hatten ja Jamesons Handschrift gefälscht!«

»Für rechtsgültig erklärt von einem korrupten Notar«, erwiderte Adamsberg. »›In deinem Film‹, wirst du einwenden, Matthieu, aber Fakt ist, dass der Notar die Sache nicht überlebt.«

»Man geht von einem Unfall aus, wie Mercadet uns gerade mitgeteilt hat.«

»Und ich glaube das nicht, hörst du? Es ist ein ›Unfall‹ zu viel. So wie die zerbrochene Uhr ein Hinweis zu viel war. Ich fahre fort. In Combourg erwartet Robic die zweite Klippe in Gestalt von Doktor Jaffré, der ihm sein Misstrauen deutlich macht.«

»Wenn es so wäre«, sagte Matthieu, »warum schafft er sich Jaffré dann nicht vom Hals?«

»Weil Robic nicht ohne Not töten lässt. Der Mann ist schlau, vorsichtig, völlig unemotional und er geht überlegt vor. Er ahnt, dass der Arzt seine Informationen von Jameson selbst hat, aber was kann er damit anfangen? Nichts. Wie du nicht müde wirst zu betonen, Matthieu, gibt es ja dieses scheinbar ordnungsgemäße Testament. Jaffré hat Robic mit seiner unterschwelligen Drohung also nur sanft gequält. Schließlich tut sich in Louviec jedoch eine dritte Klippe auf: Jean Armez, von dem wir wissen, er wurde erschossen, und ich behaupte, diesmal von Robic persönlich. Denn keiner der Komplizen hätte akzeptiert, jemanden aus den eigenen Reihen zu beseitigen.«

»Alles hängt mit allem zusammen, alles fügt sich ineinander«, bekräftigte Retancourt.

»Und damit sind wir am Ende angelangt«, schloss Adamsberg. »Nachdem Robic den Brief unseres Mörders erhalten hat, bringt er in kürzester Zeit die Ermordung des Arztes zuwege. Er muss dafür lediglich unter seinen Männern den geeignetsten Vollstrecker auswählen.«

»Und Männer hat er genug an der Hand«, bemerkte Chateaubriand. »Bestimmt zehn in der Region.«

Adamsberg sah ihn überrascht an.

»Woher wissen Sie das?«

»Sie vergessen, Kommissar«, sagte Josselin schmunzelnd, »dass ich im besten Einvernehmen mit dem Gespenst von Combourg stehe, das sich überall einschleichen und durch jede Mauer dringen kann. Tatsächlich habe ich den Kerl seit meiner Rückkehr nach Louviec im Auge.«

»Aber warum?«

»Wäre es recht, wenn wir jetzt zu Abend essen würden?«, fragte Johan. »Es ist gleich halb neun.«

Alle waren einverstanden und Johan richtete an.

XXVIII

»Warum?«, sagte Josselin. »Robic und sein Freund Pierre waren ein Albtraum für sämtliche Klassenkameraden, es kam ständig zu Gewalttätigkeiten, Einschüchterungen, Erpressungsversuchen und so weiter. Ich hatte das Pech, jedes Jahr in dieselbe Klasse wie die beiden zu kommen, zuerst hier in Louviec, anschließend am Gymnasium in Rennes. Eines Tages stellte sich heraus, dass sie versucht hatten, der Hausmeisterin ihre mageren Ersparnisse abzunötigen, die arme Frau war völlig aufgelöst. Die Direktion verwies Robic und seine Meute eine Woche der Schule, doch danach bedrohten sie die Frau erneut. Diesmal mit einer neuen Strategie: Wenn sie ihr Geld nicht rausrücke, könne sie sich von ihrem Hund verabschieden. Wir bildeten einen Trupp aus achtzehn Schülern zum Schutz des anhänglichen, sabbernden alten Tiers. Eines Morgens sorgten Robic und Le Guillou dafür, dass sie zusammen mit zwei, drei anderen aus ihrer Horde vor die Tür gesetzt wurden, und keiner aus unserem Schutztrupp durchschaute ihren Trick. Erst nach dem Unterricht, am Schultor, begriffen wir ihr böses Spiel: Dort lag er, der Hund, schrecklich verstümmelt, mit abgeschlagenem Kopf und aufgeschlitztem Bauch, sodass die Eingeweide hervorquollen. Ein grauenvoller Anblick.«

Josselins Stimme bebte, und sogleich kam Johan, der die Geschichte in der Küche mitgehört hatte, mit einem Glas Chouchen herbeigestürzt.

»Der Höhepunkt der Grausamkeit war«, fuhr Chateaubriand fort, »dass sie die alte Hausmeisterin zwangen, dem Spektakel beizuwohnen. Sie hatte ein schwaches Herz und überlebte den Vorfall kaum drei Monate. Wir waren nicht nur tief erschüttert – viele weinten, manche mussten sich übergeben –, sondern auch beschämt, dass wir, achtzehn junge Männer, dieses unvorstellbare, vor den Augen der alten Dame vollzogene Gemetzel nicht verhindern konnten. Der Schock und die Demütigung wirkten lange nach, genährt durch das leider wahre Gefühl, dass wir unfähige, hilflose Nichtsnutze waren und Schuld auf uns geladen hatten. An jenem Tag dämmerte mir, dass Robic nicht nur der Anführer einer Bande Quälgeister war, wie es sie an jeder Schule gibt. Nein, ich begriff, Kommissar, dass Robic kriminell war, dass er eine verbrecherische Karriere einschlagen würde, und ich schwor mir, ihn früher oder später zur Strecke zu bringen.«

Es herrschte Stille, während Johan den Tisch deckte, dann die Vorspeise servierte: ein schaumiges Omelett mit Kräutern und Pilzen – von Josselin gesammelt –, das für sich als Hauptgericht genügt hätte.

»Und ich war nicht untätig, Kommissar«, fügte Josselin hinzu und atmete tief durch. »Aber das sollte unter uns bleiben«, er ließ seinen Blick durch den noch leeren Raum wandern. »Viele im Dorf wundern sich, dass ich so oft scheinbar ziellos mit dem Auto unterwegs bin. In Wirklichkeit beobachte ich sie, und sobald Robic sein Haus oder sein Büro verlässt, folge ich ihm. Nicht weil ich besessen wäre, sondern weil ich mir damals ein unverrückbares Ziel gesetzt hatte. So habe ich in vierzehn Jahren einiges in Erfahrung gebracht: Ich weiß, wie viele Mitglieder die Rotte zählt, ich kenne ihre Namen oder vielmehr die Decknamen, die sie verwenden, und nicht zuletzt ihre Verstecke. Sicher nicht alle. Ich weiß, dass Robic seine Leute immer an anderen Orten trifft. Denn sie sind schlau und sehr misstrauisch, und Robic, der in der Schule ein echter Versager war, offenbart ein Superhirn, wenn es um Verbrechen und Räubereien geht. Ob er Juwelen stiehlt oder mit Drogen handelt, interessiert mich nicht. Ich will, dass man ihn wegen vorsätzlichen Mordes belangt.«

»Wenn Robic einen seiner Männer da oder dort trifft«, fragte Berrond, der seine üppige Portion Omelette bereits verzehrt hatte, »warum verfolgen Sie den Kerl dann nicht, um herauszufinden, wo er wohnt?«

Josselins Lächeln hatte etwas Fatalistisches.

»Weil ich ein großes Handicap habe. Robic zitiert seine Laufburschen meist tagsüber irgendwohin, und wie sollte ich, so wie ich aussehe, unbemerkt Jagd auf einen Mann machen? Sie würden mich sofort entdecken.«

»Aber Robic hat Sie doch bisher auch nicht erkannt.«

»Weil ich ständig wechselnde Mietwagen fahre. Das ist am sichersten.«

»Aber auch am teuersten«, warf Verdun ein.

»Der Bürgermeister von Combourg war über mein Tun im Bilde und befürwortete es. Er sorgte dafür, dass ich das Geld für die Automiete erstattet bekam. Es sind nie sehr lange Fahrten, die Mitglieder der Bande wohnen ziemlich dicht beieinander, zwischen Combourg und Dol-de-Bretagne.«

Adamsberg nickte anerkennend.

»Wie sind Sie hinter die Decknamen gekommen?«

»Vor zwei Jahren hatte ich großes Glück, denn nur selten ruft der Boss die ganze Truppe zusammen. Ich folgte Robic – dem Einzigen, dessen Wohnort mir bekannt ist –, er hatte sein Haus bei Einbruch der Dunkelheit verlassen. Er führte mich direkt zu einem alten Schuppen an der Straße nach Fougères, wo die Vollversammlung stattfand. Die Bleche hatten weite Fugen, ich konnte problemlos hören, was gesagt wurde. Es ging um den Überfall auf ein Juweliergeschäft, keine Ahnung, welches. Robic verteilte die Aufgaben, erklärte jedem, was er zu tun hatte, und nannte sie bei ihren Tarnnamen.«

»Und warum haben Sie uns nie von all dem erzählt?«, fragte Adamsberg.

»Weil es bisher in keinerlei Zusammenhang mit Ihren Ermittlungen gegen den Mörder von Louviec zu stehen schien. Es hätte Sie keinen Schritt vorangebracht. Jetzt verhält es sich anders. Wenn Sie es wünschen, erstelle ich Ihnen gern eine Liste mit den Decknamen von Robics Komplizen und den Adressen der Verstecke, die ich ausfindig machen konnte.«

»Ja, bitte, Josselin, das wäre hilfreich.«

Während Johan mit Abdecken beschäftigt war und schließlich eine große Käseplatte auf den Tisch zauberte, sah Matthieu, wie Josselins Liste mit den Namen immer länger wurde: der Gigolo, der Werfer, Jeff, der Zauberer, der Spieler, der Poet, der Dicke, Domino, Gilles und der Stumme, Robics Chauffeur.

»Zehn«, fasste Josselin zusammen, »Robic nicht mitgerechnet. Also insgesamt elf. Ich mache ein Kreuz hinter diejenigen, die ich glaube, aus Schulzeiten zu kennen, ohne Gewähr. Nach so vielen Jahren ist es schwierig, das mit Gewissheit zu behaupten.«

»Schade, dass wir nicht wissen, wer Linkshänder und wer Rechtshänder ist«, schaltete Matthieu sich ein.

»Suchen Sie einen Linkshänder?«, fragte Josselin.

»Ja.«

»Dann vermutlich ihn.« Josselin deutete mit der Bleistiftspitze auf einen Namen. »Ich habe mehrmals beobachtet, wie er seine Autotür mit der linken Hand aufschloss.«

»Gilles«, sagte Adamsberg leise. »Der Linkshänder, der Mörder des Arztes. Und wir haben keine Chance, ihn zu verhaften: Wir kennen weder seinen richtigen Namen noch seinen Wohnort.«

Josselin dachte nach, legte dabei den Kopf schief und einen Finger an die Lippen.

»Denken Sie wie ich, dass zu Robics Gefolge ehemalige Mitschüler zählen?«

»Sehr gut möglich«, sagte Adamsberg. »Er könnte einige seiner unterwürfigsten Kameraden mit nach Sète genommen haben, um dort sofort über ein verlässliches Netzwerk zu verfügen.«

»Dafür spricht«, sagte Josselin, »dass diese kleinen Mistkerle unfähig waren, auch nur einen Atemzug ohne ihn zu tun. Zufällig hatte ich vor etwa acht Monaten, an einem heißen Tag im September, das Vergnügen, diesen Gilles einmal zu sehen und sprechen zu hören. Ich parkte vor dem Bistro, wo er mit Robic verabredet war, hatte mein Fenster heruntergelassen, und in dem Lokal standen die Fenster ebenfalls weit offen. Er hat eine ziemlich kräftige Stimme, und ich brauche keine Brille, um jemanden aus ein paar Meter Entfernung deutlich zu erkennen.«

Josselin nahm sich einen Moment Zeit, um die Erinnerung aufleben zu lassen.

»Er ist ein großer, hässlicher Mann mit Boxernase. Und seine Stimme rasselt, als steckten ihm Kieselsteine in der Kehle. Ich möchte Sie keinesfalls auf eine falsche Fährte locken, aber …«

»Da wir keine Fährte haben«, sagte Adamsberg, »können wir es auch mit einer falschen versuchen. Mercadet, vielleicht finden Sie ein Foto der Abschlussklasse des Gymnasiums in Rennes?«

»Welches Jahr?«

»1986.«

»Nun«, fuhr Josselin fort, »es gab so einen Schüler in unserer Abschlussklasse. Jemanden mit einer solchen Stimme, der sich schon damals die Nase gebrochen hatte. Ein ziemlich großer Typ.«

Tatsächlich gelang es Mercadet, in den Tiefen des Internets ein Foto jenes Jahrgangs aufzuspüren. Er zeigte es Josselin, der konzentriert die einzelnen Gesichter studierte.

»Der Große da«, sagte er, »in der hintersten Reihe.«

»Hervé Pouliquen«, sagte Mercadet mit Blick auf die zu dem Foto gehörige Namensliste aus dem Archiv des Gymnasiums.

»Ja, stimmt, Pouliquen«, bestätigte Josselin, »der für Robic stets den Kopf hinhielt.«

Innerhalb weniger Minuten ermittelte Mercadet die Adresse Hervé Pouliquens: Rue de la Verrerie 33, in La Barrière.

XXIX

Pierre Robic hasste Feste, er erachtete sie als vollkommen nichtige Zusammenkünfte, als Maskeraden, bei denen es nur darum ging, wer am lautesten schreit. Aber seine Frau war mit der Party vom Vortag nicht zufrieden und hatte sofort eine weitere organisiert. Sonntag für Sonntag das gleiche Spiel, sie behängte sich üppig mit Schmuck, mit Ohrringen, Armreifen, Ringen, deren Glanz die Blicke der Gäste auf sich zog und ihre mittlerweile speckige Figur und ihr wenig anmutiges Äußeres in den Hintergrund treten ließ. Robic hatte sie in Sète geheiratet, zu einer Zeit, da er dringend auf der Suche nach einer reichen Frau war, deren Geld er in den Aufbau seines Casinos investieren konnte. Er hatte unter der Bedingung einer Gütergemeinschaft geheiratet, um so schnell wie möglich vom Vermögen seiner Frau profitieren zu können. Sie war schon damals steinreich, aber auch sehr von sich eingenommen, taktlos und, um die Wahrheit zu sagen, ziemlich dumm. Noch dazu hochmütig gegenüber ihren Bediensteten – die Robic gut bezahlte, um sich ihre Loyalität zu sichern.

Robic wollte seine Frau schon seit Langem loswerden, sie wurde zu aggressiv und gefährlich. Wenn sie Gäste zum Abendessen empfing, betrank sie sich ohne Maß und Ende, bis er den Tisch verließ, und der Alkohol löste ihr die Zunge. Leider wusste sie viel zu viel, seit Jahren schon, dank ihrer zahlreichen Indiskretionen und der Detektive, die sie beschäftigt hatte.

Dadurch saß sie am längeren Hebel, verhinderte eine Scheidung und bewahrte ihr gemeinsames Vermögen. Doch ihre Ehe würde ein böses Ende nehmen, das wusste er. Immerhin, er hatte einen Trumpf in Reserve: Sie war eine leidenschaftliche Reiterin und sie ritt ohne Helm. Robic überlegte, wie er am besten einen tödlichen Sturz provozieren könnte. Ihr Grundstück grenzte an ein kleines felsiges Tal, ein idealer Ort, um Pferd und Reiterin zu Fall zu bringen. Sie brachte ihn ernsthaft in Gefahr, er durfte nicht mehr allzu lange mit der Ausführung seines Plans warten.

Unterdessen kostete er die Genugtuung aus, sich so elegant Doktor Jaffrés entledigt zu haben. Es lag auf der Hand, dass der Arzt ihn verdächtigt hatte, das Testament geschickt gefälscht und Jameson anschließend so schnell wie möglich aus dem Weg geräumt zu haben. Gilles hatte einwandfreie Arbeit geleistet, die Bullen traten auf der Stelle in diesem neuen Mordfall. Selbst wenn sie Gilles aus irgendeinem unvorstellbaren Grund festnehmen sollten, könnte er ihnen allenfalls den Namen Robic nennen. Kein Grund zur Sorge, es wäre nicht das erste Mal. Er würde Gilles' Aussage – die Aussage eines Mörders – leugnen, und mehr hatten sie nicht gegen ihn in der Hand. Robic hatte stets darauf geachtet, dass seine Männer keinen Einblick in sein Leben erhielten, nie hatte er sie zu sich nach Hause bestellt. Wenn er sich mit einem von ihnen traf, dann immer in einem Lokal, das keiner von beiden kannte, oder aber in überfüllten Casinos, Zoos, Warteschlangen, wo es ein Leichtes war, Geld oder Anweisungen weiterzugeben, ohne ein Wort miteinander zu wechseln. Waren sie in einem Café oder an einem geheimen Ort verabredet, wartete Robic immer, bis sein Geschäftspartner fort war, ehe er selbst wieder ins Auto stieg. So wollte er sicherstellen, dass ihm niemand folgte. Für morgen Nachmittag hatten er und Gilles ein Treffen im großen Aquarium in Saint-Malo vereinbart. Es würde voll dort sein, mitten in der Touristensaison, optimal, um Gilles die Tasche mit seinem Lohn in die Hand zu drücken. Gilles konnte es nicht leiden, wenn man diese Angelegenheit hinauszögerte.

Robic hörte dennoch ein Sandkorn in seinem ansonsten tadellosen Getriebe knirschen. Adamsberg. Dieser Bulle, der nach allem aussah, nur nicht nach einem Bullen, dieser kleine Braunhaarige mit dem verschwommenen Blick, der dich anzuschauen schien, ohne dich zu sehen, dessen Lässigkeit Zweifel daran aufkommen ließ, ob er überhaupt Interesse an einer Antwort auf seine eigenen Fragen hatte, dieser Bulle versetzte ihn instinktiv in Alarmbereitschaft. Er und der Kommissar aus Combourg, der unkomplizierter wirkte, hatten mehrfach auf die Diskrepanz angespielt, die zwischen der Rendite seines Unternehmens und seinem Vermögen bestand. Was den Brief betraf, hatte er sich gut aus der Affäre gezogen, wie er fand, nur die Sache mit dem Verbrennen war Adamsberg seltsam vorgekommen. Aber in Bezug auf alles Übrige blieb ein Unbehagen. Dieser Kommissar kam ihm zu nahe, obschon die beiden Polizisten sich einig gewesen waren, dass die finanziellen Angelegenheiten nicht in ihr Ressort fielen. Vielleicht sollte er seine Aktivitäten für eine Weile ruhen lassen. Aber die Operation Geldtransporter war nun Punkt für Punkt durchorganisiert. Und er musste seine Frau unschädlich machen.

Es gab natürlich noch eine andere Option: die offensive Abschreckung. Einen Polizisten zu töten, war keine Kleinigkeit, andererseits war er fest davon überzeugt, der Schlange den Kopf abzuschlagen, wenn er die Brigade ihres Chefs Adamsberg beraubte. Natürlich würden danach weiterhin jede Menge Bullen rumlaufen, aber das taten sie schließlich immer. Und bisher hatten sie nie etwas gegen ihn ausrichten können. Im Moment war Adamsberg nicht erfolgreicher als die anderen, aber das konnte sich ändern. Aus irgendeinem Grund bereitete der Mann ihm Bauchgrimmen, und er war ungeheuer versucht, kurzen Prozess mit ihm zu machen. Vielleicht ließ er sich auch zu sehr von dem beeinflussen, was er über Adamsberg gelesen und gehört hatte. Er würde darüber auf dem Weg nach Saint-Malo nachdenken. Jedenfalls, so seine Überlegung, wäre der beste Zeitpunkt für einen Angriff auf den Kommissar, der Panik unter den Bullen auslösen und ihr ganzes Konzept aus den Angeln heben würde, ein Montag, also morgen. Montags gehen die Leute nicht aus, zudem wurde morgen ein Fußballspiel im Fernsehen übertragen, die Straßen wären menschenleer. Und die Idealbesetzung für diesen Auftrag hatte er auch schon im Kopf: den Zauberer, der geschickt wie kein Zweiter im Umgang mit Waffen war – daher sein Spitzname –, ganz so, als gehörten sie wie Finger zu seiner Hand. Für diesen Job brauchten sie kein Messer. Man würde die Attacke automatisch dem Mörder von Louviec zuschreiben, der sich damit gegen Adamsbergs Beharrlichkeit stemmte und die Effizienz der Ermittler untergraben wollte. Ein zerquetschtes befruchtetes Ei am Ort des Geschehens würde diese Verbindung bestätigen.

Robic wurde bewusst, dass er bereits den Tag, den Schützen und den Sündenbock ausgewählt hatte, ehe überhaupt die grundsätzliche Entscheidung getroffen war. Not kennt kein Gebot, die Würfel waren gefallen. Er holte das Telefon für den Zauberer aus dem Safe und gab ihm alle erforderlichen Anweisungen.

»Sie tagen im Gasthof. Unternimm nichts vor Sonnenuntergang, sollte es eine Planänderung geben, sage ich dir Bescheid.«

In zwei Tagen, dachte Robic zufrieden, wird Adamsbergs Team nur noch ein Haufen rauchender Asche sein und der Trupp von Kommissar Matthieu einem geplünderten Wrack gleichen.

XXX

Der Abend in Johans wie jeden Sonntag rappelvollem Wirtshaus dauerte lange. Adamsberg bedankte sich bei Josselin, der sich recht bald verabschiedete, mit einem ausführlichen Kompliment. Die acht Polizisten wussten nun, dass mit großer Wahrscheinlichkeit eine Verbindung zwischen dem Mörder von Louviec und der Robic-Bande existierte. Und dass sie am nächsten Tag Hervé Pouliquen in der Rue de la Verrerie 33 festnehmen konnten, falls sich bestätigte, dass er der Täter war. Kaum hatte Adamsberg die Order ausgegeben, den Mann lebend und gesprächsfähig zu ergreifen, begann Matthieu, sich um Helme und kugelsichere Westen zu kümmern. Allein ein Schuss aus Notwehr in eine Gliedmaße war erlaubt, jeder am Tisch hatte gelernt, wie man schießt, ohne eine Arterie zu treffen. Sie beugten sich noch einmal über den Plan und das Foto des Hauses, das Mercadet aufgetrieben hatte. Ein renoviertes altes Bauernhaus mitten auf einer weitläufigen Wiese. Es hatte Ausgänge an Vorder- und Rückseite sowie einen Seitenausgang, der in die zu einer Garage umgebauten ehemaligen Scheune führte. Laut Josselin ging Pouliquen keinem offiziellen Beruf nach, er lebte angeblich von den Erträgen seines Ackerlandes und seiner selbstständigen Tätigkeit als Mietfahrer.

»Morgen früh«, sagte Adamsberg, »werde ich zunächst allein mit einem zivilen Streifenwagen die Umgebung auskundschaften und überprüfen, ob der Mann zu Hause ist. Anschließend überlege ich, wie wir am besten vorgehen.

Sollten Sie mich dann suchen, ich werde auf dem großen Dolmen liegen.«

»Und nachdenken«, sagte Noël gedehnt und ein wenig spöttisch.

»Spricht etwas dagegen? Wir haben Glück, um 20 Uhr wird im Fernsehen ein Spiel übertragen, und vorher, um 14 Uhr, ebenfalls. Nichts hält einen Kerl sicherer auf seiner Couch, und sei es ein Mörder. Achtung, an alle: Vergessen Sie keine Sekunde lang, dass er mit links schießt. Es ist tückisch, wenn man nicht damit rechnet. Wir treffen uns um 12 Uhr mittags hier, niemand trinkt etwas und um 13.30 Uhr legen wir los.«

»Und warum kann man ihn nicht gleich einbuchten?«, fragte Johan.

»Dafür bräuchten wir einen Haftbefehl«, erklärte Adamsberg. »Dass er Linkshänder ist, einem Jungen auf einem sehr alten Klassenfoto ähnlich sieht und im Gespräch mit Robic beobachtet wurde, reicht allein nicht aus. Wir werden ihn nicht verhaften, Johan. Wir werden ihn mit sanfter Gewalt auffordern, uns zu begleiten, um ihm ein paar Fragen zu stellen, da Verdachtsmomente im Zusammenhang mit einem Verbrechen gegen ihn vorliegen. Nichts weiter.«

»Ganz schön geschraubt, dein Ding. Ich würde sofort hingehen, ihm den Schädel einschlagen und ihn, ohne mich mit Höflichkeiten aufzuhalten, in die nächste Zelle stecken. Was hindert mich daran?«

»Das Gesetz, Johan.«

»Das Gesetz, das Gesetz«, murrte Johan. »Was ist das für ein Gesetz, wenn es diese Bande von Mördern weiter frei herumlaufen lässt?«

»Es braucht Beweise, Johan. Oder sehr schwerwiegende Verdachtsmomente.«

»Die gibt es doch.«

»Nein. Deshalb muss ich nachdenken. Ich habe dem Divisionnaire schon Bescheid gesagt, die Entscheidung, einen Richter einzuschalten, liegt bei ihm.«

»Wenn du meinst«, brummte Johan, obwohl er natürlich wusste, dass Adamsberg die besseren Argumente hatte.

Matthieu nahm sich ein Stück von dem Kuchen, der immer noch auf dem Tisch stand, und hob eine Hand, um die Diskussion zu beenden.

»Erstaunlich, dieser Chateaubriand, nicht wahr?«, sagte er.

»Seine Pilzsuche ist genauso einträglich wie die nach Robics Männern«, sagte Adamsberg.

»Und ziemlich extravagant«, fügte Matthieu hinzu.

»Dass unter Josselins kultivierter, formvollendeter, friedlicher Oberfläche ein extravaganter Charakter schlummert, überrascht aber wohl niemanden, oder?«, sagte Veyrenc.

»Nein, es ist offensichtlich«, sagte Adamsberg, »dass er extravagiert.«

»Sehr ungebräuchliches Verb, Jean-Baptiste. Nicht existent, würde ich sogar behaupten.«

»Ich übernehme es ab sofort in meinen Wortschatz und formuliere meinen Satz neu: Morgen früh, wenn ich die Umgebung bei Pouliquen erkundet habe, werde ich auf meinem Dolmen extravagieren.«

»Was ist denn mit Johan los?«, fragte Retancourt plötzlich. Niemand hatte bemerkt, dass der Wirt wie gelähmt neben dem Tisch stand, wie eine große Marmorstatue hielt er sich dort, kreidebleich, in jeder Hand einen Teller und mit starrem Blick. Matthieu stand sofort auf.

»Keine Sorge, ich regle das. Berrond, mach die Tür auf.«

Statt sich jedoch um den reglosen Riesen zu kümmern,

ging Matthieu langsam um den Tisch herum, schnappte ab und zu mit seinen Händen ins Leere, bis seine Kollegen kapierten, dass er versuchte, einen dicken rotbraunen Nachtfalter mit behaartem Körper einzufangen, der ungeschickt umherflatterte und ständig gegen eine Lampe stieß. Johan verfolgte das Spektakel mit weit aufgerissenen Augen und biss sich dabei auf die Lippe.

»Ich habe ihn!«, rief Matthieu, schloss seine Hände wie eine Muschel um das Insekt, damit er die Flügel nicht verletzte, und eilte hinaus.

Draußen entließ der Kommissar den Falter wieder in die Freiheit und schloss die Tür.

»Ein einfacher Bombyx, ein Nachtfalter, genauso harmlos wie alle seine Artgenossen. Aber sie jagen Johan«, erklärte Matthieu flüsternd, »einem Eins-neunzig-Riesen ein solche Angst ein, dass er auf der Stelle erstarrt. Sein Schreckgespenst ist der Totenkopfschwärmer – auch der völlig harmlos und immer seltener. Johan hat ihn nur ein einziges Mal gesehen, damals hat Josselin ihn von ihm erlöst.« Er rüttelte den Wirt sanft an der Schulter. »Schon gut, Johan, er ist weg.«

»Entschuldigung«, sagte Johan und ließ sich matt auf einen Stuhl sinken, »und danke, Matthieu. Und jetzt macht, dass ihr nach Hause kommt, ihr müsst morgen schließlich fit sein.«

»Er extravagiert«, sagte Retancourt, als sie auf der Straße standen. »Wie kann man sich vor einem Bombyx so sehr fürchten … Hat er das bei allen Nachtfaltern?«

»Nicht bei den kleineren Eulenfaltern«, erklärte Matthieu.

»Eines Tages, Retancourt, werde ich versuchen, Ihnen etwas über die geheimnisvollen Windungen der Extravaganzen beizubringen«, sagte Adamsberg lächelnd. »Das wird Knochenarbeit.«

XXXI

»Der Bursche ist zu Hause, hier, ein detaillierter Lageplan«, sagte Adamsberg und kritzelte ein Blatt Papier voll. Die kugelsicheren Jacken und die Helme hatten sie in den Autos gelassen, um Johans Kundschaft nicht zu verschrecken.

»Und, hattest du einen guten Moment auf deinem Dolmen?«, erkundigte sich der Wirt ohne einen Funken Ironie.

»Es war herrlich. Er war perfekt, heute Morgen.«

»Weil Dolmen sich ja auch ständig verändern, nicht wahr?«, bemerkte Noël.

»Natürlich, Lieutenant. Ein Dolmen kennt schlechte Tage, wie wir alle. Aber heute Morgen war er in einer traumhaften Stimmung.«

»Da sind wir aber froh, das zu hören«, sagte Noël.

»Spotten Sie nur, Lieutenant«, sagte Adamsberg und lächelte. »Er hat immerhin dreitausend Jahre auf dem Buckel, und er hatte genug Zeit, Dinge zu beobachten. Das sickert durch den ganzen Stein.«

»Klar«, erwiderte Noël spöttisch, bevor ein tadelnder Blick von Retancourt ihn abrupt innehalten ließ.

»Übrigens habe ich auf meinem Dolmen die Nachricht des Divisionnaire mit der richterlichen Genehmigung erhalten: ›Festnahme wegen des Verdachts auf eine Straftat und Hausdurchsuchung‹.«

»Ausgezeichnet«, sagte Matthieu. »Das macht uns …«

»Ah, es ist jetzt also Ihr Dolmen?«, fiel Noël ihm ins Wort. »Ihr ganz persönlicher?«

»Absolut«, erwiderte Adamsberg mit einer gewissen Strenge. »Aber ich kann ihn natürlich auf Wunsch verleihen. Was Sie betrifft, Noël, bitte zügeln Sie Ihre stressbedingte Provokationslaune. Wir alle stehen unter Spannung, weil neun Tage Ermittlungsarbeit bisher nichts anderes hervorgebracht haben als fünf weitere Verbrechen. Aber genau jetzt müssen wir Ruhe und einen kühlen Kopf bewahren.«

Noël, dessen aufbrausendes Temperament von einer turbulenten Jugend geprägt war, nickte stumm.

»Was wolltest du sagen, Matthieu?«, fragte Adamsberg.

»Dass der Haftbefehl des Richters uns die Arbeit deutlich erleichtern wird.«

»Wie wir diesen Typ, der nicht lange fackeln wird, auf uns zu schießen, festnehmen sollen, steht allerdings auf einem anderen Blatt. Ich schlage Folgendes vor«, Adamsberg zog ein zerknittertes Papier aus seiner Tasche, eine sehr detaillierte Skizze des Hauses von Gilles alias Pouliquen. »Vor dem Haus, gegenüber der Eingangstür, blüht ein alter Apfelbaum, hinter dessen breiten Stamm ich mich gut verstecken kann. Zumal das Wetter eher trüb werden soll. Etwas weiter links und weiter hinten, hier«, er markierte eine Stelle mit seinem Bleistift, »befindet sich ein ehemaliger Waschraum, der zu einem Geräteschuppen umgebaut wurde. Dort bezieht Matthieu Posten. Auf der rechten Seite ist die Garage. Zwei Männer an der Nordfassade, Verdun und Veyrenc. Den Anbau auf der Rückseite des Hauses übernimmt Noël. Auf der Wiese, nicht weit entfernt, hat Gilles einen Haufen mit Baumschnittabfällen angelegt und ein Stück weiter einen mit Dung. Der erste ist für Mercadet, der zweite für Berrond.«

»Das wird stinken wie die Pest«, sagte Berrond.

»So schlimm ist es nicht.«

»Bisher sind es nur sieben Standorte«, bemerkte Veyrenc.

»Das ist der Haken an der Sache«, sagte Adamsberg, »aber wir haben keine andere Wahl. Wir können nicht mit acht Mann in Polizeiuniform bei ihm aufkreuzen, auch nicht in Zivil, er würde sofort auf uns schießen. Ich gehe davon aus, dass dieser Gilles – wenn er es denn ist – seine Waffe parat hat. Wir müssen ihm Vertrauen einflößen. Am besten in Gestalt einer Frau. Männer haben keine Angst vor Frauen, womit sie natürlich einem großen Irrtum erliegen. Wir parken dreißig Meter vom Haus entfernt, und Retancourt geht zu Fuß vor uns her, ausgerüstet mit einer Aktenmappe und Fragebögen vom Rathaus, ich habe heute Morgen noch welche besorgt. Um Viertel vor zwei wird sie an der Tür klingeln, kurz vor Beginn des Fußballspiels. Und Sie werden das Haus dann allein betreten, Retancourt, verstanden?«

»Kapiert, Kommissar.«

»Sie betreten das Haus allein und ohne kugelsichere Weste. Denn selbst unter einer weiten Jacke würde er sie sofort entdecken. Der Mann öffnet, Retancourt versperrt ihm dank ihrer Statur die Sicht, sodass er nicht mitbekommt, wie wir unsere Posten beziehen. Retancourt geht das höchste Risiko von uns allen ein, ich schicke sie ungeschützt ins Feuer an die vorderste Front. Der Mann empfängt sie übellaunig, aber da Retancourt ihre außergewöhnlichen Fähigkeiten in Liebreiz und Höflichkeit umzuwandeln weiß, entschuldigt sie sich und erklärt ihm, dass sie wegen einer Erhebung vom Rathaus kommt und dass sie nur zwei, drei Minuten stören wird, versprochen. Unser Mann murrt, stimmt jedoch zu, nichts Böses ahnend. Retancourt bittet um Einlass, damit sie sich setzen und das Formular ausfüllen kann. Kaum hat sie einen Fuß über die Schwelle gesetzt, legt sie mit ihren Fragen los. Erscheint Ihnen das machbar, Violette?«

»Ja. Er könnte natürlich versuchen, mich mit einem Tritt

in den Hintern rauszuschmeißen, aber dann würde ich ihm direkt einen Kinnhaken verpassen.«

»Nur wenn es sich nicht vermeiden lässt, Lieutenant, ansonsten lautet die Anweisung: keine Gewalt. Sobald Retancourt drin ist, folgen Matthieu und ich unbemerkt und umzingeln den Mann. Ich halte ihn in Schach, während Matthieu ihm Handschellen anlegt. Wenn er tobt, zeige ich ihm die Genehmigung des Richters. Und jetzt, Noël, hören besonders Sie gut zu. Es gibt Unwägbarkeiten. Eine unvorhergesehene Reaktion des Mannes zum Beispiel. Diejenigen, die die Nordfassade und die Rückseite des Hauses sichern, rühren sich nicht vom Fleck. Erst wenn Gilles außer Gefecht gesetzt ist, wird die Hausdurchsuchung durchgeführt. Matthieu, bitte organisier fünf deiner Gendarmen und einen Fotografen, die draußen hinter der Hecke warten. Wir werden zweimal pfeifen, wenn sie reinkommen sollen. Hast du auch einen Tresorknacker in deinem Team in Rennes?«

»Nicht vor Ort, aber ich kann ihn herbitten.«

»Mach das. Wir werden ihn brauchen.«

Es war 13 Uhr, als die Truppe den Gasthof verließ.

»Passen Sie auf sich auf, Violette«, bat Johan an der Tür.

Als alle den Gasthof verlassen hatten, machte er sich auf den Weg zur alten Brücke – Schwalben nisteten gern unter Brückenbogen – und suchte nach dem weißen Vogel, damit er Violette Glück bringen würde für diesen gefährlichen Einsatz, in den der Kommissar sie schickte.

XXXII

In Sichtweite von Gilles' Bauernhaus verlangsamten die drei zivilen Polizeiwagen das Tempo, um die Motorengeräusche zu reduzieren, und kamen dreißig Meter vor dem Eingangstor hinter der Hecke zum Stehen. Um Viertel vor zwei stieg Retancourt aus und steuerte in ihrer hellblauen Beamtenbluse und mit Aktenmappe unter dem Arm auf das Grundstück zu.

Durch die Lücken in der Hecke sahen die Männer, wie sie mit der gemächlichen Ruhe einer Verwaltungsangestellten, die kein anderer Grund herführt als ihre Arbeit, die Wiese überquerte, sich sogar noch die Zeit für einen Zwischenstopp unter dem großen Apfelbaum nahm, um einem Meisenpaar beim Spiel zuzuschauen. Sie wusste, dass der Mann sie durch eine Scheibe in der Tür beobachtete.

Er öffnete, noch bevor sie geklingelt hatte. Er war tatsächlich groß, kräftig und hässlich mit seinen raspelkurzen Haaren, der schiefen Nase und den fehlenden Zähnen. Ein klischeehafteres Gesicht hätte man sich für einen Ganoven nicht ausdenken können.

»Was wollen Sie?«, fragte er, ohne sie zu begrüßen.

»Guten Tag, Monsieur«, sagte Retancourt mit Unschuldsstimme, »tut mir leid, Sie zu stören. Ich komme wegen dieser Erhebung«, sie deutete auf ihre Formulare mit dem Briefkopf des Rathauses von Combourg.

»Was denn für eine Erhebung?«

»Es geht darum, die Einwohnerzahl in den Gemeinden der

Kommune zu ermitteln. Es wird Sie nicht viel Zeit kosten, ein, zwei Minuten, nicht länger, versprochen.«

»Okay. Stellen Sie Ihre Fragen, aber schnell.«

Als Retancourt sich über ihre Papiere beugte, fiel ihr Blick auf die Waffe, die im Gürtel des Mannes steckte.

»Macht es Ihnen etwas aus, wenn ich hereinkomme, um die Blätter auszufüllen?«

»Okay«, wiederholte der Mann, »setzen Sie sich und fragen Sie. Die im Rathaus können einem echt auf den Sack gehen.«

»Ich kann nichts dafür, Monsieur. Ich tue nur meine Pflicht.«

»Okay, sagte ich. Schießen Sie los.«

»Wie viele Personen leben in diesem Haus?«

»Ich.«

»Keine Bediensteten? Keine Familienangehörigen?«

»Nein.«

»Also eine Person«, sagte Retancourt und füllte das Formular aus. »Sehen Sie, das war's schon.«

In diesem Moment stürmten Matthieu und Adamsberg herein, postierten sich zu beiden Seiten des Mannes. Doch schon in der nächsten Sekunde hatte Gilles seine Pistole gezogen und drückte den Lauf gegen Retancourts Stirn.

»Wenn Sie sich auch nur einen Millimeter bewegen, erschieße ich sie. Kapiert? Scheißbullen! Ich hätte es wissen müssen!«

Die beiden Kommissare erstarrten, wägten ihre Möglichkeiten ab, die gleich null waren.

»Steh auf, du fette Sau«, bellte Gilles, nahm Retancourt mit rechts in den Würgegriff und drückte zu, bis sie röchelte. »Werft eure Waffen weg, alle beide, und zwar zack, zack. Was für ein erbärmlicher Trick, ihr Vollidioten.«

Die Waffen fielen zu Boden, während der Mann seinen Griff um Retancourts Hals noch verstärkte. Matthieu und Adamsberg mussten hilflos zusehen, wie ihr Gesicht rot anlief. Doch auf einmal sauste Retancourts Rechte auf das linke Handgelenk des Mannes nieder und verdrehte es so heftig, dass er seine Pistole losließ. Zugleich hatte er vor Schmerz seinen Würgegriff etwas gelockert, sofort schloss Retancourt ihre Finger wie eine Zange um seinen Unterarm. Mit einer kräftigen Bewegung aus dem Kreuz stemmte sie ihn hoch, zog ihn über ihren eingezogenen Kopf und warf ihn mit Wucht nieder auf die Steinfliesen. Adamsberg legte ihm Handschellen an, während Matthieu die Waffe auf Gilles gerichtet hielt.

»Verdammt, Lieutenant«, rief Matthieu verblüfft, »wie haben Sie das angestellt?«

»Das haben Sie doch gesehen. Ich habe ihn über meinen Kopf zu Boden geschleudert – ein gezielter Schlag, dann hochhieven, vornüberkippen, und fertig ist die Laube.«

»Aber wie schwer ist der Kerl?«

»Mittelklasse«, sagte Retancourt und verzog das Gesicht. »Nicht allzu kompliziert zu handhaben.«

»Gut«, sagte Adamsberg, als er sich erhob, »Sie haben ihn nicht arg zugerichtet. Nur eine sehr große Beule am Hinterkopf.«

»Hätte ich ihn etwa sanft auf sein Sofa legen sollen? Es fehlte nicht viel und wir wären alle draufgegangen.«

»Ich habe gut daran getan, Sie loszuschicken«, seufzte Adamsberg, »aber ich habe Sie damit in Gefahr gebracht. Wir hatten nicht bedacht, dass er seine Waffe am Körper tragen könnte.«

»Dieser Typ war zu keinem Zeitpunkt eine ernsthafte Gefahr für mich. Glauben Sie mir das einfach und zerbrechen Sie sich nicht weiter den Kopf darüber, Kommissar.«

Matthieu versammelte seine fünf Männer und den Tresorknacker um sich. Die Durchsuchung war schnell organisiert, da die Räume überschaubar waren. Den Tresor entdeckten sie in der hintersten Ecke auf dem Dachboden, begraben unter alten, mit Spinnweben bedeckten Stoffen und verstellt durch eine Weidenholzkiste und ein Durcheinander aus kaputten Möbeln. Der Spezialist betrachtete das doppelte Zahlenschloss und pfiff anerkennend.

»Ziemlich ausgeklügelt«, sagte er. »Dafür werde ich bestimmt eine Stunde brauchen.«

Gilles verfolgte das Geschehen brüllend und fluchend, hochrot im Gesicht, mit zuschnappenden Zähnen, sodass Retancourt ihn schließlich knebelte, um ihre Ruhe zu haben. Er war nicht nur außer sich vor Wut, dass sie ihn gefasst hatten, sondern auch krank vor Scham, dass eine Frau ihn überwältigt hatte.

Ausgestattet mit Autoschlüsseln ging Adamsberg in Begleitung von Veyrenc, Noël und Verdun in die Garage. Matthieu blieb zurück bei seinem Spezialisten und Retancourt wachte zusammen mit Berrond über Gilles. Was Mercadet betraf, er saß am Tisch und schlief, den Kopf auf seine Arme gestützt.

Kaum hatten sie die Torflügel geöffnet, war es taghell in der Garage, und sie offenbarte nichts außer dem Auto.

»Nichts«, stellte Noël fest.

»Doch, doch«, sagte Adamsberg. »Schauen Sie nur, ein ganz besonderes Stück: das Auto.«

»Nicht die geringste Blutspur, der Mann hat alles blitzblank geschrubbt.«

»Und zwar zu blank.« Adamsberg kniete sich vor einen Reifen. »Haben Sie jemals schmutzige und verstaubte Laufflächen mit vollkommen sauberen Profilrillen gesehen? Der

Mann hat seine Sorgfalt bis zur Reinigung jedes einzelnen Zwischenraums getrieben. Nur dass man das natürlich sieht. Warum nur? Ich wette, er wollte Korkstückchen entfernen.«

»Ja«, sagte Veyrenc. »Die Splitter, die wir auf der Straße gefunden haben. Robic könnte ihn gewarnt haben, dass seine Firma dem Arzt vor Kurzem Kork geliefert hatte. Wir sollten Estelle Braz dazu befragen.«

»Ich übernehme das«, sagte Adamsberg, »außerdem überprüfen wir sämtliche Reifen noch mal, vielleicht hat er Fragmente übersehen. Er musste den Job schließlich mitten in der Nacht bei elektrischem Licht erledigen, da ist es nicht einfach, in den schwarzen Rillen etwas zu erkennen.«

Sie streiften beide ein Paar Handschuhe über, dann nahmen sie sich jeweils einen Reifen vor und begannen mit der Untersuchung. Nach einer Weile setzten sie den Wagen um dreißig Zentimeter zurück, um das gesamte Profil zu inspizieren. Insgesamt ließ Veyrenc zweiundzwanzig Korkpartikel in einen Beutel gleiten.

»Sehr klein und fein, aber aussagekräftig«, kommentierte er ihre Fundstücke. »Die sind ihm im Dunkeln entgangen.«

»Der Beweis, dass sein Auto in die Straße eingebogen ist, die am Haus des Arztes vorbeiführt«, sagte Adamsberg. »Jetzt müssen wir das Ganze nur noch an das Labor in Rennes schicken. Mal sehen, wie weit der Kollege mit dem Tresor ist.«

Der Spezialist beendete seine Arbeit unter dem aufmerksamen Blick Matthieus, drehte einen letzten Knopf und öffnete die dicke Metalltür. Geld, sehr viel Geld, Schmuck, Waffen verschiedenen Kalibers und Papiere kamen zum Vorschein. Der Fotograf machte eine Aufnahme des geöffneten Tresors.

»Matthieu, wir nehmen alles heraus, fotografieren jedes einzelne Stück und sehen es uns dann genauer an.«

Auf einem alten Koffer breiteten sie dicke Geldbündel, zwei Armreifen und einen funkelnden Anhänger, vier Waffen, drei Reisepässe, fünf Ausweise und fünf Führerscheine aus.

»Der älteste Ausweis ist bestimmt der richtige«, mutmaßte Adamsberg, als er die Dokumente durchging. »Hier haben wir einen Hervé Pouliquen, geboren vor vierundfünfzig Jahren in Combourg. Das Foto zeigt ein Kind im Alter von zwei, drei Jahren. Auf dem nächsten ist er neunzehn Jahre alt, derselbe Name, wohnhaft in Rennes. Das passt zu dem, was Josselin uns erzählt hat. Auf der Schule in Combourg und auf dem Gymnasium in Rennes hat Pouliquen Freundschaft mit Pierre Robic und Pierre Le Guillou geschlossen. Was hast du dort, Matthieu?«

»Liebesbriefe aus seiner Jugend und Familienfotos, wie es scheint.«

»Wir legen die Liebesbriefe und die Familienerinnerungen zurück, den Rest laden wir zusammen mit dem Kerl ins Auto, damit wir für das Verhör in Rennes alles vorliegen haben. Retancourt kommt als Zeugin des Angriffs auch mit. Wir müssen das Geld vor der Vernehmung noch zählen.«

Die beiden Kommissare gesellten sich zu Berrond und Retancourt, die friedlich miteinander plauderten, während der geknebelte Hervé Pouliquen sich zu ihren Füßen am Boden wälzte und weiter vor sich hin brüllte. Adamsberg berichtete Berrond von Retancourts sportlicher Heldentat, was dessen Bewunderung für die Pariser Kollegin nur noch steigerte. Er war untröstlich, dass er das Spektakel verpasst hatte.

»Aber«, hakte Berrond bei Retancourt nach, »wie kann

man denn einen Kerl zu Boden werfen, der einem seine Kanone gegen die Stirn presst?«

»Aber ich sagte Ihnen doch, Lieutenant, nichts leichter als das. Seine Hand lag an meiner Schulter, ich brauchte ihm nur das Handgelenk zu verdrehen. War wahrscheinlich ziemlich schmerzhaft für ihn. Anschließend musste ich den Kerl nur noch mit einem Hebelgriff vornüber befördern. Ehrlich gesagt, das war kein Hexenwerk.«

»Also wirklich«, murmelte Berrond, »also wirklich.«

»Und du«, sagte Retancourt und schüttelte Hervé Pouliquens Arm, »hör auf zu brüllen, du gehst uns auf die Nerven. Wenn ich nicht die Anweisung hätte, mich zusammenzureißen, würde ich dir mit dem Gewehrkolben den Schädel polieren, damit du endlich Ruhe gibst.«

Das Team verteilte sich wieder auf die drei Autos, aber nur der Wagen mit dem Gefangenen, Retancourt und den beiden Kommissaren, die das Verhör durchführen würden, fuhr zur Polizeidienststelle nach Rennes.

»Ich fürchte«, sagte Adamsberg, »dass ein Mann von Robic nichts von Belang preisgibt. Der Boss ist in der Lage, ihn töten zu lassen, sogar in seiner Zelle. Und alle wissen das.«

Bevor er Hervé Pouliquen hereinließ, hatte Adamsberg darauf geachtet, alle Beweisstücke im Schrank zu verstauen. Der Mann nahm also an einem aufgeräumten Tisch Platz, gegenüber den beiden Kommissaren. Er mochte einen Moment lang hoffen, dass die Polizei den Tresor nicht gefunden hatte.

»Hervé Pouliquen – oder Gilles Lambert, laut Ihrem letzten Personalausweis«, begann Matthieu, »ich muss Sie darauf aufmerksam machen, dass Sie im Zusammenhang mit dem Mord an Doktor Loig Jaffré, begangen am Freitag, den

5. Mai, als Tatverdächtiger vernommen werden. Darüber hinaus stehen Sie unter Verdacht, mutmaßlich an mehreren Fällen von Einbruch, Hehlerei und anderen Delikten beteiligt gewesen zu sein. Außerdem sind Sie nachweislich im Besitz gefälschter Papiere.«

»Ich kenne keinen Jaffré«, erwiderte Lambert mit seiner rasselnden Stimme und zuckte mit den Schultern.

»Das ist richtig, Sie kannten ihn nicht. Aber Sie haben im Auftrag und unter Befolgung konkreter Anweisungen gehandelt.«

Adamsberg hörte Matthieu zum ersten Mal in Amtssprache sprechen, und da diese nicht eben zu seinen Stärken zählte, ließ er ihm den Vortritt, das Verhör in aller Form zu eröffnen.

»Ach ja? Und seit wann tötet man auf Bestellung einen Fremden?«

»Seit es Geld einbringt.«

»Ich habe kein Geld. Sie können mein Bankkonto überprüfen.«

»Das ist bereits geschehen. Sie handelten auf Anweisung Ihres Chefs, Pierre Robic, wohnhaft in Combourg.«

»Kenne ich nicht.«

»Sie kennen ihn gut, denn Sie beide besuchten dieselbe Schule in Combourg und später dasselbe Gymnasium in Rennes. Die Aussagen der Schulleiterinnen bestätigten dies anhand von Namensverzeichnissen und Klassenfotos.«

»Sie saßen sieben Jahre lang in derselben Klasse wie Pierre Robic, und sein Name sagt Ihnen nichts?«, schaltete sich Adamsberg ein. »Und das, obwohl Sie ihm und seinem Haufen Schurken nicht von der Seite gerückt sind? Das kann mal wohl kaum noch als Gedächtnislücke bezeichnen, eher als einen Krater.«

»Wenn die von der Schule einen Gilles Lambert in ihren Verzeichnissen finden, fresse ich einen Besen.«

»Da haben Sie wohl recht, aber Gilles Lambert ist ja auch nicht Ihr richtiger Name. Stimmt's? Aber darauf kommen wir später zurück. Im Moment geht es um den Mord an Doktor Jaffré.«

Gilles rutschte auf seinem Stuhl hin und her und rieb sich sein schmerzendes Handgelenk, das man ihm inzwischen verbunden hatte. Er mochte es nicht, dass Adamsberg ihn befragte, etwas an diesem Kommissar irritierte seine natürlichen Abwehrkräfte.

»Sie parkten Ihr Fahrzeug am Ende eines gepflasterten Wegs, der an das Grundstück des Arztes grenzt«, sagte Matthieu. »Wir haben die Blutspuren vom Tatort bis zur Straße verfolgt und auch welche an der Stelle gefunden, wo Sie den Wagen abgestellt hatten. Das Blut – wir haben soeben die Laboranalysen erhalten – ist mit dem des Arztes identisch.«

»Mein Auto wurde nicht aus der Garage herausbewegt«, behauptete Lambert.

»Das wurde es sehr wohl.«

Adamsberg stand auf, öffnete den Schrank und legte behutsam eine Plastiktüte auf den Tisch.

»Erkennen Sie das?«, fragte er. »Nehmen Sie die Tüte ruhig in die Hand, schauen Sie sich den Inhalt genau an.«

»Nicht nötig. Nie gesehen.«

»Aber sicher doch«, fuhr Matthieu fort. »Vor einer Woche hat Doktor Jaffré sich Dämmplatten aus Kork liefern lassen, und zwar von der in Combourg ansässigen Firma Ihr Zuhause von A bis Z. Das hat uns Estelle Braz, die Sekretärin der Firma, bestätigt. Keine besonders gute Qualität, an den Ecken bröckelte der Kork ab, und durch das Ruckeln des Lastwagens auf den Pflastersteinen fielen kleine Stücke auf die Erde. Sie wurden darüber informiert und, kaum zu Hause, machten Sie sich geduldig daran, das Profil Ihrer Reifen zu reinigen, wahrscheinlich mit feuchten Wattestäbchen. Ich muss zugeben, mir ist noch nie ein gewissenhafterer Mörder untergekommen als Sie.«

»Ich habe meine Reifen noch nie gereinigt! Halten Sie mich für einen Spinner, oder was?«

»Jedenfalls für einen sehr vorsichtigen Typ«, sagte Matthieu. »Und wir wissen, dass Sie die Reifen tatsächlich gereinigt haben. Zu Ihrem Pech waren die Laufflächen nach der Reinigung immer noch verstaubt und nur die Profile schwarz. Also haben wir Ihnen hinterhergeputzt und nach Korkstückchen gesucht, die Ihnen womöglich entgangen sind. Das Ergebnis liegt vor Ihnen auf dem Tisch.«

Gilles biss sich auf die Innenseite seiner Lippe.

»Ärgern Sie sich nicht, wir haben schließlich am helllichten Tag gearbeitet, während Sie nachts unter der Deckenlampe in der Garage hantieren mussten. Klar, dass Sie unter diesen Umständen ein paar Fragmente übersehen haben.«

»Das kann ich mir überall ins Profil gefahren haben.«

»Aber nicht jeder macht sich einen Spaß daraus, seine Profile zu reinigen. Sie waren auf der fraglichen Straße unterwegs, das können Sie nicht leugnen. Der Abgleich zwischen den von der Straße und den von Ihren Reifen entnommenen Proben beweisen es.«

Matthieu ließ ein langes Schweigen folgen. Gilles suchte unterdessen vergeblich nach einem Ausweg.

»Das ergibt überhaupt keinen Sinn«, sagte er wütend. »Und ich war letzten Montag in der Autowaschanlage.«

»Sagen Sie bloß, Ihr Auto staubt ja ziemlich schnell ein. Womit verdienen Sie Ihren Lebensunterhalt, Monsieur Lambert?«

»Ich bin freiberuflicher Mietfahrer. Jeder, der einen Wagen mit Fahrer braucht, kann mich Tag und Nacht anrufen. Das ist mein großer Vorteil gegenüber den Taxis. Nachts gilt der doppelte Tarif.«

»Und damit haben Sie die Renovierung Ihres Bauernhauses finanzieren können?«

»Ich bin ein guter Heimwerker. Ich habe fast alles selbst renoviert, Stück für Stück, das hat Jahre gedauert.«

»Sie haben Combourg in jungen Jahren verlassen. Wo haben Sie sich danach aufgehalten? In Sète?«

»Das geht Sie nichts an.«

»Haben Sie jemals die Vereinigten Staaten besucht?«

»Sicher nicht. Ich hasse dieses Land.«

»Wie können Sie es hassen, wenn Sie noch nie dort waren?«

»Dafür muss ich nicht da gewesen sein. Da drüben kennen sie nur zwei Kategorien, bettelarme Menschen oder Geschäftsleute mit Taschen voller Geld. Und dann das Fernsehen. Ausschließlich amerikanische Filme.«

Wir sind so weit, sagte sich Adamsberg, streifte Handschuhe über und ging zum Schrank, aus dem er zwei Pässe fischte.

»Das ist sehr merkwürdig«, sagte er und blätterte in einem der beiden Dokumente. »Hier ist eine Einreise nach Los Angeles vermerkt, vor ungefähr sechsundzwanzig Jahren.«

»Unmöglich«, knurrte Gilles. »Ich habe nie einen Fuß in dieses Scheißland gesetzt.«

»Doch.« Matthieu zeigte ihm den Einreisestempel. »Es ist vielleicht nicht derselbe Name, René Genêt, aber dass Sie der Mann auf dem Foto sind, daran besteht kein Zweifel.«

»Den haben Sie doch zusammengebastelt!«, rief Gilles. »Ihr Bullen sitzt schließlich an der Quelle. Eine Bande Ganoven seid ihr, und immer Schulter an Schulter.«

»Wie die echten Ganoven«, bemerkte Adamsberg.

»Und ich sehe hier auch eine Rückkehr nach Frankreich«, sagte Matthieu ungerührt, »vor etwa vierzehn Jahren, ebenfalls unter einem anderen Namen, Paul Merlin, aber das ist ganz klar deine Visage, deine krumme Nase. Und wenn wir einen Unterschriftenabgleich veranlassen würden, auf wen würden wir wohl stoßen, trotz der verstellten Handschrift? Auf dich. Es gibt nur zwei echte Pässe in dieser Sammlung, und das sind die, die auf Hervé Pouliquen lauten.«

»Deinen richtigen Namen«, nahm Adamsberg den Faden auf. »Er kommt dir doch bekannt vor? Und weißt du, was merkwürdig ist? Dass du siebzehn Tage nach Pierre Robic aus den USA zurückgekehrt bist. Komisch, nicht wahr? Anscheinend hat es euch beiden in den Staaten nicht gefallen.«

»Alles konstruiert, völlig konstruiert!« Gilles sprang auf und versetzte seinem Stuhl einen Tritt.

»Und das und das und das und das?« Matthieu warf der Reihe nach die gefälschten Ausweise und Führerscheine auf den Tisch. »Manche sehen schon ein bisschen schäbig aus, findest du nicht? Glaubst du, wir hätten Pässe gebastelt, die oll aussehen?«

»Ihr seid Fälscher«, kläffte Gilles, ohne den Blick von dem Stapel der vor ihm ausgebreiteten gefälschten Dokumente zu heben.

»Und wie viel Geld, sagst du, ist auf deinem Konto?«, fragte Matthieu.

»Achttausendsiebenhundertzweiundzwanzig.«

»Auf dem Konto, das du unter dem Namen Gilles Lambert führst. Und auf den anderen? Ist letztlich auch egal, diese Konten sind ohnehin nur ein Almosen. Denn es gibt da ja noch diese Rücklage.« Matthieu hielt Gilles vier große versiegelte Beutel unter die Nase, prall gefüllt mit Zweihunderteuroscheinen. »Eine Million dreihunderttausend Euro. Die Scheine haben wir natürlich auch extra drucken lassen, um dir eine Freude zu bereiten, nicht wahr? Hinzu kommen diese Kleinigkeiten«, sagte er und ergänzte das erkleckliche Häufchen auf dem Tisch um ein paar glitzernde Ohranhänger und Armreifen.

»Das ist nicht von mir«, versicherte Gilles gequält, er sprach hastig. »Jemand hat mir das in den Tresor gelegt, um mich zu Fall zu bringen.«

»Klar. Ein Geschenk. Mit vier Pistolen als Bonus, die Knarre, die du bei dir getragen hast, nicht mitgezählt. Brauchst du sie so dringend? Wer hätte ein Interesse daran, dich ›zu Fall zu bringen‹? Warum sollte man einen Mietfahrer zu Fall bringen wollen, kannst du mir das erklären?«

Pouliquen setzte sich schwerfällig wieder hin.

»Darf ich rauchen?«, fragte er.

Das erste Anzeichen eines Risses, das Bedürfnis nach einem Halt in der Bedrängnis. Adamsberg holte sein Päckchen hervor, gab jedem eine Zigarette und Feuer und befreite einen Aschenbecher, der unter den auf dem Tisch angehäuften Gegenständen begraben war.

»Ekelhaft, diese Fluppe.«

»Ja«, bestätigte Adamsberg.

»Ich werde dir sagen, was ich denke«, sagte Matthieu, während er Rauch ausblies. »Mit neunzehn oder zwanzig Jahren kehrt ihr – du, Pierre Le Guillou und Pierre Robic –, vielleicht noch andere, die wir nicht kennen, diesem ›Kaff der Nulpen‹, wie Robic es nennt, den Rücken und geht nach Sète, wo ihr mit Juwelenraub, Diebstählen und Drogenschmuggel genug Geld scheffeln könnt, um euer kleines ›Casino‹ zu gründen. Das euch nicht nur weiteres Geld einbringt, sondern auch eine Fassade bietet. Von Einbruch zu Überfall werdet ihr immer besser, immer härter, ihr setzt euch in der Szene durch und holt ein paar Jungs von früher dazu. Wahrscheinlich habt ihr unter den kleinen Gangstern gefischt, die den Hund der Hausmeisterin so schändlich zugerichtet hatten. Schon damals hat Robic den Hut auf, ihr bewundert ihn, den Schutzgelderpresser, den Sadisten, den Blutrünstigen. Aber die Polizisten in Sète riechen Lunte: ein zu hoher Lebensstil, gemessen an den Gewinnen des recht kleinen Unternehmens. Robic verkauft das Casino, ihr schmiert ein paar Typen aus der Unterwelt, um an gefälschte Papiere und Pässe zu kommen, und dann geht's nach neun erfolgreichen Jahren in Sète mit der ganzen Truppe nach Los Angeles. Ihr habt Größeres vor, viel Größeres. Und das ist immer der Haken an der Sache: Je mehr Geld man hat, desto mehr will man, bis man einander die Köpfe einschlägt.«

»Ihr beendet eure amerikanische Karriere mit einem großen Coup«, übernahm Adamsberg. »Ihr erschleicht euch das Erbe eines reichen Amerikaners, den ihr ermordet, nachdem ihr sein gefälschtes Testament in den Briefkasten geworfen habt. Ihr inszeniert diesen Mord wie einen gewöhnlichen Raubüberfall. Armez fordert einen höheren Anteil – wahrscheinlich weil er getötet hat –, den Robic ihm jedoch verweigert. Kurz nach seiner Rückkehr nach Louviec erschießt Robic seinen ehemaligen Geschäftspartner, da er ihm gefährlich zu werden droht. Abgesehen von ein paar Kleinigkeiten, wie gefällt dir diese Geschichte?«

»Sie haben aus ein paar Korkstückchen einen Berg gemacht.«

»Und das hier«, sagte Matthieu und ließ seinen Finger über dem Haufen aus gefälschten Papieren, Geld, Schmuck und Waffen kreisen, »ist das kein Berg?«

»Eine miese Falle. Ich kann alles widerlegen. Sie können mich mal.«

Matthieu gab den beiden reglosen Gendarmen, die den Raum bewachten, ein Zeichen.

»Bringen Sie ihn in eine Zelle«, sagte er.

»Keine Sorge«, sagte Pouliquen und sah die beiden Kommissare an. »Ich werde nicht lange bleiben. Kann ich noch eine rauchen, bevor ich gehe?«

Adamsberg reichte ihm eine Zigarette und Feuer.

»Die sind wirklich ekelhaft, diese Fluppen.«

»Ja«, wiederholte Adamsberg.

»Warum rauchen Sie sie dann?«

»Aus sentimentalen Gründen. Etwas, das du nicht verstehen kannst.«

»Wie auch immer. Bald werde ich meine eigenen wiederhaben, darauf können Sie Gift nehmen.«

XXXIII

Robic hatte sich pünktlich im Aquarium von Saint-Malo eingefunden. Eine ganze Weile gab er vor, die Fische zu beobachten, in der Hoffnung, dass Gilles bald auftauchen würde. Aber er ging nicht an sein Handy. Ungewöhnlich. Irgendetwas musste schiefgelaufen sein, Gilles war in den Händen der Polizei, daran zweifelte er keine Sekunde. Verdächtigt des Auftragsmordes an Doktor Jaffré. Robic war überzeugt, dass Gilles seinen Namen nicht nennen würde, aber vielleicht verfolgten die Bullen bereits die Spur der ehemaligen Schulgang, ein Grund mehr, seinen Komplizen aus den Fängen der Polizei zu befreien.

Der für den Abend geplante Anschlag auf Adamsberg wurde umso notwendiger. Kein ganz einfacher Job, denn laut seinen Informanten verließ der Kommissar den Gasthof immer in einer Gruppe, plauderte noch eine Weile, ehe er seine vier Mitarbeiter in ein Auto steigen ließ. Es würde wahrscheinlich schon dämmrig sein, aber noch nicht nachtdunkel, der Zauberer würde ihn von seinem Versteck aus leicht erkennen, er wusste, wie Adamsberg aussah. Der Säulengang, der dem Gasthof fast direkt gegenüberlag, war ein bequemes Versteck. Nur musste es gelingen, den Kommissar zu isolieren, wenigstens für ein paar Sekunden, damit sein Mann das Ziel traf.

Auf dem Rückweg von Saint-Malo dachte Robic nach. Der Gedanke, Gilles unter Androhung tödlicher Vergeltungsmaßnahmen freizupressen, erschien ihm ebenso gewagt wie brillant. Ein einfacher Schuss in den Arm als erste Warnung heute Abend. Dann ein weiterer, und wenn die Bullen seiner Forderung nicht nachkamen, musste der Kommissar sterben. Die zwei Warnschüsse würden der Öffentlichkeit und den Medien Zeit geben, sich zu positionieren. Konnte der Innenminister es sich leisten, einen so renommierten und fast einhellig geschätzten Mann wie Adamsberg zu verlieren? Oder dass man ihm vorwarf, den Kommissar geopfert zu haben, um sich mit einer einzigen Festnahme zu brüsten? Unwahrscheinlich, überlegte Robic. Nach den ersten beiden Attacken würde der Minister einknicken und verhandeln. Straffreiheit für Gilles zu erlangen, war das eine, dass Robic über Adamsbergs Tod entschieden hatte, das andere. Dieser Mann war ihm auf den Fersen, und er würde nicht aufhören, ihn zu jagen. Nichts hinderte Robic daran, den Kommissar aus dem Weg zu räumen, selbst nach der Freilassung von Gilles.

Sein Entschluss stand fest, und zwar unumstößlich. Er würde den Kommissar anrufen, sobald die Gruppe aus dem Gasthof kam. Adamsberg würde ein paar Schritte zur Seite gehen, um das Gespräch anzunehmen, und genau diesen Moment musste sein Mann abpassen. Er musste den Zauberer über die Planänderung informieren: schießen, wenn Adamsberg sich von der Gruppe entfernte, und nur ein Streifschuss am Arm, eine leichte Verletzung, damit der Kommissar am nächsten Tag das Krankenhaus wieder verlassen konnte. Die Nachricht an Adamsberg würde er nicht schon heute Abend absenden. Erst morgen. Der Warnschuss würde seinen Worten mehr Gewicht verleihen. Nach dem Anschlag würden sie Adamsberg sofort Personenschützer an die Seite stellen, ein großes Hindernis, aber nicht unmöglich zu überwinden. Mit dem zweiten Schuss würde er den

Spieler betrauen, der seine Karriere als Turner, Schlangenmensch, Springer und Seiltänzer im Zirkus begonnen hatte. Mit seinem schlanken Körper war er für solche Einsätze genau der Richtige.

Robic parkte am Straßenrand und tippte einen Entwurf in sein Handy. *Adamsberg, sorgen Sie dafür, dass Gilles sofort freigelassen und jedes Verfahren gegen ihn eingestellt wird, oder Sie werden mit Ihrem Leben bezahlen. Der gestrige Überfall war nur eine erste Warnung, Sie werden eine zweite erhalten. Wenn Gilles nicht innerhalb der nächsten drei Tage frei ist, werden Sie sterben.*

Sehr gut, dachte Robic. Klassisch, aber zielführend.

Nach ihrem üppigen Abendessen bei Johan diskutierten die acht Polizisten noch eine Weile auf der Straße über die Ereignisse des Tages. Adamsberg entfernte sich zwei Meter, um den Anruf einer unbekannten Nummer entgegenzunehmen. Ein Schuss fiel, der Kommissar legte die Hand an seinen Arm und krümmte sich. Das Blut floss in Strömen, kurz kam Panik unter den Ermittlern auf, nur Veyrenc und Matthieu hatten noch die Geistesgegenwart, den Schützen ausfindig zu machen. Sie sahen einen Mann davonrennen, er hatte mehr als dreißig Meter Vorsprung, als sie die Verfolgung aufnahmen.

»Hinterher, Retancourt, hinterher!«, rief Adamsberg, als wollte er einen Jagdhund auf ein Wildschwein hetzen.

Retancourt hatte den Befehl ihres Chefs indessen gar nicht erst abgewartet, sie hatte Matthieu und Veyrenc bereits eingeholt.

»Zu spät«, keuchte Veyrenc, »wir werden ihn nicht mehr erwischen, er ist schneller als wir.«

»Und ob wir ihn kriegen«, sagte Retancourt. »Aber lassen

wir ihm den kleinen Vorsprung. Irgendwo wartet ein Komplize auf ihn. Besser, wir schnappen sie uns gleich beide als nur einen.«

Sie überholte ihre beiden Kollegen, und in kürzester Zeit gelang es ihr, den Abstand zu dem Schützen um ein Vielfaches zu verringern. Über Gassen und Gässchen gelangte der Mann an einen Feldweg, auf dem ein Auto mit ausgeschaltetem Licht parkte. Retancourt gab Matthieu und Veyrenc ein Zeichen und zog noch einmal an. Doch keiner der beiden schaffte es, zu ihr aufzuschließen. Der Schütze drehte sich um, feuerte im vollen Lauf auf seine Verfolgerin, ohne sie zu treffen, stattdessen warf Retancourt sich von hinten auf ihn, drückte ihn mit ihrem ganzen Gewicht zu Boden und entriss ihm die Waffe. Sie legte auf das Auto an, nacheinander platzten drei Reifen. Unter ihr, am Boden, versuchte der Mann, unnützerweise, sich freizustrampeln, während sie die Heckscheibe und den Rückspiegel zerbersten ließ. Die Kugel flog nahe genug an dem Fahrer vorbei, um ihn dazu zu bringen, aus seinem Auto zu springen und sich mit ausgestrecktem Arm flach auf die Erde zu rollen. Auf diesen Moment hatte Retancourt gewartet, und noch ehe er seine Arretierung lösen konnte, schoss sie ihm in die Hand. Sie war zwei Sekunden schneller gewesen, zwei entscheidende Sekunden. Als Retancourt dem Schützen Handschellen anlegte, kamen Matthieu und Veyrenc angerannt.

»Kümmern Sie sich um den anderen«, rief sie. »Ich habe ihn an der Hand getroffen, aber Vorsicht, seine Waffe muss auch irgendwo dort liegen. Moment, ich sehe den Griff glänzen. Diese Idioten, sie können es nicht lassen … Das kommt davon, wenn man mit einem Perlmuttgriff rumprotzt.«

Retancourt schob die Pistole mit zwei Kugeln aus ihrer Waffe ein paar Meter weiter auf den Weg.

»So, jetzt haben Sie freie Bahn.«

Kaum hatte sie sich wieder auf die Beine gerappelt, zückte sie ihr Telefon, um sich nach Adamsberg zu erkundigen.

»Alles okay«, sagte sie erleichtert, als sie das Gespräch beendet hatte. »Die Wunde ist nicht tief, aber sie muss genäht werden. Noël ist bereits auf dem Weg zum Krankenhaus in Rennes.«

Sie packte ihren Gefangenen am Kragen und begann, ihn hinter sich herzuschleifen. Aber der Mann zappelte so sehr, dass sie sich genötigt sah, ihn mit einem Faustschlag ruhigzustellen.

»Tut mir leid«, sagte sie zu den beiden anderen, »aber wir müssen die Typen ja schließlich mitnehmen. Der hier macht ein kleines Nickerchen.«

Retancourt hob den Mann hoch, als wäre er ein Wattebausch. Veyrenc und Matthieu hingegen hatten mit dem dicken Fahrer auch zu zweit etwas mehr Mühe. Die anderen erwarteten sie bereits vor Johans Gasthof.

»Hat ein bisschen länger gedauert«, erklärte Retancourt und legte ihr noch benommenes Bündel unsanft neben den Stufen des Gasthofs ab. »Ich wollte den Schützen nicht ohne seinen Komplizen schnappen.«

»Mercadet«, sagte Veyrenc, er platzierte den Fahrer neben dem Schützen und legte beiden Männern Handschellen an, »ihr Wagen steht an dem Feldweg, der auf die Ruelle du Chêne Mort stößt.«

»Also am Chemin de la Guillotine«, sagte Johan.

»Kann gut sein. Matthieu, die Gendarmen sollen das Fahrzeug abschleppen, den Schützen nach Rennes in eine Gewahrsamszelle bringen und den Fahrer unter Bewachung ins Krankenhaus von Combourg, damit seine Hand behandelt wird.«

»Was ist mit Josselin?«, schlug Johan schüchtern vor. »Er könnte vorher vorbeikommen, vielleicht erkennt er die Gesichter oder die Stimmen der Kerle wieder. Anscheinend haben sie ja alle gefälschte Papiere.«

»Ausgezeichnete Idee«, sagte Retancourt, »bitten Sie ihn doch her.«

Kurz darauf sprang Josselin vor der Herberge von seinem Fahrrad und sah die beiden Männer prüfend an. Er nahm Matthieu beiseite.

»Aufgrund ihres Äußeren kann ich sie nicht eindeutig identifizieren. Es ist zu lange her und ich habe kein gutes Gedächtnis. Man müsste sie dazu bringen, etwas zu sagen.«

»Ich kümmere mich darum. Bleiben Sie in meiner Nähe.«

Matthieu hockte sich zunächst neben den Schützen. »Das ging ja wohl daneben, nicht wahr?«

»Gar nichts ging daneben.«

»Was wolltest du denn?«

»Ihn am Arm verletzen. Und das ist mir gelungen.«

»Wie lautet dein richtiger Name?«

»Da kannst du lange warten.«

»Soll ich dir auf die Treppe helfen?«

»Scheißegal. Verpiss dich einfach.«

Matthieu erhob sich und entfernte sich mit Josselin.

»Viel mehr ist aus dem fürs Erste nicht herauszubekommen. Können Sie ihn zuordnen?«

»Ich glaube, es handelt sich um den Zauberer. Und sein Gesicht kommt mir vage bekannt vor. Dürfte ich noch einmal einen Blick auf das Foto unserer Abschlussklasse werfen?«

»Mercadet hat es bestimmt archiviert.«

Kurz darauf rief Mercadet Matthieu und Josselin in die

Wirtsstube. Das Klassenfoto, auf dem auch Chateaubriand zu sehen war, füllte den ganzen Bildschirm seines Rechners. Alle lächelten brav, wie es sich gehörte. Das Bild war scharf, Josselin betrachtete eingehend Gesicht um Gesicht.

»Der da ist Robic.« Josselin deutete auf einen Jugendlichen mit kurzen Haaren, vorgestrecktem Kinn und schiefen Zähnen. »Aber mittlerweile durften Sie ihn ja kennenlernen. Wir suchen einen Jugendlichen mit schmaler Nase, tiefem Haaransatz, braunen Locken …«

Josselin ging wieder hinaus, um sich das Gesicht des Schützen noch einmal genau anzusehen.

»Was starrst du mich so an?«

»Ich bin es, Chateaubriand, erinnerst du dich nicht mehr?«

»Ah, Chateau!«, sagte der Mann und lachte. »Der feine Herr aus unserer Klasse.«

Der Mann spürte, dass er womöglich zu viel gesagt hatte, und sogleich verschloss sich seine Miene. Josselin kehrte zurück an den Bildschirm.

»Er hat sich verraten. Er war in meiner Klasse. Also, kurzer Hals, lange Ohrläppchen, dunkle, eng stehende Augen, niedrige Stirn … Der da.« Josselin tippte auf einen Jungen, der mehr kicherte als lächelte. »Er gehörte zwar zu den Schurken, war damals aber noch linkisch. Er hat viele Haare seither verloren.«

Mercadet ging das Verzeichnis durch.

»Zweite Reihe, Dritter von links – Yvon Le Bras. Vielen Dank, Josselin. Würden Sie Ihr Glück auch noch mal bei dem Fahrer versuchen?«

Chateaubriand nickte und begleitete Matthieu hinaus. Sie hockten sich neben den Fahrer, der sich die schmerzende Hand hielt. Johan hatte die Wunde desinfiziert und provisorisch verbunden. Die Gendarmen waren bereits eingetroffen, aber Matthieu bat sie zu warten.

»Und du«, sagte er zu dem Fahrer, »hast wie ein Idiot im Wagen gewartet, hattest nichts weiter zu tun, als den Motor anzulassen, und hast alles vermasselt.«

»Schuld ist dieses verdammte Weibsstück«, knurrte der Mann mit rauer Stimme. »Was ist das für eine Kreatur? Eine Frau oder eine Kanonenkugel? Die Schlampe hat mir die Hand ruiniert.«

»Du hast mit deiner Waffe auf sie gezielt.«

»Das reicht mir«, sagte Josselin. Als er wieder auf den Bildschirm sah, resümierte er: »Eine tiefe, raue Stimme, eine kugelrunde Nase, zusammenlaufende Augenbrauen, ein stark hervortretender Adamsapfel an einem mageren Hals ... Der da ist es, ›Domino‹.«

»Jean Gildas«, sagte Mercadet nach kurzem Abgleich mit der Namensliste.

Matthieu gab den Gendarmen ein Zeichen, dass sie den Verletzten nun abtransportieren konnten. Zwei von ihnen würden im Krankenhaus von Combourg vor seiner Tür Wache halten. In einem anderen Wagen fuhren Verdun und Berrond den Schützen Yvon le Bras, genannt der Zauberer, zum Kommissariat in Rennes.

»Schon fünf, die in die gleiche Klasse gingen«, sagte Matthieu und notierte: Pierre Robic, Yvon Le Bras, Jean Gildas, Hervé Pouliquen und Pierre Le Guillou.

»Ich habe die Adressen der beiden Neuen«, sagte Mercadet. »Der Schütze wohnt in Louvigné und der Fahrer in Bois-sur-Combourg. Planen wir zwei weitere Hausdurchsuchungen ein, Kommissar Matthieu?«

»Wenn Adamsberg und der Divisionnaire grünes Licht geben, ja.«

»Ich überlasse es Ihnen, das zu organisieren«, sagte Mercadet, er konnte sich kaum mehr auf den Beinen halten.

In diesem Moment betrat Noël den Gasthof, gefolgt von Retancourt, sie kamen aus dem Krankenhaus in Rennes. Erwartungsvoll blickten die Kollegen sie an.

»Die Krankenschwester sagte, dass der Bizeps perforiert wurde, sie flicken ihn jetzt unter Lokalanästhesie wieder zusammen, und morgen wird er entlassen, ausgestattet mit Antibiotika, einem Antiseptikum und einem Verband, der jeden Tag gewechselt werden muss. Natürlich wird er seinen Arm nicht gut bewegen können, bis die Wunde verheilt ist. Er muss also eine Schiene tragen.«

»Gütiger Gott, was für eine Erleichterung«, seufzte Johan und schenkte Chouchen aus. »Wann wird er operiert?«

»Noch heute Abend.«

Matthieu fasste für Noël und Retancourt zusammen, welche Informationen Josselin ihnen geliefert hatte.

»Sauber«, sagte Noël. »Wir pflücken Robics Männer wie Äpfel von den Bäumen, das wird ihm nicht gefallen. Aber dieser Fall führt uns weg von unserem ursprünglichen Ziel, dem Mörder von Louviec.«

»Überhaupt nicht«, widersprach Retancourt, »wir folgen seiner Querverbindung, wie der Kommissar es ausdrückte. Robic hat den Arzt auf Wunsch eines Bewohners aus Louviec getötet. Wenn wir seine Gang in die Enge treiben, gerät auch unser Mörder in Bedrängnis. Wir müssen nur dafür sorgen, dass einer von ihnen auspackt.«

»Korrekt«, sagte Veyrenc. »Kommissar, ich schlage vor, dass wir morgen so früh wie möglich mit den beiden Hausdurchsuchungen beginnen. Sie sollten im Laufe des Tages abgeschlossen sein.«

»Passt«, sagte Matthieu. »Wir werden mit den Verhören

erst anfangen, wenn die Durchsuchungen erledigt sind. Da wir nur zu siebt sind, wird es zeitlich knapp mit zwei Häusern an einem Tag. Ich werde fünf weitere Kollegen und unseren Tresorknacker um Unterstützung bitten.«

XXXIV

Die Genehmigung des Divisionnaire für die Durchsuchungen bei Yvon Le Bras in Louvigné sowie bei Jean Gildas in Bois-sur-Combourg erhielt Matthieu am nächsten Morgen um zehn vor neun, noch ehe er sie angefordert hatte. Ganz offenbar war Adamsberg nach seiner Operation schon wieder im Einsatz und hatte sich vom Krankenhaus aus mit seinem Vorgesetzten in Verbindung gesetzt. In einer weiteren Nachricht meldete der Kommissar, dass alles in Ordnung sei und er davon ausgehe, am Abend um 19 Uhr im Gasthof zu sein.

Die beiden Teams verabredeten sich sogleich vor dem Haus Yvon Le Bras' in der Rue de la Ceriseraie 6 in Louvigné. Auch er bewohnte ein altes Bauernhaus, das jedoch kleiner war als das von Hervé Pouliquen.

»Sammeln Sie, was Ihnen interessant erscheint. Ich fürchte allerdings, dass hier nichts einfach so herumliegt«, sagte Matthieu. »Wir müssen seinen Tresor finden. Untersuchen Sie alle Wände und Bodenplatten. Durchkämmen Sie Keller und Dachboden und vergessen Sie auch die Garage nicht.«

Die zwölf Beamten streiften sich Handschuhe über und verteilten sich im ganzen Haus, das überladen war mit Möbeln und Gegenständen aller Art. Um bequemer arbeiten zu können, trugen die Polizisten viele Möbel hinaus auf die Wiese. Matthieu übernahm es, Schubladen aufzuziehen, Anrichten, Kommoden und Schränke auf den Kopf zu stellen, in Koffern zu stöbern. Dann ging er mit Noël und Veyrenc in den Keller, wo sie sich einen Weg durch alles mögliche Gerümpel bahnten, Regale und Weinregale ausräumten, Kisten mit weiteren Flaschen beiseiteschoben. Der Boden des Kellers war mit Lehmputz abgedichtet, was die Feuchtigkeit in Grenzen hielt. Veyrenc hob ein Paar Stiefel an, deren Sohlen mit einer weichen, dunkleren Erde verschmutzt waren.

»Da unten befindet sich ein zweiter Keller«, sagte er. »Garantiert.«

Als sie den Boden freigelegt hatten, klopften sie ihn alle dreißig Zentimeter ab und horchten, ob sich das Geräusch veränderte. Bei den Weinregalen merkten sie auf, auf einer Fläche von etwa ein Meter zwanzig mal ein Meter klang ihr Klopfen hohl.

»Wir suchen Werkzeuge und schaufeln die Lehmschicht beiseite«, schlug Veyrenc vor.

Nur zehn Zentimeter unter dem Lehm kamen Holzbretter zum Vorschein, die sie vollständig freilegten. Die mit einem großen Ring versehene Falltür ließ sich geräuschlos hochklappen.

»Die Scharniere hat er jedenfalls sorgfältig geölt«, sagte Matthieu und hängte den Ring der Luke an eine Eisenstange. »Seien Sie vorsichtig beim Hinuntersteigen, die Leiter ist steil.«

Der zweite Keller, in Fels gehauen, war deutlich feuchter, der matschige Grund klebte an den Sohlen.

»Deshalb standen die Stiefel griffbereit«, sagte Veyrenc, als er neben Matthieu in den dunklen Raum sah. »Egal, wie viele Vorkehrungen man trifft, es entgeht einem immer eine Kleinigkeit. Ohne den Schlamm an den Stiefeln hätten wir nicht unbedingt nach einem zweiten Keller gesucht.«

Er schaltete die Deckenlampe ein. Sofort fiel ihr Blick auf den Tresor hinten an der Wand.

»Ich glaube, wir haben, was wir suchen«, sagte Veyrenc.

Einige Minuten später untersuchte der Spezialist den Tresor mit einer großen Taschenlampe, drehte an den Knöpfen und hielt sein Ohr an den Mechanismus.

»Sehr robust«, sagte er, »aber das Verschlusssystem ist nicht so komplex wie beim letzten Mal. Rechnen Sie mit einer guten halbe Stunde.«

Wieder wich Matthieu dem Experten nicht von der Seite, fasziniert von dem Können dieses Mannes. Derweil verkündete Veyrenc den übrigen Beamten, dass die Durchsuchung beendet sei und sie alle Möbel und Gegenstände bis auf einen Tisch wieder an ihren Platz im Haus räumen könnten.

»Wo habt ihr ihn gefunden?«, fragte Retancourt.

»In einem kleinen zweiten Keller unter dem ersten. Der Mann musste echten Einsatz zeigen, wenn er an seinen Tresor wollte.«

Es war Mittag, und Berrond holte einen großen, von Johan vorbereiteten Korb aus einem ihrer Wagen, verteilte Sandwiches, gefüllte Crêpes, Käse, Obst, Weinflaschen, Becher, Pappteller und Papierservietten.

»Lasst etwas für Matthieu und den Tresorknacker übrig«, sagte er. »Und verratet mir, ob der Wein etwas taugt«, ergänzte er, an die fünf Gendarmen gewandt, die Matthieu als Verstärkung hinzugebeten hatte.

Sie ließen sich gerade den Käse schmecken, als der Kommissar und der Tresorknacker sich zu ihnen gesellten.

»Sie haben nicht auf uns gewartet?« Matthieu sah lächelnd zu Berrond.

»Ich habe es nicht mehr ausgehalten«, gestand Berrond mit vollem Mund. »Aber Ihre Ration haben wir sorgfältig beiseitegelegt.«

»Die haben wir auch nötig«, sagte Matthieu und nahm

neben dem Tresorknacker Platz, der an derart aufwendig gestaltete Picknicks nicht gewöhnt war. »Trinken Sie nicht zu viel, wir haben noch das Haus von Jean Gildas in Bois-sur-Combourg vor uns. Kennt jemand Bois-sur-Combourg?«

»Ich«, meldete sich einer der Gendarmen zu Wort. »Meine Schwester wohnt dort. Eine Zweihundert-Seelen-Gemeinde, ruhiger geht's nicht. Wenn man am Dorfeingang oder -ausgang wohnt, kann man kommen und gehen, wann man will, kriegt keiner mit. Wie lautet die Adresse?«

»Rue de la Gare 7.«

»Am alten Bahnhof also, den sie schon vor einiger Zeit abgerissen haben. Das ist tatsächlich am Dorfausgang. Ich nehme an, es handelt sich um das alte Backsteinhaus mit dem Schieferdach.«

»Ein großes Haus?«

»Zweistöckig, und ich glaube, drei Zimmer pro Etage.«

Matthieu zeigte die Fotos mit dem Inhalt des soeben geöffneten Tresors herum, der Fund unterschied sich kaum von dem bei Hervé Pouliquen: Geld, Waffen, Schmuck, Papiere.

»Robic sicherte sich selbst zwar den größten Anteil der Beute, wahrscheinlich mehr als die Hälfte, den Rest jedoch scheint er gerecht unter seinen Partnern aufgeteilt zu haben«, sagte Matthieu. »Ziehen Sie Ihre Handschuhe an, wir schaffen jetzt den gesamten Inhalt des Tresors hoch und legen alles zum Fotografieren und Versiegeln auf den Tisch. Dann nehmen wir eine Bodenprobe im zweiten Keller, verschließen und bedecken die Falltür wieder mit Erde und räumen alles zurück, wie wir es vorgefunden haben. Habe ich etwas vergessen?«

»Die Stiefel«, sagte Veyrenc.

»Ach ja, die Stiefel bitte in einer Plastiktüte verstauen.«

Matthieu besah sich den Inhalt des Tresors bei Tageslicht noch einmal genauer, während der Fotograf seine Aufnahmen machte. Drei Waffen, dicke Geldbündel, zwei Perlenketten, sechs Ringe, drei Reisepässe – der aktuellste war für die Einreise in Los Angeles benutzt worden. Ein weiterer war noch jungfräulich, vermutlich reserviert für den Fall, dass eine plötzliche Flucht notwendig wurde. Vier gefälschte Autopapiere und Personalausweise lauteten auf die Namen Jérôme Verteuil, Georges Charron, Roger Fresnes und Martin Serpentin. Matthieu nahm sie in die Hand und zeigte sie Mercadet.

»Lieutenant, soweit ich mich erinnere, ist Serpentin der richtige Name der Schlange, stimmt's?«

»Ja«, sagte Mercadet nach kurzer Recherche.

»Aber warum heißt es dann, sie sei die Schwester von Villing?«

»Augenblick ... Hier, ich hab's. Ihr Vater, ein Serpentin, ließ sich scheiden, und seine zweite Frau brachte einen Sohn mit in die Ehe: Alain Villing. Genau genommen ist Villing also der Stiefbruder der Schlange. Fragen Sie aus einem bestimmten Grund?«

»Mir geht gerade durch den Kopf, dass es manchen Menschen womöglich schwerfällt, ihr Vorleben in einem falschen Namen komplett zu tilgen. Einer der gefälschten Ausweise von Yvon Le Bras ist auf den Namen Martin Serpentin ausgestellt.«

»Sie versuchen, eine Verbindung zwischen Louviec und Robic herzustellen?«

»Warum nicht? Zumindest könnte es eine zwischen Yvon Le Bras und der Schlange geben, und damit auch zu Villing.«

»Glauben Sie, dass Villing in dem Fall mitmischt?«

»Sagen wir, er könnte zumindest Informationen weitergegeben haben. Er oder seine Stiefschwester. Kommen Sie, wir machen Schluss hier.« Matthieu stand auf.

»Das Haus ist wieder in Ordnung, Sie müssen nur noch fertig versiegeln, dann sind wir startklar«, sagte Berrond.

»Ich fahre mit Verdun zurück nach Rennes, um Yvon Le Bras zu verhören, da wir nun den Inhalt seines Tresors kennen. Ich verspreche mir allerdings nicht mehr davon als bei Hervé Pouliquen. Die Jungs kennen sich seit Schulzeiten, die werden nichts auspacken. Sie hoffen, dass der Boss sie rausholt.«

»He, Matthieu!«, rief Mercadet, während der Kommissar sich entfernte.

»Was?«

»Die Stiefel!«

Das Prozedere vom Morgen wiederholte sich am Nachmittag im Backsteinhaus von Jean Gildas in Bois-sur-Combourg. Sämtliche Schränke und Schubladen wurden durchforstet, Zwischenwände und Böden auf Falltüren untersucht. Nachdem sie eine Menge Holzscheite und Bretter aus dem Schuppen geräumt hatten, fiel ihnen eine alte, mit Erde beschmutzte Falltür auf, und sie beförderten zwei kleine Safes ans Tageslicht. Der Spezialist setzte sich auf die Wiese, um sie zu knacken, während der Fotograf seine Kamera zückte und Veyrenc die Versiegelung der Beweismittel vorbereitete.

»Sie sind klassischer als die anderen beiden«, sagte der Tresorexperte. »Ich denke, ich bin fertig, wenn Sie das Haus wieder in Ordnung gebracht haben. Dauert keine halbe Stunde.«

Zur selben Zeit war Robic bereits im Bilde über die Verhaftung Dominos und des Zauberers. Die beiden hatten sie also auch geschnappt. Das war der Nachteil einer Schusswaffe gegenüber einem Messer. Eine Detonation rief die Bullen sofort auf den Plan, da rannten sie gleich los. Aber die Jungs hätten ihnen doch entwischen müssen, verflucht. Dennoch, es würde keine Planänderung geben, und wenn es ihn ein paar seiner Männer kostete. Es war an der Zeit, dem Kommissar die Nachricht zu schicken, in leicht abgewandelter Form. Zuvor jedoch rief er den Spieler an, zwecks genauerer Anweisungen.

»Heute Abend, Angriffsziel Adamsberg«, sagte er, »rechne mit Personenschützern. Er kommt wahrscheinlich erst raus, wenn es schon dunkel ist. Hast du seine Visage vor Augen?«

»Ja«, sagte der Spieler zögerlich.

»Egal, wie eng sie um ihn stehen, es gibt immer einen Spalt zwischen ihren Beinen. Durch diese Lücke schießt du Adamsberg in den Oberschenkel, ohne die Arterie zu verletzen.«

»Ich kenne die Gegebenheiten. Und habe meinen Plan im Kopf.«

»Wie willst du es hinkriegen, im Dunkeln genau zu zielen?«

»Die Treppe vor dem Eingang zum Gasthof ist beleuchtet.«

»Und dann losrennen. Offenbar ist einer von den Bullen extrem schnell.«

»Ich habe Gold bei den Landesmeisterschaften geholt und ich habe nie aufgehört zu trainieren.«

»In Anbetracht der zusätzlichen Schwierigkeiten gibt es bei erfolgreicher Ausführung eine Prämie.«

Adamsberg fühlte sich weitgehend wiederhergestellt, nur ein wenig benommen von den Schmerzmitteln, als er die Nachricht erhielt:

Adamsberg, entlassen Sie Gilles, den Zauberer und Domino sofort aus dem Gewahrsam oder Sie werden es mit Ihrem Leben bezahlen. Der gestrige Schuss war eine erste Warnung. Die zweite wird folgen. Wenn diese Männer nicht morgen frei sind, werden Sie sterben.

Warum hat er mich nicht gleich gestern Abend umlegen lassen? Warum diese Warnschüsse, bei denen seine Männer riskieren aufzufliegen?, fragte sich Adamsberg, während die Krankenschwester seinen Verband erneuerte. Erstens, überlegte er, weil Robic davon überzeugt war, dass seine Komplizen nicht geschnappt wurden. Er hatte die Rechnung ohne den Faktor Retancourt gemacht, sonst, das traf leider zu, wäre seinen Männern die Flucht gelungen. Zweitens verlieh dieser erste unangekündigte, nicht tödliche Warnschuss Robics Drohung Glaubwürdigkeit und ließ Adamsberg die nötige Zeit, beim Ministerium die Freilassung der drei Inhaftierten zu erwirken. Deshalb formulierte Robic sein Ultimatum, das Adamsberg umgehend an Matthieu, den Attaché des Innenministers und den Divisionnaire von Paris weiterleitete, auch erst heute, am Dienstag.

Matthieu beendete gerade die – fruchtlose – Vernehmung Yvon Le Bras' und spürte, wie seine Knie weich wurden, als er die Nachricht seines Kollegen las. Mit angespannter Miene zeigte er Verdun die SMS und verließ den Raum, um ins Krankenhaus zu fahren.

Weiß wie ein Laken betrat er Adamsbergs Zimmer.

»Scheiße!«, rief er und knetete nervös seine Hände. »Was machen wir jetzt?«

»Ich habe den Divisionnaire und das Ministerium informiert«, sagte Adamsberg gleichmütig. »Die Entscheidung liegt bei ihnen: Gilles, der Zauberer und Domino – oder ich.

Ach, da kommt schon die Antwort des Divisionnaire. Sie ist an Ignoranz kaum zu überbieten: *Bluff. Fordern Sie Personenschutz an.*«

Kein Bluff, schrieb er zurück. *Erster Warnschuss bereits gestern Abend, liege mit Armverletzung im Krankenhaus.*

»Klar, denen will man ja auch nicht an den Kragen.« Matthieu zündete mit zitternden Händen zwei Zigaretten an und reichte eine an Adamsberg weiter. »Ich weiß, in diesen Räumen ist Rauchen verboten«, sagte er und öffnete das Fenster, »ist mir aber egal. Sobald du hier rauskommst, ziehst du deine kugelsichere Weste an und setzt deinen Helm auf, und nicht mal mehr auf deinem Hinkelstein wirst du diese Ausrüstung ablegen …«

»Auf meinem Dolmen«, korrigierte Adamsberg.

»Von mir aus. Und du wirst dich mit acht bis an die Zähne bewaffneten Leibwächtern umgeben. Tag und Nacht. Das heißt, ich werde vierundzwanzig Männer anfordern, damit sie in Schichten arbeiten können.«

»Das ist sehr praktisch, wenn ich pinkeln muss.«

»Auch wenn du schläfst oder duschst, es werden immer zwei Mann vor der Tür deines Zimmers und zwei im Zimmer oder im Duschraum wachen. Das Pinkeln mit einem Arm wirst du allein hinkriegen müssen, aber du kannst davon ausgehen, dass du auf die Toilette nur in Begleitung gehst und der Zugang gesichert wird.«

»Schön«, seufzte Adamsberg. »Dann organisier mir die Eskorte und meine Ausrüstung. Ich werde in zwei Stunden entlassen.«

Die acht Ermittler trafen sich um 19 Uhr vor dem Gasthof und Johan umarmte Adamsberg. Angesichts der Morddrohung, die über ihrem Chef schwebte, war die Stimmung angespannt. Ein blauer Lastwagen parkte nicht weit vom Eingang entfernt, sogleich schloss sich ein Spalier aus acht Personenschützern um den Kommissar. Adamsberg inspizierte zum ersten Mal die nähere Umgebung des Wirtshauses.

»Der riesige Baum auf der anderen Straßenseite, ist das eine Buche?«, fragte er Johan.

»Ja, und sie ist einhundertneunundsechzig Jahre alt, stell dir vor.«

Adamsberg betrachtete den Baum eine Weile und kam dann zu dem Schluss: »Der Stamm ist sehr hoch und breit und glatt, unmöglich, ihn zu erklimmen. Der Säulengang hingegen eignet sich gut als Versteck.«

»Wird unter die Lupe genommen«, sagte Matthieu. »Gehen wir rein. Wir sollten uns nicht unnötig auf der Straße aufhalten.«

»Du hast also doch keine Schiene?«, fragte Veyrenc, als sie am Tisch Platz nahmen.

»Nur eine Armschlinge«, sagte Adamsberg und entledigte sich seines Helms und der Weste. »Hier, in der Herberge, kann ich mich von dem Krempel für einen Moment befreien, oder?«

»Ja«, erlaubte Matthieu. »Es stehen zwei Männer vor dem Eingang und einer vor jedem Fenster. Zwei weitere sichern den Hinterausgang in der ehemaligen Kapelle. Du setzt heute Abend erst wieder einen Schritt vor die Tür, wenn es dunkel ist. Nicht vor 22.30 Uhr.«

»Klingt vernünftig«, sagte Adamsberg. »Aber die armen Wachleute müssen vor Hitze umkommen, das war wieder ein schwüler Tag. Morgen soll es regnen.«

»Ich werde ihnen ein Gläschen nach draußen bringen«, sagte Johan.

»Auf keinen Fall«, sagte Adamsberg und nahm nun ebenfalls Platz. »Sie sind dazu verdonnert, Wasser zu trinken.«

»Sehr gut. Dann Wasser – mit einem halben Glas Chouchen, das kann doch nicht schaden?«

»Nein«, sagte Adamsberg, »das sei ihnen gegönnt.«

»Und für euch alle hier eine Runde?«

Da er sich der Antwort gewiss war, stand Johan bereits im nächsten Moment mit der Flasche und den kleinen Gläsern wieder an ihrem Tisch. Seine Hände zitterten leicht. Er war sich sicher, dass die weiße Schwalbe Violette beschützt hatte, auch wenn er sie nicht gesehen hatte. Er würde versuchen, das Gleiche für den Kommissar zu tun.

»Mach dir keine Sorgen, Johan«, sagte Adamsberg mit sanfter Stimme. »Ich werde nicht heute Abend sterben. Erst morgen. Ah, eine Antwort des Attachés. Ein Meisterwerk der Rückgratlosigkeit. Ich lese sie Ihnen vor. *Der Staat beugt sich der Drohung nicht. Reine Provokation, umgeben Sie sich mit Personenschützern.*«

»Arschlöcher«, entfuhr es Johan, während er die Gläser füllte. »Wer, denken Sie, steckt hinter den Anschlägen?«

»Robic, eindeutig«, sagte Berrond. »Wer sonst?«

»Oder Robic, der den Mörder von Louviec schützen will. Der den Kopf der Brigade treffen will, um die Ermittlungen zu torpedieren«, überlegte Verdun.

»Oder der Mörder von Louviec, um sich selbst zu schützen«, schlug Johan vor.

»Nein«, sagte Mercadet. »Ich habe versucht, die Herkunft der Warnung zu ermitteln, das Gerät ist verschlüsselt. Ich kann mir nicht vorstellen, dass der Mörder von Louviec über eine solche Technik verfügt. Das muss von Robics Seite kommen, der ist ganz vorn, was diese Dinge angeht.«

»Offensichtlich«, sagte Berrond, »existiert eine Verbindung

zwischen Robics Bande und Louviec. Da ist zum einen der Mord an Doktor Jaffré, der die Handschrift unseres Mörders trägt. Zum anderen lautet eines der gefälschten Dokumente von Yvon Le Bras auf den Namen Serpentin. Und die Schlange ist die Stiefschwester von Villing. Könnte doch sein, dass Villing Robic mit irgendwas in der Hand hat. Er weiß bestimmt über eine Menge Bescheid.«

»Was haben die heutigen Hausdurchsuchungen ergeben?«, fragte Adamsberg.

»In den Tresoren haben wir das Gleiche wie bei Hervé Pouliquen gefunden«, berichtete Matthieu. »Geld, Schmuck, Waffen, gefälschte Papiere in Hülle und Fülle. Yvon Le Bras ist ebenfalls nach Los Angeles gereist, Jean Gildas nicht. Soweit wir erfahren haben, war sein Vater krank.«

»Was haben die Vernehmungen ergeben?«

Verdun seufzte.

»Immer die gleiche Leier«, sagte er. »Erst Leugnen, dann angesichts der sichergestellten Beute und der gefälschten Papiere Schweigen oder Verschwörungstheorien. Sie scheinen blindes Vertrauen in ihren Boss zu haben.«

»Sie *sind* blind, Verdun«, sagte Adamsberg. »Sie tanzen nach seiner Pfeife wie dressierte Hündchen. Ein Tyrann und seine Sklaven, und das seit Jahren.«

»Vielleicht gibt es noch weitere ungeahnte Sklaven in Louviec.«

»Vielleicht«, sagte Adamsberg und machte sich über seinen Teller her, als bereitete ihm die Aussicht, am nächsten Tag zu sterben, keine größeren Sorgen.

Nach dem Essen warteten sie bis 22.30 Uhr, um Adamsbergs Abmarsch zu organisieren. Auf Anweisung von Matthieu löschte Johan das Licht auf der Veranda und auch im Lokal, das die letzten Gäste inzwischen verlassen hatten. Die zweiflügelige Eingangstür des Gasthofs bot drei Männern Platz, nebeneinander hinauszutreten. Kaum hatte Noël den Wagen des Kommissars vor dem Gasthof geparkt, umringten die acht Personenschützer Adamsberg – zwei vorne, zwei auf jeder Seite, zwei hinten –, um ihn sicher dorthin zu geleiten. Der Spieler, ganz in Schwarz gekleidet, huschte in geduckter Haltung vor die Buche. Dank des fast vollen Monds konnte er die Szene trotz der Dunkelheit beobachten. Alle Blicke waren auf den Kommissar gerichtet. Als einer der Männer die Autotür öffnete und Adamsberg zum Einsteigen einen kleinen Schritt nach hinten machte, entstand zwischen seinen Beinen und denen der Wachleute neben ihm eine fast dreißig Zentimeter große Lücke. Das war der Moment, auf den er gewartet hatte. Der Spieler legte an und traf in den linken Oberschenkel. Adamsberg fasste sich reflexartig ans Bein, dabei riss die Wunde an seinem Arm wieder auf. In der nächsten Sekunde ging er mit einem wütenden Schrei in die Knie. Sofort entstand ein hektisches Durcheinander, es hagelte Flüche und Befehle, während der Spieler ohne Anlauf zum Sprung auf die Buche ansetzte und dann mühelos den glatten Stamm des großen Baums hinaufkletterte. Die ersten Äste ragten in etwa zwölf Metern Höhe zur Seite, von dort hangelte er sich mit Leichtigkeit von Ast zu Ast, bis er es sich schließlich zwanzig Meter über der Erde bequem machte. Wer würde jemals auf die Idee kommen, in der Luft nach dem Flüchtigen zu suchen?

Vier der Leibwächter standen weiterhin schützend an der Autotür vor dem am Boden liegenden Adamsberg, während die anderen vier im Gefolge der sieben Polizisten mit ihren Taschenlampen in alle Richtungen leuchteten, um den Schützen ausfindig zu machen. Doch nirgends konnten sie eine Silhouette entdeckten, auf der Straße befand sich niemand.

»Versagt«, stöhnte Retancourt.

Ein bereitstehender Rettungswagen brachte den Kommissar, in Begleitung von Veyrenc, erneut ins Krankenhaus nach Rennes, während die anderen mit hängendem Kopf in ihr Quartier zurückkehrten. Der Spieler genoss ihre Enttäuschung und beglückwünschte sich dazu, Adamsberg wie geplant getroffen, aber nicht schwer verletzt zu haben. Er harrte noch über eine halbe Stunde auf seinem Baum aus. Erst als im Gasthof die Fensterläden geschlossen wurden und die Straße totenstill dalag, kletterte er flink hinunter und stahl sich durch die Gassen zu dem Auto, das auf ihn wartete.

»Diesmal gab's keinen Ärger«, sagte er und schnallte sich an. »Ich bin in die Buche gegenüber vom Gasthof geklettert und konnte aus zwanzig Meter Höhe beobachten, wie sie kreuz und quer liefen. Ziemlich lustig. Morgen, wenn wir ihn tatsächlich umlegen wollen, könnte es komplizierter werden. Die Männer, die den Kommissar schützen, sind allerdings nicht übermäßig ausgerüstet, sie tragen kugelsichere Westen und Helme, das war's. Die Schwachstelle ist der Nackenbereich. Man könnte auf zwei der Leibwächter anlegen und Adamsberg treffen.«

Während der Fahrt dachte der Spieler über taktische Details für den nächsten Tag nach. Zugleich wünschte er sich sehnlichst, nicht für diese mörderische Aufgabe herangezogen zu werden. Dennoch musste er sich eine Strategie zurechtlegen, denn er wusste nur zu gut, was ihn im Falle des Ungehorsams erwartete.

Wie heute Abend würden die Wachleute Adamsberg nach Einbruch der Dunkelheit aus dem Gasthof zum Wagen begleiten. Er würde sie mit einem Streifschuss am Nacken verletzen müssen – schräg am Halsansatz, weit genug weg von der Halsschlagader –, um dann den Kommissar zu treffen. Ihm blieb nur ein sehr enges Zeitfenster, sowohl für die Schüsse als auch für die Flucht auf den Baum. Er schüttelte betrübt den Kopf, der Gedanke an das bevorstehende Massaker bereitete ihm Übelkeit.

Matthieu hatte soeben eine Nachricht nach Rennes abgesetzt, in der er dringend um acht lange ballistische Schilde bat, mit denen sie Adamsberg Deckung gewähren konnten. Er sei immer noch viel zu exponiert, vor allem im Bereich des Halses nicht ausreichend geschützt. Ein Schuss in die Luftröhre oder die Arterie, und es wäre vorbei. Außerdem forderte er neben dem Krankenwagen, der bereits vor Ort war, auch einen rund um die Uhr einsatzbereiten Arzt an sowie geeignetes Material zur Behandlung von Schusswunden.

Zum zweiten Mal trennten sich die Polizisten mit dem verdrießlichen Gefühl, an ihrer Aufgabe gescheitert zu sein. Dass der Schütze ihnen entwischt war, machte die Sache noch schlimmer. Retancourt tobte und gab ein dumpfes, nichts Gutes verheißendes Knurren von sich.

XXXV

Der Tag, für den Adamsbergs Ermordung angekündigt war, verlief in einem Wechselspiel von extremer Anspannung und der Mühe, diese wieder zu zerstreuen. Die gesamte regionale Presse berichtete über die beiden Attentate auf den Kommissar, und zumeist wunderten sich die Journalisten über den geringen Schweregrad der Verletzungen, was sie zu der Überlegung führte, ob es wohl darum ging, die Freilassung der jüngst Inhaftierten zu erpressen. Und ob, falls das Ministerium nicht nachgab, Adamsberg sterben müsste. Gegen diese Option sprachen sich die Journalisten mehrheitlich mit aller Entschiedenheit aus.

Adamsberg starrte vom Krankenbett aus auf sein Handy. Nicht nur lenkte die Regierung nicht ein, er hatte auch nicht eine einzige aufmunternde Nachricht aus dem Ministerium erhalten. »Dort oben« verkrochen sie sich wie Feiglinge, was ihn letztlich nicht besonders überraschte. Matthieus gesamtes Team war in Rennes, vollauf damit beschäftigt, die Verhöre aufzuarbeiten und die beschlagnahmten Beweisstücke in Kisten zu verstauen, die wiederum in den Tresor des Kommissariats geräumt werden mussten. Nur Adamsberg war offenbar nicht aus der Ruhe zu bringen, immer wieder las Matthieu die SMS, die der Kommissar ihm am Morgen geschickt hatte:

Tiefe Schnittwunde am genähten Oberschenkel, letzte Nacht Fieberanfall, tut höllisch weh, unter Schmerzmitteln, deswegen benommen, auf Krücken, heute Abend um 19 Uhr bei Johan.

Matthieu lächelte und war für den Moment beruhigt.

Die Personenschützer, ausgerüstet mit ihren neuen Schilden, machten sich am späten Nachmittag auf den Weg nach Rennes, um Adamsberg im Krankenhaus abzuholen und zum Gasthof zu begleiten. Seine und auch Matthieus Leute empfingen ihn bereits auf der Straße und versuchten sich in lockerer Plauderei, um die zunehmende Beklommenheit zu lindern. Retancourt sagte kein Wort, sie ließ nur wieder dieses kehlige Knurren vernehmen, wie eine Löwin, die sich auf den Angriff vorbereitet. Vor der Ankunft des Kommissars war Johans Wirtshaus von oben bis unten kontrolliert worden, um sicherzustellen, dass sich nach dem Mittagessen kein ungebetener Gast mehr dort aufhielt. Johan hatte die schweren Eichenläden vor den Fenstern geschlossen und die Hintertür des Weinkellers verriegelt – eine Panzertür, wie die Polizisten feststellten, zum Schutz seiner wertvollen Flaschen. Nachdem der Gasthof für unbedenklich erklärt worden war, parkte der Krankenwagen vor der Tür, und die Wachmänner bildeten mit ihren Schilden einen kurzen, schmalen Tunnel, durch den der Kommissar bis zum Eingang gehen sollte.

Johan, der unterdessen zu seiner unsichtbaren Schwalbe gebetet hatte, stellte einen bequemen Stuhl für Adamsberg bereit und platzierte unter dem Tisch einen Hocker mit Kissen, damit er sein Bein hochlegen konnte.

»Verstehe ich es richtig«, sagte Adamsberg, bevor er aus dem Wagen stieg, »dass wir die Methode ändern?«

»Ja«, sagte Matthieu, »und glaub mir, an diese extragroßen ballistischen Schilde zu kommen, war nicht einfach. Und wir können wirklich von Glück sagen, dass die Jungs sehr kräftig sind, denn die Dinger wiegen um die zehn Kilo. Wir werden somit in der Lage sein, uns auf die alte römische Art zu verteidigen.«

»Könntest du das bitte kurz etwas näher erläutern?«, bat Adamsberg.

»Die Gallier hatten eine intelligente Abwehrtaktik erfunden, damit ihre Männer trotz der Pfeilhagel des Feindes vorrücken konnten. Die Krieger formierten sich zu einem dichten geschlossenen Block, hielten über ihren Köpfen jeder einen breiten Schild und schützten mit einem anderen die Flanke, die vordere und die hintere Linie. Diese Technik wurde von den Römern ausgiebig übernommen und ging als ›Panzerformation‹ oder allgemeiner als ›Schildkrötenformation‹ in die Geschichte ein.«

»Ich betrete den Gasthof also gewissermaßen unter einem Schildkrötenpanzer?«

»Die Methode ist zweitausend Jahre alt, ja, aber so seid ihr auf dem Weg vom Auto zum Eingang unangreifbar. Und in umgekehrter Richtung natürlich auch. Außerdem konnte ich dieses Mal zwei Fahrzeuge mit kugelsicheren Scheiben organisieren. Vier Personenschützer werden mit dir im ersten Wagen sitzen, die anderen vier im zweiten. Gleiches Prinzip beim Verlassen eurer Unterkunft.«

»Klingt fast perfekt, aber es gibt eine Lücke im System, Matthieu«, sagte Adamsberg, als er an seiner Krücke im Schildtunnel verschwand.

Adamsbergs unveränderte natürliche Gelassenheit wirkte beschwichtigend auf die Anspannung in der Gruppe, und die Chouchen-Runde, mit der Johan sie empfing, verschaffte den Ermittlern den ersten Moment der Entspannung an diesem Tag. Auch die acht Personenschützer, die um die Herberge herum postiert waren, vergaß Johan nicht. Er ging hinaus, um ihnen jeweils ein halbes Glas Chouchen und Wasser zu bringen, und Retancourt, die auf der Treppe saß und mit starrem Blick die Buche fixierte, versorgte er ebenfalls. Adamsberg lobte im Stillen Johans Feingefühl, denn unter ihren dicken schwarzen Panzern erinnerten die Wachleute eher an Roboter als an Typen, die einen Chouchen vertragen könnten. Zu Abend gegessen hatten sie bereits, damit nichts weiter sie von ihrer Mission ablenkte.

»Welche Lücke im System?«, fragte Matthieu, nachdem Adamsberg seinen Platz eingenommen und sein Bein auf dem Stuhl ausgestreckt hatte.

»Die Strecke zum Gemeindehaus. Meine Personenschützer können die hinteren Autotüren und die Beifahrertür mit den Schilden sichern. Nicht aber die des Fahrers. Wenn die Bande mitbekommt, wie gut ich geschützt bin, könnten sie auf schwerere Artillerie zurückgreifen. Da der Killer mich unter der Schildkröte nicht treffen kann, alarmiert er seinen Partner, sie folgen uns auf dem Weg zu unserer Unterkunft. Bei der ersten Gelegenheit überholen sie, der Killer feuert eine Salve auf die Reifen ab, verletzt oder erschießt unseren Fahrer, und es kommt zu einem Unfall. Wir verursachen Schäden, es wird ein Gedränge geben. In dem Moment ist es ein Leichtes, mich zu töten.«

Matthieu grinste.

»Diese Möglichkeit habe ich bedacht«, sagte er. »Das alte Gemeindehaus lässt in puncto Sicherheit in der Tat zu wünschen übrig. Breite Balkone auf allen Etagen, große Fenster ohne Rollläden, Glasfronten und Veranden im gesamten Erdgeschoss – das Gebäude ist der reinste Schaukasten. Ein Konzept, um räumliche Offenheit zu schaffen. Die Bewohner sollten sich schließlich nicht eingesperrt fühlen, sondern die Aussicht und das viele Licht genießen können. Aber wir brauchen das exakte Gegenteil.«

»Oder aber«, schob Adamsberg hinterher, »sie wiederholen den Angriff morgen in anderer Form, falls wir es schaffen, den heutigen abzuwenden. Und so kann das tagelang weitergehen, bis sie mich irgendwann erwischen. Robic ist stolz, er wird nicht aufgeben, bis sein Plan erfüllt ist. Wir können uns in Louviec nicht bis in alle Ewigkeit unter unseren Schilden verkriechen.«

»So tief sind wir dank des Ministeriums gesunken«, schnaubte Matthieu wütend und schlug mit der Faust auf den Tisch. »Wenn die da oben zugestimmt hätten, die drei Typen laufen zu lassen, säßen wir nicht in diesem Schlamassel. Wir haben Fotos und Fingerabdrücke, mit einem Fahndungsaufruf hätten wir sie innerhalb von drei Tagen wieder geschnappt. Aber nein, der Staat brüstet sich damit, dass er nicht erpressbar ist, aber dafür werden wir wie die Ratten behandelt.«

»Wir könnten in Robics Haus einfallen«, schlug Noël vor.

»Leider nicht möglich, weil illegal, Noël, wir haben keinen einzigen Beweis gegen ihn in der Hand.«

Johan, sehr besorgt, hatte den Tisch gedeckt und angefangen aufzutafeln, um die Moral der Truppe ein wenig zu stärken.

»Wir können in Ruhe das Abendessen genießen«, sagte Retancourt. »Es ist sinnlos, vor Einbruch der Dunkelheit rauszugehen.«

»Wieso?«, fragte Veyrenc.

»Weil der Mörder sein Versteck bereits aufgesucht hat. Er hockt bestimmt schon eine ganze Weile dort, ich nehme an, seit die Wachbeamten los sind, um den Kommissar aus dem Krankenhaus abzuholen. Als vor dem Gasthof kein Posten mehr stand. Eben hat er gesehen, wie Adamsberg unter der Schildkrötenformation in die Herberge gelangte, und wahrscheinlich kapiert, dass er keine Chance hat, an ihn heranzukommen. Angesichts dieser Ausweglosigkeit wartet er, bis es stockfinster ist, um zu fliehen. Und wir warten auf den richtigen Moment, um ihn in die Finger zu kriegen.«

»Damit sind wir gestern schon gescheitert«, sagte Veyrenc, »und im Übrigen haben wir keine Ahnung, wo er sich versteckt hält.«

»Dabei versteckt er sich gar nicht«, sagte Retancourt mit einem schmalen Lächeln. »Er ist nur über uns.«

»Die Dächer wurden überprüft«, sagte Matthieu, »da ist niemand.«

»Er sitzt auch auf keinem Dach, sondern oben in der Buche. Während wir ihn gestern die ganze Zeit auf der Straße suchten, harrte er geduldig auf seinem Baum aus, bis wir fertig waren.«

»Aber der erste Ast wächst erst in zwölf Metern Höhe und der Stamm bietet keinen Halt«, entgegnete Veyrenc.

»Wenn man ganz genau hinschaut, erkennt man auf der Rückseite des Stamms feine Rillen in der Rinde – Spuren von Steigeisen. Die ersten befinden sich in einer Höhe von anderthalb Metern. Der Typ kann offenbar aus dem Stand in diese Höhe springen – das ist rekordverdächtig –, danach muss er sich ziemlich schnell bis zu den Ästen hochgezogen haben. Der Mann ist demnach sehr leicht, aber auch extrem athletisch.«

Adamsberg nickte anerkennend.

»Sehr gut, Lieutenant, ich weiß nicht, ob ich darauf gekommen wäre.«

»Und worauf warten wir, um ihn zu schnappen?«, fragte Berrond.

»Es muss fast dunkel sein. Sonst kann er auf uns schießen wie auf Tontauben. Gegen 22.15 Uhr leuchten wir den Baum mit Scheinwerfern aus. Fünf müssten wir doch haben, Matthieu, nicht wahr?«

»Ja. Zwei in unseren Autos, drei im Lkw der Wachleute. Johan, können wir sie in deiner Küche aufladen?«

»Natürlich, ja.«

»Hol sie rein, Matthieu, allein. Dann kommst du auch in den Genuss der Schildkröte«, sagte Adamsberg.

»Sobald die Buche im Scheinwerferlicht steht, werden wir unseren Mann leicht ausfindig machen«, schloss Retancourt. »Es ist erst Mai, das Laubwerk ist noch nicht dicht geschlossen.«

»Egal, ob er in fünfzehn, zwanzig oder sogar mehr Metern Höhe sitzt, wir werden ihn da oben nicht kriegen«, sagte Berrond.

»Ein Feuerwehrauto mit Teleskopleiter?«, überlegte Verdun.

»Auf so eine Leiter darf nur eine Person klettern«, wandte Adamsberg ein. »Und der Typ wird sofort schießen, sobald man sich ihm nähert.«

»Außerdem könnte er die Leiter mit den Füßen wegstoßen.«

»Eine Feuerwehrleiter kann man nicht einfach wegstoßen.«

»Jedenfalls riskieren alle ihr Leben, die das Abenteuer wagen, diese Leiter hochzuklettern«, sagte Veyrenc.

»Die Idee ist also«, fasste Adamsberg zusammen, »abzuwarten, bis der von allen Seiten umzingelte Mann die Waffen streckt und von selbst herunterkommt.«

»Es gibt keine andere Möglichkeit«, stimmte Matthieu zu, als er den fünften Lichtstrahler hereinschleppte. »Wir bringen die Scheinwerfer in Stellung und die Beamten mit den Schilden postieren sich um den Baum herum.«

»Da unsere Leute verwundbarer sind, halten sie sich im Hintergrund, beim Eingang und bei den Säulen«, entschied Adamsberg.

»Du nicht«, sagte Matthieu. »Du steckst deine Nase nicht nach draußen.«

»Was den Kommissar betrifft«, meldete Johan sich verlegen zu Wort, »Sie sagten ja, er gehe jedes Mal ein Risiko ein, wenn er sich von A nach B bewegt. Und das alte Gemeindehaus biete auch keinen Schutz. Ich weiß, es geht mich nichts an, aber es würde eine ungefährlichere Lösung für ihn geben.«

»Und zwar?«, fragte Veyrenc.

»Dass er eben nicht rausgehen muss«, sagte Johan.

»Was meinen Sie damit?«

»Ich habe unten ein Zimmer, das sicherste dieser Herberge. Das Fenster geht zur Straße, aber es ist mit Gittern versehen und die metallenen Läden sind sehr robust. Und der Gasthof wird schließlich bewacht.«

»Clever«, sagte Retancourt.

»Ja«, pflichtete Adamsberg ihr bei. »Aber, Johan, keiner weiß im Augenblick, wie viele Nächte und Tage das so weitergehen wird.«

»Bis sie begreifen, dass sie dich so nicht kriegen«, sagte Veyrenc. »Dann werden sie ihren Plan ändern, ganz bestimmt. Und Robic wird nicht lange fackeln, sondern schnell umschwenken, das ist seine Art.«

»Danke, Johan«, sagte Adamsberg. »Ich hoffe, ich belaste dich nicht zu sehr.«

»Du? Mich belasten? Du bist federleicht. Dann bereite ich jetzt dein Zimmer vor. Anschließend kümmere ich mich um euer Essen.«

»Lassen Sie sich ruhig Zeit, Johan«, sagte Retancourt. »Wir haben es nicht eilig, es ist noch nicht mal acht Uhr.«

»Gibt es einen Ort, von dem aus ich beobachten kann, was heute Abend draußen passiert?«, fragte Adamsberg.

»Wir könnten den Fensterladen ein paar Zentimeter öffnen«, sagte Johan, »sobald die Scheinwerfer eingeschaltet sind. Der Mörder hat dann sicher anderes zu tun, als eine Kugel durch einen so schmalen Spalt zu jagen.«

»Zumal er sich in höheren Sphären aufhält.«

»Aber sobald er unten ist, Kommissar, machen wir wieder zu.«

Um 22.15 Uhr bauten eine Handvoll Polizisten unter den Schilden der Personenschützer die Stative mit den Scheinwerfern auf. Noch bevor sie installiert waren, dämmerte dem Spieler, dass es nicht darum ging, die Straße zu beleuchten. Sie hatten also kapiert, dass er auf dem Baum saß. Wie hätte er denn auch damit rechnen sollen, dass sie mithilfe ballistischer Schilde eine Schildkrötenformation auf die Beine stellten? Unter diesen Umständen war es unmöglich, den Kommissar zu ermorden, und seltsamerweise fühlte er sich erleichtert. Allerdings durften die Bullen ihn auf keinen Fall fassen. Er betrachtete die Anordnung der Äste und Zweige und überlegte, wie er sich am besten aus der Affäre ziehen konnte. Die schwere Ausrüstung der Spezialgardisten würde sie in ihrer Bewegung behindern, die anderen mit ihren kugelsicheren Westen kämen ebenfalls nicht besonders schnell voran. So oder so würde keiner von ihnen, selbst wenn er nur ein Hemd anhätte, mit ihm mithalten können. Er hangelte sich in etwa fünfundzwanzig Meter Höhe unauffällig von Ast zu Ast, um zu entscheiden, wo er mit dem Abstieg beginnen und an welchem Punkt er abspringen würde. Die Scheinwerfer waren nun in Position, die Lampen leuchteten grell über die gesamte Höhe der Buche Richtung Himmel.

Die Wachleute hatten sich mit einem Abstand von einem Meter zum Baumstamm im Kreis aufgestellt, um dicht an ihm dran zu sein, wenn er auf die Erde sprang.

»Er hockt da ganz oben«, sagte Adamsberg, »schau mal.«

Johan linste durch den Schlitz des Fensterladens.

»So weit oben«, staunte er. »Der Kerl hat vor nichts Angst.«

Der Spieler prüfte noch einmal die Position der acht eng beieinanderstehenden Beamten mit ihren Schilden, dann die der anderen Polizisten, die in einer ordentlichen Reihe entlang der Mauer des Gasthofs verteilt waren. Sie würden nicht schießen. Sie hatten ihre Befehle, so wie der Zauberer und Domino. Sie sollten ihn nicht erschießen, sondern ihn einfangen, bevor er das Auto erreichte. Ihn einholen, von wegen.

»Schon gut, schon gut«, sagte er mit seiner dünnen Stimme. »Nicht schießen, ich komme runter.«

»Er hat sich sofort ergeben, viel früher, als ich dachte«, sagte Adamsberg mit hochgezogenen Augenbrauen. »Das verheißt nichts Gutes, Johan.«

»Was haben Sie denn gedacht?«

»Dass er darauf warten würde, bis wir eine Leiter aufstellen. Oder dass er ein Tontaubenschießen veranstaltet, wie Retancourt vermutete. Aber nein, er kommt tatsächlich herunter.«

Unter Vortäuschung von Furcht und Ungeschicklichkeit arbeitete sich der Spieler bis zu dem Ast vor, den er etwa zwölf Meter über der Erde ausgemacht hatte und der nicht in Richtung Gasthof zeigte, wo die Polizisten standen, sondern schräg nach links. Der Ast war dünn an seinem Ende und daher recht biegsam, sodass er ihn als Sprungbrett nutzen konnte. Ohne zu ahnen, was er vorhatte, sahen die Wachleute ihn auf dem Ast balancieren.

»Er entfernt sich vom Stamm, spaziert ohne Halt auf das Ende des Astes zu, dabei befindet er sich noch in zwölf Metern Höhe«, sagte Matthieu. »Verdammt, er wird doch wohl nicht ... Zwölf Meter, das entspricht ungefähr der Höhe von vier Stockwerken, das ist verrückt!«

»Wohl nicht, was?«, fragte Berrond.

»Springen.«

»Springen? Will er sich umbringen?«

Adamsberg beobachtete verblüfft, wie der Spieler am Ende des langen Astes kauerte, der unter seinem Gewicht sanft auf und ab schaukelte. Wie er tief durchatmete, einen Satz machte, den Kreis von Wachmännern weit übersprang und geschmeidig wie eine Katze hinter ihnen auf dem Boden aufsetzte. Wie er dann losrannte und wie Retancourt, nach einer kurzen Überraschungssekunde angesichts dieses atemberaubenden Manövers, ihre kugelsichere Weste fortwarf und dem Mann hinterherjagte, gefolgt von Matthieu und Veyrenc.

Sie rannten durch Gassen und Gässchen, gelangten an eine Wiese, an deren Ende ein Auto wartete. Der Mann war so schnell, dass Retancourt es nicht schaffte, ihren Abstand zu ihm zu verringern. Als der Kerl den Wagen fast erreicht hatte, holte sie tief Luft und schaltete auf Höchstgeschwindigkeit, ein Tempo, von dem sie wusste, dass sie es nicht länger als fünfzehn Meter durchhalten konnte. Aber es reichte, und schon krachte sie mit ihrer ganzen Masse auf den Läufer, keuchend, mit rasendem Herzschlag, sie hatte gerade noch die Kraft, ihre Waffe zu ziehen. Dank einer Straßenlaterne konnte sie das Auto gut erkennen. Mit zitternder Hand zielte Retancourt, wie zwei Tage zuvor, auf die Reifen. Der Fahrer ging in Deckung und öffnete die Wagentür, sofort schoss Retancourt ein zweites Mal, ehe er die

Chance hatte, zu reagieren. Die Pistole des Mannes fiel zu Boden, er ließ sich von seinem Sitz ins Freie gleiten, um sie aufzuheben. Doch Retancourt entdeckte die Waffe – auch sie hatte einen Perlmuttgriff, das schien Mode unter den Jungs zu sein – und fegte sie mit zwei Kugeln außer Reichweite. Unterdessen versuchte der drahtige Läufer unter ihr, sich zu entwinden, sie musste ihre Füße übereinanderschlagen, um seine Beine zu fixieren. Der Typ war wendig, Schlangenmensch, Kletterer, Springer, Seiltänzer und Läufer in einem – mit diesen bemerkenswerten Talenten sollte er sich besser in einem Zirkus austoben. Wo, verdammter Mist, blieben die anderen? Sie wandte ihren Kopf und sah den zuckenden Schein der Taschenlampen ihrer Kollegen näher kommen. Das wurde auch höchste Zeit.

»Zuerst den Fahrer«, rief sie, »seine Waffe liegt zwei Meter von ihm entfernt.«

Sie zielte ein weiteres Mal auf den Perlmuttgriff, um Matthieu und Veyrenc Zeit zu verschaffen, und seufzte erleichtert auf, als sie sah, dass die beiden den Mann unter Kontrolle brachten. Dann kniete sie sich auf den Rücken des Läufers und fesselte ihm Hände und Füße. Endlich ließ sie sich ins Gras sinken, schloss die Augen und atmete tief durch. Veyrenc kam auf sie zugelaufen.

»Sind Sie verletzt, Lieutenant?«

»Nein«, hauchte Retancourt. »Ich habe bloß noch nie einen Mann gesehen, der so schnell rennen kann. Zwei Minuten Pause, bitte.«

Matthieu und Veyrenc führten die beiden Männer ab zum Gasthof, wo Johan sie strahlend empfing.

»Na, da kommt ja ein ganz schöner Haufen zusammen.«

»Johan«, bat Retancourt, »können Sie mir einen Cognac

geben? Ich habe noch nie einen getrunken, aber ich glaube, heute Abend brauche ich einen. Der Typ war schnell wie ein Zebra, ich wäre fast verreckt.«

Unverzüglich schenkte der Wirt Retancourt einen Cognac ein und versorgte die anderen mit einer Runde Chouchen. Adamsberg rief Josselin an.

»Ich denke, wir können jetzt auch den Wachbeamten ein Gläschen anbieten«, sagte Adamsberg. »Für heute Abend ist die Gefahr gebannt.«

Chateaubriand fand sich sehr schnell ein, erkundigte sich nach den neuesten Ereignissen, stürzte seinen Chouchen hinunter und begleitete den Kommissar nach draußen, um die beiden Gefangenen zu identifizieren. Mercadet hatte seinen Rechner bereits hochgefahren.

»Den da«, sagte Josselin leise und deutete mit dem Kinn auf den auf der Treppe sitzenden Schlangenmenschen, »den kenne ich. Er hat ein paar blonde Haare weniger, hat sich aber sonst kaum verändert. Den anderen kann ich nicht zuordnen. Aber vielleicht, wenn ich seine Stimme höre?«

Adamsberg trat näher an den Fahrer heran.

»Das ging wohl schief, heute Abend«, sagte er, »Robic wird nicht erfreut sein und das Geld geht dir auch durch die Lappen.«

»Keine Ahnung, wer das sein soll«, erwiderte der Mann mit wohlklingender Stimme.

»Du hast diesen Namen noch nie gehört?«

»Noch nie.«

»Verstehe. Du arbeitest für die größte Verbrecherbande der Region, jeder hat von ihm gehört, nur du nicht.«

»Und? Interessiert mich nicht.«

»Könnten Sie einmal seine linke Hand anleuchten?«, bat Josselin, der von hinten an Adamsberg herangerückt war.

»Sieht aus wie ein Hundebiss«, sagte Adamsberg, als er die drei großen, unregelmäßigen Narben entdeckte.

»Und es ist auch einer. Er wurde von einer Dogge gebissen, die er quälte, nur um sich vor uns aufzuspielen. Ich erinnere mich, dass sich die Wunde entzündete und er beinahe zwei Finger verloren hätte. Könnten Sie das Licht jetzt bitte auf seine Stirn richten? Sehen Sie, die Narbe dort rechts, die hat er sich bei einem Fußballspiel zugezogen, als er mit voller Wucht gegen einen Torpfosten prallte. Ich konnte ihn zunächst nicht zuordnen, weil ich in Gedanken nur die Reihen unserer Klasse durchgegangen bin, und er war in einer unserer Parallelklassen. Bei den Schulturnieren schnitt er immer als der beste Torwart ab. Glattes, üppiges schwarzes Haar, heute eher grau, wie man sieht, und mandelförmige Augen. Er hatte den Spitznamen ›der Indianer‹. Es müsste Fotos von diesen Sportveranstaltungen geben. Der Stimme nach zu urteilen ist er der, den sie ›Jeff‹ nennen.«

Chateaubriand und Adamsberg gingen zurück in die Wirtsstube, und nur wenig später beugten sie ihre Köpfe über ein Foto der damaligen Fußball-Schulmannschaft, das Mercadet dem digitalen Archiv des Gymnasiums entnommen hatte. Die Namen der Spieler waren am unteren Rand handschriftlich vermerkt.

»Da haben wir ihn«, sagte Josselin und tippte auf das Gesicht eines der Fußballspieler.

»Sein richtiger Name lautet Karl Grossman«, las Adamsberg.

Mercadet speicherte die Angabe und wandte sich wieder dem Foto der Abschlussklasse zu.

»Und Ihr Baumspringer ist dieser hier.« Josselin deutete auf einen schlanken, blonden jungen Mann, der sämtliche Mitschüler überragte. »In der Schule hieß er bei allen nur

›der Akrobat‹. Robic und seine Kumpane nennen ihn den ›Spieler‹. In Athletik und Akrobatik gab es damals nichts, was ihm unmöglich erschien, ob auf dem Seil, auf dem Balken oder beim Laufen. Dabei war er kein Muskelprotz, aber er besaß die Fähigkeit, seinen Körper wie ein Gummiband zu dehnen und zu beugen. Offenbar hat er diese Fähigkeit nicht eingebüßt. Er war übrigens sehr sympathisch, man konnte sich gut vorstellen, dass er später einmal zum Zirkus gehen würde. Es ist mir ein Rätsel, wie er an diese Bande von Kriminellen geraten ist. Sein Name ist Laurent Verdurin.«

»Josselin, bist du das?«, rief der Spieler von der Treppe aus.

»Du hast mich erkannt?« Josselin trat zu ihm vor die Tür.

»Alles andere wäre bei deinem Gesicht schon ein Kunststück. Davon abgesehen, ich mochte dich auch immer. Und du liegst gar nicht so falsch, ich bin lange als Akrobat und Kontorsionist im Zirkus aufgetreten. Das Trapez, Seiltanzen, Jonglieren, Springen … das war meine Welt. Ich wollte nichts mit den miesen Typen aus unserer Klasse zu tun haben. Weißt du noch, was sie mit dem Hund angestellt haben?«

»Und ob ich das noch weiß.«

»Abscheulich. Aber dann lauerten sie mir eines Tages auf, setzten mich unter Druck. Und wenn sie dich einmal haben, kommst du nicht mehr raus. Wenn du aussteigst, bist du tot.«

»Was ist denn damals genau passiert?«

»Eines Abends, nach der dritten Aufführung in Montpellier, wartete ein Typ am Ausgang auf mich. Er wollte wissen, ob ich Interesse daran hätte, einen Haufen Kohle zu verdienen. Und zwar wie? Ganz einfach, sagte er, ich müsse nur drei Stockwerke an einer Fassade hochklettern, in ein Zimmer gehen, die Treppe runterlaufen und ihnen die Tür unten öffnen. Nichts weiter. Kurzum, ein Einbruch. Ich lehnte klar ab. Woraufhin er eine Waffe zog und sagte: ›Das war keine Frage, du machst das, kapiert?‹ Er führte mich zu seinem Auto, ab da war ich geliefert. Sie brachten mich nach Sète – nicht weit von Montpellier, so waren sie aufmerksam auf mich geworden –, dort musste ich für sie immer wieder ran. Als sie sich nach Los Angeles absetzten, hatte ich die Hoffnung, dass ich sie nie wiedersehen würde. Aber Robic geriet in Schwierigkeiten und vor vierzehn Jahren ließen sie sich alle wieder hier in der Gegend nieder. Robic hatte mich in null Komma nichts ausfindig gemacht, ich hatte meinen Namen ja nie geändert. Ich gab Zirkuskurse in Le Mans. Und wieder ließ er mir keine Wahl. Wieder nahm er mich an die Kandare.«

»Hast du getötet?«, fragte Adamsberg, der das Gespräch vom Tresen aus mitverfolgt hatte.

»Niemals. Es ist mir immer gelungen zu vermeiden, dass solche Aufträge bei mir landeten, außer gestern und heute Abend. Ich konnte Kunststücke, zu denen die anderen nicht in der Lage waren, und deshalb brauchte Robic mich. Was Sie betrifft, Kommissar, war eigentlich der Zauberer eingeplant, weil kaum einer so geschickt mit Waffen umgehen kann wie er. Aber Sie haben ihn nach dem ersten Coup eingelocht. Als Sie dann mit Leibwächtern auftauchten, gab es nur eine Möglichkeit, Sie zu erwischen, und zwar von oben, von der Buche aus. Zu meinem Pech bin ich der Einzige, der klettern kann. Als heute Abend klar wurde, dass die Schildkröte jeden tödlichen Angriff unmöglich machen würde, fiel mir eine riesige Last von den Schultern. Das Glück war auf meiner Seite. Bis Ihr bemerkenswerter Lieutenant sich auf mich gestürzt hat. Aber vielleicht ist auch das ein Glück. Es ist vorbei, ich bin raus. Ich sitze lieber im Knast, als weiterhin Robics Geisel zu sein.«

»Ohne Mord, bei Mitwirkung unter Zwang kommst du mit wenig davon«, sagte Adamsberg. »Ich werde zu deinen Gunsten aussagen. Verzeih die Indiskretion, aber als ich mitbekommen habe, worum es in eurem Gespräch ging, habe ich das Aufnahmegerät eingeschaltet. Ein wichtiges Beweisstück für deine Verteidigung. Ein spontanes Geständnis, Freilassung auf Bewährung.«

Der Spieler warf ihm einen hoffnungsvollen Blick zu.

»Ja«, sagte Adamsberg. »In diesen Dingen lügt man nicht.«

XXXVI

Am Morgen hatten sich neben den Schildwachmännern, die um acht Uhr abgelöst wurden und zu Adamsbergs Schutz im Gasthof verblieben, zehn weitere Männer den Teams der Kommissare angeschlossen, um die Hausdurchsuchungen bei Karl Grossman alias Jeff und Laurent Verdurin, dem Spieler, vorzunehmen. Mit insgesamt siebzehn Beamten, die sich in zwei Gruppen aufteilten, müssten sie bis spätestens zur Mittagszeit fertig sein. Auf den Fotos, die Mercadet herausgesucht hatte, wirkten die Häuser nicht sehr groß, höchstens fünf Zimmer plus ein Nebengebäude, das als Garage diente. Grossmans Haus war brandneu und eher hässlich, das von Verdurin alt und ziemlich renovierungsbedürftig. Johan und Adamsberg beendeten soeben ihr Frühstück.

»Bist du dir sicher?«, wiederholte Johan mit leiser und besorgter Stimme.

»Ich schwöre es dir. Es ist ihr egal, sie hat kein Wort darüber verloren.«

»Weil, du verstehst schon«, sagte der Wirt und knabberte an seinem Finger, »Violette findet es bestimmt peinlich, dass ich vor einem Nachtfalter zurückschrecke. Sie muss mich für einen Totalversager halten, eine Made, Müll.«

»Ich habe es dir schon zehnmal gesagt: Nein. Violette urteilt nicht so über Männer. Wann kriegst du das endlich in deinen Schädel?«

Adamsberg versuchte nach Kräften, Johans Befürchtungen zu zerstreuen, als es an der schweren Tür klopfte.

»Ich bin's, Josselin. Kannst du mir aufmachen, Johan?«

»Ja, das ist seine Art, anzuklopfen«, sagte Johan zu den Wachleuten. »Und es ist seine Stimme. Sie können ihn reinlassen.«

Die Wachbeamten öffneten die Tür und verriegelten sie wieder, kaum war Josselin über die Schwelle getreten.

»Sie klingen aufgeregt.« Johan schenkte ihm eine Tasse Kaffee ein.

»Kommissar, ich muss Ihnen etwas Wichtiges mitteilen, das ich gestern im Eifer des Gefechts vergaß. Mehr denn je beobachte ich derzeit die Schurken und fahre in der Gegend umher, sobald ich Zeit dafür habe. Dabei vernachlässige ich meine Pilze sträflich. Gestern, gegen halb eins am Mittag, ich war zufällig bei Montfort-la-Tour in Richtung Rennes unterwegs, kam mir ein Mann auf einem Motorrad entgegen. Wegen der Hitze hatte er sein Visier hochgeklappt. Er fuhr nicht schnell und ich hätte ihn unter Tausenden erkannt. Ich musste ihn nicht erst sprechen hören oder auf einem Foto sehen, um zu wissen, dass er es war, Pierre Le Guillou. Ich fuhr etwa fünfhundert Meter weiter, machte dann kehrt, um ihn einzuholen. Gerade rechtzeitig, denn er bog bald in eine von hohen Bäumen gesäumte Zufahrt zu einem schönen, inzwischen vollständig renovierten Landhaus ab. Kurz vor der Ausfahrt Montfort, Rue du Cormier 7, ziemlich abgelegen. Die Bauarbeiten an dem Haus haben Monate gedauert.«

»Das war mal eine Ruine«, erklärte Johan, »ein Haufen alter Steine inmitten von Gestrüpp. Das muss eine Stange Geld gekostet haben.«

Adamsberg schickte eine Nachricht an Mercadet, damit er den Besitzer des Hauses in der Rue du Cormier ermittelte.

»Wann war der Umbau fertig?«, erkundigte er sich.

»Vor circa fünf Jahren«, schätzte Johan.

»Und war das Haus seitdem bewohnt?«

»Nein«, sagte Josselin, »alles zugesperrt. Ich glaube, mit geöffneten Fensterläden habe ich es nur drei-, viermal gesehen.«

»Und dann für längere Zeiträume?«

»Nein, nur sehr kurz. Maximal zwei, drei Tage.«

»Das Haus könnte Le Guillous Anlaufstelle sein, wenn Robic ein großes Ding am Wickel hat.«

»Das heißt, es ist etwas im Gange«, überlegte Josselin. »Vermutlich bringt uns dieses Wissen nicht voran, aber es ist immerhin ein weiterer Hinweis.«

»Gibt es eine Möglichkeit, das Haus unauffällig zu überwachen?«

»Es ist von ziemlich stattlichen Strauchhecken umgeben. Und rechts führt ein steiniger Weg vorbei.«

»Der Besitzer«, las Adamsberg die Antwort Mercadets vor, »heißt Yannick Plennec … Auch Le Guillou hat also seinen Namen geändert. Sah er gut aus, früher?«

»Sehr«, sagte Josselin. »Warum?«

»Vielleicht ist er derjenige, der sich hinter dem ›Gigolo‹ verbirgt.«

»Gut möglich. Schöne Klamotten, blonde Locken, hellblaue Augen – alle Mädchen waren hinter ihm her. Ich muss gehen, Kommissar. Passen Sie bitte auf sich auf. Robic plus Le Guillou, das ist Dynamit.«

Um 12 Uhr fanden sich Personenschützer wie Polizisten wieder im Gasthof ein.

»Johan, das wird ein schnelles Mittagessen heute«, sagte Adamsberg, als alle am Tisch saßen. »Es ist zu ruhig seit ihrem Fehlschlag gestern Abend. Es wird sich etwas tun.«

»Vermutlich hat er sich wegen eines aussichtsreicheren Coups zurückgezogen, das ist alles«, sagte Johan.

»Nein«, sagte Adamsberg mit konzentriertem Gesichtsausdruck. »Robic ist nicht der Typ, der ein misslungenes Attentat gegen einen Überfall auf ein Juweliergeschäft eintauscht. Da ich nun außer Reichweite bin, wird er sich ein anderes Ziel suchen. Wir müssen uns auf ein schmutziges Ding gefasst machen. Fünf seiner Männer sitzen im Knast.«

»Halte ich auch für ziemlich wahrscheinlich«, sagte Veyrenc. »Du wirst bestimmt bald eine Nachricht erhalten.«

»Johan, ich weiß, es wird dich erschüttern, aber bitte bereite uns nur ein paar Sandwiches zu«, sagte Adamsberg, »das reicht. Was haben die Hausdurchsuchungen ergeben, Matthieu?«

»Der Safe von Karl Grossman alias Jeff kam unter dem Mist im Pferdestall zum Vorschein. Leicht zu finden, aber schwer zu knacken. Der Inhalt war der gleiche wie bei den anderen. Bei Laurent Verdurin hingegen, dem Spieler, war deutlich weniger gebunkert, nur ein einziger Armreif, ein einziger Umschlag mit Geldscheinen und eine einzige unberührte Waffe. Der Fund bestätigt seine Aussage, dass er nur am Rande mitmischte, auf Dächer kletterte, Zugänge öffnete, Schmiere stand, Autos fuhr, was weiß ich. Auf jeden Fall wurde er dabei nicht reich. Und es scheint zu stimmen, dass er nicht mit in Los Angeles war.«

Um 12.30 Uhr, als sie ihre Mahlzeit fast beendet hatten, erhielt der Kommissar eine niederschmetternde Nachricht:

> Da Adamsberg sich wie eine feige Ratte verkriecht,
> lautet der Deal nun anders: Johans kleine Tochter Rose
> ist in unserer Gewalt. Ihr Leben gegen die bedingungslose

Freilassung der fünf Gefangenen. Bei Nichtzustandekommen wird das Kind morgen um 13 Uhr sterben.

Adamsberg starrte wie betäubt auf sein Telefon und wusste für einen Augenblick nicht, was er tun sollte. Johan informieren oder nicht? In einer halben Stunde würden die Aufsicht führenden Lehrer ohnehin feststellen, dass die Kleine in der Kantine fehlte, und die Schule würde Johan anrufen. Sein Entschluss stand fest, noch ehe er Zeit hatte, ihn bis zu Ende zu denken: Er würde sich anstelle des Kindes als Geisel zur Verfügung stellen.

»Johan«, sagte er mit verzerrter Stimme, »setz dich.«

»Moment, ich schneide gerade den Käse für die zweite Runde Sandwiches.«

»Vergiss den Käse. Komm und setz dich hin.«

Sein Blick wanderte von Gesicht zu Gesicht, alle hielten inne, denn es musste etwas Schreckliches passiert sein.

»Johan«, setzte Adamsberg mühsam an, »sie haben deine Tochter Rose entführt.«

»Nein, nein! Du irrst dich!«

Adamsberg zeigte ihm die Nachricht und Johan stieß einen lang gezogenen Schrei aus wie ein verwundetes Tier, dann brach er zusammen, sein Kopf knallte auf die Tischplatte, zwischen die Teller und Gläser. Er schrie, schluchzte, seine Schultern zuckten.

»Johan, es wird alles gut«, sagte Adamsberg. »Sie wollen *mich*. Ich werde mich stellen und du wirst deine Tochter wohlbehalten zurückbekommen.«

»Vergiss es!« Matthieu sprang auf. »Ich glaube nicht eine Sekunde, dass sie sie freilassen werden, nach allem, was sie gesehen und gehört hat. Sie werden euch alle beide töten.«

»Wir müssen es versuchen«, entgegnete Adamsberg entschieden.

»Nein«, widersetzte sich nun auch Retancourt. »Wir müssen sie finden, und zwar schnell. Johan, bitte, helfen Sie uns. Wir bringen sie zu Ihnen zurück, aber dafür brauchen wir ein paar Informationen.«

Johan hob sein aufgelöstes Gesicht und sah diese Frau an, der er alle Wunder der Welt zutraute. Adamsberg überließ ihr das Feld und beschränkte sich darauf, Josselin dringend zu bitten, in den Gasthof zu kommen.

»Verlassen die Kinder das Schulgelände zur Mittagszeit?«, fragte Retancourt.

»Ja, sie gehen in die Kantine«, schluchzte Johan.

»Zu Fuß? Wie weit ist das?«

Johan wischte sich mit dem Ärmel die Nase ab, und Veyrenc reichte ihm ein frisches Taschentuch, während Matthieu ihm ein Glas Cognac einschenkte.

»Trink das«, sagte Matthieu.

»Ich trinke keinen Cognac.«

»Trink.«

»Wie weit ist die Kantine vom Schulgebäude entfernt?«, wiederholte Retancourt und legte dem Gastwirt eine Hand auf seine robuste Schulter.

»Ich weiß nicht … vielleicht dreißig Meter …«

»Gehen die Kinder diszipliniert in einer Reihe und in Begleitung ihrer Lehrerinnen auf die Straße?«

»Das glauben Sie!«, schnaubte Johan. »Das waren noch Zeiten, als wir uns zu zweit in einer Reihe aufstellen mussten. Heute herrscht ein einziges Durcheinander, das habe ich bereits ein paarmal mitbekommen.«

»Um wie viel Uhr verlassen sie das Schulgebäude?«

»Punkt zwölf oder zehn nach zwölf, das hängt vom Tag ab.«

»Sie müssen genau diesen Moment abgepasst haben«, sagte Adamsberg. »Aber wieso wussten sie überhaupt, wie die Kleine aussieht?«

»Letzte Woche«, stöhnte Johan, »war auf der Titelseite von *Sieben Tage in Louviec* ein Foto von ihr abgedruckt! Weil sie beim Schulwettbewerb den ersten Preis im Zeichnen gewonnen hatte.«

»War das Foto scharf? Konnte man sie erkennen?«

»Oh ja, ja«, sagte Johan und ließ seinen Kopf wieder auf seine Arme sinken. »Es gab sogar Leute, die ihr auf der Straße gratulierten.«

Josselin meldete sich mit seinem üblichen Klopfen an, damit die Wachleute ihn einließen. Wortlos zeigte Adamsberg ihm die SMS und Josselin ließ sich auf einen Stuhl sinken.

»Josselin«, fragte Adamsberg, »haben Sie die Karte mitgebracht?«

Chateaubriand zog sie aus seiner Jacke, schob die Teller zurück und faltete sie auf dem Tisch auseinander.

»Matthieu, bitte lass so schnell wie möglich zwanzig weitere Gendarmen aus Rennes, Combourg und Umgebung in Zivilfahrzeugen herkommen. Dann sind wir siebenunddreißig oder achtunddreißig, plus meine acht Personenschützer macht sechsundvierzig. Also kein Mann zu viel. Josselin, wie viele Verstecke haben Sie auf Ihren Streifzügen ausgekundschaftet?«

Chateaubriand blickte zur Decke, um nachzudenken, und zählte die Orte an seinen Fingern ab.

»Vierzehn.«

»Wie müssen wir uns diese Verstecke vorstellen?«

»Es handelt sich um sechs verlassene Bauernhöfe, vier Schuppen – zwei davon sind massiv gebaut, zwei aus Wellblech –, drei ehemalige Maschinenwerkstätten und die Ruine eines alten Turms.«

»Könnten Sie mir die Orte auf der Karte markieren?«

Josselin zeichnete mit dem Bleistift vierzehn Kreuze ein, dann stand er auf und packte Johan tröstend an den Schultern. Der Wirt hatte sein Telefon neben sich gelegt und versuchte, das Geschrei und die Beschimpfungen seiner Ex-Frau nicht zu hören, die ihm vorwarf, es sei alles seine Schuld, wenn er sich nicht in die Angelegenheiten dieser Horde von Polizisten eingemischt hätte, dann …

Adamsberg griff zum Telefon.

»Madame Kerbrat? Kommissar Adamsberg am Apparat, ich bin zuständig für den Fall, Ihren Mann trifft keinerlei …«

»Ex-Mann.«

»Die Schurken wollen mich ermorden, nicht Rose. Hören Sie? Ich allein bin dafür verantwortlich, und wir werden jetzt mit sechsundvierzig Einsatzkräften die ganze Gegend durchkämmen, jeden Ort, wo sie sich …«

»Sie haben sich die ganze Zeit in seinem Gasthof herumgetrieben!«, unterbrach die Frau ihn verzweifelt. »Deshalb haben sie meine Tochter ausgewählt, niemals, niemals hätte Johan …«

Es half alles nichts. Das Schlimmste war, dass die Frau nicht unrecht hatte. Adamsberg legte das Telefon zurück auf den Tisch. Er hatte kurz überlegt, sie zu Johans Unterstützung herzuholen, aber das kam wohl nicht infrage. Johan stellte den Ton des Geräts leiser.

In diesem Moment fuhren die zehn Polizisten aus Combourg vor und betraten die immer noch von acht Schildwachmännern umstellte Herberge. Kurz darauf folgten zwanzig Beamte aus Dol-de-Bretagne und aus Rennes.

»Es gibt vierzehn mögliche Verstecke, die wir uns vornehmen müssen, plus die fünf Häuser, deren Bewohner wir festgenommen haben«, erklärte Matthieu den Neuankömmlingen. »Neunzehn Orte. Und wir sind sechsunddreißig, nicht sechsundvierzig Einsatzkräfte ... Verzeih mir, dass ich dich nicht mitzähle, Adamsberg, weder dich noch deine Personenschützer und auch Mercadet nicht. Du bist angeschlagen und immer noch bedroht. Und Mercadet ist nicht in Form.«

»Doch, ist er, muss er sein. Was mich betrifft, ich bin nicht mehr in Gefahr.«

»Woher willst du das wissen?«

»Ich komme mit, meine acht Personenschützer ebenfalls. Wir haben nur vierundzwanzig Stunden.«

»Aber du kannst nicht rennen und du kannst nicht schießen.«

»Fünfundvierzig Leute, mein letztes Wort, Matthieu«, entgegnete Adamsberg scharf. »Und widersetz dich nicht. Mercadet können wir sich ausruhen lassen.«

»Gut«, lenkte Matthieu seufzend ein. »Robic verfügt wahrscheinlich nur noch über vier Komplizen und seinen stummen, aber bewaffneten Fahrer. Schätzungsweise kümmern sich ein oder zwei Männer um Rose, aber es könnte auch sein, dass sie alle zusammen in einem Versteck hocken, um ihr weiteres Vorgehen zu besprechen. In dem Fall müssten wir es zu zweit oder zu dritt, auf jeden Fall in der Minderzahl, mit sechs bewaffneten Männern aufnehmen.«

»Die uns umlegen würden«, sagte Adamsberg. »Also teilen wir uns in sieben Teams mit je sechs oder sieben Leuten auf, um die Gegend abzuklopfen und die Verstecke gründlich auf den Kopf stellen. Wir müssen jeden Winkel, jeden Kellerraum durchsuchen. Matthieu, am besten stellst du die Gruppen zusammen. Wir markieren die Orte auf der Karte und entsprechend gibt es ein grünes, rotes, blaues, oranges, gelbes, braunes und schwarzes Team. Hat jemand Filzstifte griffbereit?«

»Im Federmäppchen der Kleinen«, sagte Johan mit tonloser Stimme.

»Und das finden wir wo?«, fragte Adamsberg leise.

»In ihrem Zimmer im oberen Stockwerk. Es ist rosa, mit Sternchen.«

Matthieu kam mit den sieben benötigten Filzstiften aus dem Obergeschoss herunter, umrandete die Kreuze auf der Karte mit den verschiedenen Farben, und anschließend fotografierte jeder die Karte, um die Ziele lokalisieren zu können. Ohne große Hoffnung schickte Adamsberg eine Nachricht an das Ministerium, dass ein Kind sterben werde, falls sie die Verdächtigen nicht freiließen. Sollte eine Antwort von offizieller Stelle bis 18 Uhr ausbleiben, werde er die Presse informieren. Vielleicht würde sich das Ministerium, da ein kleines Mädchen in Gefahr war, dem Druck der Öffentlichkeit beugen. Um 13.25 Uhr verließen die Polizisten die Herberge, der schlaftrunkene Mercadet blieb allein mit Johan im Gasthof zurück.

»Wollen Sie sich nicht ein wenig ausruhen?«, schlug Mercadet matt vor.

»Kann nicht«, sagte Johan kopfschüttelnd. »Möchte mich bereithalten.«

»Wollen wir etwas trinken?«

Wieder schüttelte Johan den Kopf.

»Möchten Sie fernsehen?«

»Auf keinen Fall. Morgen werden sie es überall bringen, auf den Titelseiten der Zeitungen, im Fernsehen, im Internet, überall. Es ist ein Albtraum. Meine Tochter.«

»Gut, ganz wie Sie meinen. Wir werden nichts hören und

wir werden nichts lesen. Möchten Sie eine Partie Schach spielen?«

»Ich will Rose, Lieutenant.«

Nacheinander meldeten die Kollegen, dass ihr Besuch in einem der neunzehn Verstecke erfolglos verlaufen war. Niedergeschlagen und mit müden Augen schob Mercadet sein Telefon auf den Tisch zurück.

Gegen 17 Uhr waren alle Teams von ihrer Mission zurück, mit leeren Händen.

»Sie müssen sie zu Hause bei einem von ihnen festhalten«, sagte Veyrenc.

»Das glaube ich auch«, sagte Adamsberg. »Aber wir kennen nur die Adresse von Le Guillou ... Worauf warten wir, wir müssen sofort hinfahren.«

»Nichts berechtigt uns, sein Grundstück oder seine Wohnräume zu betreten«, wandte Matthieu ein. »Wir haben nichts gegen ihn in der Hand.«

»Wir müssen aber doch davon ausgehen«, beharrte Adamsberg, »dass Le Guillous Rückkehr einen Grund hat.«

Eine lange, schwere Stille legte sich über den Raum, unterbrochen nur vom Schnalzen der Feuerzeuge und vom Klirren einiger Gläser. Jeder hing seinen eigenen düsteren Gedanken nach, suchte nach neuen Wegen, die sie zum Ziel führen könnten, dachte an den nächsten Tag, 13 Uhr, wenn sie das Kind umbringen würden. Adamsberg hatte inzwischen eine Antwort des Ministeriums erhalten, betrübliche Zeilen, die er den anderen nicht vorlas.

Der Staat wird der Drohung nicht nachgeben. Ergreifen Sie alle notwendigen Maßnahmen und finden Sie das Kind.

Um 18 Uhr hörte man ein Klopfen an der Holztür.

»Ich will niemanden sehen«, flüsterte Johan.

»Ich bin es, Maël! Mach auf, Johan, bitte!«

Maëls bebender Tonfall verriet eine gewisse Dringlichkeit. Die Beamten ließen ihn eintreten, atemlos hielt der einstige Bucklige inne.

»Bist du gerannt?«, fragte Matthieu.

»Nein, das ist die Aufregung. Als ich gestern Morgen herkam, um meinen Kaffee zu trinken, hörte ich durch das Fenster den Vicomte. Er wirkte nervös, offenbar war etwas passiert, denn er sprach schnell und laut, total ungewohnt. Die Wachleute vorm Eingang ließen mich nicht durch, sie durchsuchten mich, und ich stellte mich an ein Fenster und erklärte ihnen, dass ich auf meinen Freund Josselin wartete. Ich weiß, es gehört sich nicht, zu lauschen, aber ich wollte es wissen. Ich erfuhr also, dass Josselin Le Guillou gesehen hatte, und auch wo. Das interessierte mich, ich hatte schon länger vor, diesem Kerl mal ordentlich einzuheizen, sobald er sich wieder hier blicken lassen würde. Und heute, gegen 14 Uhr, bekam ich dann auch noch mit, dass die Kleine verschwunden ist.«

»Wie willst du das mitbekommen haben?«, fragte Matthieu. »Niemand wusste davon.«

»Von meinem Chef, dem Buchhalter, der mit einer Lehrerin der Schule befreundet ist.«

»Und weiter?«

»Ich fühlte mich wie vor den Kopf gestoßen. Und dann kam mir ein Gedanke: Wenn Le Guillou wieder aufgetaucht ist und sein Haus bezogen hat, muss etwas im Gange sein. Dann ist Roses Verschwinden sicher kein Zufall.«

»Da sind wir uns einig«, sagte Adamsberg angespannt.

»Ich erklärte dem Chef, dass ich eine Idee hätte, was die

kleine Rose anging, und bat um meinen freien Nachmittag. Ich fuhr zu Le Guillou und legte mich hinter der Hecke auf die Lauer, zur Straße hin verdeckten mich die Büsche. Durch das Geäst hatte ich alles im Blick. Ich wartete fast zwei Stunden. Gegen 16.30 Uhr kreuzte ein Typ auf, der trug eine ganz schöne Plauze mit sich rum und vor allem eine Plastiktüte mit dem Logo des Spielwarenladens in Combourg. Wie blöd kann man eigentlich sein? Kaum zu glauben, ich hätte schon fast aufgegeben. Aber das spornte mich an dranzubleiben, und tatsächlich rückte eine Stunde später der nächste Typ an, in der Hand einen Beutel mit dem Aufdruck *Kleider für die Kleinen*. Ich kenne den Laden, der ist ebenfalls in Combourg. Und dann fuhr ein Lieferwagen vor, bis zur Tür. Ich bin hinter der Hecke weiter vorgelaufen, um zu sehen, was da ausgeladen wurde … Eine in Plastik gehüllte Rolle, aber sie war eben nicht ganz verhüllt, oben ragte sie raus, deshalb habe ich gesehen, dass es sich um eine kleine, dünne Matratze handelte. Sie wissen schon, diese Dinger, die man in Windeseile zusammenlegen kann.«

Maël schwieg.

»Es war eine Kindermatratze«, sagte er leise. »Also habe ich eins und eins zusammengezählt: Spielzeug, Kinderkleidung, kleine Matratze. Und ich sagte mir: Maël, die kleine Rose ist hier. Bei diesem Mistkerl von Le Guillou. Weit weg von allem, da kann sie schreien und weinen, wie sie will, niemand wird sie hören.«

Johan schien sich wieder mit Leben zu füllen, wie ein Luftballon, während die Ermittler an Maëls Lippen hingen.

»Das ist doch einen Schluck Chouchen wert, oder, Johan?«

»Wenn nicht zehn!«, rief Johan. »Wenn du einmal eine Idee hast, lässt du nicht locker.«

»Und das Beste ist, die drei Typen sind nicht wieder rausgekommen aus dem Haus. Mit Le Guillou sind sie jetzt zu viert da drin. Gut möglich, dass der König der Drecksäcke auch noch da aufkreuzt. Robic, mit seinem Fahrer. Ich habe gewartet, bis sie das Tor zumachten. Jedenfalls ist festzuhalten, dass die Überbleibsel von Robics Team nicht die hellsten Kameraden sind. Denn wenn man diese Einkäufe mit sich herumschleppt und die Tüten nicht austauscht, kann man nicht viel in der Birne haben.«

»Maël, wenn du so weitermachst, nehme ich dich in meine Brigade auf«, sagte Adamsberg und fragte dann mit Blick auf seine beiden nutzlosen Uhren: »Wie spät ist es?«

»18.10 Uhr«, gab Berrond zurück.

»Lasst uns einen labbrigen Crêpe im Café de l'Arcade essen, dann gehen wir auf die Jagd.«

»Im Café de l'Arcade?«, empörte sich Johan. »Schmeckt das Essen hier etwa nicht?«

»Ich dachte bloß, du hättest vielleicht nicht die Kraft, zu kochen«, sagte Adamsberg.

»Dafür habe ich die Kraft, keine Sorge. Die Hähnchen sind seit heute Morgen gebraten und der Fond ist fertig. Ich muss nur noch das Gratin aufwärmen, es braucht keine zehn Minuten, dann steht alles auf dem Tisch.«

»In Ordnung«, sagte Adamsberg und setzte sich.

»Aber«, überlegte Maël, »man braucht doch einen handfesten Grund, um ein Haus zu stürmen, oder?«

»Bis gerade hatten wir keinen. Aber deine Aussage ist absolut hinreichend: Verdacht auf Kindesentführung. Ich bin gerade dabei, die Zustimmung des Divisionnaire einzuholen. Wir sind sechsundvierzig, sie werden sechs oder acht sein. Sie können uns nicht entwischen. Am besten wäre ein Überraschungscoup, wenn sie alle zusammensitzen beim Abendessen.«

»Nein, deine acht Personenschützer werden dir nicht von der Seite weichen«, sagte Matthieu entschieden. »Vielleicht ist es genau das, was sie wollen: dass wir auf der verzweifelten Suche nach dem Kind jede Vorsicht fahren lassen, damit sie dir den Bauch durchlöchern können. Wir sind also siebenunddreißig, minus Mercadet, der sich kaum mehr auf den Beinen hält. Macht sechsunddreißig. Das ist mehr als genug.«

»Wie du meinst«, willigte Adamsberg nach einem kurzen Schweigen ein. »Aber ich werde vor Ort sein, und zwar mit Mercadet. Um wie viel Uhr setzen sie sich wohl zu Tisch?«

»Um halb acht«, mutmaßte Johan.

»Oder um acht, wenn sie auf den Boss warten.«

»Uns bleibt nicht mehr viel Zeit«, sagte Adamsberg. »Wir sollten so schnell wie möglich selbst zu Abend essen, Johan.«

»Es ist so gut wie angerichtet«, sagte der Wirt und begann, den Tisch zu decken.

»Matthieu, haben deine Männer alles, was sie brauchen, um sich zu verpflegen?«

»Jawohl, dafür habe ich gesorgt.«

Johan zitterte am ganzen Körper vor Hoffnung und Angst. Adamsberg, die Antennen stets scharf für emotionale Signale, stand auf mit seiner Krücke, sehr schnell gefolgt von Retancourt, und half ihm einhändig, den Tisch zu decken und die Speisen aufzutragen.

»Josselin kennt das Haus von Le Guillou«, sagte Adamsberg, als er seinen Platz wieder einnahm. »Wir brauchen eine genaue Beschreibung. Ich rufe ihn noch einmal an. Mercadet, suchen Sie so viele Fotos wie möglich heraus.«

»Ich muss es zuerst genau lokalisieren … Da ist es schon. Montfort liegt auf halber Strecke zwischen Combourg und Rennes. Es ist ein abgelegenes Haus, wie die anderen. Und ganz bestimmt ist auch dieses hier ein altes Bauernhaus, allerdings so durchrenoviert, dass nicht viel davon übrig geblieben ist.«

»Ah, Josselin, da sind Sie ja, danke«, rief Adamsberg. »Maël lag heute Nachmittag vor Le Guillous Haus auf der Lauer. Drei Typen kamen nacheinander mit Spielzeug, Kinderkleidung und einer kleinen Matratze dort an, aber nicht wieder heraus.«

»Maël, der schlaue Fuchs«, sagte Josselin, »das hätte mir auch einfallen können.«

Adamsberg sah auf sein Handy, er hatte eine Nachricht erhalten.

»Wir haben die Erlaubnis des Divisionnaire, uns Zutritt zu Le Guillous Haus zu verschaffen«, sagte er. »Josselin, zeigen Sie uns, wo genau auf der Strecke nach Montfort es sich befindet.«

Josselin markierte die Stelle mit einem roten Kreuz auf der Karte.

»Obacht«, sagte Maël. »Er hat zwei Hunde, wilde Tiere, die er abends bestimmt hungrig herumstreunen lässt. Wahrscheinlich haben Sie keine andere Wahl, als die Viecher zu töten. Sie werden anschlagen, sobald sie Ihre Anwesenheit wittern. Dann werden einer oder zwei der Typen rauskommen, um nachzusehen, was los ist.«

»Sie sollten Fleisch dabeihaben«, empfahl Josselin, »viel Fleisch, vielleicht fünfzehn Stücke, die sie über die Hecke werfen. Das wird die Hunde eine Weile beschäftigen und zum Schweigen bringen. Sobald Ruhe eingekehrt ist, machen Sie sie unschädlich. Es liegt mir fern, zur Erschießung von Hunden aufzurufen, aber diese hier wurden zum Töten abgerichtet.«

»Woher wissen Sie das?«

»Ich habe sie gesehen. Schwarze, große Pitbulls mit kräftigen Kiefern, ziemlich Furcht einflößend. Nicht wahr, Maël?«

»Schrecklich, ja. Die Art von Tier, die einem sofort an die Kehle springt. Le Guillou bringt sie jedes Mal mit, wenn er nach Montfort kommt.«

»Bevor wir das Haus erreichen, müssen wir zunächst auf das Grundstück gelangen«, sagte Adamsberg.

»Das Tor ist hoch, auf den Enden der Gitterstäbe sitzen Stacheln, und die Flügel werden durch eine enorme Kette zusammengehalten«, gab Josselin zu bedenken.

»Das kann man auf diesem Foto hier gut erkennen«, bestätigte Mercadet und vergrößerte die Ansicht.

»Unüberwindlich«, sagte Adamsberg. »Die einzige Lösung ist, dass wir mit einer Handsäge ein Loch in die Hecke schneiden und dann durchklettern. Welche Stelle erscheint Ihnen dafür am geeignetsten, Josselin?«

»Ich habe den Ort nicht genau inspiziert, denn ich wollte schließlich nicht entdeckt werden. Aber an der Ostseite der Hecke habe ich einige abgestorbene Triebe bemerkt. An der Stelle könnte man sicher leicht reinschneiden.«

»Was grenzt an die Hecke?«

»Ein ziemlich langer Feldweg. Sie werden ausreichend Platz haben, um alle Fahrzeuge unauffällig zu parken.«

»Perfekt. Ein Hinweis an alle, bitte unterdrücken Sie Ihren Reflex, beim Aussteigen die Tür zuzuschlagen und abzuschließen. Wir werden als Erstes damit beginnen, das Loch in die Hecke zu schneiden, und sobald es groß genug ist, werfen wir den Kötern das Fleisch hin. Wir müssen sie möglichst schnell an dieselbe Stelle locken, und zwar an die, wo wir sie erschießen werden. Während die Hunde mit Fressen beschäftigt sind, sägen wir weiter an dem Loch. Hast du zufällig Fleisch in Reserve, Johan?«

»Ja, aber nur sehr gutes Fleisch. Wäre schade, es den Hunden zum Fraß vorzuwerfen.«

»Es geht darum, deine Tochter zu retten, Johan!«, rief Adamsberg. »Gutes Fleisch oder nicht, das ist im Augenblick völlig unerheblich.«

»Entschuldigung«, sagte Johan und strich sich durchs Haar. »Tut mir leid, ich weiß nicht mehr, wo mir der Kopf steht. Ich bereite die Stücke für euch vor, natürlich.«

»Schalldämpfer wären in dem Fall ideal«, merkte Veyrenc an. »Ich habe einen dabei.«

»Dann werden Sie schießen«, sagte Matthieu.

»Sobald die Hunde außer Gefecht gesetzt sind«, fuhr Adamsberg fort, »laufen zehn von uns weiter vor und schneiden etwa auf Höhe der Rückseite des Hauses ein zweites Loch in die Hecke, um von dort auf das Grundstück zu gelangen. Dann umzingeln wir das Gebäude. Wie viele Außentüren gibt es, Josselin?«

»Auf der Vorderseite erkenne ich eine Tür und fünf Fenster, zwei davon sind etwas größer als die anderen«, sagte Mercadet.

»Das ist richtig«, bestätigte Josselin. »Aber wir wissen nicht, wie es auf der Nordseite aussieht.«

»Es muss noch mehr Ausgänge geben«, überlegte Mercadet.

»Die beiden größeren Fenster gehören zum Esszimmer, nehme ich an, die anderen zum Schlaf- und Arbeitszimmer.«

»Um 20 Uhr«, sagte Adamsberg, »ist es draußen noch hell, aber die Fenster sind alle nicht riesig und in diesen alten Bauernhäusern ist es dunkel. Ich denke, sie werden um diese Zeit das Licht einschalten, wie Johan es hier auch tut, und sich um den Tisch versammeln. Das eingeschaltete Licht wird für uns das Zeichen sein, dass wir zugreifen können.«

»Und zwar wie?«, fragte Matthieu.

»Ich sehe keine andere Möglichkeit, als bis zur Vorder- beziehungsweise Hintertür über das Gras zu robben, das Ihnen einen gewissen Sichtschutz bietet. Denken Sie daran, dass es noch hell ist. Bleiben Sie also flach auf dem Boden liegen, die Waffe schussbereit in der Hand. Ich werde Sie nur durch das Loch in der Hecke im Blick haben.«

»Ich habe ein Foto von der Rückseite des Hauses gefunden!«, rief Mercadet. »Es muss aus der Zeit stammen, als es zum Verkauf angeboten wurde. Auf dieser Seite ist die Mauer aus Ziegelsteinen.«

»Das ist bei den alten Bauernhäusern oft so«, sagte Josselin. »Und«, er betrachtete das Foto, »es gibt also einen Nordausgang und drei Fenster.«

»Ich erkenne noch ein wesentliches Detail«, sagte Retancourt. »Da ist ein Bodengitter. Und wo ein Bodengitter, da Lichtschacht und ein Kellerfenster. Mercadet, können Sie das mal vergrößern?«

»Na, bitte ... Durch die Gitterstäbe passt allerdings höchstens ein Unterarm, nicht der ganze Arm. Meiner jedenfalls nicht. Aber es reicht, um eine Waffe zu ziehen.«

»Ich glaube, die Kleine ist da drin«, sagte Adamsberg. »Deshalb die Kleidung. In einem Keller ist es kalt.«

»Maël, erinnerst du dich, ob heute Nachmittag alle Fensterläden an der Vorderseite offen waren?«

»Ich meine, ja.«

»Dann ist sie ganz bestimmt dort«, sagte Adamsberg. »Sie hätten nicht riskiert, Rose in ein Zimmer mit Fenster zu sperren. Das Mädchen ist acht Jahre alt, also durchaus in der Lage, ein Fenster mit einem Stuhl einzuschlagen.«

»Und sie ist stark, meine kleine Rose«, sagte Johan. »Sie müssten nur mal sehen, wie sie sich die Holzscheite unter den Arm klemmt.«

»Sobald wir zugreifen, müssen ein paar Männer vor dem Lichtschacht bereitstehen. Trotzdem kann die Kleine sich natürlich genauso gut auf dem Dachboden befinden.«

»Wenn wir erst einmal bis zur Tür vorgerobbt sind, wie geht es dann weiter?«, fragte Verdun.

»Wir machen alles platt und gehen rein«, sagte Retancourt.

»Ich übersetze«, sagte Adamsberg. »Die Türen werden zwangsläufig verschlossen sein. Wir schießen die Schlösser auf und umstellen die Türen. Die Wachmänner mit den Schilden gehen zuerst hinein. Wir sofort hinterher.«

»Du nicht«, sagte Matthieu leise. »Und die Schildleute bleiben bei dir.«

»Also, ich meinte, Sie sofort hinterher«, korrigierte Adamsberg. »Matthieu mit zwölf Mann in den vorderen Raum, zehn in den hinteren. Es folgen die Einsatzkräfte aus Combourg. Ich wüsste nicht, was sechs Schurken gegen so viele Bullen ausrichten könnten. Wir nehmen ihnen ihre Waffen ab, halten ihnen dabei die Knarre an den Hals. Fünf von uns – von Ihnen – gehen in den Keller, um die Kleine in Sicherheit zu bringen, und fünf weitere kontrollieren den Dachboden.«

»Und wenn die Kellertür gepanzert ist, Kommissar?«, fragte Retancourt. »Falls der Tresor sich dort befindet?«

»Nicht sehr wahrscheinlich«, erwiderte Matthieu. »Sonst hätten sie die Backsteinmauer hinten nicht stehen lassen.«

»Stimmt. Mit einem Vorschlaghammer lässt sich noch jede Ziegelmauer einreißen«, sagte Retancourt. »Ich nehme vorsichtshalber mal einen mit.«

»Mercadet«, erkundigte sich Adamsberg, »glauben Sie, Sie halten die gesamte Operation durch?«

»Nein«, sagte der Lieutenant bekümmert. »Aber ich will dabei sein. Ich werde Johan um eine randvolle Thermoskanne mit Kaffee bitten.«

»Ich habe etwas Besseres«, meinte Johan. »Einen Trank wie der, den ich Ihnen neulich zum Schlafengehen serviert habe, nur mit umgekehrter Wirkung. Ein aufputschender Likör aus eigener Herstellung, harmlos, aber er wird Ihnen helfen, wach zu bleiben. Nur eine Empfehlung, natürlich nicht zur täglichen Einnahme, sondern für Ausnahmesituationen.«

»Den nehme ich«, entschied Mercadet sofort.

»Es ist Zeit, aufzubrechen«, sagte Adamsberg, raffte sich mithilfe seiner Krücke auf die Beine, während sein Mitarbeiter den Hauslikör einnahm. »Ach ja, und biegen Sie bitte möglichst geräuschlos in den Feldweg ein. Josselin, ist der Weg breit genug für den Laster?«

»Auf jeden Fall.«

»Vergessen Sie das Fleisch nicht!«, sagte Johan und reichte Matthieu zwei Boxen.

»Warum zwei?«, fragte Matthieu.

»Damit es schneller geht. Die Hunde werden Sie riechen, sobald Sie einen Fuß auf das Anwesen gesetzt haben. Es sind zwanzig große Stücke. Zehn pro Hund. Genug, um die Köter eine Weile bei Laune zu halten.«

XXXVII

Um 19.15 Uhr setzte sich die Fahrzeugkolonne in Richtung Montfort-la-Tour in Bewegung, begleitet von einem Krankenwagen, den Adamsberg mit Nachdruck angefordert hatte.

Zwanzig Minuten später kam das Haus Le Guillous in Sicht. Nacheinander bogen die Autos in den Feldweg ein. Wie Josselin prophezeit hatte, begannen die Hunde zu knurren, als die ersten Polizisten ausstiegen. Fünf Männer und Retancourt machten sich sogleich an die Arbeit, mühelos schnitten sie an der Stelle mit den abgestorbenen Trieben ein Loch in die Hecke. Das Knurren der Hunde ging in wütendes Gekläffe über. Mühevoll hatte Adamsberg sich aus dem Auto geschält und sich den Tieren genähert.

»Das Fleisch, schnell, sofort«, sagte er.

»Die Köter kommen im Sturmschritt auf uns zu«, kündigte Veyrenc an und zog seine Waffe.

Die Haustür öffnete sich und ein gut aussehender Mann erschien auf der Schwelle.

»Das muss Le Guillou sein, er hat sie gehört«, sagte Adamsberg. »Er ist der Einzige, der keinen Schiss vor diesen Pitbulls hat.«

Inzwischen hatten Veyrenc und Noël alle Fleischstücke durch die Öffnung in der Hecke geworfen, nicht zu weit weg, damit sie sicher zielen konnten, und die Hunde machten sich gierig darüber her. Sie bellten nicht mehr. Der Lieutenant streckte seinen Arm durch die Hecke und legte erst auf die Kehle des einen, dann auf die Kehle des anderen an. Nacheinander, ohne einen Laut von sich zu geben, sackten die Tiere zusammen.

Als wieder Stille eingekehrt war, beobachteten sie, wie Le Guillou schulterzuckend die Tür wieder schloss, er war zu weit entfernt, um seine Hunde am Boden liegen zu sehen. Retancourt sägte weiter an dem Loch, und als sie damit fertig war, ging sie, gefolgt von Veyrenc, hinüber zum Team Nord. Es war 20 Uhr.

Im Hauptwohnraum gingen die Lichter an und erleuchteten die beiden großen Fenster.

»Jetzt alle rüber zum Haus kriechen und den festgelegten Posten beziehen«, wies Adamsberg die Mannschaften an. »Das Gras ist zwar gemäht, aber Ihre Ausrüstung wird Sie bremsen. Keine hastigen Bewegungen, wir haben Zeit. Team Nord unter der Leitung von Veyrenc, Sie warten, bis Sie das Krachen der Eingangstür hören, bevor Sie den hinteren Zugang aufbrechen.«

Adamsberg, geschützt von nur mehr vier Spezialkräften, hielt sich im Hintergrund, verfolgte jedoch mit scharfem Blick und gezogener Waffe, wie seine Leute vorsichtig ihre Posten einnahmen. Als Matthieu mit seinen zwölf Mann die Tür erreicht hatte, hob er seinen Arm zum Zeichen für Adamsberg. Gleich würde also das Türschloss explodieren – das allerdings ziemlich robust war und erst nach sechs abgefeuerten Kugeln nachgab. Einer der Polizisten trat die demolierte Tür ein und in der nächsten Sekunde fielen sie zu dreizehnt in den Wohnraum ein. Je zwei Mann knöpften sich einen der fünf am Tisch sitzenden Gäste vor, hielten ihn mit Würgegriff und Pistolenlauf am Hals in Schach. Matthieu hatte Le Guillou, den Schönling vom Klassenfoto, gleich erkannt, die anderen Gesichter sagten ihm nichts. Er stürzte sich auf Robic, der regungslos in der Mitte des

Raumes stand, in der einen Hand eine Flasche, während er mit der anderen nach seiner Pistole griff. Matthieu schlug sie ihm aus der Hand, presste ihm die Kiefer mit einem Arm zusammen und seine eigene Waffe an die Halsschlagader.

»Wo ist die Kleine?«, schrie er. »Gegen sechsundvierzig Bullen haben Sie keine Chance! Also, wo ist das Mädchen?« Seine Stimme wurde immer lauter.

»Welche Kleine?«, röchelte Robic, hochmütig wie je. »Ich bin hier bei Freunden zum Abendessen, und ich habe keine Ahnung, wovon Sie reden.«

»Nehmen Sie ihnen die Waffen ab und legen Sie ihnen Handschellen an«, befahl Matthieu der Einsatztruppe, während er Robic gewaltsam auf einen Stuhl drückte.

»Das Mädchen!« Berrond schüttelte Le Guillou. »Wo hast du das Kind versteckt? Im Keller? Dort kam dein Chef doch gerade her, nicht wahr?«

»Kind? Hier gibt es kein Kind«, antwortete Le Guillou kühl.

»Und die Spielsachen, die Klamotten? Nicht zu vergessen, die Kindermatratze? Hast du das alles für dich selbst gekauft, ja?«

Inzwischen war das Team Nord in den hinteren Bereich – die Küche – eingedrungen und nach einem kurzen Augenblick winkte Veyrenc Retancourt zu sich.

»Alle bleiben hier«, sagte er zu den Polizisten. »Retancourt, wir gehen nach draußen, zum Lichtschacht.«

Retancourt packte angesichts der unerschütterlichen Ruhe der Schurkenbande ein stechender Zweifel. Was, wenn Rose sich nicht in diesem Haus befand? Was, wenn das Spielzeug und die Kleidung nur Geschenke für einen Neffen oder eine Nichte waren? Ja, aber die Matratze. Die Matratze bewies, dass das Kind hier war.

Sie und Veyrenc legten sich ins Gras, die Taschenlampen auf das Fenster gerichtet.

»Können Sie was sehen?«, fragte Veyrenc.

»Ja. Eine kleine Gestalt auf einer Matratze. Leuchten Sie mal mehr nach rechts. Und da ist außerdem eine Puppe. Sie ist da unten, Veyrenc, sie ist wirklich dort.«

»Hatten Sie Angst, wir könnten uns täuschen?«

»Ja.«

»Ich auch. Ich sage Matthieu Bescheid.«

»Wo ist dein Keller?«, fragte Matthieu Le Guillou, als er Veyrencs Nachricht gelesen hatte.

Der Mann zuckte grinsend mit den Schultern.

»Treppe zu Ihrer Linken. Viel Glück.«

Matthieu und Berrond eilten die Stufen hinunter, und schlagartig wurde ihnen klar, woher diese selbstbewusste Ironie Le Guillous rührte: Die Kellertür war gepanzert.

»Rose! Rose! Sprich mit uns, hier ist die Polizei!«, rief Berrond.

Als keine Antwort kam, hämmerte Berrond mit seinen Fäusten gegen die Stahltür und rief immer wieder vergeblich den Namen des Mädchens.

»Vielleicht ist sie bereits tot!«, brüllte er panisch. »Oder sie haben ihr etwas angetan, um sie zum Schweigen zu bringen.«

»Robic kam doch gerade erst aus dem Keller hoch«, presste Matthieu zwischen seinen Zähnen hervor.

Voller Zorn rannte er die Treppe hinauf und ging auf Le Guillou los.

»Die Tür ist gepanzert. Das findest du lustig, ja? Dann müssen wir wohl deine Ziegelmauer einreißen, um das Kind rauszuholen. Sie ist da unten, das wissen wir.«

»Für wie dumm halten Sie mich?«, erwiderte Le Guillou.

»Die Ziegelmauer ist selbstverständlich von innen mit Beton verschalt.«

»Die Schlüssel, sofort! Sonst rege ich mich auf, meine Hand zittert schon, und der Finger liegt am Abzug.«

»Ich habe die Schlüssel nicht.«

»Wer hat sie? Wo sind sie versteckt?«, schnaubte Matthieu. »Keine Anklage wegen Kindesentführung und mildernde Umstände in allen anderen Fällen für denjenigen, der sie rausrückt.«

»Welche Garantien?«, fragte Robic.

»Du weißt, wo sie sind, nicht wahr? Natürlich weißt du das, denn niemals hätte der große Häuptling sie jemand anderem überlassen. Der große Häuptling entscheidet über alles, weil er seinen Leuten nicht über den Weg traut. Nicht einmal Le Guillou.«

»Welche Garantien?«, wiederholte Robic ruhig.

»Ich hole die Einwilligung des Ministeriums ein«, sagte Matthieu und begann, auf seinem Handy zu tippen.

Ein dumpfes Raunen ging durch die Tischrunde.

»Du Feigling!«, zischte Le Guillou. »Du niederträchtiger Verräter! Du hast immer nur an dich gedacht, wir anderen sind dir scheißegal, Hauptsache, du kommst gut raus aus der Nummer. Dafür wirst du bezahlen, Robic, das versichere ich dir.«

Berrond starrte seinen Chef ungläubig an. Er wollte ernsthaft eine Quasi-Amnestie für Robic erwirken? Matthieu warf ihm einen kalten Blick zu, während er weiter seine Nachricht tippte – eine Nachricht, in der er Adamsberg um taktischen Rat fragte.

»Schick mir schleunigst Mercadet«, antwortete Adamsberg sofort.

»Was hast du vor?«

»Ich werde eine gefälschte Nachricht aus dem Ministerium verfassen und sie dir von Mercadet zustellen lassen.«

»Nicht schlecht, und das kriegt er hin?«

»Er wird es schaffen. Er soll sofort kommen.«

»Berrond und Mercadet«, sagte Matthieu, »Sie müssen so schnell wie möglich zu Adamsberg. Seine Wunde ist aufgeplatzt und hat sich wahrscheinlich entzündet, das Fieber steigt rasant … Haben Sie Aspirin im Haus? Wenigstens das könnten Sie uns geben.«

»Du kannst mich mal«, sagte Robic. »Und dass keiner es wagt, ihm eine zu besorgen. Soll Adamsberg doch krepieren, es wäre mir eine Freude!«

»Drecksäcke«, sagte Matthieu. »Miese Drecksäcke seid ihr.«

Er rannte ins erste Schlafzimmer, riss die Schränke auf, griff nach einem sauberen Laken und reichte es Berrond.

»Los, Berrond, nehmen Sie die Beine in die Hand, und Sie auch, Mercadet. Adamsberg braucht Sie. Sehen Sie zu, dass Sie die Blutung gestillt kriegen, und rufen Sie einen Krankenwagen.«

Höchst alarmiert rannten die beiden Männer zu dem Loch in der Hecke, wo Adamsberg sie bereits erwartete.

»Sie bluten gar nicht?«

»Ein Trick von Matthieu, um Sie zu mir zu schicken. Mercadet, es eilt. Sie haben mitgekriegt, was Matthieu gesagt hat?«

»Ja, er hat Robic einen unglaublichen Vorschlag gemacht: Wenn er ihm die Schlüssel zum Keller aushändigt, der nach vorn gepanzert und nach hinten verschalt ist, würde man die Anklage wegen Entführung fallen lassen und mildernde Umstände für alles andere geltend machen. Das ist inakzeptabel, vollkommen unmöglich, Kommissar!«

»Es ist möglich, weil Sie es sind, der die Einwilligung

erteilen wird, Mercadet. Ich werde Ihnen jetzt ein paar Zeilen diktieren, die Sie bitte so schnell wie möglich an Matthieu weiterleiten. Sie können doch den E-Mail-Account des Ministers knacken?«

»Das ist ja nun wirklich ein alter Hut«, sagte Mercadet.

Adamsberg nickte ihm bewundernd zu.

»Dann schreiben Sie, und zwar mit Briefkopf des Innenministeriums.«

»Am besten leite ich anschließend von Ihrem Handy aus auch die Nachrichten an Matthieu weiter, die Sie tatsächlich vom Ministerium erhalten haben – falls Robic sie vergleichen möchte.«

»Stimmt. Sind Sie so weit?«

»Noch zwei Minuten … So, ich hab's.«

»Können Sie Ihre Spuren verwischen?«

»Das ist der Plan, Kommissar.«

»Dann schreiben Sie: *Aus dem alleinigen Grund, das Leben eines Kindes zu retten, fordern wir Monsieur Pierre Robic auf, uns Zugang zu seinem Keller zu verschaffen. Im Gegenzug sichern wir den Verzicht auf Anklageerhebung wegen Entführung und mildernde Umstände in allen anderen Anklagepunkten zu. Ausdrückliche Bedingung: Im Falle einer Straftat oder eines Fluchtversuchs von Monsieur Pierre Robic wird sämmtliches oben genanntes Entgegenkommen sofort hinfällig.*«

»Das hätten wir. Lesen Sie noch einmal gegen, Berrond, ein Rechtschreibfehler würde dem Ministerium nicht gut anstehen.«

Berrond korrigierte das Wort »sämmtlich«, dann zeigte Mercadet Adamsberg sein Werk. Der Kommissar konnte nicht den geringsten Unterschied zu den echten Nachrichten erkennen, die er bereits vom Ministerium erhalten hatte.

»Sie sind ein Ass, Lieutenant. Und wie haben Sie das mit der Unterschrift hinbekommen?«

»Die elektronische ist auf dem Server hinterlegt. Da kommt man ziemlich leicht dran.«

»Nun denn, leiten Sie das Ganze an Matthieu weiter, einschließlich der alten Nachrichten«, sagte Adamsberg und reichte ihm sein Gerät.

Im Raum herrschte eine Totenstille, die nur durch das Murren von Robics Komplizen unterbrochen wurde. Der Zusammenhalt löste sich auf. Pierre Le Guillou dachte angestrengt darüber nach, wie er sich für Robics Verrat rächen konnte. Er würde wie die anderen hinter Gitter wandern, aber auch von dort aus ließen sich viele Dinge regeln. Robic würde büßen.

Matthieu, obschon auf dem Höhepunkt seiner Nervosität, saß mit unbewegter Miene da. Berrond kehrte mit dem zerrissenen Laken zurück.

»Wir haben die Wunde verbunden«, sagte er, »aber er glüht. Er braucht Hilfe.«

Matthieus Telefon klingelte mehrmals hintereinander, ohne Eile zog der Kommissar es aus seiner Tasche.

»Ich habe die Einwilligung«, sagte er ruhig und zeigte Robic die Nachricht des »Innenministeriums«. »Zufrieden?«

Robic prüfte das Schreiben, betrachtete den Briefkopf, las die Zeilen wieder und wieder. Ein Hauch von Argwohn umschwebte seine zusammengekniffenen Lippen.

»Hier sind die Nachrichten, die Adamsberg nach Ihren Drohungen vom Innenministerium erhalten hat«, sagte Matthieu. »Er hat sie gerade an mich weitergeleitet. Vergleichen Sie, wenn Sie wollen.«

»Perfekt«, sagte Robic schließlich und stand mit dem Lächeln eines Mannes auf, der stets bekommt, was er will.

Denn, Bullen oder nicht Bullen, sobald er frei war und zu Hause auf seinen Prozess wartete, würde er sich natürlich absetzen.

»Den Schlüssel«, befahl Matthieu und kassierte sein Handy wieder ein.

»Gut, kommen Sie mit«, sagte Robic, ohne seine Partner auch nur eines Blickes zu würdigen, er spürte ihre Wut und Verachtung, doch das ließ ihn völlig kalt. »Pierre«, fügte er hinzu, »gräme dich nicht, ich habe das Versteck gewechselt, du hättest ihnen den Schlüssel gar nicht geben können.«

Matthieus Waffe im Rücken, eskortiert von Berrond und Retancourt, ging Robic die Kellertreppe hinunter und blieb auf halbem Weg stehen. Er hob seine Hände, die in Handschellen steckten, zur Wand und zog vorsichtig einen Ziegelstein hervor. Matthieu langte in den Hohlraum und brachte einen großen, glänzenden Schlüssel zum Vorschein.

»Begleiten Sie ihn zurück, Berrond«, sagte er. »Sie, Retancourt, bleiben bitte hier, ich brauche eine Frau, um die Kleine zu beruhigen.«

Der Kommissar nahm die letzten Stufen, entriegelte die Panzertür und kniete sich neben die kleine Matratze, auf der Rose lag. Er drückte sein Ohr an ihre Brust, hob die dünne Decke hoch, drehte sie nach allen Seiten wie einen Sack Mehl, kniff sie, redete auf sie ein, deckte sie dann wieder zu und bettete ihren Kopf auf das Kissen.

»Sie ist nicht tot«, seufzte er, »sie ist auch nicht verletzt. Sondern mit Betäubungsmitteln vollgepumpt. In welcher Dosis, ob lebensbedrohlich oder nicht, kann ich nicht einschätzen. Aber immerhin reagiert sie, wenn man sie kneift, sie hört, was man ihr sagt. Und vor allem hat sie das Zeug noch nicht lange intus. Sie ruhigstellen, das war es, was Robic hier unten kurz vor unserem Eintreffen noch erledigte. Danken wir Adamsberg dafür, dass er auf einem Krankenwagen bestanden hat. In zwanzig Minuten wird sie im Krankenhaus in Rennes versorgt werden. Man muss in der ersten Stunde nach Einnahme handeln.«

Retancourt nahm das in die Decke gewickelte Mädchen auf den Arm und ging mit schnellen Schritten zum Krankenwagen, der sich sogleich mit heulenden Sirenen Richtung Rennes begab. Matthieu rief Johan an, um ihm die Nachricht zu überbringen. Er hörte, wie der Mann weinte, diesmal vor Erleichterung.

»Rose ist auf dem Weg ins Krankenhaus«, sagte Matthieu. »Nein, mach dir keine Sorgen. Warte im Gasthof.«

Matthieus Gendarmen brachten Le Guillou und die fünf anderen Männer, darunter auch Robic, ins Polizeipräsidium nach Rennes. Matthieu, Berrond, Verdun und Adamsbergs Team kehrten nach Louviec zurück, begleitet von den Schildbeamten, die sich ohne eine neue Anweisung weiterhin für den Schutz des Kommissars verantwortlich fühlten. Sie waren nicht davon abzubringen, Adamsberg in Schildkrötenformation zu Johans Gasthof zu geleiten.

XXXVIII

Der Wirt stand vor seiner Tür und schloss Adamsberg zur Begrüßung in seine Arme.

»Gelobt sei Mercadet«, sagte Adamsberg. »Ohne ihn wären wir aufgeschmissen gewesen.«

Johan trat auf den Lieutenant zu und umarmte auch ihn überschwänglich.

»Danke für deinen Trank, Johan«, sagte Mercadet. »Er kam genau zum richtigen Zeitpunkt. Und wenn wir schon ein Loblied anstimmen, dann unbedingt auf den Kommissar, weil er dafür gesorgt hatte, dass ein Krankenwagen bereitsteht. Denn nach Matthieus Schilderungen muss Robic Ihrer Tochter ein Barbiturat eingeflößt haben.«

Der neue Arzt der Gemeinde nickte, er war auf Johans Bitte herbeigeeilt.

»Das Krankenhaus hat angerufen«, sagte er. »Sie konnten sie mit pflanzlicher Aktivkohle behandeln. Sie kam gerade noch rechtzeitig.«

»Doktor«, fragte Johan unsicher, »was wäre ohne dieses Aktivzeug passiert?«

»Sie hätte die Nacht wohl nicht überlebt«, erwiderte der Arzt leise. »Aber«, fuhr er fort und legte seine schmale Hand auf Johans kräftige Schulter, »Sie müssen sich wirklich keine Sorgen mehr machen. Ich versichere Ihnen, die Gefahr ist gebannt. Es musste sehr schnell gehandelt werden und das ist diesen Männern gelungen.«

Nachdem der Arzt sich verabschiedet hatte, ließ Johan sich

matt auf einen Stuhl sinken. »Ohne euch«, seufzte er, »hätte ich meine Tochter verloren.«

»Du vergisst Maël«, fügte Adamsberg hinzu, »ihm verdanken wir, dass wir das Versteck gefunden haben. Und Josselin, der das Haus von Le Guillou orten konnte.«

»Und du warst derjenige, der vorab einen Krankenwagen angefordert hatte … Ich weiß nicht, wie man in einem solchen Fall seine Dankbarkeit ausdrückt, ich kann so was nicht.«

»Indem du mir eine Aspirin gibst und uns einen Kaffee servierst«, sagte Adamsberg lächelnd.

»Dazu ein Stück Kuchen zur Stärkung. Den solltest du unbedingt probieren«, sagte Johan, er hatte wieder zu seiner alten Form zurückgefunden. »Sag mal, hast du dir deine Wunden wieder aufgerissen?«

»Es war nicht zu vermeiden, dass ich Arme und Beine bewege, nichts Dramatisches, es tut nur weh.«

»Ich rufe meinen Koch an, er wird dich desinfizieren und dir sofort neue Verbände anlegen. Erinnerst du dich, er hatte ein Jahr Krankenpfleger gelernt, bevor er umsattelte?«

»Danke, ich warte auf dem Bett in ›meinem‹ Zimmer auf ihn.«

Während der Krankenpfleger-Koch Adamsbergs Wunden desinfizierte und ihm mit strenger Miene neue Verbände anlegte, schickte der Kommissar eine Nachricht an Maël und Josselin, um sie zu beruhigen, was Rose anging, und um ihnen zu danken.

»Wie haben Sie das denn hingekriegt?«

»Beim Einsatz, durchs viele Bewegen …«

»Sie konnten nicht hierbleiben und sich ein wenig schonen?«

»Nein. Ich wurde gebraucht.«

»Und, haben Sie ihn erwischt?«

»Ja«, sagte Adamsberg, und ein Lächeln glitt über sein Gesicht. Er dachte an die gefälschte Nachricht, wie schnell Robic, der Unschlagbare, auf ihren Trick hereingefallen war!

»Verstehe«, sagte er, »aber ab jetzt ist Ruhe. Wo ist Ihre Krücke?«

»Die ist im Gerangel verloren gegangen. Ich werde sie auf dem Feldweg wieder einsammeln.«

Der Koch schüttelte missbilligend den Kopf, wie er es bei einem widerspenstigen Kind getan hätte, und verabreichte dem Kommissar ein Schmerzmittel.

Adamsberg lauschte dem Geschirrklappern, das aus der Wirtsstube zu ihm drang, und hörte, wie seine Leibwächter die Fensterläden schlossen. Was sollte er jetzt mit diesen Wachbeamten machen? Morgen würde man Robic freilassen, um der gefälschten Nachricht Glaubwürdigkeit zu verleihen. Denn wenn man ihn in Gewahrsam behielt, würde er durchschauen, dass sie ihn reingelegt hatten, dass sie – Polizisten! – einen offiziellen Account gehackt und ihm eine gefälschte Einwilligung vorgelegt hatten. Das war keine Bagatelle und Robic würde das Ministerium auf jeden Fall informieren. Die gesamte Brigade in Paris würde hochgehen und die von Matthieu gleich mit, sie hätten mit harten Disziplinarstrafen zu rechnen. Ja, obwohl es riskant war, mussten sie Robic morgen nach Hause gehen lassen. Adamsberg bereute um nichts in der Welt sein gefährliches, illegales Tun. Er hatte einen kurzen Moment gezögert, ehe er Mercadet mit der Fälschung beauftragt hatte. Zugegeben, sie hätten auf die Spezialisten für Panzertüren aus Rennes warten können, aber darüber wäre weitere kostbare Zeit verstrichen. Und der Arzt hatte soeben bestätigt, dass die Kleine die Nacht in dem Fall nicht überlebt hätte. Genau davor hatte er sich gefürchtet. Robic hätte Rose geopfert, er hatte ihre Ermordung bereits in die Wege geleitet. Nein, er empfand keine Reue, nicht im Geringsten. Man musste dem Ministerium allerdings erklären, warum Robic wieder auf freiem Fuß war, denn Le Guillou würde in seinem Verhör mit Sicherheit auf die führende Rolle von Robic pochen.

Er musste lügen, behaupten, dass er Robic – unter Beobachtung – als Köder für die übrigen Komplizen eingesetzt hatte. Gut formuliert, gut hergeleitet und gut begründet, würde er damit durchkommen.

Da die Bande nun zerschlagen war, schätzte er die Gefahr für sich selbst als überschaubar ein. Aber bei Robic wusste man nie. Der Kerl wäre imstande, persönlich zur Tat zu schreiten, nachts, nach Art des Mörders von Louviec oder indem er ihn einfach abknallte, als Rache dafür, dass er, Adamsberg, ihm die Organisation komplett zerlegt hatte. Er musste also noch eine Weile wachsam bleiben, zumindest so lange, bis er wieder verteidigungsfähig war.

Adamsberg lag im Halbschlaf und wartete darauf, dass die Wirkung des Schmerzmittels einsetzte, als er spürte, wie eine Blase langsam vom Grund seines undurchsichtigen Sees in sein Bewusstsein aufstieg. Reglos und lauernd ließ er sie kommen, legte seine Hände, zu einer Schale geformt, auf seinen Oberkörper, damit er sie aufsammeln konnte, sobald sie auftauchte. Sie war schwer, ohne klare Konturen und beförderte unterschiedlichste Fragmente, angefangen bei seinem Igel, der in den Hain zurückgekehrt war, über Gaëls Gestammel vor seinem Tod, Bildern von Villing, dem Arzt, dem Ei, bis hin zu der allgegenwärtigen *Herzlichkeit* … Behutsam fing er die Blase auf, als sie trübe zum Vorschein kam, umschloss sie wie eine Muschel mit seinen

Händen – so hatte Matthieu neulich auch den Nachtfalter gefangen – und wiederholte zehnmal, um sie sich einzuprägen, die verschlungenen und verschiedenartigen Wörter, die sie zu ihm getrieben hatte. Der Koch war so freundlich, ihm eine weitere Krücke zu bringen. Eilig notierte er die bunt gewürfelten Begriffe, die seine Blase ihm sparsam darbot, und schloss sich der Truppe an, die bereits um den Tisch versammelt saß.

Adamsberg trat an Mercadet heran.

»Wollen Sie nicht schlafen, Lieutenant?«

»Ich glaube, die Wirkung von Johans Likör hält noch an, ich fühle mich jedenfalls fit. Und ich möchte noch etwas Kuchen«, fügte er wie ein Kind hinzu.

»Mercadet«, flüsterte Adamsberg ihm ins Ohr, »es wird nicht ausbleiben, dass der heutige Abend rauf und runter diskutiert wird, bitte, kein Wort über unsere kleine Trickserei. Ich werde mich zu Wort melden, wenn es um die Herausgabe der Schlüssel geht, und diesen Teil der Geschichte auf meine Weise erzählen. Robic hat sich auf unsere falschen Versprechungen eingelassen, das ist alles.«

Die gleiche Anweisung raunte er Matthieu zu, während Mercadet die gefälschte Nachricht von seinem Handy löschte. Josselin hatte sich zu ihnen gesellt und wartete, bis alle den Kuchen buchstäblich verschlungen hatten – zur Stärkung, versteht sich. Johan strahlte, als er sein Handy wieder beiseitelegte.

»Sie hat die Augen geöffnet und Violette angelächelt«, sagte er. »Bald liegt das Ergebnis über die Dosis der Barbi… Barbiturate vor, die sie ihr eingeflößt haben.«

»Großartig, Johan, haben sie sich auch dazu geäußert, wann sie vernehmungsfähig sein wird?«, fragte Adamsberg. »Ihre Beschreibung der Entführer wird entscheidend sein.«

»Morgen früh, sagte man mir.«

»Ich werde dort sein«, sagte Adamsberg.

XXXIX

»Vier Männer müssen noch identifiziert werden«, sagte Mercadet, als der Nachtisch verspeist war, »sonst können wir ihre Wohnorte nicht ausfindig machen. Ihren Pseudonymen zufolge handelt es sich um den Werfer, den Poeten, den Dicken und den stummen Fahrer. Ich konnte sie heute Abend filmen und ein paar Gesprächsfetzen mitschneiden. Ich habe die Aufnahmen bereits den vier Männern zugeordnet.«

»Ausgezeichnet, Lieutenant«, sagte Adamsberg.

»Beginnen wir mit dem Fahrer«, sagte Josselin, »denn auf dem Gymnasium gab es tatsächlich einen Schüler, der stumm war. Dieses Gebrechen machte ihn aber nicht liebenswerter, er knurrte einfach, anstatt zu sprechen. Außerdem hatte er einen Kopf, der zu groß für seinen Körper war, und sehr kurze Arme. Er hatte kastanienbraunes Haar und traurige blaue Augen. Zeigen Sie mir das Klassenfoto und wie er jetzt aussieht.«

Mercadet spielte eine Sequenz ab, in der man den Stummen mit Zeichen und Gebärden kommunizieren sah.

»Der da ist es!«, rief Josselin sofort und tippte auf einen Mitschüler auf dem Klassenfoto. »Ich erinnere mich, dass er Claude hieß, aber ich komme nicht auf seinen Nachnamen.«

»Claude Berthou«, sagte Mercadet.

»Ja, genau.«

»Ich suche seine Adresse raus.«

»Robic hat sie also wirklich alle in der Schule rekrutiert.«

»Macht der Vergangenheit, Vertrauen der Jugend«, sagte Adamsberg.

»Bei wem hast du denn dieses neue Zitat aufgestöbert?«, wollte Veyrenc wissen.

»Louis, du weißt genau, dass ich nicht imstande bin, einen Schriftsteller zu zitieren. Es stammt von mir.«

»Aber es ist gut. Ich werde es mir merken.«

»Der Werfer«, sagte Josselin leise. »Es gab da einen Jungen, der schon in der Schule so genannt wurde. Er war nicht in meiner Klasse, sondern in der Fußballmannschaft der Schule, wie Karl Grossman, der Torwart. Er war der beste Torschütze von uns allen. Warten Sie, ich hab's gleich. Sehr dunkelhaarig, die Haut von Akne befallen, Igelfrisur, Stupsnase. Zeigen Sie mir Ihre Aufnahmen, Lieutenant.«

»Sympathisch?«

»Ganz und gar nicht. Aber sehr schwatzhaft, sehr aufschneiderisch.«

Diesmal ließ Josselin sich mehr Zeit zum Anschauen des Videos, sein Blick wanderte hin und her zwischen dem Foto der Schulmannschaft und dem Video, bis er schließlich auf einen großen, dunkelhaarigen Jungen mit Bürstenhaarschnitt und Pickeln im Gesicht deutete.

»Im Grunde hat er sich nicht sehr verändert, bis auf das Doppelkinn«, bemerkte er. »Und seine Akne hat deutlich sichtbare Narben hinterlassen.«

»Dann handelt es sich wohl um Germain Cléach«, sagte Mercadet.

»Das ist er, ja«, bestätigte Josselin.

»Machen wir noch ein bisschen weiter?«, fragte Mercadet.

»Aber ja, auf jeden Fall. Eigentlich ein recht unterhaltsames Spiel.«

»Der hier muss der Dicke sein«, kommentierte Mercadet die nächsten Aufnahmen.

»Schauen Sie, da grinst er höhnisch und zeigt uns seine Glückszähne … diese Lücke zwischen den beiden oberen Schneidezähnen. Und Segelohren hat er.« Josselin betrachtete wieder das Klassenfoto. »Das muss dieser Bursche hier sein. Schon damals war er pummelig, wie Sie sehen. Leider ist mir sein Name entfallen.«

»Félix Hénaff«, sagte Mercadet.

»Ja, jetzt erinnere ich mich.«

»Ich denke, er ist der Einzige, dem wir, wenn es gut läuft, die Zunge lösen werden«, sagte Adamsberg. »Nach Le Guillous durchaus gerechtfertigten Beleidigungen gegen Robic habe ich ein Flackern in seinem Blick wahrgenommen. Er hat sich innerlich verabschiedet, er will aussteigen.«

»Das würde mich nicht wundern«, sagte Josselin. »Er gehörte zwar wie die anderen zu Robics Gefolge, aber er wirkte immer resolut und schüchtern zugleich. Nuanciert, würde ich sagen.«

»Bleibt nur noch einer«, verkündete Mercadet. »Der Poet.«

»Der Poet?«, wiederholte Josselin. »Den müsste ich sehen und auch hören, wäre das möglich?«

»Ja, von ihm habe ich allerdings nur ein sehr kurzes Video. Er sagt etwas zum Werfer, der neben ihm sitzt, ziemlich leise, während wir die ganze Truppe verhaftet haben.«

Josselin beobachtete konzentriert einen grau melierten Rotschopf und versuchte mit doppelter Aufmerksamkeit, ein paar der Worte aufzufangen, die der Mann mit seiner klaren, voll tönenden Stimme flüsterte: *… hatte gesagt, dass … eine bescheuerte Idee … nicht unbedingt auf dem Laufenden …* Josselin tippte lächelnd auf das Klassenfoto.

»Er war der Tenor in unserem spärlich besetzten Chor,

und man glaubt es nicht, wenn man ihn reden hört, aber er war ein abgebrühter Kerl. Ein robuster, gut aussehender Rothaariger, mit dem man sich besser nicht anlegte. Robin … Robin, wie?«

»Robin Corcuff.«

»Der ist es, ja. Jetzt haben wir sie alle, nicht wahr?«

»Alle zehn Komplizen«, sagte Mercadet wie ein Mann, der erleichtert, weil siegreich vom Platz geht. »Das macht vier weitere Hausdurchsuchungen, mit Robic und Le Guillou sechs.«

»Wir haben genug Leute«, sagte Matthieu.

Morgen, schrieb Adamsberg an Matthieu, *während Robics Verhör nur Anspielung auf Entführung, nicht nachhaken, »man« hat diesen Punkt aus der Anklageschrift gestrichen. Er soll daran glauben.*

Matthieu nickte, als er die Nachricht las.

»Ich schlage vor«, sagte er leise, »dass wir uns zuerst diejenigen vornehmen, die wahrscheinlich einknicken werden, bevor wir uns mit Robic und Le Guillou befassen. Denn aus denen kriegen wir sicher kein Wort raus.«

»Doch«, sagte Adamsberg, »wir haben gute Chancen, dass Le Guillou in seiner Wut auf Robic so manches auspackt. Wir befragen sie. Alle beide.«

»Also sechs Verhöre morgen. Und die Durchsuchungen müssen vorher stattfinden, ich werde das gesamte Team und alle Wachmänner einspannen. Berrond und Verdun brauche ich bei den Durchsuchungen vor Ort, aber natürlich stelle ich erfahrene Männer für die Vernehmungen ab. Für den Stummen benötigen wir einen speziellen Dolmetscher.«

»Ich schicke Ihnen die Adressen der vier Männer«, sagte Mercadet, plötzlich sehr müde. Er fragte Johan, ob er morgen wohl noch einmal ein Gläschen Likör bekommen könne.

»Nein«, erwiderte Johan energisch. »Nicht jeden Tag. Dann werden Sie eben nur an der Hälfte der Hausdurchsuchungen teilnehmen, ganz einfach.«

Adamsberg würde noch eine Nacht bei Johan bleiben, bis über weitere Schutzmaßnahmen für ihn entschieden war. An der Tür hielt er Matthieu zurück.

»Zwei Dinge, Matthieu. Nach dem morgigen Verhör werden wir Robic zwei Tage ohne erkennbare polizeiliche Überwachung an der langen Leine lassen, bis er sich einbildet, er wäre tatsächlich frei. Er wird zunächst so tun, als fügte er sich, aber ich bin mir sicher, dass er vorhat, sich so schnell wie möglich ins Ausland abzusetzen. Mit Zwischenstation Sète zum Beispiel, er kennt genug Leute dort. Es wird ihn ein bisschen Zeit kosten, die nötigen Vorbereitungen zu treffen. Wenn man uns im Ministerium fragt, warum Robic nicht mehr hinter Gittern sitzt, sagen wir, dass wir ihn als Köder benutzen, um auch die letzten Mitglieder der Bande zu erwischen. Klingt das plausibel?«

»Absolut.«

»Ich werde mich darum kümmern, alle Grenzposten zu alarmieren. Ich rufe dich morgen an, sobald ich die Kleine befragt habe.«

»Und die zweite Sache?«

»Welche zweite Sache?«

»Du wolltest mit mir über zwei Dinge sprechen.«

»Ah, stimmt. Das hätte ich fast vergessen. Was ist das eigentlich, pflanzliche Aktivkohle?«

»Grob gesagt gereinigte Holzkohle, die Giftstoffe absorbiert. Findest du, es ist ein geeigneter Zeitpunkt, dich mit Medizin zu beschäftigen?«

»Ich mag es, Zusammenhänge zu verstehen.«

Matthieu schüttelte lächelnd den Kopf, und Adamsberg

ging unter dem Schutz der Schildbeamten in die Herberge zurück, obwohl Robic vorübergehend bei Wasser und Brot saß. In seinem Zimmer, hinter geschlossenen Läden, gab er eine Warnmeldung mit einem Foto von Pierre Robic an alle Polizeidienststellen, Gendarmerien und Grenzposten des Landes aus. Um besondere Aufmerksamkeit bat er den Hafenmeister in Sète: Jeder, der sich an Bord eines Schiffes begebe, egal ob Handelsschiff, Fischerboot oder Ausflugsdampfer, müsse kontrolliert werden. Dann legte er sich aufs Bett, ohne die Augen zu schließen. Er wollte nicht die geringste neue Bewegung seiner Blase verpassen, die sich zuletzt versöhnlich, aber nicht sehr klar gezeigt hatte.

XL

Um acht Uhr am nächsten Morgen betrat Kommissar Adamsberg das Krankenhaus in Rennes, ausgerüstet mit den beiden Lieblingspuppen von Rose, die Johan ihm mitgegeben hatte. Auf dem Flur begegnete er einem hektischen Arzt, der ihm gestattete, Rose in ihrem Zimmer aufzusuchen.

»Sie hat ein leichtes Frühstück zu sich genommen«, sagte er. »Wir werden sie morgen entlassen. Aber bedrängen Sie die Kleine nicht, sie ist noch sehr schwach, wir konnten sie nur knapp retten.«

Adamsberg öffnete vorsichtig die Tür zu dem Zimmer, das Mädchen lag mit halb geschlossenen Augen auf dem Bett.

»Sind Sie ein Arzt?«, fragte sie leise.

»Nein, ich bin Polizist.«

»Ein echter Polizist?«, fragte sie interessiert und ein wenig ungläubig.

»Ziemlich echt.«

»Sind Sie der Kommissar, der mich befreit hat?«

»Zusammen mit meinen Kollegen, ja. Hier«, sagte er und legte die Puppen zu ihr aufs Bett. »Dein Papa dachte, darüber würdest du dich freuen.«

Rose griff lächelnd nach einer der Puppen und wiegte sie in ihren Armen.

»Warum ist Papa nicht da? Und Mama?«

»Sie warten vor der Tür, bis ich mit dir zu Ende geredet habe.«

»Über was wollen Sie denn mit mir reden?«

»Über die bösen Männer, die dich in dieses Haus gebracht haben. Du musst mir helfen, Rose.«

»Kommen sie ins Gefängnis?«

»Ja, und deshalb musst du mir helfen. Auf dem Weg zur Kantine, was ist da passiert?«

»Ein Auto hat neben mir angehalten.«

»Und dann?«

»Dann ist der Mann, der drinsaß, ausgestiegen und hat mir gesagt, dass Papa sehr krank geworden ist und mich sehen möchte. Er sah nett aus und er hatte Süßigkeiten dabei. Ich hatte Angst um Papa und bin schnell mit ihm ins Auto gestiegen. Er hat mir ein Bonbon gegeben. Der mit dem dicken Bauch. Der andere ist gefahren.«

»Konntest du sie beide gut sehen?«

»Ja, vor allem den Mann, der ausgestiegen ist. Ich habe ihnen gesagt, dass das aber gar nicht der Weg zu Papa ist. Der Mann, der gefahren ist, hat mir erklärt, dass Papa in Combourg behandelt wird. Geht es Papa jetzt besser?«

»Es geht ihm sehr gut. Schau mal«, sagte Adamsberg und holte sechs Fotos hervor, die Mercadet ihm ausgedruckt hatte. Sie zeigten Robic, Le Guillou und die anderen vier Männer, die sich in dem Haus aufgehalten hatten. »Kannst du mir die beiden Kerle zeigen, die dich entführt haben?«

»Der da.« Ohne zu zögern, zeigte Rose auf den Werfer, Germain Cléach. »Er hatte ganz gerade, nach oben abstehende Haare und Löcher in den Wangen.«

»War das der, der hinterm Steuer saß?«

»Ja.«

»Und der andere, der Mann mit den Süßigkeiten, erkennst du den auf einem der Fotos wieder?«

Rose ging die Fotos, eifrig wie eine Schülerin am Tag einer Prüfung, einmal durch.

»Der hier«, sagte sie. »Der mit der Zahnlücke.«

Félix Hénaff, genannt der Dicke, gewiss hatten sie ihn wegen seines gutmütigen Aussehens vorgeschickt.

»Das hast du toll gemacht, Rose«, sagte Adamsberg, »du bist bestimmt eine gute Schülerin, nicht wahr?«

»Nicht so im Rechnen, aber sonst habe ich nur Zweien.«

»Macht es dir etwas aus, noch ein bisschen mit mir weiterzureden?«

»Nein, Sie sind ja nett, und außerdem ist mir hier langweilig.«

»Du kommst sehr bald hier raus. Wohin ist denn das Auto eigentlich gefahren?«

»Zu einem schönen Haus mit Blumen, und ich dachte, dass Papa dort behandelt wird. Aber in Wirklichkeit hat mich der Mann bis zu der Tür gebracht, mich ins Haus geschubst und ist dann wieder gegangen. Und da …« Das Kind fing an zu weinen.

»Es ist vollkommen normal, dass du weinst«, sagte Adamsberg und strich ihr über das Haar. »Ich würde auch weinen. Du hattest große Angst, und wir auch, weißt du. War da jemand in dem Haus?«

»Ja, zwei Männer. Und die waren böse.«

»Woran hast du das erkannt?«

»Sie hatten böse Augen und böse Münder, wie in den Filmen«, schniefte die Kleine.

»Kannst du sie mir zeigen?«

Ohne Zögern zeigte Rose auf die Fotos von Robic und Le Guillou.

»Sie haben mich an den Armen und Beinen gepackt«, fuhr sie fort und wischte sich die Tränen weg, »und mich eine Treppe hinuntergetragen. Am Ende war ein Keller, da haben sie mich auf den Boden gesetzt. Sie sagten mir, ich soll mich ruhig verhalten und dass ich Mama und Papa wiedersehen würde, dann haben sie die Eisentür zugemacht und verriegelt. Aber ich konnte mich nicht ruhig verhalten, ich habe geweint und geschrien, ich wollte zu Mama und Papa. Dann kam der Blonde mit den bösen blauen Augen zurück – der da«, sie zeigte auf Pierre Le Guillou, »und gab mir zwei kräftige Ohrfeigen. Er sagte, wenn ich weiter weinen würde, bekäme ich noch mehr davon. Und dass es sowieso nichts bringt, weil mich niemand hören kann. Später hat er mir eine Puppe, eine Matratze und einen dicken Pullover gebracht, und ich habe in das Kleid der Puppe geweint, damit mich niemand hören konnte. Viel später kam der andere böse Mann noch mal – der hier«, sie zog das Foto hervor, auf dem Robic zu sehen war. »Er hatte ein Tablett mit Brot und Käse dabei, aber vorher sollte ich zwei Bonbons mit Wasser runterschlucken. Ich weiß, dass Bonbons, die man mit Wasser schluckt, keine Bonbons sind. Das sind Medikamente und ich wollte sie nicht nehmen. Da hat er mich ganz fest geschüttelt und gesagt, ich soll die Bonbons nehmen, die seien zum Schlafen, und morgen sei Papa da.«

»Sonst kam niemand zu dir in den Keller?«

»Nein. Aber an das, was danach passiert ist, kann ich mich auch nicht mehr erinnern.«

Adamsberg streichelte ihre nasse Wange und sammelte die Fotos vom Bett ein.

»Du bist große Klasse, Rose, du hast der Polizei gerade sehr geholfen.«

»Wirklich?«, fragte sie strahlend.

»Wirklich sehr. Dank dir werden diese bösen Kerle ins Gefängnis gehen und du wirst sie nie wiedersehen.«

Adamsberg öffnete die Tür und ließ Johan eintreten. Mit

großen Schritten eilte der Wirt ans Bett seiner Tochter und das kleine Mädchen fiel ihrem Vater um den Hals.

»Der Kommissar hat gesagt, ich hätte ihm sehr geholfen.«

Adamsberg zog sich unauffällig zurück und rief Matthieu an, kaum dass er das Krankenhaus verlassen hatte.

»Der Werfer alias Germain Cléach ist den Wagen gefahren, mit dem die Kleine entführt wurde, und der Dicke ist ausgestiegen, um sie ins Auto zu locken. Als sie im Keller eingesperrt war, sind nur zwei zu ihr heruntergekommen. Rate mal, wer.«

»Le Guillou und Robic.«

»Exakt. Le Guillou hat sie geohrfeigt, damit sie aufhörte, zu weinen und zu schreien. Später kam Robic mit Brot, Käse und zwei Tabletten, die er sie gezwungen hat zu schlucken.«

»Sie hat weder den Stummen noch den Poeten gesehen?«

»Nein. Und wir können uns auf ihre Aussage verlassen. Das heißt, eine Mittäterschaft ist den beiden nicht nachzuweisen. Aber immerhin: Als wir fragten, wo die Kleine ist, wirkten sie keineswegs überrascht, sie haben einfach gar nicht reagiert. Ich bin überzeugt, sie waren alle eingeweiht. Aber nur Robic hatte die Absicht, das Kind zu töten.«

»Und warum, glaubst du?«

»Weil es ihm nicht gelungen ist, mich zur Strecke zu bringen. Also beschloss er, mich mit der Entführung einer Person aus meinem Umfeld in Bedrängnis zu bringen: Johans Tochter. Er war sich sicher, dass ich mich an ihrer Stelle zur Verfügung stellen würde, was ich ja auch tun wollte. Aber ihr hattet recht, dann hätte er uns beide umgebracht.«

»Bis auf Weiteres, Adamsberg, und zwar ab heute Abend, sobald Robic wieder auf freiem Fuß ist, tust du keinen Schritt ohne deine Leibwächter, und auch die Verstärkung durch die Gendarmen bleibt bestehen. Außerdem müssen wir die Kleine schützen. Sie sollte vorerst nicht mehr zur Schule gehen.«

»Einverstanden. Auch wenn ich glaube, dass Robic jetzt, da er isoliert ist und seine Komplizen verraten hat, lieber seine Flucht organisiert, als mich zu erschießen.«

»Er könnte deinen Tod ebenfalls organisieren, sogar von seiner Zelle aus. Bei ihm weißt du nie. Hättest du gedacht, dass er Rose entführen würde?«

»Nicht unbedingt Rose, aber jemanden aus meinem Umfeld, ja.«

»Ich werde die Verhöre mit dem Dicken und dem Werfer in die Wege leiten, sobald die Ergebnisse der Durchsuchungen bei ihnen vorliegen. Jetzt haben wir Roses Aussage gegen sie in der Hand, der Kopf der Bande sitzt im Gefängnis, und wir haben ihre Tresore geknackt, gut möglich, dass sie die anderen verpfeifen. Keiner zahlt die Zeche gern allein. Anschließend Razzia bei Robic, Le Guillou, dem Poeten und dem Stummen. Ist es schon 9 Uhr? Wir treffen uns gleich im Haus des Dicken. Was Robic angeht, in Anbetracht unserer gefälschten Nachricht erscheint es mir etwas heikel, bei ihm alles auf den Kopf zu stellen. Welchen Grund hätten wir dazu?«

Adamsberg schien einen Moment nachzudenken.

»Verdacht der Beihilfe zu Straftaten«, sagte er langsam. »Nichts in der angeblichen Nachricht des Ministeriums steht dem entgegen, auch nicht die ›mildernden Umstände‹. Der Ausdruck ist vage, wir können damit spielen. Ja, das sollte sogar im Vordergrund stehen. Wir stellen das Verhör als reine Formsache dar, er wird sich durch diese ›Umstände‹ geschützt fühlen. Also, Hausdurchsuchung und Beschlagnahmung des Tresorinhalts, der so überwältigend sein wird, dass er den ›Verdacht auf eine Straftat‹ rechtfertigt. Und gleich danach lassen wir ihn frei.«

Eine Dreiviertelstunde später trafen Adamsberg und Matthieu mit ihren Teams und den zwanzig Gendarmen aus Combourg in dem alten Häuschen des Dicken zusammen. Sie teilten sich in zwei Gruppen auf, vierzehn Männer zogen weiter zum Domizil des Werfers.

Bis zum Mittag hatten beide Häuser ihre Geheimnisse preisgegeben: Waffen, Handys, gefälschte Papiere, Schmuck, Geldbündel. Der Dicke und der Werfer waren weniger gut weggekommen als andere, und ihre gefälschten Papiere belegten, dass sie Robic nicht nach Los Angeles gefolgt waren. An Jamesons Erbschaft waren sie also nicht beteiligt worden.

Adamsberg und Matthieu informierten die Kollegen in Rennes über die Ergebnisse der beiden Durchsuchungen, damit sie mit den Vernehmungen beginnen konnten. Der Dicke wie auch der Werfer bestritten zunächst ihre Beteiligung an Robics kriminellen Geschäften, zumal an der Entführung des Mädchens, doch die mit Fotos dokumentierte Aufzählung dessen, was man in ihren Tresoren gefunden hatte, und Roses Aussage brachten sie aus dem Konzept. Ihre Verblüffung, als sie erfuhren, dass Robic dem Kind eine tödliche Dosis Barbiturat – Phenobarbital, wie die Analyse ergab – verabreicht hatte, wirkte authentisch. Schockiert und zutiefst empört über die offenbar grenzenlose Grausamkeit des von ihnen so bewunderten Bosses, zeigten sie seine zweiundzwanzig schwersten, teilweise mörderischen Verbrechen an – bewaffnete Banküberfälle, Überfälle auf Juweliergeschäfte und Geldtransporter, Einbrüche – und spielten ihre Rolle dabei selbstverständlich herunter. Beide schworen, niemals getötet zu haben.

»Wer tötete dann, falls nötig?«, fragte Lenôtre, der das Verhör führte.

Der Dicke und der Werfer, zuletzt zusammen befragt, senkten den Kopf. Sie konnten sich nicht entschließen, ihre Komplizen ans Messer zu liefern.

»Ich werde Ihnen sagen, was ich denke«, sagte Matthieu später zu Lenôtre. »Die drei Mörder im Bunde sind mit Sicherheit Le Guillou, Robics eiskalte rechte Hand, dann Hervé Pouliquen, der den Arzt auf dem Gewissen hat und frei von jeder menschlichen Regung ist, und Yvon Le Bras, genannt der Zauberer, von dem der Spieler sagte, er könne mit Waffen umgehen wie kein anderer. Robic, immer darauf bedacht, sich selbst zu schützen, machte sich nie die Hände schmutzig. Außer im Fall des Mädchens und des Vagabunden. Was nahelegt, dass Le Guillou nicht in den Plan eingeweiht war, das Mädchen umzubringen.«

Auf der Wiese vor Robics Haus setzten sich alle zusammen, umringt von den Leibwächtern. Adamsberg saß mit gestrecktem Bein da und packte die verschiedenen Körbe aus, die Johan ihnen mitgegeben hatte, ein herrliches Picknick, begleitet von einem leichten Wein. Die Personenschützer, die sich bisher immer in Zurückhaltung geübt hatten, machten sich mit Heißhunger über die aufwendig zubereiteten Sandwiches her und tauten merklich auf. Auch Mercadet ließ es sich reichlich schmecken, bevor er sich für ein paar Stunden Schlaf verabschiedete.

»Anstatt Zeit damit zu verschwenden, nach Louviec zurückzukehren«, sagte Adamsberg, »sollten Sie sich hier auf der Wiese ausruhen, das Gras ist weich wie ein Luxusteppich und lauwarm.«

»Wie vermittelst du deinem Divisionnaire eigentlich einen Typ wie Mercadet?«, fragte Matthieu.

»Ganz einfach: gar nicht. Der Divisionnaire weiß von nichts.«

Matthieu nickte nachdenklich.

»Nun gut, bringen wir auch diese beiden Hausdurchsuchungen hinter uns«, seufzte er. »Ich fahre mit meinen Leuten rüber zu Le Guillou und werde einen zusätzlichen Tresorknacker kommen lassen. Ich gehe davon aus, dass die Geldschränke von Robic und Le Guillou uns vor größere Herausforderungen stellen werden als in den anderen Fällen.«

Nach zwei Stunden Suche hatten die Ermittler weder bei Robic noch bei Le Guillou einen Tresor entdeckt. Nachdenklich stand Adamsberg, auf seine Krücke gestützt und von zwei Wachbeamten flankiert, in Robics Küche und betrachtete die beiden sperrigen weißen Herde, die sich gegenüberstanden.

»Louis, weißt du, ob die Robics oft Gäste empfingen?«

»Laut Johan gab Robics Frau sehr zum Missfallen ihres Ehemannes mindestens jeden Sonntag ein rauschendes Fest.«

»In dem Fall ist es durchaus möglich.«

»Was ist möglich?«

»Dass es zwei Küchenherde gibt. Haben wir sie schon versucht einzuschalten?«

»Ja, und es sind tatsächlich Herde.«

»Und wie sieht es mit den Öfen aus?«

»Echte Öfen, Jean-Baptiste. Alles ganz normal.«

»Wirklich?«

»Na ja, dieser Ofen hier ist nicht besonders tief«, räumte Veyrenc ein.

»Dann befindet er sich dort«, sagte Adamsberg. »Sag dem Tresorknacker Bescheid.«

Veyrenc drehte an den Gasknöpfen. »Schau, sie funktionieren beide einwandfrei.«

»Die Brenner, ja, aber sicher nicht der Ofen des größeren Herdes.«

»Du hast recht«, gab Veyrenc nach einem vergeblichen Versuch zu, »er funktioniert nicht.«

Hinter dem Herd mit dem nutzlosen Backofen legte der Spezialist den Tresor frei, ein dickwandiges, hohes Rechteck, das in die rückwärtige Wand eingelassen war. Adamsberg rief Matthieu an, der die Durchsuchung bei Le Guillou leitete.

»Robic hatte sich einen feinen Trick ausgedacht. Zwei Küchenherde und einer mit doppelter Rückwand, hinter der sein Tresor zum Vorschein kam. Gut möglich, dass die beiden Schurken zum gleichen Trick gegriffen haben. Fällt dir in der Küche bei Le Guillou denn irgendwas auf?«

»Ein großer Kühlschrank und ein kolossaler Gefrierschrank. Wir haben sie beide ausgeräumt.«

»Nimm die Maße zwischen dem Innenboden des Gefrierschranks und seiner Gesamtstärke.«

»Zweiunddreißig Zentimeter Unterschied«, sagte Matthieu.

»Er ist dort. Schraubt die Platten hinten ab.«

Beide Spezialisten brauchten eine gute Stunde, um den jeweiligen Tresor zu öffnen. Der Inhalt war in beiden Fällen beeindruckend, die Bandenchefs hatten Dutzende Millionen Bargeld und jede Menge Schmuck beiseitegeschafft – das krasse Ungleichgewicht bei der Aufteilung der Beute unter den Komplizen stach sofort ins Auge. Wie Yvon Le Bras besaß Robic einen noch jungfräulichen Reisepass, offenbar eine Vorsichtsmaßnahme, sollte er dringend fliehen müssen.

Sein riesiges Vermögen hätte er dann natürlich nicht mitnehmen können, aber bestimmt war er so schlau gewesen, die Verwaltung seiner Reichtümer unter diesen Umständen einem zwielichtigen Banker anzuvertrauen. Womit er wahrscheinlich nicht gerechnet hatte, war, dass die Polizei den Inhalt seines Tresors noch vor seiner »Freilassung« abtransportieren würde. Neben Waffen, Handys, Bargeld, Papieren und Schmuck förderten die Beamten einen Ordner mit Dokumenten zu Robics angeblichem Erbe zutage. Diese Sache, das hatte Adamsberg sich fest vorgenommen, würde er nach seiner Rückkehr nach Paris mit den Polizisten in Los Angeles klären. Er würde die Dokumente genau unter die Lupe nehmen, um jede noch so geringe Abweichung von der echten Handschrift Donald Jamesons herauszufiltern.

XLI

Seit dem Mord an Gaël Leven brachte *Sieben Tage in Louviec* ein »Extrablatt« zu jedem neuen Ereignis heraus. So hatte die Zeitung sowohl über den Mord an Anaëlle Briand ausführlich berichtet als auch über den am Bürgermeister, an der Psychiaterin und am Arzt. Die Reporter waren zu dem Schluss gekommen, dass es einen Mittelsmann zwischen einem Einwohner aus Louviec und einem oder mehreren Komplizen außerhalb des Ortes geben musste. Schnell vermuteten sie außerdem einen Zusammenhang zwischen den beiden Angriffen auf Adamsberg und einer gut organisierten Bande, die es wagte, die zum Schutz des Kommissars angereisten Polizeikräfte herauszufordern. Wie Johan und Maël gesagt hatten, wurde Robic von der Einwohnerschaft seit Langem verdächtigt, mit Unterstützung einer schlagkräftigen Truppe krumme Dinger zu drehen, ohne dass es dafür Beweise gab. Die Verhaftung des Arztmörders und vier weiterer Männer, die an den Attentaten auf den Kommissar beteiligt gewesen waren, hatte die kleine Zeitung in Aufruhr versetzt. »Die Louviec-Affäre« hatte es landesweit auf die Titelseiten geschafft, und man versuchte, die Horden von Journalisten, die in das Dorf einfielen, so gut wie möglich in Schach zu halten. Doch sie zogen unbeirrt von Haus zu Haus, und der Name Pierre Robic fiel so oft, dass er sich ebenfalls einen Platz in ihren Artikeln eroberte.

Über die Entführung der kleinen Rose ließ die Polizei zum Schutz des Mädchens kein Wort nach außen dringen, hingegen hatte man sich bereit erklärt, über die jüngsten sechs Verhaftungen zu informieren, da die Namen der Bandenmitglieder zum Teil ohnehin schon kursierten. Die Presse begrüßte die Festnahmen der Männer als »bemerkenswerten Fischzug« und beklagte dennoch, bisher gebe es noch keine Hinweise, dass einer dieser Männer in die Morde von Louviec verwickelt sei. Der Verdacht konzentrierte sich auf Hervé Pouliquen, da er den Arzt auf ähnliche Weise getötet hatte, jedoch vermochte niemand darüber hinaus eine Verbindung zu den anderen vier Morden herzustellen.

Nachdem Matthieu und Adamsberg sich einen Weg durch das dichte Spalier der Journalisten vor dem Kommissariat in Rennes gebahnt hatten, beschlossen sie, ihren Mitarbeitern die Vernehmungen des Poeten und des Stummen zu überlassen und sich Robic und Le Guillou im Doppelpack vorzunehmen, in der Hoffnung, den Konflikt, der zwischen den beiden Köpfen der Bande entstanden war, weiter anzuheizen.

Die Bandenchefs, die bereits als Jugendliche Angst und Schrecken verbreitet hatten, ließen die beiden Kommissare nach allen Regeln der Kunst auflaufen, zum ersten Mal jedoch zeigten sie aus unterschiedlichen Gründen Härte: Der eine wähnte sich reingewaschen von der Entführung des Mädchens und sicher vor einer strengen Verfolgung seiner unzähligen anderen Vergehen; der andere, außer sich vor Wut, wusste, dass er einer lebenslangen Haft nur entging, wenn er jegliche Beteiligung an einem Mord leugnete.

Die einstigen unzertrennlichen Freunde saßen sich nun als erbitterte Feinde gegenüber. Robic, in dem Glauben, das Ministerium gebe ihm das Recht dazu, stritt kurzerhand ab, irgendetwas mit der Entführung zu tun zu haben, und gestand, wie auch Le Guillou, lediglich die zweiundzwanzig Schandtaten, die der Dicke und der Werfer ans Licht gebracht hatten. Zu den in Los Angeles begangenen Verbrechen schwiegen sie sich aus. Niemals, so schworen beide, hätten sie einen Mord begangen.

»Das ist eine glatte Lüge!«, rief Le Guillou. »Kaum war er zurück in Louviec, hat er den Vagabunden kaltgemacht.«

Robic schüttelte gleichgültig den Kopf, stellte das Offensichtliche in Abrede und wischte den Vorwurf mit einer Handbewegung beiseite.

»Angenommen, das stimmte, wer waren denn die Stammkiller eurer Truppe?«

»Hervé Pouliquen und der Zauberer«, sagte Le Guillou. »Und es war Robic, der sie wie Marionetten lenkte und die Rollen verteilte.«

»Du vergisst den Gigolo«, erwiderte Adamsberg. »Das heißt dich selbst, Le Guillou. Nein, sag jetzt nichts, du kannst dich später verteidigen. Und wer hat Donald Jack Jameson ermordet?«

»Der Vagabund, aber es war Robic, der die ganze Sache eingefädelt und das Testament aufgesetzt hatte.«

»Und wer aus eurer Truppe hat versucht, die kleine Rose zu töten, indem er sie zwang, Phenobarbital mit dem Abendessen zu schlucken? Ohne unser Eingreifen wäre das Mädchen noch in der Nacht gestorben, so hoch war die Dosis laut den Ärzten.«

»Was?«, brüllte Le Guillou, sprang mit Handschellen auf und drehte sich zu seinem ehemaligen Boss um. »Du hast es gewagt?«

»Ich wollte ihr helfen einzuschlafen.«

»Willst du mich verarschen? Du hast gehört, was die Ärzte gesagt haben! Du hattest geplant, sie zu ermorden, ohne dass einer von uns Bescheid wusste. Weil sie dich gesehen hatte! Und uns hast du weisgemacht, dass du sie am Samstag freilassen würdest. Du elender Abschaum! Nicht mal Kinder sind vor dir sicher! Deshalb wolltest du ihr das Essen unbedingt selbst bringen.«

»Ich muss mich dazu nicht äußern, das Ministerium hat den Punkt aus meiner Akte gelöscht. Und zwar aus gutem Grund.«

»In der Tat«, sagte Adamsberg. »Aber wir werden später darauf zurückkommen. Was die vier Männer betrifft, die bei Ihnen waren, wussten die alle von der Entführung? Der Dicke und der Werfer, das versteht sich von selbst. Aber der Poet und der Stumme? Geben Sie mir eine Minute, bitte.«

Adamsberg schickte die Fotos des Poeten und des Stummen an Maël, mit der Frage, ob er einen der Männer oder gar beide bei Le Guillou gesehen habe.

Ich habe sie von vorn gesehen, als sie wieder zum Auto gingen. Der erste hat die Spielsachen gebracht, der zweite die Matratze. Garantiert.

Und der dritte, der die Kleidung angeschleppt hat, würdest du den wiedererkennen? Ich schicke dir ein Foto.

Ja, das ist er, kein Zweifel, Kommissar.

Adamsberg zeigte Matthieu die Nachrichten, er nickte und leitete die Informationen an seine Kollegen weiter.

»Ihr wart alle dabei«, sagte er. »Aber so wie es aussieht, nur einer mit der Absicht, zu töten. Du hast Glück, Robic, sehr viel Glück.«

»Weil dieser Drecksack sich auf den Handel mit Ihnen

eingelassen hat. Er hat uns alle an die Bullen verkauft und er selbst kommt davon.«

In einem anderen Raum beendeten Matthieus Mitarbeiter in Anwesenheit eines Gebärdensprachdolmetschers die Befragung des Poeten und des Stummen.

»Sie wussten also beide nicht, dass eine Entführung stattgefunden hatte und dass sich ein Kind im Keller befand. Was hatten Sie dann dort zu suchen?«

»Le Guillou hatte uns eingeladen«, sagte der Poet.

»Waren solche kleinen Abendessen unter Freunden üblich?«

»Sehr selten«, gebärdete der Stumme, »und in der Regel ging es darum, uns einen neuen Coup anzukündigen. Wir trafen uns meistens an verlassenen Orten.«

»Das heißt, die Zusammenkunft hatte nichts mit dem Kind zu tun. Warum aber hast du«, Lenôtre sah den Poeten an, »am Nachmittag eine Tasche mit Spielzeug zu Le Guillou gebracht? Du hast dir nicht mal die Mühe gemacht, die Verpackung zu verbergen. Und warum hast du«, die Frage ging an den Stummen, »später eine Kindermatratze geliefert? Auch die nicht vollständig verhüllt ... Nachdenken scheint nicht eure Stärke zu sein, denn jemand hat euch gesehen und wiedererkannt. Ihr habt alle mitgemacht.«

»Zigarette?«, schlug der andere Polizist vor. »Die nächste Frage wird schwierig.«

Die beiden Gefangenen und die beiden Polizisten genehmigten sich eine kurze Pause, auf dem Tisch, in der Mitte zwischen ihnen, der Aschenbecher.

»Robic ist doch mit einem Tablett in den Keller gegangen?«, nahm Lenôtre den Faden wieder auf.

»Ja«, sagte der Poet, »er hat ihr Brot, Käse und ein Glas

Wasser gebracht. Ich fand das nicht viel, ein Glas Wasser für ein Kind.«

»Und was noch?«

»Nichts«, gebärdete der Stumme.

»Doch. Zwei Barbituratttabletten, so stark dosiert für eine Achtjährige, dass ihr sie am nächsten Morgen tot aufgefunden hättet, wenn die Polizei nicht rechtzeitig eingeschritten wäre und sie notfallmäßig ins Krankenhaus hätte bringen lassen.«

Lenôtre betrachtete das erschütterte Gesicht des Poeten, auch der Stumme starrte ihn verstört an. Der Schock war echt.

»Es war abgemacht, sie am Samstag gehen zu lassen, egal, ob unsere Jungs auf freiem Fuß sind oder nicht«, sagte der Poet. »Also auch wenn der Coup danebengegangen wäre.«

Der Stumme unterstützte die Aussage des Poeten mit einem kräftigen Nicken.

»Ich werde euch mal was verraten. Euer Boss war nicht nur ein Verbrecher, der euch die ganze Drecksarbeit überlassen hat, sondern auch ein Kindsmörder.«

»Er hatte ein paar Jungs, die für ihn töteten, wenn's hart auf hart kam, ja«, gab der Poet zu.

»Der Gigolo, Gilles, der Zauberer, richtig?«, sagte Lenôtre, der eben die Information von den Kommissaren erhalten hatte.

»Ja. Aber dass er einem Kind etwas angetan hätte, das glaube ich nicht.«

»Findet euch damit ab und überlegt, ob ihr diesen Dreckskerl schützen wollt. Eure Häuser werden gerade durchsucht. Die Tresore der anderen neun wurden gefunden. Sagt uns, wo eure sind, das spart Zeit. Je mehr ihr kooperiert, umso besser für euch.«

»In einer Falltür unter der Waschmaschine«, sagte der Poet.

»Im Kompost«, erklärte der Stumme.

»Das stinkt doch«, meinte Lenôtre.

»Stimmt«, gebärdete der Stumme, »das stinkt, kann man nicht anders sagen.«

»Da wir Ihnen die Verstecke verraten haben«, fragte der Poet, »können wir doch sicher noch eine Zigarette haben?«

»Ein Kind«, der Stumme schüttelte immer wieder den Kopf. »Ein Kind. Dass er uns da hineingezogen hat, wird ihn teuer zu stehen kommen. Ich schwöre, dafür wird er büßen.«

»Aber die Ratte wird bald wieder frei rumlaufen«, sagte der Poet mit seiner wohltimbrierten Stimme. »Und ein paar Jungs laufen schließlich noch frei rum. Irgendwo.«

»Ihre Namen?«

»Keine Ahnung. Robic teilt nicht gern Informationen, nicht einmal mit langjährigen Partnern wie mir. Es wären sowieso falsche Namen.«

Alle Beschuldigten waren in ihre Zellen zurückgebracht worden, mit Ausnahme von Robic. Um sechs Uhr abends läutete eine Glocke und kündigte die Ausgabe des Abendessens an. Adamsberg trat an eine Kantinenkraft heran, die einen Küchenwagen mit nicht mehr ganz frischen Schweinekoteletts und Lauch vor sich herschob.

»Essen Sie, die Mitarbeiter, das Gleiche?«

»Nein, so weit sind wir noch nicht, unser Essen ist qualitativ besser. Man muss hier schon ein bisschen guten Willen zeigen.«

»Ich verlange ja nicht, dass man den Gefangenen ein Menü à la Johan serviert, aber ich habe nie verstanden, warum man ihnen so unsägliches Essen auftischt.«

»Um sie zu brechen«, sagte Matthieu, während er eine Nachricht las.

»Aber es führt zum Gegenteil.«

»Früher, in der Schulkantine, schaffte auch keiner die ganze Portion … Nachricht von Verdun: Die letzten beiden Häuser werden gerade durchsucht, keine lange Sache, da wir die Verstecke kennen. Warum sagst du nichts mehr? Folgst du wieder einem Gedanken, der in deinem See treibt?«

»Nein, ich denke darüber nach, wie ich Robic hier rausholen kann, ohne dass die Presse davon erfährt. Das wäre nämlich nicht hilfreich.«

»Wir gehen durch den Trakt, in dem die Hartgesottenen sitzen. Der Ausgang liegt auf der gegenüberliegenden Seite des Platzes. Er soll eine Sturmhaube tragen und auf den Boden gucken, dann sieht niemand sein Gesicht. Vier Kollegen nehmen den Widerling dort in Empfang und begleiten ihn in einem Zivilwagen nach Hause. Hast du mitbekommen, was der Poet gesagt hat?«

»Dass er noch ein paar Jungs hat, irgendwo.«

»Die Robic seinen Verrat büßen lassen könnten.«

»Oder ihm helfen.«

»Oder seine Verhaftung rächen. Dich töten. Sein Werk vollenden. Du solltest weiterhin auf Tauchstation gehen, wir wissen nicht, was im Kopf dieser Kröte vorgeht.«

»Ich kann nicht auf Tauchstation gehen, Matthieu. Ich muss extravagieren. Ich muss meinem Dolmen einen Besuch abstatten.«

»Du *musst?*«

»Ganz genau. Die Blasen, die vagen Ideen, du weißt schon. Sie lösen sich gerade vom schlammigen Grund. Sie sind in Bewegung, sie schwingen hin und her, stoßen aneinander. Ich kann mir nicht erlauben, sie zu lange zu ignorieren, sonst ziehen sie sich schmollend wieder auf den Grund des Sees zurück.«

»Ist das wirklich unerlässlich?«

»Ist es. Ich habe Zeit, wir werden heute spät zu Abend essen.«

»Nun gut«, seufzte Matthieu. »Geh auf deinen Dolmen und lauere ihnen auf, aber deine acht Leibwächter werden auf dich aufpassen, während du umherschweifst.«

XLII

Eine Viertelstunde später brach Matthieu auf, unterstützt von bewaffneten Kollegen, und holte Robic in dem Raum ab, in den sie ihn eingesperrt hatten, um ihn gemäß seinem Plan zu evakuieren.

»Wohin gehen wir?«, fragte Robic.

»Zu einem Ausgang, wo keine Journalisten auf Sie warten. Ja, so zuvorkommend sind wir. Ihre Freilassung darf der Presse nicht bekannt werden. Und auch sonst niemandem.«

»Weil ich mein Leben riskieren würde?«

»Exakt. Verhalten Sie sich so unauffällig wie möglich, bleiben Sie zu Hause und zeigen Sie sich nicht in Ihrer Firma. Das ist ein Befehl.«

Die Abfahrt verlief reibungslos, mit einer kurzen Schrecksekunde, als Robic den Kopf senkte und die übergroße Sturmhaube zu Boden fiel. Matthieu stülpte sie ihm hastig wieder über.

Ein Mann aus Louviec, der in Rennes ein paar Besorgungen erledigt hatte, beobachtete die Szene. Er hatte nur zwei Sekunden, um das entblößte Gesicht des Gefangenen zu erkennen, was jedoch ausreichte. Robic war also frei. Wahrscheinlich in Ermangelung von Zeugenaussagen und Beweisen, und er hatte mal wieder alles auf seine Partner schieben können. Der Mann grinste. Was für eine Genugtuung, wenn Robic die Abreibung seines Lebens bekommen würde.

Wieder und wieder ging Maël die Zeitungen durch, die er gekauft hatte, auch wenn sie offenbar alle voneinander abschrieben, und ließ dazu den Fernseher laufen, wo sich die Nachrichten in Endlosschleife wiederholten. Zu wissen, dass man diese Drecksäcke endlich drangekriegt hatte, erfüllte ihn mit großer Freude. Er schnitt ihre Fotos aus und heftete sie an die Wand. Das Gleiche tat Chateaubriand. So viele Jahrzehnte nach der Ermordung des Hundes zahlten Robic und Le Guillou endlich für die Verheerungen, die sie und ihre Schurkenbande angerichtet hatten.

Robic hingegen hatte der ganzen Nachrichtenflut kaum Aufmerksamkeit geschenkt und genoss seine Freiheit, zumal seine Frau vorübergehend abwesend war. Keine Strafverfolgung wegen Entführung und mildernde Umstände – mithilfe eines brillanten Anwalts würde die Gerichtsverhandlung glimpflich für ihn ausgehen. Aber was interessierte ihn das überhaupt? Zum Zeitpunkt des Prozesses, sagte er sich mit einem Lächeln, würde er bereits weit weg sein. Es streifte ihn nicht ein einziger Gedanke an seine zehn Komplizen, die im Gefängnis saßen. Aus den Augen, aus dem Sinn. Es war lediglich unbequem, dass er vorerst auf sich allein gestellt sein würde. Aber er hatte noch genug solide Kontakte, um in einem anderen Auto als seinem eigenen bis nach Sète zu gelangen und sich von dort aus an die afrikanische Küste schippern zu lassen. Die Besatzung musste bezahlt werden, und zwar teuer, ebenso wie die Leute, die ihn zum Hafen fahren würden. Allerdings hatte die Polizei den wertvollen Inhalt seines Tresors eingesackt und ihm nur ein paar Hundert Euro gelassen, damit würde er nicht hinkommen. Und eine große Summe von der Bank abzuheben, war zu riskant. Es blieb nur die Möglichkeit, nachts in seinen eigenen Laden einzubrechen und das Bargeld der Firma zu stehlen. Die Beine auf seinem Schreibtisch ausgestreckt, ging er seine alten Bekannten durch und überlegte, wer von ihnen am ehesten geeignet wäre, ihn zu unterstützen. Er müsste sich tarnen, sehr gut tarnen, dafür immerhin hatte er alles zur Hand. Das Zeug hatten die Bullen nicht mitgenommen, sie dachten offenbar, die Beute aus seinem Safe reichte aus, um ihn zu überführen.

Um 19 Uhr hatte sich Adamsberg von seinen Leibwächtern zu seinem Dolmen fahren lassen.

»Warum eigentlich der Dolmen?«, wollte einer von ihnen wissen.

»Er hilft, Ideen wachsen zu lassen.«

»Ach so. Das werde ich auch mal probieren, irgendwann. Das sind ziemlich alte Dinger, oder?«

»Um die zwei- oder dreitausend Jahre.«

Zwei Leibwächter halfen dem Kommissar hinauf auf die Plattform des Dolmens und sogleich streckte er sich auf dem warmen Stein aus. Vier der Männer machten es sich um ihn herum auf der Deckplatte bequem, die anderen postierten sich an den vier Ecken. Keiner stellte Fragen zu dieser seltsamen Situation. Adamsberg schloss die Augen, um nicht von der Abendsonne geblendet zu werden, und setzte seine gedanklichen Spaziergänge fort. Er fürchtete schon, eine Blase auf dem Weg verloren zu haben, und war beruhigt, als er sie zehn Minuten später wieder auflas. Man durfte sie einfach nicht zu lange vor sich hin treiben lassen.

Es war zwar nicht das erste Mal, dass er es mit Gedankenblasen zu tun hatte, und sie waren immer schwer zugänglich gewesen. Aber diese hier waren zahlreich, gespalten, manchmal fast feindselig zueinander oder im Gegenteil so sehr zusammengeschweißt, dass man kaum klar sehen konnte, kurzum, sie machten es ihm nicht leicht. Er nahm sie sich vor, eine nach der anderen, fing diejenigen wieder ein, die abtauchen wollten, und schloss andere aus, die ohne triftigen Grund versuchten, sich einzuschleichen. So vergingen fast zwei Stunden, danach richtete er sich wieder auf und machte sich rasch ein paar Notizen. Kaum zu glauben, wie meilenweit er davon entfernt gewesen war, die Zusammenhänge zu begreifen. Und das, obwohl er von Anfang an die entscheidenden Bruchstücke in der Hand gehalten hatte. Aber er machte sich keine Vorwürfe. Die Fakten, die hundert kleinen Fakten jedes einzelnen Tages, die Tausende von gehörten Worten, das viele Tun, mit dem er sich tagtäglich auseinandersetzen musste – all dies legte einen schildkrötenartigen Panzer über die wirklich relevanten Elemente, die in der Masse untergingen. Die so selten waren, dass man sie an einer Hand abzählen konnte.

Er kletterte wiederum mithilfe der Leibwächter von seinem Dolmen herunter.

»Hat es funktioniert?«, wollte der Mann mit den erstaunlich blauen Augen wissen, der ihn schon zuvor angesprochen hatte. Aus seinem aufgeweckten Blick sprachen Intelligenz und Aufmerksamkeit, ein Wohlwollen gepaart mit Feingefühl.

»Ziemlich gut, ja.«

»Muss man auf diesen Dolmen steigen, um Ideen wachsen zu lassen?«

»Nein, dafür kann man überall sorgen.«

»Aber es funktioniert nur im Liegen?«

»Auch das nicht, Sie können auch einfach langsam gehen und anhalten, sobald Sie spüren, dass eine ihren Weg sucht.«

»Aber warum spüre ich das nie?«

»Weil Sie keine Ermittlungen führen. Sie sind nicht auf der Suche nach einer Lösung.«

»Nein, ich suche nach Ideen für mein Leben.«

»Gefällt Ihnen die Arbeit als Personenschützer nicht?«

»Nein. Es ist ein Job, bei dem von Ihnen verlangt wird, an nichts zu denken, nichts zu suchen.«

Adamsberg blieb mitten auf der Wiese, die sie überquerten, stehen und stützte sich versonnen auf seine Krücke.

»Woran denken Sie am liebsten?«

»Natürlich an meine Familie, aber es gibt noch etwas, das mir sehr wichtig ist. Es wird Ihnen absurd vorkommen.«

»Sagen Sie es trotzdem.«

»Nun«, sagte der Wachmann zögernd und senkte seine Stimme, als würde er eine Sünde gestehen, »ich denke an Esel.«

»An Idioten oder an echte Esel?«

»An die echten. Alle sagen, dass diese Tiere dumm sind, Ähnliches behauptet man von uns Personenschützern, obwohl das nicht stimmt.«

»Und warum halten Sie sich nicht eine kleine Herde?«

Wie ein Sonnenstrahl, der eine bretonische Welle zum Glitzern bringt, funkelte das Blau in den Augen des Wachmanns.

»Sie finden das nicht lächerlich?«

»Ich bin vernarrt in einen Igel. Und früher war ich es in eine Taube.«

»Sie glauben also, es ist möglich?«

»Sie könnten ja mit einem Eselfohlen anfangen, ich glaube, so ein Jungtier bekommt man für um die dreihundert Euro.«

»Die dreihundert Euro habe ich«, sagte der Wachmann

lebhaft, »aber wo soll ich das Tier hinstellen? Ich besitze kein Land.«

»Man muss sich etwas einfallen lassen. Ich weiß, dass Josselin de Chateaubriand ein Pferd hier hat. Und ein Pferd verträgt keine Einsamkeit, es braucht einen Gefährten. Aus diesem Grund stellt man oft einen Esel auf seine Weide. Vielleicht wäre Chateaubriand damit einverstanden.«

»Chateaubriand ist doch ein berühmter Schriftsteller, nicht wahr? Aus Combourg?«

»Richtig, ein sehr alter Vorfahre des Chateaubriand aus Louviec, den ich meine.«

»Und wie finde ich diesen Chateaubriand?«

»Bringen Sie mich zurück ins Dorf, dann sprechen wir mit ihm. Wenn er einwilligt, nehmen Sie das Angebot dann an? Sie machen keinen Rückzieher?«

»Sicher nicht! Ich würde mit einem weiblichen Jungtier anfangen, später ein männliches hinzunehmen und dann habe ich eines Tages Junge.«

»Und obendrein einiges zu denken. Denn wenn man die Tiere beobachtet, gehen einem Dinge durch den Kopf. Außerdem kann man Ausritte mit Eseln machen. Es braucht allerdings Zeit, bevor man sie reiten kann, sie müssen einen gut kennen.«

»Normalerweise habe ich anderthalb Tage pro Woche frei, außer es gibt einen Notfall, und natürlich Urlaub. Wir sind gerade dabei, aus Rennes nach Saint-Gildas zu ziehen.«

»Saint-Gildas, das ist doch ganz in der Nähe. Sind Sie verheiratet?«

»Ja.«

»Haben Sie mit Ihrer Frau schon über das Thema gesprochen, ich meine, über Esel?«

»Ich hatte Angst, dass sie mich entmutigen würde. Sie

sind der Erste, mit dem ich darüber rede. Aber sie weiß, dass ich bei meinem Großvater, der einen Esel hatte, aufgewachsen bin. Ich habe das Tier sehr geliebt.«

»Sie müssen sie aufklären. Haben Sie Kinder?«

»Einen Jungen, er ist drei.«

»Und in zwei Jahren wird er mit dem größten Vergnügen auf den Esel steigen. Ein gutes Argument für Ihre Frau. Kommen Sie, wir statten Chateaubriand einen Besuch ab.«

Kurz darauf öffnete Josselin Adamsberg und seinem Leibwächter die Tür. Da sein Haus nicht sehr groß war, postierten sich die anderen sieben Wachleute draußen.

»Geht es um etwas Ernstes?«, fragte Josselin beunruhigt.

»Sagen wir, um ein wichtiges Anliegen dieses Herrn.« Adamsberg deutete auf seinen neuen blauäugigen Kameraden und schilderte Josselin, der aufmerksam zuhörte, die Problematik.

»Ja, ich habe ein Pferd, es steht auf einer Weide kurz vor Louviec. Ich reite oft mit ihm in die Wälder aus. Aber es ist allein, und ich sehe mit Sorge, dass es eingeht vor Langeweile. Die Gesellschaft eines Eselfohlens würde ihm bestimmt wohltun. Wann würde er denn kommen?«, erkundigte sich Josselin mit einer gewissen Ungeduld.

»Ich weiß nicht, wo man ein Eselfohlen kauft, und habe auch keine Ahnung, wie man es auswählt«, gestand der Wachmann.

»Ich schon. Wenn es Ihnen recht ist, bringe ich Ihnen am nächsten Dienstag eines vom Viehmarkt mit. Ein ganz sanftes, da Sie ja ein Kind haben.«

»Das wäre wunderbar!« Der Wachmann hatte seine Jacke geöffnet und strahlte über das ganze Gesicht. »Wie viel schulde ich Ihnen? Der Kommissar sagte, so ein Jungtier kostet ungefähr dreihundert.«

»Oder dreihundertfünfzig. Aber geben Sie mir das Geld erst, wenn ich das Fohlen gekauft habe.«

»Meinen Sie nicht«, schaltete sich Adamsberg ein, »dass Sie erst Ihre Frau überzeugen sollten?«

»Wenn sie einverstanden ist, kommen Sie am Dienstag gegen 11 Uhr hier vorbei. Ah, das geht ja nicht, Sie werden sicher im Dienst sein.«

»Nein, ich arbeite Sonntag und Montag, Dienstag ist mein freier Tag.«

»Bestens. Kommen Sie also her, dann können Sie auch gleich beobachten, wie die Tiere sich kennenlernen. Mein Pferd heißt Harmonica, weil es immer so andachtsvoll lauscht, wenn ich ihm etwas mit der Mundharmonika vorspiele.«

Der Wachmann zog seine Jacke wieder zu, richtete sich kerzengerade auf und schüttelte Josselin die Hand, seine Augen leuchteten vor Dankbarkeit.

»Das ist schon was, so ein Dolmen«, sagte er.

XLIII

Das Team traf sich erst um 21.30 Uhr in der Herberge, wo Johan ihren Tisch ein wenig abseits bereits gedeckt hatte. Ehe Adamsberg Platz nahm, winkte er Mercadet zu sich.

»Lieutenant, Sie müssen unbedingt die Nachricht löschen, die sich noch auf Matthieus Handy befindet.«

»Das ist seit heute Morgen erledigt, Kommissar. Ich hätte ihm doch nicht eine solche Bombe hinterlassen.«

Adamsberg legte Mercadet zum Dank die Hand auf die Schulter und gesellte sich zu ihrer Truppe, die gerade mit der Vorspeise begann. Matthieu schwenkte einen Umschlag zwischen den Fingerspitzen.

»Erinnerst du dich, dass wir die Mixturen der Schlange zur Analyse geschickt haben? Hier sind die Ergebnisse.« Er reichte Adamsberg den Umschlag. »Nichts weiter als Wasser. Na ja, mit einer zerdrückten Schwarzen Johannisbeere hier, ein paar Thymianzweigen dort, einer zerstoßenen Gewürznelke, Zimt, Anis, Essig, Pfefferkörnern und so weiter, je nachdem, wofür der Trank eingesetzt wurde. Ein kompletter Schwindel. Das Gebräu, das die Schattenschmutzer einschlafen lassen und ihre Seele schwächen soll, enthält eine geringe Dosis Schlafmittel, vermischt mit Orangenblüten und ein paar Tropfen Cognac. Vielleicht entsinnst du dich noch, wie viel sie für ihren Schrott kassiert hat?«

»Ziemlich viel.«

»Was machen wir jetzt? Verhaften wir sie wegen Betrugs?«

»Warum nicht? Sie wird mit einer kleinen Geldstrafe

davonkommen – Geld hat sie ja dank ihres lukrativen Geschäfts genug –, und vor allem wird man ihr verbieten zu ›praktizieren‹. Das würde den Leichtgläubigen Ausgaben ersparen und wahrscheinlich den Kampf zwischen Schattenschützern und Schattenschmutzern beenden, den sie zu ihrem eigenen Vorteil befeuert hat.«

»Ich kümmere mich darum. Wir werden sie sichtbar mit einem offiziellen Wagen der Gendarmerie abholen, dann geht die Nachricht am nächsten Tag durch die lokale Presse. Die Frau ist eine Pest, und sie betreibt Schwarzhandel mit angeblichen Heilmitteln, das wird ihr einen Dämpfer verpassen. Schlimm genug, dass sie dann immer noch ihre Klatschgeschichten in Louviec verbreiten kann. Und, wie war die Ausbeute auf deinem Dolmen? Bist du zufrieden?«

»Ich bin nicht unzufrieden.«

Johan trug eine Ente an Orangensoße herein, und Adamsberg ließ dem Team Zeit, sich zu stärken und zu entspannen, bevor er den Kernpunkt ihrer Strategie zur Sprache bringen würde.

»Zurück zu Robic«, sagte er schließlich und schob seinen leeren Teller zurück. »Matthieu hat ihn gegen 19 Uhr bei ihm zu Hause abgesetzt. Er ist frei.«

»Nicht ganz«, stellte Matthieu richtig. »Sechs meiner Männer überwachen verdeckt den Ausgang seines Grundstücks.«

»Eine weise Vorsichtsmaßnahme«, sagte Adamsberg, »aber wahrscheinlich verfrüht. Sag deinen Leuten trotzdem, dass es zwei Ausgänge gibt, nicht nur einen.«

»Zwei?«, fragte Mercadet, der während der Durchsuchung geschlafen hatte.

»Ja, zwei. Das große Tor natürlich, aber auf der Nordseite, am anderen Ende der Wiese, befindet sich eine weitere kleine Tür, gut versteckt hinter Pappeln und Brombeerbüschen. Noël mit seinen langen Beinen ist es gelungen, nachdem er sich zwischen den Baumstämmen hindurchgeschlängelt hatte, über die Brombeerbüsche zu steigen, ohne sie zu beschädigen. Er hat die Tür mit meinem Dietrich geöffnet, ohne die geringste Spur zu hinterlassen.«

»Somit wird Robic«, sagte Veyrenc, »wenn er nachsieht, zu dem Schluss kommen, dass wir diesen Ausgang nicht bemerkt haben.«

»Warum sollte er dort nachsehen?«, fragte Berrond und genehmigte sich eine zweite Portion.

»Weil er die Absicht hat, sich aus dem Staub zu machen«, sagte Matthieu. »Er ist nur vorläufig auf freiem Fuß, und er ist nicht so dumm, dass ihm das nicht klar wäre.«

»Nur«, fügte Adamsberg hinzu, »hat er seine Truppe verloren und braucht Zeit, um sich neu zu organisieren. Er wird also kaum heute Nacht verschwinden, und am helllichten Tag wohl auch nicht. Aber ganz gewiss trifft er Vorbereitungen für seine Flucht. Er reaktiviert alte Kontakte, Handlanger, die auf Geld nicht spucken. Ich könnte mir vorstellen, dass er in verschiedenen Autos nach Sète fährt und sich von dort nach Afrika einschifft.«

»Alle Schiffer in Sète wurden davor gewarnt, ihn an Bord zu nehmen.«

»Wenn jemand mit einem Haufen Geld vor ihnen steht, Matthieu, werden sie sich um die Warnung nicht scheren. Und Robic wird auf jeden Fall sein Aussehen verändern. Mein Vorschlag wäre, dass wir die verdeckte Überwachung im Schichtbetrieb aufrechterhalten, mit dem Fahrrad und zu Fuß, natürlich in Zivil, und vorsichtshalber Tag und Nacht. Durch Matthieus Verstärkungsmannschaft, denn uns kennt er.«

»Trotzdem riskant«, überlegte Matthieu. »So wie die Dinge stehen, könnten wir doch eine zweite Falschmeldung rausschicken, in der die Zugeständnisse wieder kassiert werden und die Robics Verhaftung zulässt. Und zwar mit der Begründung, dass er laut Aussagen der Ärzte und des Mädchens versucht habe, Rose zu ermorden.«

»Gute Idee, aber nein.«

»Warum?«

»Stell dir vor, ich habe das Ministerium nicht darüber informiert, dass wir das Mädchen gestern finden und befreien konnten. Nicht korrekt von mir, dieses Vorgehen, aber absichtsvoll.«

»Wieso hast du das verschwiegen?«, fragte Matthieu verblüfft.

»Weil«, Adamsberg verschärfte seinen Tonfall, »sie uns ein ums andere Mal eine kaltschnäuzige Abfuhr erteilt haben. Sie haben sich geweigert, Gefangene freizulassen, als man mir mit dem Tod drohte, und sie haben sich ebenso stur gestellt, als Rose entführt wurde. Ihre gleichgültige Haltung, gerade was Letzteres betrifft, war und ist mir einfach unerträglich. Deshalb lasse ich sie jetzt mal ein bisschen schmoren.«

»Du hast meine volle Unterstützung«, sicherte Matthieu ihm zu.

»Sie wissen also nichts von Roses Befreiung, und sie werden explodieren, wenn sie davon erfahren. Natürlich wird dann sofort die Frage im Raum stehen, wie wir das wohl erreicht haben, durch welchen Kuhhandel, mit welcher List. Vielleicht setzen sie auch eine Untersuchungskommission ein, entdecken die Panzertür, befragen Robic, stoßen auf die Existenz eines gefälschten Zugeständnisses. Und dann geht es steil bergab mit uns. Aber dieses Vergnügen werden wir ihnen nicht bereiten, Matthieu.«

»Ganz bestimmt nicht. Das heißt, es bleibt uns nichts weiter übrig, als mit Robic allein fertigzuwerden.«

»Genauso ist es. Ich schicke morgen eine kurze Nachricht raus, zwei Worte, nicht mehr, um sie über die Rettung des Kindes zu informieren, zur Absicherung. Danach müssen wir, wie du sagst, allein zurechtkommen. Sind alle einverstanden?«

Es folgte ein zustimmendes Gemurmel, und Johan hielt den Zeitpunkt für gekommen, das Dessert zu servieren.

Den ganzen nächsten Tag über widmete sich Matthieu den administrativen Aufgaben rund um die neuen Insassen, während Adamsberg nach einem weiteren Aufenthalt auf seinem Dolmen in Begleitung seiner Leibwächter langsam und mit verschwommenem Blick durch die Straßen schlenderte. Er hielt immer wieder an, um seinem Bein eine Pause zu gönnen, setzte dann sein zielloses Umherstreifen fort. Matthieu rief ihn am Mittag an, weil das Observierteam Robic viermal beim Telefonieren hinten auf seiner Wiese beobachtet hatte. Um 15 Uhr suchte Adamsberg den Gasthof auf, er musste sein angeschlagenes Bein hochlegen. Um 18 Uhr erreichte er seinen Kollegen im Polizeipräsidium von Rennes.

»Matthieu«, sagte er, »bei wie vielen stehen wir jetzt?«

»Bei wie vielen was?«

»Anrufen.«

»Elf. Ganz schön viele, nicht wahr?«

»Zu viele. Ruf das Team zusammen, Treffpunkt um 19 Uhr im Gasthof.«

Das abendliche Angelusläuten ging durchs Dorf, als die sieben Männer und Retancourt wieder bei Johan saßen und ein Glas Chouchen tranken.

»Robic hat heute elf Anrufe getätigt«, fasste Matthieu zusammen. »Wahrscheinlich sogar mehr, denn die Gendarmen konnten nur die von Pappeln und Stacheldraht eingerahmte Rückseite des Hauses beschatten. Die Vorderseite ist von einer hohen Dornenhecke eingefriedet. Es besteht kein Zweifel, dass er seine Abreise vorbereitet.«

»Und wenn er schon mindestens elf Bekannte kontaktiert hat«, ergänzte Adamsberg, »dann könnte sein Plan aufgehen, weil er uns damit überrumpelt. Ich habe das Gefühl, er kommt deutlich schneller voran als erwartet.«

»Fliehen, fliegen …«, überlegte Veyrenc. »Vielleicht hat er Männer und Fahrzeuge auftreiben können, aber er hat kein Geld mehr.«

»Doch, Louis. Im Tresor seiner Firma. Er wird dieses Bargeld an sich raffen, sobald er aufbricht. Nachts. Heute Nacht vielleicht. Matthieu, wir müssen die Maschen enger ziehen. Verdopple die Anzahl deiner Männer, sie sollen sich turnusmäßig abwechseln. Sie wären dann zwölf. Plus die Personenschützer und unsere Teams ergibt siebenundzwanzig.«

»Ich bin auch dabei«, verkündete Mercadet. »Ich habe viel geschlafen.«

»Also achtundzwanzig«, sagte Adamsberg. »Wir müssen bis zum Morgengrauen durchhalten.«

»Er wird sich erst auf den Weg machen, wenn es richtig dunkel ist«, nahm Matthieu den Gedanken seines Kollegen auf, »also gegen 23.30 Uhr. Das heißt, wir sollten ab 22.45 Uhr Stellung beziehen.«

»Eher früher, Matthieu. Der Typ ist schnell und einfallsreich, wir sollten kein Risiko eingehen … und darauf vorbereitet sein, ihn eventuell schon ab 22 Uhr festzunehmen. Wir müssen alle Zugänge zum Haus abriegeln. Also, Treffen und Abfahrt vom Gasthof um 21.30 Uhr.«

Der Mann dachte nach. Wenn die Bullen Robic unter der Hand freigelassen hatten – und danach hatte es gestern ausgesehen –, gab es dafür nur zwei Erklärungen. Entweder war die Beweislage nicht schlüssig – was er sich kaum vorstellen konnte –, oder es handelte sich um einen Trick, um auch die Letzten der Bande hochzunehmen, falls es noch welche gab. Und es gab garantiert noch den ein oder anderen, Robic hatte sein Beziehungsnetz schließlich über Jahre geknüpft. Möglich, dass er auf den Trick hereingefallen war. Aber dass er ruhig in seinem Garten abwartete, nein. Das entsprach nicht seiner Art. Er musste davon ausgehen, dass die kleine Rose ihn früher oder später, und zwar eher früher als später, beschuldigen und dann die Polizei vor der Tür stehen würde. Denn so wie Johann strahlte, war klar, dass das Kind überlebt hatte. Bestimmt war Robic bereits dabei, alles in die Wege zu leiten, um so schnell wie möglich abzuhauen.

Der Mann versuchte, sich in Robics Lage zu versetzen: Er musste eine ganze Reihe von Autos und mehrere Umstiege organisieren, um es weit weg von hier zu schaffen. Wohin? Natürlich nach Sète. Dort würde er einen Schiffer mit viel Geld überzeugen, ihn über das Mittelmeer zu bringen. Geld war das A und O, anders funktionierte es nicht, und er brauchte jede Menge davon. Es gab nur eine Lösung, er musste die Kohle aus dem Tresor seines eigenen Unternehmens entwenden. Flink, wie Robic war, verschwand er vielleicht schon heute Nacht oder morgen bei Sonnenaufgang. Die Polizei würde in die Röhre gucken. Er rieb sich schadenfroh die Hände. Das würde ein großer Spaß werden.

Nach seinem letzten Anruf lehnte Robic sich zurück. Nun war alles vorbereitet, um halb vier Uhr morgens würde ein Wagen ihn auf dem Chemin de la Malcroix einsammeln, bei der kleinen Kellertür hinter seinem Haus. Er würde seine Firma durch die seitliche Panzertür betreten, und sobald er seine Tasche mit den Moneten gefüllt hatte, würde es weiter Richtung Süden gehen. Ausnahmsweise kam es ihm gelegen, dass seine Frau, kaum heimgekehrt, gleich wieder eine Menge Leute eingeladen hatte. Das erlaubte ihm, zu kommen und zu gehen, seine Vorbereitungen abzuschließen, seine Tarnkleidung zusammenzustellen und die letzten Bestätigungen einzuholen, ohne dass jemand darauf achtete. Und um drei Uhr morgens wären all diese dummen Menschen fort und seine Frau außer Gefecht gesetzt.

Es lief besser als erhofft. Einzig die Nachricht, die ihn um 19.30 Uhr erreichte, gewiss abgesendet von einem gestohlenen Handy, trübte seine Zufriedenheit:

Aufhebung Straffreiheit zu befürchten, morgen. Habe Informationen. Dringend. Treffpunkt heute Abend bei deinem Weinkeller, Nordseite, 21 h. Ich wiederhole: dringend.

Morgen? Sollten die hohen Tiere im Ministerium ihre Meinung geändert haben? Gut möglich, wenn die Kleine von den »Bonbons« erzählt hatte, die sie schlucken musste. Aber morgen, was spielte das für eine Rolle? Da war er längst über alle Berge. Trotzdem musste er wissen, was los war.

Das Abendessen bei Johan verlief angespannt und zugleich lebhaft, denn jeder spekulierte, welcher der elf inzwischen namentlich bekannten Männer aus Robics Bande die Morde von Louviec wohl auf eigene Rechnung begangen haben könnte. Und warum?

»Die Tatsache«, sagte Matthieu, »dass sie für Robic arbeiten, bedeutet ja nicht, dass sie keine persönlichen Angelegenheiten zu regeln haben. Robic selbst ist doch ein gutes Beispiel. Kaum ist er wieder in Louviec, wird Jean Armez ermordet.«

»Ich glaube eher, dass der Ursprung von allem in dieser Erbschaftssache liegt«, mutmaßte Berrond.

»Dann wäre Doktor Jaffré der Dreh- und Angelpunkt«, sagte Retancourt. »Er wusste, dass das Testament eine Fälschung war. Vielleicht hat er seiner Kollegin, der Psychiaterin, davon erzählt. Und dem Bürgermeister. Mit Johan hat er ja auch darüber gesprochen.«

»Und mit Gaël?«, fragte Noël zweifelnd.

»Gaël wäre in der Lage gewesen, Robic zu erpressen«, sagte Retancourt. »Entweder, was das Erbe angeht, oder wegen Jean Armez.«

»Und die Eier?«, warf Mercadet ein und schenkte sich nach. »Wie fügen sich die Eier in die Geschichte?«

»Ablenkung«, glaubte Verdun. »Um uns auf die Abtreibungsfährte zu schicken und das wahre Motiv zu verschleiern. Und wie brave kleine Soldaten sind wir der Spur gefolgt.«

»Der Mord an Anaëlle passt nicht zu dieser Hypothese.«

»Außer um das Ablenkungsmanöver glaubwürdiger erscheinen zu lassen.«

»Jedenfalls hat Robic diese Morde nicht selbst verübt«, sagte Matthieu. »Das ist definitiv nicht seine Art. Er könnte Le Guillou, Yvon Le Bras oder Hervé Pouliquen benutzt haben. Oder alle drei, nacheinander. Wir müssen sie gegeneinander aufhetzen.«

Kurz vor 20 Uhr stieß Maël die Tür zum Gasthof auf.

»Darf ich?«, fragte er und grüßte in die Runde. »Ich habe wie ein Ochse geschuftet, um die Abrechnungen für die

Woche fertigzustellen. Ich esse nur schnell einen Happen, dann mache ich mich wieder vom Acker.«

»Setz dich«, sagte Johan, »ich habe einen Braten gemacht. Pilzsoße mit Speckwürfeln.«

»Wie ich hörte, haben Sie Robic auf freien Fuß gesetzt«, sagte Maël. »Dabei hatte ich mir schon so schön ausgemalt, wie er hinter Gittern sitzt«, fügte er seufzend hinzu.

»Wer hat dir das erzählt?«, fragte Adamsberg.

»Der Schmied wusste es von einem Typen, der es wiederum von einem anderen Typen erfahren hatte, und so weiter. Sie haben sich bestimmt etwas dabei gedacht. Vielleicht, ich weiß nicht, wollen Sie Robic benutzen, um den anderen aus der Bande, die noch frei herumlaufen, eine Falle zu stellen. Was ich nur sagen will, ist, dass einer wie Robic einem schnell durch die Lappen gehen kann.«

»Das ist uns bewusst«, sagte Matthieu.

»Es geht dich nichts an, Maël«, wies Johan ihn zurecht. »Lass sie ihre Arbeit machen.«

»Dagegen habe ich nichts«, brummte Maël. »Schon vergessen, dass ich es war, der sie gerade noch rechtzeitig darüber informiert hat, wo sie deine Tochter versteckt halten?«

»Nein, nein«, sagte Johan rasch, »und dafür werde ich dir ewig dankbar sein. Entschuldige, Maël, tut mir leid.«

»Ich wollte nur Bescheid sagen, für den Fall der Fälle«, sagte Maël. »Ich habe Ihnen doch erzählt, dass ich vor vierzehn Jahren, als Robic sein Haus bauen ließ, eine Zeit lang schwarz als Maurer bei ihm beschäftigt war. Nun, ganz hinten am nördlichen Ende seines Grundstücks befindet sich im Gebüsch ein verborgener Zugang zu einem Tunnel, der auf den Chemin de la Malcroix führt, der wiederum auf die Route de Montfort-la-Tour trifft. Bestimmt ist der Tunnel noch intakt, auch wenn er schon alt ist.«

»Woher weißt du das?«, fragte Matthieu.

Maël hatte seinen Teller in Windeseile leer gegessen und trank ein paar Schlucke Wein.

»Meine Kollegen hatten mir damals gesagt, es sei verboten, sich der Stelle zu nähern, weil es dort ein Schlangennest gebe.«

»Aber du bist trotzdem hingegangen?«, mutmaßte Matthieu.

»Mir kam es seltsam vor, dass man das Gestrüpp einfach so stehen und die Vipern Vipern sein ließ, also bin ich eines Abends in die dicken Stiefel gestiegen und habe mir das Ganze mal angesehen. So habe ich den Tunnel entdeckt. Die alten Schlösser am Eingang konnte ich mit einem Schraubenzieher aufhebeln.«

»Wir sind bereits auf ihn gestoßen«, sagte Adamsberg. »Die Türen und Schlösser wurden offenbar ausgetauscht, wir haben sie aufgebrochen, weil wir den Tresor dort vermuteten. Der Tunnel ist noch in Ordnung, der Ausgang wird bewacht.«

»Ah, das beruhigt mich.« Maël atmete auf und leerte sein Glas. »Diese Geschichte mit dem Tunnel hat mich so beschäftigt, dass ich mit meiner Arbeit in Verzug geraten bin. Aber wenn Sie auf dem Laufenden sind, dann ist ja alles in Ordnung, dann kann ich jetzt meine Bilanz abschließen und ruhig schlafen.«

Es war keine fünf Minuten her, dass Maël sich verabschiedet hatte, als Chateaubriand die Tür aufstieß.

»Entschuldige, Johan, hättest du wohl noch ein kaltes Stück Fleisch übrig?«

»Ich habe sogar noch ein warmes, nehmen Sie Platz.«

»Man sagt, Robic sei auf freiem Fuß?«

Adamsberg lächelte. »Offenbar ist jeder hier auf dem neusten Stand. Woher wissen Sie das?«

»Ganz Louviec ist im Bilde«, sagte Josselin, »aber ich habe mich gefragt, ob das Gerücht wahr ist.«

»Ist es«, sagte Matthieu.

»Na dann, Obacht«, sagte Josselin und bedankte sich mit einem Zeichen bei Johan, der ihm sein Essen brachte. »Er ist imstande, sich binnen kürzester Zeit aus dem Staub zu machen.«

Um 21.30 Uhr verließ die Truppe, die für die Nachtschicht eingeteilt war, den Gasthof in Richtung des Hauses von Robic. Sie parkten ihre Wagen dreihundert Meter von dem Anwesen entfernt und verteilten sich geräuschlos auf dem gesamten Gelände, gewappnet gegen jeden Fluchtversuch. Adamsberg saß mit seinen Leibwächtern beim Ausgang des alten Tunnels. Er nickte. Sie waren einsatzbereit, Robic würde ihnen nicht entkommen.

XLIV

Da Robics Frau sich keinen Deut darum scherte, was ihr Mann tat, war es der Gärtner, der am Morgen gegen Viertel vor acht den blutüberströmten Körper seines Chefs gleich neben dem verborgenen Zugang entdeckte.

Er hasste ihn und sein Tod rührte ihn nicht im Mindesten. Doch dieses Blutbad ekelte ihn an. Er entfernte sich ein paar Meter, um die Gendarmerie in Combourg anzurufen, wo man ihn mit Kommissar Adamsberg verband, dessen frische Einsatzkräfte für die Tagesschicht bereits unterwegs waren, um das Observierungsteam abzulösen, das die ganze Nacht vergeblich auf der Lauer gelegen hatte.

Adamsberg erreichte Matthieu schon beim ersten Klingeln und rief dann den Gerichtsmediziner an, der sich wenig erfreut zeigte, um diese Uhrzeit an einem Sonntag aus dem Bett geholt zu werden. Matthieu machte sich sofort mit auf den Weg nach Combourg.

»Was für Idioten wir doch gewesen sind«, schimpfte er am Telefon.

»Weil wir geblendet waren«, bestätigte Adamsberg. »Völlig darauf fixiert, Robics Flucht zu verhindern.«

»Mit dem Ergebnis, dass wir die ganze Nacht vor den Toren auf seine Flucht gelauert haben, ohne die Möglichkeit in Betracht zu ziehen, dass seit dem Verrat des großen Häuptlings bereits ein Mörder vor Ort gewesen war, um ihn dafür bezahlen zu lassen. Aber wie sollte man auch ahnen, dass dieser Mann so schnell zur Tat schreiten würde, wo doch Robic noch unter Beobachtung stand?«

»Weil ganz Louviec wusste, dass die kleine Rose außer Gefahr war und damit die Gefahr einer Verhaftung unmittelbar bevorstand.«

»Es wäre unsere Aufgabe gewesen«, schrie Matthieu, während er gefährlich nah an einem Lastwagen vorbeifuhr, »das vorherzusehen! Was war mit uns los, verdammt?«

»Diese verdammte Verblendung, Matthieu. Das passiert jedem, auch den besten Polizisten.«

Schon aus zwanzig Meter Entfernung war klar, dass der Anblick von Robics Leichnam eine Herausforderung werden würde. Er lag da wie ein blutiger Klumpen und sie näherten sich ihm nur mit langsamen Schritten. Ein Messer steckte dem Toten in der Lunge, der Körper war mit Wunden übersät, es waren weitaus mehr Stiche, als die Psychiaterin erlitten hatte. Selbst Arme und Beine schienen dem Massaker nicht entgangen zu sein, ebenso wenig die Augen. Sie waren beide durchbohrt.

»Auf jeden Fall können wir festhalten«, sagte Matthieu mit belegter Stimme, »es ist nicht das Werk des Mörders von Louviec. Tatwaffe ist ein großes Küchenmesser, keins der Marke Ferrand, weit und breit kein Ei in Sicht, außerdem multiple Verletzungen.«

»Ich habe schon viele verstümmelte Leichen gesehen«, sagte der Gerichtsmediziner, »zugerichtet von Mördern auf dem Höhepunkt ihrer Raserei, aber es schockiert mich jedes Mal. Ich gehe von mehr als vierzig Stichwunden aus, genau sagen kann man es erst, wenn das Blut abgewaschen ist.«

»Wann ist der Tod Ihrer Meinung nach eingetreten?«

»Gestern Abend, wahrscheinlich vor Sonnenuntergang.

Um die exakte Zeitspanne nennen zu können, benötige ich so schnell wie möglich die Uhrzeit, zu der er seine letzte Mahlzeit zu sich genommen hat. Ich rufe einen Leichenwagen.«

»Der Mörder muss blutüberströmt gewesen sein«, sagte Matthieu.

»Das muss er wohl. Aber er ist nicht weit gegangen, um sich umzuziehen. Ungefähr bis dort«, sagte Adamsberg und deutete auf eine zertrampelte kreisförmige Fläche voller Blutflecken. »Diesmal muss er darauf geachtet haben, seine Kleidung abzudecken, und hatte eine Tasche dabei.«

»Ein Wutausbruch lässt sich nicht planen«, entgegnete Matthieu.

»Aber die Wut kann innerhalb von einer Stunde auflodern, wenn man einmal eine Entscheidung gefällt hat. Waren gestern Abend Gäste da?«, fragte der Kommissar den Gärtner, der bei ihnen stehen geblieben war, ohne dass ihn jemand darum gebeten hätte.

»Eine ganze Schar«, erwiderte er. »Als ich um 19 Uhr ging, waren es schon gut fünfunddreißig.«

Matthieu ging an den Mauern auf und ab, die die Rückseite des großen Hauses eingrenzten. Von der nördlichen Mauer winkte er Adamsberg zu.

»Er ist durch den Tunnel gekommen und wieder gegangen. Sieh nur, das Schloss wurde aufgebrochen und die Brombeerranken vor der Tür sind niedergetrampelt.«

Matthieu und Adamsberg eilten zurück zu dem Arzt, der im Begriff war, die Leiche in ein Transportfahrzeug verladen zu lassen.

»Geben Sie uns noch die Zeit, ihn zu durchsuchen«, bat Adamsberg.

Unterstützt von Retancourt und Berrond, machten sich

die beiden Kommissare an die unappetitliche Aufgabe und zogen Schlüssel, Kleingeld und ein blutverschmiertes Handy hervor. Alles Übrige würden sie später in einer reisefertigen Tasche finden.

»Hat jemand Papiertaschentücher dabei?«, fragte Adamsberg.

»Ich«, sagte der Arzt.

»Danke.« Der Kommissar wechselte die Handschuhe, wischte das Telefon sauber und schaltete es versuchsweise ein. »Es funktioniert noch«, sagte er und hielt es Mercadet hin, der ein wenig abseits stand. »Lieutenant, ich kann seine Nachrichten von gestern nicht finden, weder die gesendeten noch die empfangenen. Sie sind alle gelöscht. Können Sie sie wiederherstellen?«

Mercadet nickte und nahm das Telefon entgegen.

»War das der Mörder von Louviec?«, erkundigte sich der Gärtner.

»Wie kommen Sie darauf?«

»Die Art und Weise. Das große Messer, ins Herz gestoßen und stecken gelassen. Wenn er jetzt anfängt, in Combourg zuzuschlagen, wird er uns noch eine Weile auf Trab halten.«

»Was haben Sie von Ihrem Chef gehalten?«, fragte Adamsberg fort.

»Nichts Gutes, aber man soll nicht schlecht über die Toten reden. Ich kann nicht behaupten, dass es mich überrascht, was ihm passiert ist.«

»Warum?«

»Er war nicht beliebt, viele Leute hassten ihn regelrecht.«

»Sie, zum Beispiel?«

»Ja, auch ich. Er nahm sich selten Zeit, mich zu begrüßen, ich war nur ein Ding für ihn. Aber er zahlte gut und manchmal hat er sich sogar zu einer höflichen Floskel durchgerungen. Damit wir spurten.«

»Wie lief es mit seiner Frau?«

»Oh, zwischen den beiden herrschte Krieg. Einmal, als ich an den gelben Rosensträuchern arbeitete, hörte ich, wie sie sich stritten. Das Fenster stand offen und die Ohren zuhalten wollte ich mir nun nicht.«

»Worum ging es in dem Streit?«

»Monsieur Robic wollte sich trennen und das, wenn ich es richtig verstanden habe, nicht zum ersten Mal. Sie lachte höhnisch und – daran erinnere ich mich sehr gut, weil es mir zu denken gab – sagte ganz ruhig: ›Das kannst du gar nicht, ich weiß viel zu viel über dich. Wie oft muss ich das noch wiederholen?‹ Er wurde wütend und schrie: ›Du spielst mit dem Feuer und das wirst du noch bereuen.‹ Wortwörtlich. Wenn das keine Drohung ist, dann fresse ich einen Besen. Es war nicht schwer zu begreifen, was dahintersteckte: Er wollte ihr nicht die Hälfte des Geldes überlassen. Und sie, dumm wie Brot, lachte. Und dieses ›Ich weiß viel zu viel‹ hat mich in meinem Gefühl bestätigt, dass der Chef kein korrekter Typ war. Und in der Gegend gibt es eine Menge Leute, die schon immer der Meinung waren, dass da etwas faul sei, dass mit seinem Laden nicht dieses viele Geld zu erklären sei. Und der Beweis, dass die Leute nicht falschlagen, ist ja wohl, dass er eine Bande hatte, deren Mitglieder nun allesamt im Gefängnis gelandet sind.«

»Müssen Sie sonntags arbeiten?«

»Ja, damit die Blumen von Madame immer perfekt aussehen. Aber sonntags kriege ich das Doppelte, da lehne ich natürlich nicht ab. Wobei man sowieso keinen großen Spielraum hat, etwas abzulehnen.«

Berrond und Retancourt kamen gerade aus dem Haus, wo sie die Hausangestellten befragt hatten. Robic habe gegen Viertel vor acht gespeist, das wüssten sie so genau, weil sie ihm aufgetragen hätten. Und er habe sehr schnell gegessen, schon nach einer Viertelstunde sei er fertig gewesen.

»Hat er mit seiner Frau und den Gästen zu Abend gegessen?«

Die beiden Frauen sahen sich verlegen an.

»Nur zu«, ermutigte Berrond sie, »das ist eine polizeiliche Untersuchung.«

»Na ja, also Madame haben wir gar nicht bedient. Die Party hatte schon früh angefangen, gegen 18.30 Uhr, und eine gute Stunde später hatte sie das Bedürfnis, sich ein wenig auszuruhen.«

»Heißt das, sie war schon betrunken?«

»Richtig, Herr Kommissar.«

»Lieutenant«, korrigierte Berrond.

»Aber es kam ziemlich oft vor, dass sie den Tisch plötzlich verließ. Und fast immer kam sie eine Viertelstunde später in guter Verfassung wieder herunter. Wir sagten uns, dass sie nach oben gegangen war, um … um … um …«

»… sich zu übergeben?«

»So ist es, ja. Nur gestern kehrte sie nicht mehr an den Tisch zurück. Ihr Mann ging nachsehen, was los war, und sagte, als er wiederkam, sie schlafe wie ein Stein, man solle sie sich ausruhen lassen und werde auf ihre Anwesenheit verzichten müssen. Er schien heilfroh darüber zu sein. Nicht wahr, Coralie? Kurz darauf verließ er den Raum, er mochte diese Empfänge nicht.«

»Entschuldigung …«, sagte Mercadet und trat zu den beiden Kommissaren, »ich konnte ein paar Nachrichten auf seinem Handy teilweise wiederherstellen: Er sollte um halb vier Uhr morgens mit dem Auto abgeholt werden, auf irgendeinem Chemin.«

»De la Malcroix«, ergänzte Adamsberg. »Bestimmt, um sich zum Tresor seiner Firma kutschieren zu lassen und dann weiter in den Süden. Warum haben wir diesen Wagen nicht gesehen? Unsere geballte Präsenz muss den Fahrer abgeschreckt haben.«

»Die letzte Nachricht, die er erhalten hat, liegt vollständig vor. Ein deutlicher Hinweis auf den Zeitpunkt seines Todes. Jemand wollte ihn dringend um 21 Uhr bei seinem Weinkeller treffen. Sein Mörder, ganz bestimmt.«

Adamsberg las die Nachricht und nickte.

»Abgeschickt um 19.30 Uhr«, sagte er. »Ein Hinterhalt, aber angesichts der komplizierten Umstände seiner Abreise konnte Robic nicht widerstehen. Er wollte diese angeblichen Informationen unbedingt haben. Haben Sie einen Absender?«

»Ja, eine gewisse Louise Méchin.«

»Kennst du den Namen, Matthieu?«

»Klar, den kennt jeder hier!«, rief Matthieu. »Louise Méchin ist die älteste Einwohnerin von Combourg, neunundneunzig Jahre alt. Immer ein Lächeln auf den Lippen, eine herzensgute Frau. Die Taschen immer voller Süßigkeiten für die Kinder. Ihre Einkäufe erledigt sie noch selbst, mit kleinen Trippelschritten und einem offenen Korb, nichts einfacher, als da hineinzugreifen und ihr das Handy zu klauen. Womöglich hat der Kerl seine Nachricht sogar an Ort und Stelle getippt, sie dann mit drei Schritten wieder eingeholt und das Gerät zurück in ihren Einkaufskorb gesteckt – sie hätte es nicht bemerkt.«

»Berrond, Retancourt!«, rief Adamsberg. »Bitte rüttelt doch die Witwe Robic wach. Soweit wir verstanden haben, wird sie die Nachricht über den Tod ihres Mannes nicht in allzu große Verzweiflung stürzen.«

»Um diese Uhrzeit? Das ist nicht Ihr Ernst«, sagte Coralie erschrocken.

»Um diese Uhrzeit, ja. Wo ist ihr Zimmer?«

»Wenn Sie an den Korridor gelangen, ist es die erste Tür rechts. Es ist das schönste Zimmer, mit Blick auf den Park.«

Berrond klopfte an die Tür, aber Madame Robic antwortete nicht. Retancourt klopfte noch einmal, lauter, ebenfalls ohne Erfolg.

»Wir kommen jetzt herein«, rief sie.

»Die hat ja einen gesegneten Schlaf …«, spottete Berrond.

»Zumal sie erdrosselt wurde«, sagte Retancourt, als sie das blau angelaufene Gesicht auf dem Kissen sah. »Und zwar schon vor einer ganzen Weile. Kein schöner Anblick. Robic hatte also tatsächlich vor, diese Nacht abzuhauen. Verdammt schnell, der Bursche. Abhauen, aber bloß nicht seine Frau mit der Kohle zurücklassen. Und mit allem, was sie über ihn wusste. Er hat das Fenster in ihrem Zimmer geöffnet, um die Schnüffler unter den Gästen ein wenig in die Irre zu führen. Ich rufe den Kommissar an.«

Retancourt wählte Adamsbergs Nummer, der gerade über den Chemin de la Malcroix und der Route de Montfort-le-Vieux humpelte und vergeblich Ausschau nach der Spur eines Fahrzeugs hielt.

»Alles gepflastert«, sagte Matthieu, »hier werden wir nichts finden.«

»Matthieu«, sagte Adamsberg, als er auflegte. »Er hat seine Frau erwürgt.«

»Trotz der vielen Leute in seinem Haus?«

»Das kam ihm im Gegenteil sogar sehr gelegen. Wahrscheinlich war sein Plan, sie erst in der Nacht zu töten, kurz bevor er abgeholt wurde. Aber der Zufall war ihm hold. Sie ging hinauf in ihr Zimmer, um auszunüchtern, und kurz darauf tat er so, als wolle er nach ihr sehen. Er erwürgte sie und erklärte den Gästen, dass sie wie ein Stein schlafe und man sie bitte in Ruhe lassen solle. Jeder hatte gesehen, dass sie wie ein Loch getrunken hatte, niemand wunderte sich. Für Retancourt beweist der Mord, dass Robic vorhatte, sich in der Nacht davonzustehlen. Seine Frau wusste zu viel, sie musste sterben. Das hatte der Gärtner gehört. Und auf gar keinen Fall sollte ihr sein Geld zufallen. Doppeltes Motiv.«

»Also musste er verschwinden. Wenigstens das hatten wir vorhergesehen«, stellte Matthieu nüchtern fest. »Er hatte seinen Coup an nur einem Abend und einem Tag geplant! In dieser kurzen Zeit hat er seine Komplizen kontaktiert, er führte mehr als elf Telefonate, organisierte die Autokette. Schnell wie der Blitz, Josselin und Maël lagen richtig mit ihren Befürchtungen. In wechselnden Fahrzeugen wollte er nach Sète gelangen und sich dann einschiffen.«

Ein zweites Mal an diesem Morgen rief Adamsberg den Gerichtsmediziner an und teilte ihm mit, dass eine weitere Leiche auf ihn warte.

»Gütiger Gott, wer ist es diesmal?«

»Seine Frau. Robic hat sie erwürgt. Planvoll, ehe er in der Nacht fliehen wollte. Übrigens hatte er zuletzt gegen 20 Uhr etwas gegessen.«

»20 Uhr? Ersten Ergebnissen meiner Autopsie zufolge ist er etwa eine Stunde später gestorben.«

»Ah, Doktor, ehe ich es vergesse, bitte denken Sie doch daran, Robics Leichnam auf Flohbisse zu untersuchen. Er wird welche haben. Und die tiefen Stichwunden, vermute ich mal, werden nicht schnurgerade verlaufen.«

»Herrje, Adamsberg«, rief Matthieu dazwischen, »wir haben doch gesagt, dass es sich nicht um eine Tat des Mörders von Louviec handelt.«

»*Du* hast das gesagt«, erwiderte Adamsberg leise. »Also, Doktor, schauen Sie bitte nach diesen Bissen. Und schicken Sie einen zweiten Leichenwagen für die Frau.«

Matthieu schüttelte verwirrt den Kopf.

»Zigarette?«, schlug er vor.

»Ich würde vor allem gern einen dreifachen Espresso trinken«, sagte Adamsberg und zündete seine Zigarette an der Flamme an, die Matthieu ihm unter die Nase hielt. »Und das wird auch Verdun wieder auf die Beine helfen, der sich gerade seinen Nachschlag aus dem Leib kotzt. Aber zuerst suchen wir nach Robics Reisegepäck.«

Das Gepäck stand griffbereit im Schrank seines Zimmers: ein Rucksack – weniger auffällig als ein Koffer –, in dem sich Wäsche für fünf Tage, ein Kulturbeutel, eine Brille, eine Brieftasche mit etwa dreihundert Euro, ein Personalausweis und ein Reisepass auf den Namen Jacques Bontemps, keine Waffe und kein Schmuck befanden. Adamsberg runzelte die Stirn: Wieso waren ihnen diese Papiere entgangen? Vermutlich weil sie sich zu sehr auf den Tresor konzentriert und die Möbelstücke im Haus nur auf die Schnelle durchsucht hatten. Robic musste diese Dokumente nach der Verhaftung von Gilles, Domino und dem Zauberer für alle Fälle beiseitegelegt haben, obwohl er sich seiner Sache so sicher gewesen war. Ansonsten enthielt die Tasche nichts Verdächtiges, nur das, was ein Tourist üblicherweise dabeihatte, abgesehen von einer dunkelhaarigen Perücke mit passendem Schnurrbart, einer Fensterglasbrille sowie Schwarzpulver zum Zähneeinfärben. So zurechtgemacht wäre seine Ähnlichkeit mit dem Jacques

Bontemps aus den gefälschten Papieren ziemlich überzeugend gewesen.

»Wir nehmen die Tasche mit und auch alles, was er bei sich trug«, entschied Adamsberg. »Und jetzt der dreifache Espresso. Bei Johan.«

In dem Augenblick trat der Fotograf aus dem Zimmer von Madame Robic, er hatte die nötigen Aufnahmen im Kasten.

»Der Typ ist ja nicht eben zimperlich zur Sache gegangen. Wenn ich das so sagen darf.«

Der zweite Leichenwagen fuhr vor und der Leichnam der Frau wurde eingeladen. Auf der Treppe vor dem Eingang standen der Gärtner, die Hausangestellten und der Pförtner versammelt. Sie zeigten keinerlei Regung.

»Die hätten wir vom Hals«, sagte der Gärtner. Es war die einzige Trauerrede, die auf die Robics gehalten wurde.

Mit Erstaunen nahm Johan die Nachricht von dem Doppelmord zur Kenntnis, aber bevor er auch nur eine Frage stellte, kochte er Kaffee für alle. Matthieu schickte die Leibwächter in ihre Kasernen und die Gendarmen aus Combourg und Dol auf ihre Posten zurück, mit bestem Dank im Namen beider Kommissare. Zum Abschied flüsterte der Wachmann mit den frappierend blauen Augen Adamsberg zu:

»Wenn er es vergisst, erinnern Sie ihn dann daran?«

»Wie?«

»Chateaubriand. Das Eselfohlen. Meine Frau ist einverstanden und übermorgen findet der Viehmarkt statt.«

»Machen Sie sich keine Sorgen. Geben Sie mir eine Nummer, unter der ich Sie erreichen kann«, sagte Adamsberg und reichte ihm eine zerknitterte Visitenkarte, die er in seiner Hosentasche fand.

XLV

Die acht verbliebenen Polizisten setzten sich um den Tisch, auf dem Johan reichlich Kaffee abgestellt hatte, außerdem ein kleines Glas Cognac für Verdun und Teller mit selbst gebackenen Plätzchen.

»Wieso bekomme ich einen Cognac?«, fragte Verdun.

»Weil Sie mir ziemlich grün im Gesicht aussehen, Lieutenant. War es so schlimm?«

»Schlimmer, als du dir vorstellen kannst«, sagte Adamsberg. »Der Mörder hat sich an Robic ausgetobt.«

»Verstehe ich es richtig – aber du musst mir nicht antworten –, dass es der Mörder von Louviec war, der Robic massakriert hat?«

»Matthieu sieht das anders«, sagte Adamsberg.

»Wenn Robic seine Frau umgebracht hat«, überlegte Johan laut, »heißt das, er hatte geplant, noch in derselben Nacht zu verschwinden.«

»Ganz genau.«

»Geschwind wie ein Hase. Das hatten Maël und Josselin ja gestern schon befürchtet. Dass er sich in Windeseile auf- und davonmachen würde.«

»Wenn wir ihn gestern Abend verhaftet hätten, vor 20 Uhr, würde er noch leben«, sagte Adamsberg, »und seine Frau auch.«

»Er wäre am Leben«, erwiderte Johan, »und hinter Gittern. Aber du weißt selbst, was die Gefangenen mit Kindsmördern machen. Und irgendwann wäre es herausgekommen.«

»Sorge dafür, dass dies so spät wie möglich geschieht.«

»Warum?«

»Damit deine Tochter Zeit hat, sich zu erholen.«

Der Gerichtsmediziner rief an und Adamsberg stellte auf laut.

»Die Tatwaffe war diesmal eine andere«, sagte der Arzt, »außerdem wurden die Stiche mit der rechten Hand ausgeführt und sie verlaufen schnurgerade.«

Matthieu lächelte leicht, was Adamsberg nicht entging. Der Kommissar aus Rennes triumphierte.

»Was den Rest betrifft, Kommissar«, fuhr der Gerichtsmediziner fort, »zusätzlich zu den durchbohrten Augen habe ich neununddreißig Stiche gezählt. Was von Unerbittlichkeit zeugt. Aber schon der zweite Stoß ins Herz war tödlich, wahrscheinlich zwischen 21 und 21.30 Uhr. Was die Frau angeht, klassische Erdrosselung, mit kräftigen Händen, vermutlich gegen 20 Uhr, ganz sicher kann ich es nicht sagen. Allerdings habe ich, um Ihnen eine Freude zu machen, Robics Leichnam, nachdem er gewaschen war, gründlich untersucht. Tatsächlich konnte ich drei frische Flohbisse feststellen. Keine Spuren von älteren. Was ich zugegebenermaßen irritierend finde. Bei seiner Frau habe ich keine gefunden.«

»Danke, Doktor.«

Matthieus Lächeln war verblasst, aber er schüttelte den Kopf.

»Unmöglich.« Er starrte Adamsberg an. »Ihre Hunde müssen Flöhe haben.«

»Und warum hat er dann keine älteren Bissspuren, nur diese drei?«

»Es sind ihre Hunde«, wiederholte Matthieu entschieden.

»Lass es uns überprüfen, sofort«, sagte Adamsberg. »Ruf die Hausangestellten an.«

Der für die Hunde zuständige Bedienstete war empört, Matthieus Frage schien seine Ehre schwer zu verletzen.

»Meine Hunde?«, ereiferte er sich. »Flöhe? Und warum nicht auch Zecken und Würmer, wenn Sie schon dabei sind? Zu Ihrer Information, Herr Kommissar, diese Hunde werden nirgends sonst so gut behandelt und gepflegt und ihre Hütten werden regelmäßig desinfiziert. Und keiner musste je eingeschläfert werden. Das ist mein Job und ich mache ihn besser als jeder andere. Niemals würde ich diese Aufgabe jemand anderem anvertrauen.«

Es dauerte eine Weile, ehe Matthieu den Zorn des Bediensteten besänftigt hatte.

»Okay«, räumte er ein, als er aufgelegt hatte. »Es war der Mörder von Louviec. Aber warum diesmal ohne Ei?«

»Vielleicht weil er ganz einfach keins zur Hand hatte?«, sagte Verdun. »Wir dürfen nicht vergessen, dass er bei Robic extrem schnell handeln musste. Es war in gewisser Weise ein unvorhergesehener Mord, denn seit Robic vorläufig auf freien Fuß gesetzt wurde, galt es fast als sicher, dass er fliehen, also außer Reichweite sein würde.«

»Stimmt«, sagte Matthieu. »Aber warum hat er für die Ermordung von Robic nicht sein viertes Messer benutzt?«

»Wie meinen Sie das?«, fragte Berrond.

»Für den Mord an Gaël«, fasste Matthieu zusammen, »hat er Josselin ein Messer entwendet. Anschließend kaufte er vier derselben Marke in Rennes. Sie waren für Anaëlle, für den Bürgermeister, die Psychiaterin und den Arzt bestimmt. Damit sollte sein mörderischer Streifzug enden, nicht wahr?«

»Könnte man meinen, ja«, sagte Adamsberg ohne Überzeugung. »Oder vielleicht hat er in Rennes nur vier Messer finden können und die hatten auch noch silberne Nieten.

Oder er glaubte, es könnte Verdacht erregen, wenn er die Eisenwarenläden der Stadt nach diesen Messern abklapperte. Deshalb beließ er es vorerst bei den vieren und verschob die Fortsetzung seiner Mordserie auf einen späteren Zeitpunkt.«

»Falls eine Fortsetzung geplant war«, sagte Matthieu. »So oder so hat ihn die Sicherheitsabsperrung rund um Louviec daran gehindert, Doktor Jaffré selbst zu töten, also delegierte er diese Aufgabe an Robics Bande.«

»Er hatte demnach noch ein Ferrand-Messer übrig«, ergänzte Adamsberg. »Ein Messer, das zum Töten bestimmt war, aber nicht gebraucht wurde. Ein Messer, das auf seinen Einsatz wartete, könnte man sagen. Es kann für den Mörder kein gewöhnliches Messer mehr gewesen sein. Was sah er darin? Ein Zeichen? Aber wofür? Dass sein Werk noch nicht vollendet war? Dass noch ein Name auf seiner Ehrentafel fehlte? Dass die Säuberung nicht komplett war? Ja, das wusste er.«

»Was meinst du mit ›Säuberung‹?«, fragte Matthieu.

»Eine Säuberung, eine Reinigung, eine Beseitigung von allem, was sein Unglück verursacht hatte. Er hatte ein paar Symbolfiguren für seine Peiniger ausgewählt. Doch das Herzstück fehlte, dessen war er sich bewusst, aber er wagte sich nicht daran. Zu schwierig, zu riskant und vor allem zu aussagekräftig. Doch die unerwartete Existenz dieses letzten wertvollen Messers forderte ihn heraus, er bewahrte es auf, falls sich eines Tages eine Schwachstelle auftun und ihm die Gelegenheit bieten würde, seinen Weg bis zum Ende zu gehen. Aus diesem Grund benutzte er ein gewöhnliches Messer, um Robic zu ermorden, der nur ein unverhoffter Glücksfall war, eine weitere Trophäe, die er seiner Liste hinzufügen konnte.«

»Wir sollten Anaëlle von der Liste streichen«, sagte Matthieu, »sie wurde beseitigt, um uns auf eine falsche Fährte zu locken.«

»Möglich, Matthieu, aber nicht nur. Anaëlles Verschwinden spielt eine Rolle. Aber nehmen wir zum Beispiel Josselin, er ist ein unglücklicher Mensch, wie wir wissen, ein Mann, der gewissermaßen seiner realen Identität beraubt wurde. Ein Mann also, der vielleicht alle, die aktiv zu dem Fluch beigetragen haben, der auf seinem Namen und seinem Äußeren lastet, dafür büßen lassen will, der für die Linderung dieses Fluchs töten würde. Es ist nur ein Film, Johan. Die letzten Worte von Gaël beschuldigen ihn. Ebenso das Messer und sein Schal, der bei Anaëlles Leichnam gefunden wurde. Wir haben diese Indizien verworfen, weil sie zu zahlreich, zu auffällig waren. Nehmen wir aber einmal an, wir hätten uns geirrt. Der Bürgermeister, der glaubte, das Richtige zu tun, indem er an den Wohlstand von Louviec dachte, war der Inbegriff all dessen, was Josselin die Luft abschnürte: Er beschützte ihn und gewährte ihm eine Unterkunft, doch im Gegenzug musste Josselin sich verpflichten, für die Touristen in die Rolle des echten Vicomte zu schlüpfen, andauernd musste er sich für ein Foto hergeben. Nur wenige Leute behandelten ihn normal und dachten nicht gleich an seine Abstammung und die unerhörte Ähnlichkeit mit seinem Ahnherrn, wenn sie ihn sahen. Zu diesen Leuten zählte Johan. Nicht aber Gaël, der sich einen Spaß daraus machte, ihn zu provozieren, einen seiner Schmerzpunkte zu triggern, indem er ihn ständig ›Vicomte‹ nannte. Gaël war bei Weitem nicht der Einzige, der ihn so nannte, aber er konnte schließlich nicht ganz Louviec umbringen. Möglich, dass er die respektvolle Achtung, die Anaëlle, die Psychiaterin und der Arzt ihm entgegenbrachten, nicht ertragen konnte. Und dass er diese drei Menschen tötete, um diesen Schwindel zu durchbrechen, den sie ihn erleben ließen. Was Robic betrifft, so hatte er seit seiner Kindheit eine persönliche Rechnung mit ihm offen. Kindheitserlebnisse sind prägend, und nur so lässt sich die Unerbittlichkeit erklären, der Robic zum Opfer gefallen ist.«

Johan wurde unruhig, er war drauf und dran, Josselin zu Hilfe zu eilen.

»Es ist nur ein Film, Johan«, wiederholte Adamsberg.

»Wo findet sich das Ei darin wieder?«

»Wenn man den Film weiterspinnt, könnte das Ei für die Bürde stehen, die ihm seine Abstammung auferlegt. Er ließ seine Opfer diese Abstammung, die sie entweder verehrt oder ausgebeutet hatten, zerquetschen.«

Zur Mittagszeit füllte sich der Gasthof. Die Stammgäste hielten eine schmale, in aller Eile produzierte Sonderausgabe von *Sieben Tage in Louviec* in der Hand, in der über die Morde an Robic und seiner Frau berichtet wurde. Hinter der Tötung Robics vermutete der Redakteur den Mörder von Louviec, den Tod der Gattin schrieb er Robic selbst zu.

»Die waren schnell«, sagte Matthieu. »Und das, obwohl Sonntag ist. Wieso wussten sie davon?«

»Wegen der Polizeiautos rund um das Anwesen heute Morgen«, sagte Adamsberg. »Irgendwer wird es irgendwem bei *Sieben Tage in Louviec* gesteckt haben. Die Journalisten müssen, gleich nachdem die Leichen abtransportiert waren und wir das Feld geräumt hatten, zum Ort des Geschehens geströmt sein. Sie werden die Hausangestellten und den Gärtner gegen Informationen bezahlt haben. Wie auch immer, es gibt jetzt keinen Grund mehr, irgendetwas geheim zu halten. Die Geschichte gelangt an ihr Ende.«

»Aus welcher Perspektive?«

»Aus der des Mörders von Louviec. Und das ist gut so, denn inzwischen hat sich der Innenminister bei mir gemeldet. Er war außer sich vor Wut, als er erfuhr, dass wir Robic freigelassen hatten. Ich habe behauptet, dass er *engmaschig und rund um die Uhr* überwacht wurde, dass der Mörder sich aber Zutritt zu dem Anwesen durch einen unbekannten Durchgang – Maëls Tunnel – verschafft habe und wir nichts dagegen tun konnten. Du musst jetzt deinerseits lügen und deinen Gendarmen einschärfen, dass sie bis zu unserer Ankunft am Samstagabend mehr waren als nur sechs Leute. Besteht die Gefahr, dass sie dich auffliegen lassen?«

»Nein. Ich hatte die Männer sehr sorgfältig ausgewählt, ich kenne sie alle. Sie werden mir folgen. Warum sagst du, dass die Geschichte an ihr Ende gelangt?«

»Nun, ich glaube es zumindest.«

Adamsberg stellte sich Johan, der geschäftig zwischen den Tischen hin und her lief, in den Weg.

»Johan, kannst du uns den Raum im Obergeschoss reservieren, abseits von den anderen Gästen? Eine Sonderbesprechung. Und sollte Maël auftauchen, bring ihn zu uns, aber erst, wenn wir mit dem Mittagessen fertig sind.«

»Wieso sollte Maël auftauchen?«, fragte Matthieu.

»Weil heute Sonntag ist und weil er wissen will, was es Neues gibt. So ist er eben.«

Adamsberg nahm einen Anruf von Danglard entgegen. Er dachte, sein Stellvertreter wolle Näheres zu den jüngsten Entwicklungen wissen, aber Danglard meldete sich aus einem anderen Grund: Der junge Räuber mit der Maske war von sieben Freunden und vier Familienmitgliedern auf dem dürftigen Fahndungsfoto wiedererkannt worden, er hatte gestanden und befand sich nun in Haft.

»Endlich mal ein Fall, der schnell gelöst ist«, sagte er und lobte Froissy und Mercadet dafür, dass sie ihre Idee, das Gesicht hinter der grobmaschigen Maske kenntlich zu machen, so hartnäckig verfolgt hatten.

Bevor er sich setzte, las Adamsberg das Extrablatt zu dem Blutbad vom Vortag und reichte es ernüchtert an seinen Kollegen weiter.

Matthieu überflog es rasch und pfefferte es wütend auf den Tisch.

»Sie freuen sich über Robics Tod, aber wir, die Bullen, kriegen die Hucke voll.«

»Ist doch immer so«, sagte Berrond und begann, sich über die Schüsseln herzumachen, die Johan auf den Tisch gestellt hatte. »Was werfen sie uns diesmal vor? Dass wir nicht in der Lage sind, den Mörder von Louviec zu fassen?«

»Das natürlich«, sagte Matthieu. »Und dass wir Robic nicht an die Kandare genommen haben, dass wir nachlässig waren und deshalb den Mord an ihm und seiner Frau ermöglicht haben. Keine Kleinigkeiten also.«

»Und wie reagieren wir darauf?«

Die Schüsseln gingen schweigend herum.

»Wie gehabt«, sagte Matthieu. »Er wurde engmaschig von den auf dem gesamten Anwesen verteilten Posten beschattet.«

»Was falsch ist«, sagte Retancourt.

»Aber von nun an wahr sein wird, Lieutenant, immer und überall, für jeden von uns. Das erklärt auch, warum der Wachmann, der zu beiden Seiten der Kellertür auf und ab schritt, nur knapp verpasste, wie der Mörder in den Tunnel einstieg.«

»Tut mir leid, dass ich Ihre Unterhaltung mitgehört habe«, sagte Johan und brachte den Wein. »Aber Sie zerbrechen sich den Kopf unnötigerweise. Ich habe eine Entscheidung getroffen. Der Kleinen geht es gut. Es gibt keine Hinweise auf einen Schock, sagen die Fachleute, ich kenne mich auf dem Gebiet nicht aus. Sie wird eine Therapeutin aufsuchen, versprochen, Kommissar, aber ich werde den Journalisten die Wahrheit sagen. Über die Tabletten. Alle wissen, dass man sie zur Überwachung ihres Zustandes in ein Krankenhaus gebracht hatte, aber nicht, dass sie eine massive Dosis Barbi…«

»…turate«, ergänzte Adamsberg, froh, in Johan einen Schicksalsgefährten zu haben, der bei schwierigen Begriffen ebenso zögerlich war wie er selbst. »Was dein Vorhaben betrifft, Johan …«

»Nein, Adamsberg«, unterbrach Johan ihn, »du wirst mich nicht dazu bringen, meine Meinung ändern. Denn sobald bekannt wird, dass Robic meine Tochter umbringen wollte, werden die Presse und auch das Ministerium umschwenken. Dann wird Schluss sein von wegen Nachlässigkeit der Bullen. Sie haben nämlich einem Kind das Leben gerettet, die Bullen, ihnen gebührt Lob und Anerkennung.«

»Johan«, beharrte Adamsberg, »meinst du nicht, es wäre besser, noch ein wenig damit zu warten?«

»Auf keinen Fall. Es reicht, dass man dich und deine Kollegen in den Dreck zieht. Ich ertrage es nicht mehr, deshalb werde ich auspacken. Und was den Mord an seiner Frau angeht, der war nicht vorhersehbar.«

Johan zog sich würdevoll zurück und die Polizisten schauten einander an.

»Vielleicht hat er gar nicht so unrecht«, sagte Matthieu.

Diese Einschätzung Matthieus stieß auf allgemeine Zustimmung und so endete das Mittagessen in einer aufgelockerten Atmosphäre. Als sie sich die dritte Runde Kaffee einschenkten, öffnete Maël die Tür, und Adamsberg ging hinaus, um dem Wirt ein Zeichen zu geben.

»Wenn du Zeit hast«, sagte er, »gesell dich zu uns. Das erspart mir, dir hinterher eine lange Zusammenfassung zu geben.«

»Das klingt ernst.«

»Ist es auch. Komm mit.«

Johan folgte Adamsberg und nahm am Ende der langen Tafel Platz.

»Wenn ich es richtig verstehe«, Maël wedelte mit der Zeitung in der Hand, »wollte sich Robic tatsächlich in der Nacht aus dem Staub machen, nachdem er zuvor seine Frau umgebracht hatte.«

»So verstehen wir es auch«, bestätigte Adamsberg und deutete auf einen Stuhl etwas abseits.

»Ich soll mich da drüben hinsetzen?«, fragte Maël. »Warum?«

»Weil du seit dem Tod deines Hundes Flöhe hast«, sagte Adamsberg. »Die fängt man sich im Nu ein. Also lieber ein bisschen Abstand halten.«

»Wie Sie meinen«, sagte Maël, ohne beleidigt zu sein. »Hat der Mörder den Tunnel benutzt? Darüber schreiben sie kein Wort.«

»Ja, er gelangte durch den Tunnel zu dem Anwesen. Und er nahm denselben Weg zurück, kurz bevor wir anrückten.«

»Das ist seltsam«, sagte Maël, »denn gestern, nachdem ich den Gasthof verlassen hatte, war ich immer noch unruhig und hab mich nicht auf meine Zahlen konzentrieren können. Ich wollte wissen, was er vorhatte. In seiner Villa fand wieder eine ihrer bescheuerten Partys statt, das

Tor stand weit offen, und ich bin mühelos reingekommen, dabei hatte ich mir extra meinen besten Anzug angezogen. Ich versteckte mich hinter der großen Hortensie an der Hausecke, die schon Blüten trägt. Von da hatte ich Robic im Blick, egal, wo er sich rumtreiben würde, an der Südseite oder an der Nordseite. Ich dachte überhaupt nicht an einen Mörder, sondern an Robics Winkelzüge. Es muss so gegen Viertel vor neun gewesen sein. Und ich habe niemanden durch den Tunnel kommen sehen. Aber vielleicht war der Mörder ja schon vor Ort. Irgendwann ging ein Typ an mir vorbei, er hätte ein Gast wie jeder andere sein können, nur schaute er immer wieder zum Haus zurück. Deshalb bin ich aus meinem Beet raus und ihm hinterher, und auch diesmal: kein Problem, das Tor zu passieren. Draußen, wo die Autos parkten, hat der Typ sich dann nicht mehr umgedreht, nur eine Tasche in seinem Kofferraum verstaut und sich ans Steuer gesetzt. Du hast dich vertan, Maël, dachte ich, er war ein Gast, der bloß keine Lust hatte, sich groß zu verabschieden.«

Während Maël seine Geschichte erzählte, rollte Adamsberg unter seiner Handfläche einen Korken hin und her, den er eingesteckt hatte, weil er mit einem Porträt von Chateaubriand verziert war. Dem echten Chateaubriand. Ein Souvenir sozusagen. Dann fing er den Korken wieder ein, balancierte ihn erst auf der einen, dann auf der anderen Seite und setzte dieses Spielchen eine Weile fort. Es schien dem Kommissar gleichgültig zu sein, was Maël sagte, und zwar so sehr, dass sich schließlich alle Augen auf seine Hand und den Korken richteten und nach und nach eine Stille eintrat, die sich an seiner Stille orientierte. Matthieu hatte Adamsberg schon einmal bei dieser Übung beobachtet und erkannte darin ein ernsthaftes Unbehagen.

»Nur für den Fall der Fälle«, endete Maël seinen Bericht, »habe ich mir die ersten drei Buchstaben seines Nummernschildes notiert. RSC. Ich dachte, das interessiert Sie vielleicht, weil …«

»Hör auf mit dem Geschwafel, Maël«, sagte Adamsberg sehr ruhig, stoppte abrupt die Bewegung seiner Hand, hob den Korken auf und steckte ihn achtlos in seine Tasche.

»Wie?« Maël sah den Kommissar verwirrt an, und auch die übrigen Versammelten schienen überrascht zu sein. »Interessiert Sie das Nummernschild nicht?«

»Ich sagte, hör auf mit dem Geschwafel, Maël.«

»Aber was denn für ein Geschwafel?« Maël stellte sein Glas ab.

»Die Hortensie, der Typ, das Auto, das Nummernschild. Einfach alles.«

»Wie Sie meinen.« Gekränkt verschränkte Maël die Arme vor der Brust. »Wenn Sie nichts wissen wollen, ist das natürlich Ihre Sache. Aber laut den Uhrzeiten, die sie in der Zeitung angeben, war der Mann, den ich beobachtet habe, vielleicht der Mörder.«

»Das ist unmöglich«, sagte Adamsberg.

»Und warum?«

»Weil wir den Mörder kennen.«

»Sie kennen ihn?«, rief Maël.

»Ja.«

»Ganz sicher, ja?«

»Ganz sicher.«

»Wer ist es denn?«, fragte Maël gereizt. »Wer ist es?«

Adamsberg ließ stumm den Stiel seines Glases auf dem Tisch kreisen, es war totenstill.

»Wer ist es?«, drängte Maël. »Warum wollen Sie mir seinen Namen nicht verraten?«

Adamsberg trank einen Schluck Wasser und stellte sein Glas geräuschlos wieder ab.

»Weil du es bist, Maël«, sagte er dann leise.

XLVI

Ungläubig, ja entgeistert starrten alle Adamsberg an. Maël stand vor Verblüffung der Mund offen. Nach ein paar Minuten des Unbehagens ergriff er das Wort.

»Sie erlauben sich einen Scherz, Kommissar, oder Sie haben den Verstand verloren. Ich? Ich, der Mörder von Louviec?«

»Du.«

»Ich habe Sie immer für seltsam gehalten, Kommissar, und manchmal sogar für reichlich verwirrt. Aber diesmal zeige ich Sie an.« Maël erhob sich und schlug mit seinen dicken Fäusten auf den Tisch.

»Setz dich wieder hin«, sagte Adamsberg ruhig. »Du kannst später Anzeige erstatten, wenn ich fertig bin mit meinen Erläuterungen.«

Adamsbergs Blick wanderte reihum und traf auf die skeptischen, verlegenen, besorgten Mienen seiner Ermittlerkollegen, nur Veyrenc schien ihm zu folgen. Er konnte ihre Verwunderung durchaus nachvollziehen, er selbst hatte einige Zeit gebraucht, bis sein Verdacht sich auf Maël verengte.

»Um ehrlich zu sein«, fuhr Adamsberg fort und stand auf – inzwischen wieder ohne Krücken –, nicht weil er gedachte, einen Vortrag zu halten, sondern weil er es nicht ertrug, lange zu sitzen, »kann ich Ihnen nicht Punkt für Punkt darlegen, wie ich zu dieser Überzeugung gelangt bin, denn es war ein ganzer Schwarm von Punkten, die nicht schön in einer logischen Reihenfolge daherkamen. Sondern völlig ungeordnet, manchmal nicht greifbar oder unverständlich.«

»Vage Ideen«, murmelte Matthieu.

Adamsberg nickte zustimmend.

»Zumindest aber kann ich sagen, was mich störte oder mir ein Unbehagen bereitete, auch wenn ich den Grund dafür nicht kannte. Fast alles war bereits in Gaëls irreführenden letzten Worten enthalten. Wir hatten den Schlüssel, aber er lag so tief vergraben, dass wir ihn nicht benutzen konnten. Offenbar hatte ich eine dunkle Ahnung, was diesen Schlüssel betraf. Und es gab Ausdrücke, die mich von Anfang an irritierten und mir ständig in die Quere kamen. Alles, was mit Rücken und Schultern zusammenhing, aber seltsamerweise auch das Wort ›herzlich‹. Wenn jemand hier in Louviec über jemand anders sprach, hörten wir sehr oft: ›Er ist ein herzlicher Mensch‹ – klingt sympathisch, was sollte mich daran stören? Dann war da das Ei, das wir falsch interpretierten, und dieses ›bryon‹ aus dem Mund des sterbenden Bürgermeisters. Wir lagen mit unserer Annahme, dass ›Embryo‹ gemeint war, gar nicht falsch, aber warum hatte er nicht den allgemeineren Begriff ›Fötus‹ verwendet? Außerdem hatte der Bürgermeister von einem ›Betrüger‹ gesprochen, wir ließen diesen Hinweis außer Acht, weil wir ihn nicht zu deuten wussten. Ein Betrüger ist jemand, der etwas vorgibt, was nicht den Tatsachen entspricht. Aber noch einmal zurück zu Gaëls Worten: ›Villing gehauen‹. Ich sagte Ihnen, dass nur Kinder ›jemanden hauen‹. Erwachsene ›schlagen‹, ›prügeln‹, was immer Sie wollen, aber sicher nicht ›hauen‹. Und ich wunderte mich zunächst ein wenig über die heftige Abneigung, die Maël jedes Mal empfand, wenn jemand ihm an den Buckel fasste, obwohl die Geste doch freundlich gemeint war, *herzlich* eben.«

Adamsberg unterbrach sich und strich sich übers Gesicht.

»Es tut mir leid, ich kann nicht nur nicht der Reihe nach erzählen, es ist auch nichts der Reihe nach passiert, und genauso unsortiert kamen meine Gedanken daher – meine ›vagen Ideen‹, Matthieu. Ich habe über Gaëls Worte nachgedacht, über dieses ›gehauen‹. In welchem Zusammenhang ›hauen‹ auch Erwachsene einander? Nur in einem einzigen, nämlich wenn sie jemandem anerkennend auf die Schulter hauen. Da passt das Wort gut, aber es funktioniert nicht in der Kombination mit ›Villing‹. Denn es handelt sich ja um eine *herzliche* Geste. Und wenn es einen gibt, dem ständig jemand herzlich auf die Schulter haut, und das seit seiner Kindheit, dann ist es Maël, obwohl ihn das seit jeher zur Weißglut treibt. Was nachvollziehbar ist, wenn man bedenkt, dass es ihn immer wieder daran erinnerte, dass er einen Buckel hatte. Daher noch heute sein Spitzname, ›der Bucklige‹. Als ob es unmöglich wäre, diesen Buckel auch nur für einen Augenblick zu vergessen. Dabei wissen alle, wie sehr er darunter gelitten hat. Als Jugendlicher wurde er verspottet und ausgegrenzt, man zeigte mit dem Finger auf ihn, und als Erwachsener wurde er zu ›dem Buckligen‹, nie war er ›Maël‹. Ja, es war ein Leben andauernder Qualen, Maël«, sagte Adamsberg und sah ihn an, »ein Leben voll Schmerz und Kummer. Aus anderen Gründen gilt dies auch für Josselin, auf dessen Leben man herumtrampelte: Man beraubte ihn seiner Persönlichkeit zugunsten von Chateaubriand, dem Vorfahren, wie Maël zugunsten des Buckligen.«

Adamsberg bat Johan um einen heißen Kaffee und sprach erst weiter, als der Wirt mit einer Kanne zurückkam.

»Mit verkrüppelten Leben«, fuhr er fort, während er sich einschenkte, »haben wir alle schon Bekanntschaft gemacht. Die Opfer wurden deswegen jedoch nicht zu Mördern. Nein, da war noch etwas anderes. Wenn Maël es so sehr ablehnte, dass man seinen Buckel berührte – und meistens saß er im Gasthof mit dem Rücken zur Wand –, musste es einen gewaltigen Grund geben. Den wir übersehen haben, weil das, was dahinter steht, äußerst selten vorkommt. Doch die befruchteten Eier, zerdrückt in den Fäusten der Opfer, deuteten ebenso wie die letzten Worte des Bürgermeisters und Gaëls darauf hin. Es ist mir erst sehr spät gelungen, den Anfang von Gaëls Gestammel zu entschlüsseln: ›Vic‹ und ›bou‹ meinten eben nicht Josselin. Sondern ›Yvig‹, Maëls Familiennamen, und ›Buckel‹. Yvig, Buckel. Und auf den Buckel hatte man ihm gehauen, und zwar reichlich. ›Yvig Buckel gehauen‹. Wen oder was gehauen – Villing? Das zumindest hatte der Arzt verstanden, Matthieu interpretierte es ebenfalls so, und wir folgten ihm darin, weil wir Villing kannten. Ich suchte nach einem ähnlich lautenden Wort, das dem Satz einen Sinn verleihen würde. So kam ich auf ›Yvig Buckel Zwilling gehauen‹. Ich richtete mich schlagartig auf meinem Dolmen auf. Das Ei, der zerstörte Embryo, der Zwilling, der Buckel. Ich hatte zwar keine Ahnung, welches rätselhafte, verrückte Geheimnis dazu geführt haben sollte, dass dieser Buckel ein Zwilling war und kein echter Buckel, aber so *musste* es sein. Es gab keine andere Möglichkeit. Also suchte ich.«

»Und dabei haben Sie herausgefunden«, sagte Mercadet, »dass sich in ganz seltenen Fällen ein Embryo an einem anderen Embryo festsetzt und sich dort teilweise weiterentwickelt. Das kann überall sein, auf der Stirn des Ungeborenen, in seinem Unterleib, an seinem Rücken. Man sagt, es handele sich um einen Zwilling. Bei der Geburt des Kindes bleibe der unfertige Fötus, den es in sich trägt, unbemerkt, er könne aber über Jahre hinweg mitwachsen und irgendwann in Gestalt von Schädelfragmenten, Haarbüscheln, Teilen von Rumpf und Gliedmaßen sichtbar werden. Dieser unvollständige Fötus ist nicht lebensfähig, er kann als Beule oder Buckel an der Stelle hervortreten, an der er sich festgesetzt hat, und sich ziemlich hart anfühlen.«

»Das war es, Maël, nicht wahr?«, sagte Adamsberg. »Und an diesem unvollendeten Zwilling hast du fieberhaft gehangen. Wie alt warst du, als du erfahren hast, dass du einen Bruder in dir trägst und dein Buckel gar kein Buckel ist? Elf Jahre? Dreizehn Jahre? Danach jedenfalls konntest du nicht mehr dulden, dass dir jemand auf den ›Buckel‹ schlug. Denn jeder Klaps tat deinem Zwilling etwas an, drohte ihn zu töten. Das meinte der Bürgermeister mit Betrug: Alle sollten glauben, dass du einen Buckel hattest, obwohl etwas anderes dahintersteckte. Warum hast du nie die Wahrheit gesagt? In deiner Jugend hat man dir wahrscheinlich immer wieder erklärt, dass dieser Zwilling absterben und eine Infektion verursachen könnte, an der du sterben würdest. Und deine Eltern, die dich liebten, wollten dich unbedingt operieren lassen. Doch du hast dich vehement dagegen gewehrt. Diesen Zwilling wolltest du um jeden Preis behalten – und du hast ihn behalten. Niemand sollte die Wahrheit erfahren, erstens weil man dich sonst wie ein seltsames Tier betrachten würde, viel mehr noch als einen ›normalen‹ Buckligen, und zweitens weil dich niemand in Ruhe lassen würde, bis du dich von diesem lebensbedrohlichen Zwilling oder, verzeih mir, diesem Fragment eines Zwillings getrennt hättest. Aber genau das hattest du vor, niemals zu tun, nein. Er war mehr als nur dein Begleiter, er war dein Doppelgänger. Sein Schutz wurde zu einer Obsession, die Angst, ihn durch einen Schlag, einen Klaps zu verlieren, trieb dich in den Wahnsinn. Vor allem Gaël, der in seiner provokativen Art immer wieder kräftig zulangte, mitunter zehnmal an einem Abend, brachte dich bald um den Verstand. Auch Anaëlle, lebhaft und *herzlich*, wie sie war, klopfte dir jedes Mal, wenn sie dich traf – also sehr oft, denn ihr seid euch fast täglich auf dem Weg zur Arbeit begegnet –, hemmungslos auf den Buckel. Ebenso wie der Bürgermeister, ein Freund der schwungvollen Geste, der dir damit seine Sympathie bekunden wollte. Die anderen zeigten sich im Großen und Ganzen, soweit ich es beobachten konnte, zurückhaltender, beließen es bei einer sanften Berührung, einem Streicheln, du hattest keine Angst vor ihnen. Ich habe meine Informationen von Josselin, der mir Antworten gab, ohne den Sinn meiner Fragen zu verstehen. Denn ich persönlich habe dich nur an einem einzigen Abend mit Buckel gesehen. Schließlich gab es noch den Arzt, der den Buckel ertastet hatte und sich nicht täuschen ließ. Er hatte seiner Kollegin, der Psychiaterin, davon berichtet, beide wollten dich mit aller Macht davon überzeugen, dich einer Operation zu unterziehen. Sie gehörten also zum feindlichen Lager. Nicht weil sie dir auf den Buckel gehauen hätten, sondern weil sie *es wussten*.

Und dann passierte, was passieren musste: Der Embryo starb ab und löste eine Blutvergiftung aus, an der du binnen ein, zwei Tagen hättest sterben können. Der Arzt verfrachtete dich zwangsweise in einen Krankenwagen, geschwächt durch dein Fieber, warst du zu keinem Widerstand in der Lage. Der Zwilling wurde im Krankenhaus von Rennes herausoperiert, was dir das Leben gerettet hat.«

Maël saß niedergeschlagen und gekrümmt da, umklammerte sich mit seinen Armen, sagte kein Wort, aber man sah ihm an, dass er der eigenen Geschichte intensiv folgte.

»Dieser Verlust gab den Anstoß zu deinen Morden. Aber bereits zuvor war deine Wut so groß, dass du als Hinkender nachts durch die Straßen des Dorfes gelaufen bist, um, wie du sagtest, ›die Leute zu ärgern‹, sprich, sie in Aufruhr zu versetzen.«

Maël senkte seinen Kopf noch tiefer.

»Nach der Operation warst du verrückt vor Kummer und hast deinen Racheplan geschmiedet. Die Menschen, die deinen Zwilling auf dem Gewissen hatten, sollten sterben, also diejenigen, die dir permanent auf den ›Buckel‹ gehauen und damit seinen Tod beschleunigt hatten, und diejenigen, die ihn dir wegnehmen wollten. Das waren Gaël, Anaëlle, der Bürgermeister, die Psychiaterin und natürlich der Arzt, der dich ins Krankenhaus gebracht hatte. Im Fall des Arztes durchkreuzte die Polizeiabsperrung deine Pläne. Der an sich sehr effektive Sicherheitsperimeter hatte eine Schwachstelle: die Post. Wir hatten kein Recht, die ein- oder ausgehende Post zu öffnen. Dieses Schlupfloch hast du dir zunutze gemacht und deinen Mord an Robic und seine Bande delegiert. In deinem Brief wirst du vage Drohungen platziert und getan haben, als wüsstest du mehr, als du tatsächlich wusstest. Aber glaube nicht, dass diese Drohungen für Robic ins Gewicht fielen. Er hatte eine eigene Rechnung mit dem Arzt offen, der ernste Zweifel an der Echtheit seiner wundersamen amerikanischen Erbschaft hegte. Robic kam es also sehr gelegen, dass er die Tat dem Mörder von Louviec in die Schuhe schieben konnte. Du hast ihm, ohne dich zu verraten, genaue Anweisungen gegeben, wie er vorgehen sollte, das Ferrand-Messer, an welchen Stellen die Wunden zu setzen waren, das Zustechen mit dem linken Arm, das Ei … Ich brauche eine Pause und einen Chouchen. Wer begleitet mich?«

Neun Arme gingen in die Höhe, darunter auch der von Maël, und Johan verließ den Raum, um die Flasche zu holen.

Adamsberg wartete, bis er zurück und die Gläser gefüllt waren, ehe er seinen Faden wieder aufnahm. Johan lauschte dem Kommissar fassungslos und wollte kein Wort verpassen. Alle nahmen zwei Schlucke, bevor sie ihre Aufmerksamkeit erneut auf den Kommissar richteten.

»Du hast einen gewaltigen Einfallsreichtum bewiesen, der deiner großen Intelligenz würdig ist«, sagte Adamsberg. »Dir war beispielsweise klar, dass ein Messerstich, wenn ein Linkshänder ihn ausführt, anders verläuft als bei einem Rechtshänder. Mit deinem Gips am linken Arm warst du also unverdächtig. Dummerweise verfügt ein Rechtshänder, der mit dem linken Arm zusticht, aber nicht über die gleiche Kraft wie ein echter Linkshänder, die Klinge rutscht leicht ab. Auf dieses leichte Abrutschen hatte uns der Gerichtsmediziner hingewiesen, es ließe darauf schließen, dass der Mörder nicht in einem Zug zugestochen habe. Uns war also schon lange bekannt, dass der Mörder in Wirklichkeit ein Rechtshänder war, der mit dem linken Arm tötete, um uns zu täuschen. Und dass er außerdem von Flöhen befallen war, da alle Opfer frische Bisse aufwiesen. Alle außer dem Arzt. Und, Pech für dich, Maël, der Mann, den Robic für den Mord an Doktor Jaffré auswählte, war ein echter Linkshänder, wie sich bei der Untersuchung der Wunden herausstellte. So gelang es uns, ihn zu identifizieren – mithilfe von Josselin. Dieses Verbrechen konnte unmöglich auf das Konto des Mörders von Louviec gehen, wie du es dir gewünscht hättest.«

»Aber Maël ist Rechtshänder!«, rief Johan. »Und mit dem linken Arm konnte er nichts ausrichten, denn der ist ruhig gestellt.«

»Ruhig gestellt?«, wiederholte Adamsberg, ging auf Maël zu und packte sein Handgelenk.

»Nicht anfassen!«, schrie Maël. »Es muss wieder zusammenwachsen, das Schulterblatt ist gebrochen!«

»Das Schulterblatt ist gebrochen, ja?« Adamsberg begann, den Wickel abzurollen, der die obere Schicht des Gipsverbandes schützte.

Dann hob er Maëls Arm bis auf Augenhöhe an: In die obere Hälfte des Gipsverbandes war auf der Unterseite eine breite v-förmige Kerbe geschnitten.

»Ich überlasse es dir«, sagte Adamsberg, »du hast mehr Übung darin als ich. Nimm den Gips ab.«

»Aber ich kann nicht!«

»Ein Scheinverletzter mit abnehmbarem Gips«, sagte Adamsberg und entblößte Maëls Arm mit einem kräftigen Ruck. Die Attrappe legte er auf den Tisch. »Brillante Idee. Sie hat uns alle zu dem voreiligen Schluss kommen lassen, dass Maël, obwohl mit Flöhen übersät, als Verdächtiger ausschied. Denn der Mörder hatte ja mit dem linken Arm zugestochen und der war bei dir eingegipst. Von wegen Gips, von wegen Knochenbruch. Deinem Arm geht es genauso gut wie meinem. Für dich als Maurer war es ein Kinderspiel, den Gipsverband zu fertigen. Abgesehen davon, dass er dich als Verdächtigen ausschloss, hatte er auch einen praktischen Nutzen: Vor dem jeweiligen Mord konntest du in seiner recht großen Öffnung dein Messer und den Beutel für die Plastikschuhüberzieher verstecken. Geniale Idee, professionelle Arbeit, kein Wunder, dass du uns so viel Kopfzerbrechen bereitet hast.«

»Was ist mit dem Robic-Massaker?«, wollte Retancourt wissen.

»Ah. Der Wutanfall. Der war nicht unmittelbar geplant. Du musstest überlegen, wie du ihn erwischen konntest. Denn Robic wohnte nicht in Louviec, er trieb sich abends nicht auf den Straßen des Dorfes herum. Nein, er lebte gut abgeschirmt in seinem Haus, und zwar nicht allein. Ein schwieriger Fall also. Als du hörtest, dass Robic auf freien Fuß gesetzt werden sollte, wusstest du, er würde sich im Nu aus dem Staub machen und dir womöglich entkommen. Das durfte auf keinen Fall passieren! Robic musste zahlen! Robic, der dich gequält, dich ausgenutzt hatte, der dir, und das wog besonders schwer, seit deiner Jugend unentwegt auf den Buckel – auf deinen Bruder – geschlagen hatte … Jeden Tag an die zwanzigmal, um dich zu demütigen, und dabei zerquetschte er deinen Zwilling, wie du glaubtest, hundertmal mehr als alle anderen zusammen. Er war der Hauptschuldige.«

»Sein ›ultimativer Mord‹?«, fragte Berrond.

»Nein, ich glaube nicht«, erwiderte Adamsberg. »Aber ein unverzichtbarer Stein auf seinem Weg. Du wusstest, Maël, dass jede Stunde zählte, dass Robic, einmal aus der Haft entlassen, am nächsten Tag schon über alle Berge sein konnte. Du musstest an diesem Samstagabend zuschlagen – oder nie. Jedoch nicht mit deinem vierten Messer, denn das war ganz eindeutig für den ›ultimativen Mord‹ reserviert. Man könnte nun fragen, warum du eigentlich nicht gleich fünf Messer gekauft hast. Die Antwort liegt auf der Hand, denke ich, du konntest eben nur vier auftreiben. Ein Ferrand-Messer ist schließlich kein gewöhnlicher Haushaltsgegenstand. Du hattest vor, dir später in einer anderen Stadt noch eines zu besorgen. Aber die Dringlichkeit der Situation hat dich überrumpelt. Du bist mit dem Auto in der Nähe seines Hauses herumgestrichen, hast gesehen, dass dort wieder eine Party vorbereitet wurde. Das kam dir gerade recht. Am Abend hast du Robic eine anonyme Nachricht geschickt – vom Telefon der gutmütigen Louise Méchin. An seine private

Nummer bist du über Estelle Braz gekommen, mit der du dich gut verstehst – den Punkt müssen wir überprüfen, aber ich halte es für sehr wahrscheinlich –, und zwar unter dem Vorwand, dass du für Robics Buchhaltung eine wichtige vertrauliche Information benötigst. Damit war die Sache geritzt.«

»Natürlich«, stimmte Matthieu zu. »Wieso hätte Estelle auch daran zweifeln sollen?«

»In der anonymen Nachricht, Maël«, fuhr Adamsberg fort, »hast du dich mit Robic bei seinem Weinkeller verabredet, denn während der Party würde niemand mitkriegen, was sich so weit hinten auf dem Anwesen tat. Du spürtest, wie deine Wut sich steigerte, und da du dir seit dem Mord an der Psychiaterin, bei dem du völlig die Kontrolle verloren hattest, nicht mehr über den Weg trautest, hast du dir einen Regenmantel übergezogen und eine Tasche vorbereitet, in der du ihn notfalls später verstauen konntest. Und dieser Mord sollte nicht auf das Konto des Mörders von Louviec gehen. Denn die Polizei war Robic mittlerweile auf den Fersen. Viel zu viele Bullen würden sich anschließend auf die Jagd begeben – du hast dich für die Vorsicht entschieden. Als du am verabredeten Ort deinen ehemaligen Peiniger auf dich zukommen sahst, hast du nicht wie üblich den Gips abgenommen, sondern mit dem rechten Arm und mit einem großen, gewöhnlichen Messer zugestochen, auch auf das Ei hast du verzichtet. Das hat dich natürlich geärgert, aber deine Freiheit ging vor. Dann, bei dem Anblick, wie er sich am Boden wand, bist du plötzlich ausgerastet. Das ganze Leid deiner Jugend stand dir wieder vor Augen, wie ein Wahnsinniger hast du mit dem Messer auf ihn eingestochen und konntest gar nicht mehr aufhören. Bis dir klar wurde, dass dreißig oder vierzig Leute auf dem Anwesen ein Fest feierten und es höchste Zeit war, zu verschwinden. Du gabst ihm den Todesstoß, zogst Handschuhe, Regenkleidung, Plastiküberzieher aus und ranntest zurück durch den Tunnel, dessen Zugänge du aufgebrochen hattest. Das Werk war vollbracht, oder fast, und niemand würde dich je überführen können. Ein winziges Detail allerdings wurde dir zum Verhängnis: Du hattest Robic einen Floh vermacht. Ende der Geschichte. Uns hattest du vor der Tat im Gasthof aufgesucht – warum? Um uns den Tunnel zu beschreiben, der auf den Chemin de la Malcroix stößt. Auch das war klug, denn welcher Mörder würde seinen Zugang verraten?«

»Und die Eier?«, fragte Berrond. »Warum hat er angefangen, Eier beizufügen?«

»Die Idee dazu kam ihm erst nach dem zweiten Mord. Denn etwas fehlte seinem Werk: ein *Sinn*. Einerseits beschwichtigte jeder Mord seine Wut, andererseits war er frustriert, dass niemand den tieferen Grund verstehen konnte. Das zerdrückte, befruchtete Ei war als Hinweis zu verstehen, dass das Opfer den Tod eines Embryos, eines Fötus, verursacht hatte. In diesem Zusammenhang möchte ich Sie daran erinnern, dass der Bürgermeister zu meiner Überraschung von ›Embryo‹ und nicht von ›Fötus‹ gesprochen hatte. Er musste das Geheimnis von Maëls Buckel gekannt haben, bestimmt hatte sein Freund, der Arzt, ihm davon erzählt. Aus diesem Grund sagte er: ›Benachrichtigen Sie den Arzt.‹ Oder mit anderen Worten: ›Warnen Sie den Arzt vor der Gefahr, in der er sich befindet.‹ Das befruchtete, zerquetschte Ei war für ihn ein Mittel, die Bedeutung seines Handelns sichtbar zu machen.«

Adamsberg griff nach einer Serviette zum Schutz vor Flöhen, ging zu Maël und hob vorsichtig dessen Kinn an, damit er ihn ansah.

»Du hättest etwas sagen sollen, Maël. Keiner hätte dich wie ein seltsames Tier betrachtet, sondern wie einen Menschen, dem etwas Besonderes, äußerst Seltenes mit auf den Weg gegeben wurde. Nur einem von fünfhunderttausend Menschen widerfährt dies. Und niemand hätte es jemals gewagt, dir auf den Buckel zu hauen.«

Adamsberg ließ einen Moment des Schweigens verstreichen. Die anfängliche Skepsis in den Gesichtern seiner Kollegen schien brennender Neugier gewichen zu sein, sie sahen ihn konzentriert an. Johans Blick wanderte unaufhörlich zwischen Maël und Adamsberg hin und her, der Wirt wirkte immer noch fassungslos und zugleich fasziniert.

»Du musst mir jetzt folgen, Maël«, sagte Adamsberg leise.

»Zur Polizei in Rennes, richtig?«

»Ja.«

»Ich kümmere mich darum«, sagte Matthieu, als er den inneren Zwiespalt in Adamsbergs Miene las.

»Ich hätte lieber, dass Adamsberg mich begleitet«, murmelte Maël, »dann fühle ich mich nicht so allein.«

»Ich komme mit. Aber ich glaube nicht, dass sie dich ins Gefängnis stecken. Niemand wird vergessen, dass du ein kleines Mädchen gerettet hast.«

»Sie werden mich ins Irrenhaus schicken, oder?«

»Nicht ins Irrenhaus. In eine geschlossene psychiatrische Einrichtung. Dir ist doch klar, dass man nicht einfach so und aus diesem Motiv heraus tötet, ohne dass eine ernsthafte Störung vorliegt?«

»Ja«, flüsterte Maël.

»Was den Koffer angeht, den du deiner Schwester anvertraut hast und der entgegen deiner Behauptung nicht einen einzigen Cent enthielt, sondern die Überreste deines Bruders, ich bringe ihn dir, wenn du willst.«

»Ich muss darüber nachdenken. Meine Schwester könnte den Koffer auch beerdigen lassen.«

»Das ist eine gute Idee. Sprich mit ihr darüber.«

»Eine Sache verstehe ich nicht«, sagte Berrond. »Warum hat Maël alles getan, damit der Verdacht auf Josselin fiel, den er doch mochte? Er stahl dessen Messer, spielte den Hinkenden, stach mit dem linken Arm auf seine Opfer ein, hinterließ Josselins Schal bei der toten Anaëlle, da kommt schon viel zusammen.«

»Viel zu viel«, sagte Adamsberg und setzte sich. »Er hat diese Hinweise nicht gestreut, um Josselin zu belasten, er wollte ihn im Gegenteil schützen. Denn er wusste sehr wohl, dass wir angesichts dieses Übermaßes an Indizien von Josselin ablassen würden. Maël war nicht über Gaëls letzte Worte informiert. Genauso wenig wusste er, dass wir den Mörder bereits als falschen Linkshänder entlarvt hatten. Er glaubte, das Ferrand-Messer, der linke Arm, der Schal und sogar der Hinkende würden ausreichen, um uns von Josselin fernzuhalten. Zu viele Beweise machen den einzelnen Beweis zunichte.«

»Ich verstehe trotzdem nicht ganz«, beharrte Berrond, »warum er fürchtete, dass man Josselin beschuldigen würde?«

»Weil Maël wusste, dass Josselin, ebenso wie er selbst, darunter litt, nicht wie ein normaler Mensch behandelt zu werden. Wie ihn betrachtete man Josselin im Dorf als Sonderfall, was beide gleichermaßen zur Verzweiflung trieb. Für Maël waren es von der Verzweiflung zur Wut und von der Wut zum Mord nur zwei Schritte und das projizierte er auf den Vicomte. Er setzte sein Empfinden und das von Josselin gleich, daher seine Befürchtung, nachdem er seine Morde vorbereitet hatte, dass die Polizei Chateaubriand verdächtigen könnte. Also versuchte er, den Verdacht zu zerstreuen.«

Berrond nickte nachdenklich.

»Was ist mit dem ›ultimativen Mord‹?«, fragte Noël. »Mit dem letzten Messer? Für wen war das gedacht?«

»Ich glaube ziemlich sicher behaupten zu können, dass es für den Chirurgen gedacht war, der den lebensbedrohlichen Embryo entfernt hatte.«

»Natürlich«, sagte Matthieu kopfschüttelnd. Ihm war die Erschütterung über die eigene Niederlage anzumerken, zugleich aber freute er sich über den Siegeszug seines Kollegen. »Du irrst dich nicht, Adamsberg, du hast auf ganzer Linie recht. Wenigstens ein Leben, das wir retten konnten.«

Adamsberg stand auf und gab dem Kommissar ein Zeichen. Es war Matthieu, der Maël die Handschellen anlegte, wofür Adamsberg ihm dankbar war.

XLVII

Sämtliche Medien wurden auf Adamsbergs ausdrücklichen Wunsch umgehend über den Abschluss der Ermittlungen informiert, der Kommissar wünschte sich sehnlichst, dass die dichten, gemütsvernebelnden Schleier aus Angst und Argwohn sich auflösten und dass Louviec aus seinem atmosphärischen Grau, von dem Josselin in besonderem Maß betroffen war, auferstand.

Der Abend klang in einer Mischung aus Melancholie und Erleichterung aus. Als die beiden Kommissare aus Rennes zurückkehrten, stand Adamsberg seinen Kollegen nach besten Kräften Rede und Antwort. Doch das intensive, befriedigende Gefühl, das ihn nach der Ergreifung des Mörders der fünf Mädchen erfüllt hatte, wollte sich diesmal nicht einstellen. Damals hatten sie ein Scheusal hinter Gitter gebracht. Maël hingegen war ein Mensch, der selbst tiefes Leid erfahren hatte. Und dennoch, er hatte sechs Leben vernichtet und eine Spur der Verwüstung gezogen. Lediglich um Robic tat es Adamsberg nicht leid.

Während der gesamten Ermittlungen hatte Adamsberg sein Team in Paris täglich auf dem Laufenden gehalten und alle drei bis vier Tage auch seinen Freund Lucio, einen sehr alten Spanier, mit dem er abends unter dem Baum in ihrem kleinen Garten oft ein Bier trank. Er vermisste Lucio. Lucio mochte schroff und sparsam mit Worten sein, dennoch war er ein von natürlicher Weisheit durchdrungener Mensch. Adamsberg fragte sich, was Lucio wohl, auf eine knappe Formel gebracht, zu all dem sagen würde.

Er spürte, wie Johan ihn an der Schulter rüttelte.

»Es drückt dir auf die Seele, nicht wahr?«

»Ja, Johan. Ich kannte Maël weder lange noch gut, aber ich mochte ihn.«

»Und ich erst. Aber er hatte keinen klaren Kopf mehr, das weißt du. Ich sage dir, jetzt, wo er einmal in Fahrt war, hätte er nie mehr aufgehört. Es gibt solche Menschen, Fötus und Buckel hin oder her. Er hätte weitergemordet, immer weiter. Kaputt, wie er war. Das glaubst du mir doch?«

»Ja, Johan.« Adamsberg schenkte sich ein Glas Chouchen ein und endlich lächelte er.

»Dann hämmere dir noch etwas in den Schädel: Du hast die Sache hier chefmäßig gestemmt. Großes Johan-Ehrenwort.«

Der Wirt entfernte sich, und Adamsberg las die Nachricht des alten Lucio, die er gerade erhalten hatte:

Hola, hombre, du hast tief gegraben, *¡por la verdad!*

Es folgten Gratulationen der in Paris verbliebenen Brigademitglieder, von denen manche schon fast nicht mehr an Adamsbergs Erfolg geglaubt hatten.

»Johan findet die richtigen Worte zur rechten Zeit«, sagte Matthieu, der neben Adamsberg saß. »Maël war in den Wahnsinn abgedriftet. Glaube nicht, dass, wenn du ihm nicht rechtzeitig in die Quere gekommen wärst, er es dabei belassen hätte. Sicher nicht. Er war gerade erst richtig auf den Geschmack gekommen – vierzigmal hat er auf Robic eingestochen –, er hätte weitergemacht, immer einen neuen Grund gefunden. Opfer um Opfer.«

»Wohl wahr«, sagte Adamsberg, er strahlte wieder seine gewohnte Ruhe aus.

»Aber ich verstehe einfach nicht, wie du das angestellt hast«, fügte der Kommissar mit einem breiten Lächeln hinzu.

»Ich weiß es nicht, Matthieu. Winzige Fragmente von Algen lösen sich, verknäulen sich, steigen auf. Ich warte auf sie, halte Ausschau nach ihnen.«

»Und eines dieser Fragmente hast du schnell erkannt, jedoch nicht sehen wollen: Maël entgleiste, und deine Ideen hatten dir das von Anfang an signalisiert.«

»Das glaubst du?«

»Ich bin mir sogar sicher. Wie sonst hättest du ahnen können, dass er der Hinkende ist, nichts deutete darauf hin. Und noch etwas möchte ich dir sagen.«

»Was?«

»Nun, verdammt, ja, Adamsberg, es war grauenhaft, ein schrecklicher Schlamassel, der dir fast zum Verhängnis geworden wäre, aber du hast dich verdammt gut geschlagen.«

»Weil einem hier, Matthieu, der Dolmen hilft.«

»*Dein* Dolmen.«

Am nächsten Tag waren die Vertreter von Presse, Rundfunk und Internet sowie die Einwohner von Louviec, Combourg und Umgebung fieberhaft mit der Verarbeitung der jüngsten Informationen beschäftigt. Johan hatte richtiggelegen: Entsetzt über die Nachricht, dass Pierre Robic die kleine Rose ermorden wollte und die Polizei das Kind nur knapp gerettet hatte, kritisierte niemand mehr das Vorgehen der Kommissare Adamsberg und Matthieu. Der Wind hatte sich sofort gedreht, plötzlich sahen sich die beiden in den Himmel gehoben und ihnen blieb angesichts des Ansturms der Journalisten kaum ein Moment zum Verschnaufen. Nur in den Essenspausen bei Johan hatten sie ihre Ruhe, denn während dieser Zeit gewährte der Wirt nur den acht Polizisten des Kernteams Einlass, verriegelte die Tür hinter ihnen doppelt und zog den Service absichtlich ein wenig in die Länge.

Das Team aus Paris reiste am nächsten Tag mit dem Zug wieder ab. Der Abschied am Abend war *herzlich*, nein überschwänglich ausgefallen, man klopfte sich gegenseitig auf Rücken und Schultern. Johan bat Retancourt um die Erlaubnis, ihr einen Kuss auf die Wange geben zu dürfen, und Berrond, dadurch ermutigt, tat es ihm gleich.

XLVIII

Am Dienstag gegen 11 Uhr, endlich abseits vom Trubel, wartete Adamsberg in aller Ruhe mit Josselin auf die Ankunft des blauäugigen Leibwächters. Das Eselfohlen – ein Weibchen – war bei ihnen, fraß bei Bedarf Heu und rieb seinen Kopf bisweilen an dem des Kommissars. Es hatte einen blassgrauen Rücken, sein Bauch und die Beine waren weiß.

»Sie ist schön und sehr zahm«, sagte Josselin.

»Sie ist perfekt.«

Der Wachmann, in Zivilkleidung, da er nicht im Dienst war, kam im Laufschritt auf sie zu, getrieben von der Ungeduld, seine »Lebensidee« endlich leibhaftig vor sich stehen zu sehen. Er umschlang den Hals des Eselfohlens und strich ihm beherzt über die Mähne, schon jetzt voller Bewunderung und Liebe. Die Intelligenz der hellblauen Augen des Wachmanns mochte sich in den Blicken der kleinen Eselin noch nicht spiegeln, doch drückte sie bereits untrüglich ihre Zuneigung aus.

»Danke, Monsieur de Chateaubriand, danke, Kommissar Adamsberg.«

Freudestrahlend zahlte er Josselin die dreihundertzwanzig Euro, die das Eselfohlen gekostet hatte.

»Ich habe den Preis runtergehandelt«, sagte Josselin, »der Besitzer wollte dreihundertsechzig, denn die Kleine ist robust, das werden Sie sehen. Sollen wir sie auf das Feld zu Harmonica bringen?«

Die Augen des Wachmanns leuchteten auf ihre einzigartige Weise auf, und so machten die drei Männer sich auf den Weg, gefolgt von dem Eselchen, das hier und da stehen blieb, um zu grasen.

»Ich weiß, wie ich sie nennen werde«, sagte der Wachmann nach einer Weile. »Vicomte. Ich weiß, es ist ein Männername, aber er bedeutet mir etwas. Eine gute Wahl, nicht wahr? Ich habe gehört, dass man Sie so nennt.«

»Aber ich bin kein Vicomte«, sagte Josselin mit dem ihm eigenen feinen Lächeln.

»Sie ja auch nicht«, erwiderte der Wachmann und streichelte die kleine Eselin. »Genau das ist der Punkt.«

Und auf dem bewaldeten Pfad, dem sie folgten, hörte Adamsberg, wie der glückliche neue Eselbesitzer ein ums andere Mal flüsterte: »Das ist schon was, so ein Dolmen.«